E L James

Après avoir travaillé pendant vingt-cinq ans pour la télévision, E L James décide de poursuivre son rêve d'enfant en écrivant des histoires dont les lecteurs tomberaient amoureux. Il en a résulté le très sensuel *Cinquante nuances de Grey* et ses deux tomes suivants, *Cinquante nuances plus sombres* et *Cinquante nuances plus claires*, une trilogie vendue à plus de cent vingt-cinq millions d'exemplaires à travers le monde et traduite dans cinquante-deux langues. *Cinquante nuances de Grey* a figuré sur la liste des best-sellers du *New York Times* durant cent trente-trois semaines et, en 2015, l'adaptation cinématographique, dont James a été productrice, a battu les records d'entrées d'Universal Pictures partout dans le monde.

E L James vit avec son mari, le romancier et scénariste Niall Leonard, leurs deux fils, et leurs deux chiens dans l'ouest de Londres, et travaille actuellement sur de nouveaux romans et projets de films.

DARKER

DU MÊME AUTEUR :

Cinquante nuances de Grey, Lattès, 2012.
Cinquante nuances plus sombres, Lattès, 2013.
Cinquante nuances plus claires, Lattès, 2013.
Grey, cinquante nuances de Grey par Christian, Lattès, 2015.

www.editions-jclattes.fr

E L James

DARKER

roman

Traduit de l'anglais
par Denyse Beaulieu, Dominique Defert
et Carole Delporte

JC Lattès

Titre de l'édition originale
DARKER
publiée par Vintage Books,
une division de Penguin Random House LLC, New York.

Ce livre est une œuvre de fiction. Noms propres, personnages, lieux et événements sont soit issus de l'imagination de l'auteur, soit utilisés de manière fictive. Toute ressemblance avec des personnes, des situations ou des lieux existants, ou ayant existé, serait purement fortuite.

Couverture : Atelier Didier Thimonier
Photo © Petar Djordjevic/Penguin Random House
(Photo de 4e © Shutterstock)
D'après le design de Sqicedragon and Megan Wilson

ISBN : 978-2-7096-6178-2

(Première édition : décembre 2017)
Certains passages de ce livre, notamment certains dialogues et échanges de mails, sont déjà parus dans les ouvrages précédents de l'auteur.

À mes lecteurs.
Merci de tout ce que vous avez fait pour moi.
Ce livre est pour vous.

JEUDI 9 JUIN 2011

Assis dans la voiture, j'attends, le cœur battant. Il est 17 h 36 et je fixe la porte d'entrée de son immeuble à travers la vitre teintée de mon Audi. Je suis en avance, je sais, mais toute la journée, j'ai attendu ce moment avec impatience.

Je vais la revoir.

Je change de position sur la banquette arrière. L'atmosphère est oppressante. Même si j'essaie de rester calme, j'étouffe et j'ai l'estomac noué par l'impatience et l'anxiété. Dans le siège conducteur, Taylor regarde droit devant lui, muet, imperturbable comme toujours, alors que j'arrive à peine à respirer. C'est agaçant.

Merde. Où est-elle ?

Elle est à l'intérieur… dans les bureaux de la Seattle Independent Publishing. L'immeuble miteux, situé un peu en retrait du trottoir large et dégagé, aurait besoin d'être rénové : le nom de la société est gravé de travers sur le verre, et le revêtement dépoli des fenêtres s'écaille. La société qui se cache derrière ces portes closes pourrait aussi bien être une compagnie d'assurances ou un cabinet comptable ; leurs produits ne sont pas exposés. Il faudra revoir tout ça quand je prendrai le contrôle de la boîte. La SIP m'appartient. Ou presque. J'ai déjà signé le protocole d'accord.

Taylor se racle la gorge, et croise mon regard dans le rétroviseur.

— Je vais attendre dehors, monsieur.

Avant que je puisse le retenir, il sort de la voiture.

Sa remarque me surprend. Peut-être est-il plus affecté par mon état que je ne le croyais. C'est aussi flagrant que ça ? Il est visiblement tendu, lui aussi. Mais pourquoi ? Cela dit, depuis une semaine, il supporte mes sautes d'humeur, et je me doute bien que ça n'a pas dû être facile.

Mais aujourd'hui, c'est différent. J'ai bon espoir. Depuis qu'Ana m'a quitté, c'est ma première journée productive, c'est du moins mon impression. L'optimisme m'a porté d'une réunion à l'autre. Dix heures avant de la revoir. Neuf. Huit. Sept… Ma patience a été rudement mise à l'épreuve par l'horloge qui, à chaque tic-tac, me rapprochait de mes retrouvailles avec Mlle Anastasia Steele.

Et maintenant que je suis assis là, tout seul, à l'attendre, ma détermination et mon assurance sont en train de s'évanouir.

Elle a peut-être changé d'avis.

Est-ce que ce sont vraiment des retrouvailles ? Ou ne suis-je qu'un moyen de transport pour aller à Portland ?

Je consulte à nouveau ma montre.

17 h 38.

Et merde. Pourquoi le temps passe-t-il aussi lentement ?

Un instant, j'envisage de lui envoyer un mail pour la prévenir que je suis là, mais, alors que je fouille mes poches pour prendre mon téléphone, je ne veux pas quitter la porte des yeux. Je me cale dans mon siège pour me remémorer ses derniers mails. Je les connais par cœur ; ils sont amicaux et concis, mais aucun ne laisse supposer que je lui ai manqué.

Je ne suis peut-être qu'un moyen de transport, en effet.

Écartant cette idée, je fixe l'entrée, comme pour forcer Ana à apparaître.

Mademoiselle Steele, je vous attends.

La porte s'ouvre et mon cœur s'emballe. Puis se serre. Ce n'est pas elle.

Putain.

Elle m'a toujours fait attendre. Mes lèvres esquissent un sourire sans humour : je l'ai attendue chez Clayton's, au Heathman après la séance photo, et encore lorsque je lui ai envoyé les livres de Thomas Hardy.

Tess…

Je me demande si elle les a encore. Elle voulait me les rendre, en faire don à une ONG.

Je ne veux rien qui puisse te rappeler à mon souvenir.

L'image du départ d'Ana, de son visage triste et pâle, dévasté par la douleur et la confusion, me revient à l'esprit. Ce souvenir m'est pénible.

C'est moi qui l'ai rendue malheureuse à ce point. Je suis allé trop loin, trop vite. Et je m'en veux. Depuis qu'elle est partie, le désespoir est devenu mon meilleur ami. Je ferme les yeux pour essayer de retrouver mon calme, mais ma peur la plus profonde, la plus sombre, ressurgit. Elle a rencontré quelqu'un. Elle partage son petit lit blanc et son beau corps avec un connard quelconque.

Et merde, Grey. Reste positif.

N'y pense pas. Tout n'est pas perdu. Tu vas bientôt la revoir. Tu as mis au point ton plan. Tu vas la reconquérir. Rouvrant les yeux, je fixe la porte d'entrée à travers les vitres teintées de l'Audi, qui reflètent désormais mon humeur. D'autres personnes sortent de l'immeuble. Toujours pas d'Ana.

Où est-elle ?

Dehors, Taylor fait les cent pas en surveillant la porte. Ma foi, il a l'air aussi nerveux que moi. *Qu'est-ce qu'il en a à foutre ?*

Ma montre indique 17 h 43. Elle va sortir d'un instant à l'autre. J'inspire profondément et je tire sur mes manches, puis je tente de rajuster ma cravate, avant de me rappeler que je n'en porte pas. *Bordel.* Je passe la main dans mes cheveux comme pour chasser mes doutes, mais ils continuent de me hanter. *Je ne suis qu'un moyen de transport pour elle, c'est ça ? Est-ce que je lui ai manqué ? Est-ce qu'elle va me reprendre ? A-t-elle quelqu'un d'autre ?* Je n'en ai aucune idée. C'est encore plus pénible que de l'attendre au Marble Bar. L'ironie de la situation ne m'échappe pas. À l'époque, j'imaginais que c'était là l'accord le plus important que je négocierais avec elle. Je fronce les sourcils – la négociation ne s'est pas passée comme prévu. Avec Mlle Anastasia Steele, rien ne se passe jamais comme prévu. La panique me noue l'estomac. Aujourd'hui, je négocie un accord bien plus important.

Je veux qu'elle me revienne.

Elle m'a dit qu'elle m'aimait...

Mon rythme cardiaque s'affole tandis que l'adrénaline m'inonde le corps.

Non. Non. Ne pense pas à ça. Impossible qu'elle éprouve de l'amour pour toi. Calme-toi, Grey. Concentre-toi.

Quand je jette un nouveau coup d'œil vers l'entrée de Seattle Independent Publishing, elle est là. Elle avance vers moi.

Bordel.

Ana.

Le choc vide d'un coup l'air de mes poumons comme si j'avais reçu un coup de pied au plexus. Sous une veste noire, elle porte l'une de mes robes préférées, la violette, et des bottes noires à talons hauts. Ses cheveux, flamboyants dans le soleil de fin de journée, ondulent dans la brise à chaque pas. Mais ce ne sont ni ses vêtements ni ses cheveux qui retiennent mon regard. Son visage est presque transparent. Elle a les yeux cernés, et elle a maigri.

Maigri.

La douleur et la culpabilité me transpercent le cœur.

Bon sang.

Elle aussi, elle a souffert.

Mon inquiétude se transforme en colère.

Non. En fureur.

Elle ne mange plus. Elle a perdu, quoi, deux ou trois kilos au cours des derniers jours ? Elle se retourne vers un type qui sort derrière elle, et qui lui adresse un grand sourire. Il est beau mec, ce con, et il le sait. *Enculé.* Leur échange désinvolte ne fait qu'attiser ma rage. Il l'observe avec une expertise non dissimulée tandis qu'elle marche vers la voiture. Mon courroux augmente à chacun de ses pas.

Taylor lui ouvre la portière et lui offre sa main pour l'aider à monter. Soudain, elle est assise à côté de moi.

— Quand as-tu mangé pour la dernière fois ?

J'ai aboyé, en luttant pour garder mon sang-froid. Ses yeux bleus me mettent à nu, me laissant aussi à vif que la première fois que je l'ai rencontrée.

— Bonjour, Christian. Moi aussi, je suis contente de te voir.

Elle se moque de moi ?

— Ne fais pas ta maligne. Réponds-moi.

Comme elle fixe ses mains posées sur ses genoux, je ne sais pas ce qu'elle pense. Puis elle me sort une excuse tordue : elle aurait mangé un yaourt et une banane.

Ça, ce n'est pas manger !

Je lutte pour contenir ma colère, avant de revenir à la charge :

— À quand remonte ton dernier vrai repas ?

En guise de réponse, elle se tourne vers la vitre. Taylor démarre, et Ana salue de la main le connard qui est sorti derrière elle.

— Qui est-ce ?

— Mon patron.

Alors, c'est lui, Jack Hyde. J'ai parcouru son dossier ce matin : né à Detroit, boursier à Princeton, a gravi les échelons d'une maison d'édition à New York, n'est jamais resté plus de quelques années au même poste, passant d'une ville à l'autre. Il n'a jamais gardé une assistante plus de trois mois. Il est sur ma liste de surveillance, et Welch est en train d'enquêter sur lui.

Concentre-toi sur la question qui t'occupe, Grey.

— Et donc ? Ton dernier repas ?

— Christian, ça ne te regarde vraiment pas, murmure-t-elle.

Et je suis en chute libre.

Je ne suis qu'un moyen de transport.

— Tout ce que tu fais me regarde. Dis-moi.

Ne fais pas une croix sur moi, Anastasia. S'il te plaît.

Elle pousse un soupir exaspéré et lève les yeux au ciel, juste pour m'énerver. J'aperçois une ébauche de sourire au coin de sa bouche. Elle se retient de rire. Elle se retient de rire de moi. Après toute cette souffrance, c'est si rafraîchissant que ma colère retombe. C'est tellement Ana. Je me prends à l'imiter, et je tente de dissimuler mon sourire.

— Alors ? reprends-je beaucoup plus doucement.

— *Pasta alle vongole*, vendredi dernier, répond-elle avec une petite voix.

Bordel de merde, elle n'a pas mangé depuis notre dernier repas ensemble ! J'ai envie de l'allonger sur mes genoux, là, tout de suite, sur la banquette arrière du 4 × 4… Mais je sais que je ne dois plus jamais la toucher comme ça.

Qu'est-ce que je vais faire d'elle ?

Elle baisse la tête pour examiner ses mains. Son visage est encore plus pâle et plus triste. Je la dévore des yeux en me demandant quoi faire. Une émotion malvenue s'épanouit dans mon cœur, et menace de me submerger. Je la chasse de mon esprit pour contempler Ana : à l'évidence, ma pire crainte est infondée. Je sais qu'elle n'est pas allée se soûler pour tomber dans les bras d'un autre. Rien qu'à la voir, je suis convaincu qu'elle est restée seule, blottie dans son lit, à pleurer toutes les larmes de son corps. Cette pensée me réconforte et me fait mal en même temps. Je suis responsable de sa douleur.

Moi.

Je suis un monstre. C'est moi qui lui ai infligé cette souffrance. Comment la reconquérir après ça ?

— Je vois, marmonné-je en tentant de réprimer mes émotions. Tu as l'air d'avoir perdu au moins deux kilos, peut-être plus. Je t'en prie, Anastasia, il faut que tu manges.

Je me sens impuissant. Que puis-je dire d'autre à cette jeune femme, si précieuse à mes yeux, pour la convaincre de manger ?

Comme elle ne me regarde pas, je peux contempler son profil. Elle est aussi délicate, pure et belle que dans mes souvenirs. J'ai envie de lui caresser la joue. De sentir la douceur de sa peau… de m'assurer qu'elle est vraiment là. Je me tourne vers elle, je meurs d'envie de la toucher.

— Comment vas-tu ? lui demandé-je, juste pour entendre sa voix.

— Si je te disais que je vais bien, je te mentirais.

Et merde. J'avais raison. Elle souffre… et c'est ma faute. Mais ses paroles me redonnent un peu d'espoir. Je lui ai peut-être manqué. Non ? Je m'accroche désespérément à cette pensée.

— Tu me manques aussi.

Je lui prends la main, je ne peux pas vivre une minute de plus sans la toucher. Elle est minuscule et glacée dans la chaleur des miennes.

— Christian. Je…

Elle se tait, mais ne retire pas sa main.

— Ana, je t'en prie. Il faut qu'on parle.

— Christian. Je... s'il te plaît... J'ai tellement pleuré, chuchote-t-elle, et le fait de la voir retenir ses larmes transperce ce qui me reste de cœur.

— Oh, bébé, non.

Je l'attire vers moi et, sans lui laisser le temps de protester, je la soulève pour l'asseoir sur mes genoux et l'enlacer de mes bras.

Ah, la sentir contre moi.

Elle est trop légère, trop fragile, et j'ai envie de crier de frustration. Au lieu de ça, j'enfouis mon nez dans ses cheveux, submergé par son enivrante odeur. Elle me rappelle des jours heureux. Un verger en automne. Des rires à la maison. Des yeux qui brillent, pleins d'humour, de malice... de désir. Ma douce, douce Ana.

Mon Ana à moi.

Au début, elle se raidit et résiste, mais elle finit par se détendre et pose la tête sur mon épaule. Je m'enhardis, je ferme les yeux et me risque à embrasser ses cheveux. Elle ne se débat pas. Je suis soulagé. J'ai tant rêvé de cette femme. Mais je dois rester prudent. Il ne faut pas la faire fuir à nouveau. Je la serre dans mes bras, en savourant la sensation de son corps contre le mien, la sérénité de cet instant.

Malheureusement, cet interlude est de courte durée – Taylor a atteint l'héliport du centre-ville de Seattle en un temps record. À contrecœur, je la soulève pour la poser sur le siège.

— Viens, nous y sommes.

Ses yeux perplexes interrogent les miens. Je lui explique :

— L'hélistation se trouve au sommet de l'immeuble.

Comment s'imaginait-elle qu'on irait à Portland ? En voiture, ça prendrait presque trois heures. Taylor lui ouvre la portière et je sors de mon côté.

— Je dois vous rendre votre mouchoir, dit-elle à Taylor avec un sourire timide.

— Gardez-le, mademoiselle Steele, avec mes meilleurs vœux.

Mais à quoi ils jouent, tous les deux ? Je l'interromps :

— 21 heures ? dis-je, pour lui rappeler l'heure où il doit nous récupérer à Portland, mais surtout pour l'empêcher de parler à Ana.

— Oui, monsieur, répond-il posément.

Bas les pattes. Elle est à moi. Les mouchoirs, c'est mon boulot. Pas le tien.

Tout à coup, je la revois en train de vomir pendant que je lui tiens les cheveux. Je lui avais donné mon mouchoir. Et puis, la nuit qui a suivi, quand je l'ai regardée dormir à côté de moi.

Arrête. Ne pense pas à ça, Grey.

Je lui prends la main – elle est encore bien froide – pour entrer dans l'immeuble. Devant l'ascenseur, je me rappelle notre rencontre au Heathman. Notre premier baiser.

Cette pensée réveille mes sens.

La porte s'ouvre et, à regret, je lâche la main d'Ana pour la laisser passer.

La cabine est exiguë. Nous ne nous touchons plus, mais je la sens. Tout entière. Ici.

Maintenant.

Putain. Je déglutis.

Est-ce parce qu'elle est toute proche ? Ses yeux assombris se lèvent vers les miens.

Ah, Ana.

Sa proximité m'excite. Elle inspire brusquement et fixe le sol.

— Moi aussi, ça me fait de l'effet, chuchoté-je.

Je prends à nouveau sa main et je caresse ses doigts. Elle renverse la tête pour me regarder. Ses yeux bleus insondables s'embrument de désir.

Bordel. Qu'est-ce que j'ai envie d'elle.

Elle se mordille la lèvre.

— S'il te plaît, ne te mordille pas la lèvre, Anastasia.

Ma voix est rauque de désir. Est-ce que ce sera toujours comme ça, avec elle ? J'ai envie de l'embrasser, de la plaquer contre le mur de la cabine comme je l'ai fait lors de notre premier baiser. J'ai envie de la prendre, pour qu'elle m'appartienne à nouveau. Elle bat des paupières, les lèvres légèrement entrouvertes, et je gémis. Comment s'y prend-elle, pour me faire dérailler d'un seul regard ? Je suis habitué à tout contrôler – et là, je salive presque, juste parce qu'elle enfonce ses dents dans sa lèvre.

— Tu sais ce que ça me fait, murmuré-je.

Là, maintenant, bébé, j'ai envie de te baiser dans cet ascenseur, mais je pense que tu m'en empêcherais.

Quand la porte s'ouvre, une bouffée d'air frais me ramène à l'instant présent. Nous sommes sur le toit de l'immeuble, et même s'il a fait doux aujourd'hui, le vent s'est levé. Anastasia grelotte. Je l'enlace et elle se blottit contre moi. Elle est si frêle que son corps menu tient parfaitement sous mon bras.

Tu vois ? On va tellement bien ensemble, Ana.

Nous nous dirigeons vers Charlie Tango. Les pales du rotor tournent doucement – il est paré au décollage. Stephan, mon pilote, nous rejoint en courant. Nous nous serrons la main ; Anastasia est toujours calée sous mon bras.

— Prêt à décoller, monsieur. Il est à vous ! rugit-il par-dessus le vacarme du moteur.

— Tous les contrôles ont été effectués ?

— Oui, monsieur.

— Vous viendrez le chercher vers 20 h 30 ?

— Oui, monsieur.

— Taylor vous attend devant l'immeuble.

— Merci, monsieur Grey. Bon vol jusqu'à Portland. Madame…

Il salue Anastasia et se dirige vers l'ascenseur. Nous nous penchons pour passer sous les pales et j'ouvre la porte à Ana, en prenant sa main pour l'aider à monter à bord.

Lorsque je l'attache à son siège, elle inspire brusquement. Ce bruit résonne jusque dans mon entrejambe.

Je serre les sangles au maximum en tâchant d'ignorer les réactions de mon corps.

— Attachée comme ça, tu ne devrais pas pouvoir bouger, marmonné-je. Je dois avouer que ce harnais te va bien. Ne touche à rien.

Elle rougit. Enfin un peu de couleur sur son visage pâle – je n'y résiste pas. Je fais courir mon index sur sa joue pour caresser sa rougeur.

Bon sang, qu'est-ce que j'ai envie de cette femme.

Elle se renfrogne, et je sais que c'est parce qu'elle ne peut pas bouger. Je lui tends un casque avant de m'installer dans mon siège et de boucler mon harnais.

Je procède aux contrôles avant le décollage. Tous les voyants sont verts. Je tire sur la commande des gaz, j'entre le code du transpondeur, et je m'assure que les feux anti-collision sont bien allumés. Tout est en règle. Je mets mon casque, j'allume les radios, et je vérifie la vitesse du rotor.

Lorsque je me tourne vers Ana, je constate qu'elle m'observe avec attention.

— Prête, bébé ?

— Oui.

Visiblement ravie, elle écarquille les yeux. Je ne parviens pas à réprimer un sourire avide tandis que je contacte la tour de contrôle.

Une fois l'autorisation de décollage reçue, je vérifie la température de l'huile et le niveau des jauges. Tout est normal. J'augmente le pas collectif, et Charlie Tango, tel un oiseau élégant, s'élève en douceur dans les airs.

Qu'est-ce que j'adore faire ça !

Plus nous prenons de l'altitude, plus je gagne en assurance. Je jette un coup d'œil à Mlle Steele.

Il est temps de l'éblouir. *Le spectacle commence, Grey.*

— Nous avons déjà chassé l'aube, Anastasia. Ce soir, nous chasserons le crépuscule.

Le sourire timide qui illumine son visage est une vraie récompense. Son expression me redonne espoir. Elle est là, avec moi, alors que je la croyais perdue. Elle a l'air de s'amuser et paraît de meilleure humeur que tout à l'heure. Je ne suis peut-être qu'un moyen de transport, mais je vais essayer de profiter de chaque minute de ce vol.

Flynn serait fier de moi.

Je suis dans l'instant présent. Et je suis optimiste.

Je vais y arriver. Je peux la reconquérir.

Chaque chose en son temps, Grey. Ne brûle pas les étapes.

— En plus du soleil couchant, il y a beaucoup plus de choses à voir, cette fois-ci, lui dis-je. L'Escala, c'est par là. Et là, c'est Boeing… On distingue tout juste le Space Needle.

Toujours aussi curieuse, elle tend son cou mince pour distinguer la tour.

— Je n'y suis jamais allée.

— Je t'y emmènerai. On pourra y dîner.

— Christian, nous avons rompu ! s'exclame-t-elle, consternée.

Ce n'est pas ce que je veux entendre, mais j'essaie de ne pas m'énerver.

— Je sais. Je peux quand même t'y emmener. Et te nourrir.

Je lui adresse un regard appuyé et ses joues prennent une ravissante teinte rose pâle.

— La vue est très belle, d'ici. Merci, dit-elle.

Je note qu'elle a changé de sujet.

— Impressionnant, n'est-ce pas ?

Jamais je ne me lasserai de cette vue.

— Impressionnant que tu saches piloter.

Son compliment m'étonne. Je la taquine :

— Vous me flattez, mademoiselle Steele ? Mais je possède de nombreux talents.

— J'en suis tout à fait consciente, monsieur Grey, réplique-t-elle d'un ton acide.

J'imagine sans peine ce à quoi elle fait allusion. Je ravale un ricanement. Voilà ce qui m'a le plus manqué : cette impertinence qui me désarme à tous les coups.

Continue à la faire parler, Grey.

— Comment se passe ton nouveau boulot ?

— Bien, merci. Intéressant.

— Et ton patron, il est comment ?

— Oh, ça va.

Elle n'a pas l'air très emballée par Jack Hyde, et un frisson d'appréhension me parcourt. A-t-il tenté quelque chose avec elle ?

— Qu'est-ce qui ne va pas ?

Je veux savoir… Est-ce que ce connard a eu un comportement déplacé ? Si c'est le cas, je le vire aussi sec.

— À part ce qui me semble évident, rien.

— Ce qui est évident ?

— Oh, Christian, qu'est-ce que tu peux être obtus, parfois, dit-elle d'une voix à la fois dédaigneuse et enjouée.

— Obtus ? Moi ? Je ne suis pas certain d'apprécier votre ton, mademoiselle Steele.

— Eh bien, c'est comme ça, lance-t-elle, assez fière d'elle.

Je souris. J'aime bien quand elle se moque de moi. Rien qu'avec un regard ou un sourire, elle peut m'envoyer sur la lune, ou six pieds sous terre… et c'est rafraîchissant, car je n'ai jamais rien vécu de semblable.

— Ton insolence m'a manqué, Anastasia.

Tout à coup, je l'imagine à genoux devant moi. Je me tortille sur mon siège.

Merde. Concentre-toi, Grey, pour l'amour du ciel. Elle détourne les yeux en dissimulant un sourire, et regarde les banlieues qui défilent sous l'appareil tandis que je vérifie le cap. Tout va bien. Nous volons vers Portland.

Elle se tait. De temps en temps, je l'observe à la dérobée. La curiosité et l'émerveillement illuminent ses traits tandis qu'elle contemple le paysage et le ciel d'opale. Malgré sa pâleur et ses yeux cernés – qui témoignent des souffrances que je lui ai infligées –, elle est belle à tomber. Comment ai-je pu la laisser sortir de ma vie ? Qu'avais-je dans la tête ?

Tandis que nous filons au-dessus des nuages dans notre petite bulle, tout en haut dans le ciel, mon optimisme augmente et les tourments de la semaine passée s'éloignent. Maintenant qu'elle est ici, avec moi, je me détends peu à peu, savourant une sérénité que je n'ai pas éprouvée depuis qu'elle m'a quitté.

Mais, à mesure que nous approchons de notre destination, mon assurance faiblit. Mon Dieu, j'espère que mon plan va réussir. Il faut que je l'emmène dans un endroit où nous serons en tête à tête. Je dois l'inviter à dîner.

Putain. J'aurais dû réserver une table quelque part.

Il faut qu'elle mange. Si elle accepte de dîner avec moi, il ne me restera plus qu'à trouver les bons mots. Ces derniers jours m'ont appris que j'avais besoin d'être avec quelqu'un… que j'avais besoin d'elle. Je la veux. Et elle, est-ce qu'elle voudra de moi ? Vais-je pouvoir la convaincre de m'accorder une deuxième chance ?

Chaque chose en son temps, Grey… Vas-y mollo. Ne lui fais pas peur.

Quinze minutes plus tard, nous atterrissons sur l'unique hélistation de Portland. Tandis que je coupe le moteur, le carburant et que j'éteins le transpondeur et les radios, l'incertitude qui me taraude depuis que j'ai décidé de la reconquérir refait surface. Il faut que je lui dise ce que j'éprouve, et ça va être difficile. Parce que je ne comprends pas ce que je ressens pour elle. Je sais qu'elle m'a manqué, que j'ai été malheureux et que je suis prêt à tenter de vivre avec elle le genre d'histoire dont elle a envie. Mais est-ce que ça lui suffira ? Est-ce que ça me suffira, à moi ?

L'avenir le dira, Grey.

Après avoir débouclé mon harnais, je me penche vers elle pour détacher le sien et perçois son doux parfum. Elle sent bon. Elle sent toujours bon. Elle me lance un coup d'œil furtif, comme si une pensée déplacée lui venait à l'esprit. Comme toujours, j'aimerais bien savoir ce qu'elle pense. Je fais comme si je n'avais pas remarqué son regard.

— Vous avez fait bon voyage, mademoiselle Steele ?

— Oui, merci, monsieur Grey.

— Eh bien, allons voir les photos de ce jeune homme.

J'ouvre la porte, je descends d'un bond et lui tends la main.

Nous sommes accueillis par Joe, le gérant de l'hélistation. C'est un ancien, un vétéran de la guerre de Corée, mais il reste aussi fringant qu'un quinquagénaire. Ses yeux perçants ne ratent rien. Ils s'éclairent lorsqu'il me sourit.

— Joe, gardez bien l'hélico pour Stephan. Il sera là autour de 20 ou 21 heures.

— Je n'y manquerai pas, monsieur Grey. Madame. Votre voiture vous attend en bas, monsieur. Oh, et l'ascenseur est hors service ; il va vous falloir emprunter l'escalier.

— Merci, Joe.

Alors que nous nous dirigeons vers l'escalier de secours, j'avise les talons hauts d'Anastasia et me rappelle sa chute maladroite dans mon bureau.

— Avec ces talons, heureusement qu'il n'y a que trois étages.

Je réprime un sourire.

— Tu n'aimes pas mes bottes ? me demande-t-elle en baissant les yeux vers ses pieds.

D'un coup, je me prends à imaginer ces bottes accrochées à mes épaules.

— Je les aime beaucoup, Anastasia, fais-je, en espérant parvenir à masquer mes pensées lascives. Viens. On va y aller doucement. Je n'ai aucune envie que tu te rompes le cou en tombant.

Tandis que je l'enlace, je me félicite de cette panne d'ascenseur, qui m'offre une bonne excuse pour la tenir dans mes bras. Je l'attire contre moi et nous descendons l'escalier ensemble.

Dans la voiture, plus nous approchons de la galerie, plus mon angoisse augmente. Nous allons assister au vernissage de son soi-disant ami. Du type qui, la dernière fois, essayait de lui fourrer sa langue dans la bouche. Ils se sont peut-être parlé au cours des derniers jours ; ils ont peut-être hâte de se retrouver.

Putain. Ça, je ne l'avais pas encore envisagé. J'espère que je me trompe.

— José est juste un ami, m'explique Ana.

Quoi ? Elle lit dans mes pensées ? Je suis aussi transparent que ça ? Depuis quand ?

Depuis qu'elle m'a dépouillé de mon armure. Depuis que j'ai découvert que j'avais besoin d'elle.

Quand elle me fixe, j'ai l'estomac noué.

— Ces beaux yeux te mangent le visage, Anastasia. Je t'en prie, promets-moi de te nourrir.

— Oui, Christian, je vais me nourrir, réplique-t-elle, agacée.

— Je ne plaisante pas.

— Vraiment ?

Son ton est sarcastique. Et j'ai failli rester sans rien faire. Il est temps de me déclarer.

— Je ne veux pas me disputer avec toi, Anastasia. Je voudrais que tu me reviennes, et que tu me reviennes en bonne santé.

— Mais rien n'a changé, dit-elle en fronçant les sourcils.

Si, Ana. Tout a changé. Je suis complètement chamboulé.

Nous nous garons devant la galerie. Je n'aurai pas le temps de m'expliquer avant le vernissage.

— Nous en reparlerons sur le chemin du retour. On est arrivés.

Avant qu'elle puisse répondre que ça ne l'intéresse pas, je sors de la voiture pour lui ouvrir la portière. Elle descend, visiblement furieuse.

— Pourquoi fais-tu cela ?

— Quoi donc ?

Quoi encore ?

— Tu commences à me dire quelque chose, et puis tu t'arrêtes.

C'est tout ? C'est pour ça que tu es en colère ?

— Anastasia, on est arrivés. C'est toi qui as voulu venir. Alors on y va. On parlera après. Je ne tiens pas particulièrement à me donner en spectacle en pleine rue.

Elle pince les lèvres et, avec une moue boudeuse, lâche un « d'accord » à contrecœur.

Je lui prends la main pour l'entraîner dans la galerie. Elle presse le pas derrière moi.

L'espace, lumineux et dépouillé, est aménagé dans un entrepôt reconverti – c'est la mode en ce moment –, avec parquet et murs en briques apparentes. Les hipsters de Portland déambulent entre les photos en discutant à voix basse, tout en sirotant un mauvais vin.

Une jeune femme nous accueille :

— Bonsoir et bienvenue à l'exposition de José Rodriguez, dit-elle en me dévorant des yeux.

La beauté, c'est superficiel, chérie, remets-toi. Malgré son trouble, elle se ressaisit dès qu'elle aperçoit Anastasia.

— Oh, c'est vous, Ana. Nous aimerions avoir votre avis sur cette exposition.

Elle nous tend une plaquette et désigne un bar improvisé. Ana fronce les sourcils, et le petit *v* que j'aime tant se dessine au-dessus de son nez. J'aimerais tellement l'embrasser, comme avant.

— Tu la connais ?

Elle secoue la tête en plissant le front. Je hausse les épaules. *Typique de Portland.*

— Que veux-tu boire ?

— Je prendrai un verre de vin blanc, merci.

Alors que je me dirige vers le bar, un hurlement enthousiaste retentit :

— Ana !

Je me retourne. Ce petit con a pris ma copine dans ses bras.

Nom de Dieu.

Je n'entends pas ce qu'ils se disent. Ana ferme les yeux. Un instant, j'ai l'impression qu'elle est au bord des larmes. Mais lorsqu'il s'écarte pour mieux la regarder, elle a recouvré son calme.

Exact. Elle a maigri, et c'est à cause de moi.

On dirait qu'elle essaie de le rassurer. Je tente de refouler mon sentiment de culpabilité, tout en constatant qu'il s'intéresse beaucoup à elle. Beaucoup trop. Ma colère monte. Elle jure qu'ils ne sont qu'amis, mais à l'évidence ce sentiment n'est pas partagé. Il en veut plus.

Bas les pattes, petit con. Elle est à moi.

Un jeune homme chauve en chemise aux couleurs criardes s'approche de moi.

— Impressionnantes, ces images, vous ne trouvez pas ?

— Je n'ai pas encore vu. (Je me tourne vers le barman.) C'est tout ce que vous avez ?

— Rouge ou blanc ? demande-t-il avec l'air de s'en foutre totalement.

— Deux verres de vin blanc.

— Je pense que vous allez être impressionné. Rodriguez a un regard très singulier, poursuit l'emmerdeur à la chemise affreuse.

Je ne l'écoute pas. Mon sang bout dans mes veines. Ana me fixe de ses grands yeux lumineux, elle brille comme un phare dans la foule. Je me noie dans son regard. Elle est sublime. Ses cheveux encadrent son visage et retombent en cascades bouclées sur ses seins. Sa robe, moins ajustée qu'auparavant, souligne encore ses courbes. Elle l'a peut-être choisie exprès. Elle sait que c'est ma préférée. Non ? Robe sexy, boots sexy…

Bon sang, contrôle-toi, Grey.

Rodriguez pose une question à Ana, ce qui la contraint à me quitter des yeux. Je devine, ravi, qu'elle le fait à regret. *Et merde.* Avec ses dents parfaites, ses épaules larges et son costard, il est beau, ce petit con, pour un fumeur de pétards. Je suis bien obligé de l'admettre. Ana acquiesce à l'un de ses propos en lui adressant un sourire chaleureux et insouciant. J'aimerais bien qu'elle me sourie comme ça. Il se penche pour lui faire la bise. *Connard.*

Je foudroie le barman du regard. *Quand tu veux, mec.* Il met une éternité à me servir, ce crétin. Je m'empare des verres sans répondre au chauve, qui est en train de me parler d'un autre photographe, et je fonce vers Ana.

Au moins, Rodriguez l'a lâchée. Elle contemple l'une des photos, rêveuse. C'est un paysage. Un lac. Pas mal. Elle lève les yeux vers moi, un peu défiante, lorsque je lui tends son verre. J'avale rapidement une gorgée. Beurk ! C'est un chardonnay tiède, trop boisé, dégueulasse.

— Il est à la hauteur ?

On dirait que je l'amuse. Mais de quoi parle-t-elle ? Du photographe, du lieu ?

— Le vin, précise-t-elle.

— Non. C'est rarement le cas dans ce genre d'endroits... Ce garçon a du talent, n'est-ce pas ?

— Pour quelle raison crois-tu que je lui ai demandé de faire ton portrait ?

Elle est manifestement fière du travail de son ami. Ça m'agace. Elle l'admire et se réjouit de son succès parce qu'elle éprouve de l'affection pour lui. Trop d'affection. Une émotion ignoble me monte à la gorge, amère comme de la bile : la jalousie. Elle est la première à provoquer en moi ce sentiment inédit – et je n'aime pas ça.

Un type fringué comme un sans-abri me braque son objectif sous le nez, interrompant mes idées noires.

— Christian Grey ? Puis-je prendre une photo, monsieur ?

Maudits paparazzis. J'ai envie de lui dire d'aller se faire foutre, mais je décide d'être poli. Je ne tiens pas à ce que Sam, mon attaché de presse, se tape une plainte du journal.

— Bien sûr.

J'attire Ana contre moi. Je veux que tout le monde sache qu'elle est à moi – si elle veut bien de moi.

Ne va pas plus vite que la musique, Grey.

Le photographe prend quelques clichés.

— Merci, monsieur Grey. (Au moins, il est reconnaissant.) Mademoiselle... ?

— Ana Steele.

— Mademoiselle Steele.

Il s'éloigne en se faufilant entre les invités. Ana se dégage. Je serre les poings pour résister à l'envie de la toucher à nouveau. Elle lève les yeux vers moi.

— J'ai recherché des photos de toi avec des petites amies sur Internet. Je n'en ai pas trouvé. C'est pour ça que Kate pensait que tu étais homo.

Je ne peux pas m'empêcher de sourire en me rappelant notre première rencontre. Sa maladresse, son incompétence, ses questions idiotes – Êtes-vous gay, monsieur Grey ? –, mon agacement…

— Ce qui explique ta question déplacée. Non, je ne sors jamais avec mes petites amies, Anastasia. Il n'y a que toi. Mais tu le sais.

Et j'aimerais sortir encore souvent avec toi. Très souvent.

— Alors tu ne t'es jamais montré en public avec tes… (Elle baisse la voix et jette un regard nerveux autour d'elle)… tes soumises ?

Ce mot la gêne tellement qu'elle pâlit.

— Parfois. Mais pas pour un rendez-vous galant. Pour faire un peu de shopping, par exemple.

Ces rares expéditions n'étaient qu'une distraction, une façon de récompenser une soumise. Il n'y a qu'une femme au monde qui m'ait donné envie d'aller plus loin… Ana.

— Tu es la seule, Anastasia.

J'aurais envie de plaider ma cause, là, tout de suite, de lui expliquer ma proposition, de savoir ce qu'elle en pense, si elle me reviendra. Mais pas en public. Ses joues se teintent de ce rose délicieux que j'adore. Elle regarde ses doigts. J'espère que ces mots lui ont fait plaisir, mais je n'en suis pas sûr. Il faut que je la sorte d'ici. Que je lui parle en tête à tête. Que je la fasse manger. Plus vite on aura vu les œuvres de son copain l'artiste, plus vite on pourra partir.

— Ton ami a l'air d'être plutôt porté sur les paysages que sur les portraits. Allons faire un tour.

Je lui tends la main. À mon grand plaisir, elle la prend. Nous déambulons dans la galerie en nous arrêtant brièvement devant chaque photo. Bien que j'en veuille au petit con des sentiments qu'il inspire à Ana, je dois avouer qu'il est très doué. Nous passons dans une autre section de la galerie… Et restons cloués sur place.

Elle est là. Sept immenses portraits d'Anastasia Steele. Belle à tomber, naturelle, détendue, tour à tour rieuse, renfrognée, boudeuse, pensive, amusée et, sur l'un des clichés, triste et mélancolique. C'est évident : Rodriguez aimerait être plus qu'un ami pour elle.

— Il semblerait que je ne sois pas le seul sur le coup.

Cet hommage en images est une déclaration d'amour, étalée au vu de tous sur les murs de la galerie. N'importe quel crétin peut la reluquer.

Ana observe les photos en silence, aussi étonnée que moi. Quoi qu'il en soit, il est hors de question qu'un autre les achète. Je les veux. J'espère qu'elles sont à vendre.

— Excuse-moi.

J'abandonne Ana un instant pour me diriger vers la jeune femme qui nous a accueillis à notre arrivée.

— Que puis-je faire pour vous ?

Sans prêter attention à ses cils papillonnants ou à sa bouche carmin provocante, je m'informe :

— Les sept portraits accrochés au fond de la salle sont-ils à vendre ?

Professionnelle, elle passe de la déception au sourire.

— La série Anastasia ? Des œuvres remarquables.

C'est surtout le modèle qui est remarquable.

— Bien sûr, elles sont à vendre. Un instant, je consulte la liste de prix.

— Je les veux toutes.

Je sors mon portefeuille.

— Toutes ?

— Oui.

Cette bonne femme commence à m'énerver.

— La série est à quatorze mille dollars.

— J'aimerais qu'elle me soit livrée le plus rapidement possible.

— Elle est censée rester accrochée jusqu'à la fin de l'exposition.

Inacceptable. Je lui décoche mon plus beau sourire.

— Mais je suis sûre qu'on trouvera une solution, bafouille-t-elle tandis qu'elle passe ma carte dans le terminal d'une main tremblante.

Lorsque je rejoins Ana, elle bavarde avec un type blond qui essaie de la draguer. Je la prends par le coude en adressant au mec mon regard « dégage de là » le plus hargneux.

— Vous êtes un type chanceux, bredouille-t-il en battant en retraite.

— En effet.

Une fois débarrassé de l'intrus, j'attire Ana vers le mur du fond. Elle désigne les photos d'un signe de tête.

— Tu viens d'acheter un de mes portraits ?

— Un de tes portraits ?

Un seul ? Tu veux rire ? Je ricane.

— Tu en as acheté plusieurs ?

— Je les ai tous achetés, Anastasia.

Je sais que j'ai l'air de me vanter en lui disant ça, mais je ne supporte pas l'idée qu'un autre puisse posséder ces photos et les admirer. Stupéfaite, elle entrouvre les lèvres. Je tente de ne pas me laisser distraire par ce spectacle.

— Je ne veux pas qu'un inconnu te reluque chez lui.

— Tu préfères que ce soit toi ? rétorque-t-elle.

Sa réaction inattendue m'amuse : la voilà qui me gronde. Je lui réponds sur le même ton :

— Franchement, oui.

— Pervers, articule-t-elle en silence tout en mordant sa lèvre inférieure, sans doute pour ne pas pouffer de rire.

Bon sang, non seulement elle me provoque, mais en plus elle est drôle. Et elle a raison.

— Ça, je ne peux pas le nier, Anastasia.

— Je serais ravie d'en discuter avec toi mais j'ai signé un accord de confidentialité.

L'air hautaine, elle se tourne vers les photos pour les contempler à nouveau.

Ça y est, la voilà qui recommence à se moquer de moi et de mon mode de vie. Nom de Dieu, qu'est-ce que j'aimerais la remettre à sa place – de préférence sous moi ou à genoux. Je me penche pour lui chuchoter à l'oreille :

— Si tu savais ce que j'aimerais faire à cette bouche insolente.

— Quelle vulgarité !

Elle fait mine d'être scandalisée. Les pointes de ses oreilles se teintent d'un joli rose. *Ça, ça n'est pas nouveau, bébé.* Je regarde encore les portraits.

— Tu sembles très détendue sur ces clichés, Anastasia. Je ne t'ai pas vue pas comme ça très souvent.

Elle examine une fois de plus ses doigts, comme si elle cherchait ses mots. À quoi pense-t-elle ? Je lui relève le menton. Lorsque mes mains touchent son visage, elle retient son souffle. Ce qui me fait de l'effet jusqu'à l'entrejambe.

— J'aimerais bien te voir aussi détendue avec moi.

On se calme, Grey. Tu brûles les étapes.

— Dans ce cas, il faut que tu arrêtes de m'intimider, réplique-t-elle avec une ardeur qui me prend de court.

Je lui réponds du tac au tac :

— Et toi, tu dois apprendre à communiquer, à me dire ce que tu ressens.

Enfin, bon sang, on ne va pas tout déballer ici, maintenant ? J'avais l'intention d'en discuter avec elle en tête à tête. Elle inspire profondément et se redresse de toute sa taille.

— Christian, tu me voulais soumise, dit-elle à mi-voix. C'est là tout le problème. Dans la définition même de « soumise » – tu me l'as envoyée par mail un jour… (Elle marque une pause en me scrutant d'un œil noir.) Je pense que les synonymes étaient, je cite : « Docile, obéissante, accommodante, souple, passive, résignée, patiente, domptée, subjuguée. » Je n'étais pas censée te regarder. Ni te parler à moins que tu ne m'en donnes la permission. Qu'est-ce que tu espères ?

C'est en privé qu'il faut discuter de tout ça. Pourquoi m'en parle-t-elle ici ?

— C'est très déroutant d'être avec toi. Tu ne veux pas que je te défie, mais tu aimes mon insolence. Tu veux que je t'obéisse, sauf quand tu veux pouvoir me punir. Je ne sais tout simplement pas comment me comporter.

D'accord, je comprends que ça puisse sembler déroutant mais je ne veux pas en discuter ici. Il faut que nous partions.

— Bon point, bien joué, comme d'habitude, mademoiselle Steele, dis-je d'une voix glaciale. Allons manger.

— Nous ne sommes là que depuis une demi-heure.

— Tu as vu les photos, tu as discuté avec ce type.

— Il s'appelle José, rétorque-t-elle.

— Tu as discuté avec José. Le type qui, la dernière fois que je l'ai vu, essayait d'enfoncer sa langue dans ta bouche alors que tu étais ivre et malade.

Je serre les dents.

— Il ne m'a jamais frappée, lui, riposte-t-elle, furieuse.

Mais enfin, qu'est-ce qui lui prend ? Elle me fait une scène, maintenant ? Je n'en crois pas mes oreilles. *Putain, mais c'est elle qui m'a demandé jusqu'où ça pouvait aller !* La colère monte en moi comme une éruption volcanique.

— C'est un coup bas, Anastasia.

Elle s'empourpre. De honte ou de rage ? Je l'ignore. Je passe la main dans mes cheveux pour me retenir de l'entraîner dehors de force. Nous ne pouvons pas poursuivre cette discussion en public. J'inspire profondément.

— Je t'emmène manger quelque chose. Tu es en train de dépérir. Va trouver ton copain et dis-lui au revoir.

J'ai parlé sèchement, en luttant pour contenir ma colère. Elle ne bouge pas.

— Je t'en prie, on ne peut pas rester encore un peu ?

Je parviens à ne pas crier :

— Non. Va lui dire au revoir.

Je reconnais cette moue butée. Je sais qu'elle est folle de rage, mais malgré tout ce que j'ai enduré ces derniers jours, je m'en fous. On s'en va, même s'il faut que je la porte sur mon épaule. Avec un regard méprisant, elle fait volte-face si brusquement que ses cheveux fouettent mon épaule, et part retrouver son photographe à grands pas rageurs.

Tandis qu'elle s'éloigne, je tente de me ressaisir. Comment arrive-t-elle à me provoquer à ce point ? J'ai envie de l'engueuler, de lui donner la fessée et de la baiser. Ici. Maintenant. Dans cet ordre-là.

Le petit con – pardon, Rodriguez – est entouré d'une flopée d'admiratrices, mais dès qu'Ana s'approche, il laisse tomber ses fans et la regarde comme s'il n'y avait qu'elle au monde. Il l'écoute attentivement, puis la prend dans ses bras pour la faire tournoyer.

Bas les pattes.

Ana me jette un coup d'œil avant de lui enfoncer les doigts dans les cheveux pour l'attirer vers elle. Joue contre joue, elle lui chuchote à l'oreille. Ils continuent à se parler.

L'un contre l'autre. Il l'enlace. Il se chauffe à mon soleil, ce connard.

Avant même de me rendre compte de ce que je fais, je fonce vers eux, prêt pour le carnage. Heureusement pour lui, il la lâche dès que j'approche.

— Tu m'appelles, Ana. Oh, monsieur Grey, bonsoir ! bafouille-t-il.

Je l'intimide. Tant mieux.

— Monsieur Rodriguez, très impressionnant. Je suis désolé que nous ne puissions rester plus longtemps, mais nous devons rentrer à Seattle. Anastasia ?

Je lui prends la main.

— Au revoir, José. Et, encore une fois, félicitations !

Elle s'écarte de moi pour déposer un baiser sur la joue empourprée de Rodriguez. Je suis au bord de l'infarctus. Je dois mobiliser tout mon sang-froid pour ne pas la hisser sur mon épaule. Au lieu de cela, je la traîne par la main jusqu'au trottoir. Je marche trop vite et elle trébuche derrière moi, mais je m'en fiche.

Là, maintenant, je n'ai qu'une seule envie…

Il y a une ruelle. Je m'y engouffre avec elle et, avant de m'en rendre compte, je la plaque contre le mur. Je saisis son visage à deux mains, immobilisant son corps avec le mien. Le désir et la rage forment un cocktail enivrant, explosif. Mes lèvres s'emparent des siennes, nos dents s'entrechoquent, puis ma langue pénètre sa bouche. Elle a un goût de vin bon marché et d'Ana, ma délicieuse, ma douce Ana.

Ah, cette bouche. Qu'est-ce qu'elle m'a manqué.

Elle s'embrase autour de moi. Les doigts plongés dans mes cheveux, elle tire dessus, gémit dans ma bouche, se livre davantage, et me rend mon baiser avec une passion déchaînée, sa langue mêlée à la mienne. Elle me goûte. Elle me prend. Elle se donne.

Je ne m'attendais pas à une telle avidité. Le désir éclate dans mon corps comme un incendie de forêt en saison sèche. Je suis tellement excité que j'ai envie de la prendre là, tout de suite, dans cette ruelle. Ce qui devait être un baiser-châtiment, destiné à lui montrer qu'elle m'appartenait, devient autre chose.

Elle en a envie, elle aussi. Ça lui a manqué, à elle aussi. Et c'est plus qu'excitant. Je gémis à mon tour, vaincu. D'une main, je l'attrape par la nuque. Ma main libre descend le long de son corps et redécouvre ses courbes : ses seins, sa taille, son cul, ses cuisses. Elle grogne quand mes doigts trouvent le bas de sa robe et commencent à la relever. Je vais la lui arracher et la baiser ici. Reprendre possession d'elle.

La sentir contre moi m'enivre. Je la veux comme je ne l'ai jamais voulue auparavant. Mais au loin, à travers la brume de mon désir, j'entends la sirène d'une voiture de police.

Non ! Non, Grey ! Pas comme ça. Reprends-toi. Je recule pour la dévisager, haletant, rageur.

— Tu… Es… À… Moi.

Je me détache d'elle pour recouvrer mes esprits.

— Pour l'amour de Dieu, Ana.

Les mains sur les genoux, j'essaie de reprendre mon souffle et de maîtriser mon corps en furie. Je bande tellement fort que ça me fait mal. Jamais une femme ne m'a fait cet effet-là ! J'ai failli la baiser dans une ruelle.

La jalousie, c'est ça. Voilà donc ce qu'on éprouve. Je suis écorché vif, éventré, hors de contrôle. Et je n'aime pas ça. Je n'aime pas ça du tout.

— Je suis désolée, souffle-t-elle d'une voix rauque.

— Tu peux. Je sais très bien ce que tu étais en train de faire. Tu as envie du photographe, Anastasia ? De toute évidence, il a des sentiments pour toi.

— Non, proteste-t-elle, pantelante. C'est juste un ami.

Au moins, elle a la bonne grâce de prendre une mine contrite, ce qui m'apaise un peu.

— J'ai passé toute ma vie à essayer d'éviter les émotions extrêmes. Et toi… tu provoques en moi des sentiments qui me sont totalement étrangers. C'est très…

Je n'arrive pas à trouver des mots qui expriment ce que je ressens. Je ne me contrôle plus, je suis perdu. Faute de mieux, je dis :

— … très déstabilisant. J'aime tout contrôler, Ana. Et, quand tu es là, cette maîtrise… (Je me redresse pour la regarder.)… s'évapore.

Ses yeux débordent de promesses charnelles, sa chevelure décoiffée et sexy retombe sur ses seins. Je masse ma nuque, heureux d'avoir retrouvé un semblant de self-control. *Tu vois comment je suis quand tu es là, Ana ?* Je passe la main dans mes cheveux et j'inspire profondément pour m'éclaircir l'esprit. Je la prends par la main.

— Viens. Il faut qu'on parle et il faut que tu manges.

Il y a un restaurant tout près. Ce n'est pas celui que j'aurais choisi pour nos retrouvailles, si c'est bien de cela qu'il s'agit, mais je devrai m'en contenter. L'heure tourne, Taylor sera bientôt là.

Je lui ouvre la porte.

— Cet endroit fera l'affaire. Nous n'avons pas beaucoup de temps.

Le restaurant est sans doute destiné à une clientèle d'amateurs d'art et d'étudiants. Ses murs sont de la même couleur que ma salle de jeux, mais je ne m'attarde pas sur ce point.

Un serveur obséquieux nous accompagne jusqu'à une table à l'écart ; il est tout sourire pour Anastasia. Consultant d'un coup d'œil le menu inscrit sur le tableau noir, je décide de commander avant que le serveur reparte.

— Nous prendrons deux steaks d'aloyau cuits à point, avec de la sauce béarnaise, si vous en avez, des frites et des légumes verts, ou ce que le chef peut nous proposer. Et apportez-moi la carte des vins.

— Tout de suite, monsieur.

Ana pince les lèvres, agacée. *Quoi, encore ?*

— Et si je n'aime pas le steak ?

— Ne commence pas, Ana.

— Je ne suis pas une gamine, Christian.

— Alors cesse de te conduire comme une gamine.

— Je suis une gamine parce que je n'aime pas le steak ?

Elle ne cherche pas à cacher sa contrariété. *Assez !*

— Tu te conduis comme une gamine parce que tu essaies délibérément de me rendre jaloux. Et ton copain, ça t'est égal de le faire marcher ? Tu te fiches de ses sentiments pour toi ?

Ses joues rosissent et elle fixe ses mains. *Voilà. Tu as raison d'avoir honte. Tu l'embrouilles. Même moi, je suis capable de m'en rendre compte.* Et si elle était en train de me faire marcher, moi aussi ? Notre séparation lui a peut-être donné le temps de comprendre qu'elle avait du pouvoir. Du pouvoir sur moi.

Le serveur revient avec la carte des vins, ce qui me permet de recouvrer mon calme. La sélection est médiocre : il n'y a qu'un vin correct à la carte. Je jette un coup d'œil à Anastasia, qui boude. Je connais cette expression. Elle voulait choisir ses plats ; elle aimerait peut-être commander le vin, tant qu'à faire ? Je ne résiste pas au plaisir de la titiller, sachant qu'elle n'y connaît rien.

— Tu veux choisir le vin ?

Elle pince les lèvres.

— Non, vas-y.

Ne joue pas à ce petit jeu-là avec moi, bébé.

— Deux verres de Barossa Valley Shiraz, s'il vous plaît, dis-je au serveur.

— Pardon, ce vin ne se vend pas au verre, monsieur.

— Alors une bouteille.

Pauvre con.

— Très bien, monsieur.

Il se retire.

— Qu'est-ce que tu es grognon, dit-elle, sans doute parce qu'elle a pitié du serveur.

— Je me demande bien pourquoi ?

Moi aussi, je me conduis comme un gamin.

— En tout cas, puisqu'on est censés parler de notre avenir à cœur ouvert, ça donne le ton, non ?

Elle m'adresse un sourire doucereux.

Œil pour œil, dent pour dent, mademoiselle Steele. Une fois de plus, elle m'a pris à mon propre jeu. J'admire son culot, mais je me rends compte que ces disputes ne nous mèneront nulle part. Je suis vraiment trop con. *Ne te grille pas sur ce coup-là, Grey.* Elle a raison.

— Excuse-moi, dis-je.

— J'accepte tes excuses. Et j'ai le plaisir de t'informer que je ne suis pas devenue végétarienne depuis la dernière fois que nous avons mangé ensemble.

— Puisque c'est la dernière fois que tu as mangé, il me semble que la question est caduque, non ?

— Encore ce mot. Caduc.

J'articule le mot en silence. Caduc. *Encore ce mot, c'est vrai.* Je me rappelle la dernière fois que je l'ai employé, en discutant de notre accord, ce samedi matin fatidique. Le jour où mon univers s'est effondré.

Et merde. Ne pense pas à ça. Du cran, Grey. Dis-lui ce que tu veux.

— Ana, la dernière fois que nous nous sommes parlé, tu m'as quitté. Je suis un peu nerveux. Je t'ai dit que je voulais que tu me reviennes, et tu n'as… rien répondu.

Elle mord sa lèvre et son visage se vide de tout son sang. *Non, pas ça.*

— Tu m'as manqué… tu m'as vraiment manqué, Christian, fait-elle d'une petite voix. Ces derniers jours ont été… difficiles.

Difficile, c'est un euphémisme.

Elle déglutit et inspire profondément. C'est mauvais signe. Mon comportement au cours de cette dernière heure l'a peut-être décidée à me quitter pour de bon. Je me crispe. Où veut-elle en venir ?

— Rien n'a changé. Je ne peux pas être celle que tu veux que je sois.

Elle a l'air désolée. *Non, non, non.*

— Tu es celle que je veux que tu sois.

Tu es tout ce que je veux.

— Non, Christian, ce n'est pas vrai.

Bébé, je t'en supplie, crois-moi.

— Tu es encore bouleversée par ce qui s'est passé la dernière fois. J'ai été stupide et toi… toi aussi. Pourquoi n'as-tu pas utilisé le mot d'alerte, Anastasia ?

Elle n'y a jamais songé, semble-t-il. Je la presse :

— Réponds-moi.

Cette question me hante. *Pourquoi n'as-tu pas prononcé le mot d'alerte, Ana ?* Elle s'affaisse sur sa chaise. Triste. Accablée.

— Je ne sais pas, chuchote-t-elle.

Quoi ? QUOI ? J'en reste sans voix. J'ai vécu un enfer parce qu'elle n'a pas dit le mot d'alerte. Mais avant que je puisse me ressaisir, des paroles se déversent de sa bouche. Douces. Chuchotées dans un confessionnal. Comme si elle avait honte.

— J'étais bouleversée. J'essayais d'être celle que tu voulais, j'essayais de gérer la douleur. Et ça m'est sorti de l'esprit. Tu comprends ? J'ai oublié.

Elle hausse tristement les épaules, comme pour se faire pardonner.

— Tu as oublié ?

Je suis atterré. Nous avons vécu cet enfer parce qu'elle a oublié ? Je n'arrive pas à le croire. Je m'agrippe à la table pour m'ancrer à la réalité, pendant que j'assimile cette information effarante. Lui ai-je rappelé les mots d'alerte ? *Nom de Dieu*. Je ne sais plus. Le mail qu'elle m'a envoyé la première fois que je lui ai donné la fessée me revient à l'esprit. Ce jour-là, elle ne m'a pas arrêté. *Je suis un idiot*. J'aurais dû les redire.

Un instant. Elle savait qu'elle avait des mots d'alerte. Je me souviens le lui avoir répété plus d'une fois.

— Nous n'avons pas signé de contrat, Anastasia. Mais nous avons parlé des limites. Et je tiens à répéter que nous avons des mots d'alerte, d'accord ?

Elle cligne des yeux deux fois, mais se tait.

— Quels sont-ils ?

Elle hésite.

— Quels sont les mots d'alerte, Anastasia ?

— Jaune.

— Et ?

— Rouge.

— Retiens-les.

Elle lève un sourcil, avec un dédain évident. Elle va dire quelque chose.

— Pas d'insolence, mademoiselle Steele. Ou je te mets à genoux et je te baise la bouche. Compris ?

— Comment puis-je te faire confiance ? Comment est-ce possible ?

Si elle est incapable d'être honnête avec moi, quel espoir nous reste-t-il ? Elle ne doit pas me dire ce que je veux entendre. Comment pourrions-nous vivre une vraie relation sinon ? Mon moral s'effondre. Voilà le problème, lorsqu'on a affaire à quelqu'un qui n'est pas initié. Elle n'a rien compris. Je n'aurais jamais dû la séduire.

Alors que nous nous dévisageons, incrédules, le serveur revient avec le vin.

J'aurais peut-être dû mieux lui expliquer. *Et merde, Grey. Repousse les pensées négatives.* Désormais, ça n'a plus d'importance. Je vais tenter de faire les choses à sa manière, si elle me le permet.

Cet imbécile met beaucoup trop longtemps à déboucher la bouteille. Il veut nous faire un petit spectacle ? Cherche-t-il à impressionner Ana ? Enfin, il me fait goûter le vin. Je m'exécute rapidement. Il faut le laisser respirer, mais il est passable.

— Très bien.

Maintenant, casse-toi. Par pitié. Il nous sert et se retire.

Nous ne nous sommes pas quittés du regard, Ana et moi. Chacun s'efforce de deviner les pensées de l'autre. Elle se détourne en premier, fermant les yeux comme si elle cherchait l'inspiration en dégustant une gorgée de vin. Lorsqu'elle les ouvre, j'y lis son désespoir.

— Je suis désolée.

— De quoi es-tu désolée ?

Et merde. Désolée parce qu'elle ne veut plus de moi ? Parce qu'il n'y a aucun espoir ?

— De ne pas avoir utilisé le mot d'alerte.

Ouf. Je pensais que tout était fini entre nous. Je tente de dissimuler mon soulagement.

— Nous aurions pu nous épargner toute cette souffrance.

— Tu sembles aller bien, répond-elle d'une voix tremblante.

— Les apparences sont parfois trompeuses. Je vais tout sauf bien. J'ai l'impression que le soleil s'est couché et ne s'est pas levé pendant cinq jours, Ana. Je vis dans une nuit perpétuelle.

Elle en reste bouche bée. Qu'est-ce qu'elle imaginait ? Elle m'a quitté alors que je la suppliais de rester.

— Tu m'avais dit que tu ne partirais jamais. Et pourtant, au premier coup dur, tu claques la porte.

— Quand ai-je dit que je ne partirais jamais ?

— Dans ton sommeil. Je n'ai jamais entendu de parole aussi rassurante, Anastasia. Ça m'a permis de me détendre.

Pose-lui la question, Grey. La seule question qui importe, celle qui te terrifie et que tu fuis tellement tu redoutes sa réponse.

— Tu as dit que tu m'aimais. Est-ce déjà du passé ?

Elle chuchote, comme au confessionnal :

— Non, Christian.

Je suis dérouté par le soulagement qui me submerge. Un soulagement mêlé de peur. Elle ne devrait pas aimer un monstre.

— Bien.

Pour l'instant, il faut que j'arrête de penser à ça. Le serveur tombe à pic en revenant avec nos plats.

— Mange.

Cette femme a besoin d'être nourrie. Pourtant, elle examine le contenu de son assiette d'un air dégoûté.

— Je te préviens, Anastasia, si tu ne manges pas, je te mets sur mes genoux en plein restaurant et je t'assure que cela n'aura rien à voir avec une quelconque gratification sexuelle. Mange !

— D'accord, je vais manger. Tu peux ranger la main qui te démange.

Elle tente de plaisanter sauf que je ne suis pas d'humeur. Elle est en train de dépérir. Butée, elle prend ses couverts à contrecœur, mais à la première bouchée, elle ferme les yeux et passe sa langue sur ses lèvres. Rien qu'à voir ça, mon corps, déjà stimulé par notre baiser dans la ruelle, réagit au quart de tour.

Et voilà que ça me reprend ! Je coupe aussitôt court. Nous aurons tout le temps, plus tard, si elle accepte ma proposition. Elle avale une deuxième bouchée, puis une troisième, et je sais qu'elle va continuer à manger. Je suis heureux que la nourriture ait fait diversion. Ça va.

Nous continuons de dîner en silence, sans cesser de nous observer. Elle ne m'a pas dit d'aller me faire foutre, c'est déjà ça. Et je me rends compte à quel point j'aime être avec elle, tout simplement. Certes, je suis tiraillé entre toutes sortes d'émotions contradictoires… Mais elle est là. Elle est avec moi, et elle mange. J'ai bon espoir : ma proposition pourrait aboutir. Sa réaction à notre baiser a été… viscérale. Elle me désire encore. Je sais que j'aurais pu la baiser là, sur place, et qu'elle ne m'en aurait pas empêché.

Elle interrompt ma rêverie.

— Tu sais qui chante ?

La sono du restaurant diffuse la voix douce et lyrique d'une jeune femme. Je ne la reconnais pas, mais nous sommes d'accord : elle chante bien.

En écoutant cette chanteuse, je me rappelle que j'ai un iPad pour Ana. J'espère qu'elle me permettra de le lui offrir, et qu'il lui plaira. En plus de la musique que j'y ai téléchargée hier, j'ai passé la matinée à y ajouter d'autres fichiers – des photos du planeur sur mon bureau, de nous deux à sa remise des diplômes, sans compter quelques applications. C'est ma façon de lui demander pardon. Optimiste, j'espère que le message tout simple que j'ai fait graver derrière la tablette saura exprimer ce sentiment. Et qu'elle ne le jugera pas trop ringard. Il faut d'abord que je trouve le moyen de lui donner l'iPad, mais je ne sais pas si nous en arriverons là. Je ravale mon soupir. Elle a toujours rechigné à accepter mes cadeaux.

— Quoi ? s'enquiert-elle.

Elle a deviné que je tramais quelque chose et, une fois de plus, je me demande si elle peut lire dans mes pensées. Je secoue la tête.

— Finis.

Des yeux bleus étincelants me regardent.

— Je n'en peux plus. Ai-je mangé suffisamment pour monsieur ?

Essaie-t-elle délibérément de me provoquer ? Je l'observe. Elle a l'air sincère, et elle a vidé la moitié de son assiette. Si elle n'a rien mangé depuis quelques jours, c'est sans doute assez pour ce soir.

— Je suis vraiment repue, insiste-t-elle.

À point nommé, mon téléphone vibre dans la poche de ma veste. C'est sûrement Taylor. Je consulte ma montre.

— Il va falloir y aller. Taylor attend dehors et tu dois te lever tôt demain matin.

Je n'y avais pas encore songé. Elle travaille, maintenant. Elle a besoin de sommeil. Je vais devoir renoncer à mes projets et ramener mon corps à la raison. Ana me rappelle que moi aussi, je me lève tôt demain.

— J'ai besoin de moins d'heures de sommeil que toi, Anastasia. Au moins, tu auras mangé quelque chose.

— Nous ne reprenons pas Charlie Tango ?

— Non, je me doutais que j'allais boire. Taylor vient nous chercher. Comme ça, je t'aurai pendant plusieurs heures pour moi seul dans la voiture. Que pourrons-nous faire d'autre à part discuter ?

Et je pourrai lui faire ma proposition. Je m'agite nerveusement sur ma chaise. La troisième étape de ma campagne de reconquête ne s'est pas déroulée comme prévu. Elle m'a rendu jaloux. J'ai perdu le contrôle. Comme d'habitude, elle m'a fait dérailler. Mais je peux reprendre les choses en main et conclure l'affaire dans la voiture.

Ne renonce pas, Grey.

J'appelle le serveur pour lui demander l'addition, puis je téléphone à Taylor. Il répond à la deuxième sonnerie.

— Monsieur Grey.

— Nous sommes au Picotin, sur Southwest 3e Avenue, dis-je avant de raccrocher.

— Tu es vraiment brusque avec Taylor. Avec la plupart des gens, d'ailleurs.

— Je me contente d'aller droit au but, Anastasia.

— Tu n'es pas allé droit au but ce soir. Rien n'a changé, Christian.

Touché, mademoiselle Steele. *Dis-lui. Dis-lui maintenant, Grey.*

— J'ai une proposition à te faire.

— Toute cette histoire a commencé par une proposition.

— Une proposition différente.

Elle paraît un peu sceptique, mais j'ai piqué sa curiosité. Quand le serveur revient, je lui tends ma carte sans cesser d'observer Ana. En tout cas, elle est intriguée. C'est bon signe.

Mon cœur s'emballe. J'espère qu'elle acceptera… sinon, je suis perdu. Le serveur me tend le ticket pour que je le signe. J'y ajoute un pourboire extravagant. Le serveur manifeste une gratitude exagérée, ce qui a le don de m'agacer.

Mon téléphone vibre de nouveau. Je consulte le SMS en vitesse. Taylor vient d'arriver. Le serveur me rend ma carte et disparaît.

— Viens. Taylor nous attend dehors.

Nous nous levons et je lui prends la main.

— Je ne veux pas te perdre, Anastasia.

J'effleure le creux de son poignet de mes lèvres. Elle respire plus vite. *Oh, Ana.* Elle a la bouche entrouverte, les joues roses et les yeux écarquillés. Ce spectacle me remplit d'espoir et de désir. Je refoule mes envies et traverse le restaurant en la tenant par la main. Taylor nous attend devant dans le Q7. Songeant tout d'un coup qu'Ana sera peut-être gênée de me parler en sa présence, une idée me vient à l'esprit. J'ouvre la portière arrière pour faire monter Ana et contourne la voiture. Taylor descend pour m'ouvrir.

— Bonsoir, Taylor. Vous avez votre iPod et vos écouteurs ?

— Oui, monsieur, je les prends toujours avec moi.

— Parfait. Utilisez-les pendant tout le trajet.

— Très bien, monsieur.

— Qu'écouterez-vous ?

— Puccini, monsieur.

— *Tosca* ?

— *La Bohème.*

— Bon choix, dis-je en souriant.

Comme toujours, Taylor me surprend. J'imaginais que ses goûts musicaux le porteraient plutôt vers la country ou le rock. J'inspire profondément avant de monter dans la voiture. Je suis sur le point de négocier l'affaire la plus importante de ma vie.

Je veux qu'elle me revienne.

Taylor allume la radio de la voiture pour nous et les arpèges émouvants de Rachmaninov s'élèvent. Il croise mon regard dans le rétroviseur et s'engage dans la circulation, fluide à cette heure tardive. Lorsque je me tourne vers Anastasia, je constate qu'elle m'observe.

— Comme je te disais, Anastasia, j'ai une proposition à te faire.

Comme prévu, elle jette un coup d'œil nerveux à Taylor.

— Taylor ne peut pas nous entendre.

— Comment ça ?

— Taylor, dis-je.

Il ne répond pas. Je l'appelle une seconde fois, avant de me pencher pour lui tapoter l'épaule. Il retire une oreillette.

— Oui, monsieur ?

— Merci, Taylor. Tout va bien ; vous pouvez reprendre votre écoute.

— Bien, monsieur.

— Tu es contente ? Il écoute son iPod. Puccini. Oublie qu'il est là. Moi, c'est ce que je fais.

— C'est toi qui lui as demandé ça ?

— Oui.

— Bon, et ta proposition ? reprend-elle d'une voix hésitante et angoissée.

Moi aussi, je suis nerveux, bébé. Allez, on y va. *Ne fous pas tout en l'air, Grey. Par où commencer ?* J'inspire profondément.

— Laisse-moi tout d'abord te poser une question. Souhaites-tu une relation amoureuse normale, sans aucune baise perverse ?

— Baise perverse ? couine-t-elle, stupéfaite.

— Oui, baise perverse.

— Je n'arrive pas à croire que tu aies pu dire ça.

Elle jette à nouveau un regard anxieux vers Taylor.

— Eh bien, je l'ai dit. Réponds-moi.

— J'aime bien ta baise perverse, murmure-t-elle.

Moi aussi, bébé, crois-moi. Quel soulagement. Jusqu'ici, tout va bien. *Du calme, Grey.*

— C'est bien ce que je pensais. Alors qu'est-ce que tu n'aimes pas ?

Elle reste un moment silencieuse et je sais qu'elle scrute mon visage, tour à tour plongé dans l'ombre et éclairé par les lampadaires.

— La menace d'un châtiment cruel et inhabituel.

— C'est-à-dire ?

Elle se tait, observe Taylor et baisse la voix :

— Eh bien… ces cannes, ces fouets et ces accessoires dans ta salle de jeux me fichent une peur bleue. Je ne veux pas que tu les utilises avec moi.

Ça, je l'avais déjà compris.

— D'accord, donc pas de cannes ni de fouets – ni de ceintures, d'ailleurs, dis-je sans pouvoir empêcher mon ton amer.

— Tu cherches à définir de nouvelles limites ?

— Pas forcément. J'essaie juste de te comprendre, d'avoir une idée plus précise de ce que tu aimes et de ce que tu n'aimes pas.

— Fondamentalement, Christian, c'est la joie que tu éprouves à me faire du mal qui est difficile à gérer. Et aussi l'idée que tu fasses ça parce que j'aurais franchi une ligne arbitraire.

Et merde. Elle me connaît. Elle a rencontré le monstre. Si on continue cette discussion, l'affaire va capoter. J'ignore donc son premier commentaire pour répondre au second :

— Mais ces lignes ne sont pas arbitraires : les règles sont définies d'avance.

— Je ne veux pas de règles.

— Aucune ?

Putain – et si elle me touchait ? Comment me protéger ? Et si elle faisait quelque chose d'idiot qui la mette en danger ?

— Aucune règle, répète-t-elle, en secouant la tête pour appuyer son propos.

Bon, maintenant, la question à un million de dollars.

— Mais ça ne te dérange pas que je te donne une fessée ?

— Que tu me donnes une fessée avec quoi ?

— Ça.

Je lève la main. Elle se tortille sur son siège tandis qu'une douce chaleur s'épanouit en silence au creux de mon ventre. *Bébé, j'adore te regarder te tortiller.*

— Non, pas vraiment. Particulièrement avec ces boules argentées…

Ma queue tressaille rien qu'à y repenser. *Et merde.* Je croise les jambes.

— Oui, c'était bon.

— Plus que bon, renchérit-elle.

— Alors tu peux supporter un peu de douleur.

Je ne parviens pas à masquer ma voix pleine d'espoir. Elle hausse les épaules.

— Oui, je suppose.

Très bien. Il serait donc possible de structurer une relation amoureuse autour de ça. *Respire, Grey. Explique-lui les termes de ta proposition.*

— Anastasia, je veux qu'on recommence tout depuis le début. Qu'on vive une histoire-vanille. Une fois que tu me feras confiance et que je serai sûr que tu es franche et capable de communiquer avec moi, on pourra passer aux choses que j'aime faire, moi.

Et voilà. C'est dit. Mon rythme cardiaque augmente, mon sang palpite, faisant battre mes tympans. J'attends sa réaction. Mon bonheur est en jeu. Et elle ne dit rien ! Lorsque nous passons sous un lampadaire, je constate qu'elle me fixe. Elle me jauge. Ses yeux sont toujours aussi grands dans son beau visage triste et amaigri. *Oh, Ana.*

— Et à propos des châtiments ? finit-elle par lâcher.

Je ferme les yeux. *C'est non.*

— Pas de châtiment. Aucun.

— Et les règles ?

— Pas de règles.

— Aucune ? Mais tu as des besoins…

Elle ne termine pas sa phrase.

— J'ai davantage besoin de toi, Anastasia. Ces derniers jours ont été un enfer. Tout en moi me disait de t'oublier parce que je ne te méritais pas. Ces photos que ce garçon a prises… Je comprends l'image qu'il a de toi : sereine et superbe. Non que tu ne sois pas superbe, là, maintenant. Mais je te vois, je vois ta douleur. Ça me fait souffrir de savoir que c'est à cause de moi. Je suis un homme égoïste.

Ça me tue à petit feu, Ana.

— Je t'ai voulue dès l'instant où tu es tombée dans mon bureau. Tu es exquise, franche, chaleureuse, forte, tu as de l'esprit, et tu es d'une innocence charmante ; la liste est infinie. Tu m'impressionnes. Je te veux et l'idée que quelqu'un d'autre puisse t'avoir est comme un couteau planté dans mon âme sombre.

Bordel. Voilà que tu te mets à faire de la poésie, Grey ! Carrément.

Je suis comme possédé. Elle va fuir.

— Christian, pourquoi crois-tu que ton âme est sombre ? Je ne dirais pas ça. Triste peut-être, mais tu es un homme bon. Je vois que tu es… généreux. Et tu ne m'as jamais menti. Je n'ai pas fait beaucoup d'efforts. Samedi dernier, mon corps a subi un vrai choc. C'était comme une sonnette d'alarme. J'ai compris que tu y avais mis les formes mais que je ne pouvais pas être celle que tu voulais que je sois. Puis, après t'avoir quitté, j'ai pris conscience que la souffrance que tu m'avais infligée n'était rien comparée à la douleur de te perdre. Je veux te faire plaisir, mais c'est difficile.

Quand comprendra-t-elle enfin ?

— Tu me fais plaisir tout le temps. Combien de fois dois-je te le répéter ?

— Je ne sais jamais ce que tu penses.

Ah bon ? Bébé, tu lis en moi comme dans un livre, sauf que je n'ai rien d'un héros de roman. Je ne serai jamais un héros.

— Parfois, tu es tellement inaccessible… comme une île au milieu de l'océan. Tu m'intimides. C'est pour cette raison que je ne parle pas beaucoup. Je ne sais jamais quelle va être ton humeur. On passe du nord au sud, puis retour au point de départ en un millième de seconde. C'est troublant. Sans compter que tu ne me laisses jamais te toucher alors que j'ai tellement envie de te montrer à quel point je t'aime.

L'angoisse explose dans ma poitrine et mon cœur se met à battre à tout rompre. Elle vient de répéter les trois mots que je ne supporte pas d'entendre. Et elle veut me toucher. Non. Non. Non ! Elle ne doit pas me toucher. Mais avant que je puisse réagir, avant que les ténèbres me submergent, elle détache sa ceinture et rampe sur le siège pour grimper sur mes genoux, me prenant par surprise. Elle place ses mains de part et d'autre de ma tête et me regarde droit dans les yeux. Je ne respire plus.

— Je t'aime, Christian Grey. Et tu es prêt à beaucoup de choses pour moi. C'est moi qui ne te mérite pas et je suis désolée de ne pouvoir en faire autant pour toi. Peut-être qu'avec le temps… mais oui, j'accepte ta proposition. Où dois-je signer ?

Elle enroule ses bras autour de mon cou et me serre contre elle, en collant sa joue tiède contre la mienne. Mon angoisse se transforme en joie qui inonde ma poitrine et m'illumine de la tête aux pieds, en répandant une douce chaleur dans son sillage. Elle va tenter le coup. Elle me revient. Je ne la mérite pas, mais elle me revient. Je la serre très fort contre moi, j'enfouis le nez dans ses cheveux parfumés, tandis qu'un kaléidoscope d'émotions comble le gouffre qui s'était creusé en moi après son départ.

— Oh, Ana.

Je la tiens dans mes bras, sidéré, trop… comblé pour parler. Elle se blottit contre moi, la tête sur mon épaule, et nous écoutons Rachmaninov ensemble. Je me répète ses mots.

Elle m'aime. Je soupèse la phrase dans ma tête et dans ce qu'il me reste de cœur, en ravalant le nœud d'angoisse qui se forme dans ma gorge lorsque ces paroles résonnent en moi.

Je peux y arriver. J'y arriverai. Il le faut. Je dois la protéger, protéger son cœur vulnérable. J'inspire profondément. *Je peux y arriver.* Mais pas me laisser toucher. Ça, non. Il faut que je lui fasse comprendre qu'elle en demande trop. Je lui caresse doucement le dos.

— Le contact est une limite à ne pas franchir pour moi, Anastasia.

— Je sais. J'aimerais comprendre pourquoi.

Son souffle chatouille ma nuque. Devrais-je lui raconter ? Pourquoi lui infliger cette histoire de merde ? Ma vie de merde ? Je pourrais peut-être simplement y faire allusion, lui donner des indices.

— J'ai eu une enfance terrible. Un des macs de la pute camée…

— Te voilà, petit merdeux.

Non. Non. Non. Pas la brûlure.

— Maman ! Maman !

— Elle ne peut pas t'entendre, saleté de petit asticot.

Il m'agrippe par les cheveux et il me tire de dessous la table de la cuisine.

— Aïe. Aïe. Aïe.

Il fume. L'odeur. La cigarette. Une odeur de pourriture, de moisi. Ça pue. Il est sale. Comme les ordures. Comme une bouche d'égout. Il boit un liquide marron. Au goulot.

— Et même si elle pouvait t'entendre, elle s'en fout.

Il crie. Il crie tout le temps.

Sa main frappe mon visage. Encore. Et encore. Non. Non.

Je me défends. Mais il rit. Et aspire une bouffée. Le bout de sa cigarette est rouge vif et orangé.

— Ça brûle, dit-il.

Non. Non.

Ça fait mal. Ça fait mal. Ça fait mal. Ça sent mauvais.

Ça brûle. Ça brûle. Ça brûle.

J'ai mal. Non. Non. Non.

Je hurle.

— Maman ! Maman !

Il rit, il n'arrête pas de rire. Il a deux dents en moins.

Je frémis. Mes souvenirs et mes cauchemars s'enroulent en volutes dans mon esprit, comme la fumée de sa cigarette écrasée, embrumant mon cerveau, me traînant à l'époque de la peur et de l'impuissance.

Quand je dis à Ana que je me rappelle tout, elle me serre encore plus fort en pressant sa joue contre mon cou. Sa peau douce et tiède me ramène à la réalité.

— Elle a abusé de toi ? Ta mère ?

— Pas dans mon souvenir. Elle était négligente. Elle ne m'a pas protégé de son mac. (*C'était une mère lamentable, et lui, un dingue.*) Je pense que c'est plutôt moi qui me suis occupé d'elle. Quand elle a fini par se suicider, il s'est passé quatre jours avant que quelqu'un ne s'inquiète et ne nous trouve… Je me souviens de ça.

En fermant les yeux, je revois de vagues images de ma mère gisant par terre. Je la recouvre avec ma couverture et me love contre elle.

Anastasia en a le souffle coupé.

— C'est vraiment glauque.

— En cinquante nuances.

Elle colle doucement, tendrement, ses lèvres contre mon cou. Et je comprends que ce n'est pas de la pitié qu'elle m'offre. C'est du réconfort, peut-être même de la compréhension. Ma douce, ma compatissante Ana. Je la serre encore plus fort contre moi et j'embrasse ses cheveux tandis qu'elle se blottit contre moi. *Bébé, tout ça, c'est de l'histoire ancienne.*

Mon épuisement me rattrape. Je paie le prix de plusieurs nuits d'insomnie. Je suis crevé. Je ne veux plus penser à rien. Elle est mon attrape-rêves. Je n'ai jamais eu de cauchemars lorsqu'elle dormait à mes côtés. Je me cale dans le siège et ferme les yeux, je n'ai rien d'autre à dire. J'écoute la musique, et lorsque le CD se termine, j'écoute la respiration douce et régulière d'Ana. Elle s'est endormie. Elle est épuisée. Comme moi. Je sais que je ne peux pas passer la nuit avec elle. Sinon, elle ne dormira pas. Je la tiens serrée, savourant son poids sur moi, l'honneur qu'elle me fait de s'endormir dans mes bras. Je ne peux pas m'empêcher de sourire. J'ai réussi. Je l'ai reconquise. Maintenant, il ne me reste plus qu'à la garder, ce qui sera un sacré défi.

Ma première relation-vanille – qui l'eût cru ? Je ferme les yeux en imaginant la tête d'Elena lorsqu'elle l'apprendra. Elle aura son mot à dire, comme toujours…

> « Je devine, rien qu'à ton attitude, que tu as quelque chose à m'avouer. »
> Je risque un rapide coup d'œil à Elena. Ses lèvres écarlates dessinent un sourire. Martinet à la main, elle croise les bras.
> « Oui, maîtresse. »
> « Tu peux parler. »
> « J'ai été accepté à Harvard. »
> Son regard étincelle.
> « Maîtresse », ajouté-je aussitôt en fixant mes pieds.
> « Je vois. » Elle tourne autour de moi. Je suis nu, debout dans sa cave. Un air frais et printanier me caresse la peau, mais c'est l'anticipation de ce qui est sur le point de se produire qui me donne la chair de poule. Ça, et l'odeur capiteuse de son parfum. Mon corps commence à réagir. Elle rit. « Contrôle-toi ! » aboie-t-elle, en faisant claquer le martinet sur mes cuisses. Et j'essaie, j'essaie sincèrement de mettre mon corps au pas. « Cela dit, tu mérites peut-être une récompense pour ta bonne conduite », ronronne-t-elle. Et elle me frappe encore, cette fois sur la poitrine, mais plus doucement, comme par jeu.

« C'est une belle réussite d'être accepté à Harvard, mon cher, cher petit joujou. » Le martinet siffle à nouveau, mordant mes fesses, et mes jambes vacillent.

« Ne bouge pas », m'ordonne-t-elle. Et je me redresse pour attendre le prochain coup. « Alors tu vas me quitter », chuchote-t-elle. Le martinet atterrit sur mon dos. J'ouvre les yeux pour la dévisager, alarmé.

Non. Jamais.

« Baisse les yeux », commande-t-elle.

Je fixe mes pieds, submergé de panique.

« Tu vas me quitter, et te trouver une petite étudiante. »

Non. Non.

Elle agrippe mon visage, enfonçant ses ongles dans ma chair.

« Tu verras. » Son regard bleu glacier transperce le mien, ses lèvres écarlates se tordent en un rictus.

« Jamais, maîtresse. »

Elle éclate de rire, me repousse et lève le bras. Mais le coup ne tombe pas.

Lorsque j'ouvre les yeux, c'est Ana qui se dresse devant moi. Elle me caresse la joue en souriant. « Je t'aime », dit-elle.

Je me réveille, momentanément désorienté, le cœur battant la chamade, de peur ou d'excitation, je l'ignore. Je suis sur la banquette arrière du Q7 et Ana dort, blottie contre moi. *Ana.* Elle est de nouveau à moi. Un instant, j'en ai le vertige. Je souris comme un idiot en secouant la tête. Ai-je déjà ressenti ce que j'éprouve en ce moment ? L'avenir me sourit. J'ai hâte de voir où notre relation nous mènera. Quelles expériences nouvelles nous tenterons. Il y a tant de possibilités.

J'embrasse ses cheveux et pose mon menton sur sa tête. Lorsque je jette un coup d'œil à la fenêtre, je constate que nous sommes arrivés à Seattle. Le regard de Taylor croise le mien dans le rétroviseur.

— L'Escala, monsieur ?

— Non, chez Mlle Steele.

Les coins de ses yeux se plissent.

— Nous y serons dans cinq minutes, dit-il.

Le voyage est déjà fini.

— Merci, Taylor.

J'ai dormi plus longtemps que je ne l'aurais cru. Je me demande quelle heure il est, mais je ne veux pas bouger pour consulter ma montre, parce que je la tiens dans mes bras. Je contemple ma Belle au bois dormant. Ses lèvres sont légèrement entrouvertes, ses cils noirs jettent des ombres sur ses joues. Je me rappelle l'avoir regardée dormir au Heathman, la première fois. Elle avait l'air tellement paisible ; comme maintenant. Je regrette de devoir la réveiller.

— Debout, bébé, dis-je en embrassant ses cheveux. (Ses cils papillonnent et elle ouvre les yeux.) Hé, murmuré-je.

— Désolée, marmonne-t-elle en se redressant.

— Je pourrais te regarder dormir jusqu'à ma mort, Ana.

Inutile de t'excuser.

— J'ai parlé ? s'inquiète-t-elle.

Je la rassure :

— Non. Nous sommes presque arrivés chez toi.

— On ne va pas chez toi ? s'étonne-t-elle.

— Non.

Elle se redresse, dépitée.

— Et pourquoi ?

— Parce que tu travailles demain.

— Ah.

Sa moue m'indique à quel point elle est déçue. J'aurais envie d'éclater de rire. Je la taquine :

— Pourquoi ? Tu avais une idée derrière la tête ?

Elle se tortille sur mes cuisses. *Aïe*. Je l'immobilise.

— Peut-être bien.

Elle évite mon regard, soudain timide. Je ne peux pas m'empêcher de rire. Elle est courageuse dans bien des domaines, mais encore tellement pudique. Il va falloir que je l'amène à parler plus ouvertement de sexe. Si nous devons être honnêtes l'un envers l'autre, elle doit pouvoir me dire ce qu'elle ressent. Ce dont elle a besoin. Je veux qu'elle ait assez d'assurance pour exprimer ses désirs. Tous ses désirs.

— Anastasia, je ne te toucherai pas avant que tu ne me supplies.

— Pourquoi ?

Elle paraît déçue.

— Pour que tu t'efforces à communiquer avec moi. La prochaine fois que nous ferons l'amour, tu devras me dire exactement ce que tu veux. En détail.

Voilà qui devrait vous donner à réfléchir, mademoiselle Steele. Je la soulève de mes genoux lorsque Taylor se range devant son immeuble. Je sors pour lui ouvrir la portière. Tout ensommeillée, elle titube en s'extirpant de la voiture. C'est adorable.

— J'ai quelque chose pour toi.

Nous y sommes. Acceptera-t-elle mon cadeau ? C'est la dernière étape de ma campagne de reconquête. J'ouvre le coffre et j'en tire le paquet qui contient son Mac, son téléphone et un iPad. Son regard méfiant va de la boîte à mon visage.

— Tu l'ouvriras chez toi.

— Tu ne montes pas ?

— Non, Anastasia.

J'aimerais beaucoup. Mais nous avons tous les deux besoin de dormir.

— Alors quand te reverrai-je ?

— Demain ?

— Mon patron veut que j'aille prendre un verre avec lui demain.

Qu'est-ce qu'il cherche, cet enfoiré ? Il faut que je presse Welch pour qu'il me rende au plus vite son rapport sur Hyde. Il y a quelque chose de louche chez lui, qui n'apparaît pas dans son dossier salarié. Je n'ai aucune confiance en lui.

— C'est vrai ? dis-je en feignant l'indifférence.

— Oui, il veut fêter ma première semaine, s'empresse-t-elle de préciser.

— Où ça ?

— Je ne sais pas.

— Je pourrai passer te prendre ensuite.

— D'accord... Je t'envoie un mail ou un texto.

— Bien.

Je l'accompagne jusqu'au hall d'entrée et je l'observe, amusé, fouiller dans son sac pour trouver son trousseau de clés. Elle ouvre la porte, se retourne pour me dire au revoir... et je n'y résiste plus. Me penchant vers elle, je prends son menton dans ma main. J'ai envie de l'embrasser à pleine bouche, mais je me retiens et dépose de doux baisers de sa tempe à ses lèvres. Elle gémit et ce bruit fait directement vibrer ma queue.

— À demain, dis-je sans pouvoir masquer mon désir.

— Bonne nuit, Christian, chuchote-t-elle, d'une voix aussi troublée que la mienne.

Demain, bébé. Pas maintenant.

— Allez, rentre.

C'est l'un des actes les plus difficiles que j'aie jamais accomplis : la laisser partir alors qu'elle se laisserait prendre. Se moquant de cet acte d'abnégation, mon corps se met au garde-à-vous. Je secoue la tête, toujours aussi étonné de constater à quel point je désire Ana.

— À plus, bébé ! dis-je en me dirigeant vers la voiture, décidé à ne pas me retourner.

Une fois installé, je me permets de la regarder. Elle est encore là, à m'observer. C'est bien. *Va te coucher, Ana*, lui ordonné-je mentalement. Comme si elle m'avait entendu, elle referme la porte, et Taylor démarre en direction de l'Escala.

Je me cale dans mon siège. *Tout peut changer en une journée*. Je souris. Elle est de nouveau à moi. Je l'imagine dans son appartement, en train d'ouvrir la boîte. Sera-t-elle fâchée ? Ou ravie ? Fâchée. Les cadeaux, ça l'a toujours mise en rogne. *Merde. Je suis peut-être allé trop loin.*

Taylor s'engage dans le parking souterrain de l'Escala et nous nous garons à côté de l'A3 d'Ana.

— Taylor, pourriez-vous livrer l'Audi de Mlle Steele à son domicile demain ?

J'espère qu'elle acceptera aussi la voiture.

— Très bien, monsieur Grey.

Je le laisse vaquer à ses occupations dans le garage, et me dirige vers l'ascenseur. Une fois dedans, je consulte mon téléphone pour voir si elle m'a écrit au sujet des cadeaux. Au moment où les portes s'ouvrent et que j'entre dans mon appartement, je reçois un mail.

De : Anastasia Steele
Objet : iPad
Date : 9 juin 2011 23:56
À : Christian Grey

Tu m'as encore fait pleurer.
J'adore l'iPad.
J'adore les chansons.
J'adore l'application de la British Library.
Je t'aime.
Merci.
Bonne nuit.

Ana xx

Je souris à l'écran. *Des larmes de joie, génial !*
Elle adore.
Elle m'aime.

VENDREDI 10 JUIN 2011

Elle m'aime.

Il m'aura fallu un trajet de trois heures en voiture pour que cette idée cesse de m'angoisser. C'est parce qu'elle ne me connaît pas vraiment. Elle ne sait pas de quoi je suis capable, ou pourquoi je fais ce que je fais. Personne ne peut aimer un monstre, même par compassion.

Je chasse cette pensée de mon esprit : je ne dois pas me focaliser sur le négatif. Le Dr Flynn serait fier de moi. Je réponds rapidement à son mail :

De : Christian Grey
Objet : iPad
Date : 10 juin 2011 00:03
À : Anastasia Steele

Je suis content que cela te plaise. Je m'en suis acheté un pour moi.
Là, si j'étais avec toi, j'embrasserais tes larmes.
Mais je ne suis pas là, alors va te coucher.

Christian Grey
P-DG, Grey Enterprises Holdings, Inc.

Je la veux bien reposée pour demain. Je m'étire, envahi d'un sentiment de satisfaction inédit, et me dirige vers ma chambre. J'ai hâte de m'effondrer sur mon lit, mais lorsque je pose mon téléphone sur ma table de chevet, je constate qu'elle m'a répondu.

De : Anastasia Steele
Objet : Monsieur Grincheux
Date : 10 juin 2011 00:07
À : Christian Grey

Vous faites votre autoritaire, comme d'habitude, et je vous retrouve bien là, probablement tendu et grognon, monsieur Grey.

Je sais ce qui pourrait vous détendre. Mais c'est vrai, vous n'êtes pas là – vous n'avez pas voulu que je vienne chez vous et vous attendez de moi que je vous supplie…

Vous pouvez toujours rêver, monsieur.

Ana xx

P.-S. : J'ai aussi remarqué que tu as inclus dans ta playlist l'Hymne des Harceleurs, « Every Breath You Take » de Police. J'aime ton sens de l'humour mais est-ce que le Dr Flynn est au courant ?

Et voilà. L'humour d'Anastasia Steele m'a manqué. Je m'assois au bord du lit pour répondre.

De : Christian Grey
Objet : Calme et zen
Date : 10 juin 2011 00:10
À : Anastasia Steele

Ma très chère mademoiselle Steele,

Les fessées ne sont pas exclues des relations-vanille, vous le savez. Habituellement de manière consensuelle et dans un contexte sexuel… mais je serais ravi de faire une exception.

Vous serez soulagée d'apprendre que le Dr Flynn apprécie tout autant que vous mon sens de l'humour.

À présent, je vous en prie, allez vous coucher, car je crains que vous ne dormiez pas beaucoup demain soir.

Au fait, vous me supplierez, faites-moi confiance. Et j'ai hâte de voir ça.

Christian Grey
P-DG tendu, Grey Enterprises Holdings, Inc.

Je guette l'écran de mon téléphone, attendant sa réponse. Je sais qu'elle ne va pas en rester là. Et, comme prévu, le message apparaît.

De : Anastasia Steele
Objet : Bonne nuit, fais de beaux rêves
Date : 10 juin 2011 00:12
À : Christian Grey

Eh bien, puisque c'est si joliment demandé, et que j'aime beaucoup cette menace délicieuse, je vais me blottir contre l'iPad que tu m'as si gentiment offert et je vais m'endormir en me promenant dans la British Library et en écoutant de la musique qui parle pour toi.

Ana xxx

Elle a aimé ma menace ? Bon sang, elle est tellement imprévisible. Je me rappelle soudain sa façon de se tortiller dans la voiture lorsque nous parlions de fessée.

Bébé, ce n'est pas une menace. C'est une promesse.

Je me lève pour suspendre ma veste dans le dressing tout en réfléchissant à ce que je pourrais lui répondre. Elle veut qu'on y aille plus doucement ; je trouverai bien quelque chose. Et puis j'ai une illumination.

De : Christian Grey
Objet : Une dernière demande
Date : 10 juin 2011 00:15
À : Anastasia Steele

Rêve de moi.

Christian Grey
P-DG, Grey Enterprises Holdings, Inc.

Oui. Qu'elle rêve de moi. Je veux être le seul dans sa tête. Pas de photographe. Pas de patron. Rien que moi. Je passe un pantalon de pyjama en vitesse et je me lave les dents.

En me glissant entre mes draps, je consulte mon téléphone une dernière fois, mais il n'y a pas de message de

Mlle Steele. Elle doit dormir. Lorsque je ferme les yeux, je me rends compte que je n'ai pas songé à Leila de toute la soirée. Anastasia a été si divertissante, si belle, si drôle...

Le radio-réveil me tire de mon sommeil pour la première fois depuis qu'elle m'a quitté. J'ai dormi d'un sommeil profond et sans rêves, et j'en émerge revigoré. Ma première pensée est pour Ana. Comment va-t-elle ? A-t-elle changé d'avis ?

Non. Reste positif.

Je me demande ce qu'elle fait tous les matins.

Tant mieux.

Mais je vais la voir ce soir. Je me lève d'un bond pour enfiler mon survêtement. Mon parcours habituel me fera passer devant son immeuble. Mais cette fois, je ne m'y attarderai pas pour l'épier. Je ne suis plus un harceleur.

Mes pieds martèlent le trottoir. Le soleil s'insinue entre les immeubles tandis que je me dirige vers la rue d'Ana. La ville est encore tranquille, mais j'ai les Foo Fighters à fond dans les écouteurs. Je me demande si je ne devrais pas écouter quelque chose qui s'accorde mieux à mon humeur. Peut-être « Feeling Good » chanté par Nina Simone ?

Trop sentimental, Grey. Continue de courir.

Je dépasse l'immeuble d'Ana à toute vitesse sans me sentir obligé de m'arrêter. Je la verrai ce soir. Je la verrai tout entière. Particulièrement fier de moi, je me demande si nous finirons la nuit ici. Quoi qu'il arrive, c'est à Ana de décider. Désormais, nous ferons les choses selon ses conditions.

Je remonte Wall Street pour rentrer chez moi et commencer ma journée.

— Bonjour, Gail !

Je me trouve anormalement guilleret ce matin. Gail se fige devant la cuisinière et me dévisage comme si j'avais trois têtes.

— Je prendrai des œufs brouillés avec des toasts ce matin.

Je lui adresse un clin d'œil avant de disparaître dans mon bureau. Elle en reste bouche bée. Mme Jones, sans voix ? C'est nouveau.

Je consulte mes mails. Rien qui ne puisse attendre que j'arrive au boulot. Je me remets à songer à Ana. A-t-elle mangé ce matin ?

De : Christian Grey
Objet : Je te préviens...
Date : 10 juin 2011 08:05
À : Anastasia Steele

J'espère que tu as pris un petit déjeuner.
Tu m'as manqué la nuit dernière.

Christian Grey
P-DG, Grey Enterprises Holdings, Inc.

La réponse me parvient alors que je roule vers Grey House.

De : Anastasia Steele
Objet : Vieux livres...
Date : 10 juin 2011 08:33
À : Christian Grey

Je mange une banane tout en tapant ce message. Je n'ai pas pris de petit déjeuner ces derniers jours, alors c'est déjà un progrès. J'adore l'application British Library – j'ai commencé à relire *Robinson Crusoé*... et bien sûr, je t'aime.

Maintenant laisse-moi tranquille, j'essaie de travailler.

Anastasia Steele
Assistante de Jack Hyde, Éditeur, SIP

Robinson Crusoé ? Un homme seul, naufragé sur une île déserte ? Essaie-t-elle de me faire passer un message ? *Et elle m'aime.* Elle. M'aime. Je suis étonné que ces mots soient de plus en plus faciles à entendre… mais pas tant que ça. Je me focalise sur ce qui m'irrite le plus dans son mail.

De : Christian Grey
Objet : C'est tout ce que tu as mangé ?
Date : 10 juin 2011 08:36
À : Anastasia Steele

Tu peux mieux faire. Il va te falloir de l'énergie pour me supplier.

Christian Grey
P-DG, Grey Enterprises Holdings, Inc.

Taylor se range devant Grey House.

— J'irai garer l'Audi derrière l'immeuble de Mlle Steele, monsieur.

— Parfait. À plus tard, Taylor. Merci.

— Bonne journée, monsieur.

Je lis la réponse d'Ana dans l'ascenseur.

De : Anastasia Steele
Objet : Casse-pieds
Date : 10 juin 2011 08:39
À : Christian Grey

Monsieur Grey, j'essaie de travailler pour vivre – et c'est vous qui me supplierez.

Anastasia Steele
Assistante de Jack Hyde, Éditeur, SIP

Ah ! Ça m'étonnerait.

— Bonjour, Andrea.

Je lui adresse un signe de tête amical en passant devant son bureau. Elle bafouille un instant mais se ressaisit immédiatement, toujours aussi professionnelle.

— Bonjour, monsieur Grey. Café ?

— S'il vous plaît. Noir.

Je ferme la porte de mon bureau et m'assieds pour répondre à Ana.

De : Christian Grey
Objet : Tu me provoques ?
Date : 10 juin 2011 08:42
À : Anastasia Steele

Eh bien, mademoiselle Steele, j'adore les défis...

Christian Grey
P-DG, Grey Enterprises Holdings, Inc.

J'aime l'impertinence de ses mails. On ne s'ennuie jamais avec Ana. Je me renverse dans mon fauteuil, les mains nouées derrière la tête, en tentant de comprendre la raison de ma bonne humeur. Me suis-je déjà senti aussi joyeux ? Ça me fait presque peur. Si elle a le pouvoir de me faire espérer, elle a aussi celui de me plonger dans le désespoir. Je sais lequel je préfère. Il y a un espace vide sur un mur de mon bureau ; je devrais peut-être le combler par l'un de ses portraits. Avant que j'aie pu réfléchir à ça, on frappe à la porte. Andrea m'apporte mon café.

— Monsieur Grey, je peux vous parler un instant ?

— Bien sûr.

Elle s'assoit sur la chaise en face de moi, nerveuse.

— Vous vous souvenez que je serai absente cet après-midi et lundi ?

Je la dévisage sans comprendre. Je ne me souviens de rien. Je ne supporte pas qu'elle s'absente.

— Je me disais qu'il valait mieux vous le rappeler, ajoute-t-elle.

— Vous avez prévu quelqu'un pour faire l'intérim ?

— Oui, la DRH vous envoie quelqu'un d'un autre département. Elle s'appelle Montana Brooks.

— D'accord.

— Ce n'est que pour un jour et demi, monsieur.

J'éclate de rire.

— J'ai l'air inquiet à ce point ?

Andrea m'adresse l'un de ses rares sourires.

— À vrai dire, oui, monsieur Grey.

— Je ne sais pas ce que vous prévoyez de faire, mais en tout cas, amusez-vous bien.

Elle se lève.

— Merci, monsieur.

— J'ai des rendez-vous de prévus ce week-end ?

— Une partie de golf demain avec M. Bastille.

— Annulez.

Je préfère m'amuser avec Ana.

— Tout de suite. Vous avez également un bal masqué chez vos parents pour « Faire face ensemble », me rappelle Andrea.

— Ah. Merde.

— Il est prévu depuis plusieurs mois, monsieur.

— Oui, je sais. On maintient.

Je me demande si Ana accepterait de m'accompagner.

— Très bien, monsieur.

— Vous avez trouvé une remplaçante pour la fille du sénateur Blandino ?

— Oui, monsieur. Elle s'appelle Sarah Hunter. Elle débute mardi, à mon retour.

— Bien.

— Vous avez rendez-vous à 9 heures avec Mlle Bailey.

— Merci, Andrea. Appelez-moi Welch.

— Oui, monsieur Grey.

Ros est en train de conclure son rapport sur le parachutage au Darfour.

— Tout s'est déroulé comme prévu et, selon les premiers rapports des ONG sur le terrain, c'est arrivé au bon endroit et au bon moment. L'opération est très réussie. Nous allons pouvoir secourir énormément de gens.

— Formidable. Nous devrions recommencer chaque année, là où le besoin se fait sentir.

— C'est très cher, Christian.

— Je sais. Mais il faut le faire. Après tout, ce n'est que de l'argent.

Elle me lance un regard un peu exaspéré.

— C'est tout ? lui demandé-je.

— Pour l'instant, oui.

— Bien.

Elle continue à me dévisager avec curiosité. *Quoi ?*

— Je suis heureuse que vous soyez de retour parmi nous.

— C'est-à-dire ?

Elle se lève et rassemble ses documents.

— Vous le savez bien. Vous étiez absent, Christian, ajoute-t-elle en plissant les yeux.

— J'étais là.

— Non, pas vraiment. Mais je suis ravie que vous soyez de nouveau bien présent, et plus heureux.

Elle me lance un large sourire et se dirige vers la porte. *Ça crève autant les yeux que ça ?*

— J'ai vu la photo dans le journal ce matin, précise-t-elle.

— La photo ?

— Oui. Avec une jeune femme, dans une galerie de Portland.

— Ah oui.

Je ne peux m'empêcher de sourire. Ros hoche la tête.

— On se retrouve cet après-midi pour la réunion avec Marco.

— Exact.

Je me demande quelle sera l'attitude du reste de mon personnel aujourd'hui.

Barney, mon génie de l'informatique et ingénieur en chef, a produit trois prototypes de tablette à énergie solaire. J'espère la vendre au prix fort à l'international, et la subventionner largement à titre de projet solidaire dans les pays en voie de développement. La démocratisation de la technologie est l'une de mes passions : je veux la rendre abordable, fonctionnelle et la mettre à la portée des nations les plus pauvres pour les aider à se sortir de la misère.

Plus tard dans la matinée, nous nous réunissons au labo pour discuter de ces prototypes, disposés sur la paillasse. Fred, le vice-président de notre division télécom, cherche à nous convaincre d'intégrer les cellules solaires dans la coque arrière de chaque appareil.

— Pourquoi ne pas les incorporer à la totalité de la coque de chaque tablette, même dans l'écran ?

Sept têtes se tournent vers moi à l'unisson.

— Pas dans l'écran, mais dans le rabat… peut-être ? suggère Fred.

— Et les coûts ? s'exclame aussitôt Barney.

— De la créativité, les gars. Ne pensez pas à l'argent. On la vendra au prix fort ici, pour pouvoir l'offrir au tiers monde. C'est le but.

Les idées fusent de toutes parts et, deux heures plus tard, nous avons mis au point trois façons de couvrir la tablette de cellules solaires.

— ... et bien sûr, il faudra qu'elle soit compatible WiMax pour le marché intérieur, lance Fred.

— ... il faudra intégrer l'accès à Internet par satellite pour l'Afrique et l'Inde. À condition qu'on puisse l'obtenir, ajoute Barney en m'interrogeant du regard.

— Ça n'est pas pour tout de suite. J'espère qu'on pourra passer par le système GPS de l'Union européenne, Galileo. Je sais que ce sera long à négocier, mais nous avons du temps devant nous. L'équipe de Marco étudie la question.

— La technologie de demain, aujourd'hui, affirme fièrement Barney.

— Excellent, dis-je en hochant la tête, avant de me tourner vers ma vice-présidente des approvisionnements. Vanessa, où en sommes-nous sur le dossier des « minerais de sang » ? Quelle est votre stratégie ?

Plus tard, dans ma salle de réunion, Marco nous explique le nouveau business plan de la SIP ainsi que les dispositions contractuelles issues du protocole d'accord révisé que nous avons signé hier.

— Ils demandent un mois de délai avant d'annoncer l'acquisition. Histoire de ne pas faire flipper leurs auteurs.

— Vraiment ? Leurs auteurs s'en fichent, non ? dis-je.

— On touche à un secteur d'activité artistique, intervient doucement Ros.

J'ai envie de lever les yeux au ciel.

— Comme vous voulez.

— Nous avons une téléconférence prévue à 16 h 30 avec Jeremy Roach, le propriétaire.

— Bien. On réglera les derniers détails à ce moment-là.

Mon esprit dérive vers Anastasia. Comment se passe sa journée ? Quelqu'un lui a-t-il fait lever les yeux au ciel, aujourd'hui ? Ses collègues, comment sont-ils ? Et son patron ? J'ai demandé à Welch d'enquêter sur ce Jack Hyde ; rien qu'à lire son CV, je pressens quelque chose de bizarre dans son parcours. Il a démarré à New York, et maintenant il se retrouve ici. Il y a quelque chose qui cloche. Il faut que j'en sache plus sur lui, d'autant qu'Ana travaille directement sous ses ordres.

J'attends toujours des nouvelles de Leila. Welch ne l'a pas encore localisée. C'est comme si elle s'était évaporée. J'espère seulement qu'elle est heureuse, où qu'elle se trouve.

— Leur politique de surveillance des messages électroniques est presque aussi stricte que la nôtre, fait remarquer Ros, interrompant ma rêverie.

— Et alors ? N'importe quelle entreprise digne de ce nom a une politique rigoureuse en la matière.

— C'est curieux, pour une aussi petite société. Tous les mails sont filtrés par la DRH.

Je hausse les épaules. Il faudra que je prévienne Ana.

— Ça ne me gêne pas. Bon, parlez-moi de leurs passifs.

Après avoir discuté de la SIP, nous passons au point suivant de l'ordre du jour.

— Nous allons entamer une première phase de discussions avec le chantier naval de Taiwan, m'annonce Marco.

— Nous n'avons rien à perdre, acquiesce Ros.

— Sauf ma chemise et la bonne volonté de nos effectifs.

— Christian, rien ne nous oblige à le faire, répond-elle en soupirant.

— D'un point de vue financier, c'est logique. Vous le savez. Moi aussi. Voyons où ça nous mènera.

L'écran de mon téléphone s'éclaire, m'annonçant un mail d'Ana. *Enfin !* J'ai été tellement occupé que je n'ai pas réussi à la contacter depuis ce matin, mais elle n'a cessé de flotter à la lisière de ma conscience, comme un ange gardien. Mon ange gardien. Toujours présente, mais jamais envahissante. Elle est à moi.

Grey, contrôle-toi.

Tandis que Ros énumère les prochaines étapes du dossier Taiwan, je lis le mail d'Ana.

De : Anastasia Steele
Objet : Je m'ennuie...
Date : 10 juin 2011 16:05
À : Christian Grey

Je me tourne les pouces.
Comment vas-tu ?
Qu'est-ce que tu fais ?

Anastasia Steele
Assistante de Jack Hyde, Éditeur, SIP

Elle se tourne les pouces ? Cette image me fait sourire : je me rappelle sa façon de s'empêtrer avec le dictaphone lorsqu'elle est venue m'interviewer.

Êtes-vous gay, monsieur Grey ? Ah, ma douce, mon innocente Ana. Non. Je ne suis pas gay.

J'adore le fait qu'elle pense à moi et qu'elle prenne un moment dans sa journée pour m'écrire. C'est... distrayant. Une chaleur inaccoutumée s'empare de mon corps. Cela me met mal à l'aise. Vraiment. Je rédige rapidement ma réponse pour ne pas y penser :

De : Christian Grey
Objet : Tes pouces
Date : 10 juin 2011 16:15
À : Anastasia Steele

Tu aurais dû accepter de travailler pour moi.
Tu ne te tournerais pas les pouces.
Je suis certain que je pourrais leur trouver un meilleur usage.
En fait, toute une série de possibilités me vient à l'esprit...
Je m'adonne aux habituelles et monotones fusions et acquisitions.
Tout cela est bien ennuyeux.
La SIP lit tes mails.

Christian Grey
P-DG distrait, Grey Enterprises Holdings, Inc.

Ros et Marco se regardent. *Bordel. Ce n'est pas le moment, Grey...* Mon regard croise celui de Ros. J'y lis sa désapprobation.

— Une urgence, dis-je.

J'ai hâte de voir Ana ce soir, sauf qu'elle ne m'a pas encore dit où je devais passer la prendre. C'est frustrant. Mais nous sommes censés essayer de vivre une histoire à sa manière. Je pose donc mon téléphone pour reporter mon attention sur la réunion. *Patience, Grey. Patience.*

Nous discutons de la visite du maire de Seattle à Grey House la semaine prochaine, un rendez-vous que j'ai organisé lorsque nous nous sommes vus au début du mois.

— Sam est au courant ? demande Ros.

— Il en bave, dis-je.

Sam ne rate jamais l'occasion de me faire de la pub.

— Très bien. Si vous êtes prêt, j'appelle Jeremy Roach de la SIP pour discuter des derniers détails.

— Allons-y.

Assise à son bureau, la remplaçante d'Andrea se remet pour la énième fois du rouge à lèvres. Ça m'agace. En plus, cette couleur écarlate me rappelle Elena. L'une des choses que j'aime chez Ana, c'est qu'elle ne porte pas de rouge à lèvres ; d'ailleurs, elle se maquille à peine. Dissimulant mon dégoût et sans regarder la remplaçante, j'entre dans mon bureau. Je ne sais même plus comment elle s'appelle.

La nouvelle proposition de Fred pour Kavanagh Media est ouverte sur l'écran de mon ordinateur, mais j'ai du mal à me concentrer. L'heure avance et je n'ai pas encore eu de nouvelles d'Anastasia. Comme toujours, Mlle Steele me fait attendre. Je consulte ma boîte mail. Rien. Je regarde si j'ai reçu un SMS. Rien. Qu'est-ce qu'elle fout ? J'espère que ce n'est pas son patron qui la retient.

On frappe à ma porte. *Quoi, encore ?*

— Entrez.

La remplaçante d'Andrea passe la tête par la porte, au moment précis où un ping m'annonce l'arrivée d'un mail. Mais il n'est pas d'Ana.

— Quoi ? aboyé-je, en tentant de me rappeler le nom de cette bonne femme.

Elle reste imperturbable.

— Je vais partir, monsieur Grey. M. Taylor m'a remis ceci pour vous.

Elle brandit une enveloppe.

— Posez-la sur cette console, là.

— Autre chose ?

— Non. Vous pouvez y aller. Merci.

Je lui adresse un mince sourire.

— Passez un bon week-end, monsieur, minaude-t-elle.

C'est exactement mon intention.

Je lui ai donné congé, mais elle ne bouge pas. Comme si elle attendait quelque chose de moi.

Quoi ?

— À lundi, dit-elle avec un petit gloussement exaspérant.

Mais qu'est-ce qui lui prend ?

— Oui, à lundi. Refermez la porte derrière vous.

Dépitée, elle obéit.

Je prends l'enveloppe sur la console. Elle contient la clé de l'Audi d'Ana et un mot rédigé par Taylor de son écriture soignée : *Garée sur son emplacement derrière son immeuble.*

Je me rassois à mon bureau pour lire mes mails. Enfin, j'en ai reçu un d'Ana. Je souris comme le chat du Cheshire dans *Alice au pays des merveilles.*

De : Anastasia Steele
Objet : Un endroit pour toi...
Date : 10 juin 2011 17:36
À : Christian Grey

Nous allons dans un bar qui s'appelle le Fifty's.
Un filon de plaisanterie que je pourrais exploiter à l'infini.
J'ai hâte de vous y retrouver, monsieur Grey.

A. x

Elle fait allusion aux cinquante nuances ? Tiens donc. Elle se moque de moi. Très bien. Jouons le jeu.

De : Christian Grey
Objet : Coïncidences
Date : 10 juin 2011 17:38
À : Anastasia Steele

L'exploitation minière est une activité très, très dangereuse.

Christian Grey
P-DG, Grey Enterprises Holdings, Inc.

Voyons ce qu'elle trouvera à répondre à ça.

De : Anastasia Steele
Objet : Coïncidences ?
Date : 10 juin 2011 17:40
À : Christian Grey

Ce qui veut dire ?

De : Christian Grey
Objet : Simplement...
Date : 10 juin 2011 17:42
À : Anastasia Steele

Juste une remarque comme ça, mademoiselle Steele.
Je te rejoins bientôt.

À plus tôt que tard, bébé.

Christian Grey
P-DG, Grey Enterprises Holdings, Inc.

Plus détendu depuis qu'elle m'a donné des nouvelles, je peux me concentrer sur notre proposition à Kavanagh Media. Elle est très intéressante. Je la renvoie à Fred pour qu'il la transmette à Kavanagh. Je me demande à tout hasard si ce serait le moment de faire une OPA sur la boîte. Pourquoi pas ? Qu'en diraient Ros et Marco ? Pour l'instant, je note l'idée et me dirige vers l'entrée, en envoyant un SMS à Taylor pour lui indiquer où je rejoins Ana.

Le Fifty's est un bar sportif. Il me semble que je le reconnais – je me rappelle tout d'un coup que j'y suis venu avec Elliot. Parce qu'Elliot est un sportif, un fêtard, un homme, un vrai. C'est le genre d'endroit qu'il affectionne : un temple consacré aux sports d'équipe. Moi, à l'école, j'étais trop ingérable pour faire partie d'une équipe. Je préférais les activités solitaires comme l'aviron, et les sports de combat comme le kickboxing, où je pouvais démolir mon adversaire à coups de pieds. Ou me faire démolir.

L'endroit est bondé de jeunes employés de bureau qui démarrent leur week-end en buvant un coup, ou cinq, mais je la repère en moins de deux secondes. Près du bar. *Ana.* Il est là. *Hyde*. Il la serre de trop près. *Connard*. Les épaules d'Ana sont crispées. Elle est manifestement mal à l'aise.

Va te faire foutre, Hyde. Je fais un effort surhumain pour m'approcher d'un pas désinvolte, en gardant mon sang-froid. Lorsque je la rejoins, je pose un bras sur ses épaules et je l'attire contre moi pour la libérer des avances malvenues de ce type. Je l'embrasse, juste derrière l'oreille.

— Bonsoir, bébé, murmuré-je dans ses cheveux.

Elle fond contre mon corps tandis que l'enfoiré se redresse de toute sa taille en me jaugeant. Réprimant l'envie d'effacer l'expression « dégage de là » de sa gueule arrogante, je le snobe délibérément pour me concentrer sur ma petite amie.

Hé, bébé, il t'emmerde, ce type ?

Elle m'adresse un sourire radieux. Ses yeux brillants, ses lèvres humides, ses cheveux qui retombent en cascades sur ses épaules… Elle porte le chemisier bleu que Taylor lui a acheté, qui fait ressortir son teint et ses yeux. Je me penche pour l'embrasser. Elle rosit et se tourne vers l'enfoiré, qui a compris le message et reculé d'un pas.

— Jack, je vous présente Christian. Christian, voici Jack.

— Je suis son petit ami, dis-je fermement afin de dissiper tout malentendu, en tendant la main à Hyde.

Tu vois que je peux être gentil.

— Je suis son patron, répond-il en me broyant la main.

Je broie la sienne en retour. *Ne touche pas à ma petite amie.*

— Ana a en effet évoqué un ex, ajoute-t-il d'une voix dégoulinante d'arrogance.

— Eh bien, je ne suis plus un ex. (Je lui adresse un sourire « je t'emmerde ».) Tu viens, bébé ? Il est temps d'y aller.

— Je vous en prie, restez boire un verre avec nous, reprend Hyde, en insistant sur le « nous ».

— Nous avons quelque chose de prévu. Une autre fois, peut-être.

Autrement dit, jamais. Je ne lui fais pas confiance, et je veux l'éloigner d'Ana.

— Tu viens ? lui dis-je.

— À lundi, lance-t-elle en m'agrippant plus fort.

Elle s'adresse à Hyde et à une jolie femme qui doit être l'une de ses collègues. Au moins, Ana n'était pas seule avec lui. La jeune femme a un sourire chaleureux pour Ana tandis que Hyde nous fusille tous les deux du regard. Je sens ses yeux dans mon dos. Mais je m'en fous.

Taylor attend devant dans le Q7. J'ouvre la portière arrière pour Ana.

— Fallait-il vraiment que ça tourne au concours de celui qui fait pipi le plus loin ?

Toujours aussi perspicace, mademoiselle Steele.

— C'était tout à fait ça.

Dès que je m'assois près d'elle, je lui prends la main parce que j'ai envie de la toucher, et j'y dépose un baiser.

— Bonsoir.

Elle est tellement belle. Ses cernes ont disparu. Elle a mangé. Elle a dormi. Elle a retrouvé son éclat. Son sourire éblouissant me laisse deviner qu'elle est heureuse, et ce bonheur me submerge à mon tour.

— Bonsoir, souffle-t-elle d'une voix haletante et suggestive.

Et merde. Je lui sauterais bien dessus tout de suite – mais je ne suis pas certain que Taylor apprécierait. Je lui jette un coup d'œil. Il me consulte du regard dans le rétroviseur. Il attend mes ordres.

C'est à Ana de décider.

— Qu'est-ce que tu aimerais faire ce soir ?

— Je croyais que nous avions quelque chose de prévu ?

— Moi, je sais ce que j'aimerais faire, Anastasia. Je te demande ce que toi, tu veux.

Son sourire salace me va droit au sexe. *Hum.*

— Je vois. Il est donc question de supplier. Préfères-tu supplier chez moi ou chez toi ?

Je la taquine. Son regard brille d'un éclat malicieux.

— Je vous trouve très présomptueux, monsieur Grey. Mais, pour changer, nous pourrions aller chez moi.

Elle mordille sa lèvre et me dévisage à travers ses cils noirs.

— Taylor, chez Mlle Steele, s'il vous plaît.

— Bien, monsieur, confirme Taylor en s'engageant dans la circulation.

— Alors comment s'est passée ta journée ?

En lui posant la question, j'effleure ses doigts avec mon pouce. Elle retient sa respiration.

— Bien. La tienne ?

— Bien, merci.

Oui. Vraiment très bien. J'ai abattu plus de travail aujourd'hui que pendant tout le reste de la semaine. J'embrasse sa main. C'est à elle que je le dois.

— Tu es très en beauté.

— Toi aussi.

Oh, bébé, c'est juste une belle gueule. À propos de belles gueules…

— Ton patron, Jack Hyde, il est compétent ?

Elle fronce les sourcils et le petit *v* que j'adore se dessine au-dessus de son nez.

— Pourquoi ? Ne me dis pas que le concours de celui qui fait pipi le plus loin continue ?

— Ce type veut te sauter, Anastasia, la préviens-je en tentant de prendre un ton neutre.

Mes mots la choquent. Bon sang, qu'est-ce qu'elle peut être innocente. Moi, je l'ai compris tout de suite. N'importe qui dans ce bar aurait pu le constater.

— Eh bien, il peut s'imaginer tout ce qu'il veut…, répond-elle d'une voix pincée. D'ailleurs, pourquoi parle-t-on de lui ? Tu sais qu'il ne m'intéresse pas. C'est juste mon patron.

— Justement. Il veut ce qui est à moi. J'ai besoin de savoir s'il est compétent.

Parce qu'autrement je le vire, ce con.

Elle hausse les épaules mais baisse les yeux. *Quoi ? Il lui a déjà fait des avances ?* Elle m'assure qu'il bosse bien, comme si elle essayait de s'en convaincre elle-même.

— Il a intérêt à te foutre la paix ou alors il va se retrouver à la rue.

— Oh, Christian, qu'est-ce que tu t'imagines ? Il n'a rien fait de mal.

Pourquoi fronce-t-elle les sourcils ? Est-ce qu'il la met mal à l'aise ? Parle-moi, Ana.

— S'il tente quelque chose, préviens-moi. Au regard de la loi, il s'agit de comportement immoral ou de harcèlement sexuel.

— C'était seulement un verre après le travail.

— Je ne plaisante pas. S'il tente quoi que ce soit, il dégage !

— Tu n'en as pas le pouvoir, ricane-t-elle, amusée.

Son sourire s'évanouit. Elle me dévisage, soupçonneuse.

— N'est-ce pas, Christian ?

En réalité, si. Je lui souris.

— Tu comptes acheter la boîte, murmure-t-elle, consternée.

— Pas exactement.

Ce n'est pas la réaction que j'attendais, et la conversation ne prend pas le tour que j'espérais.

— Alors tu l'as déjà achetée. La SIP. C'est déjà fait ?

Elle est blême. *Et merde !* Elle est furieuse.

— C'est possible, dis-je prudemment.

— Tu l'as fait ou pas ? insiste-t-elle.

Allez, Grey. Avoue.

— C'est fait.

— Pourquoi ?

— Parce que je le peux, Anastasia. J'ai besoin de te savoir en sécurité.

— Tu as dit que tu n'interviendrais jamais dans ma carrière !

— Et je ne le ferai pas.

Elle retire vivement sa main de la mienne.

— Christian !

Et merde.

— Tu es en colère contre moi ?

— Oui. Bien sûr que je suis en colère contre toi. Enfin, quel homme d'affaires responsable peut prendre des décisions en fonction de la personne qu'il baise ?

Elle jette un coup d'œil nerveux vers Taylor, puis me lance un regard noir et accusateur. J'ai envie de la réprimander d'avoir dit un gros mot et de me faire une telle scène. Je me ravise. Mauvaise idée. Elle affiche cette moue butée que je connais si bien… Ça aussi, ça m'a manqué.

Elle croise les bras, écœurée. *Bordel de merde.* Elle est vraiment folle de rage. Je lui rends son regard noir. Je n'ai qu'une envie, la mettre à plat ventre sur mes genoux, mais ce n'est pas vraiment le moment. Bon sang, moi qui pensais faire pour le mieux.

Taylor se gare devant son immeuble, et avant même que la voiture soit arrêtée, elle en sort d'un bond. *Merde !*

— Il vaut mieux que vous attendiez ici, dis-je à Taylor en courant pour la rattraper.

La soirée est sur le point de prendre un tour radicalement différent de celui que j'avais envisagé. J'ai déjà tout gâché. Lorsque je la rejoins, elle est en train de fouiller dans son sac à la recherche de ses clés. Je me plante devant elle, démuni. Que faire ?

— Anastasia, lui dis-je d'une voix suppliante, en m'efforçant de rester calme.

Elle pousse un soupir exagéré et se retourne, les lèvres pincées. Je tente un peu d'humour :

— Premièrement, ça fait un moment que je ne t'ai pas baisée – j'ai même l'impression que ça fait une éternité –, et deuxièmement, je voulais me lancer dans l'édition. Des quatre maisons d'édition installées à Seattle, la SIP est celle qui marche le mieux.

Je continue à lui parler de la société alors que j'ai juste envie de lui dire… *S'il te plaît, ne nous disputons pas.*

— Alors c'est toi mon patron dorénavant ?

— Techniquement, je suis le patron du patron de ton patron.

— Techniquement, baiser avec le patron du patron de mon patron, ce serait un comportement immoral.

— Pour le moment, tu ne fais que te disputer avec lui, dis-je en élevant la voix.

— Il faut dire que c'est un sacré con !

Un con ! Elle m'insulte en plus ! Les seuls qui me parlent comme ça, ce sont Mia et Elliot.

— Un con ?

Oui. En fin de compte, elle a peut-être raison. Tout d'un coup, j'ai envie de rire. Anastasia m'a traité de con – Elliot approuverait.

— Oui.

Elle s'efforce de rester fâchée, mais je vois frémir les commissures de ses lèvres. Je répète :

— Un con ?

Cette fois, je ne peux pas m'empêcher de sourire.

— Ne me fais pas rire alors que je suis en colère contre toi ! hurle-t-elle en tentant de garder son sérieux.

Je lui décoche mon plus beau sourire et elle éclate d'un rire exubérant, spontané, qui me donne l'impression d'être le roi du monde. J'ai réussi !

— Ce n'est pas parce que je ris comme une idiote que je ne suis pas énervée contre toi, proteste-t-elle entre deux gloussements.

Je me penche pour effleurer ses cheveux du bout du nez et j'inspire profondément. Son parfum et sa proximité titillent ma libido. J'ai envie d'elle.

— Comme toujours, mademoiselle Steele, vous me surprenez.

Je m'écarte pour admirer son visage empourpré et ses yeux étincelants. Elle est belle.

— Alors, tu m'invites à entrer ou bien tu me renvoies chez moi parce que j'ai usé de mon droit de citoyen, d'entrepreneur et de consommateur américain, d'acheter ce que bon lui semble ?

— Tu en as parlé au Dr Flynn ?

Je ris. *Pas encore*. La séance risque d'être mouvementée.

— Tu me laisses entrer, oui ou non, Anastasia ?

Elle reste indécise un instant, et mon cœur s'affole. Mais elle se mordille la lèvre, avant de sourire et de m'ouvrir la porte. Je fais signe à Taylor qu'il peut partir et suis Ana dans l'escalier, savourant le spectacle de son cul somptueux. La façon dont ses hanches ondulent à chaque marche est plus que séduisante – d'autant qu'elle n'a pas conscience de son charme. Sa sensualité innée découle de son innocence, de son enthousiasme pour les nouvelles expériences, et de son aptitude à la confiance.

Nom de Dieu. Me fait-elle encore confiance ? Après tout, je l'ai fait fuir. Il me faudra travailler d'arrache-pied pour la regagner. Je ne veux pas la perdre à nouveau.

Son appartement est propre et bien rangé, comme je m'y attendais, mais il semble inhabité. Avec ses briques apparentes et son parquet, il me rappelle la galerie. L'îlot de cuisine en béton est design et dépouillé. J'aime bien.

— Bel appartement.

— Les parents de Kate le lui ont offert.

Eamon Kavanagh a gâté sa fille. C'est très chic – il a bien choisi. J'espère que Katherine apprécie. Je me retourne pour dévisager Ana, debout à côté de l'îlot. Je me demande ce qu'elle ressent, à vivre avec une amie aussi fortunée. Je suis sûr qu'elle paie sa part… mais ce doit être difficile de jouer les seconds couteaux auprès de Katherine Kavanagh. Peut-être que cela lui plaît. Ou peut-être qu'elle trouve ça dur. En tout cas, elle ne claque pas son salaire en fringues. Mais j'ai remédié à cela ; j'ai rempli tout un placard pour elle à l'Escala. Je me demande ce qu'elle en pensera. Elle va sans doute se braquer.

Ne pense pas à ça maintenant, Grey.

Ana m'étudie, le regard sombre. Elle lèche sa lèvre inférieure, et mon corps s'embrase comme un feu de Bengale.

— Euh… tu veux boire quelque chose ?

— Non merci, Anastasia.

Je te veux, toi.

Elle reste clouée sur place, les mains jointes, elle semble perdue et un peu apeurée. Est-ce que je la rends encore nerveuse ? Cette femme peut me mettre à ses pieds, et c'est elle qui est nerveuse ? Je m'approche d'elle sans la quitter des yeux.

— Que veux-tu faire, Anastasia ? Je sais ce que je veux faire, moi.

Ici, dans ta chambre, dans ta salle de bains, peu importe – j'ai envie de toi. Maintenant.

Elle entrouvre les lèvres, inspire brusquement et son souffle devient plus rapide. C'est tellement envoûtant. Toi aussi, tu as envie de moi, bébé. Je le sais. Je le sens. Elle est acculée contre l'îlot de cuisine.

— Je suis toujours en colère contre toi, affirme-t-elle, d'une petite voix tremblante.

Elle n'a pas du tout l'air en colère. Excitée, peut-être. Mais pas en colère.

— Je sais.

Je lui adresse un sourire carnassier. Elle écarquille les yeux. *Ah, bébé.*

— Tu veux manger quelque chose ? murmure-t-elle.

J'acquiesce lentement.

— Oui. Toi.

Debout devant elle, je plonge mes yeux dans les siens, assombris par le désir. Je sens la chaleur de son corps qui m'embrase. Je veux qu'elle m'enveloppe. Je veux m'y baigner. Je veux la faire hurler, gémir, crier mon nom. Je veux la reprendre et effacer de son esprit jusqu'au souvenir de notre rupture.

Qu'elle soit à moi. De nouveau. Mais chaque chose en son temps.

— Tu as mangé aujourd'hui ?

Il faut que je sache.

— Un sandwich au déjeuner.

Ça ira. Mais je la gronde :

— Il faut que tu manges.

— Je n'ai pas vraiment faim, là… en tout cas, pas de nourriture.

— De quoi avez-vous faim, mademoiselle Steele ?

— Je crois que vous le savez, monsieur Grey.

Elle ne se trompe pas. Je retiens un gémissement et il me faut tout mon sang-froid pour ne pas la soulever et la baiser sur le plan de travail. Mais j'étais sérieux lorsque je lui ai expliqué qu'elle allait devoir me supplier. Elle doit me dire ce qu'elle veut. Exprimer ses sentiments, ses besoins, ses désirs. Je veux comprendre ce qui la rend heureuse. Je me penche comme pour l'embrasser, mais au lieu de cela, je lui chuchote à l'oreille :

— Tu veux que je t'embrasse, Anastasia ?

Elle inspire brusquement.

— Oui.

— Où ?

— Partout.

— Il va falloir que tu sois un peu plus précise que ça. Je ne te toucherai pas tant que tu ne me supplieras pas et que tu ne me diras pas ce que tu veux.

— Je t'en prie, m'implore-t-elle.

Oh non, bébé. Pas question de te simplifier la tâche.

— Je t'en prie quoi ?

— Touche-moi.

— Où, bébé ?

Elle tend la main vers moi. *Non !* Les ténèbres montent en moi pour m'enserrer la gorge de leurs griffes. D'instinct, je recule d'un pas, le cœur battant, tandis que la peur m'envahit. *Ne me touche pas. Ne me touche pas. Et merde.*

— Non, non, marmonné-je.

C'est pour ça qu'il y a des règles.

— Quoi ?

Elle n'y comprend plus rien. Je secoue la tête.

— Non.

Elle le sait, pourtant. Je le lui ai expliqué hier. Elle doit s'y faire, elle ne peut pas me toucher.

— Pas du tout ?

Elle s'avance vers moi. Je ne sais pas quelles sont ses intentions. Les ténèbres me poignardent les tripes. Je recule à nouveau d'un pas en levant les bras pour me protéger. Je l'implore d'un sourire :

— Écoute, Ana…

Mais je n'arrive pas à trouver les mots. *S'il te plaît. Ne me touche pas. Je ne supporte pas.* Merde, c'est tellement frustrant.

— Parfois, ça ne te dérange pas, proteste-t-elle. Peut-être devrions-nous délimiter au marqueur les zones interdites.

Voilà une approche que je n'avais jamais envisagée.

— Ce n'est pas une mauvaise idée. Où est ta chambre ?

Il faut que je fasse diversion. Elle la désigne d'un signe de tête.

— Tu prends ta pilule ?

Son visage se décompose.

— Non.

Quoi ? Après tout le mal que je me suis donné pour lui faire prendre cette pilule ? Je n'arrive pas à croire qu'elle a arrêté comme ça.

— Je vois.

C'est la catastrophe. Qu'est-ce que je vais bien pouvoir faire d'elle ? Je n'ai pas pris de préservatifs.

— Viens, allons manger quelque chose, dis-je, songeant que si nous sortons, je pourrai en acheter.

— Je croyais qu'on allait au lit ! Je veux aller au lit avec toi, se récrie-t-elle, maussade.

— Je sais, bébé.

Entre nous, c'est toujours deux pas en avant, un pas en arrière.

Cette soirée ne se déroule décidément pas comme prévu. J'ai peut-être trop espéré. Comment pourrait-elle vivre une histoire avec un pauvre taré qui ne supporte pas de se faire toucher ? Et comment puis-je être avec une femme qui oublie de prendre sa foutue pilule ? Je déteste les capotes.

Et merde. Nous sommes peut-être incompatibles. *Ça suffit les pensées négatives, Grey.*

Elle a l'air atterrée, et en un sens ça me fait plaisir. Au moins, elle a envie de moi. Je bondis vers elle et lui attrape les poignets, immobilisant ses mains dans son dos avant de l'attirer vers moi. C'est bon de sentir son corps gracile contre le mien. Mais elle est trop mince.

— Il faut que tu manges et moi aussi.

Et puis tu m'as complètement désarçonné en essayant de me toucher. Il faut que je me ressaisisse, bébé.

— L'attente est la clé de la séduction et, en ce moment, la satisfaction différée, c'est mon truc.

Surtout sans contraception. Elle paraît sceptique. *Oui, je sais. Je viens d'improviser ça à l'instant.*

— Je suis déjà séduite et je veux être satisfaite tout de suite. Je te supplie, je t'en prie, gémit-elle.

C'est Ève en personne : la tentation incarnée. Je la serre plus fort. Décidément, elle a maigri. C'est déconcertant, d'autant plus que c'est ma faute.

— On mange d'abord. Tu es trop mince.

Je l'embrasse sur le front avant de la libérer, tout en me demandant où nous pourrions aller dîner.

— Je suis toujours furieuse que tu aies acheté la SIP et maintenant je t'en veux parce que tu m'obliges à attendre, fait-elle en pinçant les lèvres.

— Une vraie *Madame Colère* ! dis-je, tout en sachant qu'elle ne comprendra pas l'allusion. Tu te sentiras mieux après un bon repas.

— Je sais après quoi je me sentirais mieux.

— Anastasia Steele, je suis choqué.

Feignant d'être scandalisé, je pose la main sur mon cœur.

— Arrête de m'allumer. Ce n'est pas juste. (Brusquement, elle change d'attitude.) Je veux bien te cuisiner quelque chose mais il va falloir aller faire des courses.

— Des courses ?

— Oui, à l'épicerie.

— Tu n'as pas de quoi manger ici ? Sortons faire des courses alors.

Bon sang, pas étonnant qu'elle ait maigri ! Je me dirige à grands pas vers la porte de l'appartement pour l'ouvrir, et lui fais signe de sortir. Cette histoire peut tourner en ma faveur. Il s'agit simplement de trouver une pharmacie ou une supérette.

Tandis que nous marchons main dans la main, je m'étonne de la façon dont, avec elle, je peux ressentir en quelques instants toute la gamme des émotions, de la colère au désir et de la peur à la joie. Avant Ana, j'étais calme et posé, mais ma vie était tellement monotone. Tout a changé le jour où elle a déboulé dans mon bureau. La vie, avec elle, est une tempête : mes émotions s'entrechoquent et explosent, avant de refluer. Je ne sais plus où j'en suis. Je ne m'ennuie jamais avec Ana, mais j'espère que mon cœur pourra le supporter.

Nous parcourons deux pâtés de maisons jusqu'au supermarché Ernie's. C'est tout petit, et il y a foule, des célibataires pour la plupart à en juger par le contenu de leurs paniers. Et moi, qui ne suis plus célibataire.

Cette idée me séduit.

Je suis Ana, un panier au bras, en savourant le spectacle de son petit cul ferme, bien moulé dans son jean. J'aime particulièrement les moments où elle se penche vers l'étal de légumes pour choisir des oignons. Le tissu se tend sur ses fesses et son chemisier remonte pour révéler une lisière de peau pâle et sans défaut.

Ah, qu'est-ce que je pourrais faire de ce cul !

Ana veut savoir quand j'ai mis les pieds dans une épicerie pour la dernière fois. Aucune idée. Elle veut faire un sauté parce que c'est rapide. Rapide ? Je ricane et continue de la suivre dans le magasin, en l'admirant choisir ses ingrédients comme une experte : elle palpe une tomate, hume un poivron… Pendant que nous nous dirigeons vers la caisse, elle me pose des questions sur mes employés, et me demande depuis combien de temps ils travaillent pour moi. *Pourquoi s'intéresse-t-elle à ça ?*

— Taylor, quatre ans, je crois. Mme Jones, environ la même période.

À mon tour de l'interroger :

— Pourquoi n'as-tu rien à manger chez toi ?

Ses traits s'assombrissent.

— Tu sais pourquoi.

— C'est toi qui m'as quitté.

Si tu étais restée, nous aurions pu discuter et nous épargner toutes ces souffrances.

— Je sais, répond-elle, contrite.

Je fais la queue avec elle. Devant nous, une femme essaie de calmer deux jeunes enfants, dont l'un n'arrête pas de hurler. *Nom de Dieu. Comment font les gens ?* Nous aurions pu manger au restaurant. Ce n'est pas ce qui manque dans le quartier.

— Tu as quelque chose à boire ? demandé-je, parce qu'après cette incursion dans la vraie vie, il va me falloir de l'alcool.

— De la bière, je crois.

— Je vais chercher du vin.

Je m'éloigne du gamin qui hurle, mais après avoir rapidement fait le tour du magasin, je constate qu'on n'y vend ni vin, ni capotes. *Merde.*

— Il y a un bon caviste juste à côté, dit Anastasia lorsque je la rejoins dans la file qui n'a pas avancé, et où dominent toujours les hurlements de l'enfant.

— Je vais voir ce qu'ils ont.

Soulagé d'échapper à l'enfer d'Ernie's, j'avise une petite supérette à côté du caviste. J'y trouve les derniers préservatifs qui restent. Deux sachets de deux. Quatre baises, avec un peu de chance. Je ne peux pas m'empêcher de sourire. Cela devrait suffire, même à l'insatiable Mlle Steele.

Je règle au vieux bonhomme derrière le comptoir et sors. J'ai également de la chance chez le caviste, qui propose une excellente sélection de vins, dont un pinot gris frais au-dessus de la moyenne.

Anastasia quitte l'épicerie en vacillant sous le poids de ses sacs.

— Donne-moi ça.

Je lui prends les deux sacs et nous retournons chez elle.

Elle me raconte un peu ce qu'elle a fait durant la semaine. Manifestement, elle aime son nouveau travail. Elle ne parle plus de mon rachat de la SIP, et je lui en suis reconnaissant. Et je ne dis rien sur son connard de patron.

— Tu fais très… homme d'intérieur, commente-t-elle sans dissimuler son amusement, alors que nous parvenons à la cuisine.

Elle se moque de moi. Encore.

— Personne ne m'a jamais dit ça.

Je pose les sacs sur le comptoir et elle commence à sortir ses emplettes. Je m'occupe du vin. L'épicerie, ça m'a largement suffi comme expérience du quotidien. Où peut-elle bien cacher son tire-bouchon ?

— Cet endroit est encore tout nouveau pour moi. Je crois que le tire-bouchon se trouve là, dit-elle en désignant un tiroir du menton tout en continuant de ranger.

Son aptitude à faire plusieurs choses en même temps me fait sourire. Je repère le tire-bouchon. Heureusement, elle n'a pas noyé son chagrin durant mon absence. J'ai déjà constaté ce qui lui arrive lorsqu'elle boit trop.

Lorsque je me retourne vers elle, je m'aperçois qu'elle a rougi.

— Tu penses à quoi ?

Je retire ma veste pour la poser sur le canapé avant de revenir à la bouteille de vin.

— Au fait que je sais très peu de choses de toi.

— Tu me connais mieux que personne.

En tout cas, elle me devine mieux que quiconque. C'est troublant. Je débouche la bouteille en imitant le geste exagérément théâtral du serveur de Portland.

— Je ne crois pas, répond-elle en continuant à déballer ses achats.

— Et pourtant c'est vrai, Anastasia. Je suis une personne très, très secrète.

C'est dans le contrat, quand on fait ce que je fais. *Ce que je faisais.* Je lui tends un verre.

— Santé, dis-je en levant le mien.

— Santé.

Elle prend une petite gorgée avant de s'affairer en cuisine. Elle est dans son élément. Je me rappelle qu'elle m'a raconté qu'elle cuisinait pour son père.

— Je peux t'aider ?

Elle m'adresse un regard en coin qui signifie « Je peux me débrouiller ».

— Non, ça va… Assieds-toi.

— J'aimerais vraiment.

Elle ne dissimule pas son étonnement.

— Tu peux découper les légumes alors, lâche-t-elle comme si c'était une immense concession.

Elle a sans doute raison de se méfier. Je ne connais rien à la cuisine. Ma mère, Mme Jones et mes soumises – certaines plus douées que d'autres – ont toujours fait ça pour moi.

— Je ne sais pas cuisiner, avoué-je.

Le couteau qu'elle me tend est affûté comme une lame de rasoir.

— Je suppose que tu n'as jamais eu besoin de savoir.

Elle pose une planche à découper et quelques poivrons rouges devant moi. Je suis censé faire quoi de ces machins ?

— Tu n'as jamais découpé de légumes ?

— Non.

Tout d'un coup, elle me regarde d'un air supérieur.

— Tu ne serais pas en train de te moquer de moi, par hasard ? dis-je.

— Il semblerait que je sache faire quelque chose et pas toi. Regardons les choses en face, Christian. C'est une première, non ? Bon, je vais te montrer.

Lorsqu'elle passe près de moi, son bras effleure le mien et je me raidis. *Nom de Dieu.* Je m'écarte.

— Comme ça.

Elle me fait une démonstration, émincant le poivron rouge d'un geste expert en prenant soin d'enlever les graines et tous les trucs bizarres de l'intérieur.

— Ça m'a l'air simple.

— Tu devrais pouvoir t'en sortir, me taquine-t-elle.

Quoi, elle s'imagine que je suis incapable de trancher un légume ? Je m'attelle à la tâche avec minutie.

Et merde, il y a des graines partout. C'est plus difficile que je ne pensais. Pour Ana, ça avait l'air tout bête. Elle me contourne, sa cuisse frôlant ma jambe lorsqu'elle va chercher des ingrédients. Elle le fait exprès, j'en suis sûr, mais je tente d'ignorer l'effet qu'elle produit sur ma libido, tout en continuant soigneusement mon travail. Cette lame est dangereuse. Lorsqu'elle me frôle encore, en m'effleurant de sa hanche, puis qu'elle me touche à nouveau sous la ceinture, ma queue approuve. À fond.

— Je sais ce que tu es en train de faire, Anastasia.

— Je crois qu'on appelle ça faire la cuisine, réplique-t-elle, faussement candide.

Tiens donc. Anastasia est enjouée. A-t-elle enfin compris le pouvoir qu'elle exerce sur moi ? Elle prend un autre couteau et me rejoint à la planche à découper, pelant et tranchant ail, échalotes et haricots verts. Elle profite de la moindre occasion pour me frôler. Elle n'est pas subtile.

— Tu te débrouilles bien, lui dis-je en attaquant mon deuxième poivron.

— Tu veux dire, pour découper les légumes ? (Elle bat des cils.) J'ai des années de pratique, affirme-t-elle, cette fois en m'effleurant de ses fesses.

C'est bon. Ça suffit. Elle ramasse les légumes et les pose à côté du wok qui fume doucement.

— Si tu recommences, Anastasia, je vais te prendre sur le sol de la cuisine.

— Il va te falloir me supplier d'abord.

— C'est un défi ?

— Peut-être.

Allez, montrez-moi ce que vous savez faire, mademoiselle Steele. Je pose le couteau et m'avance lentement vers elle, sans la lâcher des yeux. Ses lèvres s'entrouvrent lorsque je tends la main, sans la toucher. D'un coup sec, j'éteins le gaz sous le wok.

— Je crois qu'on mangera plus tard. (*Parce que là, tout de suite, je vais te baiser comme une bête.)* Remets le poulet dans le réfrigérateur.

Elle déglutit, prend le plat du poulet, pose assez maladroitement une assiette dessus, et range le tout dans le réfrigérateur. Je m'approche silencieusement derrière elle : lorsqu'elle se retourne, elle se retrouve nez à nez avec moi.

— Alors, tu vas me supplier ? chuchote-t-elle.

— Non, Anastasia, dis-je en secouant la tête. Pas de supplique.

Je la contemple. Le désir et la convoitise me font bouillir le sang. *Putain, je veux m'enfouir en elle.* Je vois ses pupilles se dilater et ses joues s'empourprer de désir. Elle a envie de moi. J'ai envie d'elle. Elle mord sa lèvre. Je craque. Je l'attrape par les hanches pour la coller contre mon érection. Ses mains sont dans mes cheveux et elle m'attire vers sa bouche. Je la plaque contre le frigo pour l'embrasser fougueusement.

Elle a un goût si délicieux, si doux.

Elle gémit dans ma bouche et ce son me fait bander davantage. J'empoigne ses cheveux, renverse sa tête, et l'embrasse plus profondément encore. Sa langue lutte contre la mienne.

Putain – c'est érotique, cru, intense. Je m'écarte.

— Qu'est-ce que tu veux, Anastasia ?

— Toi.

— Où ?

— Dans mon lit.

Inutile d'en dire plus. Je la soulève aussitôt pour l'emporter dans sa chambre. Je la veux nue, avide, sous mon corps. Je la pose doucement par terre, allume la lampe de chevet et tire les rideaux crème. En jetant un coup d'œil par la fenêtre, je me rends compte que c'était bien cette chambre que je guettais durant mes veilles silencieuses, depuis ma cachette. Elle était ici, seule, recroquevillée dans son lit.

Quand je me retourne, elle est en train de m'observer. Les yeux écarquillés. Elle m'attend. Elle me veut.

— Et maintenant ? dis-je.

Elle rougit. Je reste parfaitement immobile.

— Fais-moi l'amour, finit-elle par articuler.

— Comment ? Tu dois me dire, bébé.

Elle se lèche les lèvres, signe de nervosité chez elle, et le désir monte en moi. *Et merde. Concentre-toi, Grey.*

— Déshabille-moi, lâche-t-elle.

Enfin ! Je glisse mon index dans sa chemise ouverte, en prenant soin de ne pas toucher sa peau, et je tire doucement pour l'obliger à avancer vers moi.

— C'est bien, ma belle.

Son souffle s'accélère, ses seins palpitent. Ses yeux sombres débordent de promesses charnelles. Habilement, je commence à déboutonner son chemisier. Elle pose les mains sur mes bras – pour garder l'équilibre, je crois – et me jette un coup d'œil.

Oui, ça va, bébé. Mais ne me touche pas le torse.

J'ôte le dernier bouton, repousse le chemisier sur ses épaules et le laisse tomber par terre. En m'efforçant de ne pas toucher ses seins magnifiques, je tends la main vers la taille de son jean. Je fais sauter le bouton et descends la fermeture Éclair.

Je résiste à l'envie de la jeter sur le lit. Le but du jeu, c'est de la faire attendre. Il faut qu'elle me parle.

— Dis-moi ce que tu veux, Anastasia.

— Embrasse-moi de là à là.

Son doigt court de la base de son oreille tout le long de sa gorge. *Avec plaisir, mademoiselle Steele.* Écartant ses cheveux, je les empoigne doucement pour lui faire pencher la tête de côté, ce qui expose son cou gracile. Je me penche pour effleurer son oreille du bout des dents et elle se tortille tandis que je dépose de doux baisers le long du chemin emprunté par son doigt, avant de remonter en sens inverse. Un petit bruit s'échappe de sa gorge.

C'est excitant. J'ai envie de me perdre en elle. De la redécouvrir…

— Mon jean… et ma culotte, râle-t-elle, haletante et troublée, tandis que je souris – elle commence à jouer le jeu.

Parle-moi, Ana.

J'embrasse sa gorge une dernière fois et m'agenouille brusquement devant elle, la prenant par surprise. Je glisse les pouces sous la ceinture de son jean et sa culotte pour les descendre lentement. Accroupi, j'admire ses longues jambes et son cul magnifique lorsqu'elle se débarrasse de ses vêtements et de ses chaussures. Son regard rencontre le mien. J'attends ses ordres.

— Et maintenant, Anastasia ?

— Embrasse-moi, répond-elle d'une voix à peine audible.

— Où ?

— Tu sais bien.

Je me retiens de sourire. Elle est vraiment incapable de prononcer ce mot. J'insiste doucement :

— Où ?

Elle s'empourpre à nouveau, mais avec une mine à la fois décidée et mortifiée, elle désigne le sommet de ses cuisses.

— Avec plaisir.

Je souris. Sa pudeur m'amuse. Lentement, je fais courir mes doigts sur ses jambes jusqu'à ce que mes mains atteignent ses hanches, puis je l'attire vers moi, contre ma bouche.

Putain. Je sens l'odeur de son excitation. J'étais déjà à l'étroit dans mon jean, mais là… Je pousse la langue entre ses poils, en me demandant si j'arriverai à la convaincre de s'en débarrasser, mais j'atteins mon but et la savoure.

Mon Dieu, qu'est-ce qu'elle a bon goût. C'est si doux. Elle grogne en crispant les poings dans mes cheveux et je continue. Je fais tournoyer ma langue, encore et encore, pour la titiller et la mettre à l'épreuve.

— Christian, je t'en prie.

Je m'arrête.

— Je t'en prie, quoi, Anastasia ?

— Fais-moi l'amour.

— C'est ce que je fais, dis-je en soufflant doucement sur son clitoris.

— Non, je te veux en moi.

— Tu es sûre ?

— Je t'en prie.

Non. Je m'amuse trop. Je continue à torturer lentement, lascivement, ma précieuse, mon exquise petite chérie.

— Christian, je t'en prie, gémit-elle.

Je la libère et me redresse, la bouche humide de son excitation pour la contempler les yeux mi-clos.

— Eh bien ?

— Eh bien quoi ? halète-t-elle.

— Je suis toujours habillé.

Elle ne comprend pas. Je lève les mains en signe de reddition. *Prends-moi. Je suis à toi.* Elle esquisse un geste vers ma chemise. *Et merde. Non.* Je recule d'un pas, désemparé, et proteste :

— Pas ça.

Je voulais dire mon jean, bébé. Elle cligne des yeux lorsqu'elle comprend enfin ce que je lui demande, et s'agenouille aussitôt. *Waouh ! Ana, tu fais quoi ?* Un peu maladroitement – comme toujours, elle est empotée –, elle défait le bouton, ouvre ma braguette et descend mon jean sur mes jambes.

Ouf ! Ma queue est enfin libérée. J'enjambe mon pantalon et retire mes chaussettes tandis qu'elle reste agenouillée par terre en position de soumise. Qu'est-ce qu'elle essaie de me faire ? Dès que je me suis débarrassé de mon jean, elle s'empare de mon érection et la serre fermement, comme je lui ai appris.

Oh, putain.

Elle tire sur mon sexe. Aïe ! C'est presque douloureux. Je gémis, crispé, en fermant les yeux : la voir agenouillée devant moi, sentir sa main autour de moi, c'est trop. Soudain, sa bouche chaude et humide m'entoure. Elle suce fort.

— Oh, Ana… doucement.

Quand je prends sa tête entre mes mains, elle m'enfonce encore plus profondément dans sa bouche, recouvrant ses dents de ses lèvres pour mieux m'enserrer.

— Putain, murmuré-je.

Je bascule le bassin pour m'enfoncer encore plus loin. C'est si bon. Elle recommence, encore et encore, et c'est plus qu'excitant. Elle fait tourner sa langue sur mon gland, plusieurs fois, pour me titiller. Aujourd'hui, c'est œil pour œil, dent pour dent. Je gémis en savourant la sensation de sa bouche et de sa langue expertes.

Nom de Dieu. Elle est trop douée. Elle m'avale plus à fond encore. Je proteste entre mes dents serrées :

— Ana, ça suffit. Arrête.

Je suis en train de perdre le contrôle. Je ne veux pas jouir tout de suite ; je veux être en elle lorsque j'explose. Mais elle fait comme si elle n'avait pas entendu, et recommence.

Bon sang, quelle allumeuse.

— Ana, j'ai compris. Je ne veux pas jouir dans ta bouche.

Elle continue à me désobéir. *Ça suffit, femme.* Je l'agrippe par les épaules pour la relever et la jette sur le lit. Je tire un préservatif de la poche arrière de mon jean et me débarrasse de ma chemise. Elle est allongée sur le lit, lascive, offerte.

— Enlève ton soutien-gorge.

Elle se redresse et s'exécute aussitôt. Pour une fois.

— Allonge-toi. Je veux te regarder.

Elle se remet sur le dos sans me quitter des yeux. Ses boucles en bataille, étalées sur l'oreiller, forment un halo châtain lumineux. Le désir a empourpré son corps d'un rose délicat. Ses seins m'appellent ; ses cuisses sont grandes ouvertes.

Elle est sublime.

Je déchire l'étui et passe la capote. Elle observe mes moindres gestes, toujours haletante. Elle m'attend.

— Quel beau spectacle vous m'offrez là, Anastasia Steele.

Et tu es à moi. De nouveau.

Rampant sur le lit, j'embrasse ses chevilles, l'intérieur de ses genoux, de ses cuisses, de ses hanches, de son ventre satiné. Ma langue tourbillonne dans son nombril et elle me récompense d'un gémissement sonore. Je lèche le dessous d'un sein, puis l'autre. Je prends un téton dans ma bouche pour l'allonger en le pinçant entre mes lèvres. Je tire plus fort, et elle se tortille sous moi en criant, impudique.

Patience, bébé.

Je libère ce téton pour me consacrer à son jumeau.

— Christian, je t'en prie.

— Je t'en prie quoi ? murmuré-je entre ses seins, savourant son impatience.

— Je te veux en moi.

— Maintenant ?

— S'il te plaît.

Elle est pantelante, désespérée. C'est ainsi que je la préfère. J'écarte ses jambes. *Moi aussi, j'ai envie de toi, bébé.* Je me tiens au-dessus d'elle, prêt à plonger. Je veux profiter de cet instant où je reprends possession de son beau corps, où je reprends possession de ma beauté chérie. Ses yeux sombres et embrumés rencontrent les miens et lentement, lentement, je m'enfonce en elle.

Oh, putain. C'est si bon. Elle est tellement étroite. Tellement chaude. Elle se cambre pour venir à ma rencontre, renverse la tête, le menton dressé, la bouche ouverte dans une adoration silencieuse. Puis elle s'agrippe à mes avant-bras et gémit sans retenue. Quel bruit merveilleux. Je pose les mains de part et d'autre de sa tête pour l'immobiliser et je me retire doucement, pour m'enfoncer à nouveau. Ses doigts trouvent mes cheveux, les tirent et les entortillent. Je bouge lentement, je sens sa chaleur humide qui m'enserre tandis que je savoure chaque centimètre de son corps.

Ses yeux sont brillants, sa bouche béante, elle halète sous moi. Elle est sublime.

— Plus vite, Christian, plus vite… je t'en prie, m'implore-t-elle.

Tes désirs sont des ordres, bébé. Ma bouche trouve la sienne. J'en reprends possession, et je me mets à remuer plus vigoureusement, à la pilonner de plus en plus vite. Elle est tellement belle. Qu'est-ce qu'elle m'a manqué. Tout en elle m'a manqué. Je me sens chez moi, en elle. Elle est mon tout. Et je m'abandonne, m'enfouissant encore et encore.

Je sens le plaisir monter en elle. Elle est sur le point d'exploser. *Oui, bébé, oui.* Ses jambes se contractent. Elle y est presque. Moi aussi. Entre mes dents serrées, je lui souffle :

— Viens, bébé. Jouis pour moi.

Elle hurle en explosant autour de moi, m'agrippant pour m'attirer encore plus profondément, et je jouis en déversant ma vie et mon âme dans son corps.

— Ana ! Oh putain, Ana !

Je m'effondre sur elle, la clouant au matelas, et le visage dans son cou, je respire l'enivrant parfum d'Ana. Elle est de nouveau à moi. *À moi.* Personne ne me l'enlèvera, et je ferai tout pour la garder.

Une fois que j'ai repris mon souffle, je me redresse pour prendre ses mains dans les miennes. Elle ouvre des yeux comblés, et me sourit timidement. Je frôle son nez du bout du mien, en essayant de trouver des mots exprimant ma gratitude. Faute de paroles assez éloquentes, je lui offre un baiser tout en me retirant d'elle à contrecœur.

— Ça m'a manqué, dis-je.

— À moi aussi.

J'attrape son menton pour l'embrasser encore une fois. *Merci, merci, merci de m'avoir offert une deuxième chance.*

— Ne me quitte plus.

Plus jamais. Je suis à mon tour au confessionnal, en train de révéler un secret inavouable : j'ai besoin d'elle.

— D'accord, répond-elle avec un tendre sourire qui fait battre mon cœur à tout rompre.

Avec ce simple mot, elle a rapiécé mon âme déchirée. Je suis fou de joie. Mon sort est entre tes mains, Ana. Il est entre tes mains depuis que je t'ai rencontrée.

— Merci pour l'iPad, ajoute-t-elle, coupant court à mes envolées lyriques.

C'est le premier cadeau venant de moi qu'elle ait accepté de bonne grâce.

— Ça me fait plaisir, Anastasia.

— Quelle est ta chanson préférée dans ta sélection ?

— Ma réponse serait trop révélatrice.

Je la taquine. Je pense que ce serait celle de Coldplay, parce que c'est la plus pertinente. Mais mon estomac gargouille. Je meurs de faim – un état insupportable pour moi.

— Va me faire à manger, manante. Je suis affamé.

Je m'assieds et l'attire sur mes genoux.

— Manante ? répète-t-elle en gloussant.

— Manante ! À manger. Maintenant. S'il te plaît, ordonné-je, tout en enfonçant le nez dans ses cheveux.

— Puisque c'est si gentiment demandé, j'y vais tout de suite, messire.

Elle se tortille sur mes cuisses en se levant. Aïe ! Ce faisant, elle déplace son oreiller, sous lequel est glissé un pitoyable ballon dégonflé en forme d'hélico. J'interroge Ana du regard. D'où sort ce machin ?

— C'est mon ballon, explique-t-elle.

Ah oui, c'est vrai, Andrea lui a envoyé ce ballon avec des fleurs lorsque Ana et Katherine ont emménagé dans cet appartement. Mais qu'est-ce qu'il fiche là ?

— Dans ton lit ?

— Oui. Il m'a tenu compagnie.

— Quel veinard, ce Charlie Tango.

Elle me rend mon sourire tout en s'enveloppant d'un peignoir.

— C'est mon ballon à moi ! lance-t-elle avant de quitter la chambre en roulant des hanches.

Possessive, mademoiselle Steele !

Dès qu'elle est sortie, je retire le préservatif, le referme d'un nœud et le jette dans la corbeille à côté du lit d'Ana. Je me laisse retomber sur l'oreiller tout en examinant le ballon. Elle l'a conservé et a dormi avec. Chaque fois que j'ai monté la garde devant son immeuble en rêvant d'elle, elle était blottie dans son lit, le ballon dans les bras.

Elle m'aime. Je suis soudain envahi par un mélange d'émotions contradictoires, et la panique me monte à la gorge.

Comment est-ce possible ?

C'est parce qu'elle ne te connaît pas, Grey.

Ne vous focalisez pas sur le négatif. Les paroles de Flynn embrument mon cerveau. *Concentrez-vous sur le positif.*

Le positif ? Elle est de nouveau à moi. Il s'agit maintenant de la garder. J'espère que nous aurons tout le week-end pour nous retrouver. *Nom de Dieu.* Demain, j'ai le bal de « Faire face ensemble ». Je pourrais faire faux bond – mais ma mère ne me le pardonnera jamais. Je me demande si Ana accepterait de m'y accompagner ? Si c'est le cas, il lui faudra un masque. Je ramasse mon téléphone par terre pour envoyer un texto à Taylor. Je sais qu'il passe la matinée avec sa fille, mais j'espère qu'il trouvera un masque :

« Il me faut un masque pour Anastasia pour la soirée de demain.
Pourriez-vous me trouver ça ? »

« Oui, monsieur.
Je sais exactement où aller. »

« Excellent. »

« Quelle couleur ? »

« Argent ou bleu foncé. »

Tout en tapant, il me vient une autre idée. Pourquoi ne pas tenter le coup ?

« Vous pourriez aussi acheter un rouge à lèvres ? »

« Une couleur en particulier ? »

« Non. Je vous laisse décider. »

Ana est bonne cuisinière. Son plat est excellent. Je suis plus calme maintenant que j'ai dîné. Je n'ai jamais été aussi désinvolte et détendu avec elle. Nous sommes assis par terre tous les deux, en train d'écouter la musique de mon iPod tout en mangeant et sirotant notre pinot gris bien frais. Je suis ravi de la voir dévorer son repas. Elle a aussi faim que moi.

— C'est délicieux, dis-je.

Je savoure chaque bouchée. Son visage s'illumine. Elle cale une mèche rebelle derrière son oreille.

— En général, c'est moi qui cuisine. Kate n'est pas douée.

Elle est assise en tailleur devant moi, ce qui dévoile ses jambes. Son peignoir crème lui va à merveille. Quand elle se penche il s'entrebâille, et je peux voir la courbe douce d'un sein.

Un peu de tenue, Grey.

— C'est ta mère qui t'a appris ?

— Pas vraiment, pouffe-t-elle. Quand j'ai été en âge de m'intéresser à la cuisine, ma mère vivait avec son Mari Numéro Trois à Mansfield, au Texas. Et Ray, eh bien, il se serait contenté de sandwichs et de plats à emporter si je n'avais pas été là.

— Pourquoi n'es-tu pas restée au Texas avec ta mère ?

— Son mari, Steve, et moi…

Elle se tait et un souvenir désagréable assombrit son visage. Je regrette de lui avoir posé la question et je m'apprête à parler d'autre chose, mais elle reprend :

— On ne s'entendait pas vraiment bien. Et Ray me manquait. Le mariage de ma mère avec Steve n'a pas duré. Elle a recouvré ses esprits, je pense. Elle ne parle jamais de lui, d'ailleurs.

— Alors tu es restée à Washington avec ton beau-père ?

— J'ai vécu un petit moment au Texas. Puis je suis retournée habiter avec Ray.

— On dirait que tu t'es occupée de lui.

— Je suppose, répond-elle.

— Tu as l'habitude de t'occuper des autres.

Ce devrait être le contraire. Elle se retourne pour me dévisager.

— Qu'est-ce qu'il y a ? me demande-t-elle, inquiète.

— Je veux prendre soin de toi.

De toutes les façons possibles. C'est juste une phrase, mais pour moi, elle signifie beaucoup.

— J'ai remarqué, lâche un peu sèchement Ana. Mais tu as une curieuse façon de t'y prendre.

— C'est la seule que je connaisse.

— Je t'en veux encore d'avoir acheté la SIP.

— Je sais bien, bébé, mais que tu m'en veuilles ou pas, c'est fait.

— Que vais-je dire à mes collègues et à Jack ?

Elle est exaspérée. Tout d'un coup, je revois Hyde au bar, avec son sourire graveleux, en train de la coller.

— Ce salopard a plutôt intérêt à faire attention.

— Christian ! C'est mon patron.

Plus pour longtemps, si tu veux mon avis. Elle se renfrogne, et je ne veux pas la contrarier. Nous sommes tellement bien, là, détendus. *Que faites-vous pour vous détendre ?* m'avait-elle demandé lors de cette interview. Eh bien, Ana, voilà : je mange un sauté de poulet avec toi, assis par terre en tailleur. Mais elle est à cran. Elle pense sûrement à sa situation professionnelle, et à ce qu'elle va pouvoir dire à ses collègues au sujet du rachat de la SIP par GEH. Je lui propose une solution toute simple :

— Ne leur dis pas.

— Ne leur dis pas quoi ?

— Que la SIP m'appartient. Les premiers accords ont été signés hier. L'information doit rester secrète pendant quatre semaines, le temps que la direction de la SIP procède à des remaniements.

— Oh… je vais perdre mon poste ? s'inquiète-t-elle.

— Franchement, j'en doute.

Pas si tu veux rester. Elle se renfrogne :

— Si je pars et que je trouve un autre emploi, tu achèteras aussi cette société ?

— Tu ne penses pas quitter ton travail, n'est-ce pas ?

Bon sang, je suis sur le point de dépenser une petite fortune pour l'acquisition de cette boîte et elle parle de démissionner !

— Probablement pas. Je ne pense pas que tu m'aies laissé grand choix.

— Alors oui, j'achèterai cette société.

Ça va finir par me coûter cher.

— Tu ne crois pas que tu es légèrement surprotecteur ? demande-t-elle, un peu sarcastique.

Peut-être… Elle a raison.

— Oui, j'ai tout à fait conscience que ça en a l'air.

— Allô, Dr Flynn ? lance-t-elle en levant les yeux au ciel.

J'aurais envie de la réprimander, mais elle tend la main pour ramasser mon assiette vide.

— Tu veux un dessert ? demande-t-elle avec un sourire forcé.

Je souris en retour.

— On passe aux choses sérieuses !

C'est toi que je veux pour dessert, bébé.

— Je ne parle pas de moi, s'empresse-t-elle de préciser, comme si elle lisait dans mes pensées. J'ai de la crème glacée. À la vanille, ajoute-t-elle avec un petit sourire, comme pour me faire comprendre l'allusion.

De mieux en mieux, Ana.

— Vraiment ? Je crois que ça fera l'affaire.

Je me lève, en prévision des réjouissances et des jouissances à venir.

La sienne.

La mienne.

La nôtre.

— Je peux rester ici ?

— Qu'est-ce que tu entends par là ?

— Rester cette nuit.

— Je partais du principe que c'était ce que tu comptais faire.

— Bien. Où est la crème glacée ?

— Dans le four, ricane-t-elle.

Ah, Anastasia Steele, ma main me démange.

— Le sarcasme est la forme d'humour la plus basse qui soit, mademoiselle Steele. Je pourrais toujours te donner une fessée.

Elle hausse un sourcil.

— Tu as les boules argentées ?

J'ai envie de rire. Voilà qui est bon signe. Elle serait disposée à recevoir une fessée de temps à autre. Mais ce sera pour une autre fois. Je me tapote la poitrine, le ventre et les poches de mon jean comme si je cherchais les boules de geisha.

— C'est curieux, je n'ai pas de jeu de rechange sur moi. Je n'en ai pas vraiment l'utilité au bureau.

— Je suis ravie de l'apprendre, monsieur Grey, et je pensais vous avoir entendu dire que le sarcasme était la forme d'humour la plus basse qui soit.

— Eh bien, Anastasia, ma nouvelle devise est la suivante : « Ce que tu ne peux vaincre, embrasse-le. »

Elle en reste bouche bée. Abasourdie. Pourquoi est-ce toujours aussi amusant de me chamailler avec elle ? En souriant comme l'idiot que je suis, j'ouvre la porte du congélateur et j'en tire un pot de glace à la vanille.

— Ça ira tout à fait. Ben. Et Jerry. Et Ana.

Je sors une cuillère du tiroir. Lorsque je relève les yeux, Ana a un regard gourmand. Je ne sais pas si elle a envie de moi, ou de la glace. Des deux, j'espère.

L'heure de la récré a sonné, bébé.

— J'espère que tu as chaud. Je vais te rafraîchir avec ça. Viens.

Je lui tends la main. Elle la prend. Tant mieux ! Elle aussi, elle a envie de jouer.

La lumière de sa lampe de chevet est tamisée. Il y a peu, elle aurait sans doute préféré cette pénombre, mais, à en juger par son comportement en début de soirée, elle semble moins timide, plus à l'aise avec sa nudité. Je pose le pot de glace sur sa table de chevet, avant d'arracher la couette et les oreillers du lit.

— Tu as des draps de rechange, n'est-ce pas ?

Elle acquiesce, tout en m'observant du pas de la porte. Charlie Tango est ratatiné sur le lit.

— Ne joue pas avec mon ballon ! lance-t-elle lorsque je le prends.

Je le lâche et le regarde flotter jusqu'à la couette.

— Je n'y songerais même pas, bébé, mais je compte jouer avec toi et avec ces draps.

Maintenant, la question la plus importante : Acceptera-t-elle, ou pas ? Ma voix n'est plus qu'un murmure :

— Je veux t'attacher.

Dans le silence qui s'éternise entre nous, je l'entends déglutir lentement. *Oh, Ana…*

— D'accord, dit-elle.

— Juste les mains. Au lit. J'ai besoin que tu restes tranquille.

— D'accord, répète-t-elle.

Je m'avance en la regardant droit dans les yeux.

— Nous allons nous servir de ça.

Je saisis la large ceinture de son peignoir, je tire doucement dessus et le vêtement s'ouvre pour révéler sa nudité ; je tire encore un peu et la ceinture se libère. Je fais glisser le peignoir sur ses épaules ; elle le laisse choir à ses pieds. Elle n'a pas cessé de soutenir mon regard et ne fait aucun effort pour se cacher.

C'est bien, Ana. J'effleure sa joue ; son visage est lisse comme du satin. Je dépose un léger baiser sur ses lèvres.

— Allonge-toi sur le dos.

Le spectacle commence, bébé.

Je devine l'impatience d'Ana tandis qu'elle s'exécute. Debout devant elle, je prends le temps de l'admirer.

Ma chérie. Ma beauté chérie. Longues jambes, taille fine, seins parfaits. Sa peau sans défaut éclaire la pénombre et ses yeux brillent de désir. Elle attend. J'ai de la chance. Mon corps acquiesce.

— Je pourrais t'admirer toute la journée, Anastasia.

Le matelas se creuse lorsque je rampe pour la chevaucher.

— Les bras au-dessus de la tête !

Elle obéit immédiatement et, à l'aide de la ceinture, je ligote ses poignets et les attache à la barre métallique de la tête de lit. *Voilà.* Quel beau spectacle... Je plante un baiser rapide sur ses lèvres et me relève. Une fois debout, je retire ma chemise et mon jean et pose un préservatif sur la table de chevet.

Bon. Je fais quoi ?

Je vais au pied du lit, agrippe ses chevilles et la tire sur le matelas pour qu'elle ait les bras complètement étirés. Moins elle pourra bouger, plus les sensations seront intenses.

— C'est mieux.

Je reprends le pot de crème glacée et la cuillère, et je reviens m'asseoir à califourchon au-dessus d'elle. Elle se mord la lèvre tandis que je retire le couvercle.

— Hum... elle est encore assez dure.

J'envisage de m'en badigeonner et de m'insérer dans sa bouche. Mais elle est si glacée que je redoute certains effets négatifs sur mon corps. *Ce serait dommage.*

— Délicieuse, dis-je. C'est fou comme la vanille toute simple peut être bonne. (Je la regarde. Son visage s'illumine d'un sourire.) Tu en veux ?

Elle acquiesce – un peu hésitante. J'en prends une autre cuillerée et la tends vers sa bouche avant de me raviser et de la glisser dans la mienne. *C'est comme voler une sucette à un bébé.* Je la taquine :

— C'est trop bon pour la partager.

— Hé !

— Alors, mademoiselle Steele, vous aimez la vanille ?

— Oui ! s'exclame-t-elle, avant de se cabrer pour me renverser.

Mais je suis trop lourd. J'éclate de rire :

— On se rebelle ? Je ne m'amuserais pas à ça si j'étais toi.

Elle se fige.

— Donne-moi de la glace, me supplie-t-elle, frustrée.

— Bien, puisque vous m'avez grandement contenté aujourd'hui, mademoiselle Steele.

Je lui présente à nouveau une cuillerée. Elle me dévisage d'un air à la fois incertain et amusé, et ouvre les lèvres. Je fais glisser la vanille dans sa bouche. J'imagine ses lèvres sur moi et mon érection durcit.

Chaque chose en son temps, Grey.

Doucement, je retire la cuillère de sa bouche et reprends de la glace. Cette fois, elle l'avale goulûment. La glace a un peu fondu dans le pot sous l'effet de la chaleur. Lentement, j'en offre une autre cuillerée à Ana.

— Eh bien, voilà un moyen de m'assurer que tu manges : te faire manger à la cuillère. Je pourrais m'y habituer.

Elle serre les lèvres lorsque je lui en propose davantage et me défie du regard en secouant la tête. Elle a assez mangé. J'incline la cuillère et, très lentement, la glace fondue dégouline sur sa gorge, puis sur sa poitrine. Elle ouvre la bouche.

Oh oui, bébé. Je me penche pour la nettoyer à coups de langue.

— Mmm… C'est encore meilleur sur vous, mademoiselle Steele.

Elle tente de plier les bras en tirant sur la ceinture, mais le nœud tient bon et l'immobilise. Je laisse habilement goutter la cuillerée suivante sur ses seins, observant, fasciné, chaque téton durcir sous l'assaut du froid. Avec le dos de la cuillère, j'étale la vanille sur chaque pointe et elle se tortille sous moi.

— C'est froid ?

Sans attendre sa réponse, je me repais en lapant la glace et en suçant ses seins pour allonger davantage ses tétons. Elle ferme les yeux et gémit.

— Tu en veux ?

Je prends une grosse cuillerée, puis je l'embrasse, dardant ma langue pleine de crème glacée dans sa bouche offerte. *Ben. Et Jerry. Et Ana.* C'est exquis.

Je me redresse et me recule en chevauchant ses cuisses, pour faire couler la glace de son estomac à son bas-ventre. Je laisse une grosse goutte tomber dans son nombril. Surprise, elle ouvre brusquement les yeux. Je la préviens :

— C'est la dernière fois que tu fais ça. Ne bouge pas ou il y aura de la glace partout sur le lit.

J'enfourne une grosse cuillerée dans ma bouche pour revenir vers ses seins, en aspirant chaque téton de mes lèvres et ma langue gelées. Je suis le chemin de crème glacée le long de son corps tout en la léchant. Elle se tord sous moi, ses hanches ondulent avec un rythme familier.

Bébé, si tu ne bouges pas, ce sera tellement plus fort.

J'aspire ce qui reste de glace dans son nombril. Elle est collante. Mais pas partout. Pas encore.

Je m'agenouille entre ses cuisses et laisse dégouliner une autre cuillerée de glace sur son ventre et dans sa toison, avant d'atteindre mon but ultime : je fais dégoutter le reste de la vanille sur son clitoris gonflé. Elle pousse un cri et tend les jambes.

— Chut !

Je me penche pour la nettoyer à coups de langue et de suçons.

— Oh… je t'en prie… Christian.

— Je sais, bébé, je sais, chuchoté-je contre sa chair sensible.

Je poursuis mon invasion lascive. Ses jambes se tendent à nouveau. Elle est sur le point de jouir.

Je laisse tomber le pot de glace par terre et glisse un doigt en elle, puis deux, en savourant la chaleur humide et accueillante de son corps, avant de me concentrer sur son point sensible, si sensible, que je caresse. Elle y est presque. Son orgasme est imminent. Mes doigts vont et viennent lentement.

— Là.

Elle pousse un cri étranglé. Son corps se convulse autour de ma main. *Oui.* Je la retire pour attraper l'étui argenté. Et même si je déteste ces machins, je l'enfile en une seconde. Elle est toujours en plein orgasme quand je m'enfonce en elle.

— Oh oui !

Je gémis. C'est le paradis. Mon paradis. Mais elle est toute poisseuse. Ma peau colle à la sienne et ça me déconcentre. Je me retire pour la mettre à quatre pattes.

Je dénoue la ceinture pour libérer ses mains. Je la saisis pour qu'elle me chevauche en me tournant le dos. Je prends ses seins et je tire sur les pointes. Elle gémit et renverse la tête en arrière, contre mon épaule. Je mordille sa nuque et je commence à basculer des hanches pour la pénétrer plus profondément. Elle sent la pomme, la vanille et Ana.

Mon parfum préféré.

— Sais-tu à quel point tu comptes pour moi ? lui chuchoté-je à l'oreille.

— Non, souffle-t-elle, en extase.

J'entoure doucement sa mâchoire et son cou de mes doigts pour l'immobiliser.

— Si, tu le sais. Je ne te laisserai plus me quitter.

Plus jamais. Je t'aime.

— Tu es à moi, Anastasia.

— Oui, à toi.

— Je prends soin de ce qui est à moi.

Je mordille le lobe d'une de ses oreilles. Elle pousse un cri.

— C'est ça, bébé, je veux t'entendre.

Je veux prendre soin de toi.

J'entoure sa taille et la plaque contre moi en agrippant sa hanche de ma main libre. Et je continue mes coups de reins. Elle monte et descend à mon rythme, hurle, gémit, grogne. Des gouttes de sueur roulent dans mon dos, sur mon front, sur mon torse, nous glissons l'un contre l'autre tandis qu'elle me chevauche. Elle serre les poings et se fige en m'enserrant de ses jambes, les yeux fermés, avant d'émettre un cri silencieux. Je gronde, les mâchoires serrées :

— Viens, bébé.

Elle jouit en hurlant une version incohérente de mon nom. Je lâche prise et je jouis à mon tour, en perdant toute conscience de moi-même.

Nous nous laissons retomber sur le lit et je la prends dans mes bras. Nous formons un amas pantelant de membres entrelacés, gluants, sucrés. J'inspire profondément lorsque ses cheveux effleurent mes lèvres.

Ce sera toujours comme ça ? Aussi hallucinant ? Je ferme les yeux pour savourer ce moment de calme. Au bout d'un moment, elle change de position.

— Ce que je ressens pour toi me fait peur, dit-elle d'une voix un peu rauque.

— À moi aussi, bébé.

Plus que tu ne l'imagines.

— Et si tu me quittais ?

Quoi ? Pourquoi la quitterais-je ? Sans elle, je serais perdu.

— Je ne vais nulle part. Je ne crois pas pouvoir me rassasier de toi, Anastasia.

Elle se retourne et m'observe d'un regard sombre et intense. Je n'arrive pas à savoir ce qu'elle pense. Elle s'accoude pour me donner un baiser doux et tendre. *Mais comment peut-elle s'imaginer une chose pareille ?* Je cale une mèche derrière son oreille. Je dois la persuader que je serai dans sa vie aussi longtemps qu'elle voudra de moi.

— Je n'avais jamais rien ressenti de pareil quand tu m'as quitté, Anastasia. Je remuerais ciel et terre pour ne plus jamais vivre ça.

Les cauchemars. La culpabilité. Le désespoir m'entraînant vers l'abîme où j'allais me noyer. *Merde. Reprends-toi, Grey.* Non, je ne veux plus jamais vivre ça. Elle m'embrasse encore, et cette fois son baiser est implorant, réconfortant. *N'y pense plus, Grey.* Pense à autre chose.

Je me rappelle tout d'un coup la fête de mes parents.

— Veux-tu m'accompagner à la soirée qu'organisent mes parents demain soir ? C'est une fête de charité annuelle. J'ai promis d'y aller.

Je retiens mon souffle. C'est un rendez-vous en amoureux. Un vrai.

— Bien sûr que je veux t'accompagner.

Le visage d'Ana s'illumine avant de se décomposer.

— Quoi ?

— Rien.

J'insiste :

— Dis-moi.

— Je n'ai rien à me mettre.

Mais si. Au contraire.

— Ne m'en veux pas, mais j'ai encore chez moi tous les vêtements que je t'avais achetés. Il doit bien y avoir une ou deux robes qui feront l'affaire.

Elle fait la moue.

— Tu as ça chez toi ?

— Je n'ai pas eu le courage de m'en débarrasser.

— Pourquoi ?

Tu le sais très bien, Ana. Je caresse ses cheveux, en espérant qu'elle comprenne. Je voulais que tu me reviennes et je les ai gardés pour toi.

Elle secoue la tête, résignée.

— Comme toujours, vous êtes un homme compliqué, monsieur Grey.

Je ris parce que c'est vrai mais aussi parce que c'est le genre de chose que je pourrais lui dire. Elle se déride.

— Je suis collante. Il faut que je prenne une douche.

— On en a besoin tous les deux.

— Hélas, ma douche est trop petite pour deux. Vas-y pendant que je change les draps.

Sa salle de bains n'est pas plus grande que ma douche ; j'ai pratiquement le nez sur le pommeau. Mais je découvre la source du parfum de ses cheveux. Un shampooing à la pomme verte. Tandis que l'eau ruisselle sur moi, je débouche le flacon pour le humer, les yeux fermés. *Ana.*

Je vais ajouter cet article à la liste de courses de Mme Jones. Lorsque j'ouvre les yeux, Ana me fixe, les mains sur les hanches. Hélas, elle porte son peignoir.

— Cette douche est trop petite.

— Je te l'avais bien dit. Tu étais en train de renifler mon shampooing ?

Je souris.

— Ça se pourrait.

Elle éclate de rire et me passe une serviette dont le motif représente la tranche de classiques littéraires. Bibliophile jusqu'au bout, Ana. Je l'enroule autour de ma taille et l'embrasse rapidement.

— Fais vite. Ce n'est pas un ordre.

Allongé sur son lit, je détaille sa chambre. Elle semble inhabitée. Trois des murs sont en briques apparentes, le quatrième en béton lisse, mais il n'y a rien dessus. Ana n'a pas eu le temps de s'installer. Elle était trop malheureuse pour défaire ses cartons. Et c'est ma faute.

Je ferme les yeux. Je veux qu'elle soit heureuse.

Heureuse.

Je souris.

SAMEDI 11 JUIN 2011

Ana est à côté de moi. Radieuse. Ravissante. À moi. Elle porte un peignoir en satin blanc. À bord de Charlie Tango, nous chassons l'aurore. Nous chassons le crépuscule.
L'aurore. Le crépuscule. Nous volons très haut, au-dessus des nuages. La nuit forme une voûte noire au-dessus de nous. Le soleil couchant allume des reflets blond vénitien dans les cheveux d'Ana. Le monde est à nos pieds et je veux lui offrir le monde. Elle est fascinée. J'exécute un tonneau et nous nous retrouvons dans mon planeur. Regarde le monde, Ana. Je veux te le montrer. Elle rit. Elle pouffe. Heureuse. Ses tresses pendent vers le sol quand elle se retrouve tête en bas. Encore, me lance-t-elle. J'obéis. Nous faisons tonneau après tonneau. Mais cette fois, elle se met à hurler. Elle me dévisage avec effroi. Ses traits sont déformés. Elle est horrifiée. Dégoûtée. Par moi.
Moi ? Non. Non ! Elle hurle.

Je me réveille, le cœur battant. Ana se retourne et se débat dans son sommeil en émettant un son étrange, inhumain, qui me donne la chair de poule. À la lueur du lampadaire, je vois qu'elle dort toujours. Je m'assois pour la secouer doucement.

— Bon Dieu, Ana !

Elle se réveille en sursaut, les yeux hagards, terrifiée.

— Ça va, bébé ? Tu faisais un cauchemar.

— Oh, souffle-t-elle.

Ses cils frémissent comme les ailes d'un colibri. Elle me voit enfin. Je passe le bras au-dessus d'elle pour allumer sa lampe de chevet. Elle cligne des paupières dans la demi-pénombre. Elle cherche mon regard.

— C'était cette fille.

— Quoi ? Quelle fille ?

Je résiste à l'envie de la prendre dans mes bras pour chasser ses cauchemars avec mes baisers. Elle cligne à nouveau des yeux, et parle d'une voix plus posée.

— Il y avait une fille en face de la SIP quand je suis sortie hier soir. Elle me ressemblait… mais en même temps pas vraiment.

Mon cuir chevelu picote. *Leila.* Je me redresse.

— C'est arrivé quand ?

— Quand je suis sortie du bureau hier soir, je viens de te le dire. Tu sais qui est cette femme ?

— Oui.

Pourquoi diable Leila a-t-elle abordé Ana ?

— Qui est-ce ? demande-t-elle.

Il faut que je prévienne Welch. Ce matin, lorsque nous avons fait le point, il m'a dit qu'il n'avait rien appris de nouveau sur Leila. Son équipe essayait toujours de la localiser.

— Qui est-ce ? insiste Ana.

Et merde. Je sais qu'elle ne me lâchera pas avant d'avoir obtenu une réponse. Mais pourquoi ne pas m'en avoir parlé avant ?

— C'est Leila.

Elle fronce encore plus les sourcils.

— La fille qui a mis « Toxic » sur ton iPod ?

— Oui. Elle t'a parlé ?

— Elle m'a demandé ce que j'avais de plus qu'elle, et quand je lui ai demandé qui elle était, elle a répondu « personne ».

Nom de Dieu, Leila, à quoi joues-tu ? Il faut que j'appelle Welch immédiatement. Je titube hors du lit pour enfiler mon jean.

Dans le salon, je prends mon téléphone dans la poche de ma veste. Welch répond au bout de deux sonneries. J'hésitais à l'appeler à 5 heures du matin. Apparemment, il ne dormait pas.

— Monsieur Grey, fait-il de sa voix rauque.

— Désolé de vous appeler aussi tôt, dis-je en marchant de long en large dans la cuisine.

— Dormir, ça n'est pas tellement mon truc, monsieur Grey.

— Je m'en doutais. C'est Leila. Elle a abordé ma petite amie, Anastasia Steele.

— Sur son lieu de travail ? Ou chez elle ? Quand est-ce arrivé ?

— Devant la SIP hier, en début de soirée.

Je me retourne. Ana, uniquement vêtue de ma chemise, m'observe de l'autre côté du comptoir. Je la contemple tout en poursuivant ma conversation. Son visage affiche un mélange de curiosité et d'égarement. Elle est belle.

— À quelle heure exactement ? demande Welch.

Je répète la question à Ana.

— Environ 17 h 50, répond-elle.

— Vous avez entendu ? dis-je à Welch.

— Non.

— 17 h 50.

— Alors elle a trouvé où travaillait Mlle Steele.

— Cherchez à savoir comment.

— Il y a des photos de vous deux dans la presse.

— Exact.

Ana penche la tête et rejette ses cheveux derrière ses épaules tout en m'écoutant.

— Croyez-vous que nous devrions nous préoccuper de la sécurité de Mlle Steele ? s'enquiert Welch.

— Je n'y avais pas songé, mais je n'aurais pas cru Leila capable d'un tel acte.

— Je pense que vous devriez envisager des mesures de sécurité supplémentaires pour elle, monsieur.

— Je ne sais pas si ça passera…

Je jette un coup d'œil à Ana qui croise les bras, ce qui accentue le contour de ses seins lorsqu'ils tendent le coton blanc de ma chemise.

— J'aimerais aussi renforcer les mesures de sécurité pour vous, monsieur. Vous parlerez à Anastasia ? Vous lui expliquerez qu'elle est peut-être en danger ?

— Oui, je vais lui parler.

Ana mord sa lèvre inférieure. J'aimerais bien qu'elle arrête. Ça me déconcentre. Welch poursuit :

— Je brieferai M. Taylor et Mme Jones à la première heure.

— Très bien.

— Entre-temps, je vais avoir besoin de plus de personnel sur le terrain.

— Je sais.

— Nous commencerons par les commerces aux environs de la SIP. Quelqu'un a peut-être remarqué quelque chose. Cela pourrait nous donner une piste.

— Renseignez-vous et tenez-moi au courant. Contentez-vous de la localiser, Welch. Elle a des ennuis. Trouvez-la.

Je raccroche et regarde Ana. Ses cheveux emmêlés retombent sur ses épaules, ses longues jambes sont pâles dans la lumière tamisée du couloir. Je les imagine autour de ma taille.

— Tu veux un thé ? me demande-t-elle.

— En fait, j'aimerais aller me recoucher.

Et oublier cette sale histoire.

— Eh bien, moi, j'ai envie d'un thé. Tu te joins à moi ?

Elle se dirige vers la cuisinière, prend la bouilloire et la remplit d'eau.

Je ne veux pas de thé, bordel. Je veux m'enfouir en toi et oublier Leila.

Ana m'adresse un regard insistant, et je comprends qu'elle attend ma réponse.

— Oui, merci.

J'ai parlé sèchement, je m'en rends compte. *Qu'est-ce que Leila peut bien vouloir à Ana ? Et pourquoi diable Welch n'est-il pas parvenu à la retrouver ?*

— Qu'est-ce qu'il y a ? s'enquiert Ana quelques minutes plus tard, une tasse de thé à la main.

Ana, s'il te plaît. Inutile de t'inquiéter.

— Tu ne veux pas me dire ? insiste-t-elle.

— Non.

— Pourquoi ?

— Parce que ça ne devrait pas te concerner. Je ne veux pas te mêler à tout ça.

— Ça ne devrait pas me concerner et pourtant c'est le cas. Elle m'a trouvée et m'a accostée devant mon bureau. Comment est-elle au courant à mon sujet ? Comment sait-elle où je travaille ? Je pense que j'ai le droit de savoir ce qui se passe.

Elle a réponse à tout.

— S'il te plaît, me presse-t-elle.

Oh, Ana. Pourquoi me fais-tu ça ? Ses grands yeux bleus m'implorent.

Et merde, je ne peux rien lui refuser quand elle me regarde comme ça. *D'accord… Tu as gagné.*

— Je ne sais absolument pas comment elle t'a trouvée. Peut-être grâce à la photo de nous deux prise à Portland, je ne sais pas. (Je reprends, après un moment d'hésitation :) Quand j'étais avec toi en Géorgie, Leila s'est présentée à mon appartement sans prévenir et a fait une scène devant Gail.

— Gail ?

— Mme Jones.

— Qu'est-ce que tu entends par « faire une scène » ?

Je secoue la tête. Elle pose ses mains sur ses hanches.

— Dis-moi. Tu me caches quelque chose.

— Ana, je…

Pourquoi insiste-t-elle ? Je ne veux pas la mêler à toute cette histoire. Elle ne comprend pas que la honte de Leila est aussi ma honte à moi. Leila a choisi de faire une tentative de suicide dans mon appartement et je n'étais pas là pour l'aider ; elle avait de bonnes raisons de m'appeler à l'aide.

— S'il te plaît, s'obstine Ana.

Elle ne lâchera pas le morceau. Je soupire, exaspéré, et lui raconte tout.

— Oh non !

— Gail l'a accompagnée à l'hôpital. Mais Leila a signé une décharge avant que je n'arrive là-bas. Le psy qui l'a vue a qualifié son acte d'appel au secours. Il n'a pas vraiment cru qu'elle souhaitait mettre sa vie en danger. Selon lui, il ne s'agit que d'idéation suicidaire. Mais je n'en suis pas convaincu. Depuis, je tente de la retrouver pour essayer de l'aider.

— Elle a dit quelque chose à Mme Jones ?

— Pas vraiment.

— Tu ne l'as pas retrouvée ? Elle a de la famille ?

— Personne ne sait où elle est. Pas même son mari.

— Son mari ?

Ce sale menteur.

— Oui. Elle est mariée depuis deux ans.

— Alors elle était mariée quand elle était avec toi ?

— Non ! Mon Dieu, non. Notre histoire remonte à trois ans. Puis elle est partie et a épousé ce type peu de temps après.

Je te l'ai déjà dit, bébé. Je ne partage pas. La seule fois où j'ai eu une histoire avec une femme mariée, ça s'est mal terminé.

— Alors pourquoi t'envoie-t-elle cet appel au secours aujourd'hui ?

— Je ne sais pas. J'ai juste appris qu'elle a quitté son mari il y a environ quatre mois.

— Si je comprends bien, dit-elle en agitant sa cuillère, elle n'est plus ta soumise depuis trois ans ?

— Depuis deux ans et demi.

— Et elle voulait plus.

— Oui.

— Mais pas toi ?

— Tu sais déjà tout ça.

— Donc elle t'a quitté.

— Oui.

— Alors pourquoi revient-elle maintenant ?

— Je ne sais pas.

Elle voulait plus, mais je ne pouvais pas le lui donner. *Elle m'a peut-être vu avec Ana ?*

— Mais tu as une petite idée…

— Je soupçonne que ça a quelque chose à voir avec toi. Mais je pourrais me tromper. Bon, on peut retourner au lit, maintenant ?

Ana examine mon torse. J'ignore son regard scrutateur pour lui poser la question qui me taraude depuis qu'elle m'a appris sa rencontre avec Leila :

— Pourquoi ne m'en as-tu pas parlé hier ?

Ana a la bonne grâce de prendre un air contrit.

— Je l'avais oubliée. Les bières après le travail pour fêter ma première semaine au bureau. Ton arrivée dans le bar et ta… poussée de testostérone avec Jack. Et ensuite nous sommes venus ici. Ça m'est sorti de l'esprit. Tu as tendance à me faire oublier beaucoup de choses.

— Ma poussée de testostérone ?

— Oui. Le concours de celui qui fait pipi le plus loin.

— Tu veux que je te montre ce qu'est une poussée de testostérone ?

— Tu ne préférerais pas prendre une tasse de thé ?

— Non, Anastasia.

J'ai envie de toi. Maintenant.

— Viens.

Je lui tends la main.

De retour dans sa chambre, je fais glisser ma chemise par-dessus sa tête.

— J'aime bien que tu portes mes vêtements.

— J'aime bien les porter. Ils ont ton odeur.

J'attrape son visage entre mes mains pour l'embrasser. Je veux lui faire oublier Leila. Je veux oublier Leila. Je la soulève pour la plaquer contre le mur en béton.

— Mets tes jambes autour de moi, bébé.

Lorsque j'ouvre les yeux, la chambre est inondée de lumière et Ana est réveillée, à côté de moi, calée au creux de mon bras.

— Bonjour, déclare-t-elle en souriant comme si elle complotait quelque chose.

— Bonjour, dis-je avec prudence. Qu'est-ce que tu fais ?

— Je te regarde.

Elle fait courir un doigt sur mon ventre. Et mon corps s'éveille. *Waouh !* J'agrippe sa main. Pas possible. Après nos exploits d'hier, elle doit être endolorie. Mais elle passe sa langue sur ses lèvres et son sourire coupable devient suggestif.

Peut-être pas, après tout.

Se réveiller au côté d'Anastasia Steele a de réels avantages. Je roule sur elle, attrape ses mains et la plaque sur le lit tandis qu'elle gigote sous moi.

— Je crois que vous avez une idée derrière la tête, mademoiselle Steele.

— J'ai toujours des idées derrière la tête quand je suis avec toi.

C'est comme si elle s'adressait directement à mon entrejambe. *Ah, ma beauté chérie.*

— C'est vrai ? (Je dépose un rapide baiser sur ses lèvres. Elle acquiesce.) Alors, sexe ou petit déjeuner ?

Elle bascule les hanches vers moi et il me faut tout mon sang-froid pour ne pas prendre ce qu'elle m'offre immédiatement. *Non. Fais-la attendre.*

— Bon choix.

J'embrasse son cou, sa clavicule, son sternum, son sein.

— Ah, souffle-t-elle.

Nous sommes allongés, paisibles, comblés. Jamais je n'ai vécu de tels moments avant Ana. Jamais je n'ai traîné au lit en ne faisant rien d'autre. J'enfouis mon nez dans ses cheveux. Tout a changé. Elle ouvre les yeux.

— Salut.

— Salut.

— Tu as mal ?

Elle rosit.

— Non, mais je suis crevée.

Je caresse sa joue.

— Tu n'as pas beaucoup dormi cette nuit.

— Toi non plus. (Elle a un sourire faussement pudique, mais son regard s'embrume.) Je n'ai pas très bien dormi ces derniers temps.

Une violente bouffée de remords me tord les tripes.

— Je suis désolé.

— Ne t'excuse pas. C'est moi qui...

Je pose mon index sur sa bouche.

— Chut.

Elle embrasse mon doigt.

— Si ça peut te consoler, dis-je, moi non plus je n'ai pas bien dormi depuis la semaine dernière.

— Ah, Christian...

Elle me prend la main pour embrasser chaque doigt tour à tour. C'est un geste humble et affectueux. Ma gorge se serre, mon cœur se dilate. Je suis aux frontières de l'inconnu, à la limite d'une plaine dont l'horizon recule à l'infini. Un territoire nouveau et inexploré. C'est terrifiant.

Troublant. Exaltant. *Qu'est-ce que tu me fais, Ana ? Où me conduis-tu ?*

J'inspire profondément pour me concentrer sur la femme qui est à mon côté. Elle me lance un sourire sexy et je passerais bien la journée au lit avec elle, mais je suis affamé.

— Petit déjeuner ?

— Vous me proposez de me préparer mon petit déjeuner ou vous exigez d'être nourri, monsieur Grey ? me taquine-t-elle.

— Ni l'un ni l'autre. Je t'invite. Je ne suis bon à rien en cuisine, comme tu as pu le voir hier soir.

— Tu as d'autres qualités, commente-t-elle d'un air coquin.

— Mais enfin, mademoiselle Steele, de quoi parlez-vous ?

Elle plisse les yeux.

— Tu le sais très bien.

Et voilà : elle recommence à plaisanter. Elle s'assoit lentement et pose les pieds par terre.

— Tu peux prendre ta douche dans la salle de bains de Kate. Elle est plus grande que la mienne.

Tu m'étonnes.

— Je préfère la tienne. Ça me plaît, d'être dans ton espace.

— Moi aussi, ça me plaît.

Avec un clin d'œil, elle se lève et sort de la chambre. *Ana l'effrontée.*

Lorsque je m'extirpe de la douche trop petite, Ana, vêtue d'un jean et d'un tee-shirt moulant, trop suggestif à mon goût, est en train d'essayer de dompter sa chevelure. En enfilant mon jean, je sens la clé de l'Audi dans ma poche. Je me demande comment elle réagira quand je la lui rendrai. Pour l'iPad, elle n'a pas tiqué.

— Tu fais souvent du sport ? me demande-t-elle.

— Tous les jours de la semaine.

— Et qu'est-ce que tu fais ?

— Course, poids, kickboxing.

Et l'aller-retour en sprint jusqu'à ton appartement depuis une semaine.

— Kickboxing ?

— Oui, j'ai un coach personnel, un ancien médaillé olympique, qui me donne des cours. Il s'appelle Claude. Il est très bon.

J'ajoute qu'elle l'aimerait bien en tant qu'entraîneur.

— Pourquoi en aurais-je besoin ? Tu te charges de me maintenir en forme.

Elle est toujours en train de se coiffer. Je la rejoins pour l'enlacer. Nos regards se croisent dans le miroir.

— Mais je veux que tu le sois encore plus, bébé, pour ce que j'ai en tête. Je vais avoir besoin que tu suives.

Si jamais nous retournons dans la salle de jeux. Elle hausse les sourcils. J'ajoute à voix basse :

— Tu sais que tu en as envie.

Elle mordille sa lèvre mais détourne les yeux. Je m'inquiète :

— Quoi ?

— Rien, dit-elle en secouant la tête. D'accord, je vais rencontrer Claude.

— C'est vrai ?

Et voilà le travail !

— Oui, mon Dieu, si ça te fait tellement plaisir, dit-elle en riant.

Je la serre dans mes bras et dépose un baiser sur sa joue.

— Tu n'as pas idée. (Je l'embrasse derrière l'oreille.) Alors, qu'est-ce que tu veux faire aujourd'hui ?

— J'aimerais me faire couper les cheveux et hum… je dois encaisser un chèque et acheter une voiture.

— Ah.

C'est parti. Je tire la clé de l'Audi de la poche de mon jean.

— Elle est ici, dis-je.

Elle me regarde sans comprendre, puis ses joues rosissent. Je me rends compte qu'elle est en colère.

— Qu'est-ce que tu entends par « elle est ici » ?

— Taylor l'a ramenée hier.

Elle s'arrache à mes bras et me fusille du regard. *Merde.* Elle est furieuse. Pourquoi ? Elle brandit une enveloppe de la poche arrière de son pantalon.

— Tiens, c'est à toi.

Je reconnais l'enveloppe où j'ai glissé le chèque de sa vieille Coccinelle. Je lève les mains et recule.

— Oh non. C'est ton argent.

— Non, ça ne l'est pas. J'aimerais t'acheter la voiture.

Mais qu'est-ce qu'elle raconte ? Elle veut me donner de l'argent, à moi ?

— Non, Anastasia. C'est ton argent, et ta voiture.

— Non, Christian. Mon argent, et ta voiture. Je te l'achète.

Il. N'en. Est. Pas. Question.

— Cette voiture était pour ta remise de diplôme.

— Un stylo-plume aurait été un cadeau de remise de diplôme tout à fait approprié, mais tu m'as offert une Audi.

— Tu veux vraiment qu'on se dispute ?

— Non.

— Bien. Alors voilà les clés.

Je les pose sur la commode.

— Ce n'est pas ce que je voulais dire !

— Fin de la discussion, Anastasia. N'insiste pas.

Le regard qu'elle me lance parle à sa place. Si j'étais du petit bois, je m'enflammerais, et pas dans le bon sens du terme. Elle est folle de rage. Vraiment folle de rage. Soudain, elle plisse les paupières et m'adresse un sourire machiavélique. Brandissant l'enveloppe avec un geste théâtral, elle la déchire en deux, puis encore en deux. Elle jette le tout dans sa corbeille en me décochant un regard « je t'emmerde » triomphant.

Très bien. À nous deux, Ana.

— Comme d'habitude, vous me défiez, mademoiselle Steele.

Je tourne les talons pour me diriger vers la cuisine. Maintenant, c'est moi qui suis furieux. Vraiment furieux. Comment ose-t-elle ? Je trouve mon téléphone et appelle Andrea.

— Bonjour, monsieur Grey, dit-elle d'une voix un peu essoufflée.

— Bonjour, Andrea.

En arrière-plan, j'entends une femme crier : « Il n'est pas au courant que tu te maries aujourd'hui, Andrea ? »

— Pardon, monsieur Grey.

Elle se marie ? J'entends des murmures étouffés. « Maman, tais-toi. C'est mon patron. » Les bruits cessent.

— Que puis-je faire pour vous, monsieur Grey ?

— Vous vous mariez ?

— Oui, monsieur.

— Aujourd'hui ?

— Oui. Que puis-je faire pour vous ?

— Je voudrais que vous viriez vingt-quatre mille dollars sur le compte bancaire d'Anastasia Steele.

— Vingt-quatre mille ?

— Oui, vingt-quatre mille dollars. Tout de suite.

— Je m'en occupe. Ce sera sur son compte dès lundi.

— Lundi ?

— Oui, monsieur.

— Excellent.

— Autre chose, monsieur ?

— Non, ce sera tout, Andrea.

Je raccroche, contrarié de l'avoir dérangée le jour de son mariage et encore davantage qu'elle ne m'en ait rien dit. Pourquoi ? Est-elle enceinte ? Va-t-il falloir que je me trouve une autre assistante ? Je me tourne vers Mlle Steele, qui fulmine à l'entrée de la cuisine.

— Virés sur ton compte, lundi. Ne joue pas ce genre de petit jeu avec moi.

— Vingt-quatre mille dollars ! hurle-t-elle. Et comment connais-tu le numéro de mon compte en banque ?

— Je sais tout sur toi, Anastasia, dis-je en tentant de garder mon sang-froid.

— Ma voiture ne valait pas vingt-quatre mille dollars ! rétorque-t-elle.

— Je suis d'accord avec toi mais le secret des bonnes affaires, c'est de connaître son marché, que l'on soit acheteur ou vendeur. Un cinglé qui voulait acquérir ce cercueil sur roues en a offert ce prix. Apparemment, c'est un modèle de collection. Demande à Taylor, si tu ne me crois pas.

Elle me lance un nouveau regard noir. Je fais de même. *Cette femme est impossible. Impossible !* Ses lèvres s'entrouvrent. Elle respire plus vite. Ses pupilles se dilatent. Elle me dévore des yeux. Elle me consume.

Ana.

Elle passe la langue sur sa lèvre inférieure. C'est là, dans l'air, entre nous. Notre force d'attraction, une force vivante, grandissante.

Putain.

Je l'attrape pour la plaquer contre la porte, cherchant et trouvant ses lèvres. Prenant possession de sa bouche, je l'embrasse goulûment. Mes doigts se resserrent autour de sa nuque pour l'immobiliser. Elle plonge ses mains dans mes cheveux et tire dessus. Elle me guide tout en me rendant mon baiser, sa langue dans ma bouche. Elle me prend. J'agrippe ses fesses pour la coller contre mon érection et frotter mon corps contre le sien. Je la veux. Encore.

— Pourquoi ? Pourquoi me défies-tu ? dis-je à haute voix tout en embrassant son décolleté.

Elle renverse la tête pour me livrer son cou.

— Parce que je le peux, murmure-t-elle.

Tiens donc. Elle m'a piqué ma réplique. J'appuie mon front contre le sien.

— J'ai une telle envie de te prendre maintenant mais je n'ai plus de préservatifs. Je ne me rassasie jamais de toi. Tu es une femme exaspérante.

— Et toi tu me rends folle, souffle-t-elle. Dans tous les sens du terme.

J'inspire profondément et plonge mon regard dans ses yeux sombres et avides qui me promettent le monde, avant de secouer la tête. *Tout doux, Grey.*

— Viens. Allons manger. Je connais un endroit où on peut te couper les cheveux.

— D'accord.

Notre dispute est terminée.

Nous remontons Vine Street main dans la main et prenons à droite sur la 1re Avenue. Est-ce normal de passer de l'engueulade à une telle sérénité ? La plupart des couples vivent-ils cela ? Je regarde Ana.

— Je me sens tellement normal quand je fais ça. J'adore.

— Christian, je crois que le Dr Flynn serait d'accord, tu es tout sauf normal. Disons plutôt exceptionnel.

Elle presse ma main. *Exceptionnel !*

— Quelle belle journée, ajoute-t-elle.

— C'est vrai.

Elle ferme un instant les yeux pour offrir son visage au soleil du matin.

— Viens, je connais un endroit génial pour bruncher.

L'un de mes cafés préférés est à deux pâtés de maisons de l'immeuble d'Ana, sur la 1re Avenue. Lorsque nous poussons la porte, nous nous arrêtons pour respirer l'odeur de pain frais.

— Quel endroit charmant, dit-elle alors que nous nous attablons. J'adore ces tableaux sur les murs.

— Ils exposent un artiste différent tous les mois. C'est ici que j'ai découvert Trouton.

— Qui rend extraordinaires les objets ordinaires, complète Ana.

— Tu n'as pas oublié.

— Je serais incapable d'oublier quoi que ce soit vous concernant, monsieur Grey.

Et moi de même pour vous, mademoiselle Steele. Vous êtes extraordinaire. Avec un petit rire, je lui tends la carte.

— C'est moi qui régale, déclare Ana en prenant l'addition avant moi. Il faut être rapide ici, Grey.

— En effet.

Je me renfrogne. Je ne devrais pas me laisser offrir un petit déjeuner par quelqu'un qui a plus de cinquante mille dollars de dettes de prêt étudiant.

— Ne sois pas si contrarié. Je suis plus riche de vingt-quatre mille dollars depuis ce matin. Je peux me permettre… (Elle consulte l'addition.) De payer vingt-deux dollars et soixante-sept cents.

À moins de lui arracher l'addition des mains, je n'ai aucun recours. Je marmonne un vague « merci ».

— Où on va maintenant ? demande-t-elle.

— Tu veux vraiment te faire couper les cheveux ?

— Oui, regarde-les.

Des boucles sombres se sont échappées de sa queue-de-cheval et encadrent son beau visage.

— Je te trouve ravissante. Tu l'es toujours pour moi.

— Et il y a la soirée de ton père ce soir.

Je lui rappelle que c'est une soirée habillée et qu'elle a lieu chez mes parents.

— Ils installent un chapiteau dans le jardin. Ils font les choses en grand.

— C'est pour quelle œuvre de charité ?

— « Faire face ensemble. » C'est un programme de réinsertion pour les toxicomanes parents de jeunes enfants.

Je retiens mon souffle, en espérant qu'elle ne m'interrogera pas sur la raison pour laquelle les Grey soutiennent cette association. C'est mon histoire, et je ne veux pas de sa pitié. Je lui ai raconté tout ce que je souhaitais lui avouer sur cette partie de ma vie.

— Ça me paraît être une bonne cause, se contente-t-elle de répondre, toujours aussi compatissante.

Heureusement, elle n'ajoute rien.

— Allez, on y va.

Me levant de table, je lui tends la main pour mettre un terme à cette conversation.

— Où va-t-on ? me demande-t-elle tandis que nous remontons la 1re Avenue.

— Surprise.

Je ne peux pas lui avouer qu'il s'agit du salon de beauté d'Elena, ça la ferait disjoncter. Depuis notre conversation à Savannah, je sais que le seul fait d'entendre ce nom la met dans tous ses états. Nous sommes samedi, et Elena ne travaille pas le week-end. Lorsque c'est le cas, c'est au salon du Bravern Center.

— C'est ici.

J'ouvre la porte d'Esclava et fais signe à Ana d'entrer. Je n'y ai pas mis les pieds depuis deux mois. La dernière fois, c'était avec Susannah. Greta nous accueille.

— Bonjour, monsieur Grey !

— Bonjour, Greta.

— On fait comme d'habitude, monsieur ? demande-t-elle poliment.

Et merde. Nerveux, je jette un coup d'œil à Ana.

— Non. Mlle Steele va vous expliquer ce qu'elle désire.

Ana me regarde. A-t-elle compris ?

— Pourquoi ici ?

— Cet endroit m'appartient, ainsi que trois autres identiques.

— Ce salon t'appartient ?

— Oui, il s'agit d'une activité annexe. Peu importe, on te fera tout ce que tu veux ici, et c'est offert par la maison. (J'énumère les soins du spa.) Tout ce que les femmes apprécient. Tout est possible.

— De l'épilation à la cire aussi ?

Pendant une fraction de seconde, j'envisage de recommander la cire au chocolat pour sa toison pubienne, mais comme nous faisons une trêve, je me ravise.

— Oui, aussi. Intégrale.

Ana rougit. Comment la convaincre que la pénétration serait plus agréable pour elle sans ses poils ? *Une chose à la fois, Grey.*

— J'aimerais me faire couper les cheveux.

— Certainement, mademoiselle Steele.

Greta se tourne vers son écran et tapote sur son clavier.

— Franco est libre dans cinq minutes.

— Franco est très bien, dis-je.

L'attitude d'Ana a brusquement changé. Je suis sur le point de lui demander ce qui ne va pas lorsque, en levant les yeux, je vois Elena sortir du bureau.

Nom de Dieu. Qu'est-ce qu'elle fout ici ?

Elena adresse quelques mots à l'une de ses collaboratrices avant de m'apercevoir. Son visage s'illumine d'un plaisir pervers.

Et merde.

— Excuse-moi, dis-je à Ana en me précipitant vers Elena avant qu'elle nous rejoigne.

— Quel plaisir inattendu, ronronne Elena en m'embrassant.

— Bonjour, très chère. Je ne m'attendais pas à te trouver ici.

— Mon esthéticienne est malade. Donc, j'avais raison : tu m'évites.

— J'ai été très pris.

— C'est ce que je constate. Une nouvelle ?

— Elle s'appelle Anastasia Steele.

Elena adresse un sourire radieux à Ana, qui nous observe attentivement. Comprenant que nous parlons d'elle, Ana lui retourne un sourire tiède.

Bon sang.

— Ta petite Sudiste ? me demande Elena.

— Elle n'est pas du Sud.

— Je croyais que tu étais allé la retrouver en Géorgie.

— Sa mère y habite.

— Je vois. En tout cas, c'est bien ton genre.

— Ouais.

Pas envie d'en parler.

— Tu ne nous présentes pas ?

Ana discute avec Greta – j'ai l'impression qu'elle tente de lui tirer les vers du nez. *Qu'est-ce qu'elle lui demande ?*

— Je ne pense pas que ce soit nécessaire.

Elena prend un air déçu.

— Pourquoi ?

— Parce qu'elle t'a surnommée Mrs Robinson.

— Ah, vraiment ? Comme c'est drôle. Cela dit, je suis étonnée qu'à son âge elle connaisse le film, raille Elena. Je suis également stupéfaite que tu lui aies parlé de moi. Et notre accord de confidentialité ?

Elle tapote un ongle écarlate sur ses lèvres.

— Elle ne dira rien.

— Je l'espère. Ne t'en fais pas. Je ne m'en mêlerai pas, ajoute-t-elle en levant les mains en l'air.

— Merci.

— Mais est-ce une bonne idée, Christian ? Elle t'a déjà fait souffrir.

Le visage d'Elena exprime l'inquiétude.

— Je ne sais pas. Mais elle me manquait. Je lui manquais. J'ai décidé d'essayer de faire les choses à sa manière. Elle est d'accord pour tenter le coup.

— À sa manière ? Tu es sûr que tu y arriveras ? Tu es sûr de le vouloir ?

Ana nous fixe toujours. Elle est inquiète.

— L'avenir nous le dira.

— Quoi qu'il en soit, je suis là si tu as besoin de moi. Bonne chance. (Elle me décoche un sourire doux mais calculateur.) Appelle-moi.

— Bien sûr. Viens-tu à la soirée de mes parents ?

— Je ne crois pas.

— Ça vaut probablement mieux.

Elle paraît étonnée puis elle reprend :

— Reparlons-nous dans la semaine, nous pourrons discuter plus librement.

— D'accord.

Elle presse mon bras et je rejoins Ana, qui attend toujours à l'accueil. Ses traits sont crispés et elle croise les bras. Ça n'est pas bon signe.

— Ça va ? demandé-je, sachant pertinemment que ce n'est pas le cas.

— Pas vraiment. Tu ne voulais pas me présenter ? réplique-t-elle d'un ton à la fois sarcastique et indigné.

Nom de Dieu. Elle sait que c'est Elena. Mais comment ?

— Mais je croyais…

— Pour un homme intelligent, tu es parfois… (Elle s'interrompt, trop furieuse pour poursuivre sa phrase.) J'aimerais partir, s'il te plaît.

Elle tape du pied sur le sol en marbre.

— Pourquoi ?

— Tu le sais très bien, aboie-t-elle en levant les yeux au ciel comme si j'étais le mec le plus idiot qu'elle ait jamais rencontré.

C'est exactement ce que tu es, Grey. Tu sais ce qu'elle ressent pour Elena. Tout allait si bien jusqu'ici… *Fais-toi pardonner.*

— Je suis désolé, Ana. Je ne savais pas qu'elle serait là. Elle ne vient jamais. Elle a ouvert un nouveau salon au Bravern Center et c'est normalement là-bas qu'elle travaille. Mais une des employées était malade aujourd'hui.

Ana fait brusquement volte-face et s'élance vers la sortie. Contrarié que la réceptionniste ait pu entendre notre conversation, je lui lance :

— Nous n'avons plus besoin de Franco, Greta !

Ana fonce droit devant elle, tête baissée, les bras croisés comme pour se protéger. Je dois allonger le pas pour la rattraper. *Arrête, Ana. Pas la peine d'en faire un plat.* Elle ne comprend tout simplement pas la nature de mes rapports avec Elena.

Tout en marchant à côté d'elle, je me sens perdu. Que faire ? Que dire ? Elena a peut-être raison. Suis-je certain d'y arriver ? Je n'ai jamais toléré ce genre de comportement de la part d'une soumise, et en plus, aucune d'entre elles n'avait aussi mauvais caractère.

Mais je déteste qu'elle soit fâchée contre moi.

— Tu emmenais tes soumises dans ce salon ?

— Certaines, oui.
— Leila ?
— Oui.
— L'endroit paraît assez récent.
— Il a été redécoré il y a peu.
— Je vois. Alors Mrs Robinson rencontre toutes tes soumises.
— Oui.
— Est-ce que tes soumises savaient ce qui s'était passé entre vous deux ?

Pas comme tu le crois. Elles n'ont jamais appris notre rapport Dominante/soumis. Elles pensaient que nous étions amis.

— Non. Aucune d'elles n'était au courant. Seulement toi.
— Mais je ne suis pas ta soumise.
— Non, tu ne l'es pas, c'est le cas de le dire.

Parce que je n'aurais jamais supporté ce comportement.
Elle s'arrête brusquement et me fait face, l'air sinistre :

— Tu te rends compte à quel point cette situation est tordue ?
— Oui, je suis désolé.

Je ne savais pas qu'elle serait là.

— Je voudrais me faire couper les cheveux dans un endroit où, de préférence, tu n'as baisé ni le personnel ni la clientèle.

Sa voix déraille, elle semble au bord des larmes. *Ana.*

— Maintenant, si tu veux bien m'excuser, dit-elle en tournant les talons.
— Tu ne vas pas me quitter, n'est-ce pas ?

La panique s'empare de moi. Ça y est. Elle s'en va avant même de nous donner une deuxième chance. *Grey, tu as tout foutu en l'air.*

— Non, hurle-t-elle, exaspérée, je veux juste une fichue coupe de cheveux ! Dans un endroit où je pourrai fermer les yeux pendant mon shampoing et oublier tout ce que tu trimballes.

Elle ne me quitte pas. J'inspire profondément.

— Je peux demander à Franco de venir à l'appartement ou chez toi.
— Elle est très attirante.

Et merde. C'est reparti pour un tour.

— Oui, elle l'est.

Et alors ? Laisse tomber, Ana.

— Elle est toujours mariée ?

— Non. Elle a divorcé il y a cinq ans.

— Pourquoi n'es-tu pas avec elle ?

Ana ! Laisse tomber !

— Parce que c'est fini entre nous. Je te l'ai déjà dit.

Combien de fois dois-je le lui répéter ? Mon téléphone vibre dans ma poche. Je lève le doigt pour lui demander d'arrêter sa tirade. C'est Welch. Que va-t-il m'apprendre ?

— Monsieur Grey.

— Welch.

— Trois choses. Nous avons retrouvé la trace de Mme Leila Reed jusqu'à Spokane, où elle vivait avec un dénommé Geoffrey Barry. Il s'est tué dans un accident de voiture sur la I-90.

— Tué dans un accident de voiture ? Quand ?

— Il y a quatre semaines. Le mari, Russell Reed, savait pour Barry mais il refuse de nous dire où se trouve Mme Reed.

— C'est la deuxième fois que ce type nous cache quelque chose. Il doit savoir. Il n'éprouve rien pour elle, ou quoi ?

— S'il éprouve quelque chose, ce n'est certainement pas de l'amour conjugal.

— Je commence à comprendre…

— Le psychiatre vous a-t-il donné des indices ? s'enquiert Welch.

— Non.

— Pourrait-elle souffrir d'une sorte de psychose ?

Je suis d'accord avec Welch, il s'agit peut-être d'un état psychotique, mais cela ne nous apprend toujours pas où elle est, et c'est cela que je veux savoir. Je scrute les alentours. *Où es-tu, Leila ?*

— Elle est là. Elle nous surveille.

— Nous sommes sur sa piste, monsieur Grey. Nous la retrouverons, tente de me rassurer Welch, avant de me demander si je suis à l'Escala.

— Non.

Ana et moi sommes trop exposés, en pleine rue.

— Je suis en train de calculer l'effectif nécessaire à votre protection rapprochée.

— Deux ou quatre, vingt-quatre heures sur vingt-quatre, sept jours sur sept.

— Très bien, monsieur Grey. Vous avez prévenu Mlle Steele ?

— Je n'ai pas encore abordé le sujet.

Ana m'observe et m'écoute. Son regard est intense mais indéchiffrable.

— Il vaudrait mieux que vous le fassiez. Autre chose. Mme Reed a obtenu un permis de port d'armes.

La peur me prend à la gorge.

— Quoi ?

— Nous venons de l'apprendre.

— Je vois. Quand ?

— Hier.

— Si récemment ? Mais comment ?

— Faux papiers.

— Sans vérification de ses antécédents ?

— Tous les formulaires sont des contrefaçons. Elle a utilisé un faux nom.

— Je vois. Envoyez-moi par courrier électronique le nom, l'adresse et des photos, si vous en avez...

— Tout de suite. Et j'organise le service de sécurité.

— Vingt-quatre heures sur vingt-quatre, sept jours sur sept à partir de cet après-midi. Prenez contact avec Taylor.

Je raccroche. Ça devient sérieux.

— Eh bien ? m'interroge Ana.

— C'était Welch.

— Qui est Welch ?

— Mon conseiller à la sécurité.

— D'accord. Alors qu'est-ce qui se passe ?

— Leila a quitté son mari il y a environ trois mois. Elle est partie avec un type qui s'est tué dans un accident de voiture il y a quatre semaines.

— Oh.

— Cet abruti de psy aurait dû le savoir. Elle est dans un processus de deuil.

Bon sang, ils auraient dû faire leur boulot, à l'hôpital.

— Viens !

Je tends la main à Ana, qui la prend sans réfléchir avant de la retirer aussitôt.

— Attends une seconde. Nous étions au beau milieu d'une discussion à propos de ta Mrs Robinson.

— Elle ne s'appelle pas Mrs Robinson. Nous reparlerons de ça chez moi.

— Je ne veux pas aller chez toi. Je veux me faire couper les cheveux ! hurle-t-elle.

Je reprends mon téléphone pour appeler le salon. Greta décroche immédiatement.

— Greta, ici Christian Grey. Je veux que Franco soit chez moi dans une heure. Demandez à Mme Lincoln…

— Oui, monsieur Grey. (Elle me met en attente une fraction de seconde.) C'est bon. 13 heures.

— Bien. (Je raccroche.) Franco sera là à 13 heures.

Ana me fusille du regard.

— Christian !

— Anastasia, Leila est apparemment en pleine crise psychotique. Je ne sais pas si c'est après moi ou toi qu'elle en a, ni jusqu'où elle est capable d'aller. On va passer chez toi, tu vas prendre des affaires et tu pourras rester chez moi le temps qu'on la retrouve.

— Et pourquoi je ferais ça ?

— Pour que je te sache en sécurité.

— Mais…

Seigneur, donnez-moi la force de…

— Tu reviens chez moi même si je dois t'y traîner par les cheveux.

— Je crois que tu exagères.

— Non. Nous pourrons poursuivre cette discussion chez moi. Viens.

Elle se renfrogne, inébranlable.

— Non.

— Tu peux y aller à pied ou bien je te porte. Peu importe la manière, Anastasia.

— Tu n'oserais pas.

— Oh, bébé, nous savons tous les deux que si tu me tends la perche, je serai trop content de la saisir.

Elle plisse les yeux. *Ana. Tu ne me laisses pas le choix.* Je la soulève pour la flanquer sur mon épaule, en ignorant les regards stupéfaits du couple qui nous dépasse. Elle se débat.

— Repose-moi ! tempête-t-elle.

Je l'agrippe plus solidement et lui claque les fesses.

— Christian ! glapit-elle.

Elle est furieuse. Je m'en fous. Un père de famille inquiet tire ses enfants par la main pour s'écarter de notre route.

— D'accord, je vais marcher, je vais marcher !

Je la pose aussitôt. Elle fait si rapidement volte-face que ses cheveux fouettent mon épaule. Elle se dirige vers son appartement d'un pas furieux. Je la suis, tout en scrutant les environs. *Où es-tu, Leila ?* Derrière une voiture garée ? Un arbre ? *Que veux-tu ?*

Ana s'arrête brusquement.

— Que s'est-il passé ? demande-t-elle.

Quoi, encore ?

— Que veux-tu dire par là ?

— Avec Leila.

— Je te l'ai dit.

— Non, tu ne m'as pas tout expliqué. Il y a autre chose. Tu n'as pas insisté pour que je vienne chez toi, hier. Alors que s'est-il passé entre-temps ?

Quelle perspicacité, mademoiselle Steele.

— Christian ! Dis-moi !

— Hier, elle a réussi à se procurer un permis de port d'armes.

Son attitude se transforme du tout au tout. La colère cède à la peur.

— Ce qui signifie qu'elle peut acheter une arme, souffle-t-elle, effarée.

Je l'attire contre moi.

— Ana, je ne crois pas qu'elle fera une bêtise, mais je ne veux pas te laisser courir ce risque.

— Et toi alors ? s'écrie-t-elle, inquiète, en me serrant très fort.

Elle a peur pour moi. *Pour moi !* L'instant d'auparavant, j'étais sûr qu'elle me quittait. C'est surréaliste.

— Retournons chez toi.

Je me penche pour embrasser ses cheveux. Chemin faisant, je pose le bras sur ses épaules et l'attire contre moi pour la protéger. Elle glisse la main dans un passant de mon jean, les doigts sur ma hanche. Cette... intimité est inédite. Je pourrais m'y faire. Jusqu'à ce que nous arrivions chez elle, j'ouvre l'œil. Leila rôde peut-être dans les parages.

Tout en regardant Ana faire sa valise, je songe à toute la gamme d'émotions qui m'a traversé depuis ce matin. Dans la ruelle, l'autre soir, j'avais cherché un mot qui exprime ce que j'éprouve. Je n'avais rien trouvé de mieux que « déstabilisé ». Il s'applique encore maintenant. Ana n'est pas la femme douce dont je me souvenais – elle est devenue beaucoup plus audacieuse et impétueuse.

A-t-elle changé à ce point depuis qu'elle m'a quitté ? Ou est-ce moi ?

Mon inquiétude au sujet de Leila m'embrouille encore plus. Pour la première fois depuis très longtemps, j'ai peur. S'il arrivait quelque chose à Ana à cause de mon histoire avec Leila ? La situation m'échappe. Et je n'aime pas ça.

Ana, elle, est plus solennelle et silencieuse que d'habitude. Elle range le ballon plié dans son sac à dos. Je la taquine :

— Charlie Tango est du voyage ?

Elle acquiesce avec un sourire crispé. Soit elle est angoissée, soit elle m'en veut encore pour Elena. Ou bien elle est furieuse que je l'aie portée sur mon épaule en pleine rue. Ou alors, c'est à cause des vingt-quatre mille dollars. J'ai l'embarras du choix. Si seulement je savais à quoi elle pense.

— Ethan revient mardi, dit-elle.

— Ethan ?

— Le frère de Kate. Il va habiter ici le temps de trouver un appartement à Seattle.

Ah oui, l'autre rejeton des Kavanagh. Le surfeur californien. Je l'ai croisé à la cérémonie de remise des diplômes. Il n'arrêtait pas de tripoter Ana.

— Donc, ça tombe bien que tu séjournes chez moi. Il se sentira à l'aise.

— Je ne sais pas s'il a les clés. Il faudra que je sois là pour l'accueillir… Bon, je crois que j'ai tout, ajoute-t-elle.

En prenant sa valise, j'inspecte rapidement les lieux du regard avant de refermer la porte. Je suis contrarié car l'appartement n'est pas équipé d'un système d'alarme.

L'Audi est garée derrière l'immeuble, là où Taylor l'a laissée. J'ouvre la portière côté passager pour Ana, mais Dieu sait pourquoi, elle reste clouée sur place à me regarder.

— Tu montes ?

— Je croyais que j'allais conduire.

— Non. Je conduis.

— Tu as un problème avec ma conduite ? Ne me dis pas que tu connais aussi ma note au permis de conduire… Ça ne m'étonnerait pas, avec ta manie de la surveillance.

— Monte dans la voiture, Anastasia !

Je commence à perdre patience. *Ça suffit, maintenant. Tu vas me rendre fou. Je te veux chez moi, où tu seras en sécurité.*

— D'accord, bougonne-t-elle en s'exécutant.

Elle n'habite pas loin de l'Escala, le trajet sera court. Normalement, j'aime bien conduire cette petite Audi, facile à manœuvrer dans les encombrements de Seattle. Aujourd'hui, chaque piéton qui nous frôle m'inquiète. L'un d'entre eux pourrait être Leila.

— Est-ce que toutes tes soumises étaient brunes ? me demande tout d'un coup Ana.

— Oui.

Je n'ai aucune envie d'aborder ce sujet, trop dangereux pour notre relation naissante.

— Je me posais juste la question.

Elle tripote l'une des lanières de son sac à dos, signe de nervosité chez elle. *Rassure-la, Grey.*

— Je te l'ai déjà dit, je préfère les brunes.

— Mrs Robinson n'est pas brune.

— C'est probablement la raison. Elle m'a à tout jamais dégoûté des blondes.

— Tu plaisantes, lâche Ana, incrédule.

— Oui, je plaisante.

Sommes-nous vraiment obligés de parler de tout ça ? Mon angoisse se démultiplie. Si elle continue à creuser, je risque de lui confesser mon secret le plus inavouable.

Non. Je ne lui avouerai jamais. Elle me quitterait. Sans se retourner.

Je la revois remonter la rue pour rentrer dans le garage du Heathman après notre premier café. Elle ne s'était pas retournée. Pas une seule fois. Si je ne l'avais pas contactée au sujet du vernissage de ce photographe... Je ne serais pas avec elle en ce moment. Ana est forte. Lorsqu'elle dit adieu, elle le pense.

— Parle-moi d'elle, me demande-t-elle, coupant court à ma réflexion.

Quoi, maintenant ? Elena ? Encore ?

— Que veux-tu savoir ?

Plus elle en saura sur Elena, plus Ana sera de mauvaise humeur.

— Quels sont vos rapports en affaires ?

Bon. Ça, c'est assez facile à expliquer.

— Je suis son bailleur de fonds. Les salons de beauté ne m'intéressent pas particulièrement, mais elle en a fait une entreprise florissante. Je me suis contenté d'investir et de l'aider à se lancer.

— Pourquoi ?

— J'avais une dette envers elle.

— Oh ?

— Quand j'ai plaqué Harvard, elle m'a prêté cent mille dollars pour démarrer mon entreprise.

— Tu as abandonné tes études ?

— Ce n'était pas mon truc. J'ai étudié deux ans à Harvard. Malheureusement, mes parents n'ont pas été aussi compréhensifs.

— Quoi ?

Grace me fusille du regard, au bord de l'apoplexie.

— Je lâche mes études. Je vais fonder ma propre boîte.

— Tu comptes faire quoi ?

— Des investissements.

— Christian, que connais-tu à l'investissement ? Il faut que tu termines tes études.

— Maman, j'ai un projet. Je pense que ça va marcher.

— Écoute, mon garçon, il s'agit d'une décision très importante qui pourrait affecter tout ton avenir.

— Je sais, papa, mais je n'y arrive plus. Je ne supporterai pas de vivre encore deux ans à Cambridge.

— Change de fac. Reviens à Seattle.

— Maman, ce n'est pas une question de ville.

— Tu n'as pas encore trouvé ta voie, c'est tout.

— Ma voie est dans la vraie vie. Pas à l'université. J'étouffe.

— Tu as rencontré quelqu'un ? me demande Grace.

— Non.

Je mens à moitié. J'ai rencontré Elena avant de partir pour Harvard.

Grace me scrute jusqu'à ce que la pointe de mes oreilles brûle.

— Nous ne pouvons pas cautionner cette décision téméraire, mon fils, décrète Carrick, qui est passé en mode paterfamilias-pompeux.

Je redoute un instant qu'il me ressorte son sermon : « Études, travail et famille avant tout. »

Grace insiste :

— Christian, tu joues le reste de ta vie aux dés.

— Maman, papa, c'est déjà fait. Je suis désolé de vous décevoir une fois de plus. Ma décision est prise. Je vous en informe, c'est tout.

— Mais tes frais de scolarité, quel gaspillage !

Maman se tord les mains.

Merde.

— Je vous les rembourserai.

— Comment ? Pour l'amour du ciel, avec quel argent comptes-tu fonder une entreprise ? Il te faudra du capital.

— Ne t'en fais pas pour ça, maman. J'ai ce qu'il faut. Et je vous rembourserai.

— Christian, mon chéri, ce n'est pas une question d'argent…

La seule chose que j'aie apprise à l'université, c'est comment lire un bilan comptable ; et j'y ai trouvé l'apaisement de l'aviron.

— Il semble que ça t'a plutôt réussi d'abandonner. Qu'est-ce que tu étudiais ?

— Politique et économie.

— Alors, elle est riche ?

Elle semble obsédée par le prêt que m'a fait Elena.

— C'était une épouse trophée, Anastasia. Elle s'ennuyait. Son mari était riche, une fortune dans les scieries. (Ce souvenir me fait toujours rigoler. Je lance un sourire en coin à Ana. Lincoln Timber. Quel ringard, celui-là.) Il ne voulait pas qu'elle travaille. Tu comprends, il avait besoin de tout contrôler. Il y a des hommes, comme ça.

— Ça existe vraiment ? Des hommes qui ont besoin de tout contrôler ? lâche Ana avec mépris. Je croyais qu'il s'agissait d'une légende urbaine.

Le sarcasme suinte de chacune de ses paroles. Elle cherche à me provoquer, mais sa réaction me fait rire.

— Elle t'a prêté l'argent de son époux ?

Et comment.

— C'est terrible.

— On lui a rendu ce qui lui revenait.

Cet enculé.

Mes pensées s'assombrissent. Il a failli tuer sa femme parce qu'elle baisait avec moi. Je tremble encore en songeant à ce qu'il aurait pu lui faire si je n'étais pas arrivé à temps. La fureur me submerge. J'agrippe le volant si violemment, en attendant l'ouverture du garage de l'Escala, que j'en ai les jointures blanches. Elena a passé trois mois à l'hôpital mais elle a refusé de porter plainte.

Contrôle-toi, Grey. Mes mains se détendent.

— Comment ça ? me presse Ana, curieuse, comme toujours, d'apprendre comment Linc s'est vengé.

Je n'ai aucune intention de lui raconter cette histoire. Je secoue la tête, gare l'Audi sur l'un de mes emplacements de parking et coupe le contact.

— Viens. Franco va bientôt arriver.

J'observe Ana dans l'ascenseur. Le petit *v* réapparaît entre ses sourcils. Elle est pensive. Peut-être est-elle en train d'assimiler ce que je viens de lui raconter – ou s'agit-il d'autre chose ?

— Tu es toujours en colère contre moi ?

— Très, lâche-t-elle.

— D'accord.

Comme ça, au moins, je suis fixé.

De retour de sa matinée passée avec Sophie, sa fille, Taylor nous accueille dans le vestibule.

— Bonjour, monsieur.

— Welch vous a contacté ?

— Oui, monsieur.

— Et ?

— Tout est arrangé.

— Parfait. Comment va votre fille ?

— En pleine forme, merci, monsieur.

— Bien. Un coiffeur va se présenter à 13 heures. Franco De Luca.

Taylor salue Ana :

— Mademoiselle Steele.

— Bonjour, Taylor. Vous avez donc une fille ?

— Oui, mademoiselle.

— Quel âge a-t-elle ?

— Sept ans.

Ana l'interroge du regard.

— Elle vit avec sa mère, précise Taylor.

— Oh, je vois.

Il lui adresse l'un de ses rares sourires.

Je me dirige vers le salon. Qu'est-ce qu'ils trament ? Je ne suis pas certain d'apprécier leur petit numéro de charme. J'entends Ana derrière moi.

— Tu as faim ? dis-je.

Elle secoue la tête en parcourant la pièce des yeux. Elle n'y a pas remis les pieds depuis ce jour affreux où elle m'a quitté. J'ai envie de lui confier que je suis heureux de son retour, mais pour l'instant, elle est énervée contre moi.

— J'ai quelques coups de fil à passer. Fais comme chez toi.

— D'accord.

Dans mon bureau, je trouve une grande pochette en velours. Elle contient un masque argenté sublime, orné de plumes bleu marine, pour Ana. Un petit sac Chanel avec un rouge à lèvres écarlate est posé à côté. Taylor a bien choisi. Cela dit, je serais étonné qu'Ana apprécie mon idée de rouge à lèvres – du moins pour l'instant. Je pose le masque sur une étagère et empoche le rouge à lèvres avant de m'installer devant mon ordinateur.

J'ai passé une matinée instructive et divertissante avec Anastasia. Pourtant, elle n'a cessé de me défier, que ce soit au sujet du chèque pour l'épave de sa Coccinelle, de ma relation avec Elena, ou de l'addition du petit déjeuner.

Ana est férocement indépendante et elle ne semble pas s'intéresser à mon argent. Elle ne prend pas, elle donne ; elle a toujours été comme ça. C'est rafraîchissant. Toutes mes soumises adoraient mes cadeaux. *Grey, arrête tes salades.* Elles prétendaient les adorer, mais ça faisait partie de leur rôle.

Je prends ma tête entre mes mains. Tout ça est bien compliqué. Avec Ana, je suis en territoire inconnu. Dommage qu'elle en veuille autant à Elena. C'est une amie. En serait-elle jalouse ? Je ne peux rien changer à mon passé. Et après tout ce qu'Elena a fait pour moi, l'hostilité d'Ana risque de compliquer les choses.

Est-ce à cela que ressemblera ma vie, désormais ? Serai-je constamment empêtré dans mes incertitudes ? Cela nous fournira un sujet de discussion intéressant, lors de ma prochaine séance avec Flynn. Il pourra peut-être me donner des conseils.

Secouant la tête, j'allume l'iMac pour relever mes mails. Welch m'a envoyé une copie du faux permis de port d'armes de Leila. Il est au nom de Jeanne Barry, avec une adresse à Belltown. C'est sa photo, mais elle a vieilli, maigri, et elle a l'air plus triste qu'à l'époque où je l'ai connue. C'est déprimant. Cette femme a besoin d'aide.

J'imprime quelques rapports sur la SIP – des comptes de résultat des trois dernières années, que j'étudierai plus tard. Puis je passe en revue les CV de l'équipe de protection rapprochée approuvée par Taylor : deux d'entre eux sont des ex-agents du FBI et deux autres sont d'anciens membres des commandos de marine. Mais je n'ai pas encore abordé le sujet avec Ana. *Une chose à la fois, Grey.*

Après avoir répondu à quelques mails professionnels, je pars la retrouver. Elle n'est ni dans le salon, ni dans ma chambre. En passant, je pioche deux ou trois préservatifs dans ma table de chevet avant de reprendre mes recherches. Je suis sur le point de monter dans la chambre des soumises lorsque j'entends les portes de l'ascenseur et la voix de Taylor. Il est 12 h 55. Ce doit être Franco.

Les portes du vestibule s'ouvrent, et avant que Taylor ait pu parler, je lance :

— Je vais chercher Mlle Steele.

— Très bien, monsieur.

— Avertissez-moi dès que le service de sécurité sera là.

— Entendu, monsieur Grey.

— Et merci pour le masque et le rouge à lèvres.

— Je vous en prie, monsieur.

Taylor referme la porte.

À l'étage, je ne la vois pas, mais je l'entends. Ana parle toute seule dans le dressing. Mais qu'est-ce qu'elle fabrique là ? Inspirant profondément, j'ouvre la porte. Elle est assise par terre en tailleur.

— Tu es là ? J'ai cru que tu t'étais échappée.

Elle lève la main et je me rends compte qu'elle est au téléphone. Adossé au cadre de la porte, je la regarde caler une mèche derrière son oreille et l'entortiller autour de son index.

— Désolée, maman, il faut que je te laisse. Je te rappelle bientôt...

Elle est nerveuse. C'est moi qui lui fais cet effet-là ? Elle s'est peut-être cachée ici pour m'éviter. Elle a besoin de distance ? Cette pensée me déprime.

— Moi aussi, je t'aime, maman.

Elle raccroche et se tourne vers moi en m'interrogeant du regard.

— Pourquoi tu te caches ici ?

— Je ne me suis pas cachée, je suis désespérée.

— Désespérée ?

Un frisson d'anxiété me parcourt. Alors c'est vrai, elle songe à s'enfuir.

— Par tout ça, Christian, dit-elle en désignant les vêtements d'un grand geste.

Quoi, les vêtements ? Elle ne les aime pas ?

— Je peux entrer ?

— C'est ton dressing.

Mon dressing. Tes vêtements, Ana.

Lentement, je m'assois par terre en face d'elle pour tenter de jauger son humeur.

— Ce ne sont que des vêtements. Si tu ne les aimes pas, je peux les renvoyer au magasin, dis-je, résigné.

— Tu me demandes d'assumer beaucoup de choses d'un seul coup, tu sais ?

Elle n'a pas tort. Je gratte mon menton mal rasé en me demandant quoi répondre. *Soyez authentique. Soyez sincère.* Les paroles de Flynn tournent en boucle dans ma tête.

— Je sais. Je suis éprouvant.

— Très éprouvant.

— Vous aussi, mademoiselle Steele.

— Pourquoi fais-tu tout ça ?

Elle fait un geste qui semble dire « toi et moi ». Ana et Christian.

— Tu sais pourquoi.

J'ai besoin de toi.

— Non, je ne sais pas, insiste-t-elle.

Je passe une main dans mes cheveux en cherchant l'inspiration. Qu'est-ce qu'elle veut que je lui dise ? Qu'est-ce qu'elle veut entendre ?

— Tu es une femme très frustrante.

— Tu pourrais avoir une belle brune soumise. Une qui te demanderait même la permission de respirer, en supposant bien sûr qu'elle ait le droit de parler. Alors pourquoi moi, Christian ? Je ne comprends pas.

Que répondre ? Que depuis que je l'ai rencontrée, je me suis éveillé à la vie ? Que mon monde s'est transformé ? Que désormais, il tourne sur un autre axe ?

— Tu me fais voir le monde autrement, Anastasia. Tu ne veux pas de moi pour mon argent. Tu me donnes de... (Je cherche le mot juste.) De l'espoir.

— De l'espoir pour quoi ?

Tout.

— Pour plus.

C'est ce que voulait Ana. Maintenant, je veux la même chose. *Déballe-lui ton argumentaire, Grey.*

— C'est vrai, je suis habitué aux femmes qui font exactement ce que je leur demande. Mais on s'en lasse vite. Il y a quelque chose chez toi, Anastasia, qui me parle au plus profond de moi. C'est comme l'appel des sirènes. Je ne peux pas te résister et j'ai peur de te perdre.

Waouh. Quelle poésie, Grey.

Je lui prends la main.

— Ne t'en va pas, je t'en prie. Aie foi en moi et sois patiente. S'il te plaît.

Dans son doux sourire, je lis sa compassion. Son amour. J'aimerais me prélasser toute la journée dans son regard. Tous les jours. Elle pose les mains sur mes genoux, me prenant par surprise, et se penche pour planter un baiser sur mes lèvres.

— D'accord. De la foi et de la patience, je crois que je peux.

— Bien. Parce que Franco est arrivé.

Elle rejette ses cheveux derrière ses épaules.

— Ça n'est pas trop tôt !

Son rire juvénile est contagieux. Nous nous relevons. Main dans la main, nous descendons l'escalier. Je pense que nous avons surmonté un premier obstacle.

Franco s'extasie tellement sur Ana que ça en devient gênant. Je les laisse dans ma salle de bains. Je doute qu'Ana apprécie que j'aille jusqu'à gérer sa coupe de cheveux.

Je me dirige à nouveau vers mon bureau. J'ai les épaules crispées. Tout mon corps est tendu. Depuis ce matin, je ne contrôle rien. Ana m'a promis de la foi et de la patience, reste à savoir si elle va tenir parole. Mais elle ne m'a jamais donné aucune raison de douter d'elle. Sauf quand elle m'a quitté. *Et qu'elle m'a fait souffrir…*

Je chasse cette idée noire et consulte rapidement mes mails. Flynn m'a écrit.

De : Dr John Flynn
Objet : Ce soir
Date : 11 juin 2011 13:00
À : Christian Grey

Christian,
Viendrez-vous à la soirée de gala de vos parents ce soir ?

JF

Je réponds immédiatement.

De : Christian Grey
Objet : Ce soir
Date : 11 juin 2011 13:15
À : Dr John Flynn

Bonjour John,
En effet, et je serai accompagné de Mlle Anastasia Steele.

Christian Grey
P-DG, Grey Enterprises Holdings, Inc.

Je me demande comment il interprétera cette information. Je crois que c'est la première fois que je suis réellement ses conseils – et que je tente une relation amoureuse d'une autre manière. Pour l'instant, je navigue à vue…

Secouant la tête, je prends les documents que j'ai imprimés ainsi que deux rapports sur le chantier naval de Taiwan.

Les bilans de la SIP sont désespérants. Une véritable hémorragie financière. Leurs frais généraux sont trop élevés, leurs pertes astronomiques, leurs coûts de production en hausse, quant à leur personnel…

Un mouvement perçu du coin de l'œil me distrait. Ana piétine à l'entrée du salon, l'air gauche et timide. Elle me dévisage, anxieuse, espérant mon approbation.

Elle est à tomber. Sa chevelure est une crinière étincelante.

— Vous voyez ! J'étais certain qu'il allait aimer.

Franco l'a suivie.

— Tu es ravissante, Ana, dis-je, tandis que ses joues se colorent d'un rose adorable.

— Mission accomplie ! applaudit Franco.

Il est temps de le raccompagner.

— Merci, Franco.

Je tente de le diriger vers la sortie, mais il se jette sur Ana pour l'embrasser sur les deux joues. Une démonstration d'affection un peu excessive à mon goût.

— Ne laissez jamais personne d'autre vous couper les cheveux, *bellissima* Ana !

Je le fixe d'un regard noir jusqu'à ce qu'il la lâche.

— Par ici, lui dis-je pour m'en débarrasser.

— Monsieur Grey, c'est un joyau que vous avez là.

Je sais.

— Tenez. (Je lui glisse trois cents dollars.) Merci d'avoir pu vous libérer.

— Tout le plaisir est pour moi. Vraiment.

Il serre ma main avec vigueur. Heureusement, Taylor se manifeste pour l'escorter jusqu'au vestibule. Ce n'est pas trop tôt !

Ouf. Ana n'a pas bougé. Elle m'observe, inquiète, semble-t-il. Je fais glisser une mèche de ses cheveux entre mes doigts.

— Ils sont si doux… Je suis content que tu les aies gardés longs. Tu es toujours en colère contre moi ?

Elle acquiesce. *Oh, Ana.*

— Pourquoi, précisément ?

Elle lève les yeux au ciel… et je me rappelle un moment dans sa chambre à Portland où elle a commis exactement la même erreur. Mais c'était dans une autre vie, et je suis certain qu'elle ne me laisserait pas lui donner la fessée pour l'instant. Pourtant, qu'est-ce que j'en ai envie ! Oui, très envie.

— Tu veux la liste ? dit-elle.

— Il y a une liste ? fais-je, amusé.

— Oui, et elle est longue.

— On peut en parler au lit ?

Ce souvenir de fessée m'a vraiment excité.

— Non.

— En déjeunant, alors. J'ai faim et pas seulement de nourriture.

— Je ne vais pas te laisser m'embobiner avec ta sexpertise.

Sexpertise ! Anastasia, vous me flattez. J'adore.

— Qu'est-ce qui vous tracasse en particulier, mademoiselle Steele ? Crachez le morceau.

Parce que moi, j'ai perdu le compte.

— Ce qui me tracasse ? ricane-t-elle. Pour commencer, il y a tes incursions déplacées dans ma vie privée. Il y a aussi le fait que tu m'aies emmenée dans un endroit où travaille ton ancienne maîtresse et où tu avais l'habitude d'emmener toutes tes soumises pour qu'elles se fassent épiler où je pense. Ensuite tu m'as malmenée dans la rue comme si j'avais six ans…

Elle est lancée : j'ai droit à la litanie de toutes mes transgressions. J'ai l'impression d'être revenu sur les bancs de l'école primaire.

— Et, pour couronner le tout, tu laisses Mrs Robinson te toucher !

Mais elle ne m'a pas touché ! Enfin, merde, quoi…

— C'est une sacrée liste. Mais, une fois pour toutes, Anastasia, ce n'est pas ma Mrs Robinson.

— Elle a le droit de te toucher, insiste-t-elle d'une voix qui commence à trembler.

— Elle sait où elle peut.

— Qu'est-ce que ça veut dire ?

— Toi et moi n'avons aucune règle. Je n'ai jamais eu ce type de relations et je ne sais jamais où tu vas me toucher. Cela me rend nerveux. Ton contact me…

Elle est imprévisible et elle doit comprendre que son contact me désarçonne. Je poursuis :

— Cela veut simplement dire plus… tellement plus.

Tu ne peux pas me toucher, Ana. S'il te plaît, contente-toi de l'accepter.

Elle s'avance d'un pas en tendant la main. *Non.* Les ténèbres compriment ma poitrine. Je recule.

— C'est une limite à ne pas franchir.

Elle tente de dissimuler sa déception.

— Que ressentirais-tu si tu ne pouvais pas me toucher ?

— Je serais dévasté, je me sentirais lésé.

Ses épaules s'affaissent et elle secoue la tête avec un sourire résigné.

— Tu vas devoir m'expliquer un jour les raisons de ces limites à ne pas franchir.

Je repousse de mon esprit l'image d'une cigarette allumée.

— Un jour. Bon, alors, le reste de ta liste… J'envahis ton intimité. Parce que je connais le numéro de ton compte en banque ?

— Oui, et c'est scandaleux.

— Je fais réaliser une enquête sur toutes mes soumises. Je vais te montrer.

Je me dirige vers mon bureau. Elle me suit. Tout en me demandant si c'est une bonne idée, je sors le dossier d'Ana et je le lui remets. Elle jette un coup d'œil à son nom sur l'onglet, et me lance un regard indigné.

— Tu peux le garder.

— Chouette alors ! Merci ! ricane-t-elle en commençant à feuilleter le dossier. Alors tu savais que je travaillais chez Clayton's ?

— Oui.

— Donc, ce n'était pas une coïncidence. Tu ne passais pas là par hasard ?

— Non.

— Tu es un grand malade. Tu le sais, ça ?

— Je ne le vois pas de cette manière. Étant donné mes activités, je dois prendre des précautions.

— Mais ce sont des données privées.

— Je n'utilise pas ces renseignements à de mauvaises fins. N'importe qui peut les obtenir, Anastasia, il suffit de savoir où regarder. Pour contrôler, j'ai besoin d'avoir ces infos. J'ai toujours procédé ainsi.

— Tu as utilisé ces données à mauvais escient en virant sur mon compte vingt-quatre mille dollars dont je ne voulais pas.

— Je te l'ai dit. C'est ce que Taylor a réussi à obtenir pour ta voiture. Incroyable, je sais, mais c'est comme ça.

— Mais l'Audi…

— Anastasia, tu as une petite idée de ce que je gagne ?

— Pourquoi devrais-je me poser cette question ? Je n'ai pas besoin de connaître le solde de ton compte en banque, Christian.

— Je sais. C'est une des choses que j'aime chez toi. Anastasia, je gagne environ cent mille dollars par heure.

Elle en reste bouche bée.

— Vingt-quatre mille dollars ne représentent rien pour moi. La voiture, les livres de Thomas Hardy, les vêtements, tout cela n'est rien.

— À ma place, comment prendrais-tu toutes ces… largesses ?

Ça n'a rien à voir. Il s'agit d'elle, pas de moi.

— Je ne sais pas.

Je hausse les épaules. La question est trop absurde.

Elle soupire comme si elle devait expliquer une équation complexe à un simple d'esprit.

— Pour résumer, je ne vis pas ça très bien. Je veux dire, tu es très généreux mais ça m'embarrasse. Je te l'ai assez souvent répété.

— Je voudrais t'offrir le monde entier, Anastasia.

— Mais c'est toi que je veux, Christian. Pas tous les suppléments.

— Ils font partie du deal. De ce que je suis.

De qui je suis. Elle secoue la tête, songeuse, puis change brusquement de sujet :

— On déjeune ?

— Bien sûr.

— Je vais préparer à manger.

— Bien. Sinon, il y a de quoi faire dans le frigo.

— Mme Jones ne travaille qu'en semaine ? (J'acquiesce.) Si je comprends bien, tu manges froid le week-end ?

— Non.

— Ah ?

J'inspire profondément, en me demandant comment Ana va réagir.

— Mes soumises cuisinent pour moi, Anastasia.

Certaines mieux que d'autres.

— Évidemment, lâche-t-elle avec un sourire forcé. Qu'est-ce que Monsieur souhaiterait pour le déjeuner ?

— Ce que Madame pourra trouver, dis-je, tout en sachant qu'elle ne comprendra pas l'allusion.

Elle quitte mon bureau en y laissant son dossier. En le replaçant dans le classeur, j'aperçois celui de Susannah. Nulle en cuisine, encore pire que moi. Mais elle faisait des efforts… qui nous procuraient bien des plaisirs.

— *Tu as brûlé ce plat ?*

— *Oui. Pardon, monsieur.*

— *Que vais-je bien pouvoir faire de toi ?*

— *Ce qu'il vous plaira, Maître.*

— *As-tu brûlé ce plat exprès ?*

Elle rougit. Ses lèvres qui tressaillent pour retenir un sourire répondent pour elle.

C'était une époque agréable. Tout était tellement plus simple. Mes relations précédentes étaient dictées par une série de règles qui étaient suivies à la lettre ; dans le cas contraire, on en subissait les conséquences. J'étais tranquille. Je savais ce qu'on attendait de moi. C'étaient des rapports intimes. Mais aucune de mes soumises ne m'a jamais passionné comme Ana, même si elle est difficile. Ou alors, peut-être précisément à cause de ça. Je me rappelle la négociation de notre contrat. En fait, elle était déjà compliquée à ce moment-là.

En effet. Et tu as vu le résultat, Grey.

Elle me tient en haleine depuis notre première rencontre. Est-ce pour cette raison qu'elle me plaît autant ? Combien de temps éprouverai-je ce sentiment ? Sans doute aussi longtemps qu'elle restera avec moi. Parce qu'au fond je sais très bien qu'elle finira par me quitter.

C'est ce qu'elles font toutes.

Une musique tonitruante me parvient du salon. « Crazy in Love » de Beyoncé. Ana m'envoie-t-elle un message ?

Je passe dans le couloir qui conduit à mon bureau et à la salle télé pour la regarder faire la cuisine. Elle fouette des œufs, mais s'arrête tout d'un coup. D'après ce que je peux voir, elle sourit comme une idiote.

Je m'approche en silence pour l'enlacer, ce qui la fait sursauter.

— Intéressant comme choix de musique, lui dis-je à l'oreille. Tes cheveux sentent bon.

Elle se libère de mon étreinte en ondulant.

— Je suis toujours en colère contre toi.

Je passe la main dans mes cheveux, exaspéré.

— Ça va durer encore longtemps ?

— Au moins jusqu'à ce que j'aie mangé, déclare-t-elle d'une voix hautaine mais enjouée.

J'aime mieux ça. J'éteins la chaîne avec la télécommande.

— C'est toi qui as mis ça sur ton iPod ? me demande Ana.

Je secoue la tête. Je ne veux pas lui dire que c'est Leila, elle risque de se remettre en colère. Mais elle a déjà deviné :

— Tu ne crois pas qu'elle essayait de te transmettre un message à l'époque ?

— Avec le recul, si.

J'aurais dû prévoir. Ana me demande pourquoi je n'ai pas supprimé cette chanson. Je lui propose de le faire.

— Qu'est-ce que tu veux écouter ?

— Surprends-moi.

Je relève le défi. *Très bien, mademoiselle Steele. Vos désirs sont des ordres.* Je scrolle la bibliothèque sans trouver. J'envisage « Please Forgive Me » de David Gray, mais c'est trop direct et franchement trop sirupeux.

Je sais. Quelle était sa formule, tout à l'heure ? « Sexpertise » ? Voilà. *Sers-toi de ça. Séduis-la, Grey.* J'en ai marre de cette humeur ronchon. Je trouve la chanson que je cherche, cool et torride à la fois. « I Put a Spell on You » chanté par Nina Simone.

Ana se retourne, armée de son fouet. Je la regarde droit dans les yeux en m'avançant vers elle. « *You're mine* », chante Nina. *Tu es à moi.*

— Christian, je t'en prie, me souffle Ana lorsque je l'atteins.

— Je t'en prie, quoi ?

— Ne fais pas ça.

— Pas ça quoi ?

— Ça, halète-t-elle.

— Tu es sûre ?

Je lui retire le fouet des mains avant qu'elle ne s'en serve comme d'une arme. Ana. Ana. Ana. Je suis assez proche d'elle pour sentir son parfum. Fermant les yeux, je respire son odeur. Profondément. Lorsque je les ouvre, ses joues roses trahissent son désir.

Et c'est reparti. Cette force d'attraction qui nous pousse l'un vers l'autre. Une attraction tellement intense.

— Je te veux, Anastasia. J'aime et je déteste me disputer avec toi. C'est tout nouveau pour moi. J'ai besoin de savoir que tout va bien entre nous. Je ne peux pas faire autrement.

Elle baisse les paupières.

— Mes sentiments pour toi n'ont pas changé, me répond-elle à voix basse.

Prouve-le. Ses cils papillonnent et ses yeux se posent sur ma chemise ouverte. Elle se mord la lèvre. Je ravale un gémissement : la chaleur qui irradie de son corps nous échauffe tous les deux.

— Je ne te toucherai pas à moins que tu ne me dises « oui ». Mais là, après cette matinée de merde, je veux juste m'enfouir en toi et tout oublier, sauf nous deux.

Son regard rencontre le mien.

— Je vais toucher ton visage, me prévient-elle.

D'accord. J'ignore le frisson qui me parcourt le dos. Sa main caresse ma joue et je ferme les yeux pour savourer la sensation de ses doigts qui frôlent ma barbe naissante. *Tu n'as rien à craindre, Grey.* D'instinct, je pousse ma joue vers sa main, pour mieux la sentir, mieux m'y abandonner.

Je me penche, mes lèvres s'approchent des siennes, et elle relève le visage vers moi.

— Oui ou non, Anastasia ?

— Oui.

Ce mot n'est qu'un soupir à peine audible.

Ma bouche rencontre celle d'Ana, mes lèvres frôlent les siennes, l'amadouent. La goûtent. La titillent jusqu'à ce qu'elle s'ouvre à moi. Je la prends dans mes bras. D'une main sur ses fesses, je la plaque contre mon érection. L'autre remonte le long de son dos jusqu'à ses cheveux soyeux, sur lesquels je tire doucement. Elle gémit lorsque sa langue rencontre la mienne.

Une voix coupe court à nos ébats. *Putain de bordel de merde !*

— Monsieur Grey.

Je lâche Ana.

— Taylor, dis-je entre mes dents serrées.

Il reste à l'entrée du salon, gêné mais résolu. Qu'est-ce qu'il fout là ? Il a des instructions : lorsque je ne suis pas seul, il se fait oublier. Ce doit être important.

— Dans mon bureau, dis-je.

Taylor traverse rapidement la pièce. Avant de le suivre, je chuchote à Ana :

— Ce n'est que partie remise.

— Je suis désolé de vous avoir interrompu, monsieur, commence Taylor une fois que nous sommes seuls.

— J'espère que c'est pour une bonne raison.

— Tout d'abord, votre mère a téléphoné.

— Ne me dites pas que c'est pour ça.

— Non, monsieur. Mais vous devriez la rappeler dès que possible. C'est au sujet de la soirée.

— D'accord. Quoi d'autre ?

— L'équipe de sécurité est arrivée, et connaissant votre position sur les armes à feu, j'ai pensé qu'il valait mieux vous informer qu'ils sont armés.

— Quoi ?

— M. Welch et moi-même pensons que c'est une mesure de précaution nécessaire.

— Je hais les armes. Espérons qu'ils n'auront pas à s'en servir.

Mon ton est rageur – parce que je suis en rage. J'étais en train de peloter Anastasia Steele. M'a-t-on déja interrompu alors que je pelotais une fille ?

Jamais.

Cette idée m'amuse tout d'un coup. Je vis l'adolescence que je n'ai jamais eue.

Voyant que mon humeur a changé, Taylor se détend.

— Saviez-vous qu'Andrea se mariait aujourd'hui ?

Cette histoire me taraude depuis ce matin.

— Oui, répond-il, perplexe.

— Elle ne m'en a pas parlé.

— Sans doute a-t-elle oublié, monsieur.

Là, je sais qu'il se fiche un peu de moi. Je hausse un sourcil.

— Le mariage a lieu à l'hôtel Edgewater, précise-t-il aussitôt.

— Elle a pris une chambre ?

— Je crois.

— Pourriez-vous vous informer discrètement pour savoir si les tourtereaux ont une chambre à l'hôtel, et les faire surclasser dans la meilleure suite disponible ? À mes frais, évidemment.

Taylor sourit.

— Certainement, monsieur.

— Qui est l'heureux élu ?

— Je l'ignore, monsieur Grey.

Je me demande pourquoi c'est un tel mystère. La délicieuse odeur qui filtre dans la pièce chasse cette pensée. Mon estomac affamé gargouille.

— Je pense qu'il vaut mieux que je rejoigne Anastasia.

— Oui, monsieur.

— C'était tout ce que vous aviez à me dire ?

— Oui.

Nous sortons ensemble du bureau.

— Très bien. Je les brieferai dans dix minutes.

Ana tend le bras au-dessus de la cuisinière pour sortir deux assiettes.

— Nous serons prêts, répond Taylor avant de sortir du salon.

— Déjeuner ? propose-t-elle.

— Je veux bien.

Je me perche sur un des tabourets de bar.

— Un problème ? me demande-t-elle.

Curieuse, comme toujours… Je ne lui ai pas encore parlé des gardes du corps.

— Non.

Elle n'insiste pas et nous sert une omelette espagnole avec une salade. Ses compétences culinaires m'impressionnent. Elle s'assoit à côté de moi. Je prends un bout d'omelette : elle fond dans la bouche. Mmm.

— C'est délicieux. Tu veux un verre de vin ?

— Non, merci, répond-elle en commençant à picorer.

Au moins, elle mange.

Je renonce au vin, d'autant que je boirai ce soir. D'ailleurs, je dois rappeler ma mère. Je me demande ce qu'elle me veut. Elle ignore que j'ai rompu avec Ana, et que nous nous sommes réconciliés. Je devrais la prévenir qu'Ana m'accompagne ce soir.

À l'aide de la télécommande, je mets une musique relaxante.

— Qu'est-ce que c'est ?

— Canteloube, *Chants d'Auvergne*. Celui-ci est intitulé « Bailero ».

— C'est charmant. C'est en quelle langue ?

— En vieux français, en occitan plus précisément.

— Et tu comprends ?

— Certains mots, oui. Ma mère avait une devise : « Instrument de musique, langue étrangère, art martial. » Elliot parle espagnol ; Mia et moi le français. Elliot joue de la guitare, moi du piano et Mia du violoncelle.

— Waouh. Et les arts martiaux ?

— Elliot pratique le judo. Mia a fait un caprice à douze ans et a refusé de continuer.

Ana sait déjà que moi c'est le kickboxing.

— Je regrette que ma mère n'ait pas été aussi organisée.

— Le Dr Grace est redoutable quand il est question d'assurer la réussite de ses enfants.

— Alors elle doit être très fière de toi. Je le serais à sa place, commente Ana, avec chaleur.

Ah, bébé, si tu savais à quel point tu te trompes. Si seulement c'était aussi simple. J'ai énormément déçu mes parents : en me faisant virer de plusieurs écoles, en lâchant la fac, en leur cachant mes relations amoureuses… Si Grace connaissait mon mode de vie… Si tu savais la vérité, Ana.

Ne pense pas à ça, Grey.

— Tu as décidé ce que tu vas porter ce soir ? Ou bien dois-je le faire pour toi ?

— Hum… Pas encore. C'est toi qui as choisi tous ces vêtements ?

— Non, Anastasia. J'ai donné une liste et tes mensurations à une styliste chez Neiman Marcus. Ces vêtements devraient t'aller. Pour info, j'ai mis en place des mesures de sécurité supplémentaires ce soir et au cours des prochains jours. Leila est imprévisible et on n'est pas parvenus à la localiser à Seattle. Il est plus sage de prendre des précautions. Je ne veux pas que tu sortes sans être accompagnée. D'accord ?

Un peu sous le choc, elle acquiesce sans discuter, ce qui me surprend.

— Bien, je vais aller donner des directives aux types de la sécurité. Cela ne devrait pas être long.

— Ils sont ici ?

— Oui.

Elle paraît songeuse. Mais elle ne s'est pas opposée à ces mesures. Je profite de son silence pour avoir le dernier mot : je pose mon assiette vide dans l'évier et laisse Ana finir tranquillement son repas.

L'équipe de sécurité est rassemblée dans le bureau de Taylor, autour de la table de réunion. Une fois les présentations faites, je m'assois pour leur expliquer le déroulement de la soirée.

Après avoir terminé mon brief, je retourne dans mon bureau pour appeler ma mère.

— Mon chéri, comment vas-tu ? s'exclame-t-elle.

— Très bien, Grace.

— Tu viens ce soir ?

— Bien sûr. Anastasia m'accompagne.

— Ah bon ? s'étonne-t-elle, avant de se ressaisir. C'est merveilleux, mon trésor. Je vais faire ajouter une place à notre table, déclare-t-elle d'une voix trop exubérante.

J'imagine à quel point elle doit être ravie.

— À ce soir, maman.

— J'ai hâte de te voir, Christian. Au revoir.

J'ai un mail de Flynn.

De : Dr John Flynn
Objet : Ce soir
Date : 11 juin 2011 14:25
À : Christian Grey

J'ai hâte de faire la connaissance d'Anastasia.

JF

Tu m'étonnes, John. Apparemment, tout le monde est ravi que j'aie une cavalière, ce soir. Moi compris.

Ana est allongée sur le lit de la chambre des soumises, le regard fixé sur l'écran de son Mac. Elle lit quelque chose en ligne.

— Tu fais quoi ?

Elle sursaute, l'air vaguement coupable. Je m'allonge à côté d'elle et constate qu'elle consulte une page intitulée : « Trouble de la personnalité multiple : Symptômes. » Je sais que j'ai des problèmes, mais heureusement ce n'est pas de la schizophrénie. Son enquête de psy amateur m'amuse.

— Tu regardes ça pour une raison particulière ?

— C'est juste quelques recherches. Au sujet d'une personnalité difficile.

— Une personnalité difficile ?

— Ma lubie du moment.

— Donc, je suis une lubie du moment. Une activité annexe. Une expérience scientifique, peut-être. Moi qui croyais être tout pour vous. Mademoiselle Steele, vous me vexez.

— Comment sais-tu qu'il s'agit de toi ?

— Pure hypothèse.

— Il est vrai que tu es le seul maniaque du contrôle, complètement malade et lunatique que je connaisse intimement.

— Je pensais être le seul homme que tu connaissais intimement.

— Oui. Aussi, répond-elle en s'empourprant.

— Tu es déjà parvenue à quelques conclusions ?

Elle se retourne pour m'observer.

— Je pense que tu as besoin d'une sérieuse thérapie.

Je cale une mèche derrière son oreille, ravi qu'elle ait conservé ses cheveux longs et de pouvoir encore faire ce geste.

— Je crois que j'ai besoin de toi. Tiens, prends ça, dis-je en lui tendant le rouge à lèvres.

— Tu veux que je mette ça ?

J'éclate de rire.

— Non, Anastasia, sauf si tu en as envie. Pas sûr que cette couleur t'aille.

Le rouge écarlate, c'est la couleur d'Elena. Je n'en dis rien à Ana. Elle exploserait, et pas dans le bon sens du terme. Je m'assois en tailleur sur le lit et retire ma chemise. C'est soit une idée brillante, soit une idée débile. On verra.

— J'aime ton idée de carte.

Elle me dévisage, perplexe.

— Une carte des zones interdites, dis-je.

— Ah ? Je plaisantais.

— Pas moi.

— Tu veux que je dessine sur toi avec du rouge à lèvres ? s'étrangle-t-elle.

— Ça partira. Au bout d'un moment.

Elle réfléchit à ma proposition. Un sourire se dessine sur ses lèvres.

— Pourquoi pas quelque chose de plus permanent, comme un marqueur ?

— Je pourrais aussi me faire tatouer.

— Non, quand même pas un tatouage !

Elle rit mais écarquille des yeux horrifiés.

— Au rouge à lèvres alors.

Son rire est si communicatif que je souris à mon tour. Elle referme le Mac et je lui tends les mains.

— Viens, mets-toi sur moi.

Elle retire ses ballerines et rampe jusqu'à moi. Je m'allonge, jambes repliées.

— Appuie-toi sur mes cuisses.

Elle s'installe à califourchon sur moi, ravie de cette nouvelle aventure. Je me moque gentiment d'elle :

— Ça a l'air de te plaire.

— Je suis toujours à l'affût de nouvelles informations, monsieur Grey, et cela signifie que vous allez pouvoir vous détendre car je saurai où sont les limites.

Je secoue la tête. J'espère que c'est une bonne idée.

— Ouvre le rouge à lèvres.

Pour une fois, elle obéit à mon ordre.

— Donne-moi ta main. (Elle me tend sa main libre.) Celle avec le rouge à lèvres !

— Est-ce que tu ne serais pas en train de lever les yeux au ciel ? me gronde-t-elle.

— Si.

— C'est très grossier, monsieur Grey. Je connais des personnes qui deviennent carrément violentes quand on lève les yeux au ciel en leur présence.

— Ah bon, vraiment ?

Elle me tend la main qui tient le rouge à lèvres et je me redresse. Nous sommes presque nez contre nez.

— Tu es prête ?

Je tente de maîtriser mon angoisse, mais la panique commence à m'envahir.

— Oui, répond-elle d'une voix aussi douce qu'une brise printanière.

Alors que je suis sur le point de franchir mes limites, les ténèbres m'encerclent comme des vautours, prêtes à me dévorer. Je prends sa main et la pose au sommet de mon épaule. La peur me comprime la poitrine, expulsant tout l'air de mes poumons.

— Appuie.

J'ai du mal à articuler ce mot. Elle s'exécute. Je guide sa main autour de l'articulation de mon bras et le long de mon torse. Les ténèbres me prennent à la gorge, menaçant de m'étouffer. Ana ne rit plus. Solennelle et déterminée, elle se concentre. Je la regarde droit dans les yeux pour lire chaque nuance de ses pensées et de ses émotions au fond de ses iris. Ce sont deux bouées qui m'empêchent de me noyer, qui tiennent les ténèbres à distance.

Elle est mon salut.

Je m'arrête sous ma cage thoracique et fais courir sa main en travers de mon ventre. Le rouge à lèvres laisse une trace écarlate sur mon corps. Je halète, tentant désespérément de cacher ma peur. Chaque muscle se crispe dès que la trace rouge découpe ma chair. Je me renverse en arrière, en appui sur mes coudes, et je lutte contre mes démons pour m'abandonner à son doux dessin. Elle est à mi-parcours quand je lâche prise pour lui donner le contrôle.

— Remonte de l'autre côté.

Toujours aussi concentrée, Ana trace une ligne sur mon flanc gauche. Toute mon attention se concentre sur ses yeux, démesurément agrandis par l'angoisse. Lorsqu'elle parvient au sommet de mon épaule, elle s'arrête.

— Voilà, c'est fait, souffle-t-elle d'une voix enrouée par l'émotion.

Sa main se détache de mon corps, ce qui m'offre un bref instant de répit.

— Non, ça n'est pas fini.

Je trace une ligne du bout du doigt autour de la base de mon cou, au-dessus de la clavicule. Ana inspire profondément et reprends cette ligne d'un trait de rouge à lèvres. Lorsqu'elle a terminé, elle plonge ses yeux bleus dans mes yeux gris.

— Maintenant, mon dos.

Je me tortille pour qu'elle descende, puis je retourne sur le lit et m'assois en tailleur en lui présentant mon dos.

— Suis la ligne depuis mon torse jusqu'à l'autre côté.

Ma voix est si rauque que je ne la reconnais plus. Complètement sorti de mon corps, j'observe une belle jeune femme dompter un monstre.

Non. Non. *Vis l'instant présent, Grey. Vis-le. Ressens-le. Vaincs ta peur.*

Je suis à la merci d'Ana. La femme que j'aime.

La pointe du rouge à lèvres traverse mon dos tandis que je me recroqueville, les yeux fermés pour supporter la douleur. Elle disparaît.

— Autour de ton cou aussi ?

Sa voix bienveillante me rassure. *Ma bouée de sauvetage.* J'acquiesce et la douleur revient, transperçant ma peau à la lisière de mes cheveux.

— J'ai fini, dit-elle.

J'aurais envie de monter sur le toit de l'Escala pour hurler mon soulagement. Je me retourne pour lui faire face. Si je lis la moindre pitié sur son visage, je sais que je me briserai comme un morceau de verre... Mais il n'y en a aucune. Elle attend. Patiente. Bienveillante. Grave. Compréhensive.

Mon Ana.

— Voilà mes limites.

— Je peux vivre avec. Mais, là, j'ai juste envie de me jeter sur toi, dit-elle, les yeux brillants.

Enfin ! Avec un sourire coquin, je lui tends les mains.

— Eh bien, mademoiselle Steele, je suis à vous.

Avec un cri de joie, elle se jette dans mes bras. *Oh là !* Je perds l'équilibre, mais je me rattrape et me retourne pour la renverser sur le lit. Elle s'agrippe à moi.

— Et maintenant, si nous parlions de cette partie remise ?

Je l'embrasse fougueusement. Ses doigts s'enroulent dans mes cheveux et tirent dessus alors que je la dévore. Elle gémit, sa langue mêlée à la mienne. Nous nous abandonnons à ces baisers sauvages, éperdus. Elle chasse mes ténèbres et m'inonde de sa lumière. L'adrénaline nourrit ma passion tandis qu'elle me rend chaque baiser avec fougue. Je veux la voir nue. Je lui retire son tee-shirt, que je lance par terre.

— J'ai envie de te sentir, dis-je fièvreusement contre ses lèvres.

Je la débarrasse de son soutien-gorge, l'allonge sur le lit et lui embrasse un sein. Mes lèvres titillent un téton pendant que mes doigts taquinent l'autre. Lorsque je tire plus fort, elle pousse un cri.

— Oui, bébé, je veux t'entendre, dis-je dans un souffle, contre sa peau.

Elle se tortille sous moi. Je poursuis mon adoration sensuelle de ses seins. Sensibles à mes attouchements, ses tétons s'allongent et durcissent. Ana ondule au rythme de sa passion.

C'est une déesse. Ma déesse.

Je défais le bouton de son jean pendant qu'elle s'agrippe à mes cheveux. En un éclair, j'ai descendu la fermeture et passé la main sous l'élastique de sa culotte. Mes doigts glissent aisément vers leur but. Elle bascule les hanches vers ma main ; elle miaule quand j'appuie sur son clitoris.

Elle est humide, offerte. Je m'écarte pour contempler son visage égaré.

— Oh, bébé, tu es toute mouillée.

— J'ai envie de toi, geint-elle.

Je l'embrasse à nouveau en remuant ma main en elle. Je suis avide. J'ai besoin d'elle tout entière.

Elle est à moi.

À moi.

Je me redresse pour attraper le bas de son jean et le lui arrache d'un coup sec. Sa culotte suit le même chemin. Me levant, je tire un étui argenté de ma poche et le lui lance. Je suis soulagé de retirer mon jean et mon boxer.

Ana déchire l'emballage en me dévorant des yeux tandis que je m'allonge à côté d'elle. Lentement, elle déroule la capote sur ma queue. J'attrape ses mains tout en roulant sur le dos.

— Toi dessus. Je veux te voir.

Je la tire sur moi pour qu'elle me chevauche et la guide lentement vers mon sexe. *Putain.* Qu'est-ce que c'est bon… Je ferme les yeux pendant qu'elle me prend, en poussant un long gémissement rauque.

— C'est tellement bon d'être en toi.

Je resserre mes doigts sur les siens. Je ne veux pas la lâcher. Elle monte et descend, son corps étreint le mien. Ses seins bondissent à chaque coup de rein. Je libère ses mains, sachant qu'elle respectera la carte routière, pour l'attraper par les hanches. Elle pose ses paumes sur mes bras tandis que je m'arcboute pour la pénétrer plus à fond.

Elle hurle.

— C'est ça, bébé, sens-moi.

Elle bouge son corps en harmonie parfaite avec le mien. En haut. En bas. En haut. En bas. Je me perds dans cette chevauchée sauvage, en savourant chaque précieux centimètre d'elle. Elle gémit. Je la regarde me prendre, encore et encore. Les yeux clos, la tête rejetée en arrière d'extase, elle est magnifique. Lorsqu'elle ouvre les yeux, je balbutie :

— Mon Ana.

— Oui. Pour toujours.

Ces mots me touchent jusqu'à l'âme et me font basculer. Je ferme les yeux et m'abandonne en elle. La jouissance lui arrache un grand cri et précipite la mienne. Elle s'effondre sur moi.

— Oh, bébé.

Je suis vidé.

Sa tête est posée sur mon torse, mais ça m'est égal. Il fait sombre. Elle ne dit rien. Je caresse ses cheveux et son dos de mes doigts fatigués tandis que nous reprenons notre souffle.

— Tu es si belle.

Ce n'est qu'au moment où Ana se redresse que je me rends compte que j'ai parlé à haute voix. Elle me lance un coup d'œil sceptique. Quand apprendra-t-elle à accepter un compliment ?

Je m'assois brusquement, la prenant par surprise. Mais je la maintiens, de sorte que nous nous retrouvons de nouveau face à face.

— Tu. Es. Belle, martelé-je.

— Et toi, tu es étonnamment doux parfois.

Elle se penche pour me donner un léger baiser.

Je la soulève. Elle grimace lorsque je me glisse hors d'elle. Je l'embrasse doucement.

— Tu ne te rends même pas compte à quel point tu es attirante, n'est-ce pas ?

Elle paraît perplexe.

— Tous ces garçons qui te courent après, ça ne te suffit pas comme preuve ?

— Des garçons ? Quels garçons ?

— Tu veux une liste ? Le photographe, il est fou de toi ; ce garçon dans le magasin de bricolage ; le frère aîné de ta colocataire. Ton patron.

Cet enfoiré ne te mérite pas.

— Oh, Christian, je suis sûre que tu te trompes.

— Crois-moi. Ils ont envie de toi. Ils désirent ce qui est à moi.

Je resserre mon étreinte. Elle pose les avant-bras sur mes épaules et m'ébouriffe les cheveux, amusée.

— À moi, répété-je.

— Oui, à toi.

Elle me sourit, indulgente.

— Les limites sont toujours intactes, reprend-elle en effleurant la trace de rouge à lèvres sur mon épaule.

Je me crispe.

— Je voudrais explorer.

— L'appartement ?

Elle secoue la tête.

— Non. Je pensais plutôt à la carte au trésor qu'on a dessinée.

Quoi ? Elle frotte son nez contre le mien pour me distraire.

— Et à quoi pensez-vous précisément, mademoiselle Steele ?

Elle frôle mon visage du bout des doigts.

— Je veux juste te toucher là où je peux.

Son index effleure mes lèvres : je l'attrape entre mes dents.

— Aïe ! glapit-elle en grognant.

Alors elle veut essayer. Je lui ai montré mes limites. *Essaie à sa manière, Grey.*

— D'accord, fais-je d'une voix hésitante. Attends. (Je la soulève pour retirer le préservatif et le laisser tomber à côté du lit.) Je déteste ces trucs. J'ai bien envie d'appeler le Dr Greene pour qu'elle vienne te faire une injection.

— Tu crois que la meilleure gynéco de Seattle va se précipiter chez toi, comme ça ?

— Je peux être très convaincant, dis-je en repoussant une mèche de ses cheveux derrière sa délicieuse oreille.

Je reprends :

— Franco a bien travaillé. J'aime ce dégradé.

— Cesse de changer de sujet.

Je la soulève pour qu'elle me chevauche à nouveau. Tout en la surveillant attentivement, je m'allonge sur les oreillers tandis qu'elle s'adosse à mes jambes relevées.

— Touche.

Ses yeux ne quittent pas les miens. Elle pose la main sur mon ventre, sous la ligne rouge. Je me tends lorsque son index explore le sillon creusé par mes abdos. Je grimace. Elle lève le doigt.

— On n'est pas obligés, dit-elle.

— Non, ça va. Ça demande quelques… ajustements de ma part. Ça fait longtemps qu'on ne m'a pas touché.

— Mrs Robinson ?

Et merde. Pourquoi ai-je fait allusion à elle ? J'acquiesce prudemment.

— Je n'ai pas envie qu'on parle d'elle. Ça va gâcher ta bonne humeur.

— Je peux le supporter.

— Non, tu ne peux pas, Ana. Tu vois rouge dès que je mentionne son nom. Mon passé m'appartient. C'est un fait. Impossible de le changer. J'ai de la chance que tu n'en aies pas, parce que ça me rendrait fou.

— Ça te rendrait fou ? Plus que tu ne l'es déjà ?

— Fou de toi.

Elle sourit largement, d'un sourire sincère.

— Dois-je appeler le Dr Flynn ?

— Je ne pense pas que ce sera nécessaire.

Elle se tortille sur moi et j'allonge les jambes. Ses yeux rivés aux miens, elle pose les doigts sur mon ventre. Je me crispe.

— J'aime te toucher, dit-elle.

Ses doigts glissent vers mon nombril et suivent la ligne de mes poils, qu'elle taquine du bout du doigt, avant de s'égarer un peu plus bas... *Oh là.* Ma queue tressaute, approbatrice.

— Encore ? demande-t-elle avec un sourire lascif.

Ah, Anastasia, vous êtes insatiable.

— Oh oui, mademoiselle Steele. Encore.

Je prends son visage entre mes mains et l'embrasse, longuement, fougueusement.

— Tu n'as pas trop mal ? soufflé-je contre ses lèvres.

— Non.

— J'adore ton endurance, Ana.

Elle somnole à mes côtés, assouvie. Après tous les événements et les récriminations de la journée, je me sens enfin apaisé. L'amour-vanille, j'arriverai peut-être à m'y faire, après tout. Je contemple Ana. Ses lèvres sont entrouvertes et ses cils ombrent ses joues pâles. Elle est belle et sereine, et je pourrais la regarder dormir toute ma vie.

Et pourtant, nom de Dieu, qu'est-ce qu'elle peut être emmerdante. Qui l'eût cru ? Et le plus drôle, c'est que...

ça me plaît, je crois. Elle me pousse à m'interroger. À tout remettre en cause. Elle me donne le sentiment de vivre.

De retour dans le salon, je ramasse mes papiers étalés sur le canapé et me dirige vers mon bureau. Anastasia dort encore. Elle doit être exténuée après cette nuit, et nous avons une longue soirée devant nous.

J'allume mon ordinateur. L'une des nombreuses tâches d'Andrea est de mettre à jour mes contacts en synchronisant tous mes appareils. Je cherche le Dr Greene : en effet, j'ai son adresse mail. J'en ai tellement marre des capotes. J'aimerais qu'elle passe voir Ana dès que possible. Je lui envoie un mail, mais je n'attends pas de réponse avant lundi. Après tout, c'est le week-end.

Je réponds à un message de Ros et annote les rapports que j'ai lus plus tôt dans la journée. En ouvrant mon tiroir pour ranger mon stylo, j'aperçois l'écrin rouge contenant les boucles d'oreilles que j'avais achetées à Ana, pour le gala auquel nous n'avons jamais assisté.

Je sors l'écrin pour les examiner. Élégantes, simples, magnifiques. Elles lui iront parfaitement. Je me demande si elle les accepterait ? Sans doute pas, après notre querelle au sujet de l'Audi et des vingt-quatre mille dollars. Mais j'aimerais les lui offrir. Je glisse l'écrin dans ma poche et consulte ma montre. Il faut la réveiller. Se préparer pour la soirée risque de lui prendre du temps.

Roulée en boule au milieu du lit, elle paraît toute petite, esseulée. Pourquoi s'est-elle installée dans la chambre des soumises ? Elle n'est pas ma soumise. Elle devrait dormir dans mon lit, en bas.

— Hé, paresseuse, dis-je en l'embrassant sur la tempe.

— Hum, grogne-t-elle avant de lever les paupières.

— Il est temps de te lever.

Je dépose un baiser sur ses lèvres.

— Monsieur Grey, dit-elle en caressant ma joue. Vous m'avez manqué.

— Tu dormais.

Comment aurais-je pu lui manquer ?

— Dans mes rêves.

Cette petite phrase, prononcée d'une voix encore ensommeillée, me bouleverse. Imprévisible, ensorcelante Ana... Une chaleur inattendue m'envahit, sensation qui commence à me devenir plus familière. Mais je ne veux pas nommer ce sentiment. Il est trop nouveau. Trop effrayant.

— Debout !

Je pars avant d'être tenté de la rejoindre dans la salle de bains.

Après une douche rapide, je me rase. D'habitude, j'évite le regard du pauvre con qui me nargue dans le miroir. Mais aujourd'hui, il a l'air heureux, même s'il est vaguement ridicule avec sa ligne de rouge à lèvres autour du cou.

Je songe à la soirée qui nous attend. Je déteste ces mondanités, toujours ennuyeuses à pleurer. Mais cette fois, je serai accompagné. Encore une première avec Ana. J'espère que l'avoir à mon bras repoussera les hordes de copines de Mia, qui tentent désespérément de se faire remarquer. Elles n'ont jamais compris qu'elles ne m'intéressaient pas.

J'espère qu'Ana ne s'ennuiera pas. Je devrais peut-être trouver le moyen d'agrémenter la soirée... Une idée me vient. Quelques minutes plus tard, vêtu de mon pantalon de smoking et d'une chemise, je monte à l'étage et m'arrête devant la porte de ma salle de jeux.

Est-ce une bonne idée ? Ana est toujours libre de refuser.

Je n'ai pas mis les pieds dans ma salle de jeux depuis qu'elle m'a quitté. Il y règne une ambiance feutrée ; la lumière des spots, reflétée par les murs rouges, crée une illusion de chaleur. Mais depuis qu'Ana m'y a laissé seul au cœur de mes ténèbres, cette pièce n'est plus mon sanctuaire. Elle garde l'empreinte de son visage baigné de larmes, de sa colère, de ses paroles amères. Je ferme les yeux.

Va te faire soigner, Grey.

J'essaie, Ana. J'essaie.

Pauvre cinglé.

Et merde.

Si seulement elle savait. Elle me quitterait. Pour de bon.

J'écarte cette pensée insupportable et prends dans un coffre ce que je suis venu chercher. L'idée lui plaira-t-elle ? *J'aime ta baise perverse.* Ses paroles chuchotées, le soir de notre réconciliation, me rassurent.

Pour la première fois, je n'ai aucune envie de m'attarder dans cette pièce. Ana et moi y retournerons-nous un jour ? Je sais que je n'y suis pas prêt. Ce qu'Ana pense de – comment l'a-t-elle surnommée, déjà ? – la Chambre rouge de la Douleur, reste à voir. L'idée de ne plus jamais y mettre les pieds me déprime. Tout en ruminant, je me dirige vers sa chambre. Devrais-je me débarrasser des cannes et des ceintures ? Ce serait peut-être judicieux.

Lorsque j'ouvre la porte de la chambre des soumises, je reste cloué sur place. Ana sursaute, et se retourne pour me faire face. Elle porte un corset noir, un minuscule string en dentelle et des bas.

Toute pensée me quitte aussitôt. Je la fixe, la bouche sèche. C'est un fantasme incarné. Aphrodite en personne. *Merci, Caroline Acton.*

— Je peux vous aider, monsieur Grey ? Je suppose que vous veniez pour une autre raison que me regarder d'un air ahuri.

— Cet ahurissement est pourtant assez agréable, merci, mademoiselle Steele. (J'entre dans la chambre.) Rappelez-moi d'envoyer un mot à Caroline Acton pour la remercier.

Anastasia esquisse un geste interrogateur. Elle se demande de qui je parle. Je précise :

— L'acheteuse personnelle de Neiman Marcus.

— Ah.

— J'ai la tête complètement ailleurs.

— Je vois ça. Que veux-tu, Christian ?

Elle feint l'impatience, mais je pense qu'elle me taquine. Quand je tire les boules de geisha de ma poche, son entrain vire à l'inquiétude. Elle s'imagine que je veux lui donner la fessée. Et elle a raison. Mais…

— Ce n'est pas ce que tu crois.

— Éclaire-moi.

— J'ai pensé que tu pourrais les porter ce soir.

Elle cligne des yeux à plusieurs reprises.

— À cette soirée ?

J'acquiesce.

— Tu me donneras une fessée plus tard ?

— Non.

Ses traits se décomposent et je ne peux pas m'empêcher de rire.

— Ça te plairait ?

Elle déglutit, indécise.

— Je te promets que je ne te toucherai pas comme ça, même pas si tu me supplies.

Je me tais, le temps de la laisser assimiler cette information avant de lui montrer les boules.

— Tu veux ? Tu pourras toujours les retirer si tu ne supportes pas.

Ses yeux s'assombrissent tandis qu'un petit sourire coquin se dessine sur ses lèvres.

— D'accord.

Une fois de plus, je constate qu'Anastasia Steele n'est pas de celles qui reculent devant un défi.

J'aperçois les Louboutin par terre.

— Bien. Viens ici, je vais te les mettre, une fois que tu auras enfilé tes chaussures.

Ana en lingerie fine et en Louboutin – tous mes rêves se réalisent.

Je lui tends la main pour la soutenir pendant qu'elle glisse les pieds dans ses escarpins. Une fois chaussée, elle n'est plus menue et mutine, mais grande et svelte. Sublime. *Bon sang, ça lui fait de ces jambes…*

Je la conduis vers le lit, saisis la chaise de la coiffeuse et la pose devant elle.

— Quand je hoche la tête, tu te penches en te tenant à la chaise. Compris ?

— Oui.

— Bien. Maintenant ouvre la bouche.

Elle obéit. Je glisse mon index entre ses lèvres.

— Suce.

Elle attrape ma main et, avec un regard lascif, exécute mon ordre à la lettre. *Nom de Dieu.* Son regard devient torride. Impudique. Résolu. Sa langue titille et aspire mon doigt. J'ai l'impression d'avoir ma queue dans sa bouche. Je durcis. Instantanément. *Ah, bébé.* Très peu de femmes ont eu cet effet immédiat sur moi, et aucune autant qu'Ana… étant donné sa naïveté, ça m'étonne. Mais elle me fait cet effet depuis que je la connais.

Revenons à l'affaire qui nous concerne, Grey.

Pour lubrifier les boules, je les glisse dans ma bouche alors qu'elle continue à sucer mon doigt. Lorsque je tente de le retirer, ses dents se referment et elle m'adresse un sourire enjôleur. Pas de ça, la préviens-je en secouant la tête. Elle desserre les mâchoires, libérant mon doigt. Je lui fais signe de se pencher sur la chaise, et elle obéit.

Agenouillé derrière elle, j'écarte son string pour insérer en elle mon index humide, lui imprimant un lent mouvement circulaire. Je sens les parois de son vagin étroit, mouillé. Elle gémit et j'ai envie de lui dire de se taire et de ne pas bouger, mais nous n'avons plus ce genre de relation. Nous faisons les choses à sa manière.

J'insère chaque boule en douceur, aussi profondément que possible. En remettant son string en place, j'embrasse son délectable derrière. Accroupi, je fais courir mes mains sur ses jambes et dépose un baiser à l'intérieur de chaque cuisse, à la lisière de ses bas.

— Vous avez vraiment de très belles jambes, mademoiselle Steele. (Je me lève et agrippe ses hanches pour lui faire sentir que je bande.) Je te prendrai peut-être comme ça en rentrant, Anastasia. Tu peux te redresser, maintenant.

Elle obéit, le souffle court, et ondule devant moi en frôlant ma queue de ses fesses. Je lui embrasse l'épaule et passe un bras devant elle pour lui présenter l'écrin de Cartier.

— Je les avais achetées pour que tu les portes au gala de samedi dernier. Mais tu m'as quitté, alors je n'ai pas eu l'occasion de te les donner. (J'inspire profondément.) C'est ma seconde chance.

Les acceptera-t-elle ? Ce geste me semble avoir une portée symbolique. Si elle prend notre histoire au sérieux, elle les acceptera. Je retiens mon souffle. Elle saisit l'écrin, l'ouvre et contemple les boucles d'oreilles pendant une éternité.

S'il te plaît, accepte-les, Ana.

— C'est ravissant, souffle-t-elle. Merci.

Donc, elle peut être gentille, quand elle veut. Je souris, soulagé de ne pas avoir à insister. En l'embrassant de nouveau sur l'épaule, j'aperçois la robe en satin argent étalée sur le lit. Je lui demande si c'est la tenue qu'elle a choisie.

— Oui. Est-ce que ça va ?

— Bien sûr. Je te laisse te préparer.

De toutes les innombrables soirées mondaines auxquelles j'ai assisté, celle-ci est la première où je suis heureux de me rendre. J'ai hâte de m'y montrer avec Ana devant ma famille et tous leurs amis de la haute société.

Je noue mon nœud papillon d'un geste expert et enfile ma veste de smoking. Je jette un dernier coup d'œil dans le miroir. Le connard a l'air heureux, mais son nœud pap' est de travers.

— Ne bouge pas, m'ordonne Elena.

— Oui, madame.

Debout devant elle, je me prépare pour mon bal de promo. J'ai raconté à mes parents que je n'y assisterais pas et que je passais la soirée chez un ami. Ce sera notre bal de promo à tous les deux. Rien qu'Elena et moi. Elle se déplace. J'entends le bruissement soyeux de sa robe et je hume le sillage provocant de son parfum.

— Ouvre les yeux.

J'obéis. Elle est debout derrière moi. Nous sommes face à un miroir. C'est elle que je regarde, pas le jeune crétin planté devant.

Elle prend mon nœud papillon.

— Voilà comment on fait.

Lentement, elle bouge les doigts. Ses ongles sont écarlates. Je l'observe, fasciné.

Elle tire sur les extrémités et je suis affublé d'un nœud papillon tout ce qu'il y a de plus respectable.

— Maintenant, voyons si tu y arrives. En cas de réussite, tu auras une récompense.

Elle sourit de son sourire secret, celui qui signifie « tu es ma chose », et je sais que ce sera bon.

Je suis en train de revoir les dispositifs de la soirée avec l'équipe de sécurité quand j'entends ses pas derrière moi. Les quatre hommes ne m'écoutent plus. Taylor sourit. Lorsque je me retourne, Anastasia se tient au pied de l'escalier. C'est une apparition. Dans son fourreau argenté, elle ressemble à une star du cinéma muet. Je m'élance vers elle, exagérément fier, pour embrasser ses cheveux.

— Anastasia, tu es à couper le souffle.

Je constate, enchanté, qu'elle porte les boucles d'oreilles. Elle rougit.

— Une coupe de champagne avant de partir ?

— Je veux bien.

J'adresse un signe de tête à Taylor qui se dirige vers l'entrée avec les trois hommes. Prenant ma cavalière par la taille, je l'entraîne vers le salon. Je sors une bouteille de Cristal Rosé du réfrigérateur et la débouche.

— C'est l'équipe de sécurité ?

— De protection rapprochée. Ils sont sous la responsabilité de Taylor. Il est aussi formé à ça.

Je lui tends une flûte.

— Il est très polyvalent.

— En effet. Tu es ravissante, Anastasia. Santé !

Nos verres s'entrechoquent. Elle prend une gorgée et ferme les yeux pour la savourer. Ses joues sont aussi roses que le champagne, et je me demande combien de temps elle tolérera les boules.

— Comment te sens-tu ?

Elle sourit timidement.

— Très bien, merci.

On ne va pas s'ennuyer ce soir… Je lui tends la pochette de velours qui contient son masque.

— Tiens, tu vas avoir besoin de ça. Ouvre.

Ana en extrait le délicat masque argenté. Elle lisse les plumes du bout des doigts. Je précise :

— C'est un bal masqué.

— Je vois.

Elle examine le masque, émerveillée.

— Cela mettra en valeur tes yeux sublimes, Anastasia.

— Tu en portes un ?

— Bien sûr. Ces accessoires sont, d'une certaine manière, très libérateurs.

Elle sourit. J'ai encore une surprise pour elle.

— Viens. Je veux te montrer quelque chose.

Je la prends par la main et la conduis dans le couloir jusqu'à ma bibliothèque. Je n'arrive pas à croire que je ne lui ai pas encore montré cette pièce.

— Tu as une bibliothèque !

— Oui, la « salle des boules », comme l'appelle Elliot. L'appartement est assez grand. Je me suis rendu compte aujourd'hui, quand tu as parlé d'exploration, que je ne t'avais jamais fait visiter les lieux. Nous n'avons pas le temps maintenant, mais j'ai pensé que je te montrerais cette pièce et que je te défierais peut-être au billard dans un futur assez proche.

Le regard émerveillé, elle contemple la collection de livres et la table de billard.

— Avec joie, répond-elle avec un sourire provoquant.

— Quoi ?

Elle me cache quelque chose. Saurait-elle jouer ?

— Rien, s'empresse-t-elle de répondre.

J'ai donc bien deviné. Elle ne sait pas mentir.

— Le Dr Flynn pourra peut-être découvrir tes secrets. Tu vas le rencontrer ce soir.

— Ton charlatan hors de prix ?

— Lui-même. Il meurt d'envie de te connaître. On y va ?

Elle acquiesce, l'œil brillant d'excitation.

Nous roulons en silence, détendus. Je passe mon pouce sur ses doigts. Elle s'agite de plus en plus. Elle croise et décroise les jambes. Les boules font leur effet.

— Où as-tu eu le rouge à lèvres ? me demande-t-elle tout d'un coup.

Je désigne Taylor en articulant son nom. Elle éclate de rire. Puis s'arrête brusquement. Je sais que ce sont les boules.

— Détends-toi. Si c'est trop…

J'embrasse chacun de ses doigts et suçote le bout de son petit doigt, l'encerclant de ma langue comme elle l'a fait sur mon index tout à l'heure. Ana ferme les yeux, renverse la tête et inspire. Lorsqu'elle les rouvre, son regard brûlant rencontre le mien. Elle me récompense d'un sourire coquin, que je lui rends.

— Alors à quoi doit-on s'attendre à cette soirée ? me demande-t-elle.

— Bof, au tralala habituel.

— Ça n'est pas habituel pour moi.

Évidemment. À quelle occasion aurait-elle pu assister à ce genre d'événement ? Je lui embrasse à nouveau les doigts en lui expliquant :

— Il y aura beaucoup de gens venus étaler leur argent. Une vente aux enchères, une tombola, un dîner, de la danse. Ma mère sait organiser une soirée.

L'Audi rejoint la file de voitures qui attendent de franchir le portail de la propriété de mes parents. Ana allonge le cou pour regarder. Je jette un coup d'œil par le pare-brise arrière pour vérifier que Reynolds, du service de sécurité, nous suit dans mon autre Audi Q7.

— On met les masques, dis-je en tirant le mien d'une pochette en soie noire à côté de moi.

Lorsque la voiture s'engage dans l'allée, nous sommes tous deux déguisés. Ana est spectaculaire, éblouissante, et je veux la montrer au monde entier. Taylor s'arrête. L'un des voituriers ouvre ma portière.

— Tu es prête ?

— Autant que je peux l'être.

— Tu es splendide, Anastasia.

Je lui fais un baisemain et nous descendons de voiture. Le bras autour de la taille de ma cavalière, je l'escorte vers la maison sur un tapis vert loué par ma mère pour l'occasion. Jetant un coup d'œil par-dessus mon épaule, j'observe nos quatre gardes du corps qui marchent derrière nous, aux aguets. C'est rassurant.

— Monsieur Grey ! lance l'un des photographes.

J'attire Ana contre moi et prends la pose.

— Deux photographes ? s'étonne-t-elle.

— L'un est du *Seattle Times*, l'autre prend des photos souvenirs. On pourra en acheter une plus tard.

Nous passons entre deux rangs de serveurs qui offrent des flûtes de champagne ; j'en tends une à Ana.

Mes parents ont mis le paquet, comme chaque année. Chapiteau, pergolas, lanternes, une piste de danse en damier, des cygnes en glace, et un quatuor à cordes. Je regarde Ana qui contemple ce décor, ébahie. Je suis heureux de découvrir la générosité de mes parents à travers ses yeux. Je n'ai pas souvent l'occasion de prendre du recul pour apprécier à quel point j'ai de la chance de faire partie de leur monde.

— Combien de personnes sont attendues ? s'enquiert-elle en avisant l'immense tente plantée au bord de l'eau.

— Je crois qu'il y a trois cents invités. Tu demanderas à ma mère.

— Christian !

J'entends la voix perçante de ma petite sœur qui fonce vers nous, tout de rose vêtue. Elle se jette à mon cou avec des démonstrations d'affection débordantes. Je la serre tendrement dans mes bras.

— Mia.

Dès qu'elle aperçoit Ana, elle m'oublie aussitôt.

— Ana ! Oh, ma chérie, tu es splendide. Viens que je te présente mes amies. Personne ne veut croire que Christian a enfin trouvé une petite copine.

Elle serre Ana dans ses bras et la prend par la main. Ana me lance un regard d'appréhension avant que Mia ne l'entraîne vers un groupe de jeunes femmes qui s'extasient sur elle. Toutes, sauf une. Lily. Évidemment. Mia la connaît depuis la maternelle. Gâtée, riche, superbe, mais mesquine, elle réunit les pires attributs des gosses de riche : elle croit que tout lui est dû. Il fut une époque où elle pensait que moi aussi je lui revenais de droit. Je frémis.

Je regarde Ana, courtoise avec les amies de Mia, reculer tout d'un coup, désarçonnée. Lily a dû lui balancer une vacherie. Et ça, je ne le tolérerai pas. Je les rejoins et prends Ana par la taille.

— Mesdemoiselles, je peux récupérer ma petite amie, s'il vous plaît ?

— Ravie de vous avoir rencontrées, lance Ana à la cantonade tandis que je l'entraîne. Merci, ajoute-t-elle à mon intention.

— J'ai vu que Lily était avec Mia. C'est une peste.

— Elle t'aime bien, me fait remarquer Ana.

— Ce n'est pas réciproque. Viens, laisse-moi te présenter à quelques personnes.

Ana m'impressionne par son aisance. C'est la compagne idéale. Courtoise, élégante et gentille, elle écoute attentivement les anecdotes, pose des questions intelligentes, et puis j'adore la façon dont elle s'en remet à moi. C'est surtout ça qui me plaît. Je ne m'y attendais pas. Il est vrai qu'elle est toujours imprévisible. Mieux encore, elle ne remarque même pas les nombreux regards admiratifs des hommes et des femmes, et ne me quitte pas d'une semelle. J'attribue son éclat au champagne, ou peut-être aux boules de geisha. Si celles-ci la gênent, elle le cache bien.

Le maître de cérémonie annonce que le dîner est servi, et nous traversons la pelouse en suivant le tapis vert jusqu'au chapiteau. Ana regarde le hangar à bateaux. Tiens donc.

— On pourrait peut-être y aller plus tard, suggère-t-elle.

— Avec ces chaussures, il faudra que je te porte sur mon épaule.

Elle éclate de rire mais s'arrête brusquement. Je souris.

— Ça va ?

— Très bien, réplique-t-elle avec un petit air de supériorité qui me fait sourire davantage.

À nous deux, mademoiselle Steele.

Derrière nous, Taylor et ses hommes nous suivent discrètement et, une fois sous le chapiteau, se postent de façon à observer la foule.

Ma mère et Mia sont déjà à notre table avec un ami de Mia. Grace accueille chaleureusement Ana :

— Ana, quelle joie de vous revoir ! Vous êtes superbe.

— Maman.

J'embrasse Grace sur les deux joues.

— Oh, Christian, tu es si cérémonieux ! le taquine-t-elle.

Mes grands-parents maternels nous rejoignent et après les embrassades réglementaires, je leur présente Ana.

— Oh, il a enfin trouvé quelqu'un, c'est merveilleux, et en plus, elle est très jolie ! J'espère que vous ferez de lui un honnête homme, s'enthousiasme ma grand-mère.

Grand-ma, ça n'est pas le moment. Je lance un regard à ma mère. Au secours, fais-la taire.

— Maman, voyons, tu embarrasses Ana, la gronde Grace.

— Ne vous laissez pas intimider par cette vieille chouette, mon petit. Elle croit que son âge l'autorise à dire toutes les âneries qui passent par son esprit embrumé.

Mon grand-père m'adresse un clin d'œil.

Tranquille, fort, doux, toujours patient avec moi, Theodore Trevelyan est mon héros. Nous avons toujours été très proches. Il m'a patiemment appris comment planter, cultiver et greffer les pommiers, et ce faisant, a gagné mon affection à jamais.

— Tiens, mon bonhomme, dit grand-pa Theo-dore. Tu n'es pas très causant, on dirait.

Je secoue la tête. Non. Je ne parle pas du tout.

— Peu importe. Les gens parlent toujours trop, de toute façon. Tu veux bien me donner un coup de main dans le verger ?

Je hoche la tête. J'aime bien grand-pa Theo-dore. Il a des yeux gentils et un gros rire. Il tend la main, mais je cache les miennes sous mes bras.

— Comme tu veux, Christian. Allez, on va faire pousser des pommes rouges sur des arbres à pommes vertes.

J'aime bien les pommes rouges.

Le verger est grand. Il y a des arbres. Et encore des arbres. Et encore. Mais les arbres sont petits. Pas grands. Et ils n'ont pas de feuilles. Et pas de pommes.

C'est parce que c'est l'hiver. Je porte des grosses bottes et un bonnet. J'aime bien mon bonnet. Je suis au chaud.

Grand-pa Theo-dore regarde un arbre.

— Tu vois ce pommier, Christian ? Il produit des pommes vertes acides. Mais on peut lui jouer un tour, et lui faire produire des pommes rouges sucrées. Ces petites branches viennent d'un pommier qui fait des pommes rouges. Et ça, c'est mon sécateur.

Son sek-teur. Il a l'air pointu.

— Tu veux couper celle-là ?

Je dis oui avec ma tête.

— On va greffer cette petite branche que tu as coupée. Ça s'appelle un greffon.

Gri-fon. Gri-fon. Je répète le mot dans ma tête. Il prend un couteau et coupe un bout de la branche en pointe. Et il coupe une branche de l'arbre et met le gri-fon dans la coupure.

— Et maintenant, on le fixe.

Il prend du scotch vert et attache le gri-fon à la branche.

— Ensuite on met de la cire d'abeille fondue sur la blessure. Là, comme ça. Prends ce pinceau. Doucement. Très bien.

Nous faisons plusieurs greffes.

— Tu sais, Christian, après les oranges, les pommes sont les fruits les plus cultivés aux États-Unis. Mais ici dans l'État de Washington, il n'y a pas assez de soleil pour que les oranges poussent.

J'ai sommeil.

— Tu es fatigué ? Tu veux rentrer à la maison ?

Je dis oui avec ma tête.

— On a fait beaucoup de greffes. Ce pommier produira une grosse récolte de belles pommes rouges cet automne. Tu pourras m'aider à les cueillir.

Il sourit, me tend sa grosse main et je la prends. Elle est rude mais chaude et douce.

— On va boire un chocolat chaud.

Grand-pa m'adresse un sourire et je reporte mon attention sur le cavalier de Mia, qui m'a tout l'air d'être en train de reluquer Ana. Il s'appelle Sean et je crois que c'est un ancien camarade de lycée de Mia. Je lui serre la main, un peu trop vigoureusement.

Regarde plutôt ta copine, Sean. Au fait, c'est ma sœur. Si tu ne la traites pas bien, je t'explose. Je crois que mon regard perçant et ma poigne d'acier ont réussi à lui faire passer toutes ces informations. Il hoche la tête en déglutissant :

— Monsieur Grey.

Je tire la chaise d'Ana et nous prenons place.

Mon père est sur l'estrade. Il tapote le micro avant de souhaiter la bienvenue à ses prestigieux invités et leur présenter le programme.

— Mesdames et messieurs, bienvenue à notre bal de charité annuel. J'espère que vous apprécierez ce que nous vous avons préparé ce soir et que vous mettrez la main à la poche pour soutenir le travail fantastique de notre équipe de « Faire face ensemble ». Comme vous le savez, c'est une cause qui nous tient à cœur, à mon épouse et à moi-même.

Les plumes du masque d'Ana tremblent lorsqu'elle se retourne pour me regarder. Songe-t-elle à mon passé ? Dois-je répondre à sa question muette ?

Oui. Si cette association caritative existe, c'est à cause de moi. Mes parents l'ont fondée à cause de la misère à laquelle j'ai échappé. Aujourd'hui, ils secourent des centaines de parents toxicomanes et leurs enfants en leur offrant un refuge et une réinsertion.

Mais elle ne dit rien et je reste impassible, ne sachant comment réagir à sa curiosité.

— Je vous confie à notre maître de cérémonie. Je vous prie de vous installer et de profiter de votre soirée, conclut mon père en remettant le micro à ce dernier.

Se faufilant jusqu'à notre table, il se dirige directement vers Ana, qu'il embrasse sur les deux joues. Elle rougit.

— Quel plaisir de vous revoir, Ana.

— Mesdames et messieurs, je vous prie de désigner un chef de table, annonce le maître de cérémonie.

— Oh, moi, moi ! s'écrie aussitôt Mia en trépignant sur sa chaise comme une gamine.

— Au centre de la table, vous trouverez une enveloppe, poursuit le maître de cérémonie. Je vais demander à chacun de trouver, d'emprunter ou de voler un billet de la plus grosse valeur possible. Écrivez ensuite votre nom dessus et placez-le à l'intérieur de l'enveloppe. Les chefs de table garderont soigneusement ces enveloppes. Nous en aurons besoin plus tard.

Je glisse un billet de cent dollars à Ana.

— Tiens.

— Je te rembourserai, chuchote-t-elle.

Ma petite chérie… Je ne veux pas qu'on recommence à s'engueuler. Sans protester, parce qu'une scène serait déplacée, je lui tends mon Montblanc pour qu'elle inscrive son nom sur le billet.

Grace fait signe aux serveurs qui attendent devant le chapiteau. Ils ouvrent les pans de la tente pour dévoiler un paysage de carte postale : Seattle et la baie de Meydenbauer à la tombée du jour. La vue est superbe, surtout à cette heure-ci, et je suis heureux pour mes parents qu'il fasse beau.

Ana contemple, émerveillée, les lumières de la ville et leur reflet dans l'eau. Je redécouvre avec elle ce paysage magnifique. Le ciel qui s'obscurcit, embrasé par le soleil couchant qui se reflète dans l'eau, les lumières de Seattle qui scintillent au loin… Oui. Magnifique. Voir tout cela avec les yeux d'Ana me remplit de gratitude. Depuis des années, j'ai l'impression que tout ça est normal. Je jette un coup d'œil à mes parents. Mon père tient la main de ma mère, qui rit de la remarque d'un ami. La façon dont il la regarde… dont elle le regarde… Ils s'aiment encore. Je secoue la tête. C'est bizarre. Tout d'un coup, j'apprécie la façon dont j'ai été élevé. J'ai eu de la chance. Beaucoup de chance.

Dix serveurs arrivent, un par convive, pour nous présenter nos entrées. Ana me jette un coup d'œil derrière son masque.

— Tu as faim ?

— Très, répond-elle d'une voix suggestive.

Bon sang. Toutes mes autres pensées s'évaporent. Mon corps a réagi aussitôt. Ce n'est pas de nourriture qu'elle parle. Elle se tourne vers mon grand-père pour lui répondre, en me laissant m'agiter sur ma chaise pour tenter de ramener mon corps à la raison.

La nourriture est excellente, comme toujours chez mes parents. Je n'ai jamais souffert de la faim, ici… Le tour que prennent mes pensées m'étonne, et je suis reconnaissant à Lance, un ancien camarade d'études de ma mère, de m'en détourner pour m'interroger sur le développement de GEH. Je sens le regard d'Ana posé sur moi tandis que nous discutons des coûts de la technologie dans les pays en voie de développement.

— Tu ne comptes pas leur faire cadeau de ces appareils, tout de même, proteste Lance.

— Et pourquoi pas ? En dernière analyse, qui va en bénéficier ? En tant qu'êtres humains, nous devons partager un espace et des ressources limitées sur cette planète. Plus nous serons éduqués, plus nous les utiliserons efficacement.

— Je ne te voyais pas comme un militant de la technologie pour tous, rigole Lance.

C'est que tu me connais mal, mon pote.

Lance est intéressant, mais je suis distrait par la belle Mlle Steele. Lorsqu'elle se penche vers moi pour écouter notre conversation, je devine que les boules de geisha produisent leur effet. Nous devrions peut-être faire un saut dans le hangar à bateaux…

Ma conversation avec Lance est plusieurs fois interrompue par diverses relations d'affaires qui viennent me serrer la main ou me raconter une anecdote. Je parie qu'ils sont venus reluquer Ana de plus près. Ou alors ils essaient de s'assurer mes bonnes grâces. À peine le dessert est-il servi que je suis prêt à m'éclipser.

— Si tu veux bien m'excuser, déclare tout d'un coup Ana, le souffle court – manifestement, elle n'en peut plus.

— Tu as besoin d'aller aux toilettes ?

Elle acquiesce, le regard suppliant.

— Je vais t'accompagner.

Elle se lève, je fais mine de l'imiter quand Mia se redresse à son tour.

— Non, Christian ! C'est moi qui accompagne Ana !

Avant que je puisse protester, elle prend Ana par la main. Celle-ci m'adresse un petit haussement d'épaules comme pour s'excuser. Taylor me fait signe qu'il les suivra. Je suis certain qu'Ana ne se doute pas qu'elle est filée.

Et merde. Moi qui voulais l'accompagner... Ma grand-mère se penche vers moi.

— Elle est délicieuse.

— Je sais.

— Tu as l'air heureux, mon chéri.

Ah bon ? Pourtant, je boude – j'ai raté l'occasion de suivre Ana.

— Je ne t'ai jamais vu aussi détendu.

Elle me tapote la main affectueusement, et pour une fois, je ne la retire pas. Heureux ? Moi ? Alors que je me répète ce mot pour savoir s'il sonne juste, une chaleur inattendue se répand dans mon corps. Oui. Elle me rend heureux. C'est une émotion inédite. Je n'aurais jamais imaginé que l'on puisse dire cela de moi un jour. Je souris à ma grand-mère en pressant sa main.

— Je crois que tu as raison, grand-ma.

L'œil pétillant, elle presse ma main à son tour.

— Tu devrais venir nous voir avec elle à la ferme.

— C'est vrai, je pense que ça lui plairait.

Mia et Ana reviennent en pouffant comme des gamines. C'est un plaisir de les voir ensemble et de constater à quel point toute ma famille adore ma chérie. Même ma grand-mère a conclu qu'Ana me rendait heureux. Et elle a raison.

Lorsque Ana se rassoit, elle m'adresse un regard lascif. Tiens donc... Je ravale mon sourire. J'aurais envie de lui demander si elle porte encore les boules de geisha. Je suppose qu'elle les a retirées. C'est déjà un exploit de les avoir gardées aussi longtemps. Je prends la main d'Ana et lui énumère la liste des lots mis aux enchères. Cette partie de la soirée l'amusera sûrement – c'est l'occasion, pour l'élite de Seattle, d'étaler sa fortune.

— Tu as une propriété à Aspen ? s'étonne-t-elle.

Toute la table se retourne pour la dévisager. Je hoche la tête en posant mon doigt sur ma bouche. Elle baisse la voix :

— Tu en as d'autres ailleurs ?

J'acquiesce. Mais je ne veux pas que notre conversation dérange nos voisins de table. C'est le moment de la soirée où nous récoltons des fonds considérables pour l'association.

Tandis que l'assistance applaudit la somme de douze mille dollars remportée par une batte de baseball signée par les joueurs des Mariners, je me penche pour lui glisser :

— Je te raconterai plus tard.

Elle passe la langue sur ses lèvres. La frustration me reprend.

— Je voulais t'accompagner tout à l'heure.

Elle me lance un regard dépité qui me laisse supposer qu'elle est dans le même état que moi, avant de se résigner à suivre les enchères.

Je l'observe : elle se prend au jeu, tournant la tête pour voir qui enchérit et applaudissant lorsqu'un lot est adjugé.

— Et maintenant, un week-end à Aspen, Colorado. Quelles sont vos premières offres, mesdames et messieurs, pour ce lot généreusement offert par M. Christian Grey ? (Quelques applaudissements retentissent et le maître de cérémonie reprend.) Cinq mille dollars ici ?

Les enchères commencent.

Devrais-je emmener Ana à Aspen ? Sait-elle seulement skier ? Cette idée me fait froid dans le dos. Elle qui ne sait pas danser, elle risque d'être un danger public sur les pistes. Je ne tiens pas à ce qu'elle se blesse.

— Vingt mille dollars une fois, deux fois, scande le maître de cérémonie.

Ana lève la main.

— Vingt-quatre mille dollars !

C'est comme si elle m'avait donné un coup de pied en pleine poitrine.

Mais qu'est-ce qu'elle fout ?

— Vingt-quatre mille dollars à la charmante dame en robe argentée, une fois, deux fois… Adjugé ! déclare le maître de cérémonie sous les applaudissements enthousiastes.

À notre table, tout le monde la regarde, bouche bée. Ma colère monte. Cet argent lui était destiné. Inspirant profondément, je me penche vers elle pour déposer un baiser sur sa joue et siffler à son oreille :

— Je ne sais si je dois t'adorer à genoux ou bien te fesser.

— Je choisis la seconde option, s'il te plaît, murmure-t-elle d'une voix haletante.

Je mets un instant à percuter. Décidément, ces boules de geisha lui ont fait de l'effet. Elle est très excitée. J'en oublie ma colère.

— Tu es mal, n'est-ce pas ? Voyons comment on peut y remédier, dis-je tout bas en faisant courir un doigt le long de sa mâchoire.

Laisse-la languir, Grey. Ça suffira, comme punition. Ou alors, je pourrais encore faire durer sa souffrance… Une pensée coquine me vient à l'esprit.

Tandis que ma famille la félicite d'avoir emporté le lot, elle se tortille à côté de moi. Je passe le bras sur le dossier de sa chaise pour caresser son dos nu de mon pouce. Ma main libre s'empare de la sienne ; j'embrasse sa paume, avant de la poser sur ma cuisse. Puis, lentement, je fais remonter sa main sur ma jambe jusqu'à ce que ses doigts rencontrent mon érection. Je l'entends pousser un petit cri étranglé. Sous le masque, son regard scandalisé croise le mien. Je ne me lasserai jamais de choquer ma douce Ana.

La vente aux enchères se poursuit. L'attention de ma famille se reporte sur le lot suivant. Sans doute enhardie par son désir, Ana me prend de court en commençant à me caresser à travers mon pantalon. *Oh, putain.* Je couvre sa main de la mienne pour que personne ne s'aperçoive qu'elle me tripote, tout en lui caressant la nuque. Je suis trop à l'étroit dans mon pantalon. *Et voilà qu'elle inverse les rôles, Grey. Une fois de plus.*

— Adjugé pour cent dix mille dollars ! déclare le maître de cérémonie, qui me ramène à la réalité.

Le lot est une semaine au ranch de mes parents dans le Montana, et c'est une somme colossale. Acclamations et applaudissements éclatent dans toute l'assistance ; Ana retire sa main pour se joindre à eux. *Merde.* À contrecœur, j'applaudis aussi.

Maintenant que la vente aux enchères est finie, je décide d'offrir à Ana une visite guidée de la maison. Je lui glisse, sous le couvert des acclamations frénétiques :

— Tu es prête ?

— Oui, répond-elle, les yeux brillants derrière son masque.

— Ana ! s'exclame Mia. C'est le moment !

Ana ne comprend pas.

— Le moment de quoi ?

— Des enchères pour la première danse. Allez, viens !

Mia lui tend la main. Je lui lance un regard noir. Et puis quoi encore ? Décidément, ma petite sœur est une vraie emmerdeuse. En voyant ma tête, Ana pouffe d'un rire contagieux. Je me lève. Heureusement que je porte une veste.

— La première danse sera pour moi, d'accord ? Et ce ne sera pas sur la piste.

— J'ai hâte.

Elle m'embrasse devant tout le monde. Je souris : toute la tablée nous regarde. Eh oui, messieurs-dames. J'ai une petite amie. Autant vous y faire. Puis, comme un seul homme, ils se détournent, gênés d'avoir été surpris en train de nous observer.

— Viens, Ana, insiste Mia.

Elle entraîne Ana vers l'estrade, où plusieurs jeunes femmes se sont rassemblées.

— Messieurs, voici venu le meilleur moment de cette soirée ! déclare le maître de cérémonie par-dessus le brouhaha. Le moment que vous attendez tous ! Ces douze jolies dames ont toutes accepté de mettre leur première danse aux enchères !

Gênée, Ana regarde ses chaussures, puis ses doigts noués. Tout, sauf les jeunes hommes qui se sont regroupés au pied de l'estrade.

— Et maintenant, messieurs, je vous prie de vous rapprocher et de regarder celle qui pourrait être votre cavalière pour la première danse. Voici douze jeunes femmes charmantes et accommodantes.

Quand Mia a-t-elle convaincu Ana de prendre part à cette comédie ? C'est pire qu'une foire aux bestiaux. Je sais bien que c'est pour une bonne cause, mais tout de même…

Le maître de cérémonie présente la première jeune femme en termes extravagants. Elle s'appelle Jada, et sa première danse est rapidement vendue pour cinq mille dollars. Mia et Ana bavardent. Ana semble très intéressée par ce que Mia lui raconte. Qu'est-ce qu'elle peut bien lui déballer ?

C'est maintenant au tour de Mariah. La description totalement fantaisiste du maître de cérémonie la plonge dans l'embarras, et il y a de quoi. Mia et Ana continuent de discuter – de moi, je le sais. *Et merde ! Mia, ferme-la.*

La première danse de Mariah est emportée pour quatre mille dollars. Ana me regarde fixement, je vois ses yeux scintiller derrière son masque, mais je suis incapable de deviner à quoi elle pense. Bon sang, qu'est-ce que Mia a bien pu lui raconter ?

— Et maintenant, permettez-moi de vous présenter la superbe Ana.

Mia pousse Ana au milieu de l'estrade et je franchis la foule pour parvenir au premier rang. Visiblement, Ana répugne d'être la cible de tous les regards.

J'en veux à Mia de l'avoir entraînée dans cette galère. Mais Anastasia est tellement belle. Le maître de cérémonie se lance à nouveau dans une présentation totalement farfelue :

— La superbe Ana joue de six instruments de musique, elle parle couramment le mandarin et pratique le yoga… eh bien, messieurs…

Ça suffit. J'interviens :

— Dix mille dollars.

— Quinze mille, lance une voix derrière moi.

C'est quoi, ce bordel ? Je me retourne pour voir qui enchérit sur ma petite amie : c'est Flynn, le charlatan hors de prix, comme l'a surnommé Ana. Je reconnaîtrais son allure entre mille. Il me salue poliment d'un signe de tête.

— Eh bien, messieurs ! Il y a des flambeurs parmi nous ce soir, annonce le maître de cérémonie à l'assemblée.

Il joue à quoi, là, Flynn ? Jusqu'où est-il prêt à aller ? Les conversations s'éteignent : la foule attend ma réaction.

— Vingt mille, dis-je d'une voix posée.

— Vingt-cinq, surenchérit Flynn.

Ana nous regarde anxieusement tour à tour. Elle est mortifiée. À vrai dire, moi aussi. Je ne sais pas ce qu'attend Flynn, mais j'en ai assez.

— Cent mille dollars !

J'ai parlé assez fort pour que tous les invités m'entendent.

— Putain, c'est pas vrai ! lance une jeune femme derrière Ana, tandis que l'assistance pousse des cris de stupéfaction.

C'est bon, John… Je le fixe sans ciller. Il éclate de rire et concède élégamment sa défaite en levant les deux mains.

— Cent mille dollars pour la jolie Ana ! Une fois… deux fois…

Le maître de cérémonie invite Flynn à surenchérir, mais celui-ci s'incline en secouant la tête.

— Adjugé ! crie triomphalement le maître de cérémonie.

Dans un tonnerre d'applaudissements et d'acclamations, je m'avance pour tendre la main à Ana. J'ai gagné ma chérie. Soulagée, elle m'adresse un sourire radieux en glissant sa paume contre la mienne. Je l'aide à descendre de scène et pose un baiser sur le dos de sa main, avant de la caler sous mon bras. Nous nous dirigeons vers la sortie du chapiteau sans prêter attention aux sifflements admiratifs et aux félicitations.

— C'était qui, ce monsieur ?

— Quelqu'un que tu pourras rencontrer plus tard. Mais là, je voudrais te montrer quelque chose. Nous avons environ trente minutes avant la fin des enchères. Puis il nous faudra revenir sur la piste afin que je puisse profiter de cette danse que j'ai gagnée.

— Une danse qui t'a coûté une fortune.

— Je suis sûr qu'elle vaudra chaque centime de son prix.

Enfin, je l'ai pour moi seul. Mia, encore sur l'estrade, ne me l'enlèvera pas cette fois. Je traverse la pelouse avec Ana. Deux gardes du corps nous emboîtent le pas. Le brouhaha des réjouissances diminue lorsque nous franchissons les portes-fenêtres du salon. Je les laisse ouvertes pour que les gardes du corps puissent nous suivre. De là, nous nous dirigeons vers le vestibule et montons l'escalier vers ma chambre d'enfant. Encore une première.

Une fois dans la chambre, je verrouille la porte. Les agents peuvent attendre au-dehors.

— C'était ma chambre.

Debout au milieu de la pièce, Ana examine tout attentivement : mes posters, mon tableau d'affichage…

— Je n'ai jamais amené de filles ici.

— Jamais ?

Je secoue la tête, excité comme un ado. Il y a une fille dans ma chambre. Que dirait ma mère si elle savait ?

Les lèvres d'Ana s'entrouvrent, m'encouragent. Ses yeux, assombris sous le masque, ne quittent pas les miens. Je m'approche d'un pas nonchalant.

— Nous n'avons pas beaucoup de temps, Anastasia, et dans l'état où je suis en ce moment, il ne nous en faudra pas beaucoup. Tourne-toi. Laisse-moi t'ôter cette robe.

Elle s'exécute aussitôt. Je lui souffle à l'oreille :

— Garde le masque.

Elle gémit alors que je ne l'ai même pas encore touchée. Je sais qu'après avoir porté aussi longtemps les boules de geisha, elle a besoin d'être satisfaite. Je descends le zip de sa robe et l'aide à la retirer, puis je la drape sur une chaise et enlève ma veste.

Elle porte son corset. Des bas. Des talons. Et le masque. Elle m'a rendu fou durant tout le dîner. J'avance vers elle tout en défaisant mon nœud papillon et les boutons de mon col de chemise.

— Tu sais, Anastasia… J'étais vraiment furieux contre toi quand tu as enchéri sur ce lot. Toutes sortes d'idées me sont passées par la tête. J'ai dû me rappeler que le châtiment n'était plus au menu. Mais c'est alors que tu t'es portée volontaire. (Je l'observe derrière son masque.) Pourquoi as-tu fait cela ?

— Je ne sais pas. La frustration… trop d'alcool… une bonne cause.

Elle hausse les épaules. Ses yeux se posent sur ma bouche.

— Je me suis juré de ne plus jamais te donner la fessée, même si tu me suppliais.

— S'il te plaît.

— Mais j'ai compris que tu te sens probablement très mal en ce moment et que tu n'en as sûrement pas l'habitude.

— C'est ça, souffle-t-elle, haletante, sexy – et heureuse, semble-t-il, que je comprenne ce qu'elle ressent.

— Alors on pourrait envisager une certaine... latitude. Mais tu dois me promettre une chose.

— Ce que tu veux.

— Tu me diras le mot d'alerte si tu en as besoin et je me contenterai de te faire l'amour, d'accord ?

Elle accepte volontiers.

Je l'entraîne vers le lit, rabats l'édredon et m'assois tandis qu'elle reste debout devant moi avec son masque et son corset. Elle est somptueuse. J'attrape un oreiller et le pose à côté de moi. La prenant par la main, je l'attire d'un coup pour qu'elle tombe à plat ventre sur mes genoux. Je repousse ses cheveux de son visage et de son masque. Voilà. Elle est magnifique. Maintenant, pimentons un peu la scène.

— Mets tes mains derrière ton dos.

Elle se hâte d'obéir en se tortillant sur moi. Je ligote ses poignets avec mon nœud papillon. Elle est impuissante. À ma merci. C'est enivrant.

— Tu en as vraiment envie, Anastasia ?

— Oui.

Elle a clairement exprimé son consentement, mais je ne comprends toujours pas. Je croyais que ce geste était désormais exclu. Je caresse ses fesses.

— Pourquoi ?

— Il te faut une raison ?

— Non, bébé. J'essaie juste de te comprendre.

Vis l'instant présent, Grey. Elle en a envie. Toi aussi. Je caresse à nouveau son cul, pour me préparer. Pour la préparer, elle.

Je m'incline et la maintiens de la main gauche. De l'autre, je claque ses belles fesses une fois, juste au-dessus de la naissance de ses cuisses. Elle gémit un mot incohérent. Ce n'est pas le mot d'alerte. Je la claque à nouveau.

— Deux. Nous irons jusqu'à douze.

Je commence à compter. Je caresse son derrière et je tape deux fois, une claque par fesse. Je rabats son string en dentelle et le fais glisser sur ses cuisses, ses genoux, ses mollets, puis par-dessus ses Louboutin, avant de le laisser tomber par terre.

C'est excitant. À tous les niveaux. Constatant qu'elle a retiré ses boules de geisha, je poursuis ma fessée en comptant les claques. Elle grogne et se tord sur mes genoux, les yeux fermés sous son masque. Son cul a viré au rose vif, c'est ravissant.

— Douze.

Je caresse son cul en feu avant d'enfoncer deux doigts en elle. Qu'est-ce qu'elle mouille. Elle est prête. Elle gémit quand je remue les doigts d'un mouvement circulaire et jouit bruyamment, frénétiquement. Ça n'a pas traîné. Quelle sensualité !

— C'est bien, bébé, dis-je en libérant ses poignets.

Haletante, elle essaie de reprendre son souffle.

— Je n'en ai pas encore fini avec toi, Anastasia.

Maintenant, c'est moi qui me sens mal, tellement j'ai envie d'elle. Je la place à genoux par terre et m'agenouille derrière elle, défais ma braguette et baisse mon boxer d'un coup sec, libérant mon érection impatiente. De la poche arrière de mon pantalon, j'extirpe une capote. Quand je retire les doigts de ma chérie, elle gémit. Je déroule le latex sur ma queue.

— Écarte les jambes.

Elle s'exécute et je la pénètre en douceur.

— Ça va aller vite, bébé.

Je l'attrape par les hanches et me retire lentement avant de m'enfoncer brutalement en elle. Elle pousse un cri de joie. D'abandon. D'extase. Elle en a envie, et je suis plus que ravi de la satisfaire. Je la pilonne, encore et encore. Elle vient à ma rencontre et me rend chaque coup de rein. *Et merde*. Ça va être encore plus rapide que prévu.

— Ana, non.

Je veux prolonger son plaisir. Mais elle est avide, impatiente de prendre tout ce qu'elle peut, en contrepoint vorace à mon désir.

— Ana, merde !

Le cri étranglé que je pousse en jouissant la fait exploser. Elle hurle tandis que l'orgasme déferle en elle, m'aspirant en elle tandis que je m'enfonce.

Bon sang, qu'est-ce que c'était bon... Je suis vidé. À force de me titiller durant tout le repas, c'était inévitable. J'embrasse son épaule, me retire d'elle et enlève le préservatif, que je jette dans la corbeille à côté du lit. Ça donnera à la femme de ménage de ma mère de quoi réfléchir.

Pantelante mais souriante sous son masque, Ana a l'air comblée. Je m'agenouille au-dessus d'elle, posant mon front sur son dos, jusqu'à ce que nous retrouvions tous les deux notre équilibre. Avec un soupir de satisfaction, je pose un baiser sur son dos sans défaut.

— Je crois que vous me devez une danse, mademoiselle Steele.

Elle émet un petit feulement du fond de la gorge. Je m'assois et l'attire sur mes genoux.

— Nous n'avons pas beaucoup de temps. Viens.

J'embrasse ses cheveux. Elle commence à se rhabiller tandis que je reboutonne ma chemise et refais mon nœud papillon. Lorsqu'elle se lève pour prendre sa robe, uniquement vêtue de son masque, de son corset et de ses chaussures, elle incarne la sensualité absolue. Je savais déjà qu'elle était une déesse, mais... elle surpasse tous mes espoirs.

Je l'aime.

Je me détourne, brusquement vulnérable. Le temps de refaire le lit, mon malaise a reflué comme une marée descendante. Ana examine les nombreuses photos de mon tableau d'affichage, prises aux quatre coins du monde. Mes parents adoraient les vacances. Elle désigne une vieille photo en noir et blanc de la pute camée.

— Qui est-ce ?

— Une personne sans importance.

Je passe ma veste et rajuste mon masque. J'avais oublié cette photo. Carrick me l'a remise lorsque j'ai eu seize ans. J'ai souvent essayé de m'en débarrasser, mais je n'y suis jamais arrivé.

— Mon garçon, j'ai quelque chose pour toi.

— Quoi ?

Je suis dans le bureau de Carrick, sans doute pour me faire engueuler, mais pour quelle raison ? Je l'ignore. J'espère qu'il n'a pas découvert ma liaison avec Mme Lincoln.

— Je te trouve plus calme, plus posé ces derniers temps. Comme si tu t'étais trouvé.

J'acquiesce en espérant que mon expression ne me trahira pas.

— En rangeant de vieux dossiers, j'ai trouvé ça.

Il me tend la photo en noir et blanc d'une jeune femme triste. C'est comme si je recevais un coup de poing en plein dans le ventre. La pute camée.

Il observe ma réaction.

— On nous a remis ceci au moment de l'adoption.

Malgré ma gorge serrée, j'arrive à articuler « Ah ».

— J'ai pensé que ça te plairait peut-être de l'avoir. Tu la reconnais ?

Je me force à répondre : « Oui. »

Il hoche la tête, et je devine qu'il a quelque chose à ajouter. Que va-t-il me révéler ?

— Je n'ai aucune information sur ton père biologique. D'après ce qu'on sait, il ne faisait absolument pas partie de la vie de ta mère.

Qu'est-ce qu'il essaie de me faire comprendre ? Que ça n'était pas son ordure de mac ? Pitié, ne me dis pas que c'est lui.

— Si tu veux savoir autre chose… je suis là.

Je murmure :

— C'est ce type ?

— Non. Il n'a rien à voir avec toi, me rassure mon père.

Je ferme les yeux.

Merci. Merci. Merci.

— C'est tout, papa ? Je peux y aller ?

— Bien sûr.

Mon père semble troublé, mais il acquiesce.

La photo à la main, je sors du bureau. Et je cours. Je cours. Je cours. Je cours…

La pute camée était une créature pitoyable. Sur cette vieille photo, elle a l'air d'une victime. Je crois que c'est une photo d'identité judiciaire dont on a découpé les numéros. Je me demande ce qu'aurait été son destin, si l'association fondée par mes parents avait existé à l'époque. Je secoue la tête. Je n'ai aucune envie d'en discuter avec Ana. Mieux vaut détourner la conversation.

— Tu veux que je t'aide à attacher ta robe ?

— S'il te plaît, répond Ana en se retournant. Alors pourquoi y a-t-il cette photo sur ton tableau ?

— Un oubli de ma part. Ça va, mon nœud papillon ?

Elle l'examine et son regard se radoucit. Elle tend la main pour le rajuster en tirant sur chaque extrémité.

— Maintenant c'est parfait.

— Comme toi, dis-je en l'attirant contre moi pour l'embrasser. Tu vas mieux ?

— Beaucoup mieux, merci, monsieur Grey.

— Tout le plaisir était pour moi, mademoiselle Steele.

Comblé et reconnaissant, je lui tends la main. Elle la prend avec un sourire timide mais satisfait. Je déverrouille la porte et nous descendons l'escalier pour regagner les jardins. Je ne sais quand nos gardes du corps nous rejoignent, mais lorsque nous franchissons les portes-fenêtres, ils sont derrière nous. Quelques fumeurs se sont réunis sur la terrasse ; ils nous observent avec curiosité, mais je les ignore pour conduire Ana jusqu'à la piste de danse.

Le maître de cérémonie annonce :

— Et maintenant, mesdames et messieurs, c'est le moment de la première danse. Monsieur et docteur Grey, êtes-vous prêts ?

Carrick acquiesce, ma mère dans ses bras.

— Mesdames et messieurs, êtes-vous prêts pour les enchères des premières danses ?

J'enlace Ana et baisse les yeux vers elle. Elle me sourit.

— Alors, commençons. C'est parti, Sam !

Le chef d'orchestre bondit sur scène, se tourne vers l'orchestre, claque des doigts et se lance dans une version ringarde de « I've Got You Under My Skin ». J'attire Ana contre moi. Nous commençons à danser ; elle suit mes mouvements en souplesse. Elle est captivante. Je la fais tournoyer sur le sol en damier. Nous nous sourions comme les amoureux transis que nous sommes… Ai-je déjà éprouvé ces sentiments ? Cette gaieté ? Ce bonheur ? Bon sang, j'ai l'impression d'être le maître de l'univers.

— J'adore cette chanson, lui dis-je. Elle reflète mes sentiments

— Moi aussi, je t'ai dans la peau. Ou plutôt, je t'avais dans la peau tout à l'heure.

Ana ! Je feins d'être scandalisé :

— Mademoiselle Steele, je n'aurais jamais imaginé que vous puissiez être aussi crue.

— Monsieur Grey, moi non plus. Mes récentes expériences y sont sans doute pour quelque chose, ajoute-t-elle avec un sourire malicieux. Elles m'ont éduquée, d'une certaine manière.

— Moi aussi.

Je lui fais effectuer un dernier tour de piste. Le morceau se termine. Je m'écarte à contrecœur pour applaudir.

— Puis-je avoir cette danse ? intervient Flynn, surgi de nulle part.

Il me doit des explications après son petit numéro, mais je m'efface.

— Je vous en prie. Anastasia, je te présente John Flynn. John, Anastasia.

Ana me lance un coup d'œil nerveux et je me retire en bord de piste pour les observer. Flynn ouvre les bras et Ana lui prend la main tandis que l'orchestre entame « They Can't Take That Away from Me ».

Ana et John ont une conversation animée. Je me demande de quoi ils parlent. De moi, je parie. *Et merde.* Mon angoisse ressurgit. Il faut que je regarde la réalité en face : lorsque Ana connaîtra tous mes secrets, elle me quittera. Accepter une relation à ses conditions ne fait que retarder l'inévitable. Mais John ne serait pas indiscret à ce point, tout de même…

— Bonsoir, mon chéri, me dit Grace, coupant court à mes idées noires.

— Maman.

— Tu passes une bonne soirée ?

Elle aussi, elle regarde Ana et John.

— Excellente.

Grace a retiré son masque.

— Ta jeune amie a fait une donation très généreuse, fait-elle observer, d'une voix légèrement tendue.

Je réponds sèchement :

— Oui.

— Je pensais qu'elle était étudiante.

— Maman, c'est une longue histoire.

— J'imagine.

Où veut-elle en venir ?

— Qu'est-ce qu'il y a, Grace ? Arrête de tourner autour du pot.

Elle pose une main hésitante sur mon bras.

— Tu as l'air heureux, mon chéri.

— Je le suis.

— Je pense qu'elle te fait du bien.

— Je crois aussi.

— J'espère qu'elle ne te fera pas souffrir.

— Pourquoi dis-tu ça ?

— Elle est jeune.

— Maman, qu'est-ce que tu…

Une invitée affublée de la robe la plus criarde que j'aie jamais vue aborde Grace.

— Christian, je te présente mon amie Pamela, du club de lecture.

Nous échangeons quelques banalités, mais je brûle d'envie d'interroger ma mère. Que signifient ces sous-entendus au sujet d'Ana ? Le morceau est sur le point de se terminer, et je dois sauver Ana des griffes de mon psychiatre.

— Cette conversation n'est pas terminée, dis-je à Grace avant de me diriger vers Ana et John, qui ont arrêté de danser.

Qu'essaie de me faire comprendre ma mère ?

— Ça a été un plaisir de vous rencontrer, Anastasia, dit Flynn à Ana.

J'incline la tête.

— John.

— Christian.

Flynn prend congé pour rejoindre sa femme. Je suis encore abasourdi par l'échange que je viens d'avoir avec ma mère. Je prends Ana dans mes bras pour la danse suivante.

— Il est bien plus jeune que je ne pensais, dit Ana. Et terriblement indiscret !

Nom de Dieu.

— Indiscret ?

— Eh oui, il m'a tout raconté, avoue-t-elle.

Putain de bordel de merde. Il a vraiment fait ça ? Pour évaluer les dégâts, je mets Ana à l'épreuve :

— Eh bien, dans ce cas, je vais aller chercher ton sac. Je suis persuadé que tu ne tiens plus à avoir affaire à moi.

Ana se fige, bouche bée.

— Mais il ne m'a rien dit ! s'exclame-t-elle.

J'ai l'impression qu'elle a envie de me secouer. Dieu merci. Je pose la main au creux de son dos tandis que l'orchestre entame « The Very Thought of You ».

— Alors profitons de cette danse.

Je suis un imbécile. Flynn ne trahirait jamais le secret médical. Tandis qu'Ana s'accorde à chacun de mes pas, ma bonne humeur revient et mon angoisse se dissipe. Je n'imaginais pas à quel point je pouvais aimer danser. Et je suis stupéfait de remarquer la grâce d'Ana sur la piste de danse. Je la revois chez moi après notre première nuit, en train de danser sa petite gigue avec ses écouteurs dans ma cuisine. Elle était tellement empotée à l'époque – contrairement à l'Ana que je tiens dans mes bras, qui suit tous mes mouvements à la perfection et qui s'amuse.

L'orchestre enchaîne sur « You Don't Know Me », un slow mélancolique. C'est une mise en garde, Ana. Tu ne me connais pas. Tandis que nous oscillons doucement, enlacés, je la supplie en silence de me pardonner un péché dont elle ne sait rien. Dont elle ne doit jamais rien savoir.

Elle ne me connaît pas.

Bébé, je te demande pardon. S'il te plaît, ne me quitte pas.

Je respire son parfum réconfortant. Les yeux fermés, je le mémorise pour m'en souvenir lorsqu'elle sera partie. Ana.

Le morceau se termine et elle m'adresse un sourire charmant.

— Il faut que j'aille aux toilettes. Je n'en ai pas pour longtemps.

— Très bien.

Je la regarde s'éloigner. Taylor lui emboîte le pas. Les trois autres agents de sécurité se tiennent aux abords de la piste de danse. L'un d'entre eux suit Taylor. Je repère le Dr Flynn, qui parle avec son épouse.

— John.

— Vous connaissez mon épouse, Rhian.

— Bien entendu.

Nous nous serrons la main.

— Vos parents ont vraiment le don d'organiser de très belles fêtes, commente-t-elle.

— En effet.

— Si vous voulez bien m'excuser, je vais me repoudrer le nez. Soyez sages ! ajoute-t-elle, ce qui m'arrache un petit rire.

— Elle me connaît, lâche Flynn, flegmatique.

— Alors c'était quoi, ce cirque ? Vous vous amusez à mes dépens ?

— Je m'amuse plutôt de vos dépenses. J'adore vous voir flamber votre argent.

— Heureusement pour vous, elle en vaut chaque centime.

— Il fallait bien que je fasse quelque chose pour vous faire comprendre que vous ne craigniez pas de vous engager, explique Flynn en haussant les épaules.

— C'est pour cette raison que vous avez enchéri contre moi ? Pour me mettre à l'épreuve ? Ce n'est pas l'engagement que je redoute.

Je lui adresse un regard morne.

— Elle me paraît capable de vous gérer.

Je n'en suis pas si sûr.

— Christian, parlez-lui. Elle sait que vous avez des problèmes. Pas à cause de ce que je lui ai dit, précise-t-il en levant les mains. Mais ce n'est ni le moment, ni le lieu de discuter de tout ça.

— Vous avez raison.

Flynn regarde autour de lui.

— Où est-elle ?

— Aux toilettes.

— C'est une jeune femme adorable.

J'acquiesce.

— Ayez foi en elle, dit-il.

— Monsieur Grey, nous interrompt Reynolds, l'un des gardes du corps.

— Qu'est-ce qu'il y a ?

— Puis-je vous parler ?

— Parlez.

Après tout, je suis avec mon psy.

— Taylor voulait vous prévenir que Mme Lincoln est en train de discuter avec Mlle Steele.

Merde.

— Allez-y, me conseille Flynn.

Je parie qu'il rêverait d'être une petite souris pour épier leur conversation.

— À plus tard.

Taylor m'attend à l'entrée du chapiteau. Derrière lui, Ana et Elena ont une discussion tendue. Ana fait subitement volte-face pour marcher vers moi d'un pas rageur.

— Te voilà, dis-je en tentant de deviner son humeur.

Faisant la sourde oreille, elle nous dépasse, Taylor et moi. C'est mauvais signe. Je lance un coup d'œil rapide à Taylor, qui reste impassible, avant de presser le pas pour la rattraper.

— Ana, qu'est-ce qu'il y a ?

— Pourquoi ne poses-tu pas la question à ton ex ?

Je regarde autour de moi pour voir si quelqu'un peut nous entendre.

— Je te le demande à toi.

Elle me foudroie du regard. Mais qu'est-ce que j'ai fait, encore ? Elle redresse les épaules.

— Elle m'a menacée de s'en prendre à moi si je te faisais de nouveau souffrir. Probablement avec un fouet d'ailleurs, rugit-elle.

Je ne sais pas si elle veut être drôle, mais l'idée d'Elena en train de menacer Ana avec une cravache est risible. Je tente de la dérider.

— L'ironie de la situation ne t'a sans doute pas échappé ?

— Ça n'est pas drôle, Christian !

— Non, tu as raison. Je lui en parlerai.

Elle croise les bras.

— Il n'en est pas question.

Mais qu'est-ce que je dois faire, alors ?

— Écoute, je sais que tu es lié financièrement à elle, excuse l'image, mais…

Elle se tait et soupire bruyamment, parce qu'elle ne trouve pas ses mots.

— Il faut que j'aille aux toilettes, finit-elle par grommeler

Ana est en rogne. Une fois de plus. Je soupire.

— Je t'en prie, ne te mets pas en colère. Je ne savais pas qu'elle était là. Elle a dit qu'elle ne viendrait pas. (J'effleure sa lèvre inférieure avec mon pouce.) Ne laisse pas Elena nous gâcher notre soirée, je t'en prie, Anastasia. C'est vraiment de l'histoire ancienne.

Je relève son menton pour poser un doux baiser sur sa bouche. Elle soupire mais se laisse faire. Je crois que notre dispute est terminée. Je la prends par le coude.

— Je t'accompagne aux toilettes afin que personne ne t'intercepte, cette fois.

Pendant que je l'attends devant les luxueuses toilettes mobiles louées par ma mère pour l'occasion, je consulte mon téléphone. J'ai un mail du Dr Greene, qui peut recevoir Ana demain. Parfait. Je réglerai cette question plus tard. Je compose le numéro d'Elena et m'éloigne vers un coin tranquille du jardin. Elle répond à la première sonnerie :

— Christian.

— Elena, veux-tu bien m'expliquer ce que tu manigances ?

— Ton amie a été grossière et désagréable avec moi.

— Dans ce cas, fiche-lui la paix.

— Je pensais qu'il valait mieux me présenter, réplique Elena.

— Dans quel but ? Tu m'avais dit que tu ne venais pas. Pourquoi as-tu changé d'avis ? Je pensais que nous étions tombés d'accord.

— Ta mère m'a téléphoné et suppliée de venir, et j'étais curieuse de voir Anastasia. J'ai besoin de m'assurer qu'elle ne te fera plus jamais souffrir.

— Encore une fois, fiche-lui la paix… C'est ma première relation normale et je ne veux pas que tu la mettes en danger à cause d'une inquiétude déplacée. Fous. Lui. La. Paix.

— Chris…

— Et je ne plaisante pas, Elena.

— As-tu renié ce que tu es ?

— Non, bien sûr que non. (Je lève les yeux. Ana m'observe.) Je dois te laisser. Bonne soirée.

Je raccroche au nez d'Elena, sans doute pour la première fois de ma vie. Ana hausse les sourcils.

— Comment va l'histoire ancienne ?

— Grincheuse. (Il est temps de changer de sujet.) Tu veux encore danser ? Ou tu veux qu'on y aille ? (Je consulte ma montre.) Le feu d'artifice commence dans cinq minutes.

— J'adore les feux d'artifice, répond-elle, conciliante.

Je l'attire contre moi.

— Alors restons. Ne la laisse pas s'immiscer entre nous, je t'en prie.

— Elle tient à toi.

— Oui, et je tiens à elle… comme une amie.

— Je crois que c'est plus qu'une amitié pour elle.

— Anastasia, Elena et moi… c'est compliqué. Nous avons une histoire commune. Juste une histoire. Je te le répète encore et encore : c'est une bonne amie. Rien de plus. Je t'en prie, oublie-la.

J'embrasse ses cheveux et elle garde le silence. Nous nous dirigeons main dans la main vers la piste de danse.

La voix élégante de mon père s'élève derrière nous :

— Anastasia, je me demandais si vous me feriez l'honneur de la prochaine danse.

Carrick lui tend la main. Je lui souris et le regarde entraîner ma cavalière sur la piste tandis que l'orchestre se lance dans « Come Fly with Me ».

Ils ne tardent pas à discuter avec animation. Je me demande s'ils parlent de moi, eux aussi.

— Bonsoir, mon chéri.

Ma mère s'approche, une coupe de champagne à la main.

— Maman, qu'essayais-tu de me faire comprendre tout à l'heure, lui dis-je sans préambule.

— Christian, je…

Elle se tait et lève vers moi un regard inquiet. Je sais qu'elle cherche à gagner du temps. Elle a toujours détesté annoncer les mauvaises nouvelles. Mon niveau d'anxiété monte d'un cran.

— Parle, Grace.

— J'ai discuté avec Elena. Elle m'a raconté qu'Ana et toi, vous aviez rompu, et que tu en avais eu le cœur brisé.

Quoi ?

— Pourquoi ne m'en as-tu rien dit ? reprend-elle. Je sais que vous êtes associés, mais j'ai été blessée d'apprendre cette nouvelle de sa bouche.

— Elena exagère. Je n'ai pas eu le cœur brisé. Nous nous étions disputés. C'est tout. Je ne t'en ai rien dit parce que c'était temporaire. Tout va bien, maintenant.

— Je ne supporte pas l'idée qu'on te fasse du mal, mon chéri. J'espère qu'elle est avec toi pour de bonnes raisons.

— Qui ? Ana ? Qu'est-ce que tu insinues ?

— Tu es très riche, Christian.

— Tu penses qu'elle est vénale ?

Nom de Dieu. C'est comme si elle m'avait giflé.

— Non, je n'ai pas dit ça…

— Elle n'est pas du tout comme ça.

Je m'efforce de réprimer ma colère.

— Je l'espère. Je m'en fais pour toi, voilà tout. Sois prudent. La plupart des jeunes gens ont des peines de cœur à l'adolescence.

Elle m'adresse un regard avisé. S'il te plaît, maman. J'ai eu le cœur brisé bien avant la puberté.

— Mon chéri, tu le sais bien, nous ne voulons que ton bonheur. Je dois reconnaître que, si j'en crois mes yeux ce soir, tu n'as jamais été aussi heureux.

— Maman, je suis touché que tu te préoccupes de moi, mais tout va bien. (Je me retiens de croiser les doigts derrière mon dos.) Et maintenant, je vais arracher mon père aux griffes de ma croqueuse de diamants.

Ma voix est glaciale.

— Christian…

Ma mère tente de me retenir, mais elle peut aller se faire foutre. Comment ose-t-elle penser une chose pareille d'Ana ? Et pourquoi diable Elena a-t-elle déballé ma vie à Grace ?

— Ça suffit de danser avec des vieux, annoncé-je à Ana et à mon père.

Carrick éclate de rire.

— Moins vieux que tu ne crois, mon fils. Moi aussi, j'ai eu mon heure de gloire.

Il adresse un clin d'œil à Ana et s'éloigne d'un pas vif pour rejoindre ma mère, encore ébranlée par ma réaction. Je marmonne, d'humeur assassine :

— Je crois que mon père t'aime bien.

— Comment pourrait-il en être autrement ? répond Ana avec un sourire aguicheur.

— Un point pour vous, mademoiselle Steele.

Je la prends dans mes bras tandis que l'orchestre commence à jouer « It Had to Be You ».

— Danse avec moi, dis-je à voix basse.

— Avec plaisir, monsieur Grey.

En dansant, j'oublie les femmes vénales, les parents surprotecteurs et les ex-dominantes indiscrètes.

DIMANCHE 12 JUIN 2011

À minuit, le maître de cérémonie annonce que nous pouvons retirer nos masques. Nous descendons jusqu'à la baie pour admirer l'époustouflant feu d'artifice. À l'abri dans mes bras, Ana s'émerveille de chaque gerbe éblouissante, tandis qu'un kaléidoscope de toutes les couleurs éclaire son visage souriant. Le spectacle est en harmonie parfaite avec la musique, « Zadok the Priest » d'Haendel.

C'est exaltant. Mes parents ont vraiment fait les choses en grand. Du coup, je leur en veux un peu moins. Les gerbes dorées du bouquet final illuminent toute la baie. Les étincelles pleuvent du ciel, éclairant les eaux noires. Ce spectacle déclenche un tonnerre d'applaudissements.

— Mesdames et messieurs, reprend le maître de cérémonie alors que les bravos s'apaisent. Voici une dernière annonce pour clore cette merveilleuse soirée : votre générosité a permis de rassembler un total de un million huit cent cinquante-trois mille dollars !

La nouvelle est accueillie par d'autres acclamations. La somme est impressionnante. Ma mère a dû passer la soirée à convaincre ses amis fortunés de mettre la main à la poche. J'ai moi-même contribué de six cent mille dollars. Sous les clameurs, les mots « Merci pour Faire face ensemble » s'affichent en cierges magiques, reflétés par le miroir obscur de la baie, au-dessus du ponton où s'affairent les artificiers.

— Oh, Christian… C'était fabuleux, s'exclame Ana.

Il est temps de rentrer. J'ai hâte d'être à la maison et de me blottir contre elle, car la journée a été longue. J'espère que je n'aurai pas à la persuader de passer la nuit chez moi. D'abord, parce que Leila est toujours dans la nature. Ensuite parce que malgré tout, j'ai passé une bonne journée, et que j'en veux plus. Je veux qu'elle reste chez moi dimanche, et peut-être même la semaine à venir.

Demain, Ana a rendez-vous avec le Dr Greene et ensuite, selon le temps, nous pourrions faire soit du planeur, soit de la voile. J'aimerais lui montrer le *Grace*. La perspective de passer plus de temps avec Ana est séduisante. Très séduisante.

Taylor s'approche en secouant la tête. Je devine qu'il préfère attendre que la foule se disperse. Il a été vigilant toute la soirée, il doit être exténué. Je suis son conseil. Pour patienter, je discute avec elle :

— Aspen, donc.

— Oh… Je n'ai pas payé ce que je dois.

— Tu peux envoyer un chèque. J'ai l'adresse. Tu étais vraiment en colère.

— Oui, en effet. C'est votre faute, à toi et tes gadgets.

— Vous ne saviez plus vraiment où vous en étiez, mademoiselle Steele. Ça s'est plutôt bien fini, si mon souvenir est bon. D'ailleurs, où sont-elles ?

— Les boules argentées ? Dans mon sac.

— J'aimerais que tu me les redonnes. Ce sont des accessoires bien trop dangereux pour être laissés entre des mains innocentes.

— Tu as peur que je ne sache plus où j'en suis, en présence de quelqu'un d'autre ? demande-t-elle avec une expression coquine.

— J'espère que cela n'arrivera pas. Mais, non, Ana. Je ne veux que ton plaisir.

Toujours.

— Tu ne me fais pas confiance ?

— Implicitement. Maintenant tu me les donnes ?

— Je vais y réfléchir.

Tiens donc, Mlle Steele joue les dures à cuire. Au loin, le DJ a démarré son set.

— Tu veux danser ?

— Je suis vraiment fatiguée, Christian. J'aimerais rentrer, si ça ne te dérange pas.

Je fais signe à Taylor. Il hoche la tête et contacte son équipe via son micro-bracelet. Alors que nous traversons la pelouse, Mia galope vers nous, ses chaussures à la main.

— Vous ne partez pas déjà ? C'est la vraie musique qui commence. Viens, Ana.

Elle s'empare de sa main libre.

— Mia, Anastasia est fatiguée. Nous rentrons. Et nous avons une grosse journée demain.

Ana me dévisage, étonnée. Mia boude un instant, déçue de ne pas avoir obtenu ce qu'elle voulait, mais n'insiste pas.

— Passe donc un jour de cette semaine. On pourrait aller faire du shopping ensemble ?

— Bien sûr, Mia, répond Ana, exténuée.

Il faut que je la ramène à la maison. Mia embrasse Ana, puis se jette sur moi pour me serrer très fort dans ses bras en levant un visage radieux vers moi.

— J'aime te voir heureux comme ça. Amusez-vous bien.

Elle rejoint ses amis en courant, et tous se dirigent vers la piste de danse. Mes parents sont tout près. Je me sens coupable d'avoir parlé durement à ma mère.

— Allons dire bonsoir à mes parents avant de partir. Viens.

Nous les rejoignons. Le visage de Grace s'éclaire lorsqu'elle nous voit. Elle tend la main pour effleurer mon visage, et je tente de ne pas me renfrogner. Elle me sourit.

— Merci d'être venu et d'avoir amené Anastasia. C'était merveilleux de vous voir ensemble, tous les deux.

— Merci pour cette belle soirée, maman.

Je n'en dis pas plus. Je n'ai aucune envie de faire allusion à notre conversation devant Ana.

— Bonne nuit, mon garçon. Ana, dit Carrick.

— Revenez nous voir, Anastasia, nous étions ravis de vous avoir parmi nous, ajoute Grace d'une voix chaleureuse.

Elle me paraît sincère. Ses soupçons sur Ana m'ont blessé, mais la douleur commence à s'estomper. Elle ne cherche qu'à me protéger. Après tout, ils ne connaissent pas Ana. C'est la femme la moins cupide que j'aie jamais rencontrée.

Nous contournons la maison. Ana se frotte les bras.

— Tu n'as pas froid ?

— Non, ça va.

— Merci pour cette soirée, Anastasia. J'ai vraiment aimé.

— Moi aussi… Certains moments plus que d'autres.

Elle fait manifestement allusion à notre petite escapade dans ma chambre d'enfant.

— Ne mordille pas ta lèvre.

— Tu as dit que nous avions une grosse journée demain, qu'entendais-tu par là ?

Je lui explique que c'est une surprise, mais aussi que le Dr Greene vient pour une consultation à domicile.

— Le Dr Greene ! Pourquoi ?

— Parce que je déteste les préservatifs.

— C'est mon corps, maugrée-t-elle.

— C'est le mien également.

Ana. S'il te plaît. Je déteste les capotes.

Ses yeux brillent dans la lueur tamisée des lanternes en papier accrochées dans le jardin. Va-t-elle poursuivre la dispute ? Quand elle tend la main vers moi, je me fige. Elle tire sur un coin de mon nœud papillon pour le dénouer. Doucement, elle enlève le premier bouton de ma chemise. Fasciné, je la laisse faire.

— Tu es sexy comme ça, murmure-t-elle.

Une fois de plus, elle me surprend. Il n'est plus question du Dr Greene.

— Il faut que je te ramène à la maison. Viens.

Le Q7 s'avance. Le voiturier en sort pour remettre les clés à Taylor. L'un de nos gardes du corps, Sawyer, me tend une enveloppe. Elle est adressée à Ana.

— Qui vous l'a donnée ? demandé-je à Sawyer.

— L'un des serveurs, monsieur.

Provient-elle d'un admirateur ? L'écriture m'est familière. Taylor aide Ana à monter et je me glisse à son côté, en lui remettant l'enveloppe.

— Elle t'est adressée. Un des serveurs l'a donnée à Sawyer. C'est probablement l'un de tes soupirants.

Taylor suit la file de voitures qui se dirigent vers le portail. Ana ouvre l'enveloppe et jette un coup d'œil au message qu'elle contient.

— Tu le lui as dit ? s'exclame-t-elle.

— Dit quoi à qui ?

— Que je l'appelle Mrs Robinson.

— C'est un mot d'Elena ? C'est ridicule. Je vais m'occuper d'elle demain. Ou lundi.

Je lui ai demandé de laisser Ana tranquille. Pourquoi ne m'a-t-elle pas écouté ? Et qu'a-t-elle dit à Ana ? Bordel, c'est quoi, son problème ? J'aimerais lire le mot, mais Ana ne m'en donne pas l'occasion. Elle le fourre dans son sac, et en extrait les boules de geisha.

— Jusqu'à la prochaine fois, murmure-t-elle.

La prochaine fois ? Enfin une bonne nouvelle. Je presse sa main et elle me rend la pareille, tout en contemplant la nuit par la fenêtre. Avant même que nous ayons franchi le 520 Bridge, elle dort déjà. Cette journée a été très mouvementée. Je suis épuisé, moi aussi. Je renverse la tête et ferme les yeux.

Ouais. Sacrée journée. Ana et le chèque. Son sale caractère. Son obstination. Le rouge à lèvres. Le sexe. Ah ça, oui. Le sexe, surtout. Sans compter que je vais devoir rassurer ma mère, qui m'a insulté en prenant Ana pour une opportuniste. Et puis il y a Elena, qui se mêle de ce qui ne la regarde pas. Qu'est-ce que je vais bien pouvoir faire d'elle ?

Je regarde mon reflet dans la vitre. Un visage blême et sinistre me fixe avant de disparaître lorsque nous quittons la I-5 pour déboucher sur Stewart Street, mieux éclairée. Nous sommes presque arrivés.

Ana dort toujours lorsque nous nous garons devant l'immeuble. Sawyer sort d'un bond de la voiture pour m'ouvrir la portière. Je presse la main d'Ana.

— Tu veux que je te porte à l'intérieur ?

Elle se réveille et secoue la tête, encore ensommeillée. Sawyer en premier, nous entrons ensemble dans le hall tandis que Taylor part mettre la voiture au garage.

Ana s'appuie contre moi dans l'ascenseur en fermant les yeux.

— La journée a été longue, hein, Anastasia ?

Elle hoche la tête.

— Fatiguée ?

Nouveau hochement de tête.

— Tu n'es pas très loquace.

Encore un. Je souris.

— Viens. Je vais te mettre au lit.

Mes doigts s'enroulent autour des siens, et nous suivons Sawyer de l'ascenseur au vestibule. Sawyer s'arrête devant nous en levant la main. J'agrippe plus fort celle d'Ana.

Qu'est-ce qui se passe ?

— Compris, T., dit Sawyer en se tournant vers nous. Monsieur Grey, quelqu'un a crevé les pneus de l'Audi de Mlle Steele et la voiture a été aspergée de peinture.

Ana pousse un petit cri. Quoi ? Tout d'abord, je pense à un quelconque vandale qui se serait introduit dans le garage par effraction… avant de me souvenir de Leila. Bon sang, pourquoi a-t-elle fait ça ? Sawyer reprend :

— Taylor craint que l'auteur des faits n'ait pénétré dans l'appartement et ne soit encore là. Il veut s'en assurer.

Comment quelqu'un aurait-il pu entrer dans l'appartement ?

— Je vois. Quel est le plan de Taylor ?

— Il monte par l'ascenseur de service avec Ryan et Reynolds. Ils vont inspecter les lieux avant de nous donner le feu vert. Je dois attendre avec vous, monsieur.

— Merci, Sawyer. (J'étreins Ana encore plus fort.) Cette journée va de mal en pis.

Impossible que Leila soit dans cet appartement. Pourtant, je me rappelle ces instants où j'ai cru deviner un mouvement du coin de l'œil… où je me suis réveillé en croyant qu'on m'avait passé la main dans les cheveux, alors qu'Ana dormait à poings fermés à côté de moi. Un frisson me parcourt l'échine. *Merde.* Si Leila est ici, il faut que je le sache. Je ne crois pas qu'elle me ferait du mal. J'embrasse les cheveux d'Ana.

— Écoutez, Sawyer, je ne peux pas rester là à attendre. Prenez soin de Mlle Steele. Ne la laissez pas entrer avant d'avoir le feu vert. Je suis certain que Taylor en fait trop. Leila n'a pas pu s'introduire chez moi.

— Non, Christian, reste avec moi, je t'en supplie, m'implore Ana en s'agrippant aux revers de ma veste.

— Fais ce qu'on te dit, Anastasia. Attends ici.

Je parle d'une voix plus sévère que je n'en avais l'intention, et elle me lâche.

— Sawyer ?

Il me bloque le passage, indécis. Je hausse les sourcils, et après un instant d'hésitation, il ouvre les doubles portes qui mènent à l'appartement et me permet de les franchir. Il les referme derrière moi.

Le couloir qui donne sur le salon est silencieux et plongé dans l'obscurité. Immobile, je tends l'oreille pour repérer le moindre bruit inhabituel. Je n'entends que le soupir du vent qui s'enroule autour de l'immeuble, et le ronronnement des appareils électriques de la cuisine. Hormis une sirène de police qui retentit dans la rue, tout est tranquille et silencieux dans l'Escala.

Si Leila était ici, où se cacherait-elle ?

Je songe d'abord à la salle de jeux, et je suis sur le point de m'y précipiter lorsque j'entends le ping de l'ascenseur de service. Taylor et les deux autres gardes du corps déboulent dans le couloir en brandissant leurs armes, comme s'ils jouaient dans un film d'action.

— Est-ce vraiment nécessaire ? dis-je à Taylor qui mène la charge.

— Nous prenons toutes les précautions, monsieur.

— Je ne crois pas qu'elle soit là.

— Nous inspectons les lieux en vitesse.

Je me résigne.

— D'accord. Je prends l'étage.

— Je vous accompagne, monsieur Grey.

Taylor me paraît exagérément soucieux de ma sécurité. Il donne rapidement des ordres aux deux autres qui partent chacun de leur côté. J'allume toutes les lumières pour que le salon et le couloir soient bien éclairés, et me dirige vers l'étage avec Taylor.

Méthodique, il regarde sous le lit à baldaquin, la table, et même le canapé de la salle de jeux. Il fait de même dans la chambre des soumises et dans chacune des autres pièces. Pas le moindre signe d'un intrus. Il poursuit dans son propre appartement et celui de Mme Jones, tandis que je redescends. Personne dans ma salle de bains et mon dressing, ni dans ma chambre. Planté au milieu de la pièce, je me fais l'effet d'un idiot, mais je m'accroupis pour regarder sous le lit.

Rien. Pas même un grain de poussière. Mme Jones fait un boulot irréprochable.

La porte du balcon est verrouillée, mais je l'ouvre. Dehors, la brise est fraîche et la ville, sombre et morose, s'étale à mes pieds. J'entends le vrombissement lointain des voitures et le léger sifflement du vent, mais c'est tout. Je rentre en bloquant à nouveau la porte.

Taylor redescend.

— Elle n'est pas là, dit-il.

— Vous croyez que c'est Leila ?

Sa bouche se pince en une mince ligne dure.

— Oui, monsieur. Me permettez-vous de fouiller votre chambre ?

J'ai déjà regardé, mais je suis trop fatigué pour discuter.

— Allez-y.

— Je veux inspecter tous les placards et les armoires, monsieur.

— Faites.

Je secoue la tête. Quelle situation grotesque. J'ouvre les portes du vestibule pour retrouver Ana. Sawyer braque son arme mais l'abaisse dès qu'il me voit.

— La voie est libre, lui dis-je. (Il rengaine son arme et s'efface.) Taylor en fait trop, ajouté-je à l'intention d'Ana.

Exténuée, blafarde, elle se contente de me fixer. Je comprends qu'elle a peur. Je la prends dans mes bras et embrasse ses cheveux.

— Tout va bien, bébé. Viens, tu es fatiguée. Au lit !

— J'étais tellement inquiète.

— Je sais. Nous sommes tous à cran.

Sawyer a disparu, sans doute dans l'appartement.

— Franchement, vos ex sont vraiment problématiques, monsieur Grey, lâche-t-elle.

C'est le moins qu'on puisse dire. J'entraîne Ana dans le salon.

— Taylor et son équipe sont en train de vérifier tous les placards. Je ne pense pas qu'elle soit ici.

— Pourquoi serait-elle ici ?

Ana semble perdue. Je la rassure : Taylor est très méthodique. Nous avons fouillé partout, y compris dans la salle de jeux. Pour la calmer, je lui propose un verre, qu'elle refuse. Elle n'en peut plus.

— Viens. Laisse-moi te mettre au lit. Tu sembles épuisée.

Dans ma chambre, elle vide le contenu de son sac sur la commode.

— Tiens, dit-elle en me remettant le mot d'Elena. Je ne sais pas si tu veux le lire. Je préfère plutôt l'oublier.

Je le parcours en vitesse :

Anastasia,
Il se peut que je vous aie mal jugée. Et vous m'avez de toute évidence mal jugée. Appelez-moi si vous avez besoin d'éclaircir certains points – on pourrait déjeuner ensemble. Christian ne veut pas que je vous parle, mais je serais ravie de vous aider. Ne vous méprenez pas, j'approuve votre relation, croyez-moi, mais gare à vous si vous lui faites du mal... Il a déjà assez souffert.
Appelez-moi : (206) 279-6261.
Mrs Robinson

Je glisse le mot dans ma poche de pantalon, à nouveau fou de rage. À quoi joue Elena ?

— Je ne vois pas quels points elle pourrait éclaircir. Il faut que je parle à Taylor. Laisse-moi t'aider à enlever ta robe.

— Tu vas appeler la police à propos de ma voiture ? me demande-t-elle en se retournant.

Je repousse ses cheveux et descends la fermeture Éclair.

— Non. Je ne veux pas mêler les flics à ça. Leila a besoin d'aide, pas de l'intervention de la police, et je ne veux pas de policiers ici. Nous devons juste redoubler d'efforts pour la retrouver. (J'embrasse son épaule.) Allez, au lit !

Dans la cuisine, je me sers un verre d'eau. Merde, qu'est-ce qui se passe ? Mon univers est en train d'imploser. Au moment précis où je me réconcilie avec Ana, mon passé revient me hanter avec Leila et Elena. Je me demande un moment si elles sont de mèche. Non, c'est absurde. Je deviens parano. Elena n'est pas folle à ce point.

Je me frotte le visage. Pourquoi Leila s'en prendrait-elle à moi ? Est-elle jalouse ? Elle en voulait plus. Pas moi.

Notre arrangement me convenait très bien pourtant… C'est elle qui a décidé d'en finir.

— Maître, puis-je parler franchement ?

Leila est assise à ma droite à la table du dîner, habillée d'une ravissante guêpière en dentelle La Perla.

— Bien sûr.

— J'ai des sentiments pour vous. J'espérais que vous alliez me mettre un collier et me garder auprès de vous pour toujours.

Un collier ? Pour toujours ? C'est quoi ces conneries sentimentales ?

— Mais je prenais mes rêves pour la réalité.

— Leila, tu sais que ce n'est pas moi. Nous en avons déjà parlé.

— Mais vous êtes seul, je le vois bien.

— Seul ? Moi ? Ce n'est pas mon sentiment. J'ai mon boulot. Ma famille. Et je t'ai, toi.

— Mais je veux plus, Maître.

— Je ne peux pas te donner plus. Tu le sais très bien.

— Je vois.

Elle a levé sur moi ses grands yeux aux reflets ambrés et m'a dévisagé. Une violation pure et simple de la règle – ne jamais me regarder sans permission. Pourtant, je ne la sermonne pas.

— C'est impossible. Je ne suis pas comme ça.

J'ai toujours été honnête avec elle. Ça n'a rien de nouveau.

— Vous pourriez l'être, Maître. Mais pas avec moi. Je ne suis pas la personne qu'il vous faut.

Abattue, elle baisse les yeux sur son assiette vide.

— J'aimerais mettre un terme à notre arrangement, déclare-t-elle tristement.

Je ne m'attendais pas à ça.

— Tu es sûre ? Leila, c'est une décision importante. Je veux poursuivre notre relation.

— Je ne peux pas continuer comme ça, Maître.

Sa voix se brise. Je ne sais pas quoi dire.

— Je ne peux pas, répète-t-elle dans un souffle.

— Leila…

Je m'interromps, troublé par l'émotion que je perçois dans sa voix. C'était une soumise parfaite. Je pensais qu'on était compatibles.

— Je suis désolé de te perdre, dis-je avec sincérité. J'ai vraiment apprécié les moments que nous avons partagés. J'espère que toi aussi.

— Moi aussi, je suis désolée, Maître. J'ai vraiment aimé tout ce que nous avons vécu. Mais j'espérais…

Les mots lui manquent. Elle a un sourire triste.

— Je regrette de ne pas être différent.

Mais je suis comme je suis. Je n'ai pas besoin d'une relation suivie.

— Vous ne m'avez jamais laissé entendre le contraire, dit-elle doucement.

— Je suis navré. Tu as raison. Arrêtons là, puisque c'est ce que tu souhaites. Ça vaut mieux. Surtout si tu as des sentiments pour moi.

Taylor et l'équipe de sécurité reviennent dans la cuisine.

— Aucune trace de Leila dans l'appartement, monsieur, annonce Taylor.

— C'est bien ce que je pensais, mais merci d'avoir vérifié.

— Nous allons nous relayer devant les écrans de vidéosurveillance. D'abord Ryan. Pendant que Sawyer et Reynolds dorment un peu.

— Très bien. Vous aussi, Taylor, vous devriez vous reposer.

— Oui, monsieur.

Taylor fait signe aux trois hommes qu'ils peuvent disposer. Une fois que nous sommes seuls, il se tourne vers moi.

— La voiture est en piteux état, monsieur.

— Bonne pour la casse ?

— J'en ai bien peur. Elle n'a pas fait les choses à moitié.

— Si c'est bien Leila la responsable.

— Je vais interroger les agents de sécurité de l'immeuble et visionner les enregistrements. Vous voulez prévenir la police ?

— Pas pour le moment.

— Très bien.

— J'ai besoin d'une nouvelle voiture pour Ana. Pourrez-vous appeler Audi demain ?

— Oui, monsieur. Je ferai enlever l'ancienne dans la matinée.

— Merci.

— Autre chose, monsieur Grey ?

— Non, merci. Allez vous reposer.

— Bonne nuit, monsieur.

— Bonne nuit.

Je quitte Taylor et regagne mon bureau. Je suis sur les nerfs. Impossible de dormir maintenant. J'ai envie d'appeler Welch pour le tenir au courant, mais il est trop tard.

J'enlève ma veste, la pose sur le dossier de mon siège, et m'installe devant mon ordinateur pour lui écrire un mail.

Quand je clique sur envoi, mon téléphone sonne. Le nom d'Elena Lincoln apparaît.

Qu'est-ce qu'elle me veut encore ?

— Elena, à quoi tu joues ?

— Christian !

Elle semble surprise.

— Je ne sais pas pourquoi tu appelles à cette heure. Je n'ai rien à te dire.

Elle soupire.

— Je voulais juste te parler de... Enfin, pour être franche, je pensais tomber sur ta boîte vocale.

— Eh bien, je t'écoute. Pas besoin de me laisser un message.

J'ai beaucoup de mal à garder mon calme.

— Tu es en colère, je le sens. Si c'est à propos du mot, écoute...

— Non, c'est toi qui vas m'écouter. Je te l'ai déjà demandé et je te le répète une dernière fois. Fiche-lui la paix. Elle n'a rien à voir avec toi. Tu comprends ?

— Christian, je ne pense qu'à ton bien !

— Je sais. Mais je ne plaisante pas, Elena. Tu vas lui foutre la paix. Tu m'as bien entendu ?

— Oui, oui, je suis désolée.

Elle a l'air vraiment contrite, pour une fois. Je me sens vaguement apaisé.

— Bien. Bonne nuit.

Je raccroche brutalement. Quelle emmerdeuse, celle-là. Je me prends la tête entre les mains.

Putain, je suis vanné.

On frappe doucement à la porte.

— Quoi encore ?

J'ai aboyé. Je lève les yeux. C'est Ana. Elle porte un de mes tee-shirts, ce qui met en valeur ses jambes superbes, et m'observe d'un air craintif. Elle est venue affronter le lion dans sa tanière.

Oh, Ana.

— Tu devrais dormir dans la soie ou le satin, Anastasia. Mais, même dans ce tee-shirt, tu es superbe.

— Tu me manquais. Viens te coucher, dit-elle d'une voix enjôleuse.

Comment dormir avec un merdier pareil ? Je me lève, contourne mon bureau pour la regarder de plus près. Et si Leila voulait lui faire du mal ? Si elle réussissait son coup ? Je ne me le pardonnerais jamais.

— Tu sais ce que tu représentes pour moi ? Si quelque chose t'arrivait, à cause de moi…

Une sensation oppressante, familière, se répand dans ma poitrine et remonte dans ma gorge.

— Il ne m'arrivera rien, murmure-t-elle.

Elle caresse ma joue, effleure ma barbe naissante.

— Ta barbe repousse vite, s'étonne-t-elle.

J'aime le contact de sa main sur mon visage. Doux et sensuel. Il repousse les ténèbres. Elle fait courir son pouce sur ma lèvre inférieure. Ses pupilles se dilatent et le petit *v* apparaît entre ses sourcils, signe qu'elle est concentrée. Son doigt glisse sur mon menton, puis ma gorge, jusqu'au col ouvert de ma chemise.

Qu'est-ce qu'elle fait ?

Son index poursuit sa route, sans doute le long de la trace de rouge à lèvres. Je ferme les yeux, attendant que les ténèbres m'envahissent.

— Je ne vais pas te toucher. Je veux juste t'enlever ta chemise.

Ouvrant les yeux, je lutte pour refouler ma panique et me concentre sur son visage. Je la laisse continuer. Elle défait le deuxième bouton en écartant le tissu de ma peau. Sans me toucher, elle libère un autre bouton, puis encore un autre. Retenant mon souffle, je n'ose pas bouger. Mon corps se raidit pour combattre la terreur.

Ne me touche pas.

S'il te plaît, Ana.

Le bouton suivant saute et elle me sourit.

— De retour en territoire ami.

Ses doigts suivent la ligne qu'elle a tracée plus tôt dans la journée. Les muscles de mon ventre se contractent quand elle effleure ma peau.

Elle s'attaque au dernier bouton et ouvre ma chemise. Je parviens enfin à respirer. Ensuite, elle s'occupe de mes poignets, et retire mes boutons de manchette, d'abord le gauche, puis le droit.

— Je peux t'ôter ta chemise ?

Je hoche la tête, totalement désarmé. Elle repousse ma chemise sur mes épaules et la fait tomber par terre. Elle a fini. Et semble très satisfaite de m'avoir à moitié dénudé.

Je commence à me détendre. Ça n'était pas si terrible.

— Et mon pantalon, mademoiselle Steele ?

Je lui décoche un sourire lascif.

— Dans la chambre. Je te veux dans ton lit.

— Vraiment ? Mademoiselle Steele, vous êtes insatiable.

— Je me demande bien pourquoi, ironise-t-elle en me tirant par la main.

Je me laisse conduire. Il fait si froid dans la pièce que mes tétons durcissent.

— Tu as ouvert la porte-fenêtre du balcon ?

— Non.

Elle observe la porte ouverte, inquiète. Puis elle se tourne vers moi, le visage soudain très pâle.

— Qu'est-ce qu'il y a ?

J'ai la chair de poule. Et ce n'est pas le froid. C'est la peur.

— Quand je me suis réveillée, il y avait quelqu'un dans la chambre, chuchote-t-elle. J'ai pensé que c'était mon imagination.

— Quoi ?

Je parcours rapidement la pièce du regard, puis me rue sur le balcon pour l'inspecter. Personne. Je suis pourtant certain d'avoir fermé cette porte pendant la fouille de l'appartement. Et je sais qu'Ana n'est pas allée sur le balcon. Je referme à clé.

— Tu es sûre ? Qui ?

— Une femme, je crois. Il faisait noir. Je venais de me réveiller.

Putain !

— Habille-toi ! Tout de suite !

Bordel. Pourquoi elle ne me l'a pas dit tout de suite ? Je dois la faire sortir d'ici.

— Mes habits sont en haut, bredouille-t-elle.

Je sors un survêt du tiroir de ma commode.

— Mets ça.

Je le lui lance et j'enfile vite fait un tee-shirt. Je décroche le téléphone de ma table de chevet.

— Monsieur Grey ? répond Taylor.

— Bon sang, elle est encore là ! hurlé-je.

— Merde ! lâche Taylor avant de raccrocher.

Trois secondes plus tard, il déboule dans ma chambre avec Ryan.

— Ana a vu quelqu'un dans la pièce. Une femme. Elle est venue dans mon bureau et n'a pas jugé bon de m'en parler, ajouté-je en lui jetant un regard noir. Ensuite, on est revenus ici, et la porte-fenêtre du balcon était ouverte. Je me rappelle l'avoir verrouillée moi-même tout à l'heure. C'est Leila, je le sais.

— Il y a combien de temps ? demande Taylor à Ana.

— Environ dix minutes.

— Elle connaît cet appartement comme sa poche. J'emmène Anastasia ailleurs. Leila se cache ici quelque part. Trouvez-la. Quand Gail rentre-t-elle ?

— Demain soir, monsieur.

— Elle ne revient pas tant que cet appartement n'est pas sécurisé. Compris ?

— Oui, monsieur. Vous allez à Bellevue ?

— Je ne veux pas mêler mes parents à mes problèmes. Réservez-moi une chambre quelque part.

— D'accord. Je vous appellerai.

— On n'en fait pas trop, là ? intervient Ana.

Je gronde :

— Elle est peut-être armée.

— Christian, elle se tenait au pied du lit. Elle aurait pu me tirer dessus, si elle avait voulu.

J'inspire profondément. Ce n'est pas le moment de s'énerver.

— Je ne veux pas prendre de risque. Taylor, Anastasia a besoin de chaussures.

Taylor quitte la pièce, pendant que Ryan surveille Ana.

Je fonce dans mon dressing, me débarrasse de mon pantalon, et enfile un jean et une veste. Puis je récupère les capotes que j'avais emportées à la soirée et les fourre dans ma poche. Je jette quelques vêtements dans mon sac et j'attrape mon blouson en jean.

Dans la chambre, Ana n'a pas bougé. Elle semble perdue, et effrayée. Mon survêtement est bien trop large pour elle. Tant pis, on n'a pas de temps à perdre. Je pose le blouson sur ses épaules et lui prends la main.

— Viens.

Nous attendons dans le salon le retour de Taylor.

— Je n'arrive pas à croire qu'elle ait pu se cacher ici, s'étonne Ana.

— L'appartement est grand. Tu n'as pas encore tout visité.

— Pourquoi tu ne l'appelles pas… pour lui expliquer que tu veux lui parler ?

— Anastasia, elle est instable, et peut-être armée, dis-je, agacé.

— On fuit, alors ?

— Pour le moment, oui.

— Et supposons qu'elle essaie de tirer sur Taylor ?

Bon Dieu ! J'espère qu'elle ne fera pas ça.

— Taylor connaît les armes. Il sera plus rapide qu'elle.

Enfin, je crois.

— Ray a été dans l'armée. Il m'a appris à tirer.

— Toi, avec une arme ?

Cette idée me hérisse. Je déteste les armes.

— Oui, réplique-t-elle, vexée. Je sais tirer, monsieur Grey, alors vous feriez bien de faire attention. Il n'y a pas que de tes ex-soumises cinglées dont tu dois te méfier.

— Je garderai ça à l'esprit, mademoiselle Steele.

Taylor descend l'escalier et nous le rejoignons dans l'entrée. Il tend à Ana une petite valise et ses Converse. Ana s'avance et étreint Taylor, le prenant au dépourvu.

— Soyez prudent, murmure-t-elle.

— Oui, mademoiselle Steele, répond Taylor, à la fois charmé et embarrassé par cette démonstration d'affection.

Je lui jette un regard interrogateur pendant qu'il rajuste sa cravate.

— Appelez-moi dès que vous nous aurez trouvé un hôtel.

Taylor ouvre son portefeuille et me tend sa carte de crédit.

— Il vaut mieux vous servir de ma carte.

Ouh là. Il ne prend pas cette histoire à la légère.

— Bien vu.

Ryan nous rejoint.

— Sawyer et Reynolds n'ont rien trouvé, annonce-t-il.

— Accompagne M. Grey et Mlle Steele au garage, lui ordonne Taylor.

Nous entrons tous les trois dans l'ascenseur. Ana en profite pour mettre ses Converse. Elle est comique avec ma veste et mon survêt trop grands. Mais la situation n'a rien de drôle. À cause de moi, Ana est en danger.

Elle pâlit en découvrant l'état de sa voiture dans le garage. Un vrai carnage. Le pare-brise est en mille morceaux, la carrosserie couverte de bosses et de peinture blanche. Je sens la colère m'envahir. Mais je me contrôle devant Ana. Je la fais rapidement monter dans la R8 et m'assois au volant. Elle préfère détourner les yeux.

— Une autre voiture sera livrée lundi.

Je boucle ma ceinture et démarre.

— Comment a-t-elle pu savoir que c'était la mienne ?

Je soupire. Ça ne va pas lui plaire.

— Elle avait une Audi A3. J'en achète à toutes mes soumises, c'est un des modèles les plus sûrs de cette gamme.

— Alors ce n'était pas vraiment un cadeau de fin d'études, murmure-t-elle.

— Anastasia, en dépit de ce que j'espérais, tu n'as jamais été ma soumise. Alors, techniquement, il s'agit d'un cadeau de fin d'études.

Je me dirige vers la sortie du garage et m'arrête devant la barrière.

— Et tu espères toujours ?

Quoi ?

Le téléphone de la voiture sonne.

— Grey.

— Le Fairmont Olympic. Une chambre à mon nom, m'informe Taylor.

— Merci. Et... Taylor, soyez prudent.

— Oui, monsieur, répond-il avant de raccrocher.

Les rues de Seattle sont étrangement calmes. C'est l'un des avantages de traverser la ville à 3 heures du matin. Je fais un détour par la I-5, au cas où Leila nous aurait suivis. Rongé par l'inquiétude, je scrute mon rétroviseur toutes les deux minutes.

J'ai perdu le contrôle de la situation. Leila est un vrai danger. Pourtant, elle aurait pu blesser Ana et ne l'a pas fait. Quand je l'ai connue, c'était une belle âme, douce, intelligente. Douée d'une vraie sensibilité artistique. Espiègle aussi. Quand elle a mis fin à notre relation, pour se préserver, j'ai admiré son courage. Elle n'a jamais été dangereuse, et certainement pas pour elle-même. Jusqu'à ce qu'elle s'ouvre les veines sous les yeux de Mme Jones. Et qu'elle vandalise la voiture d'Ana.

Elle n'est plus elle-même.

Et je ne lui fais pas confiance. Elle pourrait s'en prendre à Ana.

Si elle la blessait, je ne me le pardonnerais jamais.

Ana paraît si fragile dans mes vêtements. Son regard erre par la fenêtre. L'appel de Taylor m'a empêché de répondre à sa question. Elle voulait savoir si je souhaitais toujours sa soumission.

Comment peut-elle me demander ça ?

Rassure-la, Grey.

— Non, ce n'est pas ce que j'espère. Plus maintenant. Je pensais que c'était évident.

Elle se tourne pour me regarder. Recroquevillée dans ma veste, elle paraît encore plus vulnérable.

— Je m'inquiète, tu sais... de ne pas te suffire.

Pourquoi remet-elle ça sur le tapis maintenant ?

— Tu me suffis bien assez. Pour l'amour de Dieu, Anastasia, qu'est-ce qu'il faut que je fasse ?

Elle triture les boutons de mon blouson.

— Pourquoi avais-tu peur que je parte quand je t'ai fait croire que le Dr Flynn m'avait tout raconté à ton sujet ?

C'est ça qui la tracasse ?

Reste vague, Grey.

— Tu ne peux entrevoir les profondeurs de ma perversion, Anastasia. Et je ne tiens pas à partager ça avec toi.

— Et tu crois vraiment que je te quitterais si je savais ? C'est donc l'idée que tu as de moi ?

— Je sais que tu partiras.

Cette idée est insoutenable.

— Christian... Je crois que c'est fort peu probable. Je ne peux pas imaginer vivre sans toi.

— Tu m'as déjà plaqué une fois, je ne veux pas que ça se reproduise.

Elle blêmit et se met à tortiller le cordon de mon survêt.

Oui, tu m'as fait souffrir.

Et je t'ai fait souffrir...

— Elena m'a dit qu'elle t'avait vu samedi, murmure-t-elle.

Quoi ? C'est n'importe quoi.

— C'est faux.

Bordel. Pourquoi Elena ment-elle ?

— Tu n'es pas allé la voir quand je t'ai quitté ?

— Non. Je t'ai déjà dit non, et je n'aime pas qu'on mette ma parole en doute.

Bon sang, je suis en train de passer ma colère sur elle. Je reprends, plus doucement :

— Je ne suis allé nulle part le week-end dernier. Je suis resté chez moi et j'ai fabriqué le planeur que tu m'as offert. Ça m'a pris une éternité.

Nerveuse, Ana joue toujours avec le cordon de mon survêtement.

— Contrairement à ce que croit Elena, je ne me précipite pas chez elle quand j'ai un problème, Anastasia. Je ne me précipite nulle part. Tu l'as peut-être remarqué, mais je ne suis pas très loquace.

— Carrick m'a confié que tu n'avais pas parlé pendant deux ans.

— Ah oui ?

Ma famille ne peut donc pas se taire ?

— Je suis allée un peu à la pêche aux informations, reconnaît-elle.

— Et qu'est-ce que papa t'a dit d'autre ?

— Il m'a raconté que ta mère était le médecin qui t'avait examiné quand on t'a emmené à l'hôpital. Après qu'on t'a découvert dans l'appartement. Il a précisé que le piano t'avait fait du bien. Mia aussi.

Un souvenir de Mia bébé, avec sa touffe de cheveux noirs et son sourire espiègle, refait surface. Je pouvais m'occuper d'elle, et surtout, je pouvais la protéger.

— Elle avait environ six mois quand elle est arrivée. J'étais aux anges, Elliot beaucoup moins. Il avait déjà dû faire face à mon arrivée. Elle était parfaite. Elle l'est moins aujourd'hui, bien sûr.

Ana glousse. C'est agréable à entendre. Je me sens tout de suite mieux.

— Ça vous fait rire, mademoiselle Steele ?

— Elle semblait déterminée à nous séparer ce soir.

— Oui, elle est très talentueuse.

Et irritante. C'est… Mia. Ma petite sœur.

Je presse le genou d'Ana en ajoutant avec un sourire satisfait :

— Mais on a fini par y arriver.

Puis je jette un coup d'œil au rétro.

— Je ne pense pas qu'on nous ait suivis.

J'emprunte la sortie suivante et reprends la direction du centre-ville de Seattle.

— Je peux te demander quelque chose au sujet d'Elena ?

Nous sommes arrêtés à un feu rouge.

— S'il le faut.

Mais je préférerais éviter ce sujet.

— Tu m'as dit qu'à l'époque elle t'aimait d'une manière acceptable. Qu'est-ce que ça signifie ?

— N'est-ce pas évident ?

— Pas pour moi.

— J'étais incontrôlable. Je ne supportais pas d'être touché. Je ne le supporte toujours pas. Pour un adolescent de quatorze-quinze ans, avec les hormones en ébullition, c'était une période difficile. Elle m'a montré comment relâcher la pression.

— Mia m'a raconté que tu étais bagarreur.

— Bon Dieu, pourquoi ma famille est-elle soudain si loquace ?

À un autre feu rouge, je me tourne vers elle et la dévisage.

— Mais c'est toi. Tu fais parler les gens.

— C'est Mia qui m'a livré d'elle-même cette information. Elle était très disposée à bavarder. Elle craignait que tu ne déclenches une bagarre si tu ne remportais pas les enchères.

— Oh, bébé, il n'y avait aucun danger. C'était inconcevable que je laisse quelqu'un d'autre danser avec toi.

— Tu as laissé le Dr Flynn pourtant.

— Il est toujours l'exception à la règle.

Je m'engage dans l'allée du Fairmont Olympic Hotel. Un portier de nuit se précipite pour nous accueillir.

— Viens.

Je descends de voiture et récupère nos sacs dans le coffre.

— Au nom de Taylor ! dis-je au jeune homme zélé en lui lançant mes clés.

Le hall est silencieux. Il n'y a personne, à part une femme avec son chien. À cette heure de la nuit ? Bizarre.

La réceptionniste me fait remplir la fiche de l'hôtel.

— Vous avez besoin d'aide, monsieur Taylor ?

— Non, Mme Taylor et moi nous débrouillerons tout seuls.

— Vous êtes dans la suite Cascade, au onzième étage, monsieur Taylor. Notre groom va vous aider à porter vos bagages.

— Inutile. Où sont les ascenseurs ?

Nous suivons la direction qu'elle nous a indiquée, et alors que nous attendons l'ouverture des portes, je demande à Ana si elle tient le coup. Elle paraît exténuée.

— C'était une soirée des plus intéressantes, répond-elle avec son humour habituel.

Taylor nous a réservé la plus grande suite de l'hôtel. Curieusement, elle comporte deux chambres. Taylor pense sûrement que nous dormons dans des lits séparés, comme je le faisais avec mes autres soumises. Je devrais peut-être l'informer que ce terme ne s'applique pas à Ana.

J'entraîne Ana dans la chambre principale et pose nos sacs sur l'ottomane.

— Eh bien, madame Taylor, je ne sais pas pour vous, mais j'aimerais bien boire un verre.

De retour dans le salon, nous sommes enveloppés par l'agréable chaleur d'un feu de cheminée. Ana se réchauffe les mains pendant que je nous sers à boire. Elle est adorable, avec ses airs de gamine, et ses cheveux brillants, aux reflets cuivrés dans la lueur des flammes.

— Armagnac ?

— S'il te plaît.

Je lui apporte un verre en cristal.

— Quelle journée, n'est-ce pas ?

Je guette sa réaction. Comment tient-elle le coup après une telle soirée ? Elle devrait être effondrée à l'heure qu'il est.

— Ça va. Et toi ?

Je suis sur les nerfs. Inquiet. Furieux.

Mais je connais le remède miracle.

Vous, mademoiselle Steele.

Ma rédemption.

— Eh bien, là tout de suite, j'aimerais vider ce verre et puis, si tu n'es pas trop fatiguée, t'emmener au lit et me perdre en toi.

Je tente ma chance, même si je sais qu'elle est sur les rotules.

— Je pense que ça doit pouvoir s'arranger, monsieur Taylor, répond-elle avec un sourire timide.

Oh Ana ! Tu es mon héroïne.

J'enlève mes chaussures et mes chaussettes.

— Madame Taylor, cessez de vous mordiller la lèvre.

Elle boit une gorgée d'armagnac et ferme les yeux, avec un grognement de plaisir.

Merde, qu'est-ce qu'elle est sexy.

Ma queue réagit dans l'instant.

Cette fille n'est vraiment pas comme les autres.

— Tu ne cesses de me surprendre, Anastasia. Après une journée comme aujourd'hui – ou plutôt comme hier –, tu ne te plains pas et tu ne t'enfuis pas en hurlant. Je t'admire. Tu es très forte.

— J'ai la meilleure raison qui soit de rester, susurre-t-elle. Toi.

Un sentiment étrange enfle dans ma poitrine. Plus effrayant que les ténèbres. Plus puissant. Capable de faire très mal.

— Je te l'ai dit, Christian, je ne vais nulle part, peu importe ce que tu as fait. Tu sais ce que je ressens pour toi.

Oh, bébé, si tu connaissais la vérité, tu partirais en courant.

— Où vas-tu accrocher les portraits que José a faits de moi ?

Sa question m'arrache à mes réflexions.

— Ça dépend.

Comment fait-elle pour changer aussi facilement de sujet ?

— De quoi ?

— Des circonstances.

Si elle reste ou pas.

Le jour où elle me quitte, je ne veux plus avoir ces tableaux sous les yeux.

Si elle me quitte.

Je lui donne une explication plus rationnelle.

— Son exposition n'est pas encore terminée. Je n'ai pas à me décider tout de suite.

Malgré mes demandes, la galerie ne m'a toujours pas donné de date de livraison.

Elle scrute mon visage, comme si je lui cachais quelque chose.

Oui. Ma peur. Voilà ce que je cache.

— Vous pouvez prendre l'air le plus sévère qui soit, madame Taylor. Je ne dirai rien.

— Tu parlerais sous la torture.

— Vraiment, Anastasia, tu ne devrais pas promettre ce que tu ne peux tenir.

Son regard brille de malice à présent. Elle prend mon verre et le dépose avec le sien sur le manteau de la cheminée.

— Nous allons voir ça, dit-elle d'un ton déterminé.

Prenant ma main, elle me conduit jusqu'à la chambre.

Mlle Steele prend les rênes.

La dernière fois, c'était quand elle m'avait sauté dessus dans mon bureau.

Laisse-toi faire, Grey.

Au pied du lit, elle hésite.

— Maintenant que tu m'as amené ici, Anastasia, que vas-tu faire de moi ?

Ses yeux brillants m'observent, remplis d'amour. Je déglutis, fasciné par la merveilleuse Mlle Steele.

— Je vais commencer par te déshabiller. J'aimerais terminer ce que j'ai commencé tout à l'heure.

L'air se retire de mes poumons.

Elle agrippe les pans de ma veste, la fait glisser doucement de mes épaules, et la pose sur l'ottomane. Je respire une bouffée de son parfum.

Ana.

— Maintenant, ton tee-shirt.

Je me raisonne. Elle ne me touchera pas, je le sais. Sa carte des zones interdites était une bonne idée et il reste sûrement des traces de rouge à lèvres sur mon torse et mon dos. Je lève les bras pour l'aider à enlever mon tee-shirt.

Elle entrouvre les lèvres en contemplant mon torse, et je dois me faire violence pour ne pas la toucher. J'aime sa manière de me séduire, lente et sensuelle.

C'est toi qui mènes la danse, bébé.

— Et maintenant ?

— Je veux t'embrasser là, murmure-t-elle en faisant courir un doigt en travers de mon ventre.

Putain.

Tout mon corps se tend de désir et je réponds d'une voix éraillée :

— Je ne t'en empêche pas.

Elle m'ordonne de m'allonger.

Avec mon pantalon ? D'accord.

Je rejette les couvertures et m'assois au bord du lit, entièrement absorbé par Ana, impatient de savoir ce qu'elle va faire. Elle enlève sa veste en jean, qui termine par terre, bientôt suivie par son pantalon de survêt. Je fais un gros effort de volonté pour ne pas la plaquer sur le lit.

Sans me quitter des yeux, elle soulève le bas de son tee-shirt et le fait lentement passer au-dessus de sa tête. Nue devant moi, elle est belle à tomber.

— Tu es Aphrodite, Anastasia.

Elle prend mon visage dans ses mains et m'embrasse. Impossible de résister plus longtemps. Dès que nos lèvres entrent en contact, je l'agrippe par les hanches et la fais rouler sous moi. Tout en l'embrassant fiévreusement, je lui écarte les jambes pour me presser contre son sexe. Mon lieu favori. Elle me rend mon baiser avec une telle ardeur que tout mon corps s'embrase. Nos bouches insatiables se dévorent et nos langues s'entremêlent. Elle a un goût d'armagnac. Et d'Ana. D'une main, je lui renverse la tête et de l'autre, je trace un chemin jusqu'à son sein. Du bout des doigts, j'en tourmente la pointe, qui se dresse aussitôt.

J'ai besoin de ça. De la toucher.

Elle gémit et bascule ses hanches contre ma queue, qui durcit sous mon jean.

Bordel de merde.

Je retiens mon souffle. Et m'arrache à son baiser.

Qu'est-ce que tu fais ?

Haletante, elle me jette un regard implorant. Elle en veut encore.

Pressant mon érection contre elle, j'observe sa réaction. Elle ferme les yeux et grogne de plaisir en plongeant ses mains dans mes cheveux. Je recommence et cette fois, elle vient à ma rencontre.

Putain, qu'est-ce que c'est bon.

Elle mordille mon menton, puis reprend avidement possession de ma bouche, tandis que nos corps se cherchent et se frottent, les sens enflammés par cette délicieuse torture. La température grimpe entre nous, concentrée en un point brûlant. Ses ongles s'enfoncent dans mes bras et sa respiration s'accélère. Haletante, elle insinue sa main dans mon jean et m'agrippe les fesses pour accentuer le mouvement.

Je vais jouir. *Non !*

— Attends, Ana. Attends !

N'y tenant plus, je me mets à genoux et baisse mon jean, libérant mon sexe. Je prends une capote dans ma poche et la tends à Ana, essoufflée sur le lit.

— Tu as envie de moi, bébé, et j'ai envie de toi, ça ne fait aucun doute. Tu sais quoi faire.

De ses doigts fébriles, elle déchire l'emballage argenté et déroule le préservatif sur ma queue dressée.

Elle est si appliquée. Je souris en la regardant se ral-longer.

Insatiable Ana.

Je me penche et lentement, très lentement, plonge en elle pour la posséder.

Elle m'appartient.

La tête renversée, elle laisse échapper un gémissement.

Je m'enfonce une nouvelle fois, mes mains encadrant son visage.

— Tu me fais tout oublier. Tu es la meilleure thérapie qui soit, murmuré-je en poursuivant mon langoureux va-et-vient.

— S'il te plaît, Christian, plus vite, supplie-t-elle en cambrant les reins.

— Oh non, bébé, j'ai besoin que ce soit lent.

S'il te plaît, pas trop vite.

Je mordille sa lèvre inférieure. Elle enroule ses doigts dans mes cheveux tandis que je poursuis mon assaut tendre et implacable. Encore et encore et encore. Son corps se cabre, ses jambes se raidissent, et elle jette la tête en arrière au moment de jouir, m'emportant avec elle dans l'extase.

— Oh, Ana !

J'ai murmuré son prénom comme une prière.

La sensation de chaleur inhabituelle revient brutalement, me nouant la gorge, luttant pour s'exprimer. Je sais ce que c'est. Je l'ai toujours su. Je veux lui dire que je l'aime.

Mais je ne peux pas.

Les mots restent coincés dans ma gorge. Je déglutis et pose la tête sur son ventre, en la serrant dans mes bras. Ses doigts jouent avec mes cheveux.

— Je ne serai jamais rassasié de toi. Ne me quitte pas.

Je parsème son nombril de baisers.

— Je ne vais nulle part, Christian, et il me semble que c'est moi qui voulais t'embrasser le ventre, me reproche-t-elle gentiment.

— Rien ne t'en empêche maintenant, bébé.

— Je ne pense pas être capable de bouger… Je suis trop crevée.

Je m'allonge à côté d'elle et remonte la couette sur nous. Elle est épuisée, mais radieuse.

Laisse-la dormir, Grey.

— Dors, bébé, dis-je en lui baisant les cheveux.

Je ne la laisserai jamais partir.

À mon réveil, un grand soleil filtre à travers les rideaux. Ana somnole paisiblement à côté de moi. Malgré notre nuit agitée, je me sens frais et dispos. Je dors toujours bien avec elle.

Je me lève et enfile mon jean et mon tee-shirt. Si je reste au lit, je vais la réveiller. Elle me fait trop d'effet. Or Mlle Steele a besoin de sommeil.

Dans le salon, je m'assois devant le secrétaire et sors mon ordinateur portable de sa housse. D'abord, envoyer un mail au Dr Greene. Je voudrais qu'elle vienne pour une consultation à l'hôtel. Elle me répond que son seul créneau libre est à 10 h 15.

Parfait. Je lui confirme le rendez-vous, puis appelle Mac, mon second sur le bateau.

— Monsieur Grey.

— Salut Mac. Je voudrais sortir le *Grace* cet après-midi.

— Le temps est idéal.

— Oui. J'aimerais aller à Bainbridge Island.

— Je m'occupe de tout, monsieur.

— Parfait. On arrivera à l'heure du déjeuner.

— On ?

— Oui, je viens avec ma petite amie, Anastasia Steele.

Mac hésite avant de répondre :

— Très bien. À tout à l'heure.

Je raccroche, impatient de montrer le *Grace* à Ana. Elle va adorer naviguer. Comme elle a adoré voler avec le planeur et Charlie Tango.

J'appelle Taylor pour faire le point, mais je tombe sur sa boîte vocale. J'espère qu'il a passé une bonne nuit et qu'il s'est débarrassé de l'A3 comme prévu. Je me demande s'il a pu contacter le concessionnaire Audi. Un dimanche, ce n'est pas sûr.

Mon portable vibre. C'est un SMS de ma mère.

« Mon chéri, j'ai été ravie de vous voir,
Anastasia et toi, hier soir.
Merci à toi, et à Ana pour sa générosité.
Maman x »

Je n'ai toujours pas digéré son commentaire sur Ana. Vénale ! Il est clair qu'elle ne la connaît pas du tout. En même temps, elle ne l'a vue que trois fois. C'est Elliot qui ramène des filles à la maison, d'habitude… pas moi. Grace a été prise de court.

— Elliot, mon chéri, on s'attache à tes amies et ensuite, on ne les revoit jamais. C'est pénible pour nous.

— Ne vous attachez pas alors, marmonne Elliot en mâchant la bouche ouverte. C'est pourtant pas compliqué.

Il a parlé si bas que je suis le seul à l'avoir entendu.

— Un jour, une femme te brisera le cœur, Elliot, l'avertit Grace en passant à Mia une assiette de macaronis au fromage.

— Si tu le dis, maman. En attendant, je ramène des filles à la maison, moi.

Il me jette un regard provocateur. Mia prend aussitôt ma défense :

— Toutes mes copines veulent épouser Christian ! Pose-leur la question si tu ne me crois pas !

Tu parles d'un cadeau ! Toutes des petites pestes !

Je fais un doigt d'honneur à Elliot.

— Tu n'as pas des examens à réviser, abruti ?

— Les exams, c'est pas mon truc, enfoiré. Je sors, moi, ce soir.

— Les garçons ! Ça suffit ! C'est votre première soirée à la maison depuis l'université. Et vous ne vous êtes pas vus depuis une éternité. Alors cessez ces chamailleries et mangez !

Je prends une bouchée de macaronis. Ce soir, j'ai rendez-vous avec Mme Lincoln…

Il est 9 h 40. Je commande un petit déjeuner pour deux, sachant qu'il faut compter vingt minutes de préparation. Je décide d'ignorer le texto de ma mère et je retourne à ma boîte mails.

Le room-service arrive juste après 10 heures. Je demande au jeune employé de tout laisser au chaud dans le chariot et le congédie.

Il est temps de réveiller Ana.

Elle est toujours profondément endormie. Sa chevelure cuivrée s'étale sur l'oreiller, sa peau satinée brille dans la lumière du soleil. Son visage est serein. Je m'allonge à côté d'elle et la contemple, m'imprégnant des moindres détails. Ses paupières papillonnent, puis s'ouvrent.

— Bonjour.

Elle remonte la couette sur son menton et s'empourpre.

— Bonjour. Ça fait longtemps que tu me regardes ?

— Je pourrais te regarder comme ça des heures entières, Anastasia, mais je ne suis là que depuis cinq minutes. Le Dr Greene va bientôt arriver, ajouté-je en l'embrassant sur le front.

— Oh.

— Tu as bien dormi ? Il me semble que c'est le cas vu la façon dont tu as ronflé.

— Je ne ronfle pas !

Je souris et décide d'abréger ses souffrances.

— Non. Tu ne ronfles pas.

— Tu as pris une douche ?

— Non, je t'attendais.

— Oh… d'accord.

— Quelle heure est-il ?

— 10 h 15. Je n'ai pas eu le cœur de te réveiller avant.

— Tu m'as dit que tu n'avais pas de cœur du tout.

C'est la vérité. Mais je préfère ignorer son commentaire.

— Le petit déjeuner est servi. Pancakes et bacon. Viens, lève-toi. Je me sens seul.

Je lui donne une claque sur les fesses, et la laisse s'habiller.

Dans le coin salle à manger, je sors les plats des tiroirs chauffants et nous sers des œufs brouillés avec des toasts. En un clin d'œil, j'ai dévoré mon assiette. Je me verse un café en me demandant si je dois presser Ana. Mais je me ravise et ouvre le *Seattle Times*.

Elle entre d'un pas nonchalant, vêtue d'une robe de chambre trois fois trop grande pour elle, et s'assoit à côté de moi.

— Mange. Tu vas avoir besoin de forces aujourd'hui.

— Et pourquoi donc ? Tu vas m'enfermer dans la chambre ?

— C'est une idée alléchante, mais j'ai pensé que nous pourrions sortir cet après-midi. Respirer le grand air. Le *Grace* nous attend !

— Est-ce bien raisonnable ? ironise-t-elle.

— Là où nous allons, nous serons en sécurité. Et il n'y a pas de quoi plaisanter.

Je veux te préserver du danger, bébé.

Elle regarde son assiette avec une moue butée.

Mange, Ana.

Comme si elle avait lu dans mes pensées, elle s'empare de sa fourchette et avale une bouchée. Je me détends aussitôt.

Quelques minutes plus tard, on frappe à la porte. Je jette un coup d'œil à ma montre.

— Ce doit être notre bon docteur, dis-je en allant ouvrir la porte. Bonjour, docteur Greene. Entrez, je vous en prie. Merci d'avoir pu vous libérer aussi vite.

— Encore une fois, monsieur Grey, cela vaut le déplacement. Où est la patiente ?

Le Dr Greene n'est pas là pour faire la conversation.

— Elle termine son petit déjeuner et sera à vous dans une minute. Voulez-vous attendre dans la chambre ?

— Ce sera parfait.

Je l'y conduis. Peu après, Ana entre, et me jette un regard furieux. Je sors et referme la porte derrière moi, la laissant aux bons soins du Dr Greene. Elle peut faire la tête si ça lui chante, c'est elle qui a arrêté sa pilule. Et elle sait que je déteste les capotes.

Mon portable vibre. Enfin !

— Bonjour, Taylor.

— Bonjour, monsieur Grey. Vous m'avez appelé ?

— Quelles sont les nouvelles ?

— Sawyer a visionné les vidéos du garage. C'est bien Leila qui a vandalisé la voiture.

— Merde.

— En effet, monsieur. J'ai mis Welch au courant, et l'Audi a été enlevée.

— Bien. Avez-vous vérifié les enregistrements de l'appartement ?

— C'est en cours, mais nous n'avons encore rien trouvé.

— Il faut qu'on sache comment elle est entrée.

— Oui, monsieur. Elle n'est plus dans l'appartement. Nous l'avons fouillé de fond en comble. Mais j'imagine que vous resterez à l'hôtel tant qu'on ne sera pas absolument sûrs qu'elle ne peut plus entrer. Je suis en train de faire changer toutes les serrures. Même celle de l'escalier de secours.

— L'escalier de secours, je l'oublie toujours.

— C'est normal, monsieur.

— J'emmène Ana sur le *Grace*. Nous resterons à bord si nécessaire.

— J'aimerais sécuriser le bateau avant votre arrivée.

— D'accord. Nous n'y serons pas avant 13 heures.

— Voulez-vous que je récupère vos bagages à l'hôtel après votre départ ?

— Oui, bonne idée.

— J'ai aussi envoyé un mail au concessionnaire Audi pour le remplacement du véhicule.

— Parfait. Tenez-moi au courant.

— Ce sera fait, monsieur.

— Oh, et Taylor, à l'avenir, inutile de réserver une suite avec deux chambres.

Taylor hésite avant de répondre :

— Très bien, monsieur. C'est tout pour le moment ?

— Une dernière chose. Quand Gail reviendra, demandez-lui de mettre toutes les affaires de Mlle Steele dans ma chambre.

— Certainement, monsieur.

— Merci.

Je raccroche et me rassois pour terminer la lecture de mon journal. Je remarque non sans agacement qu'Ana a à peine touché à son assiette.

Rien ne change, Grey.

Une demi-heure plus tard, Ana et le Dr Greene sortent de la pièce. Ana a la mine défaite. Le docteur et moi échangeons une poignée de main, puis je referme la porte de la suite derrière elle.

Ana se tient dans l'entrée, mal à l'aise.

— Tout va bien ?

Elle hoche la tête mais évite mon regard.

— Anastasia, que se passe-t-il ? Qu'a dit le Dr Greene ?

Elle secoue la tête.

— Tu as encore une semaine à tenir.

— Une semaine ?

— Oui.

— Ana, qu'y a-t-il ?

— Rien d'inquiétant. Arrête, Christian, laisse tomber.

Je ne sais jamais ce qu'elle pense, mais je vois bien que quelque chose la tracasse. Et ça me porte sur les nerfs. Le Dr Greene lui a peut-être conseillé de se méfier de moi. Je lui attrape le menton pour sonder son regard.

— Dis-moi.

Elle a intérêt à cracher le morceau.

— Il n'y a rien à dire. J'aimerais m'habiller, réplique-t-elle en se dégageant.

Merde. Qu'est-ce qui cloche ?

Je passe la main dans mes cheveux pour me calmer.

C'est à cause de Leila ?

À moins que le docteur lui ait annoncé une mauvaise nouvelle ?

Elle ne lâche rien. J'opte pour une autre tactique.

— Allons nous doucher.

Elle accepte sans grand enthousiasme.

J'entraîne une Ana récalcitrante dans la salle de bains. J'ouvre le robinet de la douche et me déshabille, mais Ana reste plantée au milieu de la pièce, la mine renfrognée.

Ana, bordel, c'est quoi le problème ?

Je dénoue sa robe de chambre et prends un ton conciliant.

— Je ne sais pas si tu es bouleversée, ou juste de mauvaise humeur par manque de sommeil. Mais je veux que tu me racontes. Je me pose plein de questions et je n'aime pas ça.

Elle lève les yeux au ciel, mais répond avant que je puisse réagir :

— Le Dr Greene m'a remonté les bretelles parce que je n'ai pas pris ma pilule. Elle a dit que je pouvais être enceinte.

— Quoi ?

Enceinte !

Putain de merde. C'est la chute libre.

— Mais je ne le suis pas. Elle a fait le test. Ça a été un choc, c'est tout. Je n'arrive pas à croire que j'aie pu être aussi stupide.

Oh, merci, mon Dieu.

— Tu es sûre que tu n'es pas enceinte ?

— Oui.

Je pousse un long soupir.

— Bien. Oui, je peux comprendre que des nouvelles de ce genre peuvent chambouler.

— C'était ta réaction qui m'inquiétait le plus.

— Ma réaction ? Eh bien, naturellement, je suis soulagé... Ce serait le summum de la négligence et de l'incorrection de te mettre en cloque.

— Alors peut-être que nous devrions nous abstenir ? réplique-t-elle sèchement.

Et puis quoi encore ?

— Tu es de mauvaise humeur ce matin.

— Sous le choc, c'est tout, marmonne-t-elle.

Je la prends dans mes bras. Elle se raidit aussitôt. Je murmure dans ses cheveux :

— Ana, je ne suis pas habitué à ça. Mon inclination naturelle serait plutôt de te flanquer une fessée, mais je doute sérieusement que ce soit ce que tu attends de moi.

Elle ferait bien de se laisser aller. D'après mon expérience, les femmes se sentent mieux après avoir pleuré un bon coup.

— Non, en effet. Je préfère ça...

Elle passe ses bras autour de ma taille et se blottit contre moi, sa joue tiède contre mon torse. Je pose le menton sur sa tête. Nous restons un long moment enlacés, et je sens son corps se détendre peu à peu.

— Viens, allons nous doucher.

Je lui enlève son peignoir et l'entraîne sous l'eau chaude. Ça fait un bien fou. Je me suis senti sale toute la matinée. Je me lave les cheveux et passe le shampoing à Ana. Elle paraît plus détendue à présent. La pommeau de douche est si large que nous profitons tous les deux du jet. Ana s'abandonne à la caresse de l'eau et penche la tête en arrière pour se laver les cheveux.

Je verse du gel douche dans mes mains, et commence à savonner Ana. Sa mauvaise humeur m'a secoué. Je me sens coupable. La nuit dernière a été très éprouvante. Elle est à fleur de peau. Pendant qu'elle se rince les cheveux, je lui lave les épaules, les bras, les aisselles, le dos, sans oublier ses seins magnifiques. Puis je continue par son ventre, son sexe, et son cul superbe. Elle grogne de plaisir.

Voilà qui est mieux. J'ai le sourire aux lèvres.

Je la tourne de nouveau vers moi.

— À toi, dis-je en lui tendant le flacon. Je veux que tu nettoies les traces de rouge à lèvres.

Elle ouvre les yeux et m'observe avec sérieux.

— Mais ne t'écarte pas trop de la ligne, s'il te plaît.

— D'accord.

Elle fait mousser le gel entre ses paumes, puis pose ses mains sur mes épaules, qu'elle frotte d'un mouvement circulaire pour effacer les traces rouges. Je ferme les yeux et inspire profondément.

En suis-je vraiment capable ?

Ma respiration s'accélère et la panique m'envahit. Elle descend le long de mes côtes et me masse tendrement. C'est insupportable. Comme une pluie de minuscules rasoirs sur ma peau. Tous mes muscles sont contractés. Je compte les secondes jusqu'à la fin de ce supplice.

Ça dure une éternité. Mes mâchoires sont crispées.

Soudain, je ne sens plus ses mains sur moi, ce qui m'affole encore plus. J'ouvre les yeux : elle verse du gel dans sa paume. Encore. Et m'observe intensément. Son visage angoissé me renvoie ma propre douleur. Ce n'est pas de la pitié, je le sais, mais de la compassion.

Ma souffrance est sa souffrance.

Oh, Ana.

— Tu es prêt ? interroge-t-elle d'une voix rauque.

— Oui, dis-je, déterminé à ne pas me laisser vaincre par la peur.

Et je ferme les yeux.

Elle pose la main sur mon flanc et je me fige, tandis que la terreur s'insinue dans mon ventre, ma poitrine, ma gorge, ne laissant rien d'autre que les ténèbres. Un vide douloureux me consume. Tout entier.

Ana renifle et j'ouvre les yeux.

Elle pleure. Ses larmes se mélangent à la cascade d'eau chaude. Sa compassion se déverse sans retenue – sa compassion et sa colère, tandis qu'elle me lave de mes péchés.

Non. Ne pleure pas, Ana.

Je suis un homme abîmé, c'est tout.

Ses lèvres tremblent.

— Non, je t'en prie, ne pleure pas, dis-je en la serrant dans mes bras. Je t'en prie, ne pleure pas pour moi.

Ses sanglots redoublent. Son corps est secoué de spasmes. Je prends doucement sa tête entre mes mains et l'embrasse.

— Ne pleure pas, Ana, répété-je contre ses lèvres. C'était il y a longtemps. J'ai tellement envie que tu me touches, mais je ne le supporte pas. C'est impossible. Je t'en prie, je t'en prie, ne pleure pas.

— J'ai… j'ai envie de te… toucher, moi aussi, balbutie-t-elle. Plus que tu ne peux l'imaginer. Te voir comme ça… si blessé, si effrayé… Christian, ça me fait tellement de peine. Je t'aime tant.

Je caresse sa lèvre.

— Je sais. Je sais.

Elle me regarde avec consternation, devinant que je n'en crois pas un mot.

— C'est très facile de t'aimer. Tu ne le vois donc pas ?

— Non, bébé, je ne le vois pas.

— Pourtant c'est vrai, martèle-t-elle. Je t'aime et ta famille aussi t'aime. Comme Elena et Leila. Elles ont peut-être une étrange manière de le montrer, mais elles t'aiment. Tu le mérites.

— Arrête.

C'est trop, je ne le supporte pas. Je pose un doigt sur ses lèvres en secouant la tête.

— Je ne peux pas l'entendre. Je ne suis rien, Anastasia. *C'est un petit garçon perdu qui se tient devant toi.* Mal aimé. Abandonné par celle qui était censée le protéger.

Parce que je suis un monstre.

Voilà ce que je suis, Ana. Rien d'autre.

— Je ne suis qu'une enveloppe d'homme. Je n'ai pas de cœur.

— Mais si, tu en as un ! s'écrie-t-elle avec passion. Et je le veux, je le veux tout entier. Tu es un homme bon, Christian, un homme vraiment bon. Ne doute jamais de ça. Regarde ce que tu as fait… ce que tu as accompli, dit-elle entre ses sanglots. Regarde ce que tu as fait pour moi… ce à quoi tu as renoncé. Je sais. Je sais ce que tu éprouves pour moi.

Ses grands yeux bleus, débordant d'amour, de compassion, me laissent nu et vulnérable, comme le jour où je l'ai vue pour la première fois.

Elle lit en moi. Elle croit me connaître.

— Tu m'aimes, dit-elle dans un souffle.

L'air se retire brutalement de mes poumons. Le temps s'arrête et je n'entends plus que le sang qui bat à mes tempes et le bruit de l'eau qui chasse les ténèbres.

Réponds-lui, Grey. Dis-lui la vérité.

— Oui. Je t'aime.

C'est un aveu sombre, arraché au tréfonds de mon âme. Et pourtant, en disant ces mots à voix haute, tout devient limpide. Bien sûr que je l'aime. Bien sûr qu'elle le sait. Je l'aime depuis le premier jour. Depuis que je l'ai regardée dormir. Depuis qu'elle s'est donnée à moi, et à moi seul. Je suis fou d'elle. Je n'en aurai jamais assez. Voilà pourquoi je tolère son attitude.

Alors c'est ça, être amoureux ?

Sa réaction ne se fait pas attendre. Un sourire éblouissant éclaire son beau visage. Elle est à couper le souffle. Elle m'attire et m'embrasse passionnément, déversant en moi tout son amour et sa tendresse.

C'est touchant. Bouleversant. Et terriblement sexy.

Mon corps réagit aussitôt. De la seule manière qu'il connaît.

Grognant contre sa bouche, je l'enveloppe dans mes bras.

— Oh, Ana. J'ai envie de toi, mais pas ici.

— Oui, murmure-t-elle d'une voix chargée de désir.

Je coupe l'eau et l'entraîne hors de la cabine. Puis je l'enveloppe dans son peignoir et noue une serviette autour de ma taille. Avec une autre serviette, plus petite, je lui sèche les cheveux.

C'est ça que j'aime. Prendre soin d'elle.

Et pour une fois, elle me laisse faire.

Elle se tient immobile pendant que je lui frotte doucement la tête. Quand je relève les yeux, elle m'observe à travers le miroir au-dessus du lavabo. Nos regards s'accrochent, et je me perds dans la douceur de ses yeux.

— Je peux te faire la même chose ?

Quoi ?

J'acquiesce. Ana s'empare d'une serviette propre et, juchée sur la pointe des pieds, l'enroule autour de mes cheveux pour me sécher à son tour. Je me penche pour lui faciliter la tâche.

Mmm. C'est agréable.

Elle enfonce ses ongles dans mon cuir chevelu.

Merde.

Je souris comme un idiot et je me sens… aimé. Quand je relève la tête, je vois qu'elle me regarde à la dérobée, le visage radieux.

— Il y a longtemps que personne ne m'a fait ça. Très longtemps… En réalité, je crois que personne ne m'a jamais séché les cheveux.

— Grace l'a sûrement fait. Quand tu étais petit.

Je secoue la tête.

— Non. Elle a respecté mes limites dès le premier jour, même si c'était douloureux pour elle. J'étais un enfant très autonome.

Ana suspend son geste et je me demande ce qu'elle pense.

— Eh bien, je suis honorée.

— Vous pouvez l'être, mademoiselle Steele. Ou peut-être est-ce à moi d'être honoré.

— Ça va sans dire, monsieur Grey.

Elle se débarrasse de la serviette mouillée et va en chercher une sèche. Alors qu'elle se tient derrière moi, nos regards se croisent de nouveau dans le grand miroir.

— Je peux essayer quelque chose ? demande-t-elle timidement.

J'ai confiance en toi, bébé.

Je lui donne ma permission, en acquiescant. Elle fait glisser la serviette sur mon bras gauche, épongeant les dernières gouttes sur ma peau. Sans me quitter du regard, elle se penche et embrasse mon biceps.

Je retiens mon souffle.

Elle essuie mon autre bras de la même manière, puis dépose un chapelet de baisers sur mon bras droit. Se glissant derrière moi, elle tamponne doucement mon dos, en faisant attention à ne pas dépasser la ligne rouge.

Rassemblant tout mon courage, je lui lance :

— Tout le dos. Avec la serviette.

Je prends une grande inspiration et ferme les yeux.

Ana s'exécute rapidement. Sa tâche terminée, elle effleure mon épaule d'un baiser.

J'expire enfin. Ce n'était pas si terrible.

Elle m'enlace et m'éponge le ventre.

— Tiens ça, dit-elle en me tendant une minuscule serviette. Tu te rappelles en Géorgie ? Tu m'as fait me caresser en utilisant tes mains.

Elle passe ses bras autour de ma taille et scrute mon reflet dans le miroir. Avec la serviette drapée sur sa tête, on dirait une figure biblique.

La Sainte Vierge.

Douce et aimante, mais plus vierge.

Saisissant ma main qui tient la serviette, elle la guide en travers de ma poitrine, absorbant les dernières gouttes. Au contact du tissu, je me fige. Mon esprit se vide et mon corps se prépare à endurer ce nouveau supplice. Tendu à l'extrême, je reste parfaitement immobile. Et je la laisse faire. Je regarde sa main diriger la mienne avec un mélange de peur, d'amour et de fascination.

— Je crois que tu es sec, maintenant, dit-elle en me lâchant.

Dans le miroir, je vois son regard s'assombrir.

Je la veux. J'ai besoin d'elle. Je le lui avoue.

— Moi aussi, j'ai besoin de toi, murmure-t-elle.

— Laisse-moi t'aimer.

— Oui.

Je la soulève dans mes bras et l'emporte dans la chambre. Je l'allonge sur le lit et, avec une tendresse infinie, je lui montre combien je l'adore, combien je la chéris.

Et combien je l'aime.

Je suis un homme nouveau. Le nouveau Christian Grey. Je suis amoureux d'Anastasia Steele et, ô miracle, elle m'aime aussi. Bien sûr, on pourrait se demander si cette jeune femme a toute sa tête, mais pour le moment, je me sens reconnaissant, rassasié, et heureux.

Allongé à côté d'elle, j'imagine d'infinies possibilités. La peau d'Ana est douce et chaude. Je ne peux m'empêcher de la caresser, tandis que nos regards se fondent l'un dans l'autre, dans ce calme qui suit la tempête.

— Tu sais aussi être doux, lâche-t-elle d'un air amusé.

Seulement avec toi.

— Mmm… il semblerait, mademoiselle Steele.

Elle m'offre son plus beau sourire.

— Tu ne l'as pas particulièrement été la première fois que… nous avons fait ça.

— Non ?

J'enroule une mèche brune autour de mon index avant d'ajouter d'un ton malicieux :

— Quand je t'ai dérobé ta vertu.

— Je ne crois pas que tu me l'aies dérobée. Je crois que ma vertu t'a été très librement offerte. J'avais aussi envie de toi et, si je me rappelle bien, j'y ai pris un certain plaisir, conclut-elle dans un sourire timide.

— Moi aussi, si je me rappelle bien, mademoiselle Steele. Vous satisfaire est notre priorité. Et cela veut dire que tu es à moi. Complètement.

— Oui, je suis à toi… Je voulais te demander quelque chose.

— Vas-y.

— Ton père biologique… Tu sais qui c'était ?

Sa question me prend de court. Elle a vraiment l'art de me surprendre. Je ne sais jamais ce qui trotte dans cette intelligente petite tête.

— Je n'en ai aucune idée. En tout cas pas le salopard qui était le mac de ma mère, c'est déjà pas mal.

— Comment le sais-tu ?

— D'après ce que mon père… ce que Carrick m'a dit.

Son regard se fait pressant. Elle attend la suite.

— Tu veux toujours tout savoir, Anastasia.

Je soupire et secoue la tête. Je n'aime pas penser à cette période de ma vie. Parfois, j'ai du mal à différencier les souvenirs des cauchemars. Mais elle ne lâchera pas le morceau.

— Le mac a découvert le corps de la pute camée et a appelé la police. Mais il s'est passé quatre jours avant qu'on ne la découvre. Il est parti. Il a refermé la porte derrière lui… et m'a laissé avec elle. Avec son cadavre.

Maman dort par terre.
Elle dort depuis longtemps.
Elle ne se réveille pas.
Je l'appelle. Je la secoue.
Elle ne se réveille pas.

Je hausse les épaules, puis reprends :

— Les policiers l'ont interrogé plus tard. Il a nié en bloc avoir quoi que ce soit à voir avec moi. Carrick m'a assuré que nous ne nous ressemblions pas du tout.

Dieu merci.

— Tu te souviens de quoi il avait l'air ?

— Anastasia, ce n'est pas une partie de ma vie que je revisite très souvent. Oui, je me souviens de lui. Je ne l'oublierai jamais.

Je sens la bile remonter dans ma gorge.

— On peut parler d'autre chose ?

— Je suis désolée. Je n'avais pas l'intention de te bouleverser.

— C'est de l'histoire ancienne, Ana. Je préfère ne pas y penser.

Elle se sent coupable, ça se voit. Consciente d'être allée trop loin, elle change de sujet.

— Alors, c'est quoi cette surprise que tu me réserves ?

Ah ! Elle n'a pas oublié. Ça au moins, je maîtrise.

— Tu veux bien aller respirer le grand air ? J'aimerais te montrer quelque chose.

— Bien sûr.

Parfait ! Je lui donne une claque sur les fesses.

— Habille-toi ! Passe un jean. J'espère que Taylor en a mis un dans ta valise.

Tout heureux d'emmener Ana naviguer, je me lève d'un bond et enfile mon boxer. Ana m'observe avec gourmandise.

— Debout !

— J'admire la vue, se défend-elle avec un sourire.

— Sèche-toi les cheveux.

— Dominant, comme toujours, fait-elle remarquer avec une moue.

— Ça ne changera jamais, bébé, dis-je en l'embrassant. Je ne veux pas que tu attrapes froid.

Elle lève les yeux au ciel.

— Mes paumes me démangent encore, vous savez, mademoiselle Steele.

— Je suis ravie de l'apprendre, monsieur Grey. Je commençais à croire que vous perdiez votre vivacité.

— Je pourrais très facilement vous démontrer que ce n'est pas le cas, si vous le souhaitez.

Oh. Signaux contradictoires de Mlle Steele.

Ne me tente pas, Ana.

Je prends un pull, mon téléphone, et range le reste de mes affaires dans mon sac.

Quand j'ai terminé, je vais retrouver Ana, qui s'est habillée et séché les cheveux.

— Fais ta valise. Si tout va bien, on rentre à l'Escala ce soir. Sinon, on restera ici.

Lorsque nous pénétrons dans la cabine de l'ascenseur, un couple de personnes âgées s'écarte pour nous laisser de la place. Ana me regarde avec un sourire mutin. Je lui serre la main, me rappelant moi aussi notre baiser torride.

Oh, et puis merde pour la paperasse.

— Je ne l'oublierai jamais, murmure-t-elle à mon oreille. Notre premier baiser.

Bien que tenté de rejouer la scène, et de scandaliser le vieux couple, je me contente d'un chaste baiser sur la joue d'Ana, qui glousse de plaisir.

Après avoir réglé la note à la réception, nous sortons de l'hôtel main dans la main et attendons le voiturier.

— Où allons-nous exactement ? s'enquiert Ana.

Je lui fais un clin d'œil, incapable de masquer mon excitation. Son visage s'éclaire d'un grand sourire, qui me fait chaud au cœur. Je la récompense en l'embrassant tendrement.

— Est-ce que tu sais à quel point tu me rends heureux ?

— Oui… Je sais exactement. Parce que tu me fais le même effet.

Le voiturier déboule avec ma R8.

— Belle voiture, monsieur, claironne-t-il en me donnant les clés.

Je lui donne un pourboire et il ouvre la portière pour Ana.

En m'engageant sur la 4e Avenue, je me sens comblé. Le soleil brille, ma petite amie est avec moi, et ma stéréo diffuse de la bonne musique.

Je double une Audi A3, qui me rappelle la voiture vandalisée d'Ana. Je m'aperçois que je n'ai pas pensé à Leila ni à son comportement bizarre depuis plusieurs heures. Ana est une excellente distraction.

Elle est plus qu'une distraction, Grey.

Je devrais peut-être lui acheter autre chose.

Oui, une marque différente. Pas une Audi.

Une Volvo. Non. Mon père en possède une.

Une BMW. Non, ma mère en conduit une.

— Je dois faire un détour. Ça ne devrait pas être long.

— Pas de problème.

Je me gare chez le concessionnaire Saab. Ana semble perplexe.

— Tu as besoin d'une nouvelle voiture, dis-je en guise d'explication.

— Pas une Audi ?

Non. Je ne veux pas t'acheter la voiture de mes soumises.

— J'ai pensé que tu pourrais avoir envie d'un autre modèle.

— Une Saab ?

— Oui. Une 9-3.

— Pourquoi préfères-tu les voitures étrangères ?

— Les Allemands et les Suédois construisent les véhicules les plus sûrs au monde, Anastasia.

— Je pensais que tu m'avais déjà commandé une autre Audi A3 ?

— Je peux annuler. Viens.

Je descends de voiture et fais le tour pour lui ouvrir la portière.

— Je te dois un cadeau de fin d'études.

— Christian, tu n'as pas à faire ça.

Je l'assure du contraire, et l'entraîne à l'intérieur du hall d'exposition, où un vendeur nous accueille, tout sourire.

— Bonjour, Troy Turniansky, à votre service. Vous êtes intéressé par une Saab, monsieur ? D'occasion ?

Il se frotte les mains, pressentant une bonne affaire.

— Non, neuve.

— Vous avez un modèle en tête, monsieur ?

— 9-3 2.0 T berline Sport.

Ana me lance un regard interrogateur.

Oui, j'aimerais tester un de ces petits bijoux.

— Excellent choix, monsieur.

— Quelle couleur, Anastasia ?

— Euh… noir ? répond-elle en haussant les épaules. Ce n'est vraiment pas indispensable, tu sais.

— Le noir ne se voit pas facilement la nuit.

— Tu as une voiture noire.

Il ne s'agit pas de moi. Je lui fais les gros yeux.

— Jaune canari alors, propose-t-elle avec impatience.

Je lui adresse un regard réprobateur.

— Quelle couleur veux-tu que je choisisse ? interroge-t-elle en croisant les bras.

— Gris métallisé ou blanc.

— Gris métallisé, alors, lâche-t-elle.

Puis elle répète que l'Audi lui convient très bien.

Sentant la situation lui échapper, Turniansky intervient :

— Peut-être préféreriez-vous une décapotable, madame ?

Les yeux d'Ana brillent de convoitise. Le vendeur se frotte les mains.

— Tu veux une décapotable ? dis-je en haussant les sourcils.

Elle pique un fard. Je suis ravi d'avoir trouvé un modèle qui lui plaît.

Je me tourne vers le vendeur.

— Quelle est la fiabilité du modèle décapotable ?

Sa réponse est toute prête. Il récite une série de statistiques en me montrant une brochure pleine d'informations. Je jette un coup d'œil à Ana, qui ne cache pas sa joie. Turniansky retourne précipitamment à son bureau pour vérifier dans sa base de données si une 9-3 décapotable neuve est disponible.

— Je ne sais pas ce que vous avez pris, mademoiselle Steele, mais je veux bien la même chose, dis-je en l'enlaçant.

— C'est vous, ma drogue, monsieur Grey.

— Vraiment ? Eh bien, tu as l'air accro, dis-je en l'embrassant. Merci d'accepter la voiture. C'était plus simple que la dernière fois.

— Bon, ce n'est pas une Audi A3.

— Ce n'est pas la voiture qui te correspond.

— Je l'aimais bien.

— Monsieur, pour la 9-3 ? J'en ai une dans notre concession de Beverly Hills. Nous pourrons la recevoir d'ici deux jours, ajoute-t-il triomphalement.

— Toutes options ?

— Oui, monsieur.

— Parfait.

Je lui tends ma carte de crédit.

— Si vous voulez bien me suivre, monsieur..., déclare Troy en jetant un coup d'œil au nom sur la carte. Monsieur Grey.

Je le suis jusqu'à son bureau.

— Pourriez-vous la faire livrer ici demain ?

— Je vais faire mon possible, monsieur Grey, répond Troy en se mettant à remplir le contrat.

— Merci, dit Ana quand nous sortons du magasin.

— Tout le plaisir est pour moi, Anastasia.

Quand je mets le moteur en route, la voix mélancolique d'Eva Cassidy emplit l'habitacle.

— Qui chante ? s'enquiert Ana.

Je lui donne le nom de la chanteuse.

— Elle a une jolie voix.

— En effet, elle avait.

— Oh.

— Elle est morte jeune.

Trop jeune.

— Oh, répète-t-elle, l'air peiné.

Je me rappelle qu'elle n'a pas terminé son petit déjeuner et lui demande si elle a faim.

Je te surveille, Ana.

— Oui.

— Alors allons manger d'abord.

J'accélère sur Elliot Avenue et prends la direction de la marina. Flynn avait raison. J'aime bien faire les choses à la manière d'Ana. Je l'observe à la dérobée. Elle écoute la musique, perdue dans la contemplation du paysage. J'ai hâte de voir sa réaction quand elle découvrira la surprise que je lui réserve.

Le parking de la marina est bondé, mais je finis par trouver une place libre.

— Nous allons déjeuner ici. Je vais t'ouvrir la portière, ajouté-je quand elle fait mine de sortir.

Nous marchons bras dessus bras dessous sur la promenade en bord de mer.

— Tous ces bateaux ! s'exclame-t-elle, émerveillée.

Et l'un d'eux m'appartient.

Nous contemplons les voiliers qui voguent sur le détroit. Ana resserre les pans de sa veste.

— Tu as froid ?

Je l'attire contre moi.

— Non, j'admire la vue.

— Je pourrais rester ici toute la journée. Viens par là.

Nous entrons chez SP, un restaurant en front de mer. À l'intérieur, je cherche Dante, le frère de Claude Bastille.

— Monsieur Grey ! s'écrie Dante. Que puis-je pour vous aujourd'hui ?

— Bonjour, Dante.

Je propose à Ana de nous installer au bar.

— Cette charmante personne s'appelle Anastasia Steele.

— Bienvenue chez SP, déclare Dante en souriant à Ana. Que voulez-vous boire, Anastasia ?

Il paraît intrigué.

— Je vous en prie, appelez-moi Ana, et je prendrai la même chose que Christian.

Ana s'en remet à moi, comme pendant le bal. Ça me plaît.

— Je vais prendre une bière. C'est le seul bar de Seattle qui sert de la Adnams Explorer.

— Une bière ?

— Oui. Deux Explorer, s'il te plaît, Dante.

Dante hoche la tête et pose deux bouteilles sur le bar. J'explique à Ana que ce restaurant sert une délicieuse soupe aux fruits de mer. Dante prend nos commandes et me fait un clin d'œil.

Oui, je suis avec une jeune femme qui n'est pas de ma famille. C'est une première, je sais.

Je reporte mon attention sur Ana.

— Comment as-tu débuté dans les affaires ? me demande-t-elle en buvant une gorgée de bière.

Je lui fais un résumé de mon parcours professionnel : avec l'argent d'Elena et plusieurs investissements risqués mais judicieux, j'ai réussi à me constituer un capital. La première société que j'ai achetée était sur le point de faire faillite. Elle développait des batteries de téléphone portable avec la technologie du graphène, mais la R&D avait épuisé ses fonds. Les brevets valaient la peine d'être exploités, et j'ai gardé ses deux cerveaux, Fred et Barney, qui sont aujourd'hui mes ingénieurs en chef.

Je parle à Ana de notre travail sur l'énergie solaire pour le marché intérieur et les pays en développement, et de nos recherches innovantes pour développer l'autonomie et la capacité des batteries. Autant de projets essentiels, vu la diminution des énergies fossiles.

— Tu me suis toujours ?

Nos soupes viennent d'arriver. J'aime qu'elle s'intéresse à ce que je fais. Même mes parents ont tendance à décrocher quand je leur parle de mon boulot.

— Tout ce qui te concerne me fascine, Christian.

Encouragé par ses paroles, je poursuis mon récit. Je lui explique comment j'ai acheté et revendu de nombreuses sociétés, ne conservant que celles qui partageaient ma philosophie. Les autres étaient démantelées et vendues.

— Fusions et acquisitions, plaisante-t-elle.

— Exactement. Il y a deux ans, je me suis lancé dans le transport maritime, et de là, j'ai cherché à améliorer la production alimentaire. Nous testons sur nos sites en Afrique de nouvelles techniques agroalimentaires pour augmenter les rendements.

— Nourrir la planète ? me taquine Ana.

— Oui, un truc comme ça.

— Tu es un vrai philanthrope.

— J'en ai les moyens.

— C'est délicieux, déclare Ana en prenant une autre cuillerée de soupe.

— C'est un de mes plats préférés.

Ana désigne les bateaux au-dehors.

— Alors tu aimes naviguer ?

— Oui, je viens ici depuis que je suis petit. Elliot et moi, on a appris à naviguer à l'école de voile de la marina. Tu fais du bateau ?

— Non.

— Dis-moi, à quoi s'occupe une jeune femme originaire de Montesano pour se détendre ?

— Elle lit.

— On en revient toujours aux livres avec toi, n'est-ce pas ?

— Oui.

Je bois une gorgée de bière.

— Qu'est-ce qui s'est passé entre Ray et ta mère ?

— Je crois qu'avec le temps ils se sont éloignés. Ma mère est une grande romantique, et Ray, c'est un pragmatique. Elle a vécu toute sa vie dans l'État de Washington et rêvait d'aventure.

— Et elle l'a trouvée ? L'aventure ?

— Elle a trouvé Steve.

Son visage s'assombrit, comme si ce prénom lui laissait un goût amer.

— Mais elle ne parle jamais de lui, ajoute-t-elle.

— Oh.

— Oui. Je crois qu'elle n'était pas très heureuse à cette époque. Je me demande si ensuite elle n'a pas regretté d'avoir quitté Ray.

— Et tu es restée vivre avec lui.

— Oui. Il avait besoin de moi, plus que ma mère.

C'est si facile de discuter avec Ana. Elle a le don d'écouter les autres, et pour une fois, elle se livre un peu plus. C'est peut-être parce qu'elle sait maintenant que je l'aime.

J'aime Ana.

Tu vois, Grey. Ce n'est pas si douloureux.

Elle me raconte qu'elle ne se plaisait pas trop au Texas et à Las Vegas à cause de la chaleur. Elle préfère le climat froid de l'État de Washington.

J'espère qu'elle restera à Seattle.

Oui. Avec moi.

Quoi ? Tu veux vivre avec elle ?

Grey, ne t'emballe pas. Emmène-la en mer.

Je jette un coup d'œil à ma montre et termine ma bouteille d'une traite.

— On y va ?

Nous réglons la note et retrouvons la lumière ardente du soleil d'été.

— Viens. Je voudrais te montrer quelque chose.

Main dans la main, nous dépassons les petits bateaux amarrés dans la marina. Je repère l'immense mât du *Grace* au loin. Mon excitation est à son comble. Je n'ai pas navigué depuis un bon moment, et aujourd'hui, j'emmène la femme que j'aime sur mon bateau. Nous quittons la promenade principale pour emprunter le quai, puis un ponton plus étroit. Devant le *Grace*, je fais halte.

— Je pensais que nous pourrions faire du bateau cet après-midi. Il est à moi.

Mon catamaran. Ma fierté et ma joie.

Ana est impressionnée.

— Construit par ma société. Il a été conçu par les meilleurs architectes et construit ici, à Seattle, dans mon chantier naval. Il est équipé de moteurs électriques hybrides, de deux dérives asymétriques, d'une grand-voile à corne...

— D'accord, d'accord..., m'interrompt Ana en riant. Je n'y comprends rien, Christian.

Calme-toi, Grey.

Mais je ne peux cacher mon admiration.

— C'est un très bon bateau.

— Il m'a l'air parfait, monsieur Grey.

— Il l'est, mademoiselle Steele.

— Quel est son nom ?

Je la prends par la main pour lui montrer l'endroit où est inscrit *The Grace*.

— Tu l'as baptisé du nom de ta mère ?

Elle semble surprise.

— Oui. Tu trouves ça bizarre ?

Elle hausse les épaules.

— J'adore ma mère, Anastasia. Pourquoi je ne donnerais pas son nom à un bateau ?

— Non, ce n'est pas ça... c'est juste...

Elle se tait, embarrassée.

— Anastasia, Grace Trevelyan-Grey m'a sauvé la vie. Je lui dois tout.

Elle ne semble pas convaincue. Qu'est-ce qui peut bien lui passer par la tête ? Lui ai-je donné des raisons de croire que je n'aimais pas ma mère ?

D'accord, j'ai dit à Ana que je n'avais pas de cœur – mais dans ce qu'il en reste, il y a toujours eu assez de place pour ma famille. Même pour Elliot.

Je ne pensais pas que mon cœur pouvait s'ouvrir à quelqu'un d'autre.

Mais à présent il déborde d'amour pour Ana.

À tel point qu'il risque d'exploser.

Je déglutis pour contenir le flot d'émotions qu'Ana fait naître en moi. Grâce à elle, mon cœur s'est remis à battre. Elle m'a ramené à la vie.

Avant de lâcher un commentaire idiot, je lui propose :

— Tu veux monter à bord ?

— Oui, s'il te plaît.

Prenant ma main, elle me suit sur la passerelle qui donne sur le pont arrière. Mac ouvre les portes coulissantes du salon.

— Monsieur Grey ! Bienvenue !

Nous nous saluons.

— Anastasia, je te présente Liam McConnell. Liam, voici ma petite amie, Anastasia Steele.

— Monsieur, dit-elle à Liam.

— Appelez-moi Mac. Bienvenue à bord, mademoiselle Steele.

— Ana, je vous en prie.

— Comment tu la trouves, Mac ?

— *Grace* est prête pour un rock'n'roll, monsieur, répond Mac, tout sourire.

— Mettons-nous en route alors.

— Vous la sortez ?

— Oui.

Je ne manquerais ça pour rien au monde !

Je me tourne vers Ana.

— Une petite visite, Anastasia ?

Nous franchissons les portes coulissantes. Ana écarquille les yeux, impressionnée. La déco a été réalisée par un architecte d'intérieur suédois installé à Seattle. Les lignes épurées et le chêne clair donnent au salon une atmosphère spacieuse et lumineuse. J'ai adopté la même ambiance pour tout le bateau.

— Voici le grand carré, la kitchenette attenante, et les salles de bains de chaque côté.

Je lui désigne les pièces de la main, puis la conduis à la petite porte de ma cabine. Ana reste bouche bée en découvrant le lit king-size.

— C'est la cabine du capitaine. Tu es la première femme à venir ici, à l'exception de celles de ma famille. Donc ça ne compte pas.

Je l'attire contre moi et murmure tout près de ses lèvres :

— Il va falloir étrenner ce lit… Enfin pas tout de suite. Viens, Mac va appareiller.

Je ramène Ana dans le salon principal.

— Mon bureau est là, et devant, il y a deux autres cabines.

— Combien de personnes peuvent dormir à bord ?

— C'est un catamaran de six places. Je n'ai jamais emmené que la famille. J'aime naviguer seul. Mais pas quand tu es là. Il va falloir que je garde un œil sur toi.

J'ouvre le coffre près des portes coulissantes et en sors un gilet de sauvetage rouge vif.

— Mets ça.

Je lui enfile par la tête et serre les sangles.

— Tu aimes bien m'attacher, n'est-ce pas ?

— Quelle que soit la manière, dis-je avec un clin d'œil.

— Tu es un pervers.

— Je sais.

— Mon pervers à moi, me taquine-t-elle.

— Oui, rien qu'à toi.

Une fois Ana correctement sanglée, je l'attrape par le gilet et lui donne un rapide baiser.

— Pour toujours, dis-je avant de la libérer. Viens !

Nous grimpons sur le pont supérieur, où se trouve le poste de pilotage.

En contrebas, sur le quai, Mac largue les amarres avant, puis d'un bond remonte à bord.

— C'est comme ça que tu as appris à faire tous ces nœuds avec les cordes ? demande Ana d'un air innocent.

— Les nœuds de cabestan sont très pratiques. Mademoiselle Steele, vous êtes bien curieuse. Ça me plaît. Je serais ravi de vous montrer ce dont je suis capable avec une corde.

Ana se décompose. Je suis allé trop loin ? *Merde.*

— Je t'ai eu ! s'écrie-t-elle, ravie.

Elle se moque de moi. Je lui fais les gros yeux.

— Il est fort possible que je m'occupe de ton cas plus tard, mais maintenant je dois piloter le bateau.

Je m'installe sur le fauteuil du capitaine et lance les deux moteurs de cinquante-cinq chevaux. J'éteins le ventilateur pendant que Mac file à la poupe pour larguer les amarres arrière. Dès qu'il me fait signe, j'appelle les garde-côtes par radio pour avoir le feu vert.

Le *Grace* se met paresseusement en mouvement et, bientôt, mon magnifique bateau s'éloigne du mouillage.

Ana fait un signe de main à la petite foule qui s'est rassemblée sur le quai pour assister à notre départ. J'attire Ana entre mes jambes et lui montre le récepteur VHF.

— Tu vois ça ? C'est la radio. Et là, le GPS, le SIA, le radar.

— C'est quoi, le SIA ?

— Le système d'identification automatique du bateau. Et ici, la jauge de profondeur. Prends la barre !

— À vos ordres, capitaine ! s'exclame-t-elle avec un salut.

Les mains d'Ana sous les miennes, je pilote le bateau vers la sortie du port. Nous pénétrons dans le détroit, et traçons une immense courbe en direction du nord-ouest, vers la péninsule Olympic et Bainbridge Island. Le vent est modéré – quinze nœuds –, mais dès que nous aurons hissé les voiles, le *Grace* va s'envoler. J'adore cette sensation. Lutter contre les éléments dans un bateau que j'ai aidé à concevoir, grâce aux compétences acquises au fil des années. C'est grisant.

— Les voiles, maintenant, dis-je tout excité. Tiens, à ton tour. Garde le même cap.

Ana a l'air paniquée.

— Bébé, c'est vraiment très simple. Tu tiens la barre et tu fixes l'horizon. Tu vas t'en sortir – tu t'en sors toujours. Quand les voiles seront déployées, tu vas sentir la poussée. Garde le bateau bien équilibré. À ce signal… – je fais mine de me trancher la gorge avec ma main –, tu coupes les moteurs. En appuyant sur ce bouton, là. Tu as compris ?

— Oui.

Elle ne paraît pas très sûre d'elle. Mais elle va s'en tirer. Je lui donne un petit baiser et rejoins Mac pour hisser la grand-voile. Mac et moi nous activons à l'unisson, ce qui rend la tâche plus facile. Lorsque le vent s'engouffre dans la voile, le bateau fait un bond en avant. Je jette un coup d'œil à Ana, qui tient fermement la barre. Mac et moi sortons le foc, qui se gonfle aussitôt, augmentant la puissance de la voilure.

Je crie pour couvrir le rugissement des vagues :

— Garde le cap, bébé, et coupe les moteurs !

Ana presse le bouton et les moteurs s'éteignent, tandis que le bateau file en direction du nord-ouest.

Je rejoins Ana au gouvernail. Le vent fouette ses cheveux. Elle affiche un sourire radieux, les joues rosies par l'exaltation.

— Qu'est-ce que tu en dis ?

Je crie pour couvrir le fracas de la houle.

— Christian ! C'est fantastique !

— Attends que le spi soit hissé !

D'un signe du menton, je désigne Mac, en train de déployer le spinnaker.

— Couleur intéressante, fait remarquer Ana.

Je lui adresse un clin d'œil complice. La couleur de ma salle de jeux.

Le vent s'engouffre dans le spi et le *Grace* déploie toute sa puissance pour nous emporter dans une course folle. Ana observe le spi et me lance un regard interrogateur. Je réponds à sa question tacite.

— Voile asymétrique. Pour aller plus vite.

J'ai déjà poussé le *Grace* jusqu'à vingt nœuds, mais il faut un vent favorable.

— C'est incroyable ! s'écrie Ana. On va à quelle vitesse ?

— Quinze nœuds.

— Je ne sais pas à quoi ça correspond.

— Environ vingt-sept kilomètres-heure.

— C'est tout ? On a l'impression que c'est bien plus.

Ana est aux anges. Sa joie est contagieuse. Je presse sa main sur le gouvernail.

— Tu es ravissante, Anastasia. C'est agréable de voir de la couleur sur tes joues… et pas parce que tu rougis. Tu ressembles vraiment aux photos de José.

Elle se retourne pour m'embrasser.

— Vous savez comment faire passer du bon temps à une femme, monsieur Grey.

— Vous satisfaire est notre priorité, mademoiselle Steele.

Elle se met de nouveau face à l'horizon. Je dégage les cheveux de sa nuque et la dévore de baisers.

— J'aime te voir heureuse, lui murmuré-je à l'oreille, tandis que nous voguons sur les eaux du détroit.

Nous jetons l'ancre dans une crique de Bainbridge Island. J'aide Mac à descendre le canot pneumatique – il va rendre visite à un ami à Point Monroe.

— Je serai de retour dans une heure, monsieur Grey.

Mac monte dans le canot, salue Ana, et lance le moteur. Je rejoins rapidement Ana sur le pont arrière et lui prends la main. Inutile de regarder Mac s'éloigner vers le rivage. Des affaires plus pressantes nous attendent.

— Qu'est-ce qu'on va faire ? demande Ana quand nous entrons dans le salon.

— J'ai ma petite idée, mademoiselle Steele.

Je l'entraîne dans ma cabine sans cacher mes intentions. Elle sourit en me voyant détacher son gilet en toute hâte. Puis elle darde sur moi un regard intense, et ses dents s'enfoncent dans sa lèvre. Je ne sais pas si c'est délibéré ou non.

Je veux lui faire l'amour. Sur mon bateau.

Encore une première.

J'effleure son visage du bout des doigts, puis parcours son menton, le long de sa gorge, jusqu'au premier bouton de son chemisier. Son regard ne flanche pas.

— Je veux te voir.

Je défais le bouton. Sa respiration s'accélère, mais elle ne bouge pas.

Je sais qu'elle m'appartient, et veut me satisfaire. *C'est bien, ma belle.*

— Déshabille-toi pour moi.

Ses yeux brillent de désir. Avec une lenteur calculée, elle enlève le bouton suivant, puis s'emploie à défaire mollement le dernier.

Bordel. Elle me nargue, l'insolente.

Quand elle a terminé, elle repousse son chemisier et, d'un coup d'épaule, le laisse tomber par terre.

Elle porte un soutien-gorge en dentelle blanche. Ses tétons pointent sous le tissu. Une vision des plus appétissantes. Ses doigts courent sur son ventre et jouent avec le bouton de son jean.

On va d'abord t'enlever ces chaussures, ma belle.

— Arrête. Assieds-toi.

Je lui indique le bord du lit et elle s'assoit docilement. Me mettant à genoux, je lui retire ses baskets, puis ses chaussettes.

Soulevant son pied gauche, je mordille son gros orteil.

— Ah !

Son gémissement résonne jusqu'à ma queue.

Laisse-la faire à sa manière, Grey.

Je me relève et lui tends la main pour la tirer hors du lit.

— Continue, dis-je en me reculant pour profiter du spectacle.

Avec un regard mutin, elle défait le bouton et descend lentement la fermeture Éclair. Puis elle se déhanche pour se débarrasser de son jean.

Elle porte un string.

Un string. *Nom de Dieu.*

Elle décroche son soutien-gorge et fait glisser les bretelles, une à une, sur ses épaules, avant de le laisser tomber par terre.

Bon sang, qu'est-ce que j'ai envie de la toucher.

Je serre les poings pour me retenir.

Elle fait dévaler son string jusqu'à ses chevilles, puis l'envoie valser d'un coup de pied. Et se tient fièrement devant moi.

Dans toute sa splendeur.

Je la veux. Tout entière.

Son corps, son cœur, son âme.

Tu as son cœur, Grey. Elle t'aime.

J'attrape le bas de mon pull et le passe par-dessus ma tête. Mon tee-shirt suit. Puis j'enlève mes chaussures et mes chaussettes.

Elle me fixe sans en perdre une miette.

J'ai soudain la bouche sèche.

C'est au tour de mon jean. Elle pose sa main sur la mienne.

— Laisse-moi faire, souffle-t-elle.

Je suis impatient de me déshabiller, mais je lui souris.

— Je t'en prie.

Elle avance d'un pas et agrippe la taille de mon jean pour m'attirer vers elle. Elle fait sauter le bouton, et au lieu de descendre la braguette, caresse mon sexe à travers le tissu. Instinctivement, je me cambre pour savourer le contact de sa main intrépide.

— Tu deviens tellement audacieuse, Ana.

Son visage entre mes mains, j'introduis ma langue dans sa bouche, pendant qu'elle plaque ses paumes sur mes hanches et fait courir ses pouces au-dessus de ma taille.

— Toi aussi, chuchote-t-elle contre mes lèvres.

— On y vient.

Elle baisse ma braguette et empoigne ma queue.

Putain ! C'est trop bon.

Ma bouche s'empare de la sienne et je referme mes bras sur elle, savourant le contact de sa peau douce.

Les ténèbres sont parties.

Elle sait où me toucher. Et comment me toucher.

Ses doigts se resserrent sur mon érection et glissent de haut en bas, provoquant une vague de plaisir dans tout mon corps. Je la laisse faire un moment, puis chuchote :

— Oh, j'ai tellement envie de toi, bébé.

Je me recule brusquement, me débarrasse de mon jean et de mon boxer, et me tiens nu devant elle.

Tandis qu'elle me contemple, un petit *v* se forme sur son front.

— Qu'est-ce qui ne va pas, Ana ?

Je caresse doucement sa joue. *C'est à cause de mes cicatrices ?*

— Rien. Aime-moi, maintenant.

La serrant dans mes bras, je l'embrasse avec fièvre, mes mains dans ses cheveux. Je ne me rassasierai jamais de sa bouche. Ses lèvres. Sa langue. Je la repousse doucement et nous tombons tous les deux sur le lit. Allongé près d'elle, je suis le contour de sa mâchoire du bout du nez, en respirant profondément.

Les vergers. Les pommes. La douceur de l'automne.

Elle est tout cela à la fois.

— Ton odeur est exquise, Ana, le sais-tu ? C'est irrésistible.

De mes lèvres, je trace un chemin brûlant de sa gorge à ses seins, enivré par l'odeur de sa peau.

— Tu es tellement belle, dis-je en suçotant ses tétons.

Elle se cabre et pousse un gémissement qui me fait durcir encore plus.

— Je veux t'entendre, bébé.

Je lui caresse les seins, la taille, émerveillé par sa peau lisse sous mes doigts. Ma main poursuit son exploration, glisse sur ses hanches, ses fesses, ses jambes, pendant que ma bouche titille impitoyablement ses tétons. Passant une main sous son genou, je soulève sa jambe et la cale sur mes hanches.

Elle réprime un hoquet de surprise.

Roulant sur le dos, je l'installe à califourchon sur moi. Puis j'attrape une capote sur la table de nuit et la lui tends.

Elle ne boude pas son plaisir. Se reculant sur mes cuisses, elle empoigne mon érection et se penche pour lécher mon gland.

Ses cheveux retombent en cascade autour de ma queue, qu'elle prend pleinement dans sa bouche.

Putain. C'est bandant.

Elle suce fort, me pompe, me tourmente avec sa langue.

Je grogne et me cambre pour m'enfoncer plus profondément dans sa gorge.

Se redressant, elle déchire l'étui argenté et déroule la capote sur mon sexe. Je lui tends les mains pour l'aider à garder l'équilibre et lentement – oh, si lentement – elle s'empale sur moi.

Nom de Dieu.

C'est trop bon.

Je ferme les yeux, renverse la tête… et me donne tout entier.

Elle gémit. Je la saisis par les hanches et la fais monter et descendre sur moi, la possède, la consume.

— Oh, bébé.

J'en veux plus. Tellement plus.

Je me redresse et nous nous retrouvons front contre front. Je serre son cul entre mes cuisses, toujours profondément enfoncé en elle. Elle gémit et agrippe mes bras, tandis que je me perds dans son regard enflammé d'amour et de désir.

— Oh, Ana. Qu'est-ce que tu me fais ? dis-je en l'embrassant avec fougue.

— Oh, je t'aime, murmure-t-elle.

Je ferme les yeux. Ana m'aime.

Elle roule sous moi, ses jambes accrochées autour de ma taille, et me contemple avec adoration.

Je t'aime aussi. Plus que tu ne peux l'imaginer.

Lentement, tendrement, je me mets en mouvement, savourant chaque parcelle de son corps.

Je suis à toi, Ana. Tout entier.

Et je t'aime.

Je l'enveloppe de mon corps, pendant que ses mains caressent mes bras, s'emmêlent dans mes cheveux, palpent mes fesses. Je lui baise les lèvres, le menton, la mâchoire et l'emporte avec moi, toujours plus haut, jusqu'à ce qu'elle soit au bord de l'extase. Son corps se met à trembler. Elle halète, elle y est presque.

— C'est ça, bébé… donne-moi tout… Je t'en prie… Ana.

— Christian !

Elle crie mon nom en laissant éclater sa jouissance, et je m'abandonne.

Le soleil de l'après-midi filtre à travers les hublots. Les reflets de l'eau dansent sur le plafond de la cabine. Tout est si paisible en mer. On pourrait peut-être naviguer autour du monde, rien qu'Ana et moi.

Elle est assoupie à côté de moi.

Si belle. Si passionnée.

Ana.

Trois petites lettres qui ont le pouvoir de me faire souffrir, mais aussi, je le comprends aujourd'hui, de guérir mes blessures.

Elle ne sait pas qui tu es vraiment.

Je fronce les sourcils en fixant le plafond. Cette pensée me hante. Pourquoi ? Parce que j'ai envie d'être honnête avec elle. Flynn pense que je dois lui faire confiance et tout lui dire, mais je n'en ai pas le courage.

Elle me quittera.

Non. Je chasse cette idée et profite de nos dernières minutes d'intimité.

— Mac va bientôt revenir, dis-je doucement.

Je regrette de briser ce moment de quiétude.

— Mmm.

Elle ouvre les yeux et me sourit.

— Je préférerais passer l'après-midi ici avec toi, mais il va avoir besoin d'un coup de main avec le canot.

Je dépose un baiser sur ses lèvres.

— Ana, tu es tellement belle, là maintenant, toute décoiffée et si sexy. Ça me donne envie de plus.

Elle caresse tendrement mon visage. Elle lit en moi.

Non. Ana, tu ne me connais pas.

À contrecœur, je quitte le lit, pendant qu'elle roule sur le ventre.

— Vous n'êtes pas mal non plus, capitaine, lance-t-elle en me regardant m'habiller.

Je m'assois à côté d'elle pour enfiler mes chaussures.

— Capitaine, hein ? Oui, je suis le maître de ce vaisseau.

— Vous êtes le maître de mon cœur, monsieur Grey.

Je voulais être ton maître d'une tout autre façon, mais cette relation me convient. Je crois que je peux y arriver. Ça mérite un nouveau baiser.

— Je serai sur le pont. Il y a une douche dans la salle de bains si tu veux. Tu as besoin de quelque chose ? À boire ?

Je l'amuse, on dirait.

— Quoi ? insisté-je.

— Toi.

— Quoi moi ?

— Qui es-tu ? Et qu'as-tu fait de Christian ?

— Il n'est pas très loin, bébé, dis-je, tandis que l'angoisse étreint mon cœur comme une plante grimpante. Tu le verras bien assez tôt, surtout si tu ne te lèves pas.

Je lui donne une claque sur les fesses, elle glapit et rit en même temps.

— Je m'inquiétais, dit-elle en feignant la peur. Et maintenant ?

— Tu émets des signaux contradictoires, Anastasia. Comment un homme peut-il te suivre ?

Je l'embrasse une dernière fois.

— À plus tard, bébé.

Et je la laisse s'habiller.

Mac arrive quelques minutes après et, ensemble, nous amarrons le canot sur sa plate-forme à la poupe.

— Comment va votre ami ? dis-je.

— En pleine forme.

— Vous auriez pu rester plus longtemps.

— Et manquer le trajet de retour ?

— Oui.

— Nan. Je ne veux pas laisser cette beauté trop longtemps, ajoute Mac en caressant la coque du *Grace*.

Je souris.

— Je vois.

Mon téléphone sonne.

— Taylor ?

Ana entre dans le salon au même moment. Elle porte son gilet de sauvetage.

— Bonjour, monsieur Grey. L'appartement est sécurisé.

J'enlace Ana et lui embrasse les cheveux.

— C'est une excellente nouvelle.

— Nous avons passé toutes les pièces au peigne fin.

— Bien.

— Nous avons aussi visionné les vidéos de surveillance de ces trois derniers jours.

— Et ?

— C'était très instructif.

— Vraiment ?

— Mlle Williams empruntait la sortie de secours.

— L'escalier de secours ?

— Elle avait une clé et grimpait tous les étages pour l'atteindre.

— Je vois.

Bon sang. Ça fait un paquet de marches.

— Les serrures ont été changées. Vous pouvez revenir en toute tranquillité. Nous avons aussi récupéré vos bagages. Comptez-vous rentrer aujourd'hui ?

— Oui.

— Vers quelle heure ?

— Dans la soirée.

— Très bien, monsieur.

Je raccroche et j'entends Mac remettre les moteurs en route. Je donne un petit baiser à Ana et la sangle dans son gilet.

— Il est temps de rentrer.

Ana est un matelot plein de bonne volonté. Ensemble, nous hissons la grand-voile, le foc et le spi, pendant que Mac est aux commandes. Je lui apprends à faire trois nœuds marins. Elle n'est pas très douée, et j'ai du mal à garder mon sérieux.

— Il se peut que je t'attache un jour, dit-elle d'un air de défi.

— Il faudra d'abord m'attraper, mademoiselle Steele.

Ça fait longtemps qu'on ne m'a pas attaché, et je ne suis pas sûr d'en avoir envie. Je frissonne en songeant qu'ainsi je ne pourrais pas l'empêcher de me toucher.

— Une visite approfondie du *Grace*, ça te tente ?

— Avec plaisir.

Avec Ana blottie dans mes bras, je manœuvre pour entrer dans le port. Elle semble si heureuse.

Ça me rend heureux, moi aussi.

Tout sur le *Grace* l'a fascinée. Même les moteurs.

On s'est bien amusés. J'inspire une grande bouffée d'air marin pour me vider la tête. Et je me rappelle une citation de l'un de mes livres préférés – un recueil autobiographique, *Terre des hommes*. Je murmure à l'oreille d'Ana :

— « Il y a dans la navigation une poésie aussi vieille que le monde. »

— On dirait une citation.

— C'en est une. Antoine de Saint-Exupéry.

— Oh… j'adore *Le Petit Prince*.

— Moi aussi.

Approchant du mouillage, je manœuvre le *Grace* pour reculer en douceur.

Quand Mac saute sur le quai pour attacher les amarres arrière, la foule des curieux s'est dispersée.

— Nous voilà de retour, dis-je avec un pincement au cœur.

— Merci. Cet après-midi était parfait.

— Je trouve aussi. On pourrait peut-être t'inscrire dans une école de voile pour qu'on puisse partir quelques jours, juste tous les deux.

Et faire le tour du monde, Ana, rien que toi et moi.

— J'aimerais beaucoup. Et étrenner la chambre encore et encore.

— Mmm… j'ai hâte, Anastasia, dis-je en l'embrassant dans le cou.

Elle se tortille de plaisir.

— Viens, l'appartement est sécurisé. Nous pouvons rentrer.

— Et nos affaires, à l'hôtel ?

— Taylor est déjà passé les chercher. Plus tôt dans la journée, après avoir fouillé le *Grace* avec son équipe.

— Le pauvre, il ne dort jamais ?

— Il dort. Il fait juste son travail, Anastasia, et il est même très bon. Jason est une vraie trouvaille.

— Jason ?

— Jason Taylor.

Ana sourit, pensive.

— Tu aimes bien Taylor, fais-je remarquer.

— Je crois que oui. Taylor prend vraiment soin de toi. C'est pour ça que je l'aime bien. Il semble gentil, fiable et loyal. Il a un charme avunculaire.

— Avunculaire ?

— Oui.

— D'accord, avunculaire.

Ana éclate de rire.

— Oh, Christian, grandis, pour l'amour du ciel !

Bordel. Elle me fait la leçon. Pourquoi ?

Parce que je suis possessif ? Et que c'est puéril ?

Peut-être, oui.

— J'essaie, Ana.

— Je sais, tu fais beaucoup d'efforts, dit-elle en levant les yeux au ciel.

— Quels souvenirs te viennent à l'esprit pour que tu lèves les yeux au ciel de la sorte, Anastasia ?

— Eh bien, si tu te tiens convenablement, nous pourrons peut-être revivre certains de ces souvenirs.

— Si je me tiens convenablement ? Vraiment, mademoiselle Steele, qu'est-ce qui vous laisse croire que j'ai envie de les revivre ?

— Probablement la façon dont votre regard s'illumine comme un sapin de Noël quand j'en parle.

— Tu me connais déjà tellement bien.

— J'aimerais te connaître davantage.

— Moi aussi, Anastasia. Viens.

Mac a descendu la passerelle. Nous pouvons regagner la terre ferme.

— Merci, Mac.

Je lui serre la main.

— C'est toujours un plaisir, monsieur Grey. Au revoir, Ana. Ravi de vous avoir rencontrée.

— C'était une belle journée, Mac, merci, répond-elle avec un sourire timide.

Ana et moi remontons la promenade, laissant Mac sur le *Grace*.

— D'où Mac est-il originaire ? s'enquiert-elle.

— D'Irlande… Irlande du Nord.

— C'est un ami à toi ?

— Mac ? Il travaille pour moi. Il m'a aidé à concevoir le *Grace*.

— Tu as beaucoup d'amis ?

Pour quoi faire ?

— Pas vraiment. Avec mon boulot… je ne cultive pas vraiment les amitiés. Il n'y a que…

Merde. Je ne veux pas mentionner Elena. J'esquive :

— Tu as faim ?

La nourriture me paraît un sujet moins dangereux. Ana acquiesce.

— Nous dînerons là où j'ai laissé la voiture. Viens.

Ana et moi sommes attablés au Bee's, un bistro italien proche du SP. Elle étudie la carte pendant que je sirote un verre de Frascati frais. J'aime la regarder lire.

— Quoi ? demande-t-elle en relevant le nez.

— Tu es ravissante, Anastasia. Le grand air te va bien.

— J'ai plutôt l'impression d'avoir été brûlée par le vent, pour tout te dire. Mais j'ai passé un après-midi délicieux. Parfait, même. Merci.

— C'était un plaisir.

— Pourquoi n'as-tu pas beaucoup d'amis ?

— Je te l'ai dit, je n'ai pas vraiment le temps. J'ai des associés, même si je suppose que c'est très différent des amis. J'ai ma famille, et c'est tout… À part Elena.

Heureusement, elle ne relève pas mon allusion à Elena.

— Pas d'homme de ton âge avec qui tu peux sortir pour décompresser ?

Non. Seulement Elliot.

— Tu sais de quelle manière j'aime décompresser, Anastasia, dis-je à voix basse. Et j'ai beaucoup travaillé, j'ai monté mon entreprise. Je ne fais rien d'autre, hormis naviguer et voler de temps en temps.

Et baiser, bien sûr.

— Pas même à la fac ?

— Pas vraiment.

— Juste Elena, alors ?

Je hoche la tête. Où veut-elle en venir ?

— Tu dois te sentir seul.

Les paroles de Leila me reviennent en mémoire : « Mais vous êtes seul, je le vois bien. » Je fronce les sourcils. La seule fois où je me suis senti vraiment seul, c'est quand Ana m'a quitté.

C'était l'enfer. Je ne veux plus jamais revivre ça.

Espérant détourner son attention, je demande :

— Qu'est-ce que tu as envie de manger ?

— Je vais prendre le risotto.

— Bon choix.

Je fais signe au serveur. Risotto pour Ana. Penne pour moi. Il s'éclipse. Ana baisse les yeux et se triture les doigts. Quelque chose la tracasse.

— Anastasia, qu'y a-t-il ?

Elle me regarde, gênée. Je sens qu'elle veut me dire quelque chose. Je prends un ton autoritaire.

— Dis-moi.

Je déteste la voir inquiète.

Elle redresse les épaules. *Merde. C'est du sérieux.*

— Je crains juste que ça ne te suffise pas. Tu sais, pour décompresser.

Quoi ? Ça ne va pas recommencer.

— Est-ce que je t'ai laissé entendre que cela ne me suffisait pas ?

— Non.

— Alors pourquoi penses-tu ça ?

— Je sais ce que tu es. Ce dont tu as… besoin, répond-elle d'un ton hésitant.

Elle rentre les épaules et croise les bras, comme si elle se repliait sur elle-même. Je ferme les yeux et me frotte le front. Que lui dire ? Je pensais qu'on passait un bon moment.

— Que faut-il que je fasse ? dis-je doucement.

J'essaie, Ana. J'essaie vraiment.

— Non, tu ne comprends pas ! s'écrie-t-elle en s'animant brusquement. Tu as été fantastique ces derniers jours, mais j'espère que je ne t'oblige pas à être quelqu'un que tu n'es pas.

Sa réponse me rassure, mais elle se trompe.

— Je suis toujours moi, Anastasia, dans toutes les cinquante nuances de ma folie… (Je cherche mes mots avant de poursuivre :) Oui, je dois lutter contre mon envie de tout contrôler, mais c'est ma nature, ma manière de mener ma vie. Oui, j'attends de toi que tu te comportes d'une certaine façon et, quand tu ne le fais pas, c'est à la fois éprouvant et rafraîchissant. Nous faisons toujours ce que j'aime. Tu m'as laissé te fesser hier après ton enchère scandaleuse.

Le souvenir de notre baise débridée de la veille resurgit brusquement.

Grey ! Concentre-toi !

Toujours à voix basse, je tente de lui expliquer ce que je ressens :

— J'aime te punir. Je ne pense pas que ce désir disparaîtra… mais j'essaie, et c'est moins difficile que je ne le pensais.

— Ça ne m'a pas dérangée, répond doucement Ana.

Elle parle de ce qui s'est passé dans ma chambre d'enfant.

— Je sais.

Je prends une grande inspiration et décide d'être franc.

— Mais laisse-moi te dire, Anastasia, tout ça est nouveau pour moi, et ces derniers jours ont été les plus beaux de ma vie. Je ne veux rien changer.

Son visage s'illumine.

— Ce sont aussi les plus beaux de ma vie, sans conteste.

Je suis sûr que mon soulagement se reflète dans mon sourire. Mais elle insiste :

— Alors tu ne veux pas m'emmener dans ta salle de jeux ?

Putain. Je déglutis.

— Non, je ne veux pas.

— Pourquoi ?

Maintenant, je suis vraiment au confessionnal.

— La dernière fois que nous y sommes allés, tu m'as abandonné. Je vais éviter tout ce qui pourrait te pousser à me quitter encore une fois. J'étais dévasté quand tu es partie. Je te l'ai expliqué. Je ne veux plus jamais revivre ça. Je t'ai dit ce que je ressens pour toi.

— Mais ça n'est pas juste. Tu ne risques pas de te détendre, si tu t'inquiètes toujours de ce que j'éprouve. Tu as accepté de faire tous ces changements pour moi et je... je crois que, d'une certaine manière, je devrais te rendre la pareille. Je ne sais pas, peut-être... essayer... des jeux de rôles.

Elle s'empourpre.

— Ana, tu me rends la pareille, plus que tu ne le penses. Je t'en prie, je t'en prie, oublie ça. Bébé, ça ne fait qu'un week-end. Sois patiente. J'ai beaucoup pensé à nous quand tu es partie. Nous avons besoin de temps. Il faut que tu me fasses confiance, et pareil pour moi. Peut-être que, plus tard, nous pourrons nous laisser tenter, mais j'aime comme tu es maintenant. J'aime te voir aussi heureuse, aussi détendue et insouciante, en sachant que j'y suis pour quelque chose. Je n'ai jamais...

Je m'arrête net.

Ne renonce pas, Ana.

La voix de Flynn vient me narguer.

— « Il faut marcher avant de se mettre à courir », déclaré-je en souriant.

— Qu'y a-t-il de si drôle ?

— Flynn. Il dit toujours ça. Je n'aurais jamais cru le citer un jour.

— Un Flynnisme, donc.

J'éclate de rire.

— Exactement.

Le serveur apporte des amuse-gueules, mettant fin à cette conversation pesante. La discussion s'oriente sur les voyages. Nous parlons des pays qu'Ana aimerait visiter, des lieux où je suis allé. Ça me rappelle combien j'ai de la chance. Mes parents nous ont emmenés partout : en Europe, en Asie, en Amérique du Sud. Mon père surtout considérait les voyages comme une partie essentielle de notre éducation. Bien sûr, ils en avaient les moyens. Ana n'a jamais quitté les États-Unis et rêve d'explorer l'Europe.

J'aimerais lui faire découvrir tous ces pays. Je me demande si elle accepterait de parcourir le monde avec moi.

Tu vas trop vite, Grey.

Le trajet de retour à l'Escala se déroule sans encombre. Ana admire le paysage, battant la mesure au rythme de la musique.

Je ne peux m'empêcher de repenser à notre échange intense à propos de notre relation. Pour être franc, je ne sais pas si j'arriverais à m'en tenir au sexe-vanille, mais j'ai décidé de tenter le coup. Surtout, je n'ai aucune envie de la pousser à faire ce qu'elle n'aime pas.

Pourtant, c'est ce qu'elle veut, Grey.

Elle te l'a dit. Retourner dans la Chambre rouge de la Douleur, comme elle l'appelle.

Je secoue la tête. Pour une fois, je crois que je vais suivre le conseil de Flynn.

Marcher avant de courir, Ana.

Je jette un coup d'œil par la vitre et aperçois une jeune femme aux longs cheveux bruns, qui me fait penser à Leila. Ce n'est pas elle, mais à mesure qu'on approche de l'Escala, je me mets à scruter les rues.

Merde. Où est-ce qu'elle se cache ?

Quand nous arrivons à destination, mes doigts sont crispés sur le volant et tous mes muscles sont tendus. Finalement, ce n'était peut-être pas une bonne idée de revenir à l'appartement tant que Leila est toujours dans la nature.

À notre arrivée, Sawyer fait les cent pas dans le garage. Ces mesures de sécurité sont peut-être exagérées, mais je suis soulagé que l'Audi A3 ne soit plus là. Sawyer ouvre la portière d'Ana tandis que je coupe le moteur.

— Bonjour, Sawyer, lance Ana.

— Mademoiselle Steele. Monsieur Grey.

Je l'interroge aussitôt :

— Aucun signe d'elle ?

— Non, monsieur.

C'est énervant, même si je m'y attendais. J'agrippe la main d'Ana et l'entraîne dans l'ascenseur.

— Tu ne dois pas sortir d'ici seule. Tu comprends ?

— D'accord.

Les portes se referment sur nous. Ana a un petit sourire aux lèvres.

— Qu'y a-t-il de si drôle ?

— Toi.

— Moi ?

Ma tension s'apaise. Elle se moque de moi ?

— Mademoiselle Steele ? En quoi suis-je drôle ?

Je réprime un sourire.

— Ne fais pas la moue.

Je fais la moue, moi ?

— Pourquoi ?

— Parce que c'est comme quand je fais ça pour toi...

Elle plante ses dents dans sa lèvre inférieure.

— Vraiment ?

Je m'approche et me penche pour l'embrasser. Dès que nos lèvres se touchent, le désir m'embrase. Elle inspire brusquement et empoigne mes cheveux. Prenant possession de sa bouche, je la pousse contre la paroi de la cabine et saisis son visage entre mes mains. Nos langues se mêlent avec fièvre, comme si nous cherchions à nous rassasier l'un de l'autre.

C'est explosif.

Je veux la baiser. Maintenant.

Je déverse en elle toute mon angoisse, et elle l'absorbe tout entière.

Ana...

Les portes s'ouvrent avec leur tintement familier. J'écarte mon visage, mais je la plaque toujours à la paroi, mon érection pressée contre elle. Le souffle court, je murmure :

— Waouh.

— Waouh, dit-elle, haletante.

— Quel effet tu me fais, Ana...

Mon pouce passe sur sa lèvre inférieure. Le regard d'Ana papillonne vers l'entrée de l'appartement et je sens la présence de Taylor derrière moi.

Elle m'embrasse aux coins des lèvres.

— Quel effet tu me fais, Christian.

Je recule et lui prends la main. Je ne lui ai pas sauté dessus dans un ascenseur depuis le jour de la séance photo au Heathman.

Reprends-toi, Grey.

— Viens, dis-je.

Quand nous sortons de la cabine, Taylor se tient en retrait.

— Bonsoir, Taylor.

— Monsieur Grey, mademoiselle Steele.

— J'étais Mme Taylor, hier, précise Ana, tout sourire, à l'intention de Taylor.

— Ça sonne bien, mademoiselle Steele, répond Taylor.

— Je trouvais aussi.

À quoi jouent-ils tous les deux ? Je les fusille du regard, l'un après l'autre.

— Quand vous aurez fini, j'aimerais faire un point sur la situation.

Taylor et Ana s'observent à la dérobée. J'ajoute sèchement :

— Je suis à vous dans un instant, Taylor, j'aimerais d'abord avoir une petite discussion avec Mlle Steele.

Il hoche la tête.

J'entraîne Ana dans ma chambre et ferme la porte.

— Ne flirte pas avec le personnel, Anastasia !

— Je ne flirtais pas. J'étais juste amicale, il y a une différence.

— Ne sois pas amicale non plus. Je n'aime pas ça.

Elle soupire.

— Je suis désolée.

Elle dégage ses cheveux de ses épaules et examine ses ongles. Je lui soulève le menton et l'oblige à me regarder dans les yeux.

— Tu sais combien je suis jaloux.

— Tu n'as aucune raison d'être jaloux, Christian. Je t'appartiens corps et âme.

Elle me regarde comme si j'avais perdu la tête. Soudain, je me sens comme un con.

Elle a raison. Ma réaction est totalement disproportionnée. Je l'embrasse gentiment.

— Je ne serai pas long. Installe-toi.

Je vais retrouver Taylor dans son bureau. Il se lève dès que j'entre.

— Monsieur Grey, à propos de…

Je lève la main.

— Non. C'est moi qui devrais vous présenter mes excuses.

Taylor semble surpris.

— Que se passe-t-il ? demandé-je.

— Gail rentrera plus tard dans la soirée.

— Bien.

— J'ai informé la sécurité de l'Escala que Mlle Williams avait une clé. J'ai pensé qu'ils devaient être au courant.

— Comment ont-ils réagi ?

— Eh bien, je les ai convaincus de ne pas prévenir la police.

— Parfait.

— Ils ont fait changer toutes les serrures et un entrepreneur va venir examiner l'escalier de secours. Mlle Williams ne devrait plus pouvoir entrer, même avec une clé.

— Et vous n'avez rien trouvé pendant votre inspection ?

— Rien, monsieur. Je ne peux pas vous dire où elle se cachait. Mais elle n'est plus là.

— Vous avez parlé à Welch ?

— Je lui ai fait un rapport complet.

— Parfait. Ana va rester ici ce soir. Je crois que c'est plus sûr.

— Entendu, monsieur.

— Annulez l'Audi. J'ai finalement choisi une Saab pour Ana. Elle devrait arriver bientôt. J'ai demandé une livraison express.

Quand je retourne dans ma chambre, Ana se tient sur le seuil de mon dressing. Elle paraît un peu ébranlée. Je jette un coup d'œil à l'intérieur. Tous ses vêtements sont là.

— Oh, ils ont réussi à tout déménager.

Je pensais que Gail s'en chargerait. Peu importe.

— Qu'est-ce qui ne va pas ? me demande Ana en voyant ma mine sombre.

Je lui résume ce que Taylor vient de m'apprendre au sujet de l'appartement et de Leila.

— J'aimerais savoir où elle se trouve. Elle nous file constamment entre les doigts alors qu'elle a besoin d'aide.

Ana m'enlace, me serre contre elle. Son contact m'apaise. Je lui embrasse les cheveux.

— Que feras-tu quand tu l'auras trouvée ?

— Le Dr Flynn a un endroit pour elle.

— Et son mari ?

Ce connard ?

— Il se lave les mains de ce qui lui arrive. Sa famille habite dans le Connecticut. Je crois qu'elle est vraiment toute seule ici.

— C'est triste.

La compassion d'Ana ne connaît aucune limite. Je resserre mon étreinte.

— Ça te va si toutes tes affaires sont ici ? Je voudrais que tu partages ma chambre.

— Oui.

— Je veux que tu dormes avec moi. Je ne fais pas de cauchemars quand tu es là.

— Tu fais des cauchemars ?

— Oui.

Elle se love contre moi. Nous restons un long moment enlacés dans mon dressing. Puis elle dit doucement :

— J'allais préparer mes affaires pour le travail demain.

— Le travail !

Je m'écarte brutalement.

— Oui, le travail, répète-t-elle, surprise.

— Mais Leila est dehors, quelque part.

Elle ne voit donc pas le danger ? Je lâche abruptement :

— Je ne veux pas que tu ailles travailler.

— C'est ridicule, Christian. Je dois y aller.

— Non.

— J'ai un nouveau job, qui me plaît. Bien sûr qu'il faut que j'y aille.

— Non, pas question.

Je ne pourrai pas te protéger.

— Tu crois que je vais rester ici à me tourner les pouces pendant que tu joues au maître de l'univers ?

— Franchement… oui.

Ana ferme les yeux et se masse le front comme si elle faisait appel à toute sa force intérieure. Elle ne comprend pas.

— Christian, j'ai besoin de travailler.

— Non.

— Si, j'en ai besoin, réplique-t-elle, plus déterminée que jamais.

— C'est dangereux.

Et s'il t'arrivait quelque chose ?

— Christian, je dois travailler pour gagner ma vie ! Et tout va bien se passer.

— Non, tu n'as pas besoin de travailler pour gagner ta vie. Et comment sais-tu que tout va bien se passer ?

Bordel. Voilà pourquoi j'aime avoir des soumises. Nous n'aurions pas cette conversation si elle avait signé ce foutu contrat.

— Pour l'amour de Dieu, Christian, Leila se tenait au pied de ton lit et elle ne m'a fait aucun mal. Et oui, j'ai besoin de travailler. Je ne veux pas t'être redevable. J'ai mon emprunt étudiant à rembourser.

Elle pose ses mains sur ses hanches.

— Je refuse que tu y ailles.

— Ça ne te regarde pas, Christian. Ce n'est pas à toi de décider.

Bon sang. Sa décision est prise. Et bien sûr, elle a raison.

Je passe ma main dans mes cheveux pour me calmer, quand une idée me vient.

— Sawyer viendra avec toi.

— Christian, c'est inutile. Tu deviens irrationnel.

— Irrationnel ? Soit il t'accompagne, soit je te garde ici, et là je serai vraiment irrationnel.

— Et comment comptes-tu t'y prendre exactement ?

— Oh, je trouverai bien un moyen, Anastasia. Ne m'y oblige pas.

Je suis sur le point d'exploser.

— D'accord ! crie-t-elle en levant les mains. D'accord, Sawyer n'a qu'à m'accompagner si ça peut te rassurer.

J'ai envie de l'embrasser. Ou de la fesser. Ou de la baiser. Je m'approche, mais elle recule d'un pas, sur ses gardes.

Grey ! Tu lui fais peur.

J'inspire profondément pour me détendre, et propose à Ana un petit tour du propriétaire. Si elle doit vivre avec moi, elle doit connaître les lieux.

Elle hésite, visiblement surprise par ma proposition. Mais elle accepte et prend la main que je lui tends. Je la serre affectueusement.

— Je ne voulais pas te faire peur, dis-je en guise d'excuses.

— Tu ne m'as pas fait peur. Je m'apprêtais juste à prendre mes jambes à mon cou.

— Prendre tes jambes à ton cou ?

Tu es encore allé trop loin, Grey.

— Je plaisante !

Ce n'est pas drôle, Ana.

Je soupire, puis lui fais visiter l'appartement. Je lui montre la chambre d'ami à côté de la mienne, et l'étage, où se trouvent les autres chambres d'amis, ainsi que les appartements du personnel.

— Tu es sûr de ne pas vouloir entrer ? demande-t-elle timidement quand nous passons devant ma salle de jeux.

— Je n'ai pas la clé.

Je n'ai toujours pas digéré notre discussion houleuse. Je déteste me disputer avec elle. Et, comme d'habitude, elle m'oblige à affronter mes démons.

Mais s'il lui arrivait quelque chose ? Ce serait ma faute.

Je n'ai plus qu'à espérer que Sawyer la protégera.

À l'étage en dessous, je lui montre la salle de télévision.

— Ah ! Je savais bien que tu avais une Xbox !

Elle éclate de rire. J'aime l'entendre rire. Ça me fait un bien fou.

— En effet, mais je suis une vraie bille. Elliot me bat toujours. C'était amusant quand tu as cru que cette pièce était ma salle de jeux.

— Je suis ravie de vous distraire, monsieur Grey.

— Ça, c'est sûr, mademoiselle Steele, quand vous ne m'exaspérez pas, bien entendu.

— En général, je ne suis exaspérante que lorsque vous êtes déraisonnable.

— Moi ? Déraisonnable ?

— Oui, monsieur Grey. Déraisonnable pourrait être votre deuxième prénom.

— Je n'ai pas de deuxième prénom.

— Eh bien, dans ce cas, déraisonnable vous irait tout à fait.

— Je pense que c'est une question de point de vue, mademoiselle Steele.

— Je serais curieuse d'avoir l'avis d'un professionnel, comme le Dr Flynn.

Bon sang, j'adore nos joutes verbales.

— Je croyais que Trevelyan était ton deuxième prénom.

— Non. C'est mon nom de famille. Trevelyan-Grey.

— Mais tu ne l'utilises pas.

— C'est trop long. Viens !

Nous arrivons dans le bureau de Taylor. Il se lève quand nous entrons.

— Bonjour, Taylor. Je fais juste découvrir l'appartement à Anastasia.

Il hoche la tête. Ana regarde partout, sans doute surprise par la taille de la pièce, et la série d'écrans de vidéosurveillance.

Nous poursuivons la visite.

— Et bien sûr, tu es déjà venue ici.

J'ouvre la porte de la bibliothèque, où Ana repère immédiatement la table de billard.

— On joue ? propose-t-elle.

— D'accord. Tu y as déjà joué ?

— Quelques fois, répond-elle en évitant mon regard.

Elle ment.

— Tu ne sais vraiment pas mentir, Anastasia. Soit tu n'as jamais joué, soit…

— Tu as peur de perdre ? m'interrompt-elle.

Je ricane.

— Peur d'une petite fille comme toi ?

— On parie, monsieur Grey ?

— Vous êtes bien confiante, mademoiselle Steele.

Voilà une facette d'Ana que je ne connais pas.

À nous deux, bébé.

— Qu'est-ce qu'on parie ?

— Si je gagne, tu me ramènes dans la salle de jeux.

Bordel. Elle ne plaisante pas.

— Et si je gagne ?

— Alors tu choisis.

Elle prend un air détaché, mais ses yeux brillent d'espièglerie.

La battre ne devrait pas être très difficile.

— D'accord. Tu veux jouer au billard américain, anglais ou français ?

— Au billard américain, s'il te plaît. Je ne connais pas les autres.

Je sors les billes d'un placard sous les étagères et les dispose en triangle sur le tapis vert. Je choisis pour Ana une queue qui correspond à sa taille. Puis je lui tends la craie.

— Tu veux casser ?

Je vais la mettre à genoux.

Mmm. Ça pourrait être ma récompense.

La vision d'Ana à genoux devant moi, les mains ligotées, en train de me sucer, surgit brusquement.

Pas mal.

— D'accord, murmure-t-elle en frottant le bout de sa queue sur la craie.

Elle se passe la langue sur les lèvres et, sans me quitter des yeux, souffle lascivement sur l'excédent de craie.

Mon sexe réagit aussitôt.

Putain.

Elle se met en position et, d'un coup puissant et maîtrisé, fait éclater le triangle de billes. La jaune rayée plonge dans la poche du coin droit.

Oh, Anastasia, tu es pleine de surprises.

— Je choisis les rayées, annonce-t-elle innocemment.

Quel culot !

— Je t'en prie.

On va bien s'amuser.

Elle tourne autour de la table, à la recherche de sa prochaine cible. J'adore cette nouvelle Ana. Prédatrice. Compétitrice. Sûre d'elle. Sexy en diable. Elle s'incline sur la table et étire son bras – geste qui fait remonter son chemisier et découvre son bas-ventre. Elle frappe la bille blanche et envoie la marron rayée mordre la poussière. Contournant de nouveau la table, elle me lance un regard provocateur, puis se penche, le cul en l'air, pour faire subir le même sort à la violette.

Hum. Je vais devoir revoir ma stratégie.

Elle est douée.

Elle ne fait qu'une bouchée de la bleue, mais manque la verte.

— Tu sais, Anastasia, je pourrais rester toute la journée à te regarder te frotter à ce billard.

Elle rougit.

Oui ! Voilà l'Ana que je connais.

J'enlève mon pull et analyse la situation.

C'est le moment de sortir le grand jeu, Grey.

Je m'applique à remporter le maximum de billes pleines – pour combler mon retard. J'en fais plonger trois et convoite la orange. J'ajuste mon tir et la bille orange fonce tout droit dans la poche du coin gauche, suivie de la blanche.

Et merde.

— Une faute élémentaire, monsieur Grey.

— Ah, mademoiselle Steele, je ne suis qu'un simple mortel. C'est à vous, je crois.

— Vous n'essaieriez pas de perdre, monsieur Grey ? demande-t-elle en faisant une petite grimace.

— Oh non. Avec ce que j'ai en tête, je veux gagner, Anastasia. Mais il est vrai que je veux toujours gagner.

Une pipe à genoux ou…

Je pourrais l'empêcher d'aller travailler. Hum… Un pari qui lui coûterait sans doute son boulot. Ça ne serait pas un choix très judicieux.

Elle plisse les yeux. Je donnerais cher pour savoir ce qu'elle pense. Au bout de la table, elle s'incline pour étudier la position des billes. L'échancrure de son chemisier m'offre une vue plongeante sur ses seins.

Elle se relève, un petit sourire aux lèvres. Puis elle s'approche de moi et se penche de nouveau, levant son cul sous mon nez. Ensuite, elle va se placer de l'autre côté, et se couche presque sur le billard, ne me cachant rien de ses courbes ravissantes.

— Je sais ce que tu manigances, dis-je d'une voix rauque.

Et mon sexe approuve, Ana.

Je change de position pour remettre mon érection en place.

Elle se relève et, avec une moue provocatrice, fait courir sa main sur la queue, lentement.

Putain. Une vraie allumeuse.

S'inclinant sur le tapis face à moi, elle frappe la rayée orange pour la positionner devant une poche. Alors qu'elle prépare le coup suivant, je vois le renflement de ses seins. J'inspire brusquement.

Elle manque sa cible.

Bien.

Alors qu'elle est encore penchée sur la table, je me place derrière elle et pose la main sur son cul.

— Est-ce pour m'aguicher, mademoiselle Steele, que vous remuez tout ça autour de la table ?

Je lui claque les fesses. Un coup sec.

Parce qu'elle le mérite.

— Oui, s'étrangle-t-elle.

Oh, Ana.

— Attention à ce que tu souhaites, bébé.

Je vise la bille rouge, et l'envoie d'un coup précis dans la poche d'angle gauche. Puis je tire doucement en direction de la jaune, que j'espère faire tomber en haut à droite. Elle roule vers le coin et s'immobilise au bord du trou.

Merde. Raté.

Ana m'adresse un grand sourire.

— Chambre rouge, nous voici, claironne-t-elle.

J'aime ta baise perverse.

Ce sont ses propres mots. De quoi me déstabiliser.

Je lui signale que c'est son tour, sachant déjà que je ne veux pas l'emmener dans ma salle de jeux. La dernière fois, elle m'a quitté.

Elle ne fait qu'une bouchée de la rayée verte, puis se débarrasse de la dernière bille orange avec un sourire triomphant.

À contrecœur, je grommelle :

— Annonce ta poche.

— En haut, à gauche.

Elle tortille du cul sous mon nez et se met en position. La bille noire manque complètement sa cible.

Oh, joie.

Rapidement, j'empoche les deux dernières billes pleines. Il ne me reste plus que la noire. Je frotte la craie sur le bout de ma queue en fixant Ana.

— Si je gagne… je vais te donner la fessée, puis te baiser sur cette table de billard.

Elle en reste bouche bée.

Oui. Cette idée l'excite. C'est ce qu'elle a réclamé toute la journée, non ? Elle croit que je me ramollis ?

Eh bien, c'est ce qu'on va voir.

— En haut, à droite, annoncé-je.

Et je me penche pour tirer. La boule blanche fuse sur la feutrine et frappe la noire, qui roule tout droit vers la poche d'angle droite. Elle oscille au bord du trou – je retiens mon souffle – et chute avec un bruit satisfaisant.

Oui !

Anastasia Steele, vous êtes à moi.

Je reviens nonchalamment vers Ana, totalement déconfite.

— Tu ne vas pas faire ta mauvaise perdante, n'est-ce pas ?

— Ça dépend de la force de la fessée, murmure-t-elle.

Je lui prends la queue des mains, la pose sur le tapis, et empoigne son col pour l'attirer contre moi.

— Eh bien, dressons la liste de vos délits, mademoiselle Steele.

Je lève la main, et fais le décompte de ses impertinences.

— Un, me rendre jaloux de mon propre personnel…

Ses yeux s'arrondissent.

— … deux, vous disputer avec moi au sujet de votre travail… et trois, agiter votre délicieux postérieur sous mon nez pendant ces vingt dernières minutes.

Je m'avance pour frotter mon nez contre le sien.

— Je veux que tu ôtes ton jean et cette ravissante chemise. Maintenant.

Je lui plante un baiser sur les lèvres et, d'un pas nonchalant, je vais fermer à clé la porte de la bibliothèque.

Quand je me retourne, elle n'a pas bougé.

— Tes vêtements, Anastasia. Il semblerait que tu les aies encore sur toi. Enlève-les ou c'est moi qui vais m'en charger.

— Fais-le, toi, propose-t-elle d'une voix douce.

— Oh, mademoiselle Steele. C'est un sale boulot, mais je crois que je peux relever le défi.

— En général, vous relevez tous les défis, monsieur Grey.

Elle se mordille la lèvre.

Mmm. Le message me paraît clair.

— Très bien, mademoiselle Steele, comme vous voudrez.

Je repère une règle en Plexiglas sur le bureau de la bibliothèque.

Parfait.

Toute la journée, elle m'a laissé entendre que cette autre partie de moi lui manquait. Voyons jusqu'où elle est capable d'aller. Je saisis la règle, la tords entre mes mains, et la fourre dans la poche arrière de mon jean.

Puis je reviens vers elle.

D'abord, ses chaussures.

Je me mets à genoux et lui retire ses Converse, puis ses chaussettes. Je décroche le bouton de son pantalon et descends sa fermeture Éclair. Je rive mes yeux aux siens, tandis que je fais glisser son jean.

Son regard ne quitte pas le mien.

Elle porte son string blanc.

Mmm, ce string.

Je suis fan. Ma queue aussi.

J'agrippe ses cuisses et enfouis mon nez entre ses jambes. J'embrasse son clitoris à travers la dentelle et chuchote :

— J'ai envie d'être brutal avec toi, Ana. Tu devras me dire d'arrêter si c'est trop.

Elle gémit.

— Le mot d'alerte ? demande-t-elle.

— Non, pas de mot d'alerte, tu me dis juste d'arrêter et j'arrêterai. Compris ?

Je la goûte de nouveau, puis tourmente le cœur de son sexe du bout du nez. Je m'arrête et me relève avant de perdre tous mes moyens.

— Réponds-moi.

— Oui, oui, j'ai compris.

— Tu m'as envoyé des signaux contradictoires toute la journée, Anastasia. Tu as peur que je perde mon ardeur ? Je ne suis pas certain de comprendre, et je ne sais pas si tu étais sérieuse, mais c'est ce que nous allons voir. Je ne veux pas retourner tout de suite dans la salle de jeux, alors on peut essayer ça maintenant. Mais si tu n'aimes pas, tu dois me promettre de me le dire.

— Je te le dirai. Pas de mot d'alerte, répète-t-elle – sans doute pour me rassurer.

— Nous sommes amoureux, Anastasia. Les amoureux n'ont pas besoin de codes.

Je fronce les sourcils. En réalité, je n'en sais rien.

— N'est-ce pas ?

— Je suppose que non. Je te le promets.

Je veux être certain qu'elle m'arrêtera si je vais trop loin. Son regard est franc et brillant. Je déboutonne son chemisier et le lui retire, révélant ses seins magnifiques. Une vision très excitante. Elle est fabuleuse. Je reprends la queue posée sur le tapis.

— Vous jouez bien, mademoiselle Steele. Je dois dire que je suis surpris. Pourquoi n'enverriez-vous pas la noire dans la poche ?

Elle s'humecte les lèvres et, d'un air de défi, s'empare de la queue. Quand elle s'incline sur la table pour ajuster son tir, je pose ma main sur sa cuisse droite et remonte lentement vers ses fesses. Son corps se raidit sous ma caresse.

— Je vais manquer mon coup si tu continues, dit-elle d'une voix plaintive.

— Je me contrefous que tu réussisses ou manques ton coup, bébé. Je voulais juste te voir comme ça, à moitié dévêtue, allongée sur ma table de billard. Tu sais à quel point tu es sexy, là ?

Elle s'empourpre et tente d'ajuster son tir. Je caresse son cul. Ses fesses superbes, mises en valeur par son string.

— En haut, à gauche, annonce-t-elle.

Au moment où elle frappe la bille blanche, je la fesse. Elle pousse un petit cri. La blanche heurte la noire, qui rebondit sur la bande, manquant sa cible.

Je la caresse de nouveau en murmurant :

— Oh, je crois qu'il faut que tu recommences. Tu devrais te concentrer, Anastasia.

Elle se tortille sous ma main, comme si elle en voulait plus.

Mlle Steele prend un peu trop de plaisir à mon goût. Je vais à l'autre bout de la table, remets la bille noire en place, et fais rouler la blanche vers elle.

Elle l'attrape et se prépare à une autre tentative.

— Hé ! Attends !

Pas si vite, mademoiselle Steele.

Je me replace derrière elle, mais cette fois, je gifle d'abord sa cuisse gauche, puis son cul.

J'adore son cul.

— Vise.

Elle gémit et se penche sur la table.

On a tout notre temps, Ana.

Elle prend une profonde inspiration et, levant la tête, se déplace légèrement sur la droite. Je la suis de près. Étalée de tout son long sur la feutrine verte, elle frappe la bille blanche. Tandis que la boule fuse sur le tapis, je la claque à nouveau. Fort. La noire passe au large.

— Oh non ! grogne-t-elle.

— Encore une fois, bébé. Et si tu la manques, je vais vraiment te donner ce que tu mérites.

Je remets la noire en place, reviens derrière elle, et caresse son beau derrière.

— Tu peux y arriver, dis-je d'une voix enjôleuse.

Elle repousse ses fesses contre ma main, ce qui lui vaut une petite claque.

— Pressée, mademoiselle Steele ?

Elle grogne en guise de réponse.

— Bon, débarrassons-nous de ça.

Je fais glisser le string le long de ses jambes et le lance sur son jean. Puis, m'agenouillant derrière elle, j'embrasse ses fesses offertes, l'une après l'autre.

— Tire, bébé.

Fébrile, elle empoigne la queue, ajuste son tir, mais dans son impatience, manque encore son coup. Alors qu'elle cherche mon regard, s'attendant à une nouvelle claque, je me relève et l'aplatis sur le tapis, puis la débarrasse de sa queue.

Maintenant, on va vraiment s'amuser.

— Tu as raté, lui dis-je doucement à l'oreille. Pose tes mains à plat sur la table.

Je bande à mort.

— Bien. Je vais te donner une fessée maintenant et, la prochaine fois, tu ne manqueras pas ton coup.

Elle gémit et ferme les yeux. Je lui caresse le cul d'une main. De l'autre, je la maintiens fermement sur le billard, les doigts empêtrés dans ses cheveux.

— Écarte les cuisses, dis-je en prenant la règle dans ma poche.

Voyant qu'elle hésite, je lui cingle les fesses avec la règle. Elle hoquette, mais ne se plaint pas. Je lui donne un nouveau coup.

— Les cuisses !

Elle obéit et je lui gifle de nouveau le cul. Elle encaisse la douleur, les dents serrées, mais ne me demande pas d'arrêter.

Oh, bébé.

La règle s'abat encore sur son cul, avec un petit claquement satisfaisant. Sa peau se teint d'une charmante nuance de rose et mon jean devient bien trop serré pour mon érection. Je la frappe encore, et encore, et encore… Et je perds pied. Je suis submergé. Emporté. Elle fait ça pour moi. Et je l'aime. Oui, je l'aime.

— Stop ! crie-t-elle.

Je laisse aussitôt tomber la règle et la relâche.

— Assez ?

— Oui.

— J'ai envie de te baiser maintenant, dis-je d'une voix rauque.

— Oui.

Elle me veut aussi.

Son cul est tout rose et sa respiration saccadée.

Je libère ma queue, glisse deux doigts en elle en décrivant de lents mouvements circulaires, fasciné par sa réceptivité.

J'enfile le préservatif en hâte, me positionne derrière elle, et la pénètre doucement. *Oh oui.* C'est sans nul doute mon lieu préféré au monde.

Les mains sur ses hanches, je me retire, puis m'enfonce si brutalement qu'elle pousse un cri.

— Encore ?

— Oui, murmure-t-elle. Lâche-toi… Emporte-moi avec toi.

Oh, Ana, avec plaisir.

Je la pénètre de nouveau, puis entame un lent va-et-vient éreintant, encore et encore. Elle grogne et gémit, alors que je la possède. Chaque parcelle de son corps m'appartient.

Sa respiration s'accélère et ses membres se contractent – elle y est presque. Je force la cadence, à l'écoute de ses gémissements, jusqu'à ce qu'elle atteigne l'orgasme, me faisant jouir en même temps qu'elle. Je crie son nom et déverse mon âme en elle.

À bout de souffle, je m'effondre avec Ana sur le billard, rempli de gratitude et d'humilité.

Je l'aime. Je la désire. Toujours.

Nous nous laissons glisser par terre, et je la berce contre ma poitrine.

Je ne la laisserai jamais partir.

— Merci, bébé, dis-je en couvrant son visage de doux baisers.

Elle ouvre les yeux et sourit, ensommeillée. Je resserre mon étreinte et caresse son visage.

— Ta joue est rouge d'avoir frotté contre la feutrine.

Comme ton cul, bébé.

Son sourire s'élargit. Je lui demande prudemment :

— C'était comment ?

— Douloureusement bon. J'aime quand c'est brutal, Christian, et j'aime aussi quand c'est doux. J'aime que ce soit avec toi.

Je ferme les yeux, émerveillé par la jeune femme que je tiens dans mes bras.

— Tu ne fais jamais d'erreur, Ana. Tu es belle, intelligente, stimulante, amusante, sexy, et je remercie chaque jour la divine providence que tu sois venue m'interviewer à la place de Katherine Kavanagh.

J'embrasse ses cheveux et elle bâille. Ça me fait sourire.

— Je t'épuise. Viens, un bain et au lit.

Je me lève et la mets sur pieds.

— Tu veux que je te porte ?

Elle secoue la tête.

— Tu ferais bien de t'habiller. On ne sait jamais sur qui on peut tomber dans le couloir.

Dans la salle de bains, j'ouvre le robinet et verse une généreuse quantité d'huile dans l'eau.

J'aide Ana à se déshabiller et à grimper dans la baignoire. Puis je m'installe en face d'elle dans l'eau mousseuse et parfumée.

Avec un peu de gel douche, je masse son pied gauche, passant lentement mon pouce le long de la cambrure.

— Mmm, c'est tellement bon.

Elle ferme les yeux et renverse la tête.

— Bien.

Son bien-être est communicatif. De son chignon s'échappent quelques mèches rebelles et sa peau a pris une teinte dorée, après notre après-midi sur le *Grace*.

Elle est époustouflante.

Ces deux derniers jours ont été déroutants. Le comportement erratique de Leila, l'ingérence d'Elena… et au milieu, Ana, toujours forte et courageuse. Elle impose le respect. Elle m'en impose, à moi. J'ai surtout aimé partager son bonheur. J'aime la voir heureuse. Sa joie est ma joie.

— Je peux te demander quelque chose ? murmure-t-elle en entrouvrant un œil.

— Bien sûr. Tout ce que tu veux, Ana, tu le sais.

Elle s'assoit et redresse les épaules.

Oh non.

— Demain, quand j'irai au travail, est-ce que Sawyer peut me déposer devant la porte du bureau, puis revenir me chercher en fin de journée ? Je t'en prie, Christian. S'il te plaît.

J'arrête mon massage.

— Je pensais que nous étions tombés d'accord.

— S'il te plaît.

Pourquoi est-ce si important pour elle ?

— Et pour le déjeuner ?

Je suis vraiment inquiet pour sa sécurité.

— Je me préparerai quelque chose ici pour ne pas avoir à sortir. S'il te plaît.

— C'est très difficile de te dire non, répliqué-je en lui embrassant le pied.

Mais je ne veux pas qu'elle coure le moindre risque, et tant que Leila n'aura pas été arrêtée, je ne peux être sûr de rien.

Ana me fait le coup des grands yeux bleus.

— Tu ne sortiras pas ?

— Non.

— D'accord.

Elle sourit, visiblement soulagée.

— Merci.

Elle s'agenouille en éclaboussant partout, pose les mains sur mes bras et m'embrasse.

— Tout le plaisir est pour moi, mademoiselle Steele. Comment se portent vos fesses ?

— Sensibles, mais ça va. L'eau apaise la douleur.

— Je suis content que tu m'aies demandé d'arrêter.

— Mes fesses aussi.

Je souris.

— Allez, au lit.

Je me brosse les dents, et retourne dans ma chambre, où Ana est déjà couchée.

— Caroline Acton ne t'a pas choisi de vêtements de nuit ?

Je suis sûr qu'elle a des nuisettes en soie et en satin à sa disposition.

— Je n'en sais rien. J'aime porter tes tee-shirts, marmonne-t-elle, les paupières lourdes.

Bon sang, elle est épuisée. Je me penche pour déposer un baiser sur son front.

J'ai encore du travail, mais j'ai envie de rester avec Ana. Je ne l'ai pas quittée depuis ce matin, et c'était très agréable.

Je ne veux pas que cette journée se termine.

— Il faut que je bosse. Mais je ne veux pas te laisser toute seule. Je peux utiliser ton ordinateur portable pour me connecter au réseau du bureau ? Ça te dérange si je travaille d'ici ?

— Ce n'est pas mon ordinateur, murmure-t-elle en fermant les yeux.

— Si, c'est le tien.

Je m'assois à côté d'elle et ouvre son MacBook Pro. Je clique sur Safari, tape le mot de passe de ma boîte électronique, et lis mes mails.

Ensuite, j'envoie un message à Taylor pour que Sawyer accompagne Ana demain. Reste à savoir ce que fera Sawyer pendant qu'Ana sera à son bureau.

Un détail que je réglerai plus tard.

Je consulte mon agenda. J'ai une réunion à 8 h 30 avec Ros et Vanessa au sujet des « minerais de sang ».

La fatigue a raison de moi.

Ana est profondément endormie. Je m'allonge à côté d'elle et regarde sa poitrine se soulever doucement. En peu de temps, elle m'est devenue infiniment précieuse.

— Ana, je t'aime, murmuré-je. Merci pour cette journée. Reste, s'il te plaît.

Et je ferme les yeux.

LUNDI 13 JUIN 2011

Ce matin, je suis réveillé par la radio – un reportage sur le prochain match des Angels contre les Mariners. Quand je tourne la tête, Ana m'observe.

— Bonjour, dit-elle avec un grand sourire.

Elle caresse ma barbe naissante et m'embrasse. Je suis surpris d'avoir dormi aussi longtemps.

— Bonjour, bébé. D'habitude je suis debout avant le réveil.

— Il est programmé si tôt, se récrie-t-elle.

— C'est vrai, mademoiselle Steele. Je dois me lever.

Je lui donne un rapide baiser et bondis hors du lit. J'enfile un survêtement et attrape mon iPod. Avant de quitter la chambre, je jette un coup d'œil à Ana : elle s'est rendormie.

Bien. Elle a eu un week-end particulièrement éprouvant. Comme moi.

Oui. Quel week-end !

Je résiste à l'envie de l'embrasser à nouveau, et la laisse dormir. Le ciel est gris aujourd'hui, mais je ne crois pas qu'il va pleuvoir. Je tente ma chance pour aller faire un jogging, plutôt que la salle de gym.

Ryan m'intercepte dans l'entrée.

— Monsieur Grey ?

— Bonjour, Ryan.

— Monsieur, vous sortez ?

Il pense qu'il doit m'accompagner.

— Tout ira bien, Ryan. Merci.

— M. Taylor…

— Je vous assure.

Je me glisse dans l'ascenseur et laisse Ryan planté dans l'entrée. Le pauvre regrette déjà sûrement de m'avoir laissé partir. Mais Leila n'a jamais été très matinale… comme Ana. Je n'ai rien à craindre.

Il bruine dehors. Mais ça m'est égal. Avec « Bittersweet Symphony » à fond dans les oreilles, j'avance à petites foulées sur la 4e Avenue. Mon esprit est envahi par les images chaotiques des événements de ces derniers jours : Ana au bal masqué, Ana sur mon bateau, Ana à l'hôtel.

Ana. Ana. Ana.

Ma vie a tellement changé que je ne suis même pas sûr de pouvoir me reconnaître.

Les paroles d'Elena me reviennent en mémoire : « As-tu renié ce que tu es ? »

Bonne question.

« On ne change pas », me répond la chanson en écho.

La vérité, c'est que j'aime sa compagnie. J'aime l'avoir à la maison avec moi. Je voudrais qu'elle reste. Définitivement. Elle apporte de l'humour, du piment, de l'énergie et de l'amour à mon existence monochrome. Je ne savais pas à quel point j'étais seul avant de la rencontrer.

Elle ne voudra jamais emménager avec moi, si ? Tant que Leila rôde, il est logique qu'Ana reste à l'Escala, mais quand tout rentrera dans l'ordre, elle s'en ira. Je ne peux pas la forcer, même si une part de moi aimerait le faire. Et si elle découvre la vérité à mon sujet, elle me quittera et ne voudra plus jamais me revoir.

Personne ne peut aimer un monstre.

Et quand elle me quittera…

Bon sang.

Je force l'allure. Je veux me vider la tête, et me concentrer uniquement sur mes poumons en feu et le martèlement de mes Nike sur le bitume.

Quand je reviens de mon jogging, Mme Jones s'affaire dans la cuisine.

— Bonjour, monsieur Grey.

— Taylor vous a parlé de Leila ?

— Oui, monsieur. J'espère que vous allez la trouver. Elle a besoin d'aide.

Gail semble très inquiète.

— Vous avez raison.

— J'ai cru comprendre que Mlle Steele était ici.

Elle m'adresse un petit sourire, comme chaque fois que nous évoquons Ana.

— Je crois qu'elle va rester tant qu'on n'aura pas retrouvé Leila. Elle aura besoin d'un déjeuner à emporter aujourd'hui.

— Entendu. Que désirez-vous pour votre petit déjeuner ?

— Œufs brouillés et toasts, s'il vous plaît.

— Très bien, monsieur.

Une fois douché et habillé, je décide de réveiller Ana. Elle dort toujours à poings fermés. Je dépose un baiser sur sa tempe.

— Viens, marmotte, lève-toi.

Elle ouvre les yeux, et les referme aussitôt.

— Ana ?

— J'aimerais que tu reviennes te coucher, ronronne-t-elle.

Ne me tente pas, bébé.

— Vous êtes insatiable, mademoiselle Steele. Si attrayante cette idée soit-elle, j'ai une réunion à 8 h 30 et je dois partir bientôt.

Déboussolée, Ana consulte le réveil, repousse les draps, et file dans la salle de bains. Je secoue la tête, amusé par cette énergie soudaine, et attrape plusieurs capotes avant de retourner dans la cuisine.

Avec Mlle Steele, mieux vaut être prêt à tout.

Mme Jones est en train de faire du café.

— Vos œufs brouillés sont presque prêts, monsieur Grey.

— Merci. Ana ne va pas tarder.

— Voudra-t-elle aussi des œufs ?

— Je crois qu'elle préfère les pancakes et le bacon.

Gail pose un café et une assiette fumante sur le comptoir.

Dix minutes plus tard, Ana apparaît, vêtue de pièces de sa nouvelle garde-robe – un chemisier en soie et une jupe grise.

Elle a l'air différente. Sophistiquée. Élégante. Magnifique.

Ce n'est plus une étudiante maladroite, mais une jeune femme active et sûre d'elle.

Je l'enlace.

— Tu es ravissante, dis-je en l'embrassant dans le cou.

Ma seule objection est qu'elle va passer un certain temps, dans cette tenue, avec son patron.

Ne fais pas ta mauvaise tête, Grey. C'est son choix. Elle veut travailler.

Je la libère quand Gail pose une assiette pour Ana sur le bar.

— Bonjour, mademoiselle Steele.

— Oh, merci. Bonjour, répond Ana.

— M. Grey m'a dit que vous aimeriez emporter de quoi déjeuner au bureau. Qu'est-ce qui vous ferait plaisir ?

Ana m'observe à la dérobée.

Non, bébé, je ne plaisantais pas. Interdiction de sortir.

— Un sandwich… Une salade. Peu importe.

Elle adresse à Gail un sourire reconnaissant.

— Je vais vous préparer quelque chose en vitesse, mademoiselle.

— Je vous en prie, madame Jones. Appelez-moi Ana.

— Ana, reprend Gail.

— Il faut que j'y aille, bébé. Taylor va revenir et te déposer au bureau avec Sawyer.

— Jusqu'à la porte seulement.

— Oui, seulement à la porte.

On était d'accord. Mais je ne peux m'empêcher d'ajouter :

— Fais attention quand même.

Je me lève et lui prends le menton pour l'embrasser.

— À plus tard, bébé.

— Passe une bonne journée au bureau, mon chéri, lance-t-elle derrière moi.

Ce commentaire cucul me fait sourire malgré moi. Ça paraît tellement… normal.

Dans l'ascenseur, Taylor me fait un point de la situation :

— Monsieur, il y a un café juste en face de la SIP. Sawyer peut s'y installer pendant la journée.

— Et s'il a besoin de renforts ? Vous savez, une envie pressante.

— J'enverrai Reynolds ou Ryan.

J'avais oublié qu'Andrea avait pris un congé pour se marier. Si elle revient travailler demain, elle n'aura pas vraiment eu de lune de miel. À mon arrivée, sa remplaçante, dont le nom m'échappe toujours, est en train de consulter la page Facebook de *Vogue*. Je gronde :

— Pas de réseaux sociaux pendant les heures de bureau.

Erreur de débutante. Mais elle devrait le savoir. Elle n'est pas nouvelle dans la boîte. Elle tressaille.

— Je suis désolée, monsieur Grey. Je ne vous avais pas entendu arriver. Désirez-vous un café ?

— Oui, bonne idée. Un macchiato.

Je ferme la porte de mon bureau et m'installe devant mon ordi. J'ai un mail du concessionnaire Saab : ils auront la voiture d'Ana aujourd'hui. Je transfère le message à Taylor pour qu'il organise la livraison. Ce sera une belle surprise pour ce soir. Ensuite, j'écris un mail à Ana.

De : Christian Grey
Objet : Patron
Date : 13 juin 2011 08:24
À : Anastasia Steele

Bonjour, mademoiselle Steele,
Je voulais juste vous remercier pour ce merveilleux week-end en dépit de tous les incidents.
J'espère que tu ne me quitteras jamais.
Et juste pour te rappeler que les informations concernant le rachat de la SIP doivent rester secrètes pendant quatre semaines.
Efface ce message dès que tu l'auras lu.
Cordialement,

Christian Grey
P-DG, Grey Enterprises Holdings, Inc. & le patron du patron de ton patron

Je parcours les notes d'Andrea. La remplaçante s'appelle Montana Brooks. Elle frappe et entre avec mon café.

— Ros Bailey aura un peu de retard, mais Vanessa Conway est là.

— Attendons Ros.

— Très bien, monsieur Grey.

— J'ai besoin d'idées pour un cadeau de mariage.

Mlle Brooks semble prise au dépourvu.

— Eh bien, ça dépend si vous êtes très proche de cette personne et du montant que vous souhaitez…

Je n'ai pas besoin d'une explication de texte. Je lève la main.

— Faites-moi des propositions. C'est pour mon assistante.

— A-t-elle une liste de mariage ?

— Une quoi ?

— Une liste déposée dans un magasin ?

— Je ne sais pas. Voyez vous-même.

— Oui, monsieur Grey.

— Ce sera tout.

Elle s'en va. Dieu merci, Andrea rentre demain.

Le rapport de Welch sur Jack Hyde est arrivé dans ma boîte mail. En attendant Ros, j'y jette un coup d'œil.

Ma réunion avec Ros et Vanessa est brève. Vanessa et son équipe ont réalisé un audit complet de toutes nos filières d'approvisionnement. Ils préconisent d'acheter la cassitérite et la wolframite en Bolivie, et le tantale en Australie, pour éviter les problèmes liés à l'extraction des minerais dans les zones de conflits. Ce sera plus coûteux, mais nous suivrons ainsi les recommandations de la US Securities and Exchange Commission. Comme toutes les entreprises devraient le faire.

Dès que je me retrouve seul, je consulte ma boîte. Ana m'a répondu.

De : Anastasia Steele
Objet : Autoritaire comme un patron
Date : 13 juin 2011 09:03
À : Christian Grey

Cher monsieur Grey,
Me demandez-vous d'emménager avec vous ? Et, bien sûr, je me rappelle que l'étendue de votre surveillance sans limite doit rester secrète pendant encore quatre semaines. Dois-je faire un chèque à l'ordre de « Faire face ensemble » et l'envoyer à votre père ? Je vous en prie, n'effacez pas ce message. Je vous en prie, répondez-y.

JTM xxx

Anastasia Steele
Assistante de Jack Hyde, Éditeur, SIP

Est-ce que je lui demande d'emménager avec moi ?

Merde. Plutôt audacieux, Grey.

Je pourrais veiller sur elle. Vingt-quatre heures sur vingt-quatre.

Elle serait à moi. Enfin.

Et tout au fond de moi, je sais.

C'est un grand oui !

J'ignore ses autres questions et lui réponds.

De : Christian Grey
Objet : Moi, autoritaire comme un patron ?
Date : 13 juin 2011 09:07
À : Anastasia Steele

Oui. S'il te plaît.

Christian Grey
P-DG, Grey Enterprises Holdings, Inc.

En attendant, je lis la fin du rapport sur Jack Hyde. À première vue, rien d'anormal. Il a bien mené sa barque et gagne un salaire correct. Il vient d'une famille modeste et a de l'ambition. Pourtant, son parcours professionnel est inhabituel. Qui, dans l'édition, débute à New York, puis travaille pour différentes maisons d'édition aux quatre coins des États-Unis, et termine à Seattle ?

Ça n'a pas de sens.

Il ne semble pas entretenir de relations à long terme, et ne garde jamais une assistante plus de trois mois.

Ce qui signifie que le temps d'Ana est compté.

De : Anastasia Steele
Objet : Flynnismes
Date : 13 juin 2011 09:20
À : Christian Grey

Christian,
Ne serais-tu pas en train de vouloir courir avant de marcher ?
Peut-on attendre ce soir pour en parler, s'il te plaît ?

On m'a demandé de me rendre à un congrès à New York jeudi.
Ce qui veut dire que je dormirai là-bas mercredi soir.
J'ai pensé que je devais te tenir au courant.

A x

Anastasia Steele
Assistante de Jack Hyde, Éditeur, SIP

Elle ne veut pas vivre avec moi ?

À quoi tu t'attendais, Grey ?

Au moins, elle est ouverte à la discussion. Donc, il y a de l'espoir. Mais elle a aussi envie de filer à New York.

Putain. Ça ne me plaît pas du tout.

Je me demande si elle prévoit de se rendre seule à ce congrès.

Ou avec Hyde ?

De : Christian Grey
Objet : QUOI ?
Date : 13 juin 2011 09:21
À : Anastasia Steele

Oui. On en discutera ce soir.
Vas-tu à New York toute seule ?

Christian Grey
P-DG, Grey Enterprises Holdings, Inc.

Jack Hyde doit être un vrai connard pour que ses assistantes ne tiennent pas plus de trois mois. Je ne suis pas un cadeau, mais Andrea travaille quand même pour moi depuis presque un an et demi.

Je ne savais pas qu'elle se mariait.

Ça me fiche en rogne, c'est vrai. Mais avant elle, il y a eu Helena. Elle est restée deux ans, et maintenant, elle est aux RH, en charge du recrutement de nos ingénieurs.

Je termine la lecture du rapport.

Bingo ! Trois plaintes pour harcèlement étouffées chez ses précédents employeurs, et deux avertissements officiels à la SIP.

Trois plaintes ? Ce type est un putain de pervers. Je le sentais. Pourquoi ça n'apparaissait pas dans son dossier ?
Il n'avait d'yeux que pour Ana au bar. Il envahissait son espace. Comme le petit con de photographe.

De : Anastasia Steele
Objet : Pas de majuscules criardes en caractères gras, dès le lundi matin !
Date : 13 juin 2011 09:30
À : Christian Grey

Pourrons-nous en parler également ce soir ?

Bises

Anastasia Steele
Assistante de Jack Hyde, Éditeur, SIP

Évasive, mademoiselle Steele.
Il est du voyage. Je le sais.
Elle était fabuleuse ce matin.
Je parie qu'il a déjà prévu son coup.

De : Christian Grey
Objet : Tu ne m'as pas encore entendu crier
Date : 13 juin 2011 09:35
À : Anastasia Steele

Dis-moi.
Si c'est avec ce vicelard avec lequel tu travailles, alors la réponse est non, il faudra me passer sur le corps.

Christian Grey
P-DG, Grey Enterprises Holdings, Inc.

Je clique sur envoi et j'appelle Ros.
— Christian, répond-elle aussitôt.
— Il y a beaucoup trop de frais inutiles à la SIP. Un vrai gaspillage, il faut y mettre un terme. Je veux une suspension immédiate de toutes les dépenses liées aux activités annexes. Déplacements. Hôtels. Événementiel. Bloquez

tout. Surtout pour le personnel junior. Pas besoin de vous faire un dessin.

— Vous êtes sûr ? Ça n'engendrera pas beaucoup d'économies.

— Appelez Roach. Tout de suite.

— Il y a un problème ?

— Faites-le, c'est tout, Ros.

Elle soupire.

— Si vous insistez. Voulez-vous que j'ajoute cette clause au contrat ?

— Oui.

— D'accord.

— Merci.

Voilà. Ça devrait empêcher Ana d'aller à ce congrès. En plus, je veux l'emmener moi-même à New York. Elle m'a dit hier qu'elle n'y avait jamais mis les pieds.

Un ping m'annonce l'arrivée d'un message.

De : Anastasia Steele
Objet : C'est TOI qui ne m'as pas encore entendue crier
Date : 13 juin 2011 09:46
À : Christian Grey

Oui. C'est avec Jack.
Je veux y aller. C'est une occasion en or pour moi.
Et je ne suis jamais allée à New York.
Cool, Raoul !

Anastasia Steele
Assistante de Jack Hyde, Éditeur, SIP

Je m'apprête à répondre quand on frappe. J'aboie :

— Quoi ?

Montana passe la tête par la porte et hésite, ce qui a le don de m'énerver.

Bon, elle entre ou pas ?

— Monsieur Grey, la liste de mariage pour Andrea…

L'espace d'un instant, je me demande de quoi elle parle.

— … elle est chez Crate & Barrel…

— Et ?

Qu'est-ce que je suis censé faire de cette information ?

— J'ai répertorié les cadeaux encore disponibles, avec leurs prix.

— Envoyez-moi ça par mail, dis-je entre mes dents. Et allez me chercher un autre café !

— Oui, monsieur Grey.

Elle sourit comme si on parlait de la pluie et du beau temps. Puis elle referme la porte.

Maintenant, je peux écrire à Mlle Steele.

De : Christian Grey
Objet : C'est TOI qui ne m'as pas encore entendu crier
Date : 13 juin 2011 09:50
À : Anastasia Steele

Anastasia,
Ce n'est pas Raoul qui m'inquiète dans cette histoire.
Merde !
La réponse est NON.

Christian Grey
P-DG, Grey Enterprises Holdings, Inc.

Montana pose un nouveau macchiato sur mon bureau.

— Vous avez une réunion à 10 heures avec Barney et Fred au labo, m'informe-t-elle.

— Merci, je vais emporter mon café.

Je suis d'une humeur de chien. Mais en ce moment, une certaine jeune femme aux yeux bleus joue avec mes nerfs. Montana s'en va et je bois une gorgée.

Merde ! Ça brûle ! Je lâche le gobelet.

Bordel !

Heureusement, il atterrit à côté de mon clavier, et se répand par terre.

— Mademoiselle Brooks ! hurlé-je.

Bon sang, où est Andrea quand j'ai besoin d'elle ?

Montana repasse la tête par la porte. Qu'est-ce qu'elle m'énerve à rester sur le seuil ! En plus, elle vient de se barbouiller de rouge à lèvres.

— Mon café était brûlant, je viens de le renverser. Nettoyez-moi ça, s'il vous plaît.

— Oh, monsieur Grey, je suis désolée.

Elle se précipite pour réparer les dégâts. Je la laisse se débrouiller. Je me demande même si elle ne l'a pas fait exprès.

Grey, tu es parano.

J'attrape mon portable et me dirige vers l'escalier.

Barney et Fred sont assis à la table du labo.

— Bonjour, messieurs.

— Monsieur Grey, Barney a réussi ! annonce Fred.

— Vraiment ?

— Oui. La coque.

— Nous avons utilisé l'imprimante 3D, et voilà le résultat.

Il me tend un couvercle en plastique rigide et articulé, qui s'adapte à la tablette.

— C'est génial. Ça a dû vous prendre tout le week-end, dis-je à Barney.

Ce dernier hausse les épaules.

— Je n'avais rien de mieux à faire.

— Vous devriez sortir plus, Barney. Mais c'est du bon boulot.

— On pourrait facilement l'adapter au téléphone portable.

— C'est une excellente idée.

— Je m'y mets tout de suite.

— Parfait. Autre chose ?

— C'est tout pour le moment, monsieur Grey.

— Ça vaudrait le coup de montrer l'imprimante 3D au maire quand il nous rendra visite.

— On a déjà prévu de lui faire une démonstration, répond Fred.

— Sans dévoiler nos projets, précise Barney.

— Parfait. Merci pour cette bonne nouvelle. Je remonte dans mon bureau.

En attendant l'ascenseur, je vérifie mes mails. J'ai une réponse d'Ana.

De : Anastasia Steele
Objet : Cinquante Nuances
Date : 13 juin 2011 09:55
À : Christian Grey

Christian,
Il faut que tu te reprennes.
Je ne vais PAS coucher avec Jack – pas pour tout l'or du monde.
C'est toi que j'aime. C'est ce qui se passe quand deux personnes s'aiment.
Elles se font confiance.
Je ne pense pas que tu vas COUCHER AVEC, FESSER, BAISER ou FOUETTER quelqu'un d'autre.
J'ai FOI en toi et je te fais CONFIANCE.
Je te prie de me rendre la même POLITESSE.

Ana

Anastasia Steele
Assistante de Jack Hyde, Éditeur, SIP

Non mais ça va pas ? Je lui ai expliqué que ses mails étaient surveillés. Dans l'ascenseur, qui s'arrête à plusieurs étages, j'essaie tant bien que mal de contenir ma colère. Dès que mes employés m'aperçoivent, je les vois faire des messes basses. Ce qui m'énerve encore plus.

— Bonjour, monsieur Grey.

— Bonjour, monsieur Grey.

Je leur réponds d'un signe de tête. Mais je ne suis pas d'humeur. Derrière mes sourires polis, je suis fou de rage.

Une fois dans mon bureau, je cherche le numéro d'Ana à la SIP et je l'appelle.

— Bureau de Jack Hyde, Ana Steele.

— Efface, s'il te plaît, le dernier message que tu m'as envoyé et efforce-toi d'être un peu plus discrète quand tu utilises ta messagerie professionnelle ! Je t'ai dit que le système était surveillé. Je vais essayer de limiter les dégâts.

Je raccroche brutalement. Et j'appelle Barney.

— Monsieur Grey.

— Pouvez-vous effacer le mail que Mlle Anastasia Steele m'a envoyé à 9 h 55 de la SIP ? Et tous ceux que je lui ai écrits ?

Il y a un silence au bout du fil.

— Barney ?

— Euh, bien sûr, monsieur Grey. Je réfléchissais à la marche à suivre. Je crois que j'ai une idée.

— Super. Faites-moi savoir quand ce sera fait.

— Oui, monsieur.

Mon portable vibre. *Anastasia*. Je réponds d'un ton cassant :

— Quoi ?

— Je vais à New York, que ça te plaise ou non.

— Ne compte pas là-dessus.

Silence.

— Ana ?

Elle m'a raccroché au nez.

Putain. Encore.

Bon, j'aurais pu faire la même chose, mais ce n'est pas la question.

Et elle m'a déjà raccroché au nez le soir où elle était ivre.

Je me prends la tête entre les mains.

Ana. Ana. Ana.

Le téléphone de mon bureau sonne.

— Grey.

— Monsieur Grey, c'est Barney. C'était plus facile que je ne le pensais. Ces mails ne sont plus sur le serveur de la SIP.

— Merci, Barney.

— Pas de quoi.

Au moins un point positif.

On frappe à ma porte.

Quoi encore ?

Montana entre avec une bombe pour nettoyer la moquette et des mouchoirs en papier. Je l'envoie balader.

— Plus tard !

Elle déguerpit. J'en ai marre de cette fille. Je prends une profonde inspiration. Cette journée est merdique et il n'est pas encore midi. J'ai un autre mail d'Ana.

De : Anastasia Steele
Objet : Qu'as-tu fait ?
Date : 13 juin 2011 10:43
À : Christian Grey

Je t'en prie, dis-moi que tu n'interviendras pas dans mon travail.
J'aimerais vraiment aller à ce congrès.
Je n'aurais jamais dû te demander.
J'ai effacé le message offensant.

Anastasia Steele
Assistante de Jack Hyde, Éditeur, SIP

Je lui réponds aussitôt.

De : Christian Grey
Objet : Qu'as-tu fait ?
Date : 13 juin 2011 10:46
À : Anastasia Steele

Je protège juste ce qui est à moi.
Le message que tu as envoyé si imprudemment a été effacé du serveur de la SIP, ainsi que tous mes messages à ton intention.
Au fait, j'ai une confiance absolue en toi. C'est de lui que je me méfie.

Christian Grey
P-DG, Grey Enterprises Holdings, Inc.

Sa réponse ne se fait pas attendre.

De : Anastasia Steele
Objet : Adulte
Date : 13 juin 2011 10:48
À : Christian Grey

Christian,
Je n'ai pas besoin qu'on me protège de mon patron.
Il peut tenter sa chance avec moi, je dirai non.

Tu ne peux pas intervenir de la sorte. C'est mal, cette volonté de tout contrôler à tous les niveaux.

Anastasia Steele
Assistante de Jack Hyde, Éditeur, SIP

« Contrôle » est mon deuxième prénom, Ana. Je te l'ai déjà dit pourtant. Avec « déraisonnable » et « bizarre ».

De : Christian Grey
Objet : La réponse est NON
Date : 13 juin 2011 10:50
À : Anastasia Steele

Ana,
J'ai pu mesurer ton « efficacité » quand il s'agit de repousser une attention indésirable. Je me rappelle que c'est ainsi que j'ai eu le plaisir de passer ma première nuit avec toi. Au moins, le photographe a des sentiments pour toi. L'autre ordure, lui, n'en a pas. C'est un coureur de jupons en série et il va essayer de te séduire. Demande-lui ce qui est arrivé à son assistante précédente, et à celle d'avant encore.
Je ne veux pas qu'on se dispute à ce sujet.
Si tu veux aller à New York, je t'y emmènerai.
Ce week-end si tu veux. J'y ai un appartement.

Christian Grey
P-DG, Grey Enterprises Holdings, Inc.

Pas de mail d'Anastasia. Je passe quelques appels pour me distraire.

Welch n'a rien sur Leila. Il pense qu'à ce stade il faut prévenir la police. Je ne suis pas convaincu.

— Elle n'est pas loin, monsieur Grey, m'avertit Welch.

— Elle est intelligente, c'est certain. Jusqu'ici, elle a toujours réussi à nous filer entre les doigts.

— Nous surveillons votre appartement, la SIP, Grey House. Elle ne nous échappera pas une seconde fois.

— J'espère bien. Et merci pour le rapport sur Hyde.

— Pas de quoi. Je peux fouiller encore, si vous voulez.

— Pas pour le moment. Mais je vous tiens au courant.

— D'accord.

J'ai à peine raccroché que mon téléphone sonne.

— J'ai votre mère en ligne, annonce gaiement Montana.

Merde. Il ne manquait plus que ça. J'en veux encore à ma mère pour son commentaire sur Ana.

— Passez-la-moi.

— Christian, mon chéri.

— Bonjour, Grace.

— Je voulais te présenter mes excuses pour ce que j'ai dit samedi. Je trouve Ana vraiment formidable, tu le sais, c'est juste que… tout ça est si soudain.

— Ce n'est pas grave.

Si, c'est grave. Elle garde le silence un moment, comme si elle doutait de ma sincérité.

Mais bon, je suis déjà en froid avec l'une des femmes de ma vie ; j'aimerais éviter de me disputer avec l'autre.

— Je suis désolée, mon chéri. C'est ton anniversaire samedi et nous voulions organiser une fête.

Un mail d'Ana apparaît sur mon ordinateur.

— Maman, je suis très occupé. Je dois te laisser.

— D'accord, rappelle-moi plus tard.

Elle semble mélancolique, mais je n'ai pas de temps à lui accorder pour le moment.

— Bien sûr.

— Au revoir, Christian.

De : Anastasia Steele
Objet : Tr : Déjeuner et valises encombrantes
Date : 13 juin 2011 11:15
À : Christian Grey

Christian,
Alors que tu étais occupé à intervenir dans ma carrière et à sauver tes fesses de mes missives imprudentes, j'ai reçu le message suivant de Mme Lincoln. Je ne tiens vraiment pas à la rencontrer – et même si je le voulais, je n'ai pas l'autorisation de quitter cet immeuble. Je ne sais absolument pas comment elle s'est procuré mon adresse de messagerie. Que me suggères-tu ? Voici son message :

Chère Anastasia,
J'aimerais vraiment déjeuner avec vous. Je crois que nous sommes parties sur de mauvaises bases et je voudrais rattraper ça. Êtes-vous libre un midi de cette semaine ?
Elena Lincoln

Anastasia Steele
Assistante de Jack Hyde, Éditeur, SIP

Oh, cette journée va de mal en pis. Que manigance Elena ? Et, encore une fois, Ana me force à affronter mes démons.

Je ne pensais pas que les disputes étaient aussi éreintantes. Et décourageantes. Et inquiétantes. Elle est furieuse contre moi.

De : Christian Grey
Objet : Valises encombrantes
Date : 13 juin 2011 11:23
À : Anastasia Steele

Ne sois pas en colère contre moi. Je ne pense qu'à ton bien. Si quelque chose t'arrivait, je ne me le pardonnerais pas. Je vais m'occuper de Mme Lincoln.

Christian Grey
P-DG, Grey Enterprises Holdings, Inc.

Valises encombrantes ? Je souris pour la première fois depuis que j'ai quitté Ana ce matin. Elle manie si bien les mots.

J'appelle Elena.

— Christian, répond-elle à la cinquième sonnerie.

— Dois-je attacher une banderole à un avion et le faire voler au-dessus de ton bureau pour que tu comprennes ?

Elle éclate de rire.

— C'est à cause de mon mail ?

— Oui, Ana me l'a transféré. S'il te plaît, laisse-la tranquille. Elle ne veut pas te voir. Je la comprends. Et je respecte son choix. Tu ne me facilites pas l'existence.

— Tu la comprends ?

— Oui.

— Je crois qu'elle doit savoir combien tu es dur envers toi-même.

— Non. Elle n'a rien besoin de savoir.

— Tu parais épuisé.

— J'en ai marre que tu agisses tout le temps dans mon dos et que tu harcèles ma petite amie.

— Petite amie ?

— Oui. Petite amie. Il va falloir t'y habituer.

Elle pousse un long soupir.

— Elena. S'il te plaît.

— OK, Christian, c'est ton enterrement.

Qu'est-ce qu'elle veut dire ?

— Bon, je dois te laisser.

— D'accord, répond-elle, visiblement agacée. Au revoir, Christian.

— Au revoir.

Et je raccroche.

Les femmes de ma vie sont épuisantes. Je fais pivoter mon siège pour regarder par la fenêtre. Il pleut à verse. Le ciel est sombre et menaçant, comme mon humeur. Ma vie est devenue si compliquée. C'était plus simple avant, quand chaque personne et chaque chose restaient à leur place, dans des compartiments bien définis. Avec Ana, tout a changé. Tout ça, c'est nouveau pour moi. Et jusqu'à aujourd'hui, je n'avais jamais eu de relations aussi conflictuelles, même avec ma mère.

Quand je me retourne vers mon écran, un nouveau message d'Ana m'attend.

De : Anastasia Steele
Objet : Plus tard
Date : 13 juin 2011 11:32
À : Christian Grey

S'il te plaît, pourrons-nous en discuter ce soir ?
J'essaie de travailler et tes interférences continuelles me déconcentrent.

Anastasia Steele
Assistante de Jack Hyde, Éditeur, SIP

D'accord. Je te fiche la paix.

Je n'ai pourtant qu'une envie : foncer à son bureau et l'emmener déjeuner dans un bon restaurant. Mais je ne crois pas qu'elle apprécierait.

En soupirant, j'ouvre le mail avec la liste des cadeaux pour Andrea. Casseroles, poêles, assiettes – je ne vois rien d'intéressant. Encore une fois, je me demande pourquoi Andrea ne m'a pas parlé de son mariage.

D'humeur maussade, j'appelle le secrétariat de Flynn et prends rendez-vous pour cet après-midi. Ce ne sera pas du luxe. Puis je fais venir Montana et lui demande de m'acheter une carte de vœux et un sandwich. Elle est capable de faire ça, non ?

Je suis en train de manger quand Taylor m'appelle.

— Taylor ?

— Monsieur Grey, tout va bien.

Mon cœur bondit dans ma poitrine tandis que l'adrénaline se répand dans mon corps.

Ana.

— Qu'est-ce qui se passe ? Ana va bien ?

— Oui, elle va bien, monsieur.

— Vous avez des nouvelles de Leila ?

— Non, monsieur.

— Alors qu'est-ce qui se passe ?

— Je voulais juste vous signaler qu'Ana était allée à l'épicerie d'Union Square. Mais elle est de retour à son poste maintenant. Tout est rentré dans l'ordre.

— Merci de m'avoir prévenu. Autre chose ?

— La Saab sera livrée cet après-midi.

— Parfait.

Je mets fin à la conversation et j'essaie – vraiment – de contenir ma colère. *Bordel*. Pas moyen. Elle m'avait promis de ne pas sortir.

Leila pourrait la prendre pour cible. Elle ne veut vraiment pas comprendre ? Je l'appelle.

— Bureau de Jack Hyde…, annonce Ana.

— Tu m'as assuré que tu ne sortirais pas.

— Jack m'a envoyée lui chercher son déjeuner. Je ne pouvais pas refuser. Tu me fais surveiller ?

Elle paraît incrédule. J'ignore sa question.

— C'est pour cette raison que je ne voulais pas que tu retournes travailler.

— Christian, je t'en prie, tu es… tellement étouffant.

— Étouffant ?

— Oui. Il faut que tu arrêtes. Nous en discuterons ce soir. Malheureusement, je dois travailler tard puisque je ne vais pas à New York.

— Anastasia, je ne veux pas t'étouffer.

— Eh bien, c'est précisément ce que tu fais. J'ai du travail. On se parle plus tard.

Elle raccroche. Je me sens comme un con.

Je l'étouffe ? Peut-être bien…

Pourtant, je veux seulement la protéger. J'ai vu ce que Leila avait fait à sa voiture.

Ne la pousse pas à bout, Grey. Elle te quittera.

Flynn a fait du feu dans la cheminée de son bureau. En plein mois de juin.

— Vous avez acheté l'entreprise où elle travaille ? s'enquiert Flynn en haussant un sourcil.

— Oui.

— Je crois qu'Ana n'a pas tort. Je ne suis pas étonné qu'elle ait l'impression d'étouffer.

Je m'agite sur mon siège. Ce n'est pas ce que je voulais entendre.

— Je veux investir dans l'édition.

Flynn demeure impassible, attendant la suite.

— Je suis allé trop loin, n'est-ce pas ?

— Oui.

— Elle n'était pas impressionnée.

— Vous cherchiez à l'impressionner ?

— Non. Ça n'était pas le but. Mais bon, la SIP m'appartient maintenant.

— Je sais que vous mettez tout en œuvre pour la protéger. Je sais aussi pourquoi. Mais c'est une réaction peu ordinaire. Votre compte en banque vous le permet, mais si vous continuez dans cette voie, vous allez la faire fuir.

— C'est bien ce qui m'inquiète.

— Christian, vous avez déjà beaucoup de problèmes à résoudre. Leila Williams – et oui, je vous aiderai quand vous l'aurez retrouvée –, l'animosité d'Anastasia envers Elena… Je crois que vous pouvez comprendre ce que ressent Ana.

Son regard est sans équivoque. Je hausse les épaules, refusant de capituler.

— Mais vous gardez pour vous un point essentiel, poursuit Flynn. J'attends que vous le verbalisiez depuis votre arrivée. Je l'ai vu samedi.

Je le fixe intensément, me demandant de quoi il parle. Il l'a vu samedi ? Quoi ?

Les enchères ? La danse ?

Merde. Je finis par lâcher :

— Je suis amoureux d'Ana.

— Évidemment !

— Oh.

— Je l'ai compris quand vous êtes venu me consulter après son départ. Je suis heureux que vous l'ayez découvert par vous-même.

— Je ne me croyais pas capable de ce genre de sentiment.

— Bien sûr que vous en êtes capable, réplique-t-il, exaspéré. C'est pourquoi je voulais connaître votre réaction quand elle vous a dit qu'elle vous aimait.

— C'est plus facile à entendre maintenant.

Il sourit.

— Bien. J'en suis heureux.

— J'ai eu l'habitude de compartimenter les différents aspects de mon existence. Mon travail. Ma famille. Ma vie sexuelle. Chacun avait un sens bien défini pour moi. Mais depuis que j'ai rencontré Ana, ce n'est plus aussi simple. Je me sens en terrain inconnu, et j'ai l'impression de perdre le contrôle.

— Bienvenue chez les amoureux, déclare Flynn avec un sourire. Et ne soyez pas trop dur avec vous-même. Une de vos ex, armée et dangereuse, est toujours dans la nature. Elle a déjà cherché à attirer votre attention en s'ouvrant les veines devant votre gouvernante. Et elle a détruit la voiture d'Ana. Vous avez fait tout ce qui était en votre pouvoir pour protéger Ana. Vous ne pouvez pas être partout à la fois. Ni l'enfermer dans un donjon.

— J'aimerais bien, pourtant.

— Je sais. Mais c'est impossible.

Je secoue la tête, même si au fond de moi je sais que John a raison.

— Christian, j'ai toujours pensé que vous n'avez pas vraiment eu d'adolescence – sur le plan émotionnel, s'entend. Je crois que vous la vivez maintenant, cette adolescence. Je vois bien combien vous êtes perturbé. Et puisque vous refusez que je vous prescrive un anxiolytique, j'aimerais que vous mettiez en pratique les techniques de relaxation dont nous avons parlé.

Non, pas ces trucs débiles. Je lève les yeux au ciel, comme un ado boudeur.

Il a tapé dans le mille.

— Christian, c'est vous qui êtes tendu, pas moi.

— D'accord, dis-je, résigné. Je vais chercher mon « havre de paix ».

J'ai l'air sarcastique, mais ça va rassurer Flynn, qui regarde l'heure.

Où est mon havre de paix ?

Les vergers de mon enfance.

Naviguer ou voler. Toujours.

À une époque, avec Elena.

Mais maintenant, c'est avec Ana.

Dans Ana.

Flynn réprime un sourire.

— Terminé pour aujourd'hui.

J'appelle Ana depuis l'Audi.

— Salut, répond-elle à voix basse.

— Quand penses-tu avoir fini ?

— Vers 19 h 30, a priori.
— Je te retrouverai devant le bureau.
— D'accord.
Dieu merci – j'ai cru qu'elle voudrait rentrer chez elle.
— Je suis toujours en colère contre toi, mais c'est tout, murmure-t-elle. Nous avons pas mal de choses à nous dire.
— Je sais. À 19 h 30 alors.
— Je dois te laisser. À tout à l'heure.
Elle raccroche.
— On va l'attendre ici, dis-je à Taylor en observant l'entrée de la SIP.
— Très bien, monsieur.
La pluie qui tambourine sur le toit de la voiture résonne dans ma tête, balayant mes pensées, noyant mon havre de paix.

Une heure plus tard, la porte de la SIP s'ouvre et Ana apparaît. Taylor sort du véhicule pour lui ouvrir la portière, et Ana court vers nous, tête baissée, pour échapper à la pluie.
Je n'ai aucune idée de ce qu'elle va faire ou dire quand elle s'installe à côté de moi. Elle secoue la tête, éclaboussant la banquette.
J'ai envie de la prendre dans mes bras.
— Salut ! dit-elle, en me regardant d'un air inquiet.
— Salut.
Je lui saisis la main.
— Tu es toujours en colère ?
— Je ne sais pas.
J'embrasse ses doigts un par un.
— Une vraie journée de merde.
— En effet.
Ses épaules se relâchent, et elle semble enfin se détendre.
— Ça va mieux, maintenant que tu es là.
Je lui masse la paume, j'ai besoin de la toucher. À mesure que nous approchons de l'Escala, les tensions de la journée se dissipent. Je commence à me calmer aussi.
Elle est là. En sécurité. Avec moi.
Taylor se gare à l'extérieur de l'Escala. Je ne sais pas pourquoi. Mais Ana a déjà ouvert sa portière, et je la suis de près. Nous courons ensemble sous la pluie pour nous

abriter à l'intérieur. Pendant que nous attendons l'ascenseur, je lui serre la main et surveille la rue par les portes vitrées. Juste au cas où.

— J'en déduis que tu n'as pas encore localisé Leila, fait remarquer Ana.

— Non. Welch est toujours à sa recherche.

Nous entrons dans l'ascenseur et les portes se referment. Ana lève sur moi son visage angélique, et je suis comme hypnotisé. Nos regards sont chargés d'attente. Elle s'humecte les lèvres. C'est une invitation.

Et soudain, je la sens dans l'air, l'attraction puissante entre nous, comme de l'électricité statique.

— Tu perçois ça ? murmuré-je.

— Oui.

— Oh, Ana.

Je franchis la distance qui nous sépare et l'enlace avec fougue. Mes lèvres cherchent les siennes avec avidité. Elle gémit contre ma bouche, ses doigts dans mes cheveux, tandis que je la plaque contre la paroi de la cabine.

— Je déteste me disputer avec toi, dis-je.

Je désire chaque parcelle de son corps. Je la veux. Ici. Tout de suite. Pour être sûr que tout va bien entre nous.

La réaction d'Ana est instantanée. Sa passion se déchaîne, son baiser se fait plus ardent, plus exigeant. Son corps se presse contre le mien. Je tire sur sa jupe et fais remonter ma main sur sa cuisse, quand je sens de la dentelle sous mes doigts.

— Bon Dieu, tu portes des bas, dis-je d'une voix sourde, en glissant mon pouce sous l'élastique. Je veux voir ça.

Je remonte entièrement sa jupe pour découvrir le haut de ses cuisses. Et je recule pour admirer le spectacle et appuie sur le bouton d'arrêt d'urgence.

Haletant, je la contemple. On dirait une déesse, au regard sombre, sauvage. Ses seins se dressent vers moi à chaque inspiration.

— Détache-toi les cheveux.

Ana enlève sa pince et une cascade de mèches brunes tombe sur ses épaules et sa poitrine. Ma voix n'est plus qu'un souffle rauque :

— Défais les deux boutons du haut de ton chemisier.

Je sens mon sexe se durcir. Elle entrouvre les lèvres et lentement, trop lentement, dénoue le premier bouton. Marquant une pause, elle passe au deuxième, qu'elle libère avec la même lenteur infernale, et me dévoile enfin le renflement de ses seins.

— Tu ne peux pas savoir à quel point tu es attirante, là.

J'entends l'urgence dans ma voix. Elle plante les dents dans sa lèvre inférieure et secoue la tête.

Je crois que je vais exploser. Je ferme les yeux et rappelle mon corps à l'ordre. Avançant d'un pas, je plaque mes mains sur la paroi, de chaque côté de son visage. Elle renverse la tête et plonge ses yeux dans les miens.

Je me penche dangereusement.

— Je crois, mademoiselle Steele, que vous me rendez fou.

— Je vous rends fou ?

— À tous les niveaux, Anastasia. Tu es une sirène, une déesse.

Je l'attrape sous les genoux et la soulève. Elle enroule ses jambes autour de ma taille et mon érection se niche au creux de ses cuisses. J'embrasse sa gorge, goûte sa peau. Elle s'accroche à mon cou et se cabre, se pressant contre moi.

— Je vais te prendre maintenant, dis-je dans un grognement.

Je sors une capote et défais ma braguette.

— Tiens-toi bien, bébé.

Elle resserre son étreinte et je lui tends le préservatif. Elle mord un coin de l'étui argenté et, ensemble, nous arrachons l'emballage.

— C'est bien, ma belle.

Je recule légèrement pour enfiler cette foutue capote.

— Je ne vais jamais pouvoir attendre six jours.

C'est bientôt terminé, ces conneries.

Je passe mes pouces sur sa culotte. Mmm, de la dentelle. Bien.

— J'espère que tu ne tiens pas trop à elle.

Elle répond par un gémissement. Je glisse mes doigts sous l'élastique et arrache sa culotte, ouvrant la voie à mon havre de paix.

Mon regard rivé au sien, je la possède, lentement.

Putain, qu'est-ce que c'est bon.

Elle cambre le dos et ferme les yeux.

Je me retire et plonge une nouvelle fois en elle.

C'est ce que je veux. Ce dont j'ai besoin.

Après cette journée de merde.

Elle ne s'est pas enfuie. Elle est là.

Pour moi. Avec moi.

— Tu es à moi, Anastasia.

— Oui. À toi. Quand l'accepteras-tu ?

Ses paroles sont un baume pour mon cœur. C'est ce que je veux entendre. Ce que j'ai besoin d'entendre. Je la possède encore, brutalement. J'ai tellement besoin d'elle. À chaque halètement, chaque gémissement, je sais qu'elle a besoin de moi, elle aussi. Je me perds en elle comme elle se perd en moi, tous deux emportés dans une spirale incontrôlable.

— Oh, bébé.

Elle jouit dans un cri déchirant et je m'abandonne en murmurant son nom.

Je la serre contre moi, tandis que ma respiration se calme peu à peu. Front contre front, nous restons un moment immobiles.

— Oh, Ana. J'ai tellement besoin de toi.

Je dépose un baiser sur son front, éperdu de reconnaissance.

— Et moi de toi, Christian, souffle-t-elle.

Je la lâche doucement et remets sa jupe en place. Puis je tape le code sur le boîtier de l'ascenseur, et il se remet en mouvement.

— Taylor va se demander ce qui s'est passé, lui dis-je avec un sourire.

Elle tente en vain de remettre de l'ordre dans ses cheveux. Finalement, elle les noue en queue-de-cheval.

— Ça ira, dis-je pour la rassurer.

Je remonte ma braguette, et glisse la capote et sa culotte déchirée dans ma poche.

Taylor nous attend dans l'entrée.

— Un problème avec l'ascenseur…

Je prends un ton détaché, mais je préfère éviter son regard. Ana file dans la chambre, sans doute pour se rafraîchir, alors que je gagne la cuisine. Mme Jones prépare le dîner.

— La Saab est là, m'annonce Taylor, qui m'a suivi.

— Parfait. Je vais l'annoncer à Ana.

— Monsieur, dit-il, le sourire aux lèvres.

Taylor et Gail échangent un regard complice, puis Taylor quitte la pièce.

— Bonsoir, Gail.

Ignorant son expression amusée, je pose ma veste sur le tabouret et m'installe au comptoir.

— Bonsoir, monsieur Grey. Le dîner sera bientôt prêt.

— Ça sent bon.

Bon sang, j'ai une faim de loup.

— Coq au vin. Pour deux.

Elle me jette des coups d'œil à la dérobée et dispose le couvert sur le bar.

— Je me demandais si Mlle Steele serait avec nous demain.

— Oui, elle sera là.

— Je lui préparerai son déjeuner.

— Parfait.

Ana nous rejoint et Mme Jones nous sert notre dîner.

— Bon appétit, monsieur Grey. Ana, lance-t-elle.

Puis Gail nous laisse en tête à tête.

Je vais chercher une bouteille de chablis dans le réfrigérateur et nous verse à chacun un verre de vin. Ana s'attaque de bon cœur à son assiette. Elle a faim.

— J'aime te voir manger.

— Je sais.

Elle glisse un morceau de viande dans sa bouche. Je souris et bois une gorgée de vin.

— Raconte-moi un truc bien qui t'est arrivé aujourd'hui, dit-elle entre deux bouchées.

— Nous avons fait un grand pas dans la conception de notre tablette à énergie solaire. Les possibilités sont illimitées. Nous pensons pouvoir appliquer cette technologie aux téléphones portables.

— Ça semble très prometteur.

— Oui, très. Et on pourra les développer et les distribuer dans les pays en voie de développement à faible coût.

— Attention, ta philanthropie pointe de nouveau le bout de son nez, me taquine-t-elle. Alors dis-moi, tu as d'autres propriétés en dehors d'Aspen et New York ?

— Non.
— Où est-ce à New York ?
— TriBeCa.
— Dis-m'en plus.
— C'est un appartement. Je m'en sers très peu. C'est surtout ma famille qui en profite. On peut y aller quand tu veux.

Ana se lève, débarrasse mon assiette et la pose dans l'évier. Je crois qu'elle a l'intention de faire la vaisselle.

— Laisse ça, Gail va s'en charger.

Elle a l'air bien plus détendue que tout à l'heure, dans la voiture.

— Eh bien, à présent que vous êtes plus docile, mademoiselle Steele, nous pouvons peut-être parler de cette journée ?

— Je pense que c'est toi qui es plus docile. Je crois que je m'en sors bien pour te dompter.

— Me dompter ?

C'est drôle qu'elle imagine pouvoir me tenir en laisse.

Elle hoche la tête. Elle ne plaisante pas.

Je suis certes plus docile depuis notre baise dans l'ascenseur. Et elle paraît très satisfaite elle aussi. C'est ce qu'elle voulait dire ?

— Oui. Peut-être bien, Anastasia.

— Tu avais raison concernant Jack, dit-elle, retrouvant son sérieux.

Mon sang se glace dans mes veines.

— Il a tenté quelque chose ?

Elle secoue la tête.

— Non, il ne le fera pas, Christian. Aujourd'hui, je lui ai dit que j'étais avec toi, et il a aussitôt battu en retraite.

— Tu en es certaine ? Je pourrais virer ce fumier.

Il est foutu. Je veux sa tête.

Ana soupire.

— Il faut vraiment que tu me laisses mener mes propres batailles. Tu ne peux pas toujours tout anticiper pour moi et essayer de me protéger. C'est étouffant, Christian. Je ne vais jamais m'épanouir si tu ne cesses d'interférer dans ma vie. J'ai besoin d'un peu de liberté. Moi, je ne me mêlerai jamais de tes affaires.

— Je veux seulement que tu sois en sécurité, Anastasia. S'il t'arrivait quelque chose, je…

— Je sais et je comprends ta détermination à me protéger. Et une partie de moi aime ça. Je sais que si j'ai besoin de toi, tu seras là, comme je le suis pour toi. Mais si nous aspirons à un avenir ensemble, il faut que tu aies confiance en mon jugement. Oui, parfois, je fais des erreurs, mais il faut que j'apprenne par moi-même.

Son plaidoyer passionné me va droit au cœur, et je sais qu'elle a raison.

C'est juste que…

Les paroles de Flynn me viennent à l'esprit.

Si vous continuez dans cette voie, vous allez la faire fuir.

Elle s'approche de moi et prend mes mains pour les poser sur sa taille. Puis elle me touche doucement les bras.

— Tu ne peux pas t'immiscer dans mon travail. Ce n'est pas bien. Je n'ai pas besoin que tu déboules tel un chevalier blanc pour me secourir. Je sais que tu veux tout contrôler et je comprends pourquoi, mais tu ne peux pas le faire. C'est un objectif impossible… Tu dois apprendre à lâcher prise.

Elle caresse mon visage, avant d'ajouter :

— Et si tu y arrives – s'il te plaît, essaie au moins –, alors j'emménagerai avec toi.

— Tu ferais ça ?

— Oui.

— Mais tu ne me connais pas.

Soudain, la panique me gagne. Je dois lui dire.

— Je te connais bien assez, Christian. Rien ne m'effrayera au point de me faire fuir.

Ça, j'en doute fort. Elle ne sait pas pourquoi j'agis comme ça.

Elle ne connaît pas le monstre.

Elle m'effleure de nouveau le visage, elle cherche à me rassurer.

— Mais laisse-moi un peu d'air, je t'en supplie.

— J'essaie, Anastasia. Je ne pouvais tout simplement pas rester en retrait et te voir partir à New York avec ce… salopard. Il a une réputation vraiment épouvantable. Aucune de ses assistantes n'a tenu plus de trois mois, et la boîte ne les retient jamais. Je ne veux pas que ça t'arrive, bébé. Je ne veux pas qu'il t'arrive quoi que ce soit. Que tu sois blessée, par exemple… Cette pensée me remplit d'effroi. Je ne peux pas te promettre de ne pas intervenir, pas si je pense qu'il peut t'arriver quelque chose. (Je prends une grande inspiration.) Je t'aime, Anastasia. Je ferai tout ce qui est en mon pouvoir pour te protéger. Je ne peux pas imaginer ma vie sans toi.

Joli discours, Grey.

— Je t'aime aussi, Christian.

Elle se pend à mon cou et m'embrasse, sa langue taquinant mes lèvres.

Taylor toussote derrière nous. Je me lève, Ana est toujours à côté de moi.

— Oui ? dis-je, plus abruptement que je ne le souhaitais.

— Mme Lincoln est dans l'ascenseur, monsieur.

— Quoi ?

Je secoue la tête en marmonnant :

— Eh bien, ça devrait être intéressant.

J'adresse à Ana un sourire résigné.

Elle semble incrédule. Taylor lui fait un signe de tête avant de s'en aller.

— Tu lui as parlé aujourd'hui ? s'enquiert-elle.

— Oui.

— Qu'est-ce que tu lui as dit ?

— Que tu ne voulais pas la voir et que je comprenais tes raisons. Et je lui ai répété que je n'aimais pas qu'elle agisse dans mon dos.

— Qu'a-t-elle répondu ?

— Elle ne m'a pas pris au sérieux, comme d'habitude.

— Pourquoi crois-tu qu'elle vient ?

— Je n'en ai aucune idée.

Taylor réapparaît.

— Mme Lincoln ! annonce-t-il.

Elena entre et nous observe tour à tour. Je serre Ana contre moi.

— Elena ?

Pourquoi elle est là ?

— Je suis désolée, dit-elle. Je n'ai pas compris que tu avais de la compagnie, Christian. On est lundi.

— C'est ma petite amie, dis-je, pour mettre les choses au clair.

Les soumises ne sont là que le week-end, Mme Lincoln, vous le savez parfaitement.

— Bien sûr. Bonjour, Anastasia. J'ignorais que vous seriez ici. Je sais que vous ne souhaitez pas me parler. Je l'accepte.

— Vraiment ? réplique Ana d'un ton glacial.

Bordel.

Elena s'avance vers nous.

— Oui, j'ai compris le message. Je ne suis pas venue vous voir. Je suis juste étonnée, Christian a rarement de la compagnie en semaine.

Elle marque une pause, puis s'adresse directement à Ana :

— J'ai un problème que je souhaiterais soumettre à Christian.

— Oh ? Tu veux un verre ? lui proposé-je.

— Oui, s'il te plaît.

Je vais lui en chercher un. Quand je reviens, elles sont toutes les deux assises au bar, dans un silence pesant.

Quelle journée de merde. Elle ne finira donc jamais ?

Je leur sers à boire et m'installe entre elles.

— Alors, qu'est-ce qui t'arrive, Elena ?

Elle jette un coup d'œil à Ana. Apparemment, elle n'a toujours pas compris.

— Anastasia est avec moi, maintenant, dis-je.

Je presse la main d'Ana pour la rassurer. J'espère qu'elle ne va pas s'en mêler. Plus vite Elena aura lâché le morceau, plus tôt on sera débarrassé d'elle.

Elena n'est pas dans son état normal. Elle triture sa bague, signe que quelque chose la perturbe.

— On me fait chanter, lâche-t-elle.

— Quoi !?

Elle sort un morceau de papier de son sac à main.

— Pose-le et déplie-le, dis-je en désignant le comptoir du menton.

— Tu ne veux pas le toucher ? interroge Elena.

— Non. Pas d'empreintes.

— Christian, tu sais que je ne peux pas aller voir la police avec ça.

Elle étale la note sur le bar. C'est écrit en majuscules.

MADAME LINCOLN

CINQ MILLE

OU JE DIS TOUT

— On ne te réclame que cinq mille dollars ?

Ça paraît bizarre.

— Tu as une idée de qui il s'agit ? Quelqu'un de la communauté ?

— Non, répond-elle.

— Linc ?

— Quoi… après toutes ces années ? Je ne crois pas.

— Est-ce qu'Isaac est au courant ?

— Je ne lui en ai pas parlé.

— Je crois que tu devrais.

Ana tire ma manche. Elle veut s'en aller.

— Qu'est-ce qu'il y a, Ana ?

— Je suis fatiguée. Je crois que je vais aller me coucher.

Je scrute son visage pour savoir ce qu'elle ressent vraiment, mais comme d'habitude, je n'en ai aucune idée.

— D'accord. Je n'en ai pas pour longtemps.

Je lâche sa main et elle se lève.

— Bonne nuit, Anastasia, lance Elena.

— Bonne nuit, répond froidement Ana, avant de quitter la pièce.

Je reporte mon attention sur Elena.

— Je ne pense pas pouvoir faire grand-chose, Elena. Si c'est une question d'argent…

Je m'interromps. Elle sait que je lui donnerais l'argent. J'ai une autre idée.

— Je pourrais demander à Welch d'enquêter ?

— Non, Christian, je voulais juste t'en parler… Tu as l'air très heureux, ajoute-t-elle.

— Je le suis.

Ana vient d'accepter de vivre avec moi.

— Tu le mérites.

— J'aimerais que ce soit vrai.

— Christian ! gronde-t-elle. Sait-elle quelle mauvaise image tu as de toi ? Est-elle au courant de tous tes problèmes ?

— Elle me connaît mieux que personne.

— Aïe ! C'est blessant.

— C'est la vérité, Elena. Je n'ai pas à jouer avec elle. Et je le pense vraiment, laisse-la tranquille.

— C'est quoi, son problème ?

— Toi… Ce que nous avons été. Ce que nous avons fait. Elle ne comprend pas.

— Aide-la à comprendre.

— C'est du passé, Elena. Pourquoi aurais-je envie de la souiller avec notre relation perverse ? Elle est bonne, douce et innocente et, par miracle, elle m'aime.

— Ce n'est pas un miracle, Christian. Aie un peu foi en toi. Tu es un sacré parti. Je te l'ai souvent dit. Et elle a l'air adorable, elle aussi. Forte. Une femme capable de te tenir tête.

— C'est la plus forte de nous deux.

Le regard d'Elena s'intensifie. Elle a l'air pensive.

— Ça ne te manque pas ? demande-t-elle soudainement.

— Quoi donc ?

— Ta salle de jeux.

— Bordel, ça ne te regarde vraiment pas !

— Oh, je suis désolée, Christian.

Son air sarcastique m'énerve. Elle est tout sauf désolée.

— Je crois que tu ferais mieux de partir. Et, s'il te plaît, si tu reviens, appelle avant.

— Christian, je te demande pardon, répète-t-elle, avec sincérité cette fois. Depuis quand es-tu si susceptible ?

— Elena, notre relation d'affaires nous a énormément profité à tous les deux. Contentons-nous de ça. Ce qui s'est passé entre nous, c'est de l'histoire ancienne. Anastasia est mon avenir et en aucun cas je ne le mettrai en danger, alors arrête tes conneries.

— Je vois.

Elena me foudroie du regard, comme si elle cherchait à me provoquer. Ça me met mal à l'aise.

— Écoute, je suis désolé que tu aies des ennuis. Peut-être devrais-tu affronter ça et prendre ces gens au mot.

— Je ne veux pas te perdre, Christian.

— Je ne suis plus à toi, Elena. Tu ne peux pas me perdre.

— Ce n'est pas ce que je voulais dire.

— Alors quoi ? rétorqué-je d'un ton cassant.

— Bon, je n'ai pas envie de me disputer avec toi. Notre amitié est très importante pour moi. Je vais laisser Anastasia en paix. Mais je suis là, si tu as besoin de moi. Je serai toujours là.

— Anastasia pense que nous nous sommes vus samedi dernier. Tu as appelé, c'est tout. Pourquoi lui as-tu raconté autre chose ?

— Pour qu'elle sache combien tu étais bouleversé quand elle est partie. Je ne veux pas qu'elle te fasse du mal.

— Elle le sait, je le lui ai dit. Cesse de t'immiscer dans notre histoire. Franchement, tu te comportes comme une mère poule.

Elena éclate de rire. Un rire faux. Je veux qu'elle parte maintenant.

— J'en suis désolée. Tu sais que je tiens à toi. Je n'aurais jamais cru que tu finirais par tomber amoureux, Christian. Ça fait plaisir à voir. Mais je ne supporterais pas qu'elle te fasse souffrir.

— Je prends le risque, dis-je sèchement. Bon, tu ne veux vraiment pas que Welch aille fourrer son nez dans ton histoire ?

— Je suppose que ça ne peut pas faire de mal.

— D'accord. Je l'appellerai demain matin.

— Merci, Christian. Et encore pardon de vous avoir dérangés. Je m'en vais. La prochaine fois, j'appellerai avant.

— Bien.

Je me lève et, comprenant le message, elle m'imite. Je la raccompagne jusqu'au vestibule, où elle me donne un baiser sur la joue.

— Je m'inquiète pour toi, tu sais.

— Oui, je sais. Oh, et une dernière chose, arrête de raconter n'importe quoi sur Ana à ma mère !

— D'accord, répond-elle d'un air pincé.

Elle est agacée à présent. L'ascenseur s'ouvre.

— Bonsoir, Elena.

— Bonsoir, Christian.

Les portes se referment et les mots d'Ana me reviennent en tête.

Des valises encombrantes.

Je ris malgré moi. Oh, Ana, tu as tellement raison.

Dans ma chambre, je trouve Ana assise sur le lit. Son visage est indéchiffrable.

— Elle est partie.

J'attends sa réaction avec anxiété. Je ne sais pas ce qu'elle a en tête.

— Est-ce que tu vas enfin me parler d'elle ? J'essaie de comprendre pourquoi tu penses qu'elle t'a aidé.

Elle jette un coup d'œil à ses ongles, puis me regarde avec aplomb.

— Je la déteste, Christian. Je pense qu'elle a causé d'énormes dégâts. Tu n'as aucun ami. Est-ce qu'elle les a tenus éloignés de toi ?

Nom de Dieu ! J'en ai vraiment marre. Je n'ai pas besoin de ça maintenant.

— Mais bon sang, pourquoi veux-tu en savoir plus sur elle ? Notre liaison a été très longue, elle m'a roué de coups très souvent et je l'ai baisée de bien des manières que tu ne peux imaginer, et voilà.

Elle pâlit. Elle rejette ses cheveux en arrière.

— Pourquoi es-tu tellement en colère ?

Je ne peux m'empêcher de crier :

— Parce que tout ça, c'est terminé !

Ana détourne les yeux, le visage sombre.

Putain. Pourquoi suis-je aussi à cran avec elle ?

Calme-toi, Grey.

Je m'assois près d'elle et lui demande plus doucement :

— Qu'est-ce que tu veux savoir ?

— Tu n'es pas obligé de me raconter. Je ne voulais pas m'immiscer dans ta vie.

— Anastasia, ce n'est pas ça. Je n'aime pas parler de cette merde. J'ai vécu dans une bulle pendant des années sans que rien ne m'affecte et sans avoir à me justifier devant qui que ce soit. Elle a toujours été là pour jouer le rôle de confidente. Et maintenant, mon passé et mon avenir se télescopent d'une manière que je n'aurais pas crue possible. Je n'ai jamais imaginé un avenir avec qui que ce soit, Anastasia. Tu me redonnes de l'espoir et tu m'ouvres à toutes sortes de possibilités.

Tu as dit que tu emménagerais avec moi.

— J'ai écouté, murmure-t-elle, gênée.

— Quoi ? Notre conversation ?

Bordel. Qu'est-ce que j'ai raconté ?

— Oui.

— Eh bien ?

— Elle tient à toi.

— Oui, en effet. Et moi à elle, à ma façon. Mais cela ne ressemble en rien à ce que je ressens pour toi. C'est tout ce qui compte.

— Je ne suis pas jalouse, se récrie-t-elle.

Je ne suis pas sûr de la croire.

— Tu ne l'aimes pas alors ? demande-t-elle d'une petite voix.

Je soupire.

— Il y a longtemps, j'ai cru que je l'aimais.

— Quand nous étions en Géorgie… tu m'as dit que tu ne l'aimais pas.

— C'est vrai.

Elle paraît perplexe.

Oh, bébé, il faut vraiment que je te le dise ?

— C'est toi que j'aimais, Anastasia. Tu es la seule personne pour qui j'ai parcouru cinq mille kilomètres en avion. Ce que j'éprouve pour toi est différent de tout ce que j'ai pu éprouver pour Elena.

Ana me demande quand je m'en suis rendu compte.

— Curieusement, c'est Elena qui me l'a fait remarquer. C'est elle qui m'a poussé à aller en Géorgie.

Son expression change. Elle semble inquiète.

— Alors tu l'as désirée ? Quand tu étais plus jeune ?

— Oui. Elle m'a beaucoup appris. Notamment à croire en moi.

— Mais elle t'a aussi roué de coups.

— Oui, c'est vrai.

— Et tu aimais ça ?

— À l'époque, oui.

— Tu aimais tellement ça que tu as voulu le reproduire avec d'autres ?

— Oui.

— Elle t'a aidé pour ça ?

— Oui.

— A-t-elle été une de tes soumises ?

— Oui.

Elle est choquée.

Si tu ne veux pas savoir, ne demande pas.

— Est-ce que tu attends de moi que je l'apprécie ?

— Non. Et pourtant, ça me faciliterait la vie. Mais je comprends ta réticence.

— Ma réticence ! Christian, franchement, s'il s'agissait de ton fils, comment réagirais-tu ?

Quelle question ridicule ! Moi, avec un gosse ? Jamais.

— Je n'étais pas obligé de rester avec elle. C'était mon choix aussi, Anastasia.

— Qui est Linc ?

— Son ex-mari.

— Lincoln Timber ?

— Lui-même.

— Et Isaac ?

— Son soumis actuel. Il a plus de vingt ans, Anastasia. C'est un adulte consentant.

— Ton âge.

Bordel, ça suffit !

— Écoute, Anastasia, elle fait partie du passé. Tu es mon avenir. Ne la laisse pas se mettre entre nous, je t'en prie. Et, pour être tout à fait franc, cette discussion commence à m'ennuyer. Je vais aller travailler un peu.

Je me lève et lui lance un regard d'avertissement.

— Laisse tomber. S'il te plaît.

Elle relève le menton d'un air buté. Je préfère l'ignorer.

— Oh, j'ai failli oublier. Ta voiture a été livrée plus tôt dans la journée. Elle est au garage. Taylor a les clés.

Son regard s'illumine.

— Je pourrai la prendre demain ?

— Non.

— Pourquoi ?

— Tu sais pourquoi.

Leila. Je dois vraiment tout lui expliquer ?

— Et maintenant que tu m'y fais penser, si tu dois quitter le bureau, j'aimerais que tu m'en informes. Sawyer était là, il te surveillait. De toute évidence, je ne peux pas te faire confiance quand il s'agit de prendre soin de toi.

— De toute évidence, je ne peux pas non plus te faire confiance. Tu aurais pu m'avertir que Sawyer me surveillait.

— Tu veux qu'on se dispute aussi à ce sujet ?

— Je ne savais pas qu'on se disputait. Je pensais qu'on communiquait, réplique-t-elle en me fusillant du regard.

Je ferme les yeux, luttant pour garder mon calme. Tout ça ne nous mène nulle part.

— J'ai du travail.

Je sors de la chambre avant de prononcer des paroles que je pourrais regretter.

Toutes ces questions.

Pourquoi les poser, si elle ne supporte pas les réponses ?

Elena est furieuse, elle aussi. Je m'assois à mon bureau et constate qu'elle m'a envoyé un mail.

De : Elena Lincoln
Objet : Ce soir
Date : 13 juin 2011 21:16
À : Christian Grey

Christian
Je suis désolée. Je ne sais pas quelle mouche m'a piquée de venir te voir.
J'ai l'impression de te perdre. En tant qu'ami. C'est tout.
Ton amitié et tes conseils sont très précieux pour moi.
Sans toi, je n'en serais pas là aujourd'hui.
Ne l'oublie jamais.

E x

ELENA LINCOLN
ESCLAVA
La Beauté qui est en vous™

Elle me rappelle aussi que, sans elle, je n'en serais pas là non plus.

Et c'est la vérité.

Elle empoigne mes cheveux et me renverse la tête.

— Qu'est-ce que tu as à me dire ? siffle-t-elle en vrillant son regard bleu dans le mien.

Je suis brisé. Mes genoux me font mal. Mes cuisses aussi. Mon dos est couvert de zébrures. Je n'en peux plus. Et elle ne me quitte pas des yeux. Elle attend.

— Je veux abandonner Harvard, Maîtresse.

C'est une confession douloureuse. Harvard a toujours été un but ultime. Pour moi. Pour mes parents. Pour leur prouver que je pouvais réussir. Leur montrer que je n'étais pas le minable qu'ils croyaient.

— Abandonner Harvard ?

— *Oui, Maîtresse.*

Elle lâche mes cheveux et balance doucement le martinet.

— *Qu'est-ce que tu comptes faire ?*

— *Je veux monter ma boîte.*

Son ongle vermillon court sur ma joue, puis sur mes lèvres.

— *Je savais que quelque chose te tracassait. Il faut toujours que je te fasse cracher le morceau, hein ?*

— *Oui, Maîtresse.*

— *Habille-toi. On va en discuter.*

Je secoue la tête. Ce n'est pas le moment de penser à Elena. Je lis mes autres mails.

Quand je relève le nez de mon écran, il est 22 h 30.

Ana.

J'étais absorbé par ma lecture du contrat de la SIP. J'aurais aimé ajouter le licenciement de Hyde comme condition au rachat, mais ça risquerait de m'attirer des ennuis, sur le plan légal.

Je me lève, m'étire, et regagne la chambre.

Ana n'est pas là.

Elle n'est pas non plus dans le salon. Je grimpe l'escalier en courant pour vérifier dans l'espace dédié aux soumises.

Vide. *Merde.*

Où est-elle ? Dans la bibliothèque ? Je redescends à toute vitesse.

Je la découvre roulée en boule dans un grand fauteuil de la bibliothèque. Elle dort profondément. Vêtue d'une nuisette en satin rose pâle, les cheveux tombant sur sa poitrine. Un livre ouvert sur ses genoux.

Rebecca, de Daphné du Maurier.

Je souris. La famille de mon grand-père Theodore est originaire de Cornouailles. D'où ma collection de livres de Daphné du Maurier.

Je soulève Ana dans mes bras.

— Hé, tu t'es assoupie. Je t'ai cherchée.

Elle s'accroche à mon cou et marmonne des paroles incompréhensibles. Je la ramène dans ma chambre et la borde.

— Dors, bébé, dis-je en déposant un baiser sur son front.

Puis je vais prendre une douche. J'ai besoin de me laver de cette journée.

MARDI 14 JUIN 2011

Je me réveille en sursaut. Mon cœur bat à tout rompre et ma gorge est serrée. Je suis allongé, nu, à côté d'Ana. Elle dort paisiblement. J'envie tant sa capacité à dormir. Ma lampe de chevet est toujours allumée. Le réveil indique 1 h 45, et je n'arrive pas à chasser mon inquiétude.

Leila ?

Je vais dans mon dressing et enfile un survêtement et un tee-shirt. Dans la chambre, je jette un coup d'œil sous le lit. La porte-fenêtre du balcon est bien verrouillée. Je gagne rapidement le bureau de Taylor. Comme la porte est ouverte, je frappe et j'entre. Ryan se lève, surpris de me voir.

— Bonsoir, monsieur.

— Salut, Ryan. Tout va bien ?

— Oui, monsieur. Rien à signaler.

— Rien sur…

Je désigne les écrans de vidéosurveillance.

— Non, monsieur. L'immeuble est sécurisé. Reynolds vient de faire sa ronde.

— Bien. Merci.

— Pas de quoi, monsieur Grey.

Je ferme la porte et vais me servir un verre d'eau dans la cuisine. J'en bois une gorgée en scrutant l'obscurité à travers les fenêtres.

Où es-tu, Leila ?

Je la revois, tête baissée, soumise, désireuse de me plaire. Agenouillée dans ma salle de jeux, endormie dans sa chambre, à genoux près de moi dans mon bureau, pendant que je travaillais. À présent, elle erre dans les rues de Seattle. Seule, égarée, dans le froid.

Peut-être que je suis perturbé parce qu'Ana a accepté d'emménager avec moi. Je peux la protéger. Mais elle ne veut pas de ma protection.

Je secoue la tête. Anastasia est un défi de tous les instants.

Un immense défi.

Bienvenue chez les amoureux. Les paroles de Flynn me hantent. C'est donc ça, être amoureux ? Troublant, excitant, éreintant.

Je m'approche du piano et baisse le couvercle pour étouffer le son. Je ne veux pas la réveiller. Je m'assois et contemple les touches. Ça fait plusieurs jours que je n'ai pas joué. Je positionne mes doigts sur le clavier et commence. Tandis que le *Nocturne* de Chopin en si bémol mineur emplit la pièce, je m'abandonne à la mélancolie du morceau. Mon âme s'apaise.

Un mouvement dans ma vision périphérique attire mon attention. Ana se tient dans l'ombre. La lueur du couloir fait briller ses prunelles. Je continue. Elle s'approche de moi, enveloppée d'un déshabillé en satin rose pâle. Elle est fabuleuse : une diva tout droit sortie d'un film des années 1930.

Quand elle me rejoint, je m'interromps. Je veux la toucher.

— Pourquoi t'arrêtes-tu ? C'était magnifique.

— Sais-tu à quel point tu es désirable en cet instant ?

— Viens te coucher.

Quand elle me prend la main, je l'attire sur mes genoux et l'enlace. Je parcours sa gorge de baisers, jusqu'à la minuscule veine qui bat à la base de son cou. Elle frissonne entre mes bras.

— Pourquoi nous disputons-nous ? dis-je en mordillant le lobe de son oreille.

— Parce que nous apprenons à nous connaître et que tu es obtus, acariâtre, lunatique et difficile.

Elle incline la tête pour m'offrir sa gorge. Je souris et niche mon nez dans son cou.

Un défi de tous les instants.

— Je suis tout ce que vous dites, mademoiselle Steele. C'est d'ailleurs surprenant que vous me supportiez.

Je lui suçote l'oreille.

— Mmm…

— C'est toujours comme ça ? murmuré-je contre sa peau.

Me lasserai-je jamais d'elle ?

— Je n'en sais rien, dit-elle dans un soupir.

— Moi non plus.

Je dénoue la ceinture de son peignoir et le fais glisser par terre, révélant une longue chemise qui épouse chacune de ses courbes. Ma main descend sur ses seins et ses tétons se dressent sous le satin quand je les fais rouler sous mes doigts. Je poursuis mon exploration sensuelle jusqu'à sa taille, puis ses hanches.

— Tu es si douce sous ce tissu… et je vois tout, même ça.

Je tire doucement sur les poils de son pubis, visibles à travers le tissu soyeux. Elle pousse un petit cri. J'enfouis ma main dans ses cheveux et lui renverse la tête. Je l'embrasse avec passion, savourant le goût de sa langue.

Elle gémit et effleure ma barbe naissante, tandis que son corps frissonne sous mes caresses.

Lentement, je soulève sa chemise de nuit, et m'enivre de la douceur du satin à mesure qu'il dévoile son corps et ses jambes magnifiques. Mes mains trouvent son cul. Elle est nue. J'empoigne ses fesses et fais courir l'ongle de mon pouce sur l'intérieur de sa cuisse.

Je la veux. Ici. Sur mon piano.

Je me lève abruptement et hisse Ana sur l'instrument. Elle se retrouve assise sur le couvercle, les pieds sur le clavier. Deux accords dissonants résonnent dans la pièce tandis qu'elle fouille mon regard. Debout entre ses jambes, je lui tiens les mains.

— Allonge-toi.

Je l'aide à s'étendre sur le piano. Le tissu fluide s'étale sur le bois noir laqué. J'enlève mon tee-shirt, et écarte ses jambes. Ses pieds jouent un staccato dans les graves et les aigus. Je lui mordille l'intérieur du genou et dépose un chapelet de baisers sur sa cuisse. Sa chemise se relève, exposant le cœur de son intimité. Elle grogne. Elle sait ce que j'ai en tête. Ses pieds se cambrent, arrachant à l'instrument une nouvelle mélodie, aussi saccadée que sa respiration.

J'ai atteint mon but : son clitoris. Je pose les lèvres dessus, me délectant du frisson de plaisir qui traverse son corps. Puis je souffle sur ses poils pour laisser un passage à ma langue. Je lui écarte largement les cuisses et la maintiens fermement, les mains plaquées sur ses genoux. Elle m'appartient. Elle est à ma merci. Et j'adore ça. Lentement, je décris des cercles avec ma langue, encore et encore. Elle se tortille sous cette torture exquise, basculant les hanches pour en demander plus.

Je poursuis mon assaut implacable. Je la dévore.

Mon visage est trempé. De moi. D'elle.

Ses jambes se mettent à trembler.

— Oh, Christian, je t'en prie !

— Non, bébé, pas encore.

Relevant la tête, je prends une profonde inspiration. Elle est offerte, sur un lit de satin, sa chevelure étalée sur l'ébène. Une déesse dans la lumière tamisée de la pièce.

— Non, se plaint-elle.

Elle ne veut pas que j'arrête.

— C'est ma revanche, Ana. Chaque fois que nous nous disputerons, je me vengerai sur ton corps.

J'embrasse son ventre, et ses muscles se contractent sous mes lèvres.

Oh bébé, tu es prête pour moi.

Mes mains remontent sur ses cuisses, les pétrissent, les malaxent, les caressent. Ma langue goûte son nombril, alors que mes pouces atteignent le haut de ses cuisses.

— Ah !

Elle pousse un cri au moment où j'enfonce un pouce en elle, tandis que l'autre tourmente son clitoris, impitoyable.

Elle s'arcboute sur le piano.

— Christian ! crie-t-elle.

Ça suffit, Grey.

Je soulève ses pieds du clavier et la repousse sur le couvercle. Je me débarrasse de mon survêt, attrape une capote, et grimpe à mon tour, m'insinuant entre ses jambes. Elle me fixe de ses yeux chargés d'attente pendant que je déroule le latex sur ma queue. Je rampe sur son corps et nous nous retrouvons front contre front. Mon amour et ma passion se reflètent dans ses yeux assombris de désir.

— J'ai tellement envie de toi, murmuré-je.

Je la pénètre. Puis me retire. Et m'enfonce à nouveau.

Elle agrippe mes bras et renverse la tête, la bouche ouverte.

Elle est proche de l'orgasme.

J'intensifie le mouvement et sens ses jambes se raidir sous moi au moment où elle crie sa délivrance. J'explose à mon tour dans la femme que j'aime.

Je lui caresse les cheveux. Sa tête est posée sur ma poitrine.

— Tu bois du thé ou du café le soir ? demande Ana.

— Quelle drôle de question.

— Je me disais que j'aurais pu t'apporter du thé dans ton bureau, avant de me rendre compte que je ne savais pas ce que tu aimais.

— Oh, je vois. De l'eau ou du vin le soir, Ana. Mais je devrais peut-être essayer le thé.

Je caresse son dos du bout des doigts. J'ai besoin de la toucher.

— Nous savons vraiment très peu de choses l'un de l'autre.

— Je sais.

Elle ne me connaît pas. Et quand elle saura…

Elle se redresse, sourcils froncés.

— Qu'y a-t-il ?

J'aimerais tellement te le dire. Mais tu vas me quitter.

Je prends son doux visage entre mes mains.

— Je t'aime, Ana Steele.

— Je t'aime aussi, Christian Grey. Tu ne me feras pas fuir, tu peux me croire.

L'avenir nous le dira, Ana. L'avenir nous le dira.

Je l'attire tout contre moi, descends du piano, et la porte dans mes bras.

— Au lit maintenant.

> Grand-pa Theo-dore et moi, on cueille des pommes.
> « Tu vois ces pommes rouges sur ce pommier vert ? »
> Je hoche la tête.
> « C'est nous qui l'avons planté. Toi et moi. Tu t'en souviens ? »
> « On l'a bien eu, ce vieil arbre. »

« Il croyait qu'il allait donner des pommes vertes amères. »
« Alors qu'il fait ces belles pommes rouges et sucrées. »
« Tu t'en souviens ! »
J'acquiesce.
Il renifle la pomme.
« Tiens, sens-la. »
Ça sent bon. Ça sent un bon repas.
Il frotte la pomme contre sa chemise et me la tend.
« Goûte-la. »
Je mords dedans.
C'est croquant et sucré, comme la tarte aux pommes.
Je souris. Mon ventre est content.
Ces pommes s'appellent des fuji.
« Dis, tu veux goûter cette pomme verte ? »
« Je ne sais pas. »
Grand-pa en croque un morceau et frissonne.
Il fait une drôle de tête.
« C'est pas bon. »
Il me la donne en souriant. Je mords dedans.
Un frisson me parcourt de la tête aux pieds.
Pas bon du tout.
Je fais la grimace moi aussi. Il rit. Et je ris.
On cueille les pommes rouges et on les dépose dans un panier.
On l'a bien eu, cet arbre.
C'est doux. C'est sucré.
Oui, c'est bon.

L'odeur me rappelle le verger de mon grand-père. J'ouvre les yeux. Mon corps enveloppe celui d'Ana comme une couverture. Ses doigts jouent avec mes cheveux et elle me sourit timidement.

— Bonjour, beauté.

— Bonjour, beauté.

Mon corps a une autre idée de réveil en tête. Je lui donne un rapide baiser et démêle mes jambes des siennes. Me hissant sur un coude, je la contemple.

— Tu as bien dormi ?

— Oui, en dépit de mon sommeil interrompu.

— Mmm. Tu peux m'interrompre de cette manière quand ça te chante, dis-je en plantant un baiser sur les lèvres.

— Et toi ? Tu as bien dormi ?

— Je dors toujours bien avec toi, Anastasia.

— Plus de cauchemars ?

— Non.

Seulement des rêves. Des rêves agréables.

— Et tes cauchemars, ils parlent de quoi ?

Sa question me prend au dépourvu, et soudain, je repense au petit garçon de quatre ans que j'étais – impuissant, perdu, blessé et rempli de colère.

— Ce sont des flash-back de ma petite enfance, enfin c'est ce que dit le Dr Flynn. Certains très clairs, d'autres moins.

J'étais un enfant négligé, maltraité.

Ma mère ne m'aimait pas. Ne me protégeait pas.

Elle s'est suicidée et m'a abandonné.

La pute camée morte par terre.

La brûlure.

Non, pas la brûlure.

Ne repense pas à ça, Grey.

— Tu te réveilles en pleurant et en criant ?

Sa voix me ramène au présent. Je fais courir mon doigt sur ses clavicules, pour garder le contact avec elle. Mon attrape-rêves.

— Non, Anastasia. Je n'ai jamais pleuré. D'aussi loin que je m'en souvienne.

— As-tu des souvenirs heureux de ton enfance ?

— Je me rappelle la pute défoncée au crack en train de faire la cuisine. Je me souviens de l'odeur. Ça devait être un gâteau d'anniversaire. Pour moi.

Maman est dans la cuisine.

Ça sent bon.

Ça sent le chocolat chaud.

Elle chante.

La chanson de maman heureuse.

Elle sourit.

— C'est pour toi, Asticot.

Pour moi !

— Ensuite, Mia est arrivée avec mes parents. Ma mère s'inquiétait de ma réaction mais j'ai tout de suite adoré le bébé qu'était Mia. Le premier mot que j'ai prononcé a été *Mia*. Je me rappelle ma première leçon de piano. Miss Kathie, mon professeur, était très belle. Elle avait aussi des chevaux.

— Tu as dit que ta mère t'avait sauvé. Comment ?

Grace ? C'est pourtant évident, non ?

— Elle m'a adopté. La première fois que je l'ai vue, j'ai cru que c'était un ange. Elle était habillée en blanc, elle était douce et si calme lorsqu'elle m'a examiné. Je ne l'oublierai jamais. Si elle avait dit non ou si Carrick avait dit non…

Putain. Je serais mort à l'heure qu'il est.

Je jette un œil au réveil : 6 h 15.

— Tout ça est un peu trop intense pour une heure aussi matinale.

— Je me suis promis de te connaître mieux, réplique-t-elle d'un air espiègle.

— C'est vrai, mademoiselle Steele ? Je pensais que vous vouliez juste savoir si je préférais le thé ou le café. Peu importe, j'imagine bien un moyen qui te permettrait de mieux me connaître.

Je frotte mon érection contre elle.

— Je crois que je te connais assez bien de ce point de vue-là.

J'affiche un large sourire.

— Je crois que je ne te connaîtrai jamais assez de ce point de vue-là. Il y a des avantages évidents à se réveiller près de toi, dis-je en nichant mon nez dans son cou.

— Tu ne dois pas te lever ?

— Pas ce matin. Il n'y a qu'un seul endroit où j'ai envie d'aller là maintenant, mademoiselle Steele.

— Christian !

Je roule sur elle et lui agrippe les mains pour les lever au-dessus de sa tête. Puis je couvre sa gorge de baisers.

— Oh, mademoiselle Steele.

D'une main, je maintiens ses bras relevés et de l'autre, je fais remonter sa chemise à un rythme douloureusement lent, pressant mon sexe contre le sien.

— Oh, ce que j'aimerais te faire…

Elle me sourit et se cambre pour venir à ma rencontre.
Vilaine fille.
D'abord, une capote.
Un peu de patience, mademoiselle Steele...

Ana me rejoint au bar pour prendre le petit déjeuner. Avec sa robe bleu pâle et ses talons hauts, elle est splendide. Je la regarde manger avec appétit. Je suis détendu. Heureux, même. Elle a accepté d'emménager avec moi et ma journée n'aurait pas pu mieux commencer. Je souris de contentement. Elle se tourne vers moi.

— Quand vais-je rencontrer ton coach, Claude, pour le mettre à l'épreuve ?

— Ça dépend si tu veux aller à New York ce week-end. À moins que tu n'aies envie de le rencontrer tôt un matin de cette semaine. Je vais demander à Andrea de consulter son planning et de te rappeler.

— Andrea ?

— Mon assistante.

Elle revient aujourd'hui, quel soulagement.

— Une de tes nombreuses blondes ?

— Elle n'est pas à moi. Elle travaille pour moi. Toi, tu es à moi.

— Je travaille pour toi aussi.

Oh, c'est vrai !

— Oui, toi aussi.

— Peut-être que Claude pourra m'apprendre le kickboxing ?

Elle sourit bêtement, tout comme moi.

Elle semble vouloir me défier. Ça pourrait être intéressant.

— Je vous attends, mademoiselle Steele

Ana mord dans son pancake et jette un coup d'œil au salon.

— Tu as relevé le couvercle du piano ?

— Je l'avais fermé cette nuit pour ne pas te réveiller. Apparemment ça n'a pas marché, mais j'en suis ravi.

Ses joues s'empourprent.

Oui. Il y aurait beaucoup à dire sur la baise et le piano à queue. Et sur la baise au réveil. C'est excellent pour le moral.

Mme Jones interrompt ce moment d'intimité. Elle dépose un sachet contenant le déjeuner d'Ana sur le comptoir.

— Pour plus tard, Ana. Au thon, ça va ?

— Oh oui. Merci, madame Jones.

Ana et Gail échangent un sourire chaleureux, puis Gail quitte la pièce pour nous laisser en tête à tête. C'est nouveau aussi, pour Gail. J'ai rarement des invitées en semaine. La dernière fois que ça s'est produit, c'était déjà Ana.

— Je peux te demander quelque chose ?

Sa question m'arrache à mes réflexions.

— Bien sûr.

— Et tu ne vas pas te mettre en colère ?

— C'est au sujet d'Elena ?

— Non.

— Alors je ne me mettrai pas en colère.

— Mais maintenant j'ai une question supplémentaire.

— Oh ?

— Qui la concerne.

Mon sens de l'humour s'évanouit.

— Quoi ?

— Pourquoi tu t'énerves comme ça quand je te pose des questions sur elle ?

— Franchement ?

— Je pensais que tu étais toujours honnête avec moi.

— Je fais tout mon possible.

— Voilà une réponse très évasive.

— Je suis toujours honnête avec toi, Ana. Je ne veux pas jouer avec toi. Pas de cette manière, en tout cas.

— À quels jeux veux-tu jouer alors ?

Ana cligne des paupières, l'air faussement innocent.

— Mademoiselle Steele, c'est si simple de détourner votre attention.

Elle éclate de rire. La voir heureuse me redonne le sourire.

— Monsieur Grey, vous détournez mon attention de bien des façons.

— Je crois que t'entendre rire est ce que je préfère au monde, Anastasia. Bon, quelle était ta première question ?

— Ah oui. Tu ne voyais tes soumises que le week-end ?

— Oui, c'est exact.

Qu'est-ce qu'elle a en tête ?

— Alors pas de sexe la semaine.

Elle jette un œil du côté de la porte, pour s'assurer que personne ne nous entend. Je ris.

— Ah, voilà où tu voulais en venir. Pourquoi crois-tu que je fais du sport tous les jours ?

Aujourd'hui, c'est différent. Le sexe un jour de semaine, avant le petit déjeuner. La dernière fois que ça m'est arrivé, c'était dans mon bureau.

Avec toi, Anastasia.

— Vous avez l'air très fière de vous, mademoiselle Steele.

— Je le suis, monsieur Grey.

— Tu peux. Maintenant, termine ton petit déjeuner.

Nous prenons l'ascenseur avec Taylor et Sawyer et montons en voiture, toujours de très bonne humeur. Puis nous nous dirigeons vers la SIP.

Oui, je pourrais m'habituer à cette vie.

Ana est radieuse. Elle me regarde à la dérobée. Ou bien est-ce moi ? Je lui demande d'un ton détaché :

— Tu ne m'as pas dit que le frère de ta colocataire arrivait aujourd'hui ?

— Oh, Ethan ! J'avais oublié. Merci, Christian, de me le rappeler. Il va falloir que je retourne à l'appartement.

— À quelle heure ?

— Je ne suis pas certaine de l'heure à laquelle il arrive.

— Je refuse que tu ailles où que ce soit toute seule.

— Je sais. Est-ce que Sawyer va m'espionner… euh… patrouiller aujourd'hui ?

— Oui, dis-je d'un ton sans appel.

Leila rôde toujours.

— Si je pouvais prendre la Saab, ce serait plus simple, marmonne-t-elle en faisant la moue.

— Sawyer pourra te conduire à ton appartement à l'heure qui t'arrangera.

Je croise le regard de Taylor dans le rétroviseur. Il confirme d'un signe de tête. Ana soupire.

— D'accord. Je pense qu'Ethan va m'appeler dans la journée. Je te ferai savoir ce qui est prévu.

Cette organisation est trop hasardeuse à mon goût. Mais je ne veux pas qu'on se dispute. Pas question de gâcher une si belle journée.

— Bien. Mais tu ne vas nulle part toute seule. C'est compris ?

J'agite un doigt menaçant sous son nez.

— Oui, mon chéri, raille-t-elle.

Oh, ça mériterait une bonne fessée.

— Et utilise uniquement ton BlackBerry. Je t'enverrai des messages dessus. Ce qui épargnera à mes informaticiens une matinée passionnante, d'accord ?

— Oui, Christian, répond-elle en levant les yeux au ciel.

— Eh bien, mademoiselle Steele, je crois bien que ma main me démange.

— Ah, monsieur Grey, votre main vous démange constamment. Qu'allons-nous faire pour y remédier ?

J'éclate de rire. Elle est si drôle.

Mon portable vibre.

Merde. Elena. Je réponds d'un ton bourru :

— Qu'est-ce qui se passe ?

— Christian. Bonjour. C'est moi. Désolée de te déranger. Je voulais te dire de ne pas appeler ton enquêteur. Le mot était d'Isaac.

— Tu plaisantes ?

— Non, je t'assure. C'est tellement embarrassant. C'était une mise en scène.

— Une mise en scène ?

— Oui. Et quand il disait qu'il en voulait cinq mille. Il ne parlait pas de dollars !

Je ris.

— Quand t'a-t-il dit ça ?

— Ce matin. Je l'ai appelé à la première heure. Je lui ai raconté que j'étais venue te voir. Oh, Christian, je suis vraiment confuse.

— Non, ne t'inquiète pas. Pas besoin de t'excuser. Je suis content qu'il y ait une explication logique. La somme paraissait dérisoire.

— Je suis mortifiée.

— Je suis sûr que tu as déjà en tête une vengeance diabolique et originale. Pauvre Isaac.

— En fait, il est furieux contre moi. Alors je vais devoir me faire pardonner.

— Bien.

— Voilà. Merci de m'avoir écoutée hier. À bientôt.

— Au revoir.

Je raccroche et me tourne vers Ana, qui m'observe.

— Qui était-ce ?

— Tu veux vraiment le savoir ?

Elle secoue la tête et regarde par la vitre, agacée.

— Hé !

Je lui prends la main et embrasse ses doigts un à un. Puis je glisse son petit doigt dans ma bouche et le suce. Fort. Ensuite, je le mordille doucement.

Elle s'agite et lance un regard nerveux à Taylor et Sawyer. J'ai toute son attention.

— Ne t'en fais pas, Anastasia. Elle appartient au passé.

Je plaque un baiser au creux de sa paume et libère sa main. Nous sommes arrivés. Elle ouvre la portière et je la regarde entrer dans les bureaux de la SIP.

— Monsieur Grey, j'aimerais sécuriser l'appartement de Mlle Steele avant qu'elle y retourne, déclare Taylor.

J'approuve son initiative. C'est une très bonne idée.

Quand je sors de l'ascenseur de Grey House, Andrea m'adresse un grand sourire. Une jeune femme effacée se tient derrière elle.

— Bonjour, monsieur Grey. Voici Sarah Hunter. Elle est en stage chez nous.

Sarah me regarde droit dans les yeux et me tend la main.

— Bonjour, monsieur Grey. C'est un plaisir de faire votre connaissance.

— Bonjour, Sarah. Bienvenue parmi nous.

Sa poignée de main est étonnamment ferme. Pas si effacée, finalement. Je récupère ma main.

— Puis-je vous voir dans mon bureau, Andrea ?

— Bien sûr. Voulez-vous que Sarah vous prépare un café ?

— Oui, noir, s'il vous plaît.

Sarah gagne la cuisine avec un enthousiasme qui risque de m'agacer très rapidement. Je tiens la porte à Andrea, et la referme derrière elle.

— Andrea...

— Monsieur Grey...

Nous nous interrompons tous les deux.

— Je vous en prie, Andrea...

— Monsieur Grey, je voulais vous remercier pour la suite. C'était extraordinaire. Vous n'auriez vraiment pas dû…

— Pourquoi ne m'avez-vous pas parlé de votre mariage ?

Je m'assois à mon bureau.

Andrea rougit. C'est plutôt rare, chez elle. Elle semble déconcertée.

— Andrea ?

— Eh bien, euh… c'est interdit par la charte de l'entreprise.

— Vous avez épousé quelqu'un de la boîte ?

Comment a-t-elle réussi à garder ça pour elle ?

— Oui, monsieur.

— Qui est l'heureux élu ?

— Damon Parker. Département ingénierie.

— L'Australien.

— Il a besoin d'une green card. Il travaille avec un visa temporaire pour le moment.

— Je vois.

Un mariage blanc. Curieusement, ça me déçoit de sa part. Elle sent ma désapprobation et s'écrie :

— Ce n'est pas pour ça que je l'ai épousé ! Je l'aime.

Elle s'empourpre de nouveau. Sa sincérité rétablit aussitôt mon estime pour elle.

— Eh bien, toutes mes félicitations. Tenez…

Je lui tends la carte « Tous nos vœux de bonheur » que j'ai signée hier, en espérant qu'elle ne l'ouvrira pas devant moi. Pour l'en empêcher, je lance :

— Et comment se passe la vie de jeunes mariés ?

— Très bien. Je vous la recommande, monsieur.

Elle est radieuse. Je connais ce sentiment. J'éprouve la même chose. Maintenant, je ne sais plus quoi dire.

Andrea repasse en mode professionnel.

— Et si nous regardions votre agenda ?

— Bonne idée.

Le mariage. Je réfléchis à cette idée après le départ d'Andrea. Manifestement, ça lui réussit très bien. C'est ce que veulent les femmes, non ? Que répondrait Ana si je faisais ma demande ? Je secoue la tête, mortifié par cette idée.

Ne sois pas ridicule, Grey.

Je songe à la matinée que je viens de passer. Je pourrais me réveiller tous les matins auprès d'Anastasia Steele et m'endormir tous les soirs à son côté.

Ma parole, tu es fou amoureux, Grey.

Profites-en tant que ça dure.

Je lui envoie un mail.

De : Christian Grey
Objet : Lever du soleil
Date : 14 juin 2011 09:23
À : Anastasia Steele

J'aime me réveiller avec toi le matin.

Christian Grey
P-DG Complètement et Absolument Fou d'Amour,
Grey Enterprises Holdings, Inc.

Je souris en cliquant sur envoi. J'espère qu'elle va le lire sur son BlackBerry.

Sarah m'apporte mon café et j'ouvre la dernière version du contrat de la SIP.

Mon portable bourdonne. C'est un SMS d'Elena.

« Merci de te montrer si compréhensif. »

J'ignore son message et retourne à la lecture de mon document. Quand je relève les yeux, j'ai une réponse d'Ana. Je bois une gorgée de café.

De : Anastasia Steele
Objet : Coucher de soleil
Date : 14 juin 2011 09:35
À : Christian Grey

Mon cher Complètement et Absolument Fou d'Amour,
J'aime me réveiller avec toi, moi aussi. Et j'aime être au lit avec toi, et dans les ascenseurs, et sur les pianos et les tables de billard, et sur les bateaux et les bureaux, et dans les douches et les baignoires, et sur des croix étranges en bois avec des fers, et

des lits à baldaquin avec des draps de satin rouge, et dans des hangars à bateaux et des chambres d'enfants.

Ta Folle et Insatiable de Sexe

Bordel. Je m'étrangle de rire et recrache mon café sur mon clavier en lisant les mots « Folle et Insatiable de Sexe ». Je n'en reviens pas qu'elle écrive ça par mail. Heureusement, il me reste encore des mouchoirs en papier après le fiasco du macchiato hier.

De : Christian Grey
Objet : Matériel humide
Date : 14 juin 2011 09:37
À : Anastasia Steele

Chère Folle et Insatiable de Sexe,
Je viens juste de recracher mon café sur mon clavier.
Je ne pense pas que cela me soit déjà arrivé.
J'admire les femmes attentives à la géographie.
Dois-je en déduire que tu ne m'aimes que pour mon corps ?

Christian Grey
P-DG Complètement et Absolument Choqué,
Grey Enterprises Holdings, Inc.

Je reprends ma lecture du contrat de la SIP, mais pas pour longtemps car la réponse d'Ana est presque immédiate.

De : Anastasia Steele
Objet : Gloussante – et humide elle aussi
Date : 14 juin 2011 09:42
À : Christian Grey

Mon cher Complètement et Absolument Choqué,
Essentiellement.
J'ai du travail.
Cesse de m'importuner.

Ta Folle et Insatiable de Sexe (qui t'aime)

De : Christian Grey
Objet : Je suis obligé ?
Date : 14 juin 2011 09:50
À : Anastasia Steele

Chère Folle et Insatiable de Sexe,
Comme toujours, tes désirs sont des ordres.
J'aime que tu glousses et que tu sois humide.
À plus tard, bébé.

Christian Grey
P-DG Complètement et Absolument Fou d'Amour, Choqué et Charmé, Grey Enterprises Holdings, Inc.

Plus tard, j'ai ma réunion mensuelle avec Ros et Marco – mon responsable des fusions et acquisitions – et son équipe. Nous passons en revue la liste des sociétés identifiées par les gars de Marco comme des cibles potentielles de rachat.

Nous discutons de la dernière de la liste.

— Ils battent de l'aile, mais ils ont quatre brevets qui seraient très utiles à notre service de fibre optique.

— Fred les a évalués ?

— Oui et il est très enthousiaste, répond Marco avec un sourire.

— D'accord, on se lance.

Mon téléphone vibre et le prénom d'Ana apparaît sur l'écran.

— Veuillez m'excuser, dis-je en prenant l'appel. Anastasia.

— Christian, Jack m'a demandé de sortir lui chercher à déjeuner.

— Quelle feignasse.

— Alors, j'y vais. Ce serait plus pratique si tu me donnais le numéro de Sawyer. Ça m'éviterait de te déranger.

— Mais tu ne me déranges jamais, bébé.

— Tu es tout seul ?

Je parcours l'assemblée des yeux.

— Non. Je suis avec six personnes qui m'observent et se demandent à qui je suis en train de parler.

Tout le monde détourne les yeux.

— C'est vrai ? demande-t-elle, alarmée.

— Oui, c'est vrai. C'est ma petite amie, dis-je à la ronde.

Ros secoue la tête.

— Ils croyaient probablement tous que tu étais gay, tu sais.

J'éclate de rire. Ros et Marco échangent un regard perplexe.

— Oui, probablement.

— Euh, je ferais mieux d'y aller.

— Je vais avertir Sawyer. Tu as des nouvelles de ton ami ?

— Pas encore. Vous serez le premier informé, monsieur Grey.

— Bien. À plus tard, bébé.

— Au revoir, Christian.

Je me lève.

— J'ai un coup de fil à passer. J'en ai pour une minute.

Sortant de la salle de réunion, j'appelle Sawyer.

— Monsieur Grey.

— Ana doit sortir pour acheter à manger. Ne la lâchez pas d'une semelle.

— Oui, monsieur.

De retour dans la salle, la réunion reprend. Ros se penche vers moi.

— Votre fusion personnelle ? demande-t-elle avec curiosité.

— Exactement.

— Pas étonnant que vous soyez aussi enjoué. J'approuve.

Je souris, tout content.

Bastille est déchaîné. Il m'a déjà envoyé trois fois au tapis.

— Alors ? Dante m'a raconté que vous aviez emmené une charmante jeune femme au bar. C'est pour ça que vous êtes aussi ramollo aujourd'hui, Grey ?

— Possible. Et elle a besoin d'un coach.

— Votre assistante m'en a parlé ce matin. J'ai hâte de la rencontrer.

— Elle veut apprendre le kickboxing.

— Pour vous botter le cul ?

— Ouais. Un truc comme ça.

Je lui décoche une droite, mais il esquive, faisant voler ses dreadlocks, et m'assène un coup de pied circulaire qui me jette à terre.

Bordel. Encore.

Bastille est regonflé à bloc.

— Elle n'aura pas de mal à vous mettre KO, si vous vous battez comme une fillette, Grey.

Putain, ça suffit. Je vais lui faire mordre la poussière.

Revigoré par une bonne douche après mon entraînement, je retourne à mon bureau. Andrea m'attend.

— Monsieur Grey, merci. Vous êtes vraiment trop généreux.

Je balaie sa gratitude d'un geste et m'installe devant mon ordinateur.

— Je vous en prie, Andrea. Si vous l'utilisez pour votre lune de miel, assurez-vous que je suis en déplacement.

Elle m'adresse l'un de ses rares sourires, et referme la porte de mon bureau.

J'ai reçu un nouveau message d'Ana.

De : Anastasia Steele
Objet : Un visiteur des climats ensoleillés
Date : 14 juin 2011 14:55
À : Christian Grey

Mon très cher Complètement & Absolument FdA et CC,
Ethan est arrivé. Il va passer prendre les clés au bureau.
J'aimerais m'assurer qu'il est bien installé.
Pourquoi ne viendrais-tu pas me chercher après le travail ? On pourrait aller à l'appartement puis dîner TOUS ensemble peut-être ? C'est moi qui invite ?

Ton Ana qui...
Toujours Folle et Insatiable de Sexe

Anastasia Steele
Assistante de Jack Hyde, Éditeur, SIP

Elle se sert encore de son ordinateur de travail.

Bordel, Ana.

De : Christian Grey
Objet : Dîner en ville
Date : 14 juin 2011 15:05
À : Anastasia Steele

Je suis d'accord. Sauf la partie concernant l'addition !
C'est moi qui invite.
Je passe te prendre à 18 heures.

P.-S. : Pourquoi n'utilises-tu pas ton BlackBerry ???

Christian Grey
P-DG Complètement et Absolument Agacé,
Grey Enterprises Holdings, Inc.

De : Anastasia Steele
Objet : Si « patron » !
Date : 14 juin 2011 15:11
À : Christian Grey

Oh, ne sois pas si grincheux et fâché.
Tout est codé.
On se voit à 18 heures.

Ana

Anastasia Steele
Assistante de Jack Hyde, Éditeur, SIP

De : Christian Grey
Objet : Femme qui me rend fou
Date : 14 juin 2011 15:18
À : Anastasia Steele

Grincheux et fâché !
Je vais t'en donner du « grincheux et fâché ».
Et j'ai hâte.

Christian Grey
P-DG Encore plus Complètement et Absolument Agacé,
mais Souriant pour une Raison inconnue,
Grey Enterprises Holdings, Inc.

De : Anastasia Steele
Objet : Paroles, paroles
Date : 14 juin 2011 15:23
À : Christian Grey

Je n'attends que ça, monsieur Grey.
Moi aussi j'ai hâte ; D

Ana x

Anastasia Steele
Assistante de Jack Hyde, Éditeur, SIP

Andrea m'appelle sur l'interphone.

— J'ai le Pr Choudury en ligne, de la WSU.

C'est le chef du département des sciences de l'environnement. Ses appels sont rares.

— Passez-le-moi.

— Monsieur Grey. Je voulais vous annoncer la bonne nouvelle.

— Je vous écoute.

— Le Pr Gravett et son équipe ont fait des progrès spectaculaires concernant les bactéries responsables de la fixation de l'azote. Je voulais vous prévenir avant qu'elle ne vous présente ses résultats vendredi.

— C'est formidable.

— Comme vous le savez, nos recherches ont pour but de rendre les sols plus fertiles. Et cette découverte va changer la donne.

— Je suis très heureux de l'apprendre.

— C'est grâce à vous, monsieur Grey, et au financement de GEH.

— J'ai hâte d'en savoir plus.

— Bonne journée, monsieur.

À 17 h 55, je suis assis à l'arrière de l'Audi, devant les bureaux de la SIP. Je suis impatient de revoir Ana. Je l'appelle.

— Grincheux et Fâché est là !

— Eh bien, ici la Folle et Insatiable de Sexe. Dois-je comprendre que tu m'attends dehors ?

— En effet, mademoiselle Steele. Je suis pressé de vous voir.

— Moi de même, monsieur Grey. J'arrive tout de suite.

En attendant, je lis un rapport sur les brevets de fibre optique dont Marco a parlé pendant la réunion. Ana apparaît quelques minutes plus tard. Ses cheveux brillent dans la lumière de cette fin d'après-midi et ondulent sur ses épaules quand elle marche vers moi. Je souris, totalement sous le charme.

Elle est tout pour moi.

Je descends de la voiture pour lui ouvrir la portière.

— Mademoiselle Steele, vous êtes aussi fascinante que ce matin.

L'enlaçant, je lui plante un baiser sur les lèvres.

— Vous aussi, monsieur Grey.

— Allons chercher ton ami.

Pendant qu'elle monte dans l'Audi, j'adresse un petit signe à Sawyer dans la rue, qui surveillait discrètement l'immeuble. Il hoche la tête et s'éloigne en direction du parking de la SIP.

Taylor fait halte devant l'immeuble d'Ana. Je m'apprête à descendre, quand mon téléphone vibre.

— Grey, dis-je.

Ana ouvre la portière.

— Christian.

— Ros, qu'y a-t-il ?

— On a un problème.

— Je vais chercher Ethan, articule Ana en sortant de la voiture. J'en ai pour deux minutes.

— Donnez-moi une seconde, Ros…

Je regarde Ana presser le bouton de l'interphone et parler à Ethan. La porte bourdonne et elle pénètre dans l'immeuble.

— Ros, je vous écoute.

— C'est Woods.

— Woods ?

— Lucas Woods.

— Ah oui. L'imbécile qui a fait plonger sa boîte et en a voulu à la terre entière.

— Lui-même. Il nous fait une très mauvaise presse.

— Et ?

— Sam s'inquiète des retombées médiatiques. Woods a donné sa propre version du rachat aux journalistes. Il prétend qu'on l'a empêché de diriger sa société comme il l'entendait.

C'est la meilleure.

— Et pour cause ! Si on l'avait laissé faire, sa boîte aurait déjà fait faillite.

— Absolument.

— Dites à Sam que si Woods peut paraître convaincant, les gens du milieu savent très bien qu'il n'avait pas les compétences pour franchir l'étape suivante et qu'il a pris de très mauvaises décisions. Il ne doit rien prendre qu'à lui-même.

— Alors vous n'êtes pas inquiet ?

— À son sujet ? Non. C'est un connard prétentieux. Tout le monde le sait.

— On pourrait l'attaquer en diffamation. Et il a violé sa clause de confidentialité.

— Pour quoi faire ? Ce genre de type adore la publicité. On lui a déjà donné beaucoup trop d'importance. Il est temps qu'il lâche l'affaire.

— Je savais que vous diriez ça. Mais Sam n'est pas tranquille.

— Sam devrait prendre un peu de recul. Il s'en fait toujours trop au sujet de la presse.

Jetant un coup d'œil par la fenêtre, je vois un jeune homme avec un sac marin s'avancer vers l'entrée de l'immeuble.

Ros continue de parler, mais je ne l'écoute plus. Le visage de l'homme m'est familier. Il a un look de surfeur : longs cheveux blonds, peau bronzée…

Soudain, mon sang se glace dans mes veines.

C'est Ethan Kavanagh.

Bordel de merde. Qui a ouvert à Ana ?

— Ros, je dois vous laisser.

L'angoisse m'étreint la poitrine.

Ana.

Je me précipite hors de la voiture en criant :

— Taylor, suivez-moi !

Nous nous ruons vers Ethan, qui s'apprête à insérer la clé dans la porte. Il paraît abasourdi quand il nous voit foncer sur lui.

— Ethan, je suis Christian Grey. Ana est dans l'appartement avec une personne qui est peut-être armée. Ne bougez pas d'ici.

À son expression, je sais qu'il m'a reconnu, mais il ne réagit pas. Malgré sa confusion, il me laisse son trousseau de clés. J'entre en trombe, monte les escaliers quatre à quatre, et m'engouffre dans l'appartement.

Elles sont là. Face à face.

Ana et Leila.

Et Leila tient un pistolet.

Non. Non. Non. Un putain de flingue.

Ana est seule. Vulnérable.

La panique et la fureur me submergent.

Je veux me jeter sur Leila. Lui arracher son arme. La plaquer à terre. Mais je me fige et regarde Ana. Ses yeux sont écarquillés de terreur, et reflètent aussi une autre émotion, difficile à identifier. De la compassion peut-être ? À mon grand soulagement, elle n'est pas blessée.

La vue de Leila me cause un choc. Non seulement elle tient un pistolet, mais elle a perdu énormément de poids. Et elle est sale. Ses vêtements sont en lambeaux et son regard vide. Une boule se forme dans ma gorge, mais je ne sais si c'est de la peur ou de la pitié.

Ma plus grande inquiétude, pour le moment, c'est le pistolet qu'elle a en main, avec Ana dans la pièce.

A-t-elle l'intention de lui tirer dessus ?

Ou bien est-ce à moi qu'elle veut faire du mal ?

Les yeux de Leila se tournent vers moi. Son regard s'intensifie, se fixe sur moi. Elle me dévore des yeux, comme si elle peinait à croire que je suis réel. C'est troublant. Pourtant, je ne bouge pas et rive mes yeux aux siens.

Ses cils papillonnent alors qu'elle recouvre peu à peu ses esprits. Mais elle tient toujours fermement le pistolet.

Merde.

Je la guette, prêt à bondir. Mon cœur bat à tout rompre. J'ai un goût métallique dans la bouche. Un goût de peur.

Que vas-tu faire, Leila ?

Que vas-tu faire avec cette arme ?

Immobile, elle baisse légèrement la tête, mais m'observe toujours à travers ses longs cils.

Je sens un mouvement derrière moi.

Taylor.

Je lève la main pour l'arrêter.

Il est nerveux. Et furieux. Je le sens. Mais il reste immobile.

Je ne lâche pas Leila du regard.

On dirait un spectre, avec ses yeux cernés de noir, sa peau parcheminée, ses lèvres sèches et gercées.

Nom de Dieu, Leila, qu'est-ce que tu es devenue ?

Les secondes, les minutes s'égrènent. Nos regards toujours accrochés l'un à l'autre. Peu à peu, la couleur de ses yeux se transforme. D'un brun terne, ils prennent une chaude couleur noisette. Et soudain, je revois la Leila que j'ai connue. Une lueur s'allume dans son regard. La complice avec qui j'ai partagé tant de choses revient à la vie. Notre ancienne connexion, je la sens.

Elle me l'offre.

Sa respiration s'accélère et ses lèvres s'entrouvrent.

Ce geste me suffit.

Il me suffit pour comprendre ce dont elle a besoin. Ce qu'elle veut.

C'est moi qu'elle veut. Moi, et ce que je fais le mieux.

Sa poitrine se soulève doucement et ses joues rosissent. Ses pupilles se dilatent, ses prunelles étincellent.

Oui. C'est ce qu'elle veut.

Me céder le contrôle.

Une porte de sortie. Elle en a assez.

Elle est exténuée. Elle m'appartient.

— À genoux, dis-je dans un murmure, qu'elle seule peut entendre.

Elle tombe à genoux, en bonne soumise qu'elle est. Sans hésiter. Sans réfléchir. Et baisse la tête. Le pistolet tombe de sa main et heurte le parquet avec fracas, brisant le silence.

Derrière moi, Taylor pousse un soupir de soulagement. Qui fait écho au mien.

Oh, merci, mon Dieu.

Je m'avance lentement vers Leila et ramasse l'arme, que je glisse dans ma poche.

À présent qu'elle n'est plus une menace immédiate, je dois exfiltrer Ana, l'éloigner d'elle. Au plus profond de moi, je ne pardonnerai jamais à Leila ce qu'elle vient de faire. Je sais qu'elle va mal – c'est une femme brisée – mais menacer Ana ?

Impardonnable.

Je me positionne entre Ana et elle, sans quitter des yeux Leila, qui reste sagement à genoux.

— Anastasia, sors avec Taylor !

— Ethan ? demande-t-elle d'une voix tremblante.

— En bas.

Taylor attend Ana, qui reste immobile.

S'il te plaît, Ana, obéis.

— Anastasia, dis-je sévèrement.

Sors d'ici.

Elle semble avoir pris racine.

Je me place à côté de Leila – mais Ana ne bouge toujours pas.

— Pour l'amour de Dieu, Anastasia, peux-tu faire ce qu'on te demande au moins une fois dans ta vie et sortir d'ici !

Il faut qu'elle parte. Tant qu'elle est là, je suis impuissant. Leila est instable. Elle a besoin d'aide, et risque de s'en prendre à Ana.

D'un coup d'œil, j'essaie de faire passer le message à Ana. Son visage est pâle comme la craie. Elle est sous le choc.

Bordel. Elle a eu la trouille, Grey. Elle est paralysée

— Taylor. Emmenez Mlle Steele en bas. Maintenant.

Taylor hoche la tête et s'approche d'Ana.

— Pourquoi ? murmure-t-elle.

— Retourne à l'appartement. J'ai besoin d'être seul avec Leila.

Je t'en prie. Je veux te mettre hors de danger.

Elle nous regarde à tour de rôle.

Ana. Sors d'ici. Je dois résoudre ce problème seul.

— Mademoiselle Steele. Ana, insiste Taylor en lui tendant la main.

— Taylor ! ordonné-je.

Il la prend dans ses bras et quitte l'appartement.

Putain ! Il était temps.

Je laisse échapper un long soupir et caresse les cheveux crasseux et emmêlés de Leila.

Nous sommes seuls. Je recule d'un pas.

— Debout.

Leila se relève maladroitement, la tête toujours baissée.

— Regarde-moi.

Lentement, elle lève les yeux. Sa douleur se lit sur son visage. Des larmes perlent puis roulent sur ses joues.

— Oh, Leila, murmuré-je en la prenant dans mes bras.

Bordel de merde.

L'odeur.

Elle pue la pauvreté, la négligence et l'abandon.

Soudain, je me retrouve à Detroit dans un petit appartement mal éclairé, au-dessus d'un magasin de spiritueux bon marché.

Elle a l'odeur de cet homme. Ses bottes. Son corps répugnant. Sa misère.

Je ravale ma salive. C'est à peine supportable.

Putain.

Leila ne remarque rien. Je la serre contre ma poitrine et elle pleure sans retenue, laissant libre cours à son chagrin.

Je la garde contre moi. Malgré la nausée. Malgré la puanteur.

Une odeur douloureusement familière. Qui me répugne.

— Chuuut, murmuré-je. Chuuut.

Quand son corps a versé ses dernières larmes et qu'elle reprend son souffle, je la libère.

— Tu as besoin d'un bain.

Je l'emmène dans la chambre de Kate, et dans la salle de bains attenante. La pièce est équipée d'une douche, d'une baignoire, et les étagères sont chargées de produits de beauté haut de gamme. Je ferme la porte et hésite à la verrouiller. Je ne voudrais pas qu'elle se sauve. Mais elle garde une attitude humble, le corps toujours secoué de sanglots.

— Tout va bien, dis-je. Je suis là.

J'ouvre le robinet et l'eau chaude coule dans la baignoire spacieuse. Je verse de l'huile de bain, et bientôt, une senteur de lys emplit la pièce, couvrant la puanteur de Leila.

Elle frissonne.

— Tu veux prendre un bain ?

Elle baisse les yeux sur l'eau et hoche la tête.

— Je peux t'enlever ton manteau ?

Nouveau signe de tête. Du bout des doigts, je la débarrasse de cette loque. Irrécupérable. Il faudra le brûler.

Dessous, elle flotte dans ses vêtements. Un chemisier rose crasseux et un pantalon d'une couleur indéterminée. Eux aussi sont bons pour la poubelle. Son poignet est entouré d'un bandage sale.

— Ces vêtements, il faut les enlever. D'accord ?

Elle hoche la tête.

— Lève les bras.

Elle s'exécute aussitôt. Je défais son chemisier et m'efforce de masquer mon choc en découvrant son corps émacié, aux os saillants. Contraste surprenant avec l'ancienne Leila. Ça me fait mal au cœur.

C'est ma faute. J'aurais dû la retrouver plus tôt.

Je fais glisser son pantalon.

— Lève les pieds.

Je lui tiens la main pour qu'elle se dégage, et le jette sur la pile de haillons.

Elle tremble de tous ses membres.

— Hé. Tout va bien. Nous allons te trouver de l'aide. D'accord ?

Elle acquiesce, impassible.

J'enlève le bandage de son poignet. Il aurait dû être changé. Ça pue. J'ai un haut-le-cœur, mais ne vomis pas. Par miracle, la cicatrisation est propre. Je jette le bandage.

— Il faut les enlever aussi.

Je parle de ses sous-vêtements dégoûtants. Elle me regarde intensément.

— Non, fais-le, dis-je en réponse à sa question muette.

Je lui laisse un peu d'intimité. Quand elle a terminé, je me retourne. Elle se tient nue devant moi.

Ses courbes magnifiques ont disparu. Elle n'a sûrement pas mangé depuis plusieurs semaines. Ça me met en colère.

— Viens.

Je lui tends une main et plonge l'autre dans l'eau pour vérifier la température. C'est chaud, mais pas trop.

— Entre.

Elle se tient à moi pour garder l'équilibre et glisse dans l'eau mousseuse et parfumée. J'enlève ma veste et retrousse les manches de ma chemise. Puis je m'installe par terre près d'elle. Son visage est triste. Mais elle garde le silence.

Je prends le gel douche et un gant qui appartiennent sans doute à Kate. Bon, ça ne lui manquera pas – j'en repère d'autres sur l'étagère.

— Ta main.

Leila obéit, et je commence à la laver méthodiquement. Elle est si sale. Elle ne s'est pas douchée depuis des semaines, apparemment. De la crasse. Partout.

Comment peut-on se laisser aller à ce point ?

— Lève le menton.

Je lui frotte doucement le cou, l'autre bras, laissant sa peau propre et rose. Puis je m'attaque à son torse et à son dos.

— Allonge-toi.

Elle s'exécute et je lui masse les pieds, les jambes.

— Tu veux que je te lave les cheveux ?

Elle acquiesce, et je saisis le shampoing.

Ce n'est pas le premier bain que je lui donne. C'est arrivé à plusieurs reprises. En général, pour la récompenser de son comportement dans la salle de jeux. C'était toujours un plaisir.

Cette fois, ce n'est pas vraiment le cas. Je frotte rapidement ses cheveux et utilise la douchette pour les rincer.

Quand j'ai terminé, elle a meilleure allure.

— Ça fait longtemps que tu n'as pas fait ça, dit-elle d'une voix dépourvue d'émotion.

— Je sais.

J'ouvre la bonde pour vider l'eau sale. Puis je vais chercher des serviettes.

— Debout.

Leila se lève et je l'aide à sortir de la baignoire. Je l'enveloppe dans le drap de bain et prends une petite serviette pour lui sécher les cheveux.

Elle sent bon à présent, mais malgré l'huile parfumée l'odeur nauséabonde de ses vêtements imprègne encore la pièce.

— Viens.

Je l'entraîne dans le salon et la fais asseoir sur le canapé.

— Reste là.

Je retourne à la salle de bains pour prendre mon portable dans ma veste. Et j'appelle Flynn. Il répond immédiatement.

— Christian.

— J'ai Leila Williams.

— Avec vous ?

— Oui. Elle est en piteux état.

— Vous êtes à Seattle ?

— Oui. Dans l'appartement d'Ana.

— J'arrive tout de suite.

Je lui donne l'adresse et raccroche. Je récupère les vêtements de Leila et reviens dans le salon. Elle est assise à la même place et regarde fixement le mur.

Dans un tiroir de la cuisine, je trouve un sac poubelle. Je fouille les poches de son manteau et de son pantalon, mais il n'y a que des mouchoirs usagés. Je jette tout, noue le sac, et le dépose près de la porte d'entrée.

— Je vais te chercher des habits de rechange.

— Les siens ? demande Leila.

— Quelque chose de propre.

Dans la chambre d'Ana, je tombe sur un survêt et un tee-shirt tout simple. J'espère qu'Ana ne m'en voudra pas, mais Leila en a plus besoin qu'elle.

Quand je reviens, elle n'a pas bougé.

— Tiens. Mets ça.

Je dépose les vêtements à côté d'elle et vais lui chercher un verre d'eau. Lorsqu'elle est habillée, je le lui tends.

Elle secoue la tête.

— Leila, bois.

Elle le saisit et avale une gorgée.

— Encore.

Elle s'exécute.

— Il est parti, dit-elle avec une expression douloureuse.

— Je sais. Je suis désolé.

— Il était comme toi.

— Vraiment ?

— Oui.

— Je vois.

Eh bien, ça explique pourquoi elle me cherchait.

— Pourquoi ne m'as-tu pas appelé ?

Je m'assois près d'elle.

Elle secoue la tête et se remet à sangloter.

— J'ai appelé un ami. Il va t'aider. C'est un médecin.

Elle est exténuée. Elle ne dit rien, mais ses larmes roulent sur ses joues. Je me sens si impuissant.

— Je t'ai cherchée partout, lui dis-je.

Elle ne répond pas, et se met à trembler violemment.

Merde. Je prends le plaid sur le fauteuil et le pose sur ses épaules.

— Tu as froid ?

Elle hoche la tête.

— Si froid.

Elle se pelotonne dans la couverture. J'attrape le sèche-cheveux d'Ana dans sa chambre.

Je le branche près du canapé et me rassois. Puis je place un coussin entre mes pieds.

— Installe-toi. Là.

Leila se lève lentement, resserre la couverture autour d'elle, et se laisse tomber sur le coussin entre mes jambes. Elle me tourne le dos.

Je lui sèche les cheveux. Le vrombissement de l'appareil déchire le silence.

Elle reste imperturbable. Elle ne me touche pas. Elle n'a pas le droit, elle le sait.

Combien de fois lui ai-je séché les cheveux ? Dix fois ? Douze ?

Incapable de m'en souvenir, je me concentre sur ma tâche.

Ses cheveux sont secs. J'éteins l'appareil et le silence envahit de nouveau l'appartement. Leila s'adosse à moi. Je ne l'en empêche pas.

— Tes parents savent que tu es ici ?

Elle secoue la tête.

— Tu es toujours en contact avec eux ?

— Non.

Leila a toujours été proche de sa famille.

— Ils vont s'inquiéter pour toi.

Elle hausse les épaules.

— Ils ne me parlent plus.

— Pourquoi ?

Toujours pas de réponse.

— Je suis désolé que ça n'ait pas marché avec ton mari.

Elle garde le silence. On frappe à la porte.

— C'est sûrement le docteur, dis-je en me levant pour aller ouvrir.

Flynn entre, suivi d'une femme en blouse.

— John, merci d'être venu.

Je suis soulagé de le voir.

— Laura Flanagan, Christian Grey. Laura est notre infirmière-chef.

Quand je me retourne, Leila est assise sur le canapé, toujours enveloppée dans le plaid.

— Voici Leila Williams.

Flynn s'approche et s'accroupit à côté d'elle. Elle l'observe d'un regard vide.

— Bonjour, Leila. Je suis là pour vous aider.

L'infirmière reste en retrait.

— Ce sont ses vêtements, lui dis-je en désignant le sac poubelle près de la porte. Il faut les brûler.

L'infirmière hoche la tête et ramasse le sac.

— Vous voulez bien venir avec moi dans un lieu où nous pouvons vous soigner ? demande Flynn à Leila.

Elle se tait, mais ses yeux vides cherchent les miens.

— Je crois que tu devrais aller avec le docteur. Je vais vous accompagner.

Flynn fronce les sourcils, mais ne fait pas de commentaire.

Leila nous regarde l'un après l'autre, puis hoche la tête.

Bien.

— Je m'en occupe, dis-je à Flynn.

Je soulève Leila dans mes bras. Son corps ne pèse rien. Elle ferme les yeux et pose la tête sur mon épaule, pendant que je descends les escaliers. Taylor nous attend en bas.

— Monsieur Grey, Ana est rentrée à la maison…

— On en parlera tout à l'heure. J'ai laissé ma veste là-haut.

— Je vais la chercher.

— Vous pouvez refermer l'appartement ? Les clés sont dans la poche de ma veste.

— Oui, monsieur.

Une fois dans la rue, je dépose Leila dans la voiture de Flynn et grimpe à côté d'elle, sur la banquette arrière. Je boucle sa ceinture pendant que Flynn et l'infirmière montent à l'avant. Flynn démarre et s'engage dans la circulation dense – c'est l'heure de pointe.

Je regarde les rues de Seattle défiler par la fenêtre, et j'espère qu'Ana est bien rentrée à l'Escala. Mme Jones la fera manger, et quand je rentrerai, elle sera là. Cette pensée me réconforte.

Dans la clinique psychiatrique de Fremont, le bureau de Flynn est spartiate, comparé à son cabinet en ville. Deux canapés, un fauteuil. Rien d'autre. Pas de cheminée. Je fais les cent pas dans la petite pièce en attendant son retour. J'ai hâte de retrouver Ana. Elle a dû être terrifiée. Ma batterie étant morte, je n'ai pas pu appeler Mme Jones pour savoir si Ana allait bien. À ma montre il est presque 20 heures. Je jette un coup d'œil par la fenêtre. Taylor m'attend dans le SUV.

Je veux rentrer à la maison.

Retrouver Ana.

La porte s'ouvre sur Flynn.

— Je pensais que vous seriez parti, s'étonne-t-il.

— Je veux m'assurer qu'elle va bien.

— C'est une jeune femme malade, mais elle est calme, et coopérative. Elle souhaite qu'on l'aide, c'est plutôt bon signe. Asseyez-vous, je vous en prie. J'ai des questions à vous poser.

Je m'assois sur le fauteuil pendant qu'il s'installe sur le canapé.

— Que s'est-il passé aujourd'hui ?

Je lui raconte la confrontation dans l'appartement d'Ana.

— Vous lui avez donné un bain ? interroge-t-il, surpris.

— Elle était sale. L'odeur était…

Je me tais et réprime un frisson.

— D'accord. On pourra en parler une autre fois.

— Elle va s'en sortir ?

— Je crois, oui. Même si je n'ai pas de traitement contre le chagrin. C'est un processus naturel. Mais je vais creuser un peu, tenter de savoir à quoi nous avons affaire ici.

— Ne lésinez pas sur les moyens.

— C'est très généreux de votre part, d'autant que ce n'est pas vraiment votre problème.

— Elle est venue me trouver.

— En effet.
— Je me sens responsable.
— Vous ne devriez pas. Je vous appelle dès que j'en sais plus.
— Parfait. Et merci encore.
— Je ne fais que mon travail, Christian.

Sur le chemin du retour, Taylor broie du noir. Il est furieux que Leila lui ait échappé une nouvelle fois, malgré toutes les mesures que nous avions prises. L'appartement d'Ana avait été passé au crible le matin même. Je garde le silence. Je suis épuisé et impatient de rentrer. Le sac à main et le portable d'Ana sont toujours dans la voiture. Taylor m'a informé qu'elle était rentrée avec Ethan. Cette idée ne me plaît pas du tout. Je préfère l'imaginer endormie dans le fauteuil de la bibliothèque, un livre sur les genoux. Seule.

Je bous d'impatience. Je veux retrouver ma chérie.

Dans le parking, Taylor brise le silence :

— Nous pouvons revoir les mesures de sécurité, maintenant que Mlle Williams n'est plus une menace.
— Oui. Nous n'avons plus besoin de l'équipe renforcée.
— J'en parlerai à Welch.
— Merci.

Taylor a à peine coupé le moteur que je descends de voiture et fonce dans l'ascenseur.

Dès que j'entre dans l'appartement, je sens qu'Ana n'est pas là.

Le vide est criant.

Bordel. Où est-elle ?

Je déboule dans le bureau de Taylor. Ryan lève les yeux des écrans de surveillance, surpris de me voir.

— Monsieur Grey ?
— Est-ce que Mlle Steele est ici ?
— Non, monsieur.
— Putain.

Je pensais qu'elle était au moins passée. Je me précipite dans mon bureau. Elle n'a même pas son sac ! Ni son portable ! Pourquoi n'est-elle pas là ? Une part de moi réclame que toute l'équipe passe la ville au peigne fin. Mais par où commencer ?

Contacter Ethan. Taylor a précisé qu'elle était partie avec lui.

Merde. Ethan et Ana.

Cette idée me met mal à l'aise. Je n'ai pas son numéro. Je pourrais appeler Elliot pour qu'il demande à Kate le numéro de son frère. Mais il est déjà minuit passé à la Barbade.

Je contemple le panorama de Seattle en soupirant de frustration. Le soleil plonge dans la mer, derrière la péninsule Olympic, dardant ses derniers rayons sur mon appartement. Ironie du sort, hier, devant cette fenêtre, je me demandais où était Leila. Aujourd'hui, je me pose la même question à propos d'Ana.

La nuit tombe. Où est-elle ?

Elle t'a quitté, Grey.

Non, je refuse de le croire.

Mme Jones frappe à la porte.

— Monsieur Grey ?

— Gail.

— Vous l'avez trouvée ?

Je fronce les sourcils. *Ana ?*

— Mlle Williams, précise-t-elle.

— Oui. Elle est à l'hôpital. On s'occupe d'elle.

— Bien. Voulez-vous manger un morceau ?

— Non, merci. Je vais attendre Ana.

Elle m'observe un instant.

— J'ai préparé des macaronis au fromage. Je les laisse dans le réfrigérateur.

Des macaronis au fromage. Mon plat préféré.

— Très bien. Merci.

— Je vais aller me coucher.

— Bonne nuit, Gail.

Elle me sourit et s'en va. Il est 21 h 15.

Putain. Ana. Rentre à la maison.

Où est-elle ?

Partie. Définitivement.

Non.

Je chasse cette pensée et m'assois à mon bureau pour consulter mes mails. Mais je n'arrive pas à me concentrer. Mon inquiétude augmente. Que fait-elle, bon sang ?

Elle va bientôt revenir. C'est certain. Il faut qu'elle revienne.

Je laisse à Welch un message sur sa boîte vocale pour l'informer que nous avons retrouvé Leila et qu'elle bénéficie de toute l'attention nécessaire. Je raccroche et me lève, incapable de tenir en place. Quelle soirée de merde !

Je pourrais peut-être bouquiner.

Je vais chercher le livre que j'ai commencé dans ma chambre et m'installe dans le salon.

Et j'attends. J'attends.

Dix minutes plus tard, je jette l'exemplaire sur le canapé à côté de moi.

Ne pas savoir où se trouve Ana est insupportable.

Je retourne dans le bureau de Taylor. Ryan est avec lui.

— Monsieur Grey.

— Pouvez-vous envoyer quelqu'un dans l'appartement d'Ana ? Au cas où elle serait rentrée chez elle.

— Bien sûr.

— Merci.

Je regagne le salon et reprends ma lecture en guettant l'ascenseur. Mais tout est silencieux.

L'appartement est vide. Comme moi.

À part mon malaise grandissant.

Elle est partie. Elle t'a quitté. Leila l'a fait fuir.

Non. Je n'y crois pas. Ce n'est pas son genre.

C'est à cause de moi. Elle en a eu assez.

Elle a accepté de vivre avec moi, puis elle a changé d'avis.

Bordel de merde.

Je me lève et tourne en rond comme un lion en cage. Mon portable vibre. C'est Taylor. Pas Ana. Je ravale ma déception et décroche.

— Taylor ?

— L'appartement est désert, monsieur. Il n'y a personne ici.

J'entends un tintement. L'ascenseur. Je me retourne et vois Ana entrer dans le salon d'un pas hésitant.

— Elle est là, dis-je avant de raccrocher.

Le soulagement. La peur. La colère. La douleur. Toutes ces émotions menacent de me submerger.

— Putain, mais où étais-tu ?

Je lui crie dessus. Elle cligne des paupières et recule d'un pas. Ses joues s'empourprent.

— Ana, tu as bu ?

— Un peu.

— Je t'ai demandé de revenir ici. Il est 22 h 15. Je m'inquiétais pour toi.

— Je suis allée prendre un verre ou deux avec Ethan pendant que tu t'occupais de ton ex.

Elle a craché le dernier mot comme du venin.

Merde. Elle est furieuse. Elle relève le menton et continue, l'air indigné :

— Je ne savais pas combien de temps tu resterais… avec elle.

Quoi ? Je suis abasourdi. Elle croit que je voulais rester avec Leila ?

— Pourquoi le dis-tu comme ça ?

Ana évite mon regard. Elle n'ose même pas entrer dans la pièce.

Qu'est-ce qui se passe ? Ma peur fait place à l'angoisse, qui envahit brusquement ma poitrine.

— Qu'est-ce qui ne va pas ?

— Où est Leila ? interroge-t-elle avec froideur, en parcourant la pièce du regard.

— Dans un hôpital psychiatrique, à Fremont.

À quoi elle s'attendait ?

— Ana, qu'est-ce qu'il y a ?

Je m'approche prudemment, mais elle garde ses distances. J'insiste :

— Qu'est-ce qui ne va pas ?

Elle secoue la tête.

— Je ne suis pas pour toi.

Mon cœur s'affole.

— Quoi ? Pourquoi dis-tu ça ? Comment peux-tu penser une chose pareille ?

— Je ne peux pas être ce dont tu as besoin.

— Tu es tout ce dont j'ai besoin.

— T'apercevoir avec elle…

Nom de Dieu.

— Pourquoi tu me fais ça ? Ça n'a rien à voir avec toi, Ana. C'est elle. Elle est très malade.

— Mais, je l'ai sentie… votre connexion.

— Quoi ? Non.

Je lui tends la main, mais elle recule instinctivement. Son regard froid me jauge. J'ai peur de ce qu'elle pense.

— Tu fuis ?

L'angoisse me serre la gorge. Elle détourne les yeux et ne répond pas.

Je murmure d'une voix étranglée :

— Tu ne peux pas.

— Christian... je... je...

Elle lutte pour me dire adieu. Elle s'en va. Je savais que ça finirait comme ça. Mais si vite ?

— Non. Non !

Je suis de nouveau au bord du gouffre. Je ne peux plus respirer.

C'est arrivé. Ce que je craignais depuis le début.

— Je... je, bredouille-t-elle.

Comment l'arrêter ? Je jette des regards affolés autour de moi. Que faire ?

— Tu ne peux pas partir. Ana, je t'aime !

C'est un cri du cœur. Une tentative désespérée pour la retenir. Pour nous sauver.

— Je t'aime aussi, Christian, c'est juste que...

Les ténèbres m'aspirent.

Elle en a assez. Je l'ai fait fuir.

Encore une fois.

J'ai le vertige. Je presse mes mains sur mes tempes, tente de contenir la douleur qui me vrille le crâne. Mon désespoir creuse un trou dans ma poitrine, qui s'élargit et menace de m'engloutir.

— Non. Non.

Trouve ton havre de paix. Où ? Comment ?

Comment évacuer la douleur ?

Était-ce plus simple avant ?

Elena se tient debout devant moi, une canne à la main. Les zébrures sur mon dos me brûlent. Des élancements douloureux traversent mon corps tandis que mon cœur tambourine dans ma poitrine.

Je suis à genoux. À ses pieds.

— Encore, Maîtresse.

Il faut calmer le monstre.

Encore. Maîtresse.

Encore.

Trouve ton havre de paix, Grey.

Fais la paix avec toi-même.

La paix. Oui.

Non.

Une vague puissante déferle en moi, balayant tout sur son passage, puis se retire en emportant la peur avec elle.

Tu en es capable.

Je tombe à genoux.

Je prends une profonde inspiration et pose mes mains sur mes cuisses.

Oui. La paix.

Je suis dans un univers paisible.

Je me donne à toi. Tout entier.

Je t'appartiens. Fais de moi ce que tu veux.

Comment va-t-elle réagir ?

Je regarde droit devant moi, mais je sens qu'elle m'observe. Sa voix résonne au loin.

— Christian, que fais-tu ?

Je respire lentement, remplissant mes poumons d'air.

L'odeur de l'automne. *Ana.*

— Christian, qu'est-ce que tu fais ?

Sa voix se rapproche, plus forte, plus aiguë.

— Christian, regarde-moi !

Je lève les yeux. Et j'attends.

Elle est si belle. Pâle. Inquiète.

— Christian, je t'en prie, ne fais pas ça.

Dis-moi ce que tu veux, Ana.

J'attends toujours.

— Pourquoi fais-tu ça ? Parle-moi, m'implore-t-elle.

— Que voudrais-tu que je te dise ?

Elle laisse échapper un hoquet. Ce son réveille en moi des souvenirs heureux. Avec elle. Je les refoule. Seul le moment présent compte. Ses joues sont mouillées de larmes.

Soudain, elle se met à genoux, face à moi.

Son regard plonge dans le mien. Le contour de ses iris est d'un bleu indigo. Ils s'éclaircissent en leur centre, prenant la couleur d'un ciel d'été. Mais ses pupilles se dilatent, assombrissant son regard.

— Christian, tu n'as pas à faire ça. Je ne vais pas m'enfuir. Je te l'ai dit et te le répète, je ne m'enfuirai pas. Avec tout ce qui s'est passé..., je ne sais plus où j'en suis. Il me faut juste un peu de temps pour réfléchir... Un peu de temps pour moi. Pourquoi envisages-tu toujours le pire ?

Parce que le pire se produit toujours. Toujours.

— J'allais te dire que je voulais rentrer à mon appartement ce soir. Tu ne me laisses jamais de temps… J'ai juste besoin de réfléchir à ce qui se passe.

Elle veut être seule. Loin de moi.

— Laisse-moi du temps. Nous nous connaissons à peine, et tout ce passé que tu traînes derrière toi… J'ai besoin… j'ai besoin d'y réfléchir. Et maintenant que Leila est… peu importe… ce que je veux dire c'est qu'elle ne rôde plus dans les rues, elle n'est plus une menace… Alors j'ai pensé… j'ai pensé…

Quoi, Ana ?

— Te voir avec Leila…, dit-elle en baissant les yeux, comme si ce souvenir était trop douloureux. Ça a été un tel choc… J'ai eu un aperçu de ton ancienne vie… je ne me sens pas digne de toi, voilà ce que j'ai pensé ! J'ai peur que tu te lasses, que tu t'en ailles… Alors je finirai comme Leila… une ombre. Parce que je t'aime, Christian. Et, si tu me quittes, le monde perdra sa lumière pour moi. Et ça me terrifie…

Elle craint les ténèbres, elle aussi. Elle ne va pas s'enfuir.

Elle m'aime.

— Je ne m'explique pas comment tu peux me trouver attirante, murmure-t-elle. Tu es…, eh bien, tu es toi… et je suis… (Elle me regarde, troublée, et poursuit :) Je ne comprends pas pourquoi tu es avec moi. Tu es beau et sexy, tu réussis tout ce que tu entreprends, tu es bon, généreux, attentionné – tout ce que je ne suis pas. Et je ne peux pas combler tes besoins. Comment pourrais-tu être heureux avec moi ? Je n'ai jamais compris ce que tu me trouvais. Lorsque je t'ai vu avec elle, ça a tout fait remonter, ajoute-t-elle en essuyant ses larmes. Bon, tu vas rester agenouillé là toute la nuit ? Parce que moi aussi.

Elle est en colère contre moi.

Elle est tout le temps en colère contre moi.

— Christian, je t'en prie, je t'en prie… parle-moi.

Ses lèvres sont sûrement douces. Elles le sont toujours quand elle a pleuré. Son visage est si beau. Mon cœur se gonfle d'amour.

Comment ne pas l'aimer ?

Contrairement à ce qu'elle croit, elle a toutes ces qualités. Mais c'est sa compassion qui me touche le plus.

Sa compassion pour moi.

Ana.

— Je t'en prie, chuchote-t-elle.

— J'ai eu tellement peur, dis-je dans un soupir. Quand j'ai vu Ethan arriver devant l'immeuble, j'ai su que quelqu'un t'avait fait entrer dans l'appartement. Taylor et moi avons bondi hors de la voiture. Nous avions compris… et la voir armée, avec toi… Je crois que je suis mort mille fois, Ana. Mon pire cauchemar se réalisait. J'étais tellement en colère, contre elle, contre toi, contre Taylor, contre moi-même…

La vision de Leila avec son arme me hante encore.

— La situation risquait de déraper. Je ne savais pas quoi faire. Je n'avais aucune idée de sa réaction… Et puis elle m'a donné une piste : elle semblait si coupable. Alors j'ai compris ce que je devais faire.

— Continue, m'encourage Ana.

— En la voyant dans cet état, tout en sachant que j'étais en partie responsable de sa crise…

Un souvenir lointain refait surface – Leila me tourne le dos avec un sourire narquois, mesurant les conséquences de son geste.

— Elle a toujours été si vive, si espiègle. Elle aurait pu te faire du mal. Et ça aurait été ma faute.

S'il arrivait quelque chose à Ana…

— Mais elle ne m'a rien fait. Et tu n'es pas responsable de son état mental, Christian.

— Je voulais juste que tu quittes cet endroit. T'éloigner du danger et… toi, tu refusais de partir, dis-je avec exaspération. Anastasia Steele, vous êtes la femme la plus têtue que je connaisse.

Je ferme les yeux et secoue la tête. Que vais-je bien pouvoir faire d'elle ?

Si elle reste.

Quand j'ouvre les yeux, elle est toujours agenouillée devant moi. Je lui demande doucement :

— Tu n'allais pas t'en aller ?

— Non !

À présent, c'est elle qui paraît exaspérée.

Elle ne me quitte pas ! Je prends une profonde inspiration.

— J'ai cru que… C'est moi, Ana. Moi tout entier… et je suis tout à toi. Que dois-je faire pour t'en convaincre ? Pour te montrer que je te veux telle que tu es. Que je t'aime.

— Je t'aime aussi, Christian, et te voir comme ça…, dit-elle en ravalant ses larmes. Je pensais t'avoir brisé.

— Brisé ? Moi ? Oh non, Ana. C'est tout le contraire.

Grâce à toi, je suis enfin entier.

Je lui prends la main et murmure :

— Tu es ma bouée de sauvetage.

J'ai besoin de toi.

J'embrasse ses doigts un à un, puis plaque ma paume contre la sienne.

Comment lui faire comprendre ce qu'elle signifie pour moi ?

Laisse-la te toucher.

Touche-moi, Ana.

Oui. Et sans plus réfléchir, je place sa main sur ma poitrine, sur mon cœur.

Je suis à toi, Ana.

Les ténèbres affluent aussitôt en moi et ma respiration s'accélère. Mais je contrôle ma peur. J'ai besoin de plus d'elle.

Je laisse sa main sur mon cœur, et me concentre sur son beau visage. Sa compassion est là, dans le reflet de ses yeux.

Je la vois.

Ses doigts se replient et je sens brièvement ses ongles à travers ma chemise. Puis elle s'écarte.

— Non, m'écrié-je instinctivement en pressant sa paume contre mon torse. Ne fais pas ça.

Après un moment d'hésitation, elle avance son autre main vers moi.

Merde. Elle va me déshabiller.

La terreur me paralyse. Je ne respire plus. Elle défait péniblement le premier bouton. Elle bouge ses doigts prisonniers de mon étreinte, et je les libère. Elle déboutonne ma chemise, puis la fait glisser.

Je déglutis et respire à nouveau, de plus en plus vite.

Sa main flotte au-dessus de ma poitrine. Elle veut me toucher. Peau contre peau. Chair contre chair. Puisant au plus profond de moi-même, et grâce à des années de self-control, je me prépare à son contact.

Elle hésite.

— Oui, murmuré-je pour l'encourager.

Ses doigts doux comme des plumes effleurent mon sternum, titillent les poils de mon torse. Ma peur enfle dans ma gorge, m'empêchant de déglutir. Elle retire sa main, mais je l'agrippe et la plaque contre ma peau.

— Non, dis-je d'une voix sourde. J'en ai besoin.

Je dois le faire. Pour elle.

De l'index, elle trace une ligne jusqu'à mon cœur. Une caresse d'une tendresse infinie, qui pourtant me brûle la peau. Et s'inscrit dans ma chair. Je lui appartiens. Je veux lui donner mon amour et ma confiance.

Je suis à toi, Ana.

Fais de moi ce que tu veux.

Je suis conscient que je halète, comme si je manquais d'air.

Le regard d'Ana s'assombrit. Elle pose ses mains sur mes genoux et se penche vers ma poitrine.

Putain. Je crispe les paupières. Ça va être une torture. Je renverse la tête. J'attends. Et je sens ses lèvres, d'une douceur extrême, déposer un baiser sur mon cœur.

Je pousse un gémissement. C'est un supplice. Un enfer. Mais c'est Ana. En train de m'aimer.

— Encore, murmuré-je.

Elle se penche de nouveau et m'embrasse juste au-dessus du cœur. Je sais ce qu'elle a en tête. Je sais où elle m'embrasse. Et elle recommence encore. Et encore. Ses lèvres déposent un baiser tendre sur chacune de mes cicatrices. Je sais exactement où elles se trouvent. Depuis le jour où elles ont été gravées dans ma chair. Et Ana y pose ses lèvres. Les accepte. Ce que personne n'a jamais fait. Elle me prend tout entier. Moi et ma part la plus sombre.

Elle combat mes démons.

Ma courageuse Ana.

Si belle. Si brave.

Ma vue se brouille. Je l'enlace et la serre contre moi, mes mains dans ses cheveux. Je relève son menton et réclame sa bouche. Je m'imprègne d'elle. J'ai besoin d'elle.

— Oh, Ana, dis-je en l'embrassant avec adoration.

Je l'allonge par terre et ses mains encadrent mon visage, mais je ne sais pas si les larmes sur mes joues sont les siennes ou les miennes.

— Christian, je t'en prie, ne pleure pas. J'étais sincère quand j'affirmais que je ne te quitterais pas. Je t'assure. Si je t'ai laissé penser le contraire, je suis désolée… Je t'en prie, je t'en prie, pardonne-moi. Je t'aime. Je t'aimerai toujours.

Je m'écarte pour la regarder, peinant à croire ses paroles.

Elle affirme qu'elle m'aime, qu'elle m'aimera toujours.

Mais elle ne me connaît pas. Elle ne connaît pas le monstre.

Le monstre n'est pas digne de son amour.

— Qu'y a-t-il ? Quel est ce secret qui, selon toi, me ferait m'enfuir à toutes jambes ? Qu'est-ce qui te fait croire que je partirais ? Dis-moi, Christian, je t'en prie…

Elle a le droit de savoir. Si nous restons ensemble, ce sera toujours un obstacle entre nous. Elle mérite la vérité. Au risque de tout perdre, je dois lui avouer.

Je me redresse et m'assois en tailleur. Elle m'imite et me scrute avec intensité. Son regard anxieux reflète mon tourment intérieur.

— Ana.

Je marque une pause et prends une grande inspiration.

Dis-lui, Grey.

Crache le morceau. Après, tu sauras.

— Je suis un sadique, Ana. J'aime fouetter des petites brunes comme toi parce que vous ressemblez toutes à la pute camée, ma mère biologique. Je suis sûr que tu peux comprendre pourquoi.

Je débite ces mots à toute vitesse, comme si je voulais m'en débarrasser depuis des jours.

Elle reste impassible. Silencieuse.

S'il te plaît, Ana.

Lorsqu'elle reprend la parole, sa voix n'est qu'un murmure :

— Tu m'as dit que tu n'étais pas un sadique.

— Non, j'ai dit que j'étais un Dominant. Si je t'ai menti, c'était un mensonge par omission. Je suis désolé.

Je n'ose plus la regarder. J'ai trop honte. Je baisse les yeux. Mais elle se tait, alors je suis forcé d'affronter son regard.

— Quand tu m'as posé cette question, j'avais envisagé une relation complètement différente entre nous.

C'est la vérité.

Ses yeux s'arrondissent de stupeur et soudain, elle plonge sa tête entre ses mains. Elle ne supporte plus de me voir.

— Alors c'est un fait, chuchote-t-elle en relevant son visage, soudain très pâle. Je ne peux pas t'apporter ce dont tu as besoin.

Quoi ?

— Non, non, non. Ana. Tu le peux. Tu me donnes déjà ce dont j'ai besoin. Je t'en prie, crois-moi.

— Je ne sais vraiment pas quoi penser, Christian. C'est tellement malsain.

Sa voix est étranglée par l'émotion.

— Ana, crois-moi. Après que je t'ai punie et que tu m'as quitté, ma vision du monde a changé. Je ne plaisantais pas quand je t'assurais que je ferais tout pour ne plus ressentir ça. Quand tu m'as avoué que tu m'aimais, ça a été une révélation pour moi. Personne ne me l'avait jamais dit. C'était comme si j'avais trouvé la paix en moi – ou peut-être est-ce toi qui l'as trouvée, je ne sais pas. Nous en discutons encore beaucoup avec le Dr Flynn.

— Qu'est-ce que ça veut dire ?

— Que je n'en ai plus besoin. Plus maintenant.

— Comment le sais-tu ? Comment peux-tu en être aussi sûr ?

— Je le sais, c'est comme ça. L'idée de te faire du mal… de n'importe quelle manière… m'horrifie.

— Je ne comprends pas. Et qu'en est-il des règles et des fessées et de toute cette baise perverse ?

— Je parle du lourd, Anastasia. Tu devrais voir ce dont je suis capable avec une canne ou un fouet.

— Je ne préfère pas.

— Je sais. Si tu le voulais, alors très bien… mais tu ne le souhaites pas, et je l'accepte. Je ne peux pas faire toutes ces conneries avec toi si tu ne le veux pas. Je te l'ai déjà dit, c'est toi qui détiens le pouvoir. Et, depuis que tu es revenue, je n'éprouve plus du tout cette envie.

— Mais quand nous nous sommes rencontrés, c'était bien ce que tu désirais pourtant ?

— Oui, c'est certain.

— Comment cette compulsion peut-elle disparaître, Christian ? Comme si j'étais une sorte de panacée et que tu étais, à défaut d'un meilleur terme, guéri ? Je ne saisis pas.

— Je ne dirais pas « guéri ». Tu ne me crois pas ?

— Je trouve ça difficile à croire. Ce qui est différent.

— Si tu ne m'avais jamais quitté, je ne ressentirais probablement pas ça. T'en aller a été la meilleure chose que tu aies jamais faite… pour nous. J'ai compris alors combien je te voulais, et je suis sincère quand je dis que je te veux telle que tu es.

Elle m'observe un long moment en silence. Incrédule ? Perdue ? Je ne sais pas.

— Tu es encore là. Je croyais que tu serais déjà partie.

— Pourquoi ? Parce que je risque de penser que tu es cinglé d'aimer fouetter et baiser des femmes qui ressemblent à ta mère ? Qu'est-ce qui pourrait te donner cette impression ? siffle-t-elle.

Putain. Ana a sorti ses griffes, et les enfonce dans ma chair.

Mais je le mérite.

— Eh bien, je ne l'aurais pas formulé comme ça, mais oui.

Elle est en colère, peut-être. Ou blessée ? Elle connaît mon secret. Mon plus noir secret. Et maintenant, j'attends son verdict.

Aime-moi.

Ou quitte-moi.

Elle ferme les yeux.

— Christian, je suis épuisée. Pouvons-nous en parler demain ? Je voudrais aller me coucher.

— Tu ne t'en vas pas ?

Je n'y crois pas.

— Tu veux que je m'en aille ?

— Non ! Mais je pensais que tu partirais maintenant que tu sais.

Son expression s'adoucit, pourtant elle semble toujours déstabilisée.

S'il te plaît, Ana. La vie serait insupportable sans toi.

— Ne me quitte pas, dis-je dans un murmure.

— Oh, bon sang ! Non ! crie-t-elle. Je ne vais pas partir ! Voilà, je l'ai dit.

— Vraiment ?

C'est incroyable. Elle réussit encore à me surprendre.

— Que dois-je faire pour que tu comprennes que je ne vais pas m'enfuir ? Qu'est-ce qu'il faut que je te dise ?

Elle semble exaspérée.

Soudain, une idée s'impose en moi. Une idée tellement folle et improbable que je me demande d'où elle vient. Je déglutis.

— Il y a une chose que tu peux faire.

— Quoi ?

— Épouse-moi.

Elle en reste bouche bée.

Le mariage, Grey ? Tu as perdu la tête ? Pourquoi voudrait-elle t'épouser ?

Elle est visiblement chamboulée, pourtant elle se met à pouffer. Elle se mord la lèvre – sûrement pour se retenir – mais rien n'y fait. Elle se renverse en arrière et se laisse aller, prise d'un fou rire qui résonne dans tout l'appartement.

Ce n'est pas la réaction que j'attendais.

Son rire devient hystérique. Elle plaque ses mains sur son visage, et je crois qu'elle pleure à présent.

Je ne sais pas quoi faire.

Je soulève doucement son bras et sèche une larme au coin de son œil. Je tente une approche humoristique :

— Vous trouvez ma demande en mariage amusante, mademoiselle Steele ?

Elle renifle et me caresse la joue. Encore un geste inattendu.

— Monsieur Grey… Christian. Votre sens du timing est sans aucun doute…

Elle me regarde comme si j'étais fou. Et je le suis peut-être, mais j'ai besoin de connaître sa réponse.

— Tu va m'achever, Ana. Veux-tu m'épouser ?

Lentement, elle se rassoit et pose ses mains sur mes genoux.

— Christian, j'ai rencontré ton ex complètement folle et armée, on m'a jetée hors de mon appartement, j'ai eu droit aux Cinquante nuances version thermonucléaire…

Cinquante nuances ?

J'ouvre la bouche pour plaider ma cause, mais elle m'arrête d'un signe de la main, et poursuit :

— Tu viens à peine de me faire des révélations plutôt choquantes à ton sujet, et maintenant tu me demandes en mariage.

— Oui, je crois que c'est un résumé juste et précis de la situation.

— Qu'en est-il de la satisfaction différée ? demande-t-elle, me déstabilisant de nouveau.

— J'ai tourné la page et je suis dorénavant un ardent défenseur de la satisfaction immédiate. *Carpe diem*, Ana.

— Écoute, Christian, je ne te connais vraiment que depuis trois minutes et il y a encore tellement de choses que j'ai besoin de savoir. J'ai trop bu, j'ai faim, je suis fatiguée et je voudrais aller me coucher. Il faut que je réfléchisse à ta demande en mariage tout comme au contrat que tu m'as donné. Et… ça n'était pas une demande en mariage des plus romantiques, ajoute-t-elle en faisant la moue.

L'espoir enfle dans ma poitrine.

— Bon point. Bien dit, comme toujours, mademoiselle Steele. Alors, ça n'est pas un « non » ?

Elle soupire.

— Non, monsieur Grey, ça n'est pas un « non », mais ça n'est pas un « oui » non plus. C'est juste parce que tu as peur et que tu ne me fais pas confiance.

— Non, j'ai enfin rencontré la personne avec qui je veux passer le reste de ma vie. Je n'aurais jamais cru que ça m'arriverait un jour.

Et c'est la vérité, Ana.

Je t'aime.

— Je peux y réfléchir… s'il te plaît ? Et réfléchir à tout ce qui s'est passé aujourd'hui ? À ce que tu viens de me confier ? Tu m'as demandé d'être patiente et d'avoir foi en toi. Eh bien, je te réclame la même chose, Christian. J'en ai besoin maintenant.

Foi et patience.

Je me penche pour replacer une mèche rebelle derrière son oreille. Je suis prêt à attendre sa réponse l'éternité entière, si elle ne me quitte pas.

— Je peux faire ça.

Je pose un petit baiser sur ses lèvres. Elle ne se défile pas. Je me sens un peu soulagé.

— Ça n'est pas très romantique, hein ?

Elle secoue la tête.

— Des cœurs et des fleurs ? suggéré-je.

Elle hoche la tête et je lui souris.

— Tu as faim ?

— Oui.

— Tu n'as pas mangé ?

— Non, je n'ai pas mangé, dit-elle en s'asseyant sur les talons. Je te rappelle que je me suis fait virer de chez moi après avoir vu mon petit ami se comporter très intimement avec une de ses anciennes soumises. Ça m'a coupé l'appétit.

Elle pose ses poings sur ses hanches.

Je me lève, toujours sidéré qu'elle soit là, et lui tends la main.

— Viens, je vais te préparer à manger.

— Je ne pourrais pas juste aller me coucher ?

Elle prend ma main et je l'aide à se relever.

— Non, il faut que tu manges. Viens.

Je la conduis au comptoir, et pendant qu'elle se hisse sur un tabouret, j'examine le réfrigérateur.

— Christian, je n'ai vraiment pas faim.

J'ignore son commentaire.

— Du fromage ?

— Pas à cette heure.

— Des bretzels ?

— Au frigidaire ? Non.

— Tu n'aimes pas les bretzels ?

— Pas à 23 h 30. Christian, je vais me coucher. Tu peux farfouiller dans ton réfrigérateur toute la nuit si ça te chante. Je suis fatiguée et j'ai eu une journée très éprouvante. Une journée que j'aimerais oublier.

Elle glisse du tabouret juste au moment où je tombe sur le gratin préparé par Mme Jones.

— Macaronis au fromage ?

— Tu aimes les macaronis au fromage ? s'étonne Ana.

Si je les aime ? J'adore ça !

— Tu en veux ?

Son sourire parle pour elle. Je pose le plat dans le micro-ondes et le mets en marche.

— Alors tu sais te servir d'un micro-ondes ? ironise-t-elle.

Elle est de nouveau juchée sur le tabouret.

— Si c'est du tout préparé, je peux m'en sortir. C'est avec la vraie nourriture que j'ai du mal.

Je dispose les sets de table, les assiettes et les couverts sur le comptoir.

— Il est très tard, fait remarquer Ana.

— Ne va pas au bureau demain.

— Il faut que j'y aille. Mon patron part pour New York.

— Tu veux y aller ce week-end ?

— J'ai consulté la météo. Il va pleuvoir apparemment.

— Oh, alors que veux-tu faire ?

Le micro-ondes sonne. Notre dîner est prêt.

— Pour le moment, je préférerais envisager un jour après l'autre. Toute cette agitation est… épuisante.

À l'aide d'un torchon, je sors le plat du four et le pose sur le plan de travail. Ça sent bon. Je suis content d'avoir retrouvé l'appétit. Ana nous sert pendant que je m'installe à côté d'elle.

Je suis encore tout étonné qu'elle soit là, après ma confession. Elle est si forte. Elle ne me déçoit jamais. Même face à Leila, elle n'a pas craqué.

Nous attaquons nos assiettes. Les macaronis sont parfaits. Comme je les aime.

— Pardon pour Leila, dis-je.

— Pourquoi me demandes-tu pardon ?

— Ça a dû être un choc terrible pour toi de la trouver dans ton appartement. Taylor l'avait fouillé un peu plus tôt dans la journée. Il est très contrarié.

— Je ne lui en veux pas.

— Moi non plus. Il est sorti te chercher.

— Vraiment ? Pourquoi ?

— Je ne savais pas où tu étais. Tu avais laissé ton sac à main, ton téléphone. Je ne pouvais même pas te pister. Où étais-tu ?

— Ethan et moi sommes simplement allés dans le bar en face de l'immeuble. Pour que je puisse observer ce qui se passait.

— Je vois.

— Alors, qu'as-tu fait avec Leila dans l'appartement ?

— Tu veux vraiment le savoir ?

— Oui.

Mais elle ne paraît pas sûre d'elle. Après un moment d'hésitation, je décide de me montrer honnête.

— Nous avons parlé et je lui ai donné un bain. Ensuite, je lui ai passé des vêtements à toi. J'espère que ça ne te dérange pas. Mais elle était très sale.

Ana détourne les yeux. Elle n'a plus faim.

Merde. J'aurais dû la boucler. J'essaie de m'expliquer :

— C'était le minimum que je pouvais faire, Ana.

— Tu as encore des sentiments pour elle ?

— Non !

Je ferme les yeux tandis que la vision de Leila, frêle et abandonnée, me revient à l'esprit.

— La voir ainsi, si différente, si mal en point… Je tiens à elle, comme un être humain tient à un autre.

Je chasse l'image de Leila et me tourne vers Ana.

— Ana, regarde-moi.

Elle a le regard perdu sur son assiette intacte.

— Ana.

— Quoi ? murmure-t-elle.

— Ne fais pas ça. Ça n'a pas d'importance. C'était comme m'occuper d'une enfant, une enfant brisée et perdue.

Elle ferme les yeux et l'espace d'un horrible instant, je crois qu'elle va éclater en sanglots.

— Ana ?

Elle se lève, vide le contenu de son assiette dans la poubelle, et la pose dans l'évier.

— Ana, je t'en prie.

— Arrête, Christian ! Arrête les « Ana, je t'en prie » ! crie-t-elle avant de fondre en larmes. J'en ai ma claque de toute cette merde. Je vais me coucher. Je suis fatiguée et à bout de nerfs. Maintenant fiche-moi la paix !

Elle quitte la cuisine en coup de vent, me laissant seul avec mes macaronis froids.

Et merde.

MERCREDI 15 JUIN 2011

J'enfouis ma tête entre mes mains et me frotte le visage. Je n'arrive toujours pas à croire que j'ai demandé Ana en mariage. Et elle n'a pas dit non. Mais elle n'a pas dit oui non plus. Elle ne dira peut-être jamais oui.

Demain matin, elle aura retrouvé ses esprits.

La journée avait pourtant si bien commencé… Mais la soirée a viré au cauchemar. À cause de Leila.

Elle au moins est en sécurité, et bénéficie de soins appropriés.

Mais à quel prix ? Ana ?

Elle sait tout maintenant. Elle sait que je suis un monstre.

Mais elle est toujours là.

Concentre-toi sur le positif, Grey.

Je n'ai plus aucun appétit. Je suis exténué. La soirée a été éprouvante. Je me lève de mon tabouret. Je n'aurais jamais imaginé ressentir autant d'émotions en si peu de temps.

C'est grâce à elle, Grey.

Avec elle, tu te sens vivant.

Je ne peux pas la perdre. Je viens seulement de la trouver.

Désorienté, je laisse mon assiette dans l'évier et regagne ma chambre.

Ce sera *notre* chambre si elle dit oui.

À travers la porte de la salle de bains, j'entends un bruit étouffé.

Elle pleure. J'entre et la vois par terre, en position fœtale, vêtue d'un de mes tee-shirts. La voir si désespérée me fait l'effet d'un coup de poing dans l'estomac.

Je m'accroupis près d'elle.

— Hé, dis-je doucement en la prenant sur mes genoux. Je t'en prie, ne pleure pas, Ana, s'il te plaît.

Elle enroule ses bras autour de mon cou et sanglote de plus belle.

Oh, bébé.

Je lui caresse tendrement les cheveux. Ses larmes m'affectent bien plus que celles de Leila.

Parce que je l'aime.

Elle est si forte, si courageuse. Et voilà comment je la récompense. En la faisant pleurer.

— Je suis désolé, bébé.

Je la berce et lui embrasse les cheveux. Au bout d'un moment, ses larmes se tarissent et elle frissonne. Je la porte dans la chambre et l'allonge sur le lit. Elle bâille et ferme les yeux pendant que j'enlève mon pantalon et ma chemise. En boxer et tee-shirt, je me glisse à côté d'elle et la serre contre moi. En quelques secondes, sa respiration devient plus profonde. Elle dort. Nous sommes tous les deux épuisés. Je n'ose faire un mouvement, de peur de la réveiller. Elle a besoin de repos.

Dans le noir, je réfléchis aux événements de la soirée. Il s'est passé tant de choses. Trop de choses…

> Leila se tient devant moi. Son odeur me fait reculer d'un pas.
>
> La puanteur. Non.
>
> L'atroce puanteur.
>
> Il sent mauvais. Il sent la méchanceté. Et la crasse. J'ai la nausée.
>
> Il est en colère. Je me cache sous la table. « Te voilà, petit merdeux. »
>
> Il a des cigarettes.
>
> Non. J'appelle ma maman. Mais elle ne m'entend pas. Elle est allongée par terre.
>
> De la fumée sort de sa bouche.
>
> Il rit.
>
> Et il me tire les cheveux.
>
> La brûlure. Je crie.
>
> Je n'aime pas la brûlure.
>
> Maman est par terre. Je dors près d'elle. Elle est froide. Je la couvre avec ma couverture doudou.
>
> Il est revenu. Il est en colère.
>
> « Pauvre cinglée. Traînée. »

« Dégage de mon chemin, sale petit rat. »
Il me frappe et je tombe par terre.
Il s'en va. Il ferme la porte à clé. Et je me retrouve seul avec maman.
Et puis elle n'est plus là. Où est maman ? Où est maman ?
Il met sa cigarette sous mon nez.
Non.
Il tire une bouffée.
Non.
Il la presse sur ma peau.
Non.
La douleur. L'odeur.
Non.

— Christian !

J'ouvre les yeux. Il y a de la lumière. Où suis-je ? Ma chambre.

Penchée sur moi, Ana me secoue les épaules. Je marmonne des paroles incohérentes.

— Tu es partie, tu es partie, tu as dû partir…

Elle s'assoit à côté de moi.

— Je suis là, murmure-t-elle en posant sa main sur ma joue.

— Tu étais partie.

Mes cauchemars reviennent quand tu n'es pas là.

— Je suis allée boire dans la cuisine. J'avais soif.

Fermant les yeux, je me frotte le visage, tentant de distinguer la réalité de la fiction. Elle n'est pas partie. Elle me regarde avec douceur. Ma douce, merveilleuse Ana.

— Tu es là. Oh, Dieu merci.

Je l'attire près de moi dans le lit.

— Je suis juste allée boire.

Elle caresse mes cheveux.

— Christian, je t'en prie. Je suis là. Je ne vais nulle part.

— Oh, Ana.

Ma bouche la réclame. Elle a un goût de jus d'orange… de bonheur simple.

Mon corps se réveille quand j'embrasse ses lèvres, son cou, sa gorge. Je taquine sa lèvre inférieure avec mes dents et glisse ma main sous son tee-shirt. Elle frissonne lorsque mes doigts se referment sur son sein et titillent la pointe.

— J'ai envie de toi, Ana.

J'ai besoin de toi.

— Je suis là pour toi. Seulement pour toi, Christian.

Ses paroles attisent le feu dans mon corps. Mes baisers se font plus ardents.

Ne me quitte jamais, s'il te plaît.

Elle agrippe mon tee-shirt et je l'aide à m'en débarrasser. Puis je m'agenouille entre ses jambes pour enlever le sien. Son regard sombre trahit son désir. Prenant son visage dans mes mains, je l'embrasse avec avidité, et nous tombons à la renverse. Ses doigts s'emmêlent dans mes cheveux et elle me rend mon baiser, avec une fougue égale à la mienne.

Oh, Ana.

Soudain, elle me repousse.

— Christian... Attends. Je ne peux pas.

— Quoi ? Qu'est-ce qui ne va pas ? murmuré-je contre sa gorge.

— Non, s'il te plaît. Je ne peux pas, pas maintenant. J'ai besoin de temps, s'il te plaît...

— Oh, Ana, ne réfléchis pas trop.

L'angoisse me gagne de nouveau. Je suis tout à fait réveillé à présent. Elle me rejette. Non. Je suis au désespoir. Je mordille son lobe d'oreille et son corps se cambre à mon contact. Elle hoquète.

— Je suis le même, Ana. Je t'aime et j'ai besoin de toi. Touche-moi. Je t'en prie.

Hissé sur les coudes, je frotte mon nez contre le sien et la regarde, attendant sa réponse.

Notre relation se joue à cet instant.

Si elle ne peut pas le faire...

Si elle ne peut pas me toucher.

Si je ne peux pas l'avoir.

J'attends.

S'il te plaît, Ana.

Elle tend une main hésitante et la pose sur mon torse.

Une spirale brûlante déchire ma poitrine et les ténèbres plantent leurs griffes dans ma chair. J'en ai le souffle coupé.

Je ferme les yeux. Je peux y arriver.

Pour elle. Pour Ana.

La caresse de sa main sur mon épaule me brûle. Je pousse un grognement.

Son contact, je le désire et le redoute à la fois.

Avoir peur d'être touché par son amante.

Tu vois à quel point tu es cinglé, Grey ?

Elle se rapproche et enveloppe mon dos pour m'étreindre. Ses paumes sur ma chair me marquent au fer rouge. Un cri étranglé m'échappe, entre le gémissement et le sanglot. J'enfouis mon visage dans son cou, luttant contre la douleur. Je l'embrasse passionnément, je l'aime, tandis que ses doigts effleurent les deux cicatrices de mon dos.

C'est presque insoutenable.

Je me perds dans ses baisers tout en combattant mes démons. Ils rôdent au-dessus d'Ana, qui fait courir ses mains sur mon corps.

Les ténèbres tourbillonnent autour d'elle, tentent de l'emporter, mais ses doigts s'accrochent à moi. Me caressent. Me sentent. Et je fais bloc contre la peur et la souffrance.

Mes lèvres trouvent son sein, se referment sur une pointe, et la tiraillent jusqu'à ce qu'elle se dresse. Elle gémit et ses hanches basculent pour venir à ma rencontre, ses ongles plantés dans les muscles de mon dos. C'est trop. La terreur jaillit dans ma poitrine, martelant mon cœur.

— Oh, putain, Ana.

Je la contemple. Elle halète, les yeux brillants de sensualité.

Elle me rend fou.

Ne réfléchis pas, Grey.

Un peu de courage.

Prenant une grande inspiration, pour calmer mon cœur affolé, je glisse ma main sur son ventre, jusqu'à son sexe humide. Mes doigts s'insinuent en elle, décrivent des mouvements circulaires, tandis qu'elle s'arcboute pour en réclamer plus.

— Ana.

Son nom est une invocation. Soudain, je me redresse. Ses mains ne peuvent plus me toucher. Je me sens soulagé et perdu à la fois. J'enlève mon boxer, libère ma queue et attrape un préservatif sur la table de nuit. Je le lui tends.

— Tu veux le faire ? Tu peux encore refuser. Tu peux toujours refuser.

— Ne me demande pas de réfléchir, Christian, dit-elle, le souffle court. J'ai envie de toi, moi aussi.

Elle déchire l'étui avec ses dents et, de ses mains tremblantes, le déroule sur ma queue. Ses doigts sur mon érection sont une torture.

— Dépêche-toi Ana, sinon je ne vais pas pouvoir tenir.

Elle me couve d'un regard possessif, et quand elle a terminé, je m'étends sur elle. Mais j'ai besoin d'être sûr que c'est ce qu'elle veut vraiment. Je la fais rouler sur moi.

— C'est toi qui me prends, murmuré-je, mon regard rivé au sien.

Elle se lèche les lèvres et plonge sur moi, me possédant, centimètre par centimètre.

— Ah.

Je renverse la tête et ferme les yeux.

Je suis à toi, Ana.

Elle agrippe mes poignets et se met en mouvement.

Oh, bébé.

Se penchant sur moi, elle embrasse mon menton et mordille ma mâchoire.

Je vais jouir. *Merde*.

Je lui agrippe les hanches pour la faire ralentir.

Doucement, bébé. S'il te plaît, pas trop vite.

Son regard brille d'une passion sauvage.

Je la retiens encore. Et me prépare à un nouvel assaut.

— Ana, touche-moi… s'il te plaît.

Les yeux arrondis de surprise, elle pose ses paumes sur ma poitrine. C'est déchirant. Je pousse un cri et m'enfonce plus profondément en elle.

— Ah, gémit-elle.

Ses doigts s'emmêlent aux poils de mon torse, me taquinant, m'aguichant. Mais les ténèbres suivent leurs traces, décidées à me déchirer la peau. C'est si douloureux, si intense, que les larmes me montent aux yeux. Et le visage d'Ana s'évapore dans cette vision brouillée.

C'en est trop. Je nous fais basculer pour la faire passer sous moi.

— Assez. Arrête, s'il te plaît.

Elle serre mon visage entre ses mains, essuie mes larmes, et pose ses lèvres sur les miennes. Je la prends, cherchant à retrouver mon équilibre, mais je suis perdu. Perdu dans cette femme.

Sa respiration est saccadée. Elle y est presque. Mais elle se retient.

— Abandonne-toi, Ana.

— Non.

— Si, dis-je implorant.

Je donne un puissant coup de reins, l'emplis pleinement. Elle pousse un gémissement et se cabre.

— Allez, bébé, j'en ai besoin. Donne-moi tout.

Nous en avons besoin.

Elle se contracte autour de moi, et laisse exploser sa jouissance en m'étreignant de toutes ses forces. Et je trouve enfin ma délivrance.

Ses doigts sont dans mes cheveux, sa tête sur mon torse. Elle est là. Elle n'est pas partie, mais je me rappelle que j'ai failli la perdre de nouveau. Cette idée me hante. Je murmure :

— Ne me quitte jamais.

Je sens sa tête bouger, son menton se soulever.

— Je sais que tu lèves les yeux au ciel.

— Tu me connais si bien.

Encore heureux !

— J'aimerais te connaître davantage.

— Pareil pour moi, Grey.

Puis elle me parle de mon cauchemar. Elle veut savoir ce qui me tourmentait.

— Comme d'habitude.

Elle insiste. Oh, Ana. Tu y tiens tant que ça ? Elle reste silencieuse, elle attend.

Je lâche un soupir.

— Je dois avoir environ trois ans et le mac de la pute camée est encore fou de rage. Il fume cigarette sur cigarette, et il ne trouve pas de cendrier.

Elle veut vraiment que je lui raconte ces saloperies ? Les brûlures ? L'odeur ? Les cris ?

Je la sens se raidir.

— Ça faisait mal. Je me souviens de la douleur. C'est ce qui me donne des cauchemars. Ça et le fait qu'elle ne l'en a jamais empêché.

Ana me serre plus fort.

Je lève la tête, cherche ses yeux.

— Tu n'es pas comme elle, dit-elle. Ne pense jamais ça. Je t'en prie.

Sous l'émotion, ses paupières papillonnent. Je laisse aller de nouveau ma tête sur l'oreiller.

La pute camée était faible. *Non, Asticot. Pas maintenant.*

Elle s'est tuée. Elle m'a abandonné.

— Parfois, dans mes rêves, elle est juste allongée par terre. Et je crois qu'elle dort. Mais elle ne bouge pas. Elle ne bouge jamais. Et j'ai faim. Vraiment faim. Il y a un grand bruit et il est de retour. Il me frappe en insultant la pute camée. Il commençait toujours par me frapper avec ses poings ou son ceinturon.

— C'est pour cela que tu n'aimes pas qu'on te touche ?

Je ferme les yeux et l'étreins plus fort.

— C'est compliqué.

J'enfouis mon visage entre ses seins, pour me perdre dans son odeur.

— Raconte-moi.

— Elle ne m'aimait pas.

Elle en était incapable. Elle ne m'a pas protégé, elle m'a laissé tout seul.

— Je ne l'aimais pas non plus. Les seuls contacts que j'avais étaient… violents. Tout vient de là.

Ana, je ne sais pas ce qu'est un geste de tendresse maternelle. Je n'ai jamais connu ça. Grace a respecté mes limites.

Aujourd'hui, je me demande encore pourquoi.

— Flynn l'explique mieux que moi.

— Je peux voir Flynn ?

— Les Cinquante nuances déteignent sur toi ? dis-je pour détendre l'atmosphère.

— Et pour cause. J'aime comme elles déteignent sur moi en ce moment.

Son ton léger est vraiment rassurant. Si elle parvient à plaisanter là-dessus, alors il reste de l'espoir.

— Oui, mademoiselle Steele, moi aussi j'aime ça.

Je l'embrasse et plonge dans son regard profond.

— Tu m'es tellement précieuse, Ana. J'étais sérieux quand je t'ai demandé de devenir ma femme. On pourrait apprendre à se connaître. Prendre soin l'un de l'autre. On pourrait avoir des enfants, si tu le désires. Je déposerai mon monde à tes pieds, Anastasia. Je te veux, corps et âme, pour toujours. Je t'en prie, penses-y

— J'y penserai, Christian. Promis. Mais j'aimerais quand même parler au Dr Flynn, si tu es d'accord.

— Tout ce que tu veux, bébé. Tout. Quand souhaiterais-tu le voir ?

— Le plus tôt possible.

— D'accord. Je m'en occuperai dans la matinée, dis-je en jetant un regard au réveil : 3 h 44. Il est tard. Nous devrions dormir.

J'éteins la lumière et l'attire pour me coller à elle. Dormir en cuillère. Je n'ai jamais fait ça. Juste avec Ana. J'enfouis mon visage dans son cou.

— Je vous aime, Ana Steele, et je vous veux près de moi pour toujours. Maintenant, dors.

Une secousse me réveille ; c'est Ana. Elle saute du lit et file vers la salle de bains.

Elle s'en va ? Elle me quitte ?

Je consulte l'heure. Déjà ? Jamais je n'ai dormi aussi longtemps ! Ana part travailler. Je secoue la tête et appelle Taylor sur l'interphone.

— Bonjour, monsieur Grey.

— Bonjour, Taylor. Vous pouvez emmener Mlle Steel au bureau ce matin ?

— Avec plaisir.

— Elle n'est pas en avance.

— Je l'attends en bas.

— Parfait.

— Et revenez me chercher ensuite.

— Entendu.

Je m'assois. Ana sort de la salle de bains en trombe, et récupère ses affaires tout en se séchant. Je profite du spectacle, en particulier quand elle enfile son soutien-gorge noir brodé et sa petite culotte assortie.

Je pourrais passer des heures à la regarder comme ça…

— Tu es belle. Et si tu appelais pour dire que tu es malade ?

— Non, je ne peux pas. Je ne suis pas un P-DG mégalo avec un superbe sourire qui peut aller et venir comme ça lui chante.

Je jubile.

— J'aime aller et venir comme ça me chante.

— Christian !

Elle me lance sa serviette au visage.

Je ris de bon cœur. Elle est toujours là. Et non, elle ne me déteste pas.

— Alors comme ça, j'ai un superbe sourire ?

— Oui. Et tu sais l'effet que tu me fais.

Elle passe le bracelet de sa montre à son poignet et s'arrête pour l'attacher.

— C'est vrai ?

— Oui, c'est vrai. Et c'est pareil pour toutes les femmes. À la longue, c'est assez agaçant de les voir toutes s'extasier.

— Ah bon ?

Je ne peux cacher mon amusement.

— Ne faites pas l'innocent, monsieur Grey, ça ne vous va vraiment pas.

Elle attache ses cheveux en queue-de-cheval et enfile des escarpins noirs

Ma beauté toute de noir vêtue. Elle est sublime.

Elle se penche pour me donner un baiser. Comment résister ? Je l'attire contre moi.

Merci d'être encore là, mon Ana.

— Que puis-je faire pour que tu restes ?

— Rien ! réplique-t-elle en me repoussant mollement. Laisse-moi y aller.

Je fais la moue. Du doigt, j'effleure sa lèvre. Elle sourit, se redresse et m'embrasse. Je ferme les yeux, savoure le contact de sa bouche sur la mienne.

Je la relâche. Elle est effectivement très en retard.

— Taylor va te conduire. Ça ira plus vite que de chercher une place pour te garer. Il t'attend devant l'immeuble.

— Super. Merci. Profitez bien de votre matinée à paresser, monsieur Grey. J'aimerais bien rester avec vous, mais le nouveau propriétaire de ma boîte ne serait pas content d'apprendre que son personnel ne vient pas au bureau pour s'envoyer en l'air.

Elle ramasse son sac.

— Au contraire, mademoiselle Steele, je suis sûr qu'il approuverait. Et même plus que ça…

— Pourquoi tu restes au lit ? Ça ne te ressemble pas.

Je croise les mains derrière la nuque et lui adresse un grand sourire.

— Parce que je le peux, mademoiselle Steele.

Elle secoue la tête de dépit.

— À plus, bébé.

Elle m'envoie un baiser et file vers la porte. J'entends ses pas résonner dans le couloir, puis le silence revient.

Ana est partie pour la journée. Elle me manque déjà !

J'attrape mon téléphone pour lui envoyer un mail. Mais que pourrais-je lui dire ? Je lui ai déjà tant révélé cette nuit. Je ne veux pas l'effrayer en allant trop loin.

Reste simple, Grey !

De : Christian Grey
Objet : Tu me manques
Date : 15 juin 2011 09:05
À : Anastasia Steele

Utilise ton BlackBerry s'il te plaît.
JTM

Christian Grey
P-DG, Grey Enterprises Holdings, Inc.

Je contemple ma chambre. Elle semble tellement vide sans elle. J'écris un nouveau mail. Je ne veux pas que quelqu'un à la SIP lise nos échanges.

De : Christian Grey
Objet : Tu me manques
Date : 15 juin 2011 09:06
À : Anastasia Steele

Mon lit est trop grand sans toi.
Finalement, je vais devoir aller travailler.
Même les P-DG mégalos doivent s'occuper.

Christian Grey
P-DG qui se tourne les pouces,
Grey Enterprises Holdings, Inc.

J'espère que cela la fera sourire. J'appuie sur Envoi puis appelle Flynn. Je laisse un message. Si Ana veut le voir, elle le verra ! Je raccroche, sors du lit et me rends dans la salle de bains. J'ai quand même un rendez-vous avec le maire aujourd'hui.

Je suis affamé après tous les événements de la veille. Je n'ai pas eu le temps de dîner. Gail m'a préparé un bon petit déjeuner : œufs, bacon, jambon, galette de pomme de terre, gaufres et toasts. Elle a fait des miracles. La cuisine, c'est son élément. Pendant que je mange, je reçois une réponse d'Ana.

De : Anastasia Steele
Objet : Ça va pour le moment
Date : 15 juin 2011 09:27
À : Christian Grey

Mon patron est furieux.
Je t'en veux de m'avoir fait veiller tard avec tes... manies.
Tu devrais avoir honte.

Anastasia Steele
Assistante de Jack Hyde, Éditeur, SIP

Oh, Ana ! Tu ne peux pas savoir à quel point j'ai honte de moi. Et tu ne le sauras jamais.

De : Christian Grey
Objet : Manies ?
Date : 15 juin 2011 09:32
À : Anastasia Steele

Tu n'as pas besoin de travailler, Anastasia.
Tu n'imagines pas à quel point mes manies me dégoûtent.
Mais j'aime te faire veiller tard ;)
S'il te plaît, sers-toi de ton BlackBerry.
Et épouse-moi, je t'en prie.

Christian Grey
P-DG, Grey Enterprises Holdings, Inc.

Mme Jones s'affaire derrière moi pendant que je termine mon petit déjeuner.

— Encore du café, monsieur Grey ?

— Oui. Merci.

La réponse d'Ana arrive sur mon téléphone.

De : Anastasia Steele
Objet : Gagner ma vie
Date : 15 juin 2011 09:35
À : Christian Grey

Je sais que tu as une tendance naturelle au harcèlement, mais arrête.
Il faut que je parle à ton psy.
Et alors seulement je te donnerai ma réponse.
Je ne suis pas opposée au fait de vivre dans le péché.

Anastasia Steele
Assistante de Jack Hyde, Éditeur, SIP

Nom de Dieu, Ana !

De : Christian Grey
Objet : BLACKBERRY
Date : 15 juin 2011 09:40
À : Anastasia Steele

Anastasia, si tu commences à parler du Dr Flynn, alors SERS-TOI DE TON BLACKBERRY.
Ce n'est pas une requête.

Christian Grey,
P-DG Maintenant Agacé de Grey Enterprises Holdings, Inc.

Mon téléphone sonne. C'est l'assistante de Flynn. Il peut me recevoir demain soir à 19 heures. Je demande que Flynn me rappelle. Je veux lui parler de la présence d'Ana à la séance.

— Je vais essayer de caler ça dans son planning.

— Merci, Janet.

Je veux aussi avoir des nouvelles de Leila. Comment va-t-elle ce matin ?

J'envoie un nouveau mail à Ana. Cette fois, je prends un ton plus doux.

De : Christian Grey
Objet : Prudence
Date : 15 juin 2011 09:50
À : Anastasia Steele

Est mère de sûreté.
Je t'en prie, sois prudente…
Tes messages professionnels sont surveillés.
COMBIEN DE FOIS DOIS-JE TE LE DIRE ?
Oui. Je crie en majuscules comme tu dis. SERS-TOI DE TON BLACKBERRY.
Le Dr Flynn peut nous recevoir demain soir.

Christian Grey
P-DG Toujours Agacé, Grey Enterprises Holdings, Inc.

J'espère que ça va lui faire plaisir.

— Vous serez deux pour dîner ? demande Gail.

— Oui, madame Jones. Merci.

J'avale une dernière gorgée de café et repose ma tasse. J'aime bien les petits déjeuners avec Ana. On parle, on discute. Si elle dit oui, ce sera comme ça tous les matins.

Me marier. Avoir une épouse.

Hé, ne t'emballe pas, Grey !

Si elle accepte de m'épouser, il va falloir que je change du tout au tout.

Je me lève et me dirige vers la salle de bains. Je m'arrête au pied des escaliers. Sans y réfléchir, je monte, déverrouille la porte de la salle de jeux et entre.

Mes derniers souvenirs dans cette pièce sont loin d'être agréables.

Pauvre cinglé.

Ces paroles me hantent. Je revois le visage d'Ana, couvert de larmes. Un masque d'horreur. Je ferme les yeux. Brusquement, je me sens vide et à la fois plein de remords.

Un poignard me transperce jusqu'à la moelle. Je ne veux plus jamais la voir aussi malheureuse. La nuit dernière, elle a pleuré ; mais elle m'a laissé la réconforter. C'est là toute la différence.

Non ?

Je jette un regard circulaire à la pièce. Qu'est-ce que je vais en faire ?

J'ai connu de grands moments ici…

Ana sur la croix. Ana sanglée au lit. Ana à genoux.

J'aime notre baise perverse.

Je soupire. Mon téléphone vibre. Un SMS de Taylor. Il est dehors et m'attend. Je jette un dernier coup d'œil à mon antre d'autrefois, mon refuge d'alors, et referme la porte.

La matinée est morne, mais il règne une certaine agitation à Grey House. Ce n'est pas si fréquent que des délégations officielles nous rendent visite, mais la venue du maire en personne met tout le bâtiment en ébullition. Je peaufine les détails avec mes équipes. Tout semble en place pour sa venue.

À 11 h 30, quand je suis de retour dans mon bureau, Andrea me passe Flynn.

— John, merci de me rappeler.

— J'imaginais que vous vouliez avoir des nouvelles de Leila Williams, mais j'ai vu que vous étiez inscrit sur mon planning. On se voit donc demain soir ?

— J'ai demandé Ana en mariage.

Flynn ne répond rien.

— Vous êtes surpris ?

— Pour tout dire, non. Absolument pas.

Je ne m'attendais pas à ça. Mais je laisse filer.

— Christian, vous êtes un impulsif. Un impulsif amoureux. Qu'est-ce qu'elle a répondu ?

— Elle veut vous parler.

— Ce n'est pas ma patiente, Christian.

— Mais moi, si. Et je vous demande cette faveur.

Il reste silencieux un moment.

— Entendu, finit-il par lâcher.

— Je vous en prie, dites-lui ce qu'elle veut savoir.

— Si tel est votre souhait.

— En effet. Et Leila ? Comment va-t-elle ?

— Elle a passé une bonne nuit et était disposée à parler ce matin. Je crois que je peux l'aider.

— Parfait.

— Christian… Le mariage est une affaire sérieuse. Un véritable engagement.

— Je sais.

— Vous êtes sûr que c'est ce que vous voulez ?

C'est à mon tour de garder le silence. Passer le reste de ma vie avec Ana…

— Oui. J'en suis sûr.

— Ce n'est pas le monde des Bisounours tous les jours. Cela exige des efforts. Du travail.

Des Bisounours ? C'est quoi cette expression ?

— Les efforts et le travail ne m'ont jamais fait peur.

— C'est vrai ! concède-t-il en riant. Je vous verrai donc demain tous les deux.

— Merci, John.

Mon téléphone sonne. Un autre SMS d'Elena.

« On dîne ensemble ? »

Ce n'est pas le moment. Je ne suis pas prêt pour l'instant. J'efface le message. Il est midi passé. Aucun signe d'Ana. J'envoie un petit mail.

De : Christian Grey
Objet : Pas du jeu
Date : 15 juin 2011 12:15
À : Anastasia Steele

Je n'ai pas de nouvelles.
Je t'en prie, dis-moi que tout va bien.
Tu sais comme je m'inquiète.
Je vais envoyer Taylor pour vérifier !

Christian Grey
P-DG, Grey Enterprises Holdings, Inc.

Mon rendez-vous suivant, c'est le déjeuner avec le maire et sa délégation. Il veut visiter l'immeuble, et Sam, mon attaché de presse, ne tient plus en place. Il dit vouloir booster l'image de l'entreprise, mais je me demande s'il ne s'agit pas surtout de la sienne.

Andrea frappe à ma porte.

— Sam est là, monsieur Grey.

— Qu'il entre. Au fait, vous pouvez mettre à jour mes contacts ?

— Bien sûr.

Je lui donne mon téléphone. Elle s'écarte pour laisser passer Sam. Il me décoche un sourire satisfait et me raconte par le menu ce qu'il a prévu pour la visite du maire, en me décrivant les excellentes photos qu'on pourrait en tirer. Sam est un type prétentieux. Il est nouveau dans l'équipe et je commence à regretter de l'avoir embauché.

On toque à la porte. Andrea glisse la tête dans l'embrasure.

— J'ai Anastasia Steele en ligne. Mais je ne peux pas vous la passer. Je suis en train de télécharger vos contacts. Et je n'ose pas arrêter la synchronisation.

Ignorant Sam, je bondis de mon siège et suis Andrea dans son bureau. Elle me tend le téléphone. Le câble est si court que je dois me pencher sur son ordinateur.

— Ça va ?

— Oui, je vais bien. Christian, pourquoi n'irais-je pas bien ?

— D'habitude, tu réponds tellement vite à mes messages. Après ce que je t'ai dit hier, j'étais inquiet.

Je baisse la voix. Je ne veux pas qu'Andrea ou la nouvelle m'entendent.

— Monsieur Grey, souffle Andrea, le combiné coincé dans son cou. Le maire et sa délégation sont dans le hall. Je leur dis de monter ?

— Non, Andrea. Demandez-leur de patienter.

Elle se raidit.

— Trop tard. Ils sont en route.

— Non. J'ai dit d'attendre.

Merde !

— Christian, tu as l'air occupé. J'appelais pour te dire que tout allait bien. C'est la vérité. Je suis juste un peu débordée aujourd'hui. Jack fait claquer le fouet. Euh... je veux dire...

— Claquer le fouet, rien que ça ? Fut un temps, j'aurais dit que c'était un veinard. Ne le laisse pas te monter dessus, bébé.

— Christian !

Je souris. J'aime bien la choquer.

— Surveille-le, c'est tout. Je suis content d'entendre que tu vas bien. Ça me soulage. À quelle heure veux-tu que je passe te chercher ?

— Je t'enverrai un message.

— De ton BlackBerry.

— Oui, monsieur.

— À plus, bébé.

— À plus...

Je relève la tête. L'ascenseur monte vers l'étage de la direction. Le maire arrive.

— Raccroche, dit-elle.

Et j'entends son sourire.

— J'aurais aimé que tu n'ailles pas travailler ce matin.

— Moi aussi. Mais j'ai du travail. Raccroche.

— Toi, raccroche.

— Ça recommence.

— Tu te mords la lèvre.

J'entends un petit hoquet de surprise.

— Je te connais, Anastasia ! Comme si je t'avais faite !

— On se reparle plus tard, d'accord ? Moi aussi je regrette d'être allée travailler.

— J'attends votre message, mademoiselle Steele.

— Bonne journée, monsieur Grey.

Elle coupe la communication au moment où les portes de l'ascenseur s'ouvrent.

À 15 h 45, je suis de retour à mon bureau. La visite du maire a été un succès et un bon coup de pub pour GEH. Andrea m'appelle par l'interphone.

— Oui ?

— J'ai votre sœur en ligne.

— Passez-la-moi.

— Christian ?

— Salut.

— On organise une fête pour ton anniversaire samedi et je voudrais inviter Anastasia.

— Et « Bonjour, comment ça va » ?

— Épargne-moi tes leçons de morale, grand frère.

— Samedi, je suis pris.

— Eh bien, annule. Tu n'as pas le choix.

— Mais Mia !

— Pas de mais ! Donne-moi le numéro d'Ana.

Je soupire sans répondre.

— Christian ! s'écrie-t-elle.

Quelle emmerdeuse !

— C'est bon. Je te l'envoie par SMS.

— Et pas de coup fourré. Tu décevrais tout le monde. Papa, maman, moi, Elliot !

— C'est bon, Mia. Je vais venir.

— Génial ! On se voit là-bas. Salut.

Elle raccroche et je regarde fixement le téléphone, à la fois agacé et amusé. Ma sœur est pénible. Je déteste les anniversaires. Enfin, *mon* anniversaire. À contrecœur, je lui envoie le numéro d'Ana, sachant que je prends le risque d'ouvrir la boîte de Pandore.

Et je retourne à mes dossiers.

Quand j'ai terminé d'en prendre connaissance, je m'aperçois que j'ai reçu un mail d'Ana.

De : Anastasia Steele
Objet : Antédiluvien
Date : 15 juin 2011 16:11
À : Christian Grey

Cher monsieur Grey,
Quand exactement comptiez-vous m'en parler ?
Que dois-je offrir à mon vieil homme pour son anniversaire ?
Peut-être de nouvelles piles pour son sonotone ?

A.

Anastasia Steele
Assistante de Jack Hyde, Éditeur, SIP

Mia n'a pas perdu de temps ! Je décide de m'amuser un peu :

De : Christian Grey
Objet : Préhistorique
Date : 15 juin 2011 16:20
À : Anastasia Steele

On ne se moque pas des personnes âgées.
Content que tu sois en pleine forme.
Et que Mia t'ait contactée.
Les piles, ça peut toujours servir.
Je n'aime pas fêter mon anniversaire.

Christian Grey
P-DG Sourd comme un pot, Grey Enterprises Holdings, Inc.

De : Anastasia Steele
Objet : Mmmm
Date : 15 juin 2011 16:24
À : Christian Grey

Cher monsieur Grey,
J'imagine votre moue en écrivant cette dernière phrase.
Ça me fait des choses.
Bisous

A.

Anastasia Steele
Assistante de Jack Hyde, Éditeur, SIP

Sa réponse me fait éclater de rire. Mais que dois-je faire pour qu'elle utilise son téléphone ?

De : Christian Grey
Objet : Lever les yeux au ciel
Date : 15 juin 2011 16:29
À : Anastasia Steele

Mademoiselle Steele,
ALLEZ-VOUS ENFIN VOUS SERVIR DE VOTRE BLACKBERRY ???

Christian Grey
P-DG aux mains qui le démangent,
Grey Enterprises Holdings, Inc.

J'attends sa réaction. Je ne suis pas déçu.

De : Anastasia Steele
Objet : Inspiration
Date : 15 juin 2011 16:33
À : Christian Grey

Cher monsieur Grey,
Ah… vos mains vous démangent et ne peuvent pas rester en place ?
Je me demande ce que le Dr Flynn dirait de ça.
Mais maintenant je sais quoi vous offrir pour votre anniversaire – et j'espère que j'en resterai endolorie…

;)

A.

Enfin, elle se sert de son téléphone ! Et elle veut avoir mal. Mon esprit fourmille d'idées de cadeau d'anniversaire.

Je me redresse sur mon siège et peaufine ma réponse :

De : Christian Grey
Objet : Infarctus
Date : 15 juin 2011 16:38
À : Anastasia Steele

Mademoiselle Steele,
Je ne pense pas que mon cœur pourra supporter un autre message de cette teneur, encore moins mon pantalon.
Tiens-toi bien.

Christian Grey
P-DG, Grey Enterprises Holdings, Inc.

De : Anastasia Steele
Objet : J'essaie
Date : 15 juin 2011 16:42
À : Christian Grey

Christian,
J'essaie de travailler pour un patron très pénible.
Je te prie de cesser de me déranger et d'être pénible toi aussi.
Ton dernier message m'a presque embrasée.
Bisous

P.-S. : Tu peux venir me chercher à 18 h 30 ?

De : Christian Grey
Objet : Je serai là
Date : 15 juin 2011 16:47
À : Anastasia Steele

Rien ne me ferait plus plaisir.
En fait, je pense à un certain nombre de choses qui me feraient encore plus plaisir et elles t'impliquent toutes.

Christian Grey
P-DG, Grey Enterprises Holdings, Inc.

Taylor gare la voiture devant la SIP à 18 h 27. Je n'aurai que quelques minutes à attendre.

A-t-elle eu le temps de réfléchir à ma proposition ? Bien sûr, elle veut d'abord parler à Flynn. Ça se comprend. Il va peut-être la faire redescendre de son petit nuage. Cette perspective me déprime. Nos jours ensemble seraient-ils comptés ? Pourtant elle a connu le pire, et elle est toujours là. C'est qu'il y a de l'espoir. Je consulte ma montre. 18 h 38. Je regarde fixement les portes du hall d'entrée.

Où est-elle ?

Soudain, elle apparaît. La porte se referme derrière elle. Mais elle ne se dirige pas vers la voiture.

Qu'est-ce qu'elle fabrique ?

Elle s'arrête, regarde autour d'elle et, lentement, elle se laisse tomber sur le trottoir.

Merde !

J'ouvre la portière. Du coin de l'œil, je constate que Taylor fait la même chose.

Nous nous précipitons tous les deux vers Ana. Elle est assise par terre, au bord de l'évanouissement. Je m'accroupis à côté d'elle.

— Ana, Ana ! Qu'est-ce qui se passe ?

Je l'attire contre moi, prends sa tête entre mes mains. Elle ferme les yeux, et se laisse aller contre moi.

— Ana.

Je l'attrape par les bras et la secoue.

— Ana. Qu'est-ce qu'il y a ? Tu es malade ?

— Jack, murmure-t-elle.

— Bordel !

Une bouffée d'adrénaline mêlée de rage m'envahit d'un coup. Je me tourne vers Taylor. Il hoche la tête et disparaît dans le bâtiment.

— Qu'est-ce que cette ordure t'a fait ?

Elle laisse échapper un petit gloussement.

— C'est plutôt moi qui lui ai fait quelque chose.

Puis elle se met à rire. Un rire nerveux. *Je vais le tuer, ce salopard.*

— Ana ! dis-je en la secouant de nouveau. Il t'a touchée ?

— Juste une fois.

— Où est cet enfoiré ?

Des cris étouffés nous parviennent de l'immeuble. Je me relève en soutenant Ana.

— Tu peux tenir debout ?

Elle hoche la tête.

— N'y va pas, Christian. Je t'en prie.

— Monte dans la voiture !

— Christian, non !

— Ana, monte dans cette voiture !

Je vais le tuer.

— Non ! Je t'en prie. Reste avec moi. Ne me laisse pas toute seule.

Je passe ma main dans mes cheveux, pour tenter de me calmer pendant que les bruits à l'intérieur de l'immeuble s'amplifient. Et tout à coup, c'est le silence.

Je sors mon téléphone.

— Christian, il a mes messages, annonce-t-elle dans un souffle.

— Quoi ?

— Les messages que je t'ai envoyés. Il voulait savoir où étaient tes réponses. Il m'a fait du chantage…

Mon cœur cesse de battre.

— Bordel…

Je compose le numéro de Barney.

— Allô ?

— Barney. C'est Grey. Je veux que vous accédiez au serveur de la SIP et que vous effaciez tous les messages qu'Anastasia Steele m'a envoyés. Puis accédez à l'espace personnel de Jack Hyde et vérifiez qu'il n'a pas fait de copies. Si c'est le cas, effacez-les…

— Hyde ? H.Y.D.E ?

— Oui.

— Tous les messages ?

— Oui, tous. Prévenez-moi dès que c'est fait.

— À vos ordres.

Je raccroche et appelle un autre numéro.

— Jerry Roach, j'écoute.

— Ici Grey.

— Oh, bonjour…

— Hyde, je veux qu'il soit viré. Maintenant.

— Mais…

— Tout de suite. Appelez la sécurité. Faites-lui immédiatement vider son bureau ou je liquide cette boîte à la première heure demain.

— Je peux savoir pour quelle raison ?

— Vous avez déjà mille raisons de le foutre à la porte.

— Vous avez vu son dossier ?

J'ignore sa question.

— Vous avez compris ?

— Monsieur Grey, je comprends parfaitement. Notre DRH le défend tout le temps. Je vais m'en occuper. Bonsoir.

Je coupe la communication, un peu calmé et me tourne vers Ana.

— Le BlackBerry !

— Je t'en prie, ne te mets pas en colère.

Je cligne des yeux.

— Je suis vraiment fâché contre toi, là. Monte dans la voiture !

— Christian, s'il te plaît…

— Monte dans cette voiture, Anastasia, ou je t'y traîne par la peau des fesses !

— Je t'en supplie, ne fais rien de stupide.

— C'EST TOI QUI ES STUPIDE ! Je t'ai dit de te servir de ton BlackBerry. Monte dans cette putain de voiture, MAINTENANT !

— D'accord, répond-elle en levant les mains en signe de reddition. Mais, s'il te plaît, fais attention à toi.

Arrête de lui crier dessus, Grey !

Je tends le doigt vers l'Audi.

— Je t'en prie, sois prudent, je ne veux pas qu'il t'arrive quoi que ce soit. J'en mourrais.

Et voilà. C'est pour moi qu'elle s'inquiète. Ça se voit aussi sur son visage. Elle est blême.

Calme-toi, Grey. Je prends une grande inspiration.

— Oui, je serai prudent.

Je la regarde monter dans la voiture. Une fois qu'elle est à l'abri à l'intérieur, je tourne les talons et entre dans le bâtiment.

Je ne connais pas le chemin, mais il me suffit de suivre la voix geignarde de Hyde.

Taylor se tient dans une pièce juste à côté du bureau de la direction. Ce doit être là que travaille Ana. J'aperçois Hyde au téléphone tandis qu'un vigile se tient à côté de lui, les bras croisés.

— C'est n'importe quoi, Jerry ! proteste Hyde au téléphone. Cette greluche allume tous les mecs !

J'en ai assez entendu. J'entre dans la pièce.

— Qu'est-ce que…, bredouille Hyde sous le coup de la surprise.

Il a une entaille à l'arcade sourcilière gauche et un hématome est en train de virer au violet sur sa joue. Taylor est passé par là. Je tends le bras vers la base du téléphone sans fil et appuie sur le bouton pour couper la communication. Fin de la conversation.

— Regardez qui voilà ? persifle Hyde. Le putain de petit génie.

— Emballez vos affaires. Et sortez. Avec un peu de chance, elle ne portera pas plainte.

— Allez vous faire foutre, Grey. C'est moi qui vais porter plainte contre cette salope. Elle m'a donné un coup de genou dans les couilles. Sans aucune raison. Et je vais aussi faire coffrer votre gorille pour agression. (Il se tourne vers Taylor et lui envoie un baiser.) Hein, mon joli !

Taylor reste de marbre.

— Je ne vais pas le répéter.

— Et moi, je vous le répète. Allez vous faire foutre, Grey. Vous n'avez aucun droit ici.

— Cette société est à moi. Et elle n'a plus besoin de vos services. Sortez tant que vous pouvez encore marcher.

Mon ton est glacial.

Hyde blêmit.

Oui. La SIP est à moi, connard.

— Je le savais. Je savais que ça puait. Cette petite salope est votre espionne, c'est ça ?

— Si vous parlez encore une fois d'Anastasia, et si vous vous avisez ne serait-ce que de penser à elle, je vous explose.

Ses yeux rétrécissent.

— Vous aimez ça quand elle vous tape dans les couilles, n'est-ce pas ? lance-t-il.

Je lui envoie mon poing dans la figure, en plein dans le nez. Il bascule en arrière, heurte les étagères derrière lui, avant de s'écrouler sur le sol.

— Je vous ai dit de ne pas parler d'elle. Debout ! Videz votre bureau. Et sortez. Vous êtes viré.

Il pisse le sang.

Taylor entre et dépose une boîte de Kleenex sur la table.

— Vous avez vu ça ? geint Hyde en se tournant vers le vigile.

— Je vous ai vu tomber, répond le garde.

Le nom sur son badge est Mathur.

Bien joué, Mathur.

Hyde se relève tant bien que mal, attrape une poignée de mouchoirs pour s'essuyer le nez.

— Je vais porter plainte. Elle m'a agressé ! bredouille Hyde.

Mais il commence déjà à ranger ses effets personnels.

— Trois affaires de harcèlement sexuel étouffées à New York et à Chicago, plus deux avertissements ici. Vous êtes définitivement grillé.

Il me lance un regard noir.

— Faites vos cartons. C'est fini, pour vous.

Je tourne les talons et sors de la pièce avec Taylor, pendant que Hyde remballe ses affaires. Je préfère mettre de la distance entre lui et moi.

Ça me démange de lui faire la peau.

Il met un temps fou, mais il s'exécute en silence. Il est furieux. Vraiment furieux. Je le sens bouillir. Je reste impassible malgré ses regards assassins. La vue de son visage ensanglanté me procure un réel plaisir.

Enfin, il a terminé. Il soulève son carton, et Mathur l'escorte jusqu'à la porte.

— On en a terminé, monsieur Grey ? demande Taylor.

— Pour l'instant.

— Quand je l'ai trouvé, il se tortillait au sol.

— Ah oui ?

— Mlle Steele a de la ressource.

— Oui, elle est pleine de surprises. Allons-y.

On sort à notre tour du bâtiment. Comme Ana est assise à l'avant, Taylor me donne la clé de l'Audi et je m'installe au volant. Taylor va à l'arrière.

Alors que je démarre et m'engouffre dans la circulation, Ana est toujours silencieuse.

Je ne sais pas quoi lui dire.

Le téléphone de bord sonne.

— Grey, j'écoute.

— Monsieur Grey, c'est Barney.

— Barney, je suis sur haut-parleur et je ne suis pas seul dans la voiture.

— Monsieur, j'ai fait ce que vous m'avez demandé. Mais il faut que je vous informe de quelque chose que j'ai trouvé dans l'ordinateur de M. Hyde.

— Je vous rappelle une fois chez moi. Merci, Barney.

— Entendu, monsieur Grey.

Il raccroche. Je m'arrête à un feu rouge.

— Tu me parles ou non ? demande Ana.

Je la regarde.

— Non.

Je suis encore en colère. Je lui avais conseillé de se méfier de lui. Et je lui avais dit d'utiliser son téléphone pour nos mails. J'avais raison sur toute la ligne.

Grey, grandis un peu ! Arrête de bouder !

Les paroles de Flynn tournent en boucle dans ma tête. *J'ai toujours pensé que vous n'avez pas eu d'adolescence – sur un plan émotionnel, s'entend. Je crois que vous la vivez maintenant, cette adolescence.*

Je l'observe discrètement. Je veux lui dire quelque chose pour alléger l'atmosphère, mais elle regarde par la fenêtre. Ça attendra notre retour à la maison.

Arrivé à l'Escala, j'ouvre la portière d'Ana pendant que Taylor reprend le volant.

— Viens, dis-je en lui tendant la main.

Arrivée devant l'ascenseur, elle murmure :

— Christian, pourquoi es-tu aussi en colère contre moi ?

— Tu le sais très bien.

On entre dans la cabine et je compose le code sur le clavier.

— S'il t'était arrivé quelque chose, ce salopard serait mort à l'heure qu'il est. En attendant, je vais foutre sa carrière en l'air. Il ne pourra plus harceler de jeunes femmes.

J'ai eu si peur pour toi, Ana… Leila, hier. Hyde, aujourd'hui.

Lentement, elle enfonce ses dents dans sa lèvre inférieure en me regardant fixement.

— Bon Dieu, Ana !

Je l'attire à moi et la plaque dans l'angle de l'ascenseur. Je lui attrape les cheveux, relève son visage et l'embrasse.

Je déverse dans sa bouche toute ma peur et mon désespoir. Ses mains empoignent mes biceps alors qu'elle me rend mon baiser, que sa langue se mêle à la mienne. Quand je m'écarte, nous sommes tous les deux hors d'haleine.

— S'il t'avait fait du mal…

Je réprime un frisson.

— À partir d'aujourd'hui, le BlackBerry et rien d'autre. Compris ?

Elle acquiesce avec gravité. Je me redresse et la lâche.

— Il paraît que tu l'as frappé dans les couilles ?

— Oui.

— Bien.

— Ray est un ancien militaire. Il m'a appris certaines choses.

— Tu m'en vois ravi. Et je m'en souviendrai.

En sortant de l'ascenseur, je lui prends la main. On traverse le vestibule pour rejoindre le salon. Gail s'affaire en cuisine. Ça sent bon.

— Il faut que j'appelle Barney. Je n'en ai pas pour longtemps.

Je m'assois au bureau et décroche le téléphone.

— Rebonjour, monsieur Grey.

— Alors ? Qu'est-ce que vous avez trouvé dans l'ordinateur de Hyde ?

— Je ne m'attendais pas à ça, en fait. Il y a des photos et des articles sur vous, sur vos parents, votre frère, votre sœur. Le tout rangé dans un dossier intitulé « Les Grey ».

— C'est curieux.

— Oui, c'est ce que je me suis dit.

— Vous pouvez m'envoyer ça ?

— Oui, monsieur.

— Et que cela reste entre nous.

— Bien sûr.

— Merci, Barney. Rentrez chez vous.

Le mail de Barney arrive presque instantanément. J'ouvre le dossier « Les Grey ». Comme je m'y attendais, il y a des articles en ligne sur les œuvres caritatives de mes parents, sur moi, sur ma société, Charlie Tango et le Gulfstream. Il y a aussi des photos d'Elliot, de mon père, de ma mère. Tout ça doit provenir de la page Facebook de Mia. Et pour finir, deux photos d'Ana avec moi. L'une prise lors de sa remise de diplôme, l'autre à l'expo photo.

Qu'est-ce que Hyde avait en tête ? Cela n'a aucun sens. Ana lui a tapé dans l'œil ; des photos d'elle, ça correspond au personnage. Mais ma famille ? Moi ? C'est comme s'il s'intéressait à nous tous. Une obsession ? À cause d'Ana ? Bizarre. Pour ne pas dire troublant. J'appellerai Welch demain matin. Il enquêtera. Il me faut des réponses.

Je ferme le mail. Dans ma boîte de réception, il y a deux contrats d'acquisition que m'envoie Marco pour validation. Je les lirai ce soir. Mais d'abord, à table !

— Bonsoir, Gail, dis-je en revenant dans le salon.

— Bonsoir, monsieur Grey. Le dîner sera servi dans dix minutes.

Je trouve Ana assise au comptoir de la cuisine avec un verre de vin. Après ce qu'elle a subi avec ce connard, elle l'a bien mérité. J'attrape la bouteille de sancerre.

— Dans dix minutes, c'est parfait, Gail.

Je me sers un verre et le lève.

— Aux anciens militaires qui apprennent à leurs filles l'art du close-combat !

— Santé.

Malgré son sourire, elle semble tracassée.

— Qu'est-ce qui ne va pas ?

— Je ne sais pas si j'ai encore un travail.

— Tu veux toujours ce boulot ?

— Bien sûr.

— Alors tu l'as toujours.

Elle lève les yeux en l'air. Je lui souris et prends une nouvelle gorgée.

— Tu as eu Barney au téléphone ? s'enquiert-elle alors que je m'installe à son côté.

— Oui.

— Et ?

— Et quoi ?

— Qu'est-ce qu'il y avait dans son ordi ?

— Rien d'important.

Mme Jones nous sert le repas. Une tourte au poulet. L'un de mes plats favoris.

— Merci, Gail.

— Bon appétit à vous deux ! lance-t-elle avant de se sauver.

— Tu ne veux pas m'en dire plus ? insiste Ana.

— Je t'ai tout dit.

Elle pousse un soupir, pince les lèvres, puis prend une autre bouchée de tourte.

Je n'ai aucune envie de l'inquiéter.

— José a appelé, m'informe-t-elle pour changer de sujet.

— Oh ?

— Il peut te livrer les photos vendredi.

— L'artiste se dérange en personne. Comme c'est gentil de sa part.

— Il veut sortir. Prendre un verre. Avec moi.

— Je vois.

— Et Kate et Elliot devraient être de retour.

Je pose ma fourchette.

— Que me demandes-tu exactement ?

— Je ne te demande rien. Je t'informe de mes plans pour vendredi. J'ai envie de voir José et il voudrait passer la nuit à Seattle. Soit il dort ici, soit il dort chez moi, mais si c'est chez moi, je devrai y être aussi.

— Il t'a fait des avances.

— Christian, c'était il y a des semaines. Il était soûl, j'étais soûle, tu as sauvé la situation, cela ne se reproduira plus. Ce n'est pas Jack !

— Ethan est dans ton appart. Il peut lui tenir compagnie.

— C'est moi qu'il veut voir, pas Ethan.

Je fronce les sourcils.

— C'est juste un ami, insiste-t-elle.

Elle a déjà eu à subir les assauts de Hyde. Et si Rodriguez boit trop, et qu'il tente à nouveau sa chance avec Ana ?

— Je n'aime pas ça.

Elle prend une longue inspiration, comme pour se calmer.

— C'est mon ami, Christian. Je ne l'ai pas vu depuis le vernissage. Et c'était trop court. Je sais que tu n'as pas d'amis, excepté cette horrible femme, mais je ne dis rien quand tu la vois.

Quel rapport avec Elena ? Ça me rappelle que je n'ai pas répondu à ses messages.

— Je n'ai pas été très disponible pour lui ces derniers temps.

— C'est donc ça…

— Quoi ?

— Elena. Tu préférerais que je cesse de la voir ?

— Oui. Je préférerais.

— Pourquoi tu ne me l'as pas dit ?

— C'est ta seule amie ! Je n'ai pas à te demander ça. Tout comme toi, tu n'as pas à me dire si je peux ou non voir José. C'est pourtant évident.

Elle est vraiment exaspérée et elle n'a pas tort. D'ailleurs, s'il reste dans l'appartement, il ne pourra pas la chauffer. Du moins, ce sera plus compliqué.

— D'accord, il peut dormir ici. Comme ça, je l'aurai à l'œil.

— Merci ! Et entre nous, si je dois vivre ici, il faut que je puisse…

Elle ne finit pas sa phrase. *Que tu puisses inviter tes amis. Bien sûr. Je n'y avais pas pensé.*

— Ce n'est pas la place qui manque, commente-t-elle en désignant l'appartement.

— C'est quoi ça ? Un petit sourire en coin, mademoiselle Steele ?

— Tout à fait, monsieur Grey.

Elle se lève et débarrasse nos assiettes.

— Gail s'en occupera, dis-je, quand je la vois se diriger vers le lave-vaisselle.

— Comme ça, c'est fait.

— Il faut que je travaille un peu.

— Super. Ne t'inquiète pas, je vais bien trouver de quoi m'occuper.

— Viens ici.

Elle se glisse entre mes jambes et passe ses bras autour de mon cou. Je la serre contre moi.

— Tout va bien ? demandé-je en humant ses cheveux.

— Comment ça ?

— Après ce qui s'est passé avec cet enfoiré ? Après ce qui s'est passé hier ?

J'étudie sa réaction.

— Oui, tout va bien, répond-elle d'un ton grave.

Elle dit ça pour me rassurer ?

Je la serre plus fort. Ces deux jours ont été étranges. Tout a été si intense, si rapide. Trop peut-être ? Et mon ancienne vie parasite encore ma nouvelle. Elle n'a toujours pas répondu à ma demande en mariage. Ce n'est peut-être pas le moment d'insister.

Elle se love contre moi et, pour la première fois depuis ce matin, je la sens calme, en harmonie avec l'instant.

— Ne nous disputons pas. (J'embrasse ses cheveux.) Tu sens divinement bon, comme d'habitude, Ana.

— Toi aussi.

Elle m'embrasse dans le cou.

À contrecœur, je la lâche et me lève. Je dois aller lire ces contrats.

— Je n'en ai que pour deux heures.

J'ai les paupières lourdes. Je me frotte le menton, me pince l'arête du nez, et contemple le paysage à la fenêtre. La nuit tombe, mais j'ai fini de lire les deux documents. J'y ai apporté quelques modifications et les ai transmises à Marco.

Maintenant, retour vers Ana !

Voudra-t-elle regarder la télévision ? Je déteste la télé, mais je veux bien voir un film. Tout est bon pour être avec elle.

Je m'attends à la trouver à la bibliothèque, mais elle n'y est pas.

Dans la salle de bains ?

Non. Elle n'est pas non plus dans la chambre.

Alors que je tente ma chance dans la chambre des soumises, je remarque en chemin que la porte de la salle de jeux est ouverte. Je jette un coup d'œil à l'intérieur. Ana est assise sur le lit, et examine la collection de cannes. Elle détourne la tête avec une grimace.

Il va falloir que je m'en débarrasse.

Je m'adosse au chambranle et l'observe. Elle ne m'a pas vu. Elle va s'asseoir sur le canapé, en caresse le cuir. Elle repère la commode, se lève et ouvre le tiroir du haut.

Tiens donc !

Elle sort du tiroir un gros plug anal et, dubitative, l'examine, le soupèse. Le modèle est un peu gros pour une novice, mais ça me trouble de la voir si intéressée. Ses cheveux sont humides et elle porte survêt et un tee-shirt.

Pas de soutien-gorge. Joli !

Elle lève les yeux et m'aperçoit.

— Salut, dit-elle dans un souffle.

— Qu'est-ce que tu fais ?

Elle rougit.

— Euh… je m'ennuyais et j'étais curieuse.

— Voilà une association très dangereuse.

J'entre dans la pièce et m'approche d'elle. Je me penche sur la collection d'objets.

— Alors sur quoi exactement se porte votre curiosité, mademoiselle Steele ? Peut-être pourrais-je vous aider.

— La porte était ouverte… Je…

Elle s'interrompt, comme si elle était prise en faute.

Ne la laisse pas comme ça, Grey. Rassure-la.

— Je suis venu plus tôt ici dans la journée en me demandant ce que j'allais faire de tout ça. J'ai dû oublier de verrouiller la porte.

— Oh ?

— Mais te voilà ici. Toujours aussi curieuse.

— Tu n'es pas en colère ?

— Pourquoi le serais-je ?

— J'ai l'impression de pénétrer dans un endroit interdit… et tu es tout le temps en colère contre moi.

Ah bon ?

— Oui, il s'agit d'un endroit interdit mais je ne suis pas en colère. J'espère qu'un jour tu vivras ici, et tout ça… (Je désigne la pièce d'un geste de la main.) Tout ça sera à toi, aussi. C'est pour cette raison que je suis venu ici, aujourd'hui. J'essayais de savoir ce que j'allais en faire.

J'étudie sa réaction tout en pensant à ce qu'elle vient de me dire. Ma colère… Elle est surtout dirigée contre moi.

— Tout le temps en colère, vraiment ? Ce matin, je n'étais pas en colère.

— Ce matin, tu étais joueur. J'aime le Christian joueur.

— Vraiment ?

Je hausse un sourcil. J'apprécie le compliment.

— Qu'est-ce que c'est ? demande-t-elle en me montrant le jouet qu'elle a dans la main.

— Toujours aussi avide de connaissance, mademoiselle Steele. C'est un plug anal.

— Oh…

— Acheté pour toi.

— Pour moi ? Tu achètes de nouveaux… accessoires… pour chaque soumise ?

— Certains. Oui.

— Comme les plugs anaux ?

Absolument !

— Oui.

Elle examine l'objet avec méfiance et le remet à sa place. Elle pioche un nouveau gadget.

— Et ça ?

— Ce sont des perles anales.

Elle les fait passer entre ses doigts. Est-elle intriguée, ou intéressée ?

— Ça fait un sacré effet si tu tires dessus au moment de l'orgasme.

— C'est pour moi ?

Elle parle à voix basse, comme si elle craignait qu'on l'entende.

— Oui. Pour toi.

— C'est donc le tiroir dédié au cul ?

Je souris.

— Si tu veux.

Ses joues virent délicieusement au rose. Elle le referme.

— Tu n'aimes pas le tiroir du cul ?

— Tout ça ne figure pas en haut de ma liste de cadeaux de Noël, réplique-t-elle avec une moue taquine avant d'ouvrir le deuxième tiroir.

Là, on va s'amuser…

— Celui-là contient une sélection de vibromasseurs.

Elle le referme aussitôt.

— Et le suivant ?

— C'est plus intéressant.

Elle l'ouvre lentement. Elle pioche un nouveau jouet.

— Une pince génitale.

Elle la repose aussitôt, comme si ça lui brûlait les doigts – je me souviens que ça entre dans les limites à ne pas franchir pour elle. Elle attrape un autre de mes jouets.

— Certains de ces accessoires ont pour but de provoquer la douleur, mais la plupart sont destinés à donner du plaisir, lui dis-je pour la rassurer.

— Et ça ? Qu'est-ce que c'est ?

— Des pinces à tétons, elles sont pour les deux.

— Pour les deux tétons ?

— Eh bien, il y a deux pinces, bébé. Oui, les deux tétons, mais ce n'est pas ce que j'entendais par là. Elles sont destinées à faire mal et à donner du plaisir.

Je les lui prends des mains.

— Tends ton petit doigt.

Elle obéit et je referme les clips sur sa dernière phalange. Elle retient son souffle.

— C'est assez intense, mais c'est quand on les enlève que ça fait le plus d'effet. Un mélange irrésistible de souffrance et de volupté.

Elle retire la pince.

— Je les trouve… jolies.

Sa voix tremble un peu. Ça me fait sourire.

— À l'évidence, mademoiselle Steele… je vois que vous n'êtes pas insensible à leur charme.

Elle hoche la tête et remet les pinces dans le tiroir. Je me penche pour en sortir deux autres.

— Celles-ci sont ajustables.

— Ajustables ?

— Tu peux les porter très serrées… ou pas. Selon ton humeur.

Elle lève les yeux vers moi, passe sa langue sur la lèvre, puis sort un nouvel accessoire.

— Et ça ? demande-t-elle, perplexe.

— C'est une roulette de Wartenberg.

Je range le jeu de pinces à sa place.

— Pour quoi faire ?

— Donne-moi ta main.

Elle s'exécute et je fais passer la roue hérissée de pointes sur sa paume.

— Ah !

— Imagine ça sur tes seins.

Elle retire sa main d'un geste vif, mais je vois sa poitrine se soulever d'excitation.

— La frontière entre le plaisir et la douleur est infime, Anastasia.

Je range la roulette. Elle contemple le reste de la collection.

— Des pinces à linge ?

— On peut faire beaucoup de choses avec une pince à linge.

Mais je ne pense pas que tu apprécierais, Ana.

Elle referme le tiroir d'une pression du ventre.

— Ça y est ? On a fini ? dis-je.

Tout ça commence à m'exciter. On ferait mieux de quitter cette pièce.

— Non…, répond-elle en ouvrant le quatrième rangement.

Elle sort mon accessoire préféré.

— C'est un bâillon-boule. Pour te faire taire !

— Ça, c'est dans les limites à négocier.

— Je me rappelle. Mais tu peux toujours respirer. Tes dents se referment sur la sphère.

Je lui prends le bâillon, et lui montre comment la boule se positionne dans une bouche.

— Tu as déjà porté un de ces trucs ? s'enquiert-elle, toujours aussi curieuse.

— Oui.

— Pour étouffer tes cris ?

— Non, ça ne sert pas à ça.

Elle penche la tête, perplexe.

— C'est lié à la domination, Anastasia. Imagine-toi attachée et incapable de parler. Comment te sentirais-tu ? À ma merci, non ? Il faudrait que tu me fasses confiance en sachant que j'ai tout pouvoir sur toi. Et moi, je devrais lire les réactions de ton corps plutôt qu'entendre tes paroles. Cela te rend plus dépendante et me donne un pouvoir absolu sur toi.

— Tu en parles comme si cela te manquait, murmure-t-elle d'une voix presque inaudible.

— C'est ce que je connais.

— Tu as déjà tout pouvoir sur moi. Tu le sais.

— Ah oui ? Et pourtant, c'est moi qui suis vulnérable.

— Non !

Cette idée a l'air de la choquer.

— Pourquoi vulnérable ? insiste-t-elle.

— Parce que tu es la seule personne qui puisse vraiment me faire du mal.

Quand tu m'as quitté, par exemple. Je cale une mèche de ses cheveux derrière son oreille.

— Oh, Christian… ça marche dans les deux sens. Si tu ne voulais pas de moi…

Elle frissonne en contemplant ses mains.

— Te faire du mal est bien la dernière chose que je souhaite, murmure-t-elle. Je t'aime.

Elle caresse mon visage. C'est si doux. À la fois rassurant et excitant. Je remets le bâillon-boule dans le tiroir et enlace Ana.

— Ça y est ? Le petit inventaire est terminé ?

— Pourquoi ? Que veux-tu faire ? demande-t-elle d'un ton lascif.

Je l'embrasse doucement. Elle se presse contre moi pour me montrer ses intentions. Elle a envie de moi.

— Ana, tu as failli te faire agresser aujourd'hui.

— Et alors ? souffle-t-elle.

— Qu'est-ce que tu entends par « et alors ? ».

Cette remarque m'agace.

— Christian, je vais bien !

Vraiment ? Je la serre plus fort contre moi.

— Quand je pense à ce qui aurait pu se passer…

J'enfouis mon visage dans son cou, m'enivre de son odeur.

— Quand vas-tu t'apercevoir que je suis plus forte que je n'en ai l'air ?

— Je sais que tu es forte.

La preuve : tu me supportes. Je l'embrasse puis relâche mon étreinte. Elle fait la moue. À ma surprise, elle se penche et récupère un autre accessoire dans le tiroir. *Je croyais qu'on en avait fini !*

— Ça, c'est une barre d'écartement avec des attaches pour les poignets et les chevilles.

— Comment ça fonctionne ? me demande-t-elle en me fixant à travers ses longs cils.

Non, pas ça. Ne me regarde pas comme ça !

— Tu veux que je te montre ?

Je ferme les yeux, l'imaginant entravée, totalement à ma merci. Ça m'excite aussitôt.

D'un coup.

— Oui, je veux une démonstration. J'aime être attachée.

— Oh, Ana…

Moi aussi, je le veux. Non, impossible…

— Quoi ?

— Pas ici.

— Comment ça ?

— Je te veux dans mon lit, pas ici. Viens.

Je prends la barre, sa main, et entraîne Ana dans le couloir.

— Pourquoi pas ici ?

Je m'arrête dans l'escalier.

— Ana, tu es peut-être prête à retourner dans la salle de jeux mais pas moi. La dernière fois que nous y sommes allés, tu m'as quitté. Ça me hante. Quand comprendras-tu ? J'ai été transformé. Mon regard sur la vie, tout… tout a changé. Ce que je ne t'ai pas dit, c'est que…

Je m'interromps, m'efforçant de trouver les mots justes.

— Je suis comme un alcoolique en rémission, tu comprends ? C'est la seule comparaison qui me vient. La compulsion a disparu mais je ne veux pas me retrouver en situation de tentation. Je ne veux pas te faire de mal.

Parce que tu ne me diras pas d'arrêter.

Voyant son air renfrogné, j'ajoute :

— Et si cette idée m'est insupportable, c'est parce que je t'aime.

Son regard s'adoucit. Et, soudain, elle se jette sur moi, avec une telle force que je dois lâcher la barre pour ne pas basculer dans l'escalier. Elle me plaque contre la paroi, et parce qu'elle se trouve une marche au-dessus de moi, nos lèvres sont à la même hauteur. Elle m'attrape les cheveux à pleines mains, y glisse ses doigts, et m'embrasse, enfonçant sa langue dans ma bouche. Elle colle son corps au mien. C'est un baiser passionné, plein de reconnaissance, d'amour et de fougue.

Je pousse un gémissement et la repousse doucement.

— Tu veux que je te baise dans l'escalier ? Parce que, là, c'est ce que je vais faire.

— Oui.

Je la regarde. Elle est éperdue, exaltée. Oui, elle le veut. Maintenant ! C'est très tentant. Je ne l'ai encore jamais fait.

— Non. Je te veux dans mon lit.

Je la juche sur mon épaule. Elle glapit de plaisir. Je lui donne une claque sur les fesses. Elle glapit encore en riant. Je me baisse, ramasse la barre et emporte mes deux biens dans la chambre à coucher. Je dépose Ana au sol et jette la barre sur le lit.

— Tu ne vas pas me faire du mal, dit-elle. Je le sais.

— Je le sais aussi.

Je prends son visage entre mes mains, et l'embrasse, fort, explorant toute sa bouche de ma langue.

— J'ai tellement envie de toi. Tu es sûre que tu es prête à ça, après ce qui s'est passé aujourd'hui ?

— Oui. J'ai envie de toi, moi aussi. J'ai envie de te déshabiller.

Grey, elle veut te toucher !

Laisse-la donc faire.

— D'accord.

J'y ai bien survécu hier.

Elle glisse ses doigts sur ma chemise, cherche les boutons. Mon pouls s'accélère. Je tente de refouler ma peur panique.

— Je ne te toucherai pas si tu ne le veux pas.

— Non. Fais-le. Ça va. Je suis prêt.

Je me raidis, me préparant à la terreur, à la confusion qui va remonter des ténèbres. Pendant qu'elle enlève le premier bouton, je m'accroche à son regard, ma beauté magnifique.

— Je veux t'embrasser là, souffle-t-elle.

— M'embrasser ?

— Oui.

Ma respiration s'accélère alors qu'elle défait le bouton suivant. Elle relève les yeux vers moi puis lentement, très lentement, elle se penche vers moi.

Elle va le faire. Elle va y poser ses lèvres !

À la fois terrifié et fasciné, je retiens mon souffle en la regardant déposer un baiser sur ma poitrine.

Les ténèbres se tiennent tranquilles.

Elle fait sauter le dernier bouton et écarte les pans de ma chemise.

— Ça devient plus facile, n'est-ce pas ?

C'est vrai. Beaucoup plus facile. Elle fait glisser ma chemise sur mes épaules, la laisse tomber.

— Qu'est-ce que tu m'as fait, Ana ? Peu importe, ne t'arrête pas.

Je l'attire à moi, enfouis mes mains dans ses cheveux et renverse sa tête en arrière pour lui embrasser les lèvres, le cou.

Elle gémit. Ses mains descendent sur mes hanches. Elles ouvrent ma braguette.

— Oh, bébé…

Je pose un baiser derrière son oreille, là où son pouls bat si fort, où je sens palpiter son désir. Ses doigts enveloppent mon érection et d'un coup, elle s'agenouille.

— Aaah !

Avant que je puisse reprendre mon souffle, elle baisse mon pantalon et referme sa bouche sur ma queue dressée.

Oh, putain…

Elle m'enserre de ses lèvres et me suce fort.

Je n'arrive pas à détacher mes yeux de sa bouche.

Sa bouche sur moi.

Sa bouche qui m'aspire.

M'engloutit.

Elle protège ses dents et me serre encore plus fort.

— Aaah !

Je ferme les yeux, pose mes mains sur sa tête et me cambre pour aller plus profond.

Elle joue avec sa langue, me tourmente.

Puis reprend son va-et-vient.

Encore ! Encore !

Je m'agrippe à ses cheveux.

— Ana…

J'essaie de la prévenir, de reculer.

Elle s'accroche à moi, garde ma queue dans sa bouche.

Elle ne veut pas me lâcher.

— Je t'en prie. (Je ne sais pas si je veux qu'elle arrête ou continue.) Je vais venir, Ana.

Elle est sans pitié. Sa bouche, sa langue n'arrêtent pas. Elle va aller jusqu'au bout.

Oh, putain !

Je jouis dans sa bouche, en me cramponnant à sa tête pour ne pas tomber.

Quand je rouvre les yeux, elle me regarde d'un air triomphant. Elle sourit et lèche ses lèvres.

— Vous voulez donc jouer à ça, mademoiselle Steele ?

Je me penche, la relève, et ma bouche trouve la sienne. Ma langue en elle explore le sucré de sa salive et le salé de ma semence. C'est un tourbillon. Je gémis de plaisir.

— Je sens mon goût. Je préfère le tien.

J'attrape son tee-shirt, le passe par-dessus sa tête, puis je la soulève et la jette sur le lit. J'empoigne son pantalon et le lui retire d'un coup. Voilà, elle est nue. J'ôte mes vêtements, sans la quitter des yeux. Ses yeux à elle sont sombres, agrandis par l'attente, le désir, jusqu'à ce que je sois aussi nu qu'elle. Je me penche au-dessus d'elle. C'est une déesse échouée sur mes draps. Ses cheveux cuivrés s'éparpillent autour d'elle, son regard est une invitation.

Ma queue reprend de la vigueur. Je grogne, savourant chaque centimètre de ma chérie.

— Tu es magnifique, Anastasia.

— Toi aussi, tu es magnifique. Et tu as très bon goût, réplique-t-elle avec une moue coquine.

Je lui retourne mon sourire le plus pervers. Je vais prendre ma revanche !

J'attrape sa cheville gauche, l'attache à la barre, sans la quitter des yeux.

— J'aimerais bien savoir quel goût vous avez. Si je me souviens bien, vous êtes une friandise, rare et exquise, mademoiselle Steele.

Je saisis son autre pied et le sangle à son tour à la barre. Tout en tenant l'engin, je recule pour admirer mon œuvre. C'est parfait. Elle est parfaitement attachée, et les menottes ne sont pas trop serrées.

— Ce qu'il y a de bien avec cette barre, c'est qu'elle s'allonge.

C'est une précision technique. J'appuie sur le bouton de blocage et tire les deux tubes. La barre se déploie, forçant Ana à écarter les jambes.

Elle laisse échapper un petit cri de surprise.

— Nous allons nous amuser un peu, Ana.

Je prends la barre et la retourne d'un coup. Ana se retrouve sur le ventre.

— Tu vois ce que je peux te faire ?

Je lui fais exécuter un autre demi-tour. Ana est de nouveau sur le dos. Ses seins se soulèvent au rythme de sa respiration haletante.

— Ces autres menottes sont pour tes poignets. Je vais y réfléchir. Ça dépend si tu te comportes bien ou pas.

— Quand est-ce que je ne me suis pas bien comportée ?

— Il y a déjà eu des infractions.

Je fais courir mes doigts sur la plante de ses pieds. Elle gigote.

— Ne pas utiliser ton BlackBerry, pour commencer.

— Que vas-tu faire ?

— Oh, je ne dévoile jamais mes plans.

Elle ne sait pas à quel point elle est excitante. Lentement, je rampe sur le lit pour me placer entre ses cuisses.

— Mmm. Vous êtes tellement ouverte, mademoiselle Steele.

Je ne quitte pas ses yeux, tandis que je remonte mes doigts sur ses jambes, de plus en plus haut, en décrivant de petits cercles.

— Tout est question d'anticipation, Ana. Que vais-je te faire ?

Elle tente de gigoter sous moi, mais elle est prise au piège. Mes doigts montent toujours plus à l'intérieur de ses cuisses.

— Rappelle-toi. Si quelque chose te déplaît, il suffit de me dire stop.

Je me penche, dépose des baisers sur son ventre, mon nez dans son nombril.

— Christian, je t'en prie.

— Allons, mademoiselle Steele, j'ai découvert que vous aussi pouviez être sans pitié avec moi. Je me dois de vous retourner la politesse.

J'embrasse son ventre encore et descends au sud. Ma main remonte au nord.

Lentement, j'insère mes doigts en elle. Elle bascule, offre son bassin. Elle en veut plus.

Malgré moi, je grogne de plaisir.

— Tu ne cesseras jamais de m'étonner, Ana. Tu es si mouillée.

Ses poils me chatouillent les lèvres, mais je persiste. Ma langue trouve son clitoris, son clitoris impatient.

Elle gémit, lutte contre ses liens, mais ne peut rien y faire.

Oh, bébé, tu es à moi.

Je la titille de ma langue, mes doigts entrent et sortent de son sexe, tournent doucement en elle. Elle s'offre de plus belle. Du coin de l'œil, je la vois agripper les draps.

Vas-y. Prends tout, Ana.

— Oh, Christian !

Elle crie. Je lui chuchote à l'oreille :

— Je sais, bébé.

— Aaah ! Je t'en prie !

— Dis mon nom.

— Christian !

— Encore.

— Christian. Christian. Christian Grey !

Elle est tout au bord.

— Tu es à moi.

Je continue de la lécher, de la tourmenter.

Elle crie quand elle jouit. Et alors qu'elle est encore en plein orgasme, je me redresse, la retourne sur le ventre et la tire à moi.

— On va essayer ça, bébé. Si tu n'aimes pas, ou si c'est trop inconfortable, tu me le dis.

Elle est pantelante, perdue.

— Penche-toi. Tête et poitrine sur le lit.

Elle s'exécute aussitôt. Je lui rassemble les mains sous elle et les menotte aussi à la barre, juste à côté des chevilles.

Bordel ! Elle m'offre son cul. Son cul dressé. Elle halète. Elle m'attend.

— Ana, tu es si belle.

J'attrape un préservatif, déchire l'étui et l'enfile.

Je fais descendre mes doigts le long de son dos et m'attarde entre ses fesses.

— Quand tu seras prête, je voudrai ça aussi.

Je passe mon pouce sur son anus. Elle se raidit.

— Pas aujourd'hui, douce Ana, mais un jour... Je te veux de toutes les manières. Je veux posséder le moindre centimètre carré de ton corps. Tu es à moi.

J'enfonce de nouveau mes doigts en elle. Elle est toujours mouillée. Je m'agenouille derrière elle et la pénètre.

— Aaah ! Doucement ! gémit-elle.

Je me fige. Merde. Je la tiens par les hanches.

— Ça va ?

— Doucement. Laisse-moi m'habituer.

En douceur. Oui, je peux.

Je me retire puis reviens, pour l'emplir à nouveau, lentement. Elle gémit. Je me recule, reviens.

Encore.

Encore.

Tout doux, Grey.

— Oui, bien. C'est bon maintenant.

J'augmente le rythme. Elle commence à grogner à chaque coup. J'accélère encore. Elle serre fort les paupières, ouvre grand la bouche, aspire de l'air à chacun de mes coups de reins.

Putain que c'est bon !

Je ferme les yeux, étreins ses hanches, m'abandonne en elle.

Et ça n'en finit pas.

Jusqu'à ce qu'elle m'attire à son tour, me happe.

Elle crie de plaisir, jouit et m'emporte avec elle dans son orgasme. Je crie son nom et m'effondre, vidé, exsangue. Pendant un moment, je ne bouge plus. Je suis à la dérive. Je ne peux pourtant pas la laisser attachée comme ça. Je me redresse et ôte ses liens. Elle se pelotonne contre moi pendant que je masse ses poignets et ses chevilles pour faire revenir le sang. Quand elle gigote à nouveau ses doigts et ses orteils, je m'étends et l'attire contre moi. Elle marmonne quelque chose. D'un coup, je m'aperçois qu'elle dort.

Je dépose un baiser sur son front, remonte la couette au dessus d'elle et m'assois pour la contempler. Je prends une mèche de ses cheveux entre mes doigts, la caresse.

C'est si doux.

Je l'enroule autour de mon index.

Tu vois, je suis enchaîné à toi, Ana.

J'embrasse la pointe de ses cheveux, puis observe le ciel qui s'assombrit au-dehors. Tout en bas, il doit déjà faire nuit. Mais ici, tout là-haut, persistent les dernières lueurs du jour – du rose, de l'orange, de l'opale. Nous sommes encore dans la lumière.

Voilà le miracle avec elle.

Elle m'offre la lumière.

Et l'amour.

Mais elle ne m'a toujours pas répondu.

Dis oui, Ana.

Sois ma femme.

Je t'en prie.

Elle remue, rouvre les yeux.

— Je pourrais te regarder dormir pendant des heures, Ana.

J'embrasse à nouveau son front.

Elle me sourit, ensommeillée, et referme les paupières.

— Je ne te laisserai jamais partir.

— Je ne partirai pas. Ne me laisse jamais partir.

— J'ai besoin de toi.

Son souffle s'apaise.

Elle dort.

JEUDI 16 JUIN 2011

Grand-pa rit. Mia est tombée sur les fesses. C'est un bébé encore.
Maman et papa sont assis sur une couverture. On est dans le verger.
Mon endroit préféré.
Elliot court entre les arbres.
Je relève Mia et elle se remet en marche. Des pas hésitants.
Mais je suis derrière elle. Je la surveille. Je marche avec elle.
Je la protège.
On fait un pique-nique.
J'aime bien les pique-niques.
Maman a préparé une tarte aux pommes.
Mia marche sur la couverture. Tout le monde est joyeux.
« Merci, Christian. »
« Tu t'occupes très bien d'elle », dit maman.
« Mia est un bébé, dis-je. Elle a besoin de quelqu'un pour veiller sur elle. »
Grand-pa m'observe.
« Il parle maintenant ? »
« Oui. »
« Alors, tout est pour le mieux. » Grand-pa regarde maman.
Ses yeux sont brillants de larmes. Mais il est heureux. Ce sont des larmes de joie.
Elliot passe en courant à côté de nous. Il a un ballon dans les mains.
« Viens jouer ! »

« Attention aux pommes. »

Je lève les yeux. Derrière un arbre, Jack Hyde nous scrute.

Je me réveille en sursaut. Mon cœur tambourine dans ma poitrine. Ce n'est pas une crise de panique… mais quelque chose m'a surpris dans mon rêve.

Qu'est-ce que c'était ?

Je ne me souviens pas. Il fait jour dehors. Ana dort à poings fermés à côté de moi. Il est près de 6 h 30. Les réveils n'ont pas encore sonné. Cela fait longtemps que je n'ai pas fait de cauchemars. Pas avec mon attrape-rêves personnel à côté de moi. La radio revient à la vie, mais je l'éteins aussitôt et me love contre Ana.

Elle remue.

— Bonjour, bébé, lui murmuré-je à l'oreille.

J'effleure son sein, le caresse doucement, sens son téton durcir sous ma paume. Elle s'étire. Je suis les contours de son corps jusqu'au creux de ses hanches et la rapproche de moi. Mon érection trouve sa place entre ses fesses.

— Tu es content de me voir, apparemment, dit-elle.

Elle se tortille contre moi en se frottant à ma queue.

— Très content.

Je fais glisser ma main sur son ventre, sur son sexe, partout. Il y a des avantages certains à se réveiller à deux. Elle est toute chaude, déjà prête, quand je me tourne vers la table de nuit pour prendre un préservatif. Je m'allonge sur elle, calé sur les coudes pour ne pas l'écraser. J'écarte ses jambes, me redresse, déchire l'emballage.

— J'ai hâte d'être samedi.

Elle redresse la tête.

— Ta fête d'anniversaire ?

— Non. Je parle de ça. Je n'aurai plus à mettre ces saloperies.

J'enfile la capote.

— Tu as raison, c'est le mot juste !

— Êtes-vous en train de glousser, mademoiselle Steele ?

— Non.

Elle tente de garder son sérieux. En vain.

— Ça n'est pas le moment de rire.

— Je pensais que tu aimais mon rire.

— Pas là. Ce n'est ni le moment ni le lieu. Il faut que je te fasse taire et je crois savoir comment.

Lentement, je m'introduis en elle.

— Ah…, souffle-t-elle dans mon oreille.

Et nous faisons l'amour, un réveil en douceur.

Et je ne l'entends plus glousser.

Tout habillé, avec à la main un café et un sac-poubelle que Mme Jones m'a donné, je me rends dans la salle de jeux. J'ai une corvée à accomplir pendant qu'Ana est sous la douche.

J'ouvre les portes, entre, pose ma tasse sur la desserte. Il m'a fallu des mois pour concevoir chaque détail de cette pièce. Et aujourd'hui, je ne sais pas quand je l'utiliserai de nouveau. Peut-être jamais.

Passe à autre chose, Grey !

Je sais pourquoi je suis ici. Je l'ai sous les yeux. Ma collection de cannes. J'en ai plusieurs. Elles viennent des quatre coins du monde. Je caresse ma préférée. Un chef-d'œuvre en bois de rose et cuir délicat. Je l'ai rapportée de Londres. Les autres sont en bambou, en plastique, en fibre de carbone, en bois, en daim. Avec précaution, je les mets une à une dans le sac-poubelle.

Je dois reconnaître que ça m'attriste de devoir m'en séparer.

Ana ne prendra jamais de plaisir avec elles. Ce n'est pas son truc.

C'est quoi ton truc à toi, Anastasia ?

Les livres.

Les cannes, jamais.

Je referme la salle de jeux et me rends dans mon bureau. Je range les cannes dans un placard. Je m'en occuperai plus tard. Pour le moment, elle ne les verra plus. C'est déjà ça.

Une fois à ma table de travail, je termine mon café. Ana sera bientôt prête. Mais avant de la rejoindre à la cuisine, j'appelle Welch.

— Oui, monsieur Grey ?

— Bonjour. Je voulais vous parler de Jack Hyde.

Ana est tout en gris quand elle arrive pour le petit déjeuner. Elle est magnifique. Elle devrait porter plus souvent des jupes. Elle a de belles jambes. Mon cœur s'affole.

D'amour. De fierté. Et d'humilité. C'est une sensation nouvelle, et excitante. J'espère me souvenir à quel point c'est rare et précieux.

— Que prendrez-vous pour le petit déjeuner, Ana ? lui demande Gail.

— Juste du muesli. Merci, madame Jones.

Elle s'installe à côté de moi au comptoir ; ses joues sont roses et fraîches.

À quoi pense-t-elle ? À ce matin ? À cette nuit ? À la barre d'écartement ?

— Tu es superbe.

— Toi aussi.

Elle m'adresse un sourire éblouissant. Ana sait cacher son démon intérieur.

— Nous devrions t'acheter de nouvelles jupes. En fait, j'aimerais t'emmener faire du shopping.

Cette idée ne semble pas la transporter de joie.

— Je me demande ce qui va se passer aujourd'hui au bureau, dit-elle, sans doute pour changer de sujet.

— Ils vont devoir remplacer l'autre ordure.

En revanche, je ne sais pas quand. J'ai demandé un délai avant de chercher quelqu'un pour le poste. Je veux d'abord un audit complet de la boîte.

— J'espère que mon nouveau boss sera une femme.

— Pourquoi ?

— Eh bien, comme ça tu ne t'opposeras pas à des déplacements avec elle, me taquine-t-elle.

Tu plais autant aux femmes qu'aux hommes, bébé.

Mme Jones m'apporte mon omelette, coupant court à mes fantasmes : Ana en pleins ébats avec une femme.

— Qu'y a-t-il de si amusant ? s'enquiert Ana.

— Toi. Mange ton muesli, et finis-le, si c'est tout ce que tu prends ce matin.

Elle fait la moue mais vide son bol.

— Je peux avoir la Saab, aujourd'hui ? demande-t-elle après avoir avalé sa dernière bouchée.

— Taylor et moi, on peut te déposer au travail.

— Christian, cette Saab, c'est pour décorer le parking ou quoi ?

— Non. Bien sûr que non.

— Alors, laisse-moi conduire. Leila n'est plus une menace.

Pourquoi faut-il qu'elle discute sur tout ?

C'est sa voiture, Grey !

— D'accord. Si tu veux.

— Bien sûr que je le veux !

— Mais je viens avec toi.

— Quoi ? Je peux très bien me débrouiller toute seule.

Je change d'approche :

— En fait, ça me ferait plaisir de venir avec toi.

— Si c'est demandé gentiment…

— Alors, la clé va là.

Ana est si contente qu'elle m'écoute à peine.

— Drôle d'endroit ! s'étonne-t-elle quand je lui montre le contact sur la console centrale.

Elle fait des sauts de cabri sur son siège et touche à tout.

— Au moins, je vois que ça te fait plaisir !

— Tu sens cette odeur de voiture neuve ! C'est bien mieux que la Spéciale Soumise… Euh, l'A3, s'empresse-t-elle de corriger.

— La Spéciale Soumise ? (Je me retiens de rire.) Vous avez de ces expressions, mademoiselle Steele ! (Je me rencogne dans mon siège.) Allons-y !

Je lui indique la sortie du parking.

Ana tape dans ses mains, démarre le moteur et enclenche la marche avant. Si j'avais su que cela lui ferait autant plaisir, je l'aurais laissée conduire plus tôt.

La voir heureuse est un vrai bonheur.

La Saab passe la barrière dans un chuintement feutré. Taylor nous suit à bord du Q7.

C'est la première fois qu'Ana m'emmène quelque part en voiture. Elle est sûre d'elle au volant. Et semble aimer ça. Mais je ne suis pas un passager facile. Je n'aime pas être dans cette position, sauf quand c'est Taylor qui conduit. Sinon, je préfère être aux commandes.

— On peut mettre la radio ? propose-t-elle en s'arrêtant à un stop.

— Je voudrais que tu te concentres.

— Christian, je t'en prie, je peux conduire avec de la musique.

Je ne relève pas son insubordination et allume l'autoradio.

— Tu peux aussi brancher ton iPod ou mettre des CD.

La radio passe un morceau de Police. Un tube des années 1980. « King of Pain ». Je baisse le son. C'est bien trop fort.

— Ton hymne ! me fait remarquer Ana avec un sourire en coin.

Elle se fout encore de moi !

— J'ai leur album quelque part… à la maison, précise-t-elle.

Elle a parlé de « Every Breath You Take » dans un de ses mails. Elle l'avait appelé « L'Hymne des harceleurs ». Elle est drôle, même si c'est à mes dépens. Je secoue la tête ; elle a raison, au fond. Après notre séparation, j'ai effectivement rôdé près de chez elle, pendant mes joggings du matin.

Elle se mordille la lèvre. De quoi s'inquiète-t-elle ? De ma réaction ? De ce que peut lui révéler Flynn ? Que pourrait-il lui dire, en fait ?

— Hé, mademoiselle l'Insolente. On revient sur terre !

Elle s'arrête à un feu rouge avec un peu de retard.

— Tu es bien distraite, Ana. C'est comme ça qu'arrivent les accidents.

— Je pensais au travail.

— Ça va bien se passer. Fais-moi confiance.

— Je t'en prie, ne t'en mêle pas. Je veux gérer ça toute seule. S'il te plaît, Christian. C'est important pour moi.

Moi, me mêler de tes affaires ? C'est juste pour te protéger, Ana.

— Ne nous disputons pas, Christian. C'était tellement bien ce matin. Et cette nuit…

Ses joues s'empourprent.

— Cette nuit, reprend-elle, c'était divin.

Je ferme les yeux. Je revois son cul dressé vers moi. Je m'agite sur mon siège, troublé par ce souvenir.

— Oui. Divin. (Je m'aperçois que j'ai parlé à haute voix.) Et je pensais ce que je t'ai dit.

— Quoi ?

— Je ne te laisserai pas partir.

— Je ne veux pas partir.

— Alors tout va bien.

Je me détends un peu.
Elle est toujours là, Grey !

Ana se gare dans le parking de la SIP.
Fin du supplice.
Elle n'est pas mauvaise conductrice au fond.
— Je t'accompagne jusqu'à ton bureau. Taylor me récupérera devant l'immeuble, dis-je en descendant de la Saab. N'oublie pas que nous voyons Flynn à 19 heures.
Je lui tends la main.
Elle verrouille les portières et jette un regard attendri à la Saab – un dernier – avant de prendre ma main.
— Je n'oublierai pas. Je vais dresser une liste de questions.
— Des questions ? À mon sujet ? Je peux répondre à toutes, tu sais.
Elle a un sourire désarmant.
— Oui, mais je veux l'avis objectif et hors de prix du charlatan.
Je la serre dans mes bras, mes mains plaquées au creux de ses reins.
— Tu es sûre que c'est une bonne idée ?
Elle me regarde fixement, me répond qu'on peut reporter cet entretien si je préfère. Elle se dégage de mon étreinte, me caresse doucement le visage.
— Qu'est-ce qui t'inquiète ?
— Que tu t'en ailles.
— Christian, combien de fois dois-je te le répéter, je ne m'en vais nulle part. Tu m'as déjà avoué le pire. Je ne te quitte pas.
— Alors pourquoi tu ne m'as pas répondu ?
— Te répondre à quoi ?
— Tu sais très bien de quoi je parle, Ana.
Elle soupire. Son visage s'assombrit.
— Je veux être certaine de pouvoir te suffire, Christian. C'est tout.
— J'ai beau te le dire, mais tu ne veux pas me croire.
Quand va-t-elle comprendre qu'elle est tout ce que je désire au monde ?
— Christian, tout va si vite. Et tu l'as toi-même admis, tu es composé de cinquante nuances de folie. Je ne peux

pas te donner ce dont tu as besoin. C'est trop loin de moi. C'est pour ça que je ne me sens pas à la hauteur. En particulier quand je te vois avec Leila. Comment être sûre que tu ne vas pas un jour rencontrer une femme qui aime faire ce que tu fais ? Et que tu ne vas pas tomber amoureux d'elle ? Une femme qui conviendrait mieux à tes besoins...

Elle détourne la tête.

— J'ai connu plusieurs femmes qui aimaient la même chose que moi. Aucune d'elles ne m'a attiré comme toi. Je n'ai jamais eu d'affinité émotionnelle avec aucune d'entre elles. Ça n'est arrivé qu'avec toi, Ana.

— Parce que tu ne leur as jamais donné cette chance. Tu as passé trop de temps enfermé dans ta forteresse, Christian. Mais on en discutera plus tard. Il faut que j'aille travailler. Le Dr Flynn pourra peut-être nous donner son point de vue.

Elle a encore raison. À quoi bon discuter dans un parking ?

— Viens.

Je lui tends la main, et nous nous dirigeons ensemble vers son bureau.

Taylor me récupère avec l'Audi. Sur le chemin du retour, je songe à ma conversation avec Ana.

Enfermé dans ma forteresse ?

Peut-être.

Je regarde par la fenêtre. Les employés se hâtent vers leur lieu de travail, enveloppés dans leur quotidien. Mais ici, dans ma voiture noire, je suis coupé de tout. Il en a toujours été ainsi. Coupé du monde. Enfant, adulte... pareil. Isolé, barricadé. Emmuré.

J'avais peur de mes émotions.

La seule recevable était ma colère.

Ma compagne de tous les instants.

Est-ce cela qu'Ana veut dire ? Auquel cas, elle m'a donné la clé. La clé de ma liberté. Tout ce qu'elle veut, c'est entendre le diagnostic de Flynn.

Peut-être qu'après elle acceptera ma proposition.

Il faut garder espoir ! C'est ce que se dirait un optimiste, non ?

Mais cela pourrait mal finir. Encore une fois.

Mon téléphone sonne. C'est Ana.

— Anastasia, ça va ?

— Ils viennent de me donner le boulot de Jack, enfin, temporairement, m'annonce-t-elle de but en blanc.

— Tu plaisantes.

— Tu as quelque chose à voir avec ça ?

Je sens le reproche.

— Non. Pas du tout. Je suis le premier surpris. Ne le prends pas mal, mais cela ne fait qu'une semaine que tu es dans cette boîte.

— Je sais, répond-elle avec une pointe de découragement. Faut croire que Jack a dit du bien de moi.

— Tu m'étonnes !

Je suis bien content qu'il soit hors circuit celui-là.

— S'ils pensent que tu en es capable, c'est que tu l'es. Félicitations. Nous devrions fêter ça après avoir vu Flynn.

— On verra. Tu es certain que tu n'as rien à voir avec cette promotion ?

Croit-elle vraiment que je pourrais lui mentir ? Tout ça à cause de ma confession d'hier soir…

Ou alors, ils lui auraient confié ce poste parce que je leur ai interdit de recruter quelqu'un à l'extérieur ?

Merde !

— Tu doutes de moi ? Ça m'insupporte.

— Je suis désolée.

— Si tu as besoin de quoi que ce soit, fais-le-moi savoir. Je serai là. Et n'oublie pas…

— Quoi ?

— Sers-toi de ton BlackBerry.

— Oui, Christian.

Je ne relève pas son ton agacé. Je secoue la tête, et soupire.

— Je suis sérieux : si tu as besoin de moi, je suis là. Voilà, c'est ce que je veux dire.

— D'accord, répond-elle. Je ferais mieux d'y aller. Il faut que je change de bureau.

— Je suis là. Je suis sérieux.

— Je sais. Merci, Christian. Je t'aime.

Ces trois petits mots…

Avant, ils me terrifiaient, et maintenant je brûle qu'elle me les dise à nouveau.

— Je t'aime aussi.

— On se parle plus tard.

— À plus, bébé.

Taylor me dépose devant Grey House.

— José Rodriguez vient livrer des portraits demain à la maison, lui dis-je.

— Je vais en informer Gail.

— Et il restera la nuit.

Je le vois hocher la tête dans le rétroviseur. Il est surpris.

— Prévenez-la aussi.

— Entendu, monsieur.

Dans l'ascenseur qui me conduit à mon étage, je me surprends à songer à une vie maritale. C'est étrange, ce nouvel espoir. Je ne suis pas habitué à ça. Je me vois emmener Ana en Europe, en Asie. Je pourrais lui faire découvrir le monde. Aller où bon nous semble, partout sur le globe. En Angleterre, par exemple. Elle adorerait.

Puis nous rentrerions à l'Escala.

L'Escala ? L'appartement est sans doute trop chargé de souvenirs. Trop de femmes y sont venues. Je devrais peut-être acheter une maison qui serait uniquement à nous, un nid tout neuf pour nos futurs souvenirs.

Mais l'Escala, c'est pratique comme pied-à-terre en ville.

Les portes de la cabine s'ouvrent.

— Bonjour, monsieur Grey, me lance la nouvelle fille.

— Bonjour…

Je ne me souviens plus de son nom.

— Un café ?

— Oui, s'il vous plaît. Noir. Où est Andrea ?

— Je vous l'appelle, répond la nouvelle avant de filer me faire mon café.

Assis à mon bureau, je commence à examiner les annonces immobilières sur Internet. Andrea frappe à la porte et entre avec mon café.

— Bonjour, monsieur Grey.

— Bonjour, Andrea. J'aimerais envoyer des fleurs à Anastasia Steele.

— Quel genre de fleurs désirez-vous ?

— Elle a eu une promotion. Des roses, peut-être ? Un assortiment. Des roses, des blanches.

— Très bien.

— Vous pouvez m'appeler Welch ?

— Bien sûr. N'oubliez pas que vous avez une séance avec M. Bastille aujourd'hui. À l'Escala. Pas ici.

— Ah oui, c'est vrai. Qui occupe la salle aujourd'hui ?

— Le club de yoga.

Je fais une grimace. Ça la fait sourire.

— Ros aimerait vous parler aussi.

— Entendu.

Après mes coups de fil, je retourne à mes petites annonces. C'est un agent immobilier qui s'était occupé de me trouver l'appartement à l'Escala – mais à l'époque, cet achat n'était ni affectif ni un projet de vie ; juste un investissement.

Aujourd'hui, je surfe sur tous les sites. Je passe en revue chaque propriété, chaque détail. C'est addictif !

J'ai toujours aimé les grandes maisons qui bordent le détroit. Chaque fois que je navigue, je ne peux m'empêcher de les admirer. J'aimerais bien avoir une vue sur la mer. J'ai grandi dans une maison comme ça. Mes parents habitent sur les rives du lac Washington.

Une maison pour une famille.

Des enfants.

Je secoue la tête. Les enfants, ça attendra un peu. Ana est trop jeune. Elle n'a que vingt et un ans.

Quel père serai-je ?

Oublie, Grey !

J'aimerais trouver un terrain et y construire une maison. Une maison écologique. Elliot pourrait la concevoir. Je m'arrête sur deux annonces : l'une des maisons domine le détroit. C'est une vieille bâtisse de 1924, et elle n'est à vendre que depuis quelques jours. Les photos sont impressionnantes. En particulier, celles prises au crépuscule. Pour moi, la vue est primordiale. On pourrait raser la maison et en construire une toute neuve…

Je regarde à quelle heure se couche le soleil : 21 h 09.

Peut-être pourrais-je caler une visite cette semaine à cette heure-là ?

Andrea frappe à la porte et entre.

— Monsieur Grey. C'est pour les fleurs… faites votre choix.

Elle pose des photos de bouquets sur mon bureau.

— Celui-ci.

Un grand panier de roses rouges et blanches. Ana va adorer.

— Andrea, j'aimerais visiter cette maison. Je vous envoie le lien. Le soir, avant le coucher du soleil, si c'est possible. Au plus vite.

— Entendu. Que voulez-vous écrire sur la carte ?

— Vous me passerez la fleuriste quand vous l'aurez au téléphone. Je le lui dicterai moi-même.

— Parfait, répond Andrea avant de sortir.

Trois minutes plus tard, j'ai la fleuriste en ligne qui attend le message : *Félicitations, mademoiselle Steele, Et tout ça toute seule ! Sans aucune aide de votre voisin P-DG trop amical et mégalo. Je t'aime. Christian.*

— C'est noté. Merci, monsieur.

— Merci à vous.

Je retourne à mes annonces immobilières. C'est un bon moyen d'éviter de penser à notre rendez-vous avec Flynn. « Transfert émotionnel », dirait-il. Mais mon bonheur dépend de cet entretien.

Et puis, chercher une maison, c'est sympa.

Qu'est-ce qu'il va raconter à Ana…

Au bout d'une demi-heure passée à regarder les annonces, j'abandonne et appelle Flynn.

— Je vous réponds entre deux patients, Christian. C'est urgent ? demande-t-il.

— J'aimerais avoir des nouvelles de Leila.

— Elle a passé une bonne nuit. Si j'ai le temps, je lui rendrai visite cet après-midi. Et je vous vois aussi, si j'ai bonne mémoire.

— Oui. Avec Ana.

Silence. Une vieille astuce de John. Il se tait en espérant que je vais finir par me livrer.

— Qu'est-ce qui se passe, Christian ?

— C'est à propos de ce soir. Avec Ana.

— Oui ?

— Qu'allez-vous lui dire ?

— À Ana ? Je n'en sais rien. Tout dépend de ce qu'elle me demande. Mais quelles que soient ses questions je lui dirai la vérité.

— C'est bien ça qui m'inquiète.

Il lâche un soupir.

— Christian, vous et moi n'avons pas exactement le même regard sur votre personne.

— Et c'est censé me rassurer ?

— On en reparle ce soir.

Plus tard dans l'après-midi, après mon rendez-vous avec Fred et Barney, je me remets devant mon ordinateur. Je m'apprête à visiter un autre site d'annonces immobilières quand je m'aperçois qu'un mail d'Ana est arrivé. Je n'ai pas eu de ses nouvelles de toute la journée. Elle doit être débordée.

De : Anastasia Steele
Objet : Mégalomaniaque…
Date : 16 juin 2011 15:43
À : Christian Grey

… est mon genre préféré de maniaque. Merci pour les fleurs, elles sont superbes. Elles ont été livrées dans un énorme panier en osier qui me rappelle les pique-niques avec leurs nappes.
Bisous

De : Christian Grey
Objet : Air frais
Date : 16 juin 2011 15:55
À : Anastasia Steele

Maniaque, hein ? Le Dr Flynn pourrait avoir à dire quelque chose à ce sujet.
Tu aimerais aller pique-niquer ?
Nous pourrions nous amuser dans la nature, Anastasia…
Comment se passe ta journée, bébé ?

Christian Grey
P-DG, Grey Enterprises Holdings, Inc.

De : Anastasia Steele
Objet : Fiévreuse…
Date : 16 juin 2011 16:00
À : Christian Grey

La journée est passée à toute allure. J'ai à peine eu un moment pour moi pour penser à autre chose qu'au travail. Je crois que je peux m'en sortir ! Je t'en dirai plus à la maison.
La nature semble… intéressante.
Je t'aime

A.

P.-S. : ne t'en fais pas au sujet du Dr Flynn.

Comment sait-elle que je suis anxieux ?

De : Christian Grey
Objet : Je vais essayer…
Date : 16 juin 2011 16:09
À : Anastasia Steele

… de ne pas m'en faire.
À plus, bébé

Christian Grey
P-DG, Grey Enterprises Holdings, Inc.

Dans la salle de sport de l'Escala, Bastille est au taquet, mais je passe deux coups de pied et l'envoie au tapis. Il se retrouve sur les fesses.

— Quelque chose vous tracasse, Grey. Toujours la même fille ? lâche-t-il en se levant.

— Ce ne sont pas vos affaires, Bastille.

Nous tournons l'un autour de l'autre, chacun cherchant une ouverture.

— J'aime bien qu'une femme vous donne du fil à retordre ! Quand allez-vous me la présenter ?

— Je ne suis pas sûr d'y tenir.

— Votre garde à gauche, Grey ! Vous m'ouvrez un boulevard par là.

Il attaque par un coup de pied avant, mais j'esquive.
— Bien joué, Grey.

Après ma douche, je reçois un SMS d'Andrea.

« L'agente immobilière peut
vous faire visiter ce soir.
20 h 30
C'est OK ?
Elle s'appelle Olga Kelly. »

« Génial. Merci.
Donnez-moi l'adresse, SVP. »

Je me demande ce qu'Ana va penser de cette maison. Andrea me fait parvenir l'adresse et le code d'entrée. Je le mémorise et cherche la maison sur Google Maps. Pendant que je repère le trajet en partant du cabinet de Flynn, mon téléphone sonne. C'est Ros. Je me tourne vers les baies vitrées et contemple Seattle et son détroit pendant qu'elle me donne des nouvelles.

— Fred est revenu vers moi. Kavanagh est OK.

— Ros, c'est super.

— Il y a quelques détails dont il veut nous parler. Il aimerait qu'on se voie demain matin. Au petit déjeuner. J'ai prévenu Andrea.

— Dites-le à Barney, et on continue comme ça.

En me retournant, je découvre Ana en face de moi.

— Entendu, Christian. On se voit demain.

— Au revoir.

Je raccroche et m'approche d'Ana qui se tient timidement sur le seuil. Elle est adorable.

— Bonsoir, mademoiselle Steele, lui dis-je en l'embrassant. Toutes mes félicitations pour votre promotion.

— Tu as pris une douche ?

— Je sors d'une séance avec Claude.

— Oh…

— J'ai réussi à le mettre par terre deux fois.

— Ça n'arrive pas souvent ?

— Non. Et ça fait plaisir. Tu as faim ?

Elle secoue la tête. Elle semble inquiète.

— Qu'est-ce qu'il y a ?

— C'est cette rencontre avec Flynn.

— Moi aussi, ça me rend nerveux. Comment s'est passée ta journée ?

— Très bien. Et trépidante. Je n'en suis pas revenue quand Elizabeth, la DRH, m'a annoncé que je remplaçais Hyde. Je me suis retrouvée d'un coup au comité de direction, à défendre deux manuscrits. Et j'ai réussi à les faire passer. Je me suis battue comme une lionne.

Elle est toute excitée. Un vrai moulin à paroles. Ses yeux brillent de satisfaction. Elle est réellement passionnée par son boulot. C'est un bonheur de la voir comme ça.

— Ah oui... encore une chose ! J'étais censée déjeuner avec Mia.

— Première nouvelle.

— Je sais, j'ai oublié de t'en parler. Je n'ai pas pu y aller à cause de la réunion. Finalement, c'est Ethan qui l'a emmenée déjeuner.

Le surfeur californien, avec ma sœur ? Je ne suis pas sûr d'apprécier.

— Je vois. Et cesse de te mordiller la lèvre.

— Je vais me rafraîchir, annonce-t-elle avant que je puisse lui poser d'autres questions.

Ma petite sœur avec ce blondinet ? Je ne lui ai jamais connu de petit ami. Il y avait ce gars au bal, mais elle ne semblait pas très intéressée.

Je gare la Saab devant le cabinet de Flynn.

— D'ordinaire, j'y vais en courant depuis la maison. Chouette voiture, non ?

— Je trouve aussi. Christian... je...

Mon estomac se serre.

— Qu'est-ce qu'il y a, Ana ?

— Tiens, dit-elle en sortant une petite boîte de son sac à main, enveloppée d'un ruban. C'est pour ton anniversaire. Je te le donne maintenant, mais à condition que tu ne l'ouvres pas avant samedi. Promis ?

Je cache mon soulagement.

— Promis.

Elle prend une grande inspiration. Qu'est-ce qui la rend si nerveuse ? Je secoue le boîtier. Ça fait du bruit à l'intérieur. C'est petit et probablement en plastique. Qu'est-ce que c'est que ce truc ?

Je la regarde à nouveau. Quoi que cela puisse être, je suis sûr que ça me fera plaisir. Je lui souris. Mon anniversaire… elle sera à la fête… À moins que… ce ne soit ça ?

— Interdiction de l'ouvrir avant samedi, répète-t-elle en agitant le doigt.

— J'ai bien compris. Pourquoi me donnes-tu ton cadeau maintenant ?

Je le glisse dans la poche de ma veste.

— Parce que je le peux, monsieur Grey.

— Dites donc, mademoiselle Steele, vous m'avez piqué ma réplique.

— Exact. Allons-y. Finissons-en.

Flynn se lève quand nous entrons dans son bureau.

— Christian.

— Bonjour, John. Vous vous souvenez d'Anastasia ?

— Comment pourrais-je l'oublier ? Bienvenue, Anastasia.

— Ana, je vous en prie, répond-elle.

Il lui serre la main et nous conduit vers les deux divans. J'attends qu'elle s'assoie. Je choisis l'autre divan, mais au plus près d'elle. Flynn s'installe dans son fauteuil habituel. Je cherche la main d'Ana, la serre un bref instant.

— Christian a demandé que vous soyez présente, commence doucement le Dr Flynn. Il va sans dire que nos entretiens sont strictement confidentiels et que…

Ana l'interrompt :

— Oh… j'ai déjà signé un accord de confidentialité.

Ana ! Je lui lâche la main.

— Un accord de confidentialité ?

Flynn se tourne vers moi. Je hausse les épaules sans répondre.

— Vous commencez toutes vos relations avec les femmes en leur faisant signer un accord de confidentialité ?

— Les relations contractuelles, oui.

— Vous avez eu d'autres types de relations avec des femmes ? s'enquiert Flynn d'un air amusé.

Bordel, il ne me laisse rien passer ! Mais c'est de bonne guerre.

— Non, réponds-je dans un sourire.

— C'est ce que je pensais.

Il reporte son attention sur Ana.

— Très bien. La question de la confidentialité est donc réglée. Toutefois, je ne saurais trop vous conseiller d'aborder à nouveau le sujet ensemble. Selon toute évidence, ma chère, votre relation n'est plus à proprement parler une « relation contractuelle ».

— Du moins pas ce type de contrat, je l'espère, dis-je en regardant Ana à la dérobée.

Elle rougit.

— Ana, ne le prenez pas mal, mais j'en sais beaucoup sur vous, bien plus que vous ne le pensez. Christian a été très honnête. C'est le principe de ces séances.

Elle me regarde à son tour.

— Un accord de confidentialité ? reprend Flynn. Cela a dû vous choquer, Ana.

— Certes, mais ce n'est rien comparé aux révélations que Christian m'a faites récemment.

Je m'agite sur mon siège, mal à l'aise.

— J'en suis certain. Alors, Christian, de quoi souhaitez-vous parler ?

— C'est Anastasia qui voulait vous rencontrer. Posez-lui donc la question.

Mais Ana fixe des yeux une boîte de Kleenex posée sur la table basse.

— Vous sentiriez-vous plus à l'aise si Christian nous laisse seuls un moment ? demande Flynn.

Non, mais je rêve !

Ana se tourne vers moi.

— Oui.

Hein ? Mais pourquoi ?

Et merde.

— Je serai dans la salle d'attente, dis-je en me levant.

— Merci, Christian.

Je lance un regard appuyé à Ana. Je veux lui dire que je suis prêt… prêt à m'engager avec elle. Puis je sors et referme doucement la porte derrière moi.

Janet, l'assistante, lève la tête à mon passage. Je l'ignore, et vais m'asseoir dans la salle d'attente.

De quoi vont-ils parler ?

De toi, Grey ! Évidemment.

Je ferme les yeux, j'essaie de me détendre.

Le sang bat dans mes tempes, un tambourinement impossible à oublier.

Ton havre de paix. Va te réfugier là-bas, Grey.

Je suis dans le verger avec Elliot. On est enfants. On court entre les arbres. On rit. On ramasse des pommes. On les croque. Grand-pa nous observe. Il rit aussi.

On est dans un kayak avec maman. Papa et Mia sont devant nous. On fait la course !

Elliot et moi, on pagaie avec toute notre énergie d'enfants. Maman rit aux éclats. Mia nous éclabousse.

« Oui, vas-y Elliot ! » On est en Hobie Cat. Il est à la barre, on fait un beau run, dressé sur un flotteur, avec un bon vent de travers sur le lac Washington. Elliot crie de joie. On est tous les deux au trapèze. Trempés et ravis. Et on se bat contre Éole.

Je fais l'amour à Ana. Je respire son odeur. Je l'embrasse. Le cou, les seins.

Mon corps réagit aussitôt.

Merde. Pas maintenant. J'ouvre les yeux et contemple le lustre au plafond.

De quoi peuvent-ils bien parler ?

Je me lève, je fais les cent pas. Je me rassois, j'attrape un *National Geographic* – seul magazine à disposition chez Flynn.

Impossible de me concentrer sur les articles, ni même sur les images !

Je n'en peux plus. Je me lève de nouveau. Je me rassois. Je vérifie l'adresse de la maison que nous allons visiter. Et si Ana n'apprécie pas ce que Flynn lui dit, et qu'elle ne veut plus me voir ? Je devrai demander à Andrea d'annuler la visite.

Je me lève encore. Et, sans même m'en rendre compte, je suis dehors. Je marche. Loin de cet endroit où l'on parle de moi.

Je fais trois fois le tour du pâté de maisons et reviens au cabinet. Je repasse devant Janet et vais directement frapper à la porte du bureau de Flynn. J'entre sans attendre d'y être invité.

Flynn me lance un grand sourire.

— Bienvenue, Christian.

— Je crois que la séance est finie, John.

— Presque. Joignez-vous à nous.

Je m'assois à côté d'Ana et pose ma main sur son genou. Elle reste de marbre. C'est agaçant. Au moins, elle ne me repousse pas.

— Vous avez d'autres questions, Ana ? s'enquiert Flynn.

Elle fait non de la tête.

— Christian ?

— Pas aujourd'hui, John.

— Il serait bon que vous reveniez tous les deux. Je suis certain qu'Ana aura d'autres points à éclaircir.

Si c'est ce qu'elle veut. Si c'est le prix à payer. Je lui prends la main et cherche son regard.

— Ça te va ?

Elle acquiesce et me sourit. Je serre plus fort sa main. J'espère qu'elle sent mon soulagement.

Je me tourne vers Flynn.

— Comment va-t-elle ?

Il sait évidemment que je parle de Leila.

— Elle va s'en sortir.

— Bien. Tenez-moi au courant de son évolution.

— Je n'y manquerai pas.

Je m'adresse à nouveau à Ana :

— Alors, on va la fêter, cette promotion ?

La voir hocher la tête me réchauffe le cœur.

Une main posée au creux de ses reins, j'escorte Ana jusque dans la rue. J'ai hâte qu'elle me dise de quoi ils ont parlé. Je veux savoir si Flynn l'a dissuadée de m'épouser.

— Comment ça s'est passé ?

Je feins l'indifférence.

— Bien.

Et ?

Vas-y, Ana, je n'en peux plus !

Son regard est insondable. Je suis au supplice. Je me renfrogne.

— Monsieur Grey, je vous en prie, ne me regardez pas ainsi. Selon les recommandations du médecin, je dois vous accorder le bénéfice du doute.

— Qu'est-ce que ça veut dire ?

— Tu verras.

Elle m'épouse, ou pas ? Son petit sourire triomphant ne me donne aucun indice.

Bon sang ! Elle ne veut rien lâcher. Elle préfère me laisser mariner. J'ouvre la portière.

— Monte dans la voiture !

Son téléphone sonne. Elle me lance un regard inquiet avant de répondre.

— Salut !

Qui est-ce ?

« José », articule-t-elle, comme si elle lisait dans mes pensées.

— Désolée de ne pas t'avoir rappelé. C'est à propos de demain ? lui demande-t-elle sans pour autant me quitter des yeux. En fait, j'habite chez Christian en ce moment. Si tu veux, tu peux dormir chez lui. Il est d'accord.

Ah oui… il doit livrer les portraits, ses déclarations d'amour à Ana.

Accepte ses amis, Grey.

Elle fronce les sourcils et s'éloigne sur le trottoir.

Un problème ? Je l'observe.

— Oui. Sérieux, répond-elle.

Quoi ? Qu'est-ce qui est sérieux ?

— Oui, répète-t-elle. Bien sûr… Tu peux venir me prendre au bureau… Je t'envoie l'adresse par texto… 18 heures ?… (Elle sourit enfin.) Parfait. On se voit demain.

Elle raccroche et revient vers la voiture.

— Comment va ton ami ? dis-je comme si de rien n'était.

— Il va bien. Il passera me chercher au bureau. Je crois qu'on ira boire un verre. Tu veux te joindre à nous ?

— Tu ne penses pas qu'il va tenter quelque chose ?

— Non !

— D'accord, dis-je en levant les mains. Tu sors avec ton ami et je te vois plus tard dans la soirée. Tu vois, je peux être raisonnable.

Elle se pince les lèvres – je crois déceler de l'amusement dans son regard.

— Je peux conduire ?

— Je ne préfère pas.

— Pourquoi ?

— Parce que je n'aime pas me faire conduire.

— Tu as bien supporté ce matin et tu ne dis rien quand c'est Taylor.

— J'ai totalement confiance en Taylor.

— Et pas en moi ? (Elle plante ses mains sur ses hanches, d'un air provocateur.) Franchement, ton obsession du contrôle est sans limite. Je conduis depuis l'âge de quinze ans.

Je hausse les épaules. Je veux conduire. Point barre.

Mais elle insiste :

— C'est ma voiture ou non ?

— Bien sûr que c'est ta voiture.

— Alors donne-moi les clés, s'il te plaît. Je ne l'ai conduite que deux fois et c'était seulement pour aller au bureau et en revenir. Et maintenant, c'est toi qui en profites !

Elle croise les bras sur sa poitrine. Elle ne lâchera rien.

— Mais tu ne sais même pas où on va.

— Vous saurez éclairer ma lanterne, monsieur Grey. En ce domaine, vous avez été parfait jusqu'à présent.

Et d'un coup, elle fait disparaître toute tension. Ana est la personne la plus désarmante que je connaisse. Elle ne répond pas à ma demande en mariage, elle me laisse sur des charbons ardents et, pourtant, je veux passer le reste de ma vie à ses côtés.

— Parfait ?

Je ne peux m'empêcher de sourire. Elle rougit.

— La plupart du temps, oui, répond-elle avec une lueur espiègle dans les yeux.

— Très bien. Dans ce cas...

Je lui tends les clés et lui ouvre la portière côté conducteur.

Je retiens ma respiration quand elle s'engage dans la circulation.

— Où va-t-on ? demande-t-elle.

Elle n'habite pas Seattle depuis si longtemps. Elle ne connaît pas très bien la ville. Il faut que je joue les copilotes.

— Continue dans cette rue. Tout droit.

— Tu ne peux pas être plus précis ?

Tu peux courir, bébé !

— Au feu, tourne à droite.

Elle freine un peu brusquement, ce qui nous projette en avant. Puis elle met son clignotant et repart.

— Tout doux, Ana !

Elle a un sourire indéchiffrable.

— Maintenant, à gauche.

Ana met pied au plancher. La voiture bondit.

— Nom de Dieu, Ana, dis-je en m'agrippant au tableau de bord. Ralentis !

Elle est à plus de soixante. En pleine ville !

— C'est bon, je ralentis ! s'exclame-t-elle.

Je pousse un soupir. Fini les faux-fuyants. Je veux en avoir le cœur net :

— Qu'est-ce que Flynn t'a raconté ?

— Je te l'ai dit. Que je devrais t'accorder le bénéfice du doute.

Soudain, elle enclenche à nouveau son clignotant, pour indiquer qu'elle va se garer.

— Tu fais quoi ?

— Je te laisse le volant.

— Pourquoi ?

— Pour pouvoir t'observer.

— Non, non, tu as voulu conduire. Alors conduis, et c'est moi qui t'observe.

Elle se tourne vers moi pour protester. Je crie :

— Surveille la route !

Elle pile au feu suivant, détache sa ceinture et sort de la voiture.

Qu'est-ce qui lui prend ?

Elle se plante sur le trottoir, bras croisés, pleine de défi. Je sors à mon tour pour la rejoindre.

— À quoi tu joues ?

— Non. Toi, à quoi tu joues ?

— Tu ne peux pas te garer ici.

Je désigne la Saab abandonnée sur l'avenue.

— Je sais.

— Alors, pourquoi tu le fais ?

— Parce que j'en ai ras le bol que tu me donnes des ordres. Soit tu conduis, soit tu la boucles !

— Anastasia, remonte dans la voiture avant qu'on ne se prenne une amende.

— Non !

Je me frotte le crâne pour me calmer. Je la regarde, je suis perdu. Puis son expression change, devient plus douce. Elle me fait tourner en bourrique. Juste par plaisir ?

— Quoi ?

— Je t'aime.

— Oh, Anastasia ! Tu es la femme la plus agaçante de la planète, dis-je en levant les mains au ciel. Très bien, je vais conduire.

Elle attrape le revers de ma veste et m'attire à elle.

— Non, c'est vous l'homme le plus agaçant de la planète, monsieur Grey.

Elle me contemple de ses yeux bleus implacables. Ça y est, je me noie ! Je suis perdu. Je m'accroche à elle, l'enlace.

— Alors nous sommes peut-être faits l'un pour l'autre.

Son odeur est enivrante. Je devrais la mettre en bouteille !

Mon Ana. Si sexy. Si apaisante. Mon parfum du bonheur.

Elle me serre fort, plaque sa joue contre ma poitrine.

— Oh… Ana, Ana, Ana.

J'embrasse ses cheveux, l'enlace encore.

Je l'embrasse en pleine rue. Encore une première ! Non. Une deuxième ! C'est arrivé une fois, déjà. Dans la rue à côté de l'Esclava.

Elle s'écarte. Je la relâche et, sans un mot, j'ouvre la portière côté passager pour qu'elle puisse monter à bord.

Une fois au volant, je redémarre. Une chanson de Van Morrison passe à la radio. Je fredonne tandis que nous nous dirigeons vers l'entrée de la I-5.

— Tu sais, si nous avions pris une amende, les papiers de la voiture sont à ton nom.

— Eh bien, comme j'ai eu une promotion, j'ai les moyens de payer !

Je dissimule un sourire et file au nord.

— Où allons-nous ?

— C'est une surprise. Qu'est-ce que Flynn t'a dit d'autre ?

— Il a parlé de TTBBSS ou un truc dans le genre.

— De la TBCS. C'est notre dernière thérapie en cours.

— Tu en as essayé d'autres ?

— Bébé, je les ai toutes essayées. Cognitive, freudienne, fonctionnaliste, Gestalt, comportementale… Dis-en une au hasard, tu peux être certaine que je l'ai essayée.

— Tu crois que celle-ci est la bonne ?

— Qu'est-ce que t'a dit Flynn ?

— Qu'il ne fallait pas s'attarder sur ton passé. Qu'il fallait se concentrer sur ton avenir, sur ce que tu veux vraiment.

J'acquiesce. Mais ça n'explique pas pourquoi elle ne me répond toujours pas. Accepte-t-elle d'être ma femme ? Oui ou non ?

C'est ça que je veux. T'épouser !

Peut-être l'en a-t-il dissuadée ? Qu'a-t-il pu lui raconter ?

— Quoi d'autre ?

— Il a parlé de ta peur d'être touché, bien qu'il l'ait nommée autrement. De tes cauchemars et de ton dégoût de toi-même.

Je me tourne vers elle.

— Regardez la route, monsieur Grey !

— Vous avez parlé longtemps, Anastasia. Qu'est-ce qu'il t'a dit d'autre ?

— Il ne pense pas que tu sois un sadique.

— Vraiment ?

Flynn ne peut pas comprendre. Il ne sait pas ce que c'est.

— Il dit que ce terme n'est plus reconnu en psychiatrie, poursuit Ana. Plus depuis les années 1990.

— Flynn et moi avons une opinion différente sur le sujet.

— Il a dit que tu pensais toujours le pire de toi-même. Je sais que c'est vrai. Il a également parlé de sadisme sexuel, mais il considère que c'est un style de vie qu'on choisit, pas un problème psychiatrique. C'est ça qui te tracasse ?

Évidemment !

Tu n'imagines pas la profondeur de ma dépravation.

— Il te suffit d'une discussion avec le bon médecin et tu deviens une experte ?

— Si tu ne souhaites pas entendre ce qu'il m'a dit, ne me le demande pas.

Encore un point pour elle.

Lâche-la, Grey.

Elle détourne la tête pour regarder les voitures passer. Ça y est, elle boude !

— Je veux juste savoir de quoi vous avez parlé.

Je quitte la I-5 et prends à l'est sur Northwest 85e Rue.

— Il a précisé que j'étais « ton amoureuse ».

— Ah oui ? Il est d'ordinaire assez pointilleux quand il s'agit de ce terme. Il n'a pas suggéré ça par hasard.

— Tes soumises étaient aussi tes « amoureuses » ?

Des amoureuses ? Leila ? Susannah ? Madison ? Toutes mes anciennes soumises ?

— Non, c'étaient des partenaires sexuelles. Tu es ma seule amoureuse. Et je voudrais que tu sois plus que ça.

— Je sais. Il me faut juste du temps, Christian. Pour réfléchir à ces derniers jours.

Je me tourne de nouveau vers elle.

Pourquoi ne l'a-t-elle pas dit plus tôt ?

Je peux tout à fait la laisser patienter.

Pour elle, je suis prêt à attendre jusqu'à la fin des temps.

Je me détends. Nous sommes dans les faubourgs de Seattle, mais je continue à descendre vers l'ouest, en direction du détroit. Je crois que le timing est parfait. On va arriver juste pour le coucher du soleil.

— Où allons-nous ? insiste-t-elle.

— C'est une surprise.

Elle me lance un sourire interrogateur puis se replonge dans la contemplation du paysage qui défile derrière les vitres.

Dix minutes plus tard, je repère le portail piqué de rouille que j'avais vu sur le site. Je m'arrête au bas d'une allée monumentale et tape le code. Les lourds battants s'ouvrent en grinçant.

J'observe Ana du coin de l'œil.

J'espère qu'elle va aimer l'endroit.

— C'est quoi, ici ?

— Juste une idée.

Je redémarre. L'allée est plus longue que je ne l'imaginais. Sur un côté, il y a une prairie. On pourrait y installer un court de tennis ou un terrain de basket. Ou les deux à la fois.

— *Hé, frangin, viens faire quelques paniers.*

— *Elliot, je lis.*

— *Lire, ça ne sert à rien. C'est pas avec ça que tu vas emballer des filles !*

— *Va te faire foutre.*

— *Allez ! Viens !*

*À contrecœur j'abandonne mon exemplaire tout corné d'*Oliver Twist *et le suis dans la cour.*

Ana ouvre de grands yeux quand nous arrivons devant le perron. Je me gare à côté d'une BMW. De l'extérieur, la maison est déjà impressionnante.

Je coupe le moteur.

— Essaie de garder l'esprit ouvert.

Elle hausse les sourcils.

— Christian, il me faut avoir l'esprit ouvert depuis le jour où je t'ai rencontré !

Elle a raison, comme toujours.

La femme de l'agence immobilière nous attend dans le grand hall d'entrée.

— Monsieur Grey.

Elle me tend la main.

— Mademoiselle Kelly.

— Olga Kelly.

— Ana Steele.

L'agent s'écarte pour nous laisser passer. Ça sent un peu le renfermé. La maison n'a visiblement pas été ouverte depuis des mois. Cependant je ne suis pas ici pour juger de la déco intérieure.

— Viens, dis-je à Ana en lui tendant la main.

J'ai étudié les plans et je sais où je veux aller. Et comment m'y rendre. Nous traversons le hall, passons une arche, en laissant sur notre gauche un grand escalier digne d'un palais pour déboucher dans une immense pièce qui devait servir de salon de réception.

Tout au fond, il y a des portes-fenêtres. Bonne nouvelle parce que l'endroit a bien besoin d'être aéré. Je serre plus fort la main d'Ana, et l'entraîne vers la porte-fenêtre la plus proche qui donne sur la terrasse.

La vue est aussi magique que sur les photos : le détroit de Puget dans toute sa splendeur. Les premières lumières clignotent au loin, sur les rives de Bainbridge Island, là où nous avons navigué la semaine dernière. Au-delà, se profile la péninsule Olympic.

Le ciel est infini, le couchant prodigieux.

Main dans la main, Ana et moi profitons du spectacle. Elle rayonne de bonheur. Oui, elle aime l'endroit.

— Tu m'as amenée ici pour admirer la vue ?

Je hoche la tête.

— C'est renversant, Christian. Merci, souffle-t-elle en s'émerveillant face au ciel d'opale.

— Et si tu pouvais contempler cette vue pour le restant de tes jours ?

Mon cœur tambourine dans ma poitrine.

Oh, Grey ! Quelle déclaration lourdingue.

Elle se tourne brusquement vers moi. Saisie. Je tente de me rattraper comme je peux :

— J'ai toujours voulu vivre sur la côte. Depuis que je navigue dans le détroit, je lorgne sur ces maisons. Ça ne fait pas longtemps que celle-ci est à vendre. Je voudrais l'acheter, la démolir et en construire une nouvelle. Pour nous.

Elle écarquille les yeux. *Restons prudent.*

— C'est juste une idée.

Elle jette un coup d'œil derrière elle, sur le salon vétuste.

— Pourquoi veux-tu la démolir ?

— J'aimerais construire une maison plus écologique, en utilisant les dernières technologies. Elliot pourrait la concevoir.

— Peut-on visiter la maison ?

— Bien sûr.

Je ne vois pas ce qui peut l'intéresser, mais je me tais. Ana et moi suivons Olga à l'intérieur. Mlle Kelly est dans son élément. Elle nous dresse l'inventaire des nombreuses pièces. Pourquoi Ana veut-elle explorer toute la bâtisse ? Mystère !

Alors que nous prenons l'immense escalier, elle me demande :

— Ne pourrais-tu pas laisser la maison telle qu'elle est et la rendre plus écologique ? Plus « développement durable » ?

Garder cette bicoque ?

— Il faudrait que je demande à Elliot. C'est lui, l'expert.

Elle aime la maison ! Je n'avais pas prévu ça.

Mme Kelly nous conduit dans la chambre parentale, dont les grandes fenêtres donnent sur un balcon. Là aussi, la vue est à couper le souffle. Nous nous arrêtons un moment pour profiter encore une fois de la magie du lieu. Le ciel se pare d'or, le soleil nous offre ses dernières lueurs. C'est magnifique.

Nous visitons les autres chambres. Il y en a beaucoup et la dernière se trouve tout en haut. Olga laisse entendre que la prairie pourrait servir d'enclos pour des chevaux et accueillir des écuries.

— Un enclos ici, vous êtes sûre ? s'étonne Ana.

— Absolument.

De retour au rez-de-chaussée, nous retournons sur la terrasse. Je revois mes projets. Je n'imaginais pas vivre dans cette maison, cependant elle paraît solide et bien conçue. Avec quelques améliorations bien pensées, elle pourrait nous convenir. Je regarde Ana.

C'est si simple, au fond.

Là où est Ana, ce sera chez moi. Où qu'elle choisisse de vivre.

Si elle veut cette maison…

Je l'enlace.

— Ça fait beaucoup d'un coup, non ?

Elle hoche la tête.

— Je voulais m'assurer que tu aimais l'endroit avant de l'acheter.

— Tu parles de la vue ?

J'acquiesce.

— J'aime la vue et j'aime la maison telle quelle.

— Vraiment ?

— Christian, j'étais déjà conquise en passant devant la prairie.

Donc elle ne s'en va pas ?

Je prends son visage dans mes mains, enfouis mes doigts dans ses cheveux, et l'embrasse avec toute la gratitude et la tendresse que je peux éprouver.

— Merci pour cette visite, dis-je à Olga. Je vous tiens au courant.

— Entendu, monsieur Grey. Au revoir, Ana, ajoute-t-elle en nous serrant la main.

Ana aime la maison !

Je suis tellement soulagé. Ça doit se voir à dix kilomètres quand je monte dans la Saab. Olga a allumé les lumières extérieures et l'allée a pris un air de grande avenue. Moi aussi, je suis conquis. La maison a un vrai charme. Je suis certain qu'Elliot pourrait y faire des miracles et la rendre plus écolo.

— Alors tu vas l'acheter ? s'enquiert Ana sur le chemin du retour.

— Oui.

— Tu vas vendre l'Escala ?

— Pourquoi donc ?

— Pour payer…

Elle s'interrompt aussitôt.

— Fais-moi confiance, j'ai les moyens.

— Ça te plaît d'être riche ?

Quelle question !

— Trouve-moi quelqu'un qui n'aimerait pas ça !

Elle se mordille un doigt.

— Anastasia, si tu me dis « oui », tu vas devoir apprendre à être riche toi aussi.

— Je n'ai jamais aspiré à être riche, Christian.

— Je sais. J'aime ça chez toi. Mais tu n'as jamais eu faim non plus.

Du coin de l'œil, elle tourne la tête vers moi, mais la pénombre m'empêche de voir son expression.

— Où allons-nous ? demande-t-elle pour changer de sujet.

— Faire la fête.

— En quel honneur ? La maison ?

— Tu as déjà oublié ? Ton poste d'éditrice.

— Ah oui, murmure-t-elle, presque étonnée. Où ça ?

— En hauteur. À mon club.

Je sais qu'ils servent encore à cette heure. Et j'ai très faim.

— Ton club ?

— Oui, un de mes clubs.

— Tu en as combien comme ça ?

— Trois.

Non, ne me demande pas de détails !

— Des clubs privés ? Pour hommes ?

Elle me taquine, je le sais.

— Les femmes sont les bienvenues. Dans les trois.

Surtout dans l'un d'eux. L'antre des dominants. Mais je n'y ai pas mis les pieds depuis un certain temps.

Elle me lance un regard inquisiteur.

— Quoi ? fais-je d'un ton innocent.

— Rien.

Je laisse la Saab au voiturier et nous montons au Mile High Club, au sommet de la Columbia Tower. Notre table n'est pas encore dressée. On s'installe au bar.

— Du Cristal, madame ?

Je tends à Ana une coupe de champagne.

— Pourquoi pas, monsieur.

Elle insiste sur le dernier mot, en battant des cils. Elle croise et décroise les jambes pour attirer mon attention. Sa robe est remontée sur ses cuisses.

— Seriez-vous en train de m'allumer, mademoiselle Steele ?

— Oui, monsieur Grey, en effet. Comment allez-vous réagir à ça ?

Oh Ana. J'aime quand tu me défies !

— Je suis certain que je trouverai comment.

Carmine, le maître d'hôtel, me fait signe.

— Viens, notre table est prête.

Je recule d'un pas, lui tends la main pour l'aider à descendre de son tabouret et je la suis. Cette robe lui moule le cul à merveille !

Soudain, une idée me vient à l'esprit. Je lui saisis le coude et lui murmure à l'oreille :

— Va enlever ta culotte. Tout de suite.

Elle est stupéfaite. La dernière fois qu'elle était sans culotte, elle m'avait pris de court. Peut-être le miracle se reproduira-t-il ? Elle me lance un regard de défi et, sans un mot, me confie sa coupe de champagne avant de se diriger vers les toilettes.

Pendant que je l'attends, j'étudie le menu. Cela me rappelle notre dîner dans le salon du Heathman. J'appelle le serveur. J'espère qu'Ana ne m'en voudra pas de commander pour elle.

— Je vous écoute, monsieur Grey.

— Une douzaine d'huîtres de Kumamoto, pour commencer. Et deux bars sauce hollandaise. Avec des pommes de terre. Et des asperges.

— Parfait, monsieur. Et comme boisson ? Vous désirez la carte des vins ?

— Pas pour l'instant. On va rester au champagne.

Le serveur s'esquive et Ana apparaît, avec un petit sourire aux lèvres.

Elle veut jouer… Mais je ne vais pas la toucher. Pas tout de suite.

D'abord la rendre folle. Je me lève.

— Installe-toi à côté de moi, dis-je.

Elle s'exécute. En me rasseyant, je prends garde à ne pas être trop près d'elle.

— J'ai commandé pour toi. J'espère que cela ne te dérange pas.

Je lui tends sa coupe de champagne. Surtout, ne pas la toucher.

Elle ondule à côté de moi, mais se contente de boire une gorgée de Cristal.

Le serveur revient avec un plateau de Kumamoto.

— Si je me rappelle bien, tu as aimé les huîtres la dernière fois.

— C'est la seule fois que j'en ai mangé.

Elle a le souffle court. Elle est… avide.

— Oh, mademoiselle Steele, il faut donc tout vous apprendre ?

Je prends une huître. Je lève mon autre main. Ana se cambre, impatiente de sentir mes doigts sur sa peau, mais je saisis un quartier de citron.

— Apprendre quoi ? murmure-t-elle pendant que je presse le jus sur le coquillage.

— À les manger.

J'approche l'huître de sa bouche. Elle entrouvre les lèvres. Je pose la coquille sur sa lèvre inférieure.

— Penche la tête en arrière. Lentement.

Les yeux enfiévrés, elle obéit. Je fais glisser l'huître dans sa gorge. Elle ferme les yeux de plaisir.

— Encore ?

Elle acquiesce. Cette fois, j'ajoute du vinaigre à l'échalote. Toujours aucun contact... Elle avale, se lèche les lèvres.

— C'est bon ?

Elle hoche la tête.

J'en mange une et la nourris à nouveau.

— Mmm..., roucoule-t-elle.

Ce son me traverse le corps, jusqu'à ma queue.

— On aime toujours les huîtres ? lui demandé-je quand elle avale la dernière.

Elle approuve, mutine.

— Tant mieux.

Je me tapote les cuisses. Ana se tortille sur la banquette. Mais malgré tout mon désir, je ne veux pas la toucher. Le serveur remplit nos coupes et débarrasse nos assiettes. Elle serre les jambes, passe ses mains dessus. Je crois même entendre un soupir de frustration.

Oh bébé, tu me veux ?

Le serveur revient avec nos plats. Ana me lance un regard suspicieux.

— Un de vos plats préférés, monsieur Grey ?

— Tout à fait, mademoiselle Steele. Même si, jusqu'ici, je pensais que c'était le cabillaud du Heathman.

— Si mes souvenirs sont bons, nous étions dans un salon privé et nous parlions contrats à cette époque.

— Jours heureux. Cette fois, je compte bien te baiser.

J'attrape mon couteau et je la sens se tortiller à côté de moi. J'attaque mon bar.

— N'y compte pas trop, souffle-t-elle.

J'imagine, sans la regarder, son air taquin. On me met au défi, mademoiselle Steele ?

— Parler de contrat, je veux dire, précise-t-elle. La clause de confidentialité.

— Déchire-le.

— Quoi ? Vraiment ?

— Oui.

— Tu es sûr que je ne vais pas me précipiter au *Seattle Times* pour y faire des révélations ?

Connaissant sa timidité, j'éclate de rire.

— Non, je te fais confiance. Je vais t'accorder le bénéfice du doute.

— Idem.

— Je suis très heureux que tu portes une robe.

— Pourquoi ne m'as-tu pas encore touchée, alors ?

— Ça te manque ?

— Bien sûr !

— Mange !

— Tu ne vas pas me toucher, c'est ça ?

— Non.

Je dissimule mon amusement. Elle prend un air outré.

— Imagine dans quel état tu vas être quand on rentrera à la maison. J'ai hâte de voir ça !

— Ce sera ta faute si je me consume ici, au soixante-cinquième étage. Combustion spontanée !

— Oh, Anastasia. Nous trouverons bien un moyen d'éteindre les flammes.

Elle plisse les yeux et avale un morceau de poisson. Le bar est délicieux et je suis affamé. Elle se trémousse sur son siège. Sa robe a encore remonté, révélant davantage ses cuisses. Elle prend une autre bouchée, puis pose son couteau et enfouit sa main entre ses jambes, faisant glisser plus haut le tissu. Quant à son autre main, elle tambourine la table.

Elle me nargue !

— Je sais ce que tu es en train de faire.

— Bien sûr, monsieur Grey. C'est le but.

Elle saisis une asperge et, avec un regard en coin, la trempe dans la sauce hollandaise, en la faisant tourner et tourner encore.

— Vous n'inverserez pas les rôles, mademoiselle Steele. Pas cette fois.

Je lui prends l'asperge des mains.

— Ouvre la bouche.

Elle obéit et passe sa langue sur sa lèvre inférieure.

C'est tentant, mademoiselle Steele. Très tentant.

— Plus grand.

Elle se mord la lèvre, mais obéit à nouveau. Je glisse l'asperge dans sa bouche. Elle se met à la sucer.

Putain !

Ça pourrait être ma queue.

Elle gémit en sourdine, croque un bout et approche sa main de ma cuisse.

J'arrête son geste.

— Oh, non, pas question, mademoiselle Steele.

Du bout des lèvres, je dépose un petit baiser sur ses doigts.

— On ne me touche pas.

Et je repose sa main sur son genou.

— Tu es impitoyable.

— Je sais.

Je lève mon verre.

— Félicitations pour votre promotion, mademoiselle Steele.

Nous faisons tinter nos coupes.

— Oui, c'est un peu inattendu, articule-t-elle.

Je la sens abattue. Douterait-elle de ses capacités ? Il ne faut pas. Je préfère changer de sujet :

— Mange ! Je ne te ramène pas à la maison tant que tu n'as pas fini ton repas. Et alors, nous pourrons vraiment fêter ça.

— Je n'ai pas faim. Pas de nourriture, en tout cas.

Ana. Mon Ana. Tu es si facilement distraite.

— Mange ou je te mets sur mes genoux, là, et on va se donner en spectacle devant les autres clients.

Elle s'agite sur la banquette. Une fessée serait la bienvenue, mais sa bouche me raconte une autre histoire. Je prends une autre asperge, la trempe dans la sauce.

— Mange ça.

Elle s'exécute sans me quitter des yeux.

— Tu ne te nourris pas assez. Tu as perdu du poids depuis qu'on s'est rencontrés.

— Je veux juste rentrer à la maison et faire l'amour.

Je souris.

— Moi aussi, et c'est ce que nous allons faire. Mange.

Elle soupire avec un air de défaite. Elle commence à picorer. Je l'imite.

— Tu as des nouvelles de ton ami ?

— Lequel ?
— Celui qui squatte dans ton appartement.
— Oh, Ethan ? Pas depuis qu'il a déjeuné avec Mia.
— Je suis en affaires avec le père.
— Ah bon ?
— Oui. Ce Kavanagh semble avoir les reins solides.
— Il a toujours été gentil avec moi, répond-elle.

J'avais pensé faire une OPA sur sa société. À présent, cette idée s'estompe.

Une fois son assiette terminée, Ana pose ses couverts.

— C'est bien ma belle.

— Et maintenant ? demande-t-elle, avec une lueur dans les yeux.

— Maintenant ? On s'en va. Je crois comprendre que vous avez certaines attentes, mademoiselle Steele. Que j'ai bien l'intention de satisfaire de mon mieux.

— Seulement de ton mieux ?

Je me lève en souriant.

— Et l'addition ?

— Je suis membre de ce club. Ils m'enverront la facture. Viens, Anastasia. Après toi.

Je m'écarte pour laisser passer Ana. Elle prend le temps de redescendre sa robe.

— J'ai hâte de te ramener à la maison.

Je lui emboîte le pas et m'arrête devant le maître d'hôtel.

— Merci, Carmine. Délicieuse soirée, comme toujours.

— Vous êtes ici chez vous, monsieur Grey.

— Vous pouvez demander qu'on nous prépare la voiture ?

— Bien sûr, monsieur. Bonne fin de soirée.

Dès que nous entrons dans l'ascenseur, j'entraîne Ana au fond de la cabine. Je me tiens derrière elle et regarde les autres couples monter.

Merde ! Linc ! L'ex d'Elena. Dans un costume marronnasse.

Quel ringard !

— Grey, me lance-t-il.

Je hoche la tête. Par chance, il ne souhaite pas faire la conversation et nous tourne ostensiblement le dos. Le savoir ici, à quelques centimètres de moi, ajoute du piquant à ce que j'avais prévu.

Les portes de la cabine se referment et je m'accroupis rapidement, feignant de refaire mon lacet. Je pose ma main sur la cheville d'Ana et, en me relevant, j'effleure sa cheville, son genou, sa cuisse, jusqu'à son cul. Son cul offert.

Elle se raidit. Je passe mon bras gauche autour de sa taille et la plaque contre moi pendant que mon doigt descend entre ses fesses vers son sexe. L'ascenseur s'arrête à un autre étage pour prendre de nouveaux passagers. Peu m'importe. Lentement, je passe le doigt sur son clitoris, une fois, deux fois, trois fois, puis je l'introduis en elle.

— Toujours prête, mademoiselle Steele ?

Je lui parle à l'oreille. J'enfonce plus profondément mon doigt. Je l'entends haleter.

— Ne bouge pas. Aucun bruit.

Alors que je fais lentement aller et venir mon doigt, je sens mon excitation monter. Elle saisit mon bras qui enserre ses hanches. Elle s'agrippe. Sa respiration s'accélère. Elle lutte pour ne pas gémir tandis que je la tourmente.

La secousse de la cabine qui s'arrête à un nouvel étage intensifie son plaisir. Elle se colle à moi, ondule, frotte son cul contre ma main. Elle me veut.

Ma petite affamée !

— Chuut !

J'enfouis mon nez dans ses cheveux, juste derrière l'oreille, introduis en elle un deuxième doigt et reprends mes mouvements. Elle renverse la tête en arrière, m'offre sa gorge. Je brûle de l'embrasser, mais ce serait trop voyant. Elle resserre encore son étreinte.

Je vais exploser dans mon jean ! Moi aussi je la veux, mais ce n'est ni le moment ni l'endroit.

Ses doigts s'enfoncent dans ma chair.

— Ne jouis pas. Garde-moi ça pour plus tard.

Je plaque ma main sur son ventre, sachant que cela va amplifier toutes ses sensations. Sa tête roule sur mon torse, elle se mord la lèvre.

L'ascenseur s'arrête.

Ping ! Les portes s'ouvrent au rez-de-chaussée.

Lentement, je retire ma main pendant que la cabine se vide. Je dépose un baiser sur le haut de son crâne.

C'est bien, Ana.

Elle ne nous a pas trahis.

Je la retiens enlacée un moment.

Linc se retourne et nous salue en s'éloignant en compagnie d'une femme – sans doute sa nouvelle épouse. Quand j'estime qu'Ana peut à nouveau tenir sur ses jambes, je la lâche. Elle me regarde de ses yeux sombres et avides.

— Tu es prête ? (Je porte mes deux doigts à ma bouche.) Mmm… délicieuse Ana.

— Je n'arrive pas à croire que tu aies pu faire ça, murmure-t-elle, encore pantelante.

— Vous seriez surprise de ce dont je suis capable, mademoiselle Steele.

J'arrange ses cheveux, repousse une mèche rebelle derrière son oreille.

— J'aimerais te ramener à la maison, mais nous n'en aurons peut-être pas le temps.

Je lui souris et m'assure que les pans de ma veste cachent mon érection avant de sortir de l'ascenseur.

— Viens.

— Je ne demande que ça.

— Mademoiselle Steele !

— Je n'ai jamais fait l'amour dans une voiture, dit-elle alors que ses talons claquent sur les dalles du hall.

Je m'arrête, lui attrape le menton pour plonger mon regard dans le sien.

— Ravi de l'apprendre. J'aurais été très surpris, voire furieux, du cas contraire.

— Ce n'est pas ce que je voulais dire.

— Et que voulais-tu dire ?

— Christian, c'était juste une expression.

— La fameuse expression : « Je n'ai jamais fait l'amour dans une voiture. » En effet, le truc qui vient naturellement.

Je la taquine. Et ça marche à tous les coups.

— Christian, j'ai dit ça sans réfléchir. Pour l'amour de Dieu, songe à ce que tu viens de me faire dans cet ascenseur rempli de gens. J'ai un peu l'esprit en vrac.

— Qu'est-ce que je t'ai fait ?

— Tu m'as tellement excitée, réplique-t-elle, la bouche pincée. Maintenant, ramène-moi à la maison et baise-moi !

Ça me fait rire. Je ne la pensais pas capable d'être aussi crue.

— Vous êtes une romantique née, mademoiselle Steele.

Je lui prends la main et nous rejoignons le voiturier qui nous attend avec la Saab. Je lui laisse un bon pourboire et ouvre la portière côté passager pour Ana.

— Alors comme ça, tu veux baiser dans une voiture ? dis-je en démarrant.

— Pour être franche, je me serais contentée du sol du hall.

— Crois-moi, Ana, moi aussi. Mais je n'ai aucune envie de passer la nuit au poste pour attentat à la pudeur et je ne voulais pas te baiser dans les toilettes. Enfin, pas ce soir.

— Tu veux dire que ça aurait été envisageable ?

— Oh, oui.

— Alors, on y retourne !

Elle est sérieuse ! Elle est parfois si inattendue. Nous nous mettons à rire. Ça fait du bien après toute cette tension sexuelle. Je pose ma main sur son genou et commence à la caresser. Elle cesse aussitôt de rire et me dévore à nouveau de ses grands yeux.

Ce sont deux puits sans fond où je pourrais plonger avec délice. M'y perdre à jamais. Elle est si belle.

— Patience, Anastasia.

Je passe la marche avant et m'engage dans la 5e Avenue.

Ana garde le silence, mais je la sens impatiente. Elle me jette de temps à autre des coups d'œil fébriles.

Je connais ce regard.

Oui, Ana. Moi aussi, je te veux.

Je veux tout… Je t'en prie, dis-moi oui.

Je gare la Saab sur une place libre du parking de l'Escala. Je coupe le moteur. Elle n'a jamais baisé dans une voiture… Moi non plus. Elle se mordille la lèvre… lascive.

Je sens durcir mon entrejambe.

Doucement, je retire sa lèvre coincée entre ses dents. J'aime tellement voir son désir.

— On baisera dans la voiture une autre fois. Quand je le déciderai. Pour l'instant, je veux te prendre partout dans l'appartement. Sur la moindre surface libre.

— D'accord, répond-elle, même si ce n'était pas une question.

Je me penche vers elle. Elle ferme les yeux, entrouvre ses lèvres, attend mon baiser. Ses joues rosissent.

Je jette un coup d'œil autour de moi. Oui, on pourrait le faire.

Mais non !

Elle rouvre les paupières, impatiente.

— Si je t'embrasse maintenant, on n'arrivera pas jusqu'à l'appartement. Viens.

Pour résister à la tentation, je sors de la voiture, et nous nous dirigeons vers l'ascenseur.

Je lui tiens la main, caresse ses doigts, en de longs va-et-vient préfigurant ceux de ma queue dans quelques instants.

— Alors qu'en est-il de la gratification immédiate ?

— Elle ne convient pas à toutes les situations, Anastasia.

— Depuis quand ?

— Depuis ce soir.

— Pourquoi me tortures-tu ainsi ?

— Un prêté pour un rendu, mademoiselle Steele.

— Ah oui ? Moi, je te torture ? Et comment ?

— Tu le sais très bien.

Et soudain, elle comprend…

Oui, bébé. Je t'aime et je te veux pour femme.

Mais tu ne m'as toujours pas répondu.

— Je suis pour la gratification différée, murmure-t-elle avec un petit sourire.

Et ça l'amuse en plus !

Je l'attire contre moi, mes doigts s'enroulent sur sa nuque. Je lui incline la tête pour la forcer à me regarder.

— Que dois-je faire pour que tu me dises oui ?

— Laisse-moi du temps, je t'en prie.

Je lâche un grognement. Je l'embrasse. Ma langue cherche la sienne. Lorsque les portes de l'ascenseur s'ouvrent, nous y entrons en continuant nos baisers. Elle s'échauffe. Ses mains courent sur moi. Sur mes cheveux, sur mon visage, sur mes fesses. Elle me répond avec passion.

Je brûle à l'intérieur. Je me consume.

Emporté par son ardeur, je la plaque contre la paroi. Je l'écrase de mes hanches, de mon sexe en érection. J'ai une main dans ses cheveux, une autre sous son menton. Je souffle contre sa bouche :

— Je t'appartiens. Mon destin est entre tes mains, Ana.

Elle descend ma veste sur mes épaules. L'ascenseur s'arrête, les portes s'ouvrent et nous sommes dans le vestibule.

Pour une fois, il n'y a pas de fleurs sur la console. La place est libre !

Je coince Ana contre le mur et elle me retire ma veste. Mes mains remontent sur ses cuisses, et sa robe avec. Toujours plus haut. Tout ça sans que nos lèvres se séparent.

— Première surface, ici ! (Je la soulève d'un coup.) Passe tes jambes autour de ma taille.

Elle m'obéit et je la dépose sur la console. Je sors de ma poche un préservatif et le donne à Ana le temps de descendre ma braguette. Elle déchire l'emballage. Son empressement fait plaisir à voir.

— Tu sais à quel point tu m'excites ?

— Non… je…

— Tu m'excites tout le temps.

J'attrape l'étui ouvert, enfile la capote sans la quitter des yeux. Ses cheveux tombent en cascade sur le bord de la table. Elle me regarde aussi, ses yeux brillant de désir.

Je me glisse entre ses jambes, lui soulève les fesses, écarte ses cuisses.

— Garde les yeux ouverts. Je veux te voir.

Je lui prends les mains et, lentement, je la pénètre.

Je dois lutter pour ne pas fermer les yeux. C'est si bon.

La moindre parcelle d'elle est délicieuse.

Elle ferme les paupières. Je m'enfonce plus fort.

— Ouvre !

Je lui serre davantage les mains. Elle pousse un cri mais garde les yeux ouverts. Ils sont sauvages, bleus, et si magnifiques. Lentement, je sors d'elle, puis m'enfonce à nouveau. Elle me regarde.

Ses yeux sur moi. Dieu que je l'aime !

Je bouge plus vite. Je lui prouve mon amour. La seule façon que je connaisse.

Sa bouche s'ouvre, ses lèvres gonflées, si douces. Et ses jambes qui m'enserrent, accrochées à moi.

Je ne vais pas tenir longtemps.

Et elle jouit, m'emporte avec elle.

Elle crie.

— Oui, Ana !

J'explose à mon tour.

Je m'effondre sur elle. Je lâche ses mains et pose mon front sur sa poitrine. Elle prend ma tête entre ses paumes, glisse ses doigts dans mes cheveux, pendant que je retrouve mes esprits.

— Je n'en ai pas encore fini avec toi, dis-je en l'embrassant.

Je me retire d'elle. Je remonte ma braguette et la remets debout.

Nous nous tenons enlacés dans le vestibule, sous le regard bienveillant des saintes vierges de mes tableaux. Je crois qu'elles apprécient Ana !

— Sur le lit, maintenant !

— Oh oui…

Et je l'emmène dans la chambre pour lui faire encore une fois l'amour.

Elle jouit, me chevauche comme une walkyrie. Je la regarde s'emporter, perdre tout contrôle.

Putain, que c'est excitant !

Elle est nue, ses seins tressautent au-dessus de moi. Et je m'abandonne en elle, la tête renversée en arrière, mes doigts plantés dans ses hanches. Elle s'écroule sur mon moi, haletante.

Peu à peu, je reprends mon souffle. Je fais courir mes doigts sur son dos. Elle est toute moite de sueur.

— Satisfaite, mademoiselle Steele ?

Elle marmonne quelque chose. Sans doute un oui. Puis elle lève les yeux vers moi. Avec une drôle d'expression, elle penche la tête de côté en regardant mon torse.

Merde. Elle va m'embrasser *là* !

Je prends une grande inspiration pendant qu'elle dépose un petit baiser sur ma poitrine.

Ça va. Les ténèbres se tiennent tranquilles. Ou, alors, elles ont disparu. Comment savoir ?

Je me détends. Nous roulons sur le flanc.

— Est-ce que le sexe, c'est comme ça pour tout le monde ? demande-t-elle. Si c'est le cas, je suis surprise que les gens sortent de chez eux.

Elle a l'art de me mettre en valeur.

— Je ne peux pas parler au nom de tous, mais c'est sacrément spécial avec toi, Anastasia.

Nous parlons, bouche contre bouche.

— C’est parce que vous êtes sacrément spécial, monsieur Grey.

— Il est tard. Endors-toi.

Je l’embrasse et la retourne pour pouvoir me lover contre elle.

Je remonte la couette sur nous.

— Tu n’aimes pas les compliments, murmure-t-elle, d’une voix ensommeillée.

Je n’en ai pas l’habitude.

— Dors, Anastasia.

— J’aime la maison.

Est-ce un indice ? Compte-t-elle accepter de m’épouser ?

— Je t’aime. Dors maintenant.

Je ferme les yeux. Sa douce odeur emplit mes narines.

Une maison. Une épouse. Que désirer de plus ? Dis-moi oui, Ana, je t’en prie.

VENDREDI 17 JUIN 2011

Les sanglots d'Ana me réveillent. Elle est à côté de moi, je crois qu'elle dort encore.

— Trop près du soleil, gémit-elle dans son sommeil.

C'est l'aurore. Une lumière orange traverse les lattes du store, illuminant ses cheveux.

— Comme Icare, souffle-t-elle.

Je me redresse sur un coude pour vérifier qu'elle dort vraiment. Cela fait longtemps que je ne l'ai pas entendue parler dans son sommeil. Elle se tourne vers moi.

— Le bénéfice du doute…, articule-t-elle.

Puis son visage se détend.

Elle parle de moi ?

Elle a dit ça hier. Me laisser le bénéfice du doute… C'est plus que je ne mérite.

Bien plus, Grey !

Je plante un petit baiser sur son front, éteins le réveil avant qu'il ne sonne et sors du lit. J'ai un petit déjeuner de travail avec Kavanagh pour parler fibre optique.

Sous la douche, je songe au planning de ma journée. La réunion avec Kavanagh. Mon rendez-vous avec Ros à la WSU – je dois m'y rendre avec Charlie Tango, via Portland. Et un verre, ce soir, avec Ana et son copain photographe.

Et faire une offre pour la maison. Ana l'aime tant. Malgré moi, je souris en me rinçant les cheveux.

Laisse-lui du temps, Grey.

Dans le dressing, j'enfile un pantalon et remarque ma veste d'hier, posée sur le dossier de la chaise. Je plonge la main dans la poche et sors le cadeau d'Ana. Il y a toujours ce petit truc qui bouge à l'intérieur quand on l'agite. Ça m'intrigue.

Avec l'âge, tu deviens sentimental, Grey.

Elle est encore endormie quand je reviens dans la chambre.

— Je dois y aller, bébé.

Je l'embrasse dans le cou. Elle ouvre les yeux et se tourne vers moi. Elle me sourit, encore ensommeillée. Puis son expression change.

— Quelle heure est-il ? demande-t-elle.

— Pas de panique. J'ai un petit déjeuner d'affaires.

— Tu sens bon.

Elle s'étire sous moi, m'enlace. Ses doigts s'attardent dans mes cheveux.

— Ne t'en va pas.

— Mademoiselle Steele, essaieriez-vous d'empêcher un honnête homme d'aller gagner sa vie ?

Elle hoche lentement la tête, les yeux brillants. Une onde de désir me traverse. Elle est si sexy. Son sourire est irrésistible. Je dois faire un gros effort de volonté pour ne pas me déshabiller sur-le-champ et revenir dans le lit.

— Si tentante puissiez-vous être, je dois y aller.

Un dernier baiser et je me relève.

— À plus, bébé.

Je me dépêche avant de changer d'avis.

Quand je le rejoins dans le garage, Taylor paraît soucieux.

— Monsieur, j'ai un problème.

— C'est quoi ?

— Mon ex-femme m'a appelé. Ma fille a l'appendicite.

— Elle est à l'hôpital ?

— Oui. On vient de l'y emmener.

— Allez-y.

— Je vous remercie. Je vous dépose avant au bureau.

— C'est gentil. Merci.

Lorsque nous arrivons devant Grey House, Taylor est plongé dans ses pensées.

— Donnez-moi de ses nouvelles.

— Je risque d'être absent jusqu'à demain matin.

— Pas de problème, Taylor. Allez-y. J'espère que Sophie va aller mieux.

— Merci, monsieur.

Je le regarde s'éloigner. Je ne l'ai jamais vu aussi préoccupé… mais c'est ça avoir une famille. Ça passe avant tout. Toujours.

Andrea m'attend à la sortie de l'ascenseur.

— Bonjour, monsieur Grey. Taylor m'a prévenue. Je vais vous trouver un chauffeur, pour ici et pour Portland.

— Parfait. Tout le monde est là ?

— Oui. Dans la salle de réunion.

— Excellent. Merci, Andrea.

La réunion se passe bien. Kavanagh me semble être moins sur les nerfs. Ses vacances à la Barbade ont sans doute été bénéfiques. Il y a fait la connaissance de mon frère. Apparemment, le courant est bien passé entre eux. Vu qu'il saute sa fille, c'est une bonne chose. Kavanagh et son équipe sortent satisfaits de la discussion. Il ne reste plus qu'à s'entendre sur le prix du rachat. Ros va s'en occuper, avec l'aide des gars de Fred qui vont chiffrer tout ça.

Andrea a acheté les viennoiseries habituelles. J'attrape un croissant et me rends dans mon bureau avec Ros.

— À quelle heure voulez-vous partir ? me demande-t-elle.

— Notre chauffeur passe nous prendre à 10 heures.

— Très bien. Je vous retrouve dans le hall. Je suis tout excitée. Je ne suis jamais montée dans un hélicoptère.

Sa joie est contagieuse.

— Hier, j'ai trouvé une maison. Je compte l'acheter. Vous voulez bien vous en occuper ?

— Bien sûr. Avec plaisir.

— Merci. Je vous revaudrai ça.

— J'y compte bien ! (Elle éclate de rire.) Allez, à tout à l'heure, en bas.

Je reste seul dans le bureau, sur un petit nuage. Je vais acquérir cette maison. Le rachat de Kavanagh est une bonne affaire pour la société. Et j'ai passé une soirée merveilleuse avec ma petite amie. Je m'installe derrière l'ordinateur pour lui envoyer un mail.

De : Christian Grey
Objet : Surfaces
Date : 17 juin 2011 08:59
À : Anastasia Steele

J'ai calculé et il nous reste au moins trente surfaces à explorer. J'ai hâte d'essayer chacune d'elles. Puis il y a les planchers, les murs – sans oublier le balcon.
Ensuite, il y a mon bureau…
Tu me manques.

Christian Grey
P-DG Priapique, Grey Enterprises Holdings, Inc.

Je jette un regard circulaire dans la pièce. Oui, ce ne sont pas les endroits qui manquent : le canapé, le bureau… Andrea frappe à la porte et m'apporte un café. Je réfrène mes pensées, et tente de maîtriser mes hormones.

Elle pose la tasse sur mon bureau.

— Voici votre café.

— Merci. Vous pouvez appeler l'agent immobilier que j'ai vue hier ?

— Je vous la passe tout de suite.

Ma discussion avec Olga Kelly est brève. On s'entend sur un prix pour bloquer la vente, et je lui donne les coordonnées de Ros pour pouvoir conclure rapidement si mon offre est acceptée par le vendeur.

Je consulte ma boîte mail. Il y a une réponse d'Ana. Une onde de plaisir me traverse.

De : Anastasia Steele
Objet : Romance ?
Date : 17 juin 2011 09:03
À : Christian Grey

Monsieur Grey,
Vous ne pensez vraiment qu'à ça.
Vous m'avez manqué au petit déjeuner.
Mais Mme Jones a été très accommodante.

A.

Accommodante ?

De : Christian Grey
Objet : Intrigué
Date : 17 juin 2011 09:07
À : Anastasia Steele

En quoi Mme Jones a-t-elle été accommodante ?
Que manigancez-vous, mademoiselle Steele ?

Christian Grey
P-DG Curieux, Grey Enterprises Holdings, Inc.

De : Anastasia Steele
Objet : Fouineur
Date : 17 juin 2011 09:10
À : Christian Grey

Tu verras bien, c'est une surprise.
Il faut que je travaille… laisse-moi.
Je t'aime

A.

De : Christian Grey
Objet : Frustré
Date : 17 juin 2011 09:12
À : Anastasia Steele

Je déteste quand tu me caches des choses.

Christian Grey
P-DG, Grey Enterprises Holdings, Inc.

De : Anastasia Steele
Objet : Te faire plaisir
Date : 17 juin 2011 09:14
À : Christian Grey

C'est pour ton anniversaire.
Une autre surprise.
Ne sois pas si bougon.

A.

Une autre surprise ? Par réflexe, je tâte la poche de ma veste. Le cadeau d'Ana est toujours là. Tout va bien.

Elle me gâte.

Ros et moi sommes dans la voiture, en chemin vers Boeing Field. Mon téléphone clignote. Un SMS d'Elliot :

« Salut trouduc. Un verre ce soir ?
Kate prévient Ana.
Tu as intérêt à être là. »

« Où es-tu ? »

« Au-dessus d'Atlanta.
Je te manque ? »

« Pas du tout. »

« Je suis sûr que si !
Bref, je rentre et on se prend une bière ce soir. »

Ça fait un bout de temps que je dois boire un verre avec mon frère. Et ça signifie que je ne serai pas seul avec Ana et son copain le photographe.

« OK. Si tu y tiens.
Bon vol. »

« À plus, vieux. »

Notre vol pour Portland se passe sans encombre, même s'il s'agit d'une première pour Ros. Elle est comme une gamine chez un marchand de bonbons ! Elle regarde partout. S'agite. N'arrête pas de s'exclamer sur tout ce qu'elle voit. Une facette de sa personnalité que je ne soupçonnais pas. D'ordinaire, elle est beaucoup plus détachée. Ana, au contraire, avait été particulièrement réservée quand elle était montée à bord de Charlie Tango.

À notre atterrissage, je reçois un message d'Olga Kelly. Le vendeur accepte mon offre. Il souhaite conclure au plus vite.

— Bonne nouvelle ? s'enquiert Ros.

— Me voilà l'heureux propriétaire d'une maison !

— Félicitations.

Après un long entretien avec le président et le vice-président de la WSU, Ros et moi avons une conversation avec le Pr Gravett et son équipe de chercheurs. Elle est intarissable :

— Nous sommes parvenus à isoler l'ADN de la bactérie responsable de la fixation du diazote.

— En d'autres termes ?

— En d'autres termes, monsieur Grey, la fixation de l'azote gazeux est essentielle pour la biodiversité des sols et, comme vous le savez, plus les sols sont riches, mieux ils résistent aux catastrophes écologiques telles que la sécheresse. Nous pouvons désormais tenter d'activer l'ADN des bactéries présentes dans le sol sub-saharien. En un mot, nous allons pouvoir rendre la terre fertile, lui faire garder ses nutriments plus longtemps et augmenter son rendement à l'hectare.

— Nos résultats vont être publiés dans le *Soil Science Society of America Journal* dans deux mois, intervient le professeur Choudury. Notre financement peut potentiellement doubler après cette publication. Et nous aimerions avoir votre soutien auprès des partenaires de vos projets caritatifs.

— Vous l'avez, bien sûr. Il va de soi que vos travaux ici doivent être partagés à grande échelle pour le bien du plus grand nombre.

— C'est exactement notre état d'esprit. La finalité de toutes nos recherches.

— Voilà des paroles qui font chaud au cœur, dis-je.

Le président de l'université acquiesce.

— C'est une découverte très prometteuse. Nous y croyons beaucoup.

— C'est effectivement un exploit. Félicitations, professeur Gravett, à vous et à toute votre équipe.

Il en rougit presque.

— Je vous remercie, monsieur Grey.

Embarrassé, je me tourne vers Ros, qui lit dans mes pensées.

— Nous devons prendre congé, annonce-t-elle en se levant.

Tout le monde l'imite. Nous nous saluons.

— Merci encore mille fois pour votre soutien sans faille, monsieur Grey. Comme vous le constatez, votre implication dans le secteur des sciences de l'environnement est essentielle pour nous.

— Continuez à bien travailler, réponds-je, pressé de rentrer à Seattle.

Le photographe va apporter ses portraits à l'Escala, puis voir Ana. Pour l'instant, je ne gère pas trop mal ma jalousie, mais je me sentirai mieux quand on sera de retour à Boeing Field et que je pourrai les rejoindre au bar. En attendant, j'ai une petite surprise pour Ros.

On décolle en douceur. Je tire le levier du pas collectif pour changer l'inclinaison des pales et Charlie Tango s'élève dans le ciel de Portland tel un oiseau magnifique. Ros sourit, elle est aux anges. Je secoue la tête, étonné de la découvrir aussi enthousiaste. Cela dit, le décollage, ça me fait toujours un petit quelque chose, à moi aussi. Une fois la communication avec la tour de contrôle de l'héliport terminée, j'entends la voix de Ros résonner dans mes écouteurs :

— Comment avance votre « fusion personnelle » ?

— Très bien.

— D'où l'achat de la maison ?

— Il y a un peu de ça.

Elle acquiesce, tandis que nous survolons le campus de la WSU, en direction de ma petite surprise.

— Vous saviez qu'Andrea s'était mariée ? Ça m'a fait un choc quand j'ai appris ça.

— Non, je l'ignorais, me répond-elle. Quand exactement ?

— La semaine dernière.

— Et elle n'a rien dit ?

— Elle prétend que c'est interdit dans notre charte déontologique. Une clause qui interdit les rapprochements entre employés. J'ignorais qu'on avait ça.

— Oui, ça figure dans tous nos contrats d'embauche.

— C'est un peu rude, quand même.

— Elle a donc épousé quelqu'un de la maison ?

— Damon Parker.

— De l'ingénierie ?

— Lui-même. On peut l'aider à obtenir sa green card ? Je crois qu'il a encore un visa temporaire.

— Je vais voir ça. Mais c'est sans garantie.

— Faites ce que vous pouvez. Merci. J'ai une surprise pour vous.

Je vire de quelques degrés au nord-est et garde le cap pendant dix minutes.

— Là-bas ! Regardez !

Je désigne un cône à l'horizon. Il grandit petit à petit. C'est le mont Saint Helens.

Ros pousse un cri de joie.

— Vous avez changé votre plan de vol ?

— Juste pour vous.

Le volcan ressemble à un dessin d'enfant. Un magnifique cône, chapeauté de blanc et tout crevassé au sommet, jaillissant d'un tapis de verdure : le parc national de Gifford !

— Waouh ! Il est beaucoup plus gros que je ne pensais.

Je reconnais que la vue vaut le détour.

J'incline l'appareil et nous contournons le cratère, dont il manque un gros pan. Tout le bord nord a sauté, après l'éruption de 1980. Vu du ciel, on a l'impression de survoler une autre planète, désertique, aride et désolée. Les stigmates de la dernière éruption sont bien visibles, la coulée de lave qui a parcouru le flanc de la montagne a recouvert la forêt et défiguré tout le paysage.

— C'est impressionnant. Gwen et moi, on voulait emmener les enfants ici. Vous pensez qu'il peut encore se réveiller ?

Elle a sorti son téléphone, et mitraille à tout va.

— Je n'en ai aucune idée. Mais maintenant, on doit rentrer.

— Merci pour ce détour, Christian.

Elle me fait un grand sourire, les yeux tout brillants. Je vire à l'est, pour suivre la South Fork Toutle. Nous devrions arriver à Seattle dans trois quarts d'heure, ce qui me laissera le temps de rejoindre Ana, son photographe, et Elliot, pour boire un verre.

Du coin de l'œil, j'aperçois un voyant clignoter.

Qu'est-ce que c'est que ça ?

L'alerte incendie moteur ! Charlie Tango penche brusquement.

Merde ! Le moteur 1 est en feu. J'inspire une goulée d'air mais je ne sens rien. Rapidement, j'exécute un « S » pour voir d'où vient la fumée. Une traînée grise nous suit.

— Qu'est-ce qui se passe ? Un problème ? s'inquiète Ros.

— Surtout, ne paniquez pas. Mais on a un moteur en feu.

— Quoi ?!

Elle agrippe son sac à main et se cramponne à son siège. Je coupe le moteur 1 et déclenche l'extincteur. Que faire ? Atterrir ? Ou continuer avec un seul moteur ? C'est possible avec Charlie Tango.

Mais je veux rentrer à Seattle !

J'examine le paysage, à la recherche d'un endroit où me poser, au cas où. On est un peu bas, mais je distingue un lac au loin, le Silver Lake. Il n'y a pas d'arbres à la pointe sud-est.

Je suis sur le point de passer un appel de détresse quand l'alarme du moteur 2 se met à clignoter à son tour.

Bordel de merde !

Cette fois, je suis vraiment inquiet. Je referme la main sur le levier du pas collectif.

Du calme, Grey. Concentre-toi !

De la fumée emplit le cockpit. J'ouvre la fenêtre et vérifie les instruments. Le tableau de bord clignote comme un arbre de Noël. L'électronique est en train de lâcher ! Je n'ai pas le choix. Il faut que je me pose. Soit je coupe le numéro 2, soit je continue à en tirer ce que je peux. Je dois prendre une décision.

Il faut que ça tienne ! Je sens la sueur couler sur mon front. Je m'essuie par réflexe.

— Accrochez-vous, Ros, ça va secouer.

Elle pousse un gémissement, mais je l'ignore.

On est bien trop bas !

On doit pouvoir y arriver. Ce qu'il nous faut, c'est un peu de temps. Avant que tout saute.

Je baisse le pas collectif, réduis la poussée, et nous descendons en autorotation. Je m'efforce de conserver de la vitesse pour que les rotors continuent de tourner. Le sol se rapproche de plus en plus.

Et Ana ? La reverrai-je ?

Putain de merde !

Le lac est tout proche. Là, une clairière ! J'ai le bras en feu à force de batailler avec le levier.

Bordel !

Je vois Ana. Des images se succèdent, semblables aux portraits de son copain le photographe : Ana qui rit, Ana qui pense, Ana étonnée, magnifique. Mon Ana.

Je ne veux pas la perdre.

Allez, Grey. Maintenant !

Je redresse le nez de Charlie Tango pour réduire sa vitesse horizontale. La queue accroche le faîte de quelques arbres. Par miracle, l'hélicoptère ne part pas en vrille, au moment où je remets la poussée. On s'écrase, la queue la première, sur le bord de la clairière. Le EC135 glisse, rebondit sur le terrain inégal avant de s'immobiliser au milieu de la trouée. Les pales sectionnent quelques branches de sapins. J'ouvre le deuxième extincteur, éteins l'incendie du moteur 2 et ferme l'arrivée d'essence. Puis je stoppe les rotors, coupe l'alimentation électrique, et détache Ros. Je me penche pour lui ouvrir la porte.

— Sortez ! Baissez la tête !

Je la pousse hors du cockpit. Elle tombe sur le sol. J'attrape l'extincteur de bord, saute à mon tour et vais à l'arrière asperger de neige carbonique les moteurs en feu. L'incendie diminue d'intensité. Je recule d'un pas.

Ros, choquée et tremblante, se colle à moi, pendant que je regarde mon Charlie Tango noirci par les flammes. Dans un élan de compassion, elle me tombe dans les bras. Ce n'est qu'à ce moment-là que je remarque qu'elle est en pleurs.

— Hé. Tout va bien. On a pu atterrir. On s'en est sortis. Je suis désolé. Désolé pour tout.

Je la serre contre moi le temps qu'elle se calme.

— Vous y êtes arrivé ! bredouille-t-elle. Putain de merde ! Christian. Vous nous avez sauvés ! On s'est posés !

— Je sais.

Nous sommes sains et saufs. Je n'en reviens pas moi-même. Je m'écarte, sors un mouchoir de ma poche et le lui tends.

— Qu'est-ce qui s'est passé ? bafouille-t-elle en s'essuyant les yeux.

— Je ne sais pas.

Je suis sonné. Les deux moteurs, d'un coup ? Je chasse cette pensée. On aurait pu exploser en plein vol.

— Allons-nous-en. J'ai tout coupé, mais il reste assez de kérosène à bord pour réveiller le Saint Helens.

— Et mes affaires ?

— Oubliez-les.

La clairière est minuscule. Plusieurs arbres ont perdu leur cime. Une odeur de bois coupé, d'essence et de fumée flotte dans l'air. Nous courons nous mettre à couvert, à une distance qui me paraît raisonnable. Je n'en reviens pas.

Les deux moteurs à la fois ? C'est rarissime.

Charlie Tango est entier, les moteurs aussi, grâce aux extincteurs. On va pouvoir trouver ce qui s'est passé.

Mais l'analyse d'un crash est un travail de longue haleine, et l'affaire de la FAA. Pour l'instant, il faut prendre une décision.

Je m'essuie le front du revers de ma manche. Je suis en nage !

— Au moins, j'ai mon téléphone et mon sac à main, marmonne Ros. Merde, il n'y a pas de réseau ! peste-t-elle en tenant son téléphone à bout de bras. Et vous ? Les secours vont bientôt arriver ?

— Je n'ai pas eu le temps de passer un appel de détresse.

— Donc, ça veut dire qu'ils ne viendront pas.

Elle se décompose. Je sors à mon tour mon téléphone. Sentir le cadeau d'Ana au fond de ma poche me redonne le moral. Mais ce n'est pas le moment. D'abord rentrer, la retrouver.

— Quand ils vont voir que je ne donne pas signe de vie, ils vont donner l'alerte. La FAA connaît mon plan de vol.

Je n'ai pas de réseau non plus. Je vérifie tout de même le GPS, il pourrait communiquer notre position.

— Vous voulez venir avec moi, ou vous préférez m'attendre ici ?

Ros jette un regard circulaire sur les bois.

— Je suis une citadine, Christian. Il y a des bêtes partout. Je vous suis !

— Nous sommes sur la rive sud du lac. On a deux heures de marche avant de rejoindre la route. On trouvera peut-être de l'aide là-bas.

Ros, qui commence la marche en escarpins, finit rapidement par les retirer. Nous avançons lentement. Heureusement pour elle, le sol est meuble. Mais pas la route.

— Le bureau d'accueil du parc se trouve un peu plus loin. On pourra certainement nous aider.

— Ce sera sûrement fermé, Christian. Il est plus de 17 heures, réplique Ros, d'une voix tremblante.

Nous sommes en sueur et crevons de soif. Elle est épuisée et je commence à me demander si l'on n'aurait pas mieux fait de rester près de l'hélicoptère. Mais Dieu sait dans combien de temps les autorités nous auraient trouvés !

À ma montre, il est 17 h 25.

— Vous voulez rester là et vous reposer ?

— Pas question. (Elle me tend ses chaussures.) Et vous ? demande-t-elle en me faisant signe d'arracher les talons.

— Ce sont des Manolo ! Vous êtes sûre ?

— Allez-y !

— D'accord.

Comprenant que ma virilité est en jeu, je rassemble toutes mes forces. Il me faut un certain temps pour faire sauter le premier talon. Pareil pour le second.

— Voilà. Je vous en offrirai une paire en rentrant.

— Vous avez intérêt à tenir votre promesse !

Elle renfile ce qu'il reste de ses chaussures. Et repart vaillamment sur le macadam.

— Vous avez de l'argent sur vous, Ros ?

— Sur moi ? Dans les deux cents dollars.

— J'en ai quatre cents. Ce sera peut-être assez pour rentrer.

Nous faisons de nombreuses haltes pour soulager les pieds endoloris de Ros. À un moment, je lui propose même de la porter. Ce qu'elle refuse. Elle souffre en silence. Je lui suis reconnaissant de ne pas céder à la panique. Mais je ne sais pas si elle va pouvoir tenir longtemps.

Soudain, alors que nous faisons une pause, nous entendons le bruit d'un camion au loin. Je lève le pouce pour attirer l'attention du chauffeur. J'entends le moteur rétrograder. Et le monstre d'acier s'arrête quelques mètres plus loin en grognant et cliquetant. Il nous attend !

— Le voilà notre billet de retour ! dis-je à Ros, avec un large sourire, pour lui redonner du courage.

Elle me sourit faiblement en guise de réponse. Je l'aide à se mettre debout et la porte presque jusqu'à la cabine. Un type barbu, flanqué d'une casquette des SeaHawks, ouvre la portière côté passager.

— Ça va vous autres ? demande-t-il.

— On a connu mieux. Vous allez où ?

— Je remonte cette beauté à Seattle.

— C'est là qu'on va. Vous pouvez nous emmener ?

— OK. Montez donc !

Ros pousse un long soupir de soulagement.

— Je n'y serais jamais arrivée toute seule, murmure-t-elle.

Je l'aide à grimper à bord. À l'intérieur, ça sent le plastique et le pin – ça doit provenir du stick accroché au tableau de bord.

— Qu'est-ce que vous fabriquez par ici ? demande le chauffeur, pendant que Ros s'installe sur la couchette à l'arrière de la cabine.

Le camion a l'air flambant neuf.

Je jette un coup d'œil à Ros. Elle acquiesce discrètement.

— On s'est perdus. Vous savez ce que c'est.

— Bien sûr.

Évidemment, il ne nous croit pas. Il redémarre malgré tout son monstre et on repart en direction de Seattle.

— Je m'appelle Seb.

— Moi, c'est Ros.

— Et moi, Christian.

Il se penche pour nous serrer la main.

— Vous devez avoir soif, non ?

Ros et moi hochons vivement la tête.

— Il y a un frigo au fond. Avec de la Pellegrino.

De la San Pellegrino ?

Ros sort deux bouteilles. Nous buvons avidement. Je n'aurais jamais cru que de l'eau gazeuse pouvait être aussi délicieuse.

Je remarque le microphone.

— Vous avez une CB ?

— Ouais ! Mais elle ne marche pas. Pourtant, c'est tout neuf. Quelle saloperie !

Il tapote sur le tableau de bord avec agacement.

— Il sort de l'usine. C'est comme qui dirait son voyage de noces !

Voilà pourquoi on roule si lentement !

Je consulte ma montre. 19 h 35. Mon téléphone est HS. Plus de batterie. Celui de Ros aussi.

— Vous avez un téléphone ? demandé-je à Seb.

— Sûrement pas ! J'ai pas envie que mon ex-femme me les brise. Quand je roule, c'est juste moi et la route.

J'approuve en silence.

Ana doit s'inquiéter ! Mais elle s'inquiéterait encore plus si je lui racontais ce qui s'est passé. Mieux vaut lui dire tout ça de vive voix. Elle est sans doute avec ce José. J'espère qu'Elliot et Katherine le surveillent !

Abattu et morose, je regarde défiler le paysage. La I-5 n'est plus loin.

— Vous avez faim ? J'ai des wraps au chou et au quinoa dans le frigo. Un reste du déjeuner.

— C'est très gentil de votre part. Merci, Seb.

— Ça ne vous dérange pas si je mets un peu de musique pendant qu'on roule ? propose-t-il quand on a terminé de manger.

Oh non…

— Faites donc, répond Ros, mais son hésitation est palpable.

Seb a Sirius sur sa radio. Il choisit une station de jazz. Les solos de Charlie Parker emplissent l'habitacle.

« All The Things You Are ».

Ana ! Est-ce qu'elle pense à moi ?

Je suis dans un camion avec un routier amateur de quinoa et de jazz. Ce n'est pas de cette manière que je pensais finir la journée. Je jette un coup d'œil à Ros. Elle est effondrée sur la couchette. Elle dort. Soulagé, je ferme les yeux.

Si je n'avais pas pu atterrir… Mon Dieu. La famille de Ros aurait été anéantie par le chagrin.

Les deux moteurs ? Quelle est l'explication la plus plausible ? Charlie Tango sortait tout juste de révision ! Ça ne colle pas.

Le grondement continu du camion. La voix de Billie Holiday. Aussi apaisante qu'une berceuse. « You're My Thrill ».

Charlie Tango pique vers le sol.
Je tire sur le levier du pas collectif.
Non. Non. Non.
J'entends les cris d'une femme.
Des cris.
C'est Ana. Ana qui crie.
Non.
Il y a de la fumée. Je suffoque.
On tombe de plus en plus vite.
Je ne peux pas ralentir la chute.
Ana hurle.
Non. Non. Non.
Charlie Tango heurte le sol.
Puis le noir.
Plus Rien.
Le silence.
Le néant.

Je me réveille en sursaut, haletant. Il fait nuit, hormis l'éclat de quelques phares sur la route. Je suis dans le camion.

— Ça va mieux ? s'enquiert Seb.

— Pardon. Je me suis endormi.

— Pas de souci. Vous devez être épuisés. Votre amie dort encore.

Ros est toujours étendue sur la couchette.

— Où sommes-nous ?

— À Allentown.

— Quoi ? Génial !

Nous sommes toujours sur la I-5, mais les lumières de Seattle scintillent à l'horizon. Les voitures nous croisent. Ce camion est certainement le moyen de transport le plus lent que j'ai emprunté de ma vie.

— Où allez-vous exactement à Seattle ?

— Sur les quais. Le Pier 46.

— Cela ne vous dérange pas de nous lâcher en ville ? On pourra prendre un taxi.

— D'accord.

— Vous avez toujours fait ce métier ?

— Non. J'ai fait plein de choses. Mais ce bahut, il est à moi. Je suis mon propre patron.

— Vous êtes chef d'entreprise, donc.

— Exactement.

— Un peu comme moi, alors.

— Un jour, j'en aurai toute une flotte !

Il tape sur le volant, plein d'entrain.

— Je vous le souhaite.

Seb nous dépose à Union Station.

— Merci, merci mille fois ! lance Ros en descendant de la cabine.

Je tends à Seb quatre cents dollars.

— Je ne peux pas accepter, répond le routier en levant les mains.

— Dans ce cas, prenez ma carte. (J'en sors une de mon portefeuille.) Appelez-moi. Et on reparlera de votre flotte de camions.

— D'accord, répond Seb sans regarder ma carte. C'était un plaisir de vous rencontrer.

— Merci. Vous nous avez sauvés.

Je ferme la portière et le salue une dernière fois de la main.

— Ce type est incroyable ! s'exclame Ros.

— Un miracle d'être tombés sur lui. Maintenant, trouvons un taxi !

Il nous faut vingt minutes pour nous rendre chez Ros qui, heureusement, n'habite pas très loin de l'Escala.

— La prochaine fois qu'on va à Portland, on prend le train !

— Entendu.

— Vous avez été parfait, Christian.

— Vous aussi.

— J'appelle Andrea pour la rassurer.

— Andrea ?

— Elle pourra joindre votre famille. Ils sont sûrement inquiets. On se voit demain, à votre soirée d'anniversaire.

Ma famille ? Ils ne s'inquiètent pas pour moi.

— Très bien. Alors, au revoir.

— Bonne nuit, Christian, répond-elle en m'embrassant sur la joue.

— Bonne nuit.

Je suis touché. C'est la première fois qu'elle a un tel geste d'affection.

Je la regarde entrer dans son immeuble.

— Ros !

C'est Gwen qui sort du hall pour la prendre dans ses bras.

Je les salue de loin et demande au chauffeur de repartir.

Il y a des photographes massés devant chez moi. Il se passe quelque chose. Je paie le taxi, sors de la voiture et fends la foule en baissant la tête.

— Le voilà !

— C'est Christian Grey !

— Il est là !

On me mitraille à tout va, mais je parviens à entrer dans le hall sans trop d'encombres. Ils sont là pour moi ? Ou pour un VIP qui se trouve dans l'immeuble ? Par chance, l'ascenseur est déjà là. Une fois dans la cabine, je retire mes chaussures et mes chaussettes. Tout est bon à jeter. J'ai les pieds en feu.

Pauvre Ros. Elle doit en avoir, des ampoules !

Je ne pense pas qu'Ana soit à la maison. Elle est certainement encore au bar. J'irai la retrouver quand j'aurai chargé la batterie de mon téléphone et pris une douche. Je retire ma veste au moment où les portes s'ouvrent. J'entre dans le vestibule.

La télévision est allumée dans le salon.

Bizarre.

Ma famille y est rassemblée au complet.

— Christian ! s'écrie Grace en se ruant vers moi.

Je dois lâcher ma veste et mes chaussures pour la rattraper. Elle se précipite, couvre mes joues de baisers. Me serre contre elle. M'étouffe.

Qu'est-ce qui lui prend ?

— Maman ?

— J'ai cru ne jamais te revoir !

— Maman, je suis là, dis-je, perplexe.

Je suis devant elle !

— J'étais morte d'inquiétude.

Elle éclate en sanglots. Je m'efforce de la réconforter. Je ne l'ai jamais vue dans cet état. Ma mère qui me serre dans ses bras. C'est nouveau. Et agréable.

— Oh, Christian, j'ai eu si peur !

J'ai l'impression qu'elle ne va jamais me lâcher. Elle pleure dans mon cou. Je la berce doucement.

— Il est en vie ! Merde, te voilà ! s'exclame papa en sortant du bureau, avec Taylor sur ses talons.

Carrick se rue sur nous deux et nous étreint tendrement.

— Papa ?

Mia se joint à eux. Tout le monde s'embrasse. On se croirait dans une sitcom ! Ça n'est jamais arrivé. Carrick s'écarte le premier en s'essuyant les yeux.

Il pleure ? Mia et Grace reculent à leur tour.

— Excuse-moi, bredouille maman.

— C'est bon. Tout va bien.

Toutes ces effusions me mettent mal à l'aise.

— Où étais-tu ? Qu'est-ce qui s'est passé ? reprend-elle, en cachant ses larmes de ses mains.

— Maman…

Je l'attire à moi, lui embrasse les cheveux et la serre un peu plus contre moi.

— Tout va bien. Je suis là. Ça m'a juste pris un temps fou pour rentrer de Portland. C'est quoi ce comité d'accueil ?

Je lève le nez et l'aperçois. Les yeux écarquillés, magnifique ! Des larmes coulent sur son visage. Mon Ana !

— Maman, je vais bien. Qu'est-ce qui se passe ?

Elle me tient le visage et me parle comme si j'étais un enfant :

— Christian, tu étais porté disparu. Ton plan de vol… tu n'es jamais arrivé à Seattle. Pourquoi tu ne nous as pas prévenus ?

— Je ne pensais pas que ça me prendrait autant de temps. C'est tout.

— Pourquoi tu n'as pas appelé ?

— Je n'avais plus de batterie.

— Tu ne t'es pas arrêté… pour appeler en PCV ?

— Maman, c'est une longue histoire.

— Oh, Christian ! Ne me refais plus jamais ça ! Tu as compris ?

— Oui, maman.

J'essuie ses pleurs et l'embrasse une fois encore. C'est si bon de prendre dans mes bras la femme qui m'a sauvé.

Elle recule d'un pas et Mia m'embrasse à son tour. Elle aussi me serre fort. Puis elle me donne un grand coup de poing sur la poitrine.

Aïe !

— On s'est tellement inquiétés ! crie-t-elle à travers ses larmes.

Je la réconforte comme je peux, lui répète que je suis là, que tout va bien.

Elliot, tout bronzé par le soleil des Caraïbes, vient nous rejoindre.

Il me donne une tape dans le dos.

Toi aussi, Brutus ?

— C'est cool de te revoir, lâche-t-il d'un ton bourru.

Je sens une boule se former dans ma gorge. Je compte pour eux. Ils se sont tous inquiétés pour moi.

C'est ma famille.

Je me tourne vers Ana. Katherine se tient derrière elle et lui caresse les cheveux. Elle lui souffle quelque chose à l'oreille.

— J'aimerais dire bonjour à ma petite amie, maintenant, dis-je à mes parents.

Ma mère me fait un sourire, s'écarte avec mon père. Je marche vers Ana. Elle se lève lentement du canapé, elle chancelle. Comme si elle voyait un revenant. Elle se jette dans mes bras en sanglotant.

— Christian !

— Là, tout va bien !

Je l'enlace, sens son corps délicat contre moi. Elle est mon cadeau, mon don du ciel.

Ana. Mon amour.

J'enfouis mon visage dans ses cheveux, respire son odeur, sa douce odeur. Elle lève son beau visage vers moi. Je l'embrasse doucement.

— Salut, toi.

— Salut, lâche-t-elle d'une voix rauque.

— Je t'ai manqué ?

— Un peu.

— Je vois ça.

J'essuie ses larmes de mes doigts.

— J'ai cru que…

— C'est fini. Je suis là.

Je l'embrasse à nouveau. Ses lèvres sont toujours plus douces quand elle pleure.

— Tu vas bien ? Tu n'as rien ? dit-elle en me touchant partout.

Je ne m'en soucie pas. Les ténèbres sont loin.

— Non. Tout va bien. Je suis ici.

— Dieu soit loué !

Elle s'accroche à moi, comme si elle craignait que je ne m'en aille.

Bon sang, je dois puer ! Mais elle ne semble pas s'en soucier.

— Tu as faim ? Tu veux boire quelque chose ?

— Oui.

Elle veut s'écarter. Je la retiens. Sans la lâcher, je tends la main à son copain photographe qui est à côté.

— Monsieur Grey, dit José.

— Appelle-moi Christian.

— Bon retour parmi nous, Christian. Content que tu ailles bien. Et merci pour ton hospitalité.

— Pas de problème.

Seulement, ne t'approche pas de ma chérie.

Gail nous interrompt. À voir son visage défait, elle a dû pleurer elle aussi.

Mme Jones aussi ? Je suis touché.

— Qu'est-ce qui vous ferait plaisir, monsieur Grey ? demande-t-elle en se tamponnant les yeux.

— Une bière, Gail. Une Budvar. Et je veux bien manger un morceau.

— Je vais m'en occuper, intervient Ana.

— Non. Reste avec moi, dis-je en la serrant plus fort contre moi.

Les rejetons de Kavanagh sont là aussi. Je serre la main d'Ethan et fais la bise à Katherine. Elle a l'air en forme. La Barbade avec Elliot lui a réussi. Mme Jones revient et me tend ma bière. Je refuse le verre et bois une longue gorgée au goulot.

Quel délice !

Tous ces gens sont là pour moi. J'ai l'impression de jouer le retour du fils prodigue.

Au fond, c'est peut-être ce que je suis.

— Je m'attendais à ce que tu prennes quelque chose de plus costaud, lance mon frère. Bordel, qu'est-ce qui s'est passé ? Papa m'a juste dit que ton tas de ferraille avait disparu.

— Elliot ! le sermonne maman.

— C'est un hélicoptère. Et il a un nom. Charlie Tango.

Il m'agace ! Pourtant, je lui souris.

— Asseyez-vous. Je vais tout vous raconter.

Je m'installe à côté d'Ana et le clan nous rejoint. Je prends une nouvelle gorgée de bière. J'aperçois Taylor au fond de la pièce. Je lui adresse un petit signe de tête. Auquel il répond. Dieu merci, il ne pleure pas !

— Votre fille ?

— Elle va bien. Fausse alerte.

— Tant mieux.

— Content de vous revoir, monsieur. Ce sera tout ?

— À part un hélicoptère à récupérer…

— Maintenant ? Ou demain matin ?

— Demain, ça ira.

— Très bien, monsieur. Autre chose ?

Je secoue la tête et lève ma bouteille pour le saluer. Je le verrai demain matin. Il me retourne un sourire et s'en va.

— Christian, qu'est-ce qui s'est passé ? s'inquiète papa.

Je leur raconte mon atterrissage en catastrophe.

— Un feu. Sur les deux moteurs ? s'étonne Carrick.

— Exact.
— Mais je croyais que…
— Je sais. Heureusement qu'on volait bas.
Ana réprime un frisson. Je passe mon bras autour de ses épaules.
— Tu as froid ?
Elle serre ma main et secoue la tête.
— Comment as-tu éteint le feu ? s'enquiert Katherine.
— Avec l'extincteur. On est obligés d'en avoir un dans l'appareil, c'est la loi.
Je ne donne pas plus de détails pour ne pas les inquiéter.
— Pourquoi n'as-tu pas appelé ou utilisé ta radio ? demande Grace.
Je leur explique que j'ai dû couper toute l'alimentation. Que la radio était inutilisable et qu'on n'avait pas de réseau. Ana se raidit à côté de moi. Je la juche sur mes genoux.
— Comment êtes-vous rentrés à Seattle ? reprend ma mère.
Je leur parle alors de Seb, notre sauveur.
— Ça nous a pris une éternité. Il n'avait pas de portable, aussi bizarre que cela puisse paraître. Je n'ai pas pensé que…
Je les regarde tour à tour. Je vois le visage blême de maman.
— Qu'on pourrait s'inquiéter ? ironise-t-elle. Oh, Christian ! On était fous d'angoisse !
Elle n'est pas contente. Pour la première fois, je me sens coupable. Le laïus de Flynn sur les liens entre enfants et parents adoptifs me revient à l'esprit.
— Ta disparition a fait la une du journal, champion !
— Oui. Je m'en suis douté quand j'ai vu les photographes devant l'immeuble. Je suis désolé, maman, j'aurais dû demander au routier de s'arrêter pour téléphoner. Mais j'avais tellement hâte de rentrer.
Grace secoue la tête.
— L'essentiel, c'est que tu sois revenu entier.
Ana se love contre moi. Elle doit être épuisée.
— Les deux moteurs ? insiste Carrick.
— Va savoir pourquoi ? dis-je en haussant les épaules.
Je passe ma main dans le dos d'Ana. Je sens ses sanglots. Je lui relève le menton.

— Hé… arrête de pleurer.

Elle s'essuie le nez du revers de la main.

— Et toi, arrête de disparaître !

— Un court-circuit, peut-être ? C'est bizarre, non ? insiste Carrick qui refuse de lâcher l'affaire.

— Oui. C'est une possibilité. Mais j'y réfléchirai plus tard. Pour le moment, j'aimerais aller me coucher.

— Ça y est, les médias savent que le grand Christian Grey a été retrouvé sain et sauf ! annonce Katherine en relevant le nez de son téléphone.

Rien d'étonnant ! Ils m'ont tous vu rentrer.

— Andrea et les gens de la com vont s'occuper des journalistes. Ros l'a prévenue dès que je l'ai déposée chez elle.

Sam sera aux anges !

— Oui, Andrea m'a passé un coup de fil pour prévenir que tu étais en vie, précise Carrick en souriant.

— Cette femme est une vraie perle. Elle mérite une augmentation. Mais ça attendra demain. Là, c'est un peu tard.

— Je pense qu'il essaie de nous faire passer un message ! annonce Elliot. Mon cher frère veut rejoindre les bras de Morphée.

Il me lance une œillade appuyée.

— Cary, intervient Grace. Mon fils est en vie. Tu peux me ramener à la maison maintenant.

— Oui, dormir nous ferait le plus grand bien à tous, répond mon père.

— Vous pouvez rester.

Il y a de la place pour tout le monde.

— Non, mon chéri, répond Grace. Je veux rentrer à la maison, maintenant que je sais que tu es sain et sauf.

Je repose Ana sur le divan et me lève. Maman me prend encore une fois dans ses bras.

— J'étais tellement inquiète, mon chéri, chuchote-t-elle.

— Je vais bien, maman.

— Oui, tu es entre de bonnes mains, dit-elle avec un sourire pour Ana.

Après des adieux interminables, je parviens à faire entrer ma famille, plus Katherine et Ethan dans l'ascenseur. Les portes se referment. Enfin seul avec Ana.

Et avec José ! Merde, je l'avais oublié, celui-là.

— Je vais aller me coucher, annonce-t-il. Et vous laisser tous les deux.

— Tu sais où est ta chambre ?

— La femme de chambre me l'a montrée.

— Mme Jones, le reprend Ana.

— C'est ça. Mme Jones. Elle m'a fait visiter. Tu as un super appart, Christian.

— Merci, réponds-je en passant mon bras autour des épaules d'Ana. Je vais aller manger ce que Mme Jones m'a préparé. Bonne nuit, José.

Je lâche Ana et me dirige vers la cuisine.

Je le laisse seul avec elle. Il est peu probable qu'il tente quoi que ce soit. Et puis, j'ai une faim de loup.

Gail me tend un sandwich jambon-fromage-salade-mayonnaise.

— Merci, Gail. Vous pouvez aller vous coucher.

— Bien, monsieur, répond-elle dans un sourire. Je suis contente que soyez de retour sain et sauf.

Elle s'en va. Je retourne dans le salon et observe Rodriguez et Ana dans l'entrée.

Pendant que je termine mon sandwich, je le vois la serrer dans ses bras pour lui souhaiter bonne nuit. Il ferme les yeux.

Qu'on ne vienne pas me dire qu'il ne ressent rien pour elle !

Une fois son copain dans l'escalier, elle pivote et me découvre à côté du canapé. Elle se dirige vers moi, s'arrête, me fixe des yeux.

Je la contemple. Son visage encore humide de larmes. Elle est si belle. Un ravissement.

Elle est à la maison.

Chez moi.

Une boule se forme dans ma gorge.

— Il en pince encore pour toi, dis-je pour oublier l'émotion qui me submerge.

— Qu'est-ce qui vous fait dire ça, monsieur Grey ?

— Je connais les symptômes, mademoiselle Steele. Je crois souffrir du même mal.

Je vous aime.

Ses yeux s'agrandissent. Elle prend un air grave.

— J'ai cru que je ne te reverrais jamais, murmure-t-elle.

Oh, bébé... La boule dans ma gorge grossit.

— Ça n'était pas aussi grave que ça en avait l'air.

Elle ramasse ma veste, les chaussures et s'approche de moi.

— Je vais m'en occuper, dis-je en reprenant ma veste.

Nous restons là un long moment, l'un en face de l'autre, à nous regarder.

Elle est là. Pour de vrai.

Elle m'a attendu.

Elle t'a attendu toi, Grey ! Moi qui pensais ne compter pour personne. Que personne ne se soucierait jamais de moi.

— Christian.

Sa voix se brise dans un sanglot.

— Tout va bien, l'assuré-je en lui caressant les cheveux. Tu sais... au moment de l'atterrissage, quand j'ai vraiment cru y passer, c'est à toi que j'ai pensé. Rien qu'à toi. Tu as été mon talisman, Ana.

— J'ai cru que je t'avais perdu.

Nous sommes serrés l'un contre l'autre. Silencieux. Je me souviens que nous avons dansé dans cette même pièce.

Un moment magique. Inoubliable. Comme celui-là. Je ne te laisserai jamais partir, Ana.

Elle lâche mes chaussures. Le bruit me fait sursauter.

— Viens te doucher avec moi.

J'empeste comme un marathonien.

— D'accord.

Elle lève la tête mais ne me lâche pas. Je lui prends le menton.

— Vous savez, même toute barbouillée de larmes, vous êtes magnifique, Ana Steele. (Je l'embrasse lentement.) Et vos lèvres sont tellement douces.

Je l'embrasse encore, prenant tout ce qu'elle me donne. Elle glisse sa main dans mes cheveux.

— Il faut que je pose ma veste.

— Laisse-la tomber, murmure-t-elle contre mes lèvres. On s'en fiche.

— Je ne peux pas.

Elle s'écarte, surprise.

— Voilà pourquoi.

Je sors son cadeau de la poche.

SAMEDI 18 JUIN 2011

Ana consulte sa montre et recule d'un pas, pendant que je jette ma veste sur le canapé.

Quoi ? Qu'est-ce qu'il y a ?

— Ouvre-le, murmure-t-elle.

— J'espérais que tu me dirais ça. Je n'en peux plus d'attendre !

Son sourire s'agrandit puis elle se mord la lèvre. Ma parole, on dirait qu'elle a peur. Pourquoi donc ?

Je lui adresse mon sourire le plus rassurant, défais le paquet et ouvre la boîte.

Il y a un porte-clés à l'intérieur, avec une vue de Seattle constituée de multiples facettes qui s'illuminent en fonction de l'inclinaison. Je le sors de son boîtier. Je ne vois pas ce que cela peut signifier. Aucune idée.

Je regarde Ana pour avoir un indice.

— Retourne-le.

Je m'exécute. Derrière, il est écrit le mot OUI. Qui scintille aussi.

Oui

Oui.

OUI !

Un mot tout simple. Mais d'une telle importance. Un nouveau départ. Maintenant !

Mon cœur s'affole. Je la dévisage, bouche bée. J'espère que c'est bien ce qu'elle a voulu dire.

— Joyeux anniversaire !

— Tu acceptes de m'épouser ?

Je n'y crois pas.

Elle acquiesce.

C'est trop beau pour être vrai.

— Dis-le.

J'ai besoin de l'entendre de sa bouche.

— Oui, je vais t'épouser.

Une joie immense m'envahit, m'emporte. Elle est partout, dans ma tête, dans mon corps, dans mon âme. C'est une sensation miraculeuse, un tsunami. Je me précipite vers elle, la soulève de terre, la fais tourner, virevolter. Je ris aux éclats. Elle s'accroche à mes bras, ses yeux brillent, étincellent. Elle rit avec moi.

Puis je m'arrête, la repose, attrape son visage dans mes mains et l'embrasse. Ses lèvres s'ouvrent comme une fleur pour m'accueillir. Ma tendre Anastasia.

— Oh, Ana…

Ma voix n'est plus qu'un murmure, un souffle sur sa bouche.

— Je croyais t'avoir perdu, dit-elle, encore chancelante.

— Bébé, il faudra plus qu'un 135 défaillant pour me séparer de toi.

— Un 135 ?

— Charlie Tango. C'est un Eurocopter EC135, le plus sûr de sa catégorie.

Sauf aujourd'hui !

— Attends une seconde. Tu m'as offert ce cadeau avant qu'on ne voie Flynn, dis-je en brandissant le porte-clés.

Elle a un petit sourire malicieux.

Non… Anastasia Steele !

— Je voulais que tu saches que, quoi que Flynn puisse dire, cela ne faisait aucune différence pour moi.

— Donc, toute la soirée d'hier, alors que je te suppliais de me donner une réponse, je l'avais déjà ?

Je suis sidéré. J'en ai même le vertige. Et ça m'énerve aussi. Un peu.

Elle n'a pas osé… J'hésite entre la joie et la colère.

Elle t'a bien eu, Grey ! Comment vas-tu la punir ?

— Toute cette angoisse pour rien… (Elle me regarde avec un sourire désarmant.) Oh, n'essayez pas de m'amadouer, mademoiselle Steele !

Depuis le début, j'avais ma réponse.

J'ai brusquement envie d'elle. Ici. Maintenant.

— Comment as-tu pu me faire ça ? Me laisser dans le doute ?

J'échafaude ma revanche. Il faut une réponse à la hauteur de son audace.

— Je crois qu'un châtiment s'impose, mademoiselle Steele.

Ma voix est glaciale, lourde de menaces. Elle recule d'un pas.

— Inutile de t'enfuir. Parce que je vais t'attraper.

Elle prend un air taquin. Elle est irrésistible.

— En plus, tu te mords la lèvre.

Elle recule encore d'un pas et se retourne pour détaler, mais je la saisis et la soulève de terre. Elle hurle quand je la juche sur mon épaule et me dirige vers ma salle de bains… non, *notre* salle de bains.

— Christian !

Je lui donne une claque sur les fesses. Bien appuyée.

— Aïe !

— C'est l'heure de la douche !

— Repose-moi.

Elle gigote mais mon bras est solidement refermé sur ses cuisses. Ce qui m'amuse le plus c'est de l'entendre grogner et glousser en même temps.

Avec un sourire aussi large que le détroit, j'ouvre la porte de la salle de bains.

— Tu aimes ces chaussures ?

Elles doivent coûter un certain prix.

— Je les préfère quand elles touchent le sol !

Elle feint la colère mais n'arrive pas à contenir son rire.

— Vos désirs sont des ordres, mademoiselle Steele.

Je lui retire ses escarpins et les balance par terre. Toutefois, je prends soin de vider mes poches : téléphone, clés, portefeuille. Et le plus précieux de tous mes biens : le porte-clés. Je ne veux pas qu'il prenne l'eau. Maintenant fin prêt, j'entre dans la douche, avec Ana toujours sur mon épaule.

— Christian !

J'ignore ses cris et ouvre l'eau. Le jet glacé nous tombe dessus, mais surtout sur les fesses d'Ana. Elle hurle, s'esclaffe, frétille comme un poisson hors de l'eau.

— Non ! Repose-moi !

Elle me tape encore et encore. Je finis par avoir pitié d'elle. Je la libère et fais glisser son corps sur le mien jusqu'à ce qu'elle touche terre.

Elle est rouge pivoine. Ses yeux étincellent. Quel spectacle !

Oh, bébé…

Tu as dit oui.

Sous le jet, je prends son visage dans mes mains, l'embrasse tendrement. Je vénère ces lèvres, cette bouche, j'idolâtre cette femme tout entière. Elle ferme les yeux, reçoit mon baiser et m'embrasse en retour avec une délicieuse avidité.

L'eau est chaude à présent et ses mains se faufilent sous ma chemise trempée. Elle bataille pour la sortir de mon pantalon. Je gémis mais ne peux m'arrêter de l'embrasser.

Ni cesser de l'aimer.

Impossible.

Je l'aime pour toujours.

Lentement, elle fait sauter les boutons. Je cherche le zip dans son dos, le descends. Je sens sa chair chaude sous mes doigts.

Comme elle est douce. J'en veux encore plus. Je l'embrasse plus fort, ma langue explore sa bouche.

Elle geint et, d'un coup, arrache tous les boutons qui tombent en pluie sur le carrelage.

Oh, Ana !

Elle tire sur ma chemise, me découvre les épaules, le torse, me plaque contre le mur. Mais elle ne parvient pas à me dégager entièrement les bras.

— Les boutons de manchettes, lui dis-je en lui présentant mes poignets.

Ses doigts virevoltent. Les attaches tombent également par terre, suivies de ma chemise. Déjà sa main s'insinue sous la ceinture de mon pantalon.

Non… Pas tout de suite…

Je la saisis par les épaules, la retourne. J'achève de descendre sa fermeture Éclair au bas de ses fesses et fais glisser la robe. Elle a encore les bras dans les manches. Ce qui restreint ses mouvements.

J'aime ça.

J'écarte ses mèches mouillées qui recouvrent le haut de son dos et, du bout de la langue, lèche l'eau qui ruisselle sur sa peau. Je remonte comme ça jusqu'à la naissance de ses cheveux.

Elle est si délicieuse.

J'effleure ses épaules de mes lèvres, les suçote. Ma queue presse sur ma braguette. Elle écarte les mains sur les carreaux, s'accroche et gémit quand je trouve mon endroit favori derrière l'oreille. Doucement, je dégrafe son soutien-gorge, puis prends ses seins dans chaque main. Je pousse un grognement. J'adore ses tétons. Ils sont si sensibles.

— Tu es tellement belle.

Elle penche la tête d'un côté, pour m'offrir son cou, sa gorge. Je presse ses seins dans mes paumes. Elle passe ses mains derrière elle, toujours bloquée dans sa robe, trouve mon érection.

Je grogne de plaisir en plaquant contre elle mon sexe impatient. Je sens chacun de ses doigts à travers le tissu. C'est si excitant.

Doucement, je prends ses tétons, les pince entre le pouce et l'index. Elle gémit. Cette fois sans retenue. Je les sens durcir sous mes doigts.

— Oui…

Je veux t'entendre crier…

Je la retourne à nouveau, ferme sa bouche d'un baiser, lui retire sa robe, puis sa culotte. Je la déshabille jusqu'à ce qu'elle soit nue et offerte, ses vêtements en tas à ses pieds.

Elle attrape le gel douche, en verse dans sa paume et me fixe avec intensité. Elle attend ma permission.

Elle veut vraiment faire ça ?

Je prends une grande inspiration et acquiesce.

Avec une extrême douceur, elle pose une main sur mon torse. Je frémis. Lentement, elle étale le savon, en décrivant de petits cercles. Les ténèbres se tiennent tranquilles.

Je reste sur le qui-vive. Tendu.

Du calme, Grey ! Elle ne te veut aucun mal.

Au bout d'une seconde, j'attrape ses hanches et scrute son visage. Je vois sa concentration. Sa compassion. Ma respiration s'accélère. Mais je gère.

— Ça va ?

— Oui.

Les mots sortent difficilement.

Ses mains s'écartent vers mes aisselles, reviennent sur mon torse, descendent sur mon ventre, puis plus bas encore, jusqu'à la ceinture de mon pantalon.

— C'est mon tour.

Je nous écarte du jet et prends le shampoing. J'en verse un peu sur ses cheveux et commence à le faire mousser. Elle ferme les yeux et pousse des petits grognements de plaisir.

Encore une fois, c'est communicatif.

— Tu aimes ?

— Mmm.

— Moi aussi.

J'embrasse son front et continue de lui laver les cheveux.

— Tourne-toi.

Elle obéit. Mes doigts poursuivent leur massage. Quand j'ai terminé, sa tête est couverte de mousse. Je la place à nouveau sous le jet.

— Mets la tête en arrière.

Je la rince. Qu'y a-t-il de mieux au monde que s'occuper de son amoureuse ? Prendre soin d'elle à chaque instant ?

Elle pivote et attrape mon pantalon.

— Je veux te laver entièrement.

Je lève les mains en l'air.

Je suis à toi, Ana. Fais de moi ce que tu veux.

Elle me déshabille, libère mon sexe. Mon pantalon et mon boxer rejoignent le tas de vêtements sur le sol.

— On dirait que tu es content de me voir, dit-elle.

— Je suis toujours content de vous voir, mademoiselle Steele.

Nous nous dévorons des yeux pendant qu'elle imbibe une éponge de savon. Elle commence par le haut. Ça me prend de court. Puis elle descend lentement vers ma queue dressée.

Oh oui…

Puis elle abandonne l'éponge et ses mains nues courent sur moi.

Je ferme les yeux quand elle referme ses doigts sur mon sexe. Je bascule les reins, grogne. C'est comme ça que devraient commencer tous les matins du monde. Surtout quand on vient de frôler la mort !

Attends !

Je rouvre les yeux, plante mon regard dans le sien.

— On est samedi !

Je lui attrape les hanches, l'attire à moi et l'embrasse goulûment. Fini les préservatifs !

Ma main, enduite de savon, explore son corps, des seins au ventre, du ventre au sexe. Je la tourmente ainsi pendant que je l'embrasse avec avidité, mon autre main accrochée à sa nuque pour l'immobiliser.

J'introduis mes doigts en elle. Elle gémit sur mes lèvres. Exquises vibrations.

— Oui.

Elle est prête. Je la soulève, mes mains sous ses fesses.

— Passe tes jambes autour de ma taille.

Elle s'agrippe à moi, brûlante, délicieuse. Je la plaque contre la paroi.

Nous sommes peau contre peau. Pas un centimètre ne manque.

— Regarde-moi. Je veux te voir.

Elle lève les yeux vers moi, ses pupilles sont dilatées, tels deux puits de désir sans fond. Lentement, je la pénètre. Je me colle à elle. Je veux la sentir partout. Ne pas en perdre une miette.

— Tu es à moi, Anastasia.

— Pour toujours.

À ces mots, je suis le roi du monde.

— Maintenant, nous pouvons l'annoncer à tout le monde, puisque tu as dit oui.

Je me penche, l'embrasse et ressors d'elle. Je prends tout mon temps. Je la savoure. Elle ferme les paupières, renverse la tête en arrière pour bouger avec moi.

Ensemble. Tous les deux. Comme un seul corps.

J'accélère le rythme. J'en veux plus. Plus d'elle. Elle est ma fête, mon apothéose, mon amour. Ses petits cris me stimulent, me montrent le chemin, plus haut, toujours plus haut. Oui. Emporte-moi.

Elle jouit dans un cri, la tête renversée contre la paroi et je me noie aussi, m'abandonne, enfouis ma tête dans son cou.

Avec précaution, je l'entraîne au sol. L'eau coule toujours sur nous. Je vois qu'elle pleure.

Bébé…

J'embrasse chacune de ses larmes.

Elle se tourne pour se blottir contre moi. Nous ne disons rien. Ni l'un ni l'autre. Notre silence… notre paix. Après l'angoisse de la journée, le crash, le périple dans les bois, le retour interminable, je trouve la paix. Je pose mon menton sur son crâne, mes jambes repliées autour d'elle, mes bras qui l'enlacent. J'aime cette femme. Cette femme belle, courageuse, magnifique et impétueuse qui va devenir ma moitié.

Madame Grey.

Je souris, niche mon nez dans ses cheveux mouillés, sous la cascade qui n'en finit pas.

— Mes doigts sont tout fripés, annonce-t-elle.

Je prends ses mains, dépose un baiser sur chaque phalange.

— On devrait sortir de cette douche.

— Je suis bien là.

Moi aussi, bébé.

Elle se laisse aller contre moi, regarde mes orteils – enfin je crois – puis lâche un petit rire.

— Quelque chose de comique, mademoiselle Steele ?

— La semaine a été intense.

— C'est le moins qu'on puisse dire.

— Et vous me revenez en un seul morceau, monsieur Grey, déclare-t-elle avec une brusque gravité.

C'est vrai que j'aurais pu y rester…

Je déglutis. Je nous revois, Ros et moi dans le cockpit, je revois le sol se rapprocher de nous à toute allure. Je réprime un frisson.

— J'ai eu vraiment peur.

— Et tu as minimisé les choses, pour rassurer ta famille…

— Oui. Je volais trop bas pour bien atterrir. Mais j'y suis tout de même arrivé.

Elle me regarde avec intensité.

— Tu as donc frôlé la catastrophe ?

— Oui. Pendant quelques secondes, j'ai cru que je ne te reverrais jamais.

Je ne devrais pas lui dire ça. C'est trop sinistre.

— Je ne peux imaginer ma vie sans toi, Christian, dit-elle en passant ses bras autour de moi. Je t'aime tellement que ça me terrifie.

— Moi aussi. Ma vie n'aurait plus de sens sans toi. Je t'aime tant. (Je la serre encore plus et enfouis de nouveau mon nez dans ses cheveux.) Je ne te laisserai jamais partir.

— Je ne m'en irai jamais.

Elle dépose un baiser dans mon cou. Je me penche et l'embrasse.

Je commence à avoir des fourmis dans les jambes.

— Viens, je vais te sécher et te coucher. Je suis épuisé et toi aussi.

Elle hausse les sourcils.

— Une réclamation à faire, mademoiselle Steele ?

Elle secoue la tête et se lève.

Nous ramassons nos vêtements, je récupère mes boutons de manchettes. Ana pose nos affaires trempées dans le lavabo.

— Je m'en occuperai demain.

— Bonne idée.

Je l'enveloppe d'une serviette et en noue une à ma taille. Pendant que nous nous brossons les dents, elle me fait un grand sourire plein de dentifrice. Nous éclatons de rire, en essayant de ne pas nous étouffer, comme deux gamins.

J'ai à nouveau quatorze ans.

Et dans le bon sens, cette fois-ci.

Je finis de lui sécher les cheveux et elle grimpe dans le lit. C'est bien ce que je disais : elle est épuisée. Je regarde encore une fois le porte-clés, et le mot inscrit au dos – le mot le plus doux de la terre.

Un mot plein d'espoir, le mot de tous les possibles.

Elle a dit oui.

Je souris et la rejoins au lit.

— C'est génial. Le plus beau cadeau d'anniversaire que j'aie jamais eu. Mieux que mon poster dédicacé de Giuseppe DeNatale.

— Je te l'aurais dit plus tôt, mais puisque c'était ton anniversaire… Que peut-on offrir à un homme qui a déjà tout ? J'ai pensé que j'allais t'offrir… moi.

Je dépose le porte-clés sur la table de nuit et attire Ana contre moi.

— C'est parfait. Comme toi.

— Je suis loin d'être parfaite, Christian.

— Ne seriez-vous pas en train de sourire, mademoiselle Steele ?

— Peut-être…

J'en suis sûr. Ton corps me dit tout.

— Je peux te poser une question ? me demande-t-elle.

— Bien sûr.

— Tu n'as pas pris le temps d'appeler sur le trajet du retour de Portland. C'était à cause de José ? Tu avais peur de me laisser seule ici avec lui, c'est ça ?

Possible.

— Tu sais à quel point c'est ridicule ?

Elle se tourne vers moi, me lance un regard lourd de reproche.

— Tu te rends compte à quel point on s'est inquiétés ? Nous t'aimons tous tellement.

— Je ne savais pas.

— Quand vas-tu admettre que des gens t'aiment ? Tu as vraiment la tête dure.

— La tête dure, rien que ça ?

— Exactement !

— Je ne pense pas que la densité de mes os crâniens ait un rapport dans l'affaire.

— Je suis sérieuse ! Je suis toujours un peu en colère contre toi. D'accord, tu es sain et sauf, mais j'ai sérieusement cru… (Elle déglutit.) Enfin, tu vois ce que je veux dire.

Je caresse sa joue.

— Je suis désolé.

— Et ta pauvre mère ! C'était tellement émouvant de la voir comme ça avec toi.

— Une première.

Grace… ma mère en pleurs.

— Oui, c'était vraiment quelque chose. Elle se maîtrise toujours tellement. Ça a été un sacré choc.

— Tu vois ? Tout le monde t'aime. Tu vas peut-être commencer à l'admettre maintenant. (Elle me donne un baiser.) Joyeux anniversaire, Christian. Je suis heureuse que tu sois ici pour fêter ça avec moi. Et tu ne sais pas encore ce que je te réserve demain… enfin aujourd'hui.

— Il y a autre chose ?

Je n'en reviens pas. J'ai déjà tout ce que je peux désirer au monde.

— Oh oui, monsieur Grey, mais vous allez devoir attendre.

Elle se pelotonne contre moi et ferme les yeux. Au bout de quelques secondes, elle dort. Il n'y a qu'elle pour s'endormir aussi vite.

— Ma précieuse, ma douce Ana. Pardon. Pardon de t'avoir inquiétée.

Je lui embrasse le front. Jamais je n'ai été aussi heureux de ma vie. Je ferme les yeux à mon tour.

Ana, avec ses cheveux brillants et son grand sourire,
est avec moi à bord de Charlie Tango.
Allons chasser le soleil !
Elle rit. Ma beauté. Mon insouciante. Ma merveille.
Une lumière mordorée nous enveloppe.
Ana est de l'or.
Et moi aussi.
Je tousse. Il y a de la fumée. Partout !
Ana ? Je ne la vois plus ! Elle a disparu.
Et on tombe. De plus en plus vite.
La chute de Charlie Tango !
Le sol se précipite vers moi.
Je ferme les yeux, me préparant à l'impact.
Mais il ne vient pas.
Nous sommes dans le verger.
Les arbres croulent sous les pommes.
Ana sourit, cheveux au vent.
Elle a deux pommes dans les mains. Une rouge et une verte.
Choisis !
Choisis ?
La verte ? La rouge ?
Je souris. Et prends la rouge.

La plus sucrée.
Ana attrape ma main et m'emmène.
Nous marchons enlacés.
Nous croisons des ivrognes devant la boutique de spiritueux à Detroit.
En guise de salut, ils agitent leurs sacs en papier où ils cachent leurs bouteilles.
Puis nous passons devant l'Esclava. Elena nous sourit, nous fait signe.
Puis devant Leila. Elle nous sourit, nous fait signe aussi.
Ana prend ma pomme. Croque dedans.
« Mmm, c'est bon ! » Elle se lèche les lèvres.
« Délicieuse. J'adore. »
« C'est moi qui l'ai faite. Avec Grand-pa. »
« Wouah. Tu sais tout faire ! »
Elle sourit et tourne sur elle-même, ses cheveux virevoltent.
« Je t'aime ! s'écrie-t-elle. Je t'aime, Christian. »

Je me réveille en sursaut. Alors que d'ordinaire mes rêves me terrifient, j'éprouve cette fois un sentiment de plaisir, d'accomplissement.

L'effet Anastasia !

Je souris, regarde autour de moi. Elle n'est plus dans le lit. Avant de me lever, je consulte mon téléphone qui est en charge. J'ai bien trop de messages, la plupart de Sam. Plus tard. Je l'éteins et prends le porte-clés pour l'admirer encore une fois.

Elle a dit oui.

Ce n'était pas la proposition de mariage la plus romantique qui soit.

Elle a raison. Elle mérite mieux. Elle veut « des fleurs et des cœurs ». J'ai intérêt à me dépêcher. J'ai une idée. Je cherche un fleuriste à proximité de la maison de mes parents. Ils ne sont pas encore ouverts. J'envoie un mail.

Merde ! La bague. Je dois trouver une bague !

Il faut que je m'occupe de ça aussi.

En attendant, je pars à la recherche d'Ana. Elle n'est pas dans la salle de bains. Je me rends dans le salon et j'entends sa voix. Elle parle à son ami le photographe dans la cuisine. Je m'arrête. J'écoute.

— Tu l'aimes vraiment beaucoup, n'est-ce pas ?

— Je l'aime tout court, José.

Ma tendre Ana !

— Évidemment. Qu'est-ce qu'on pourrait ne pas aimer chez lui ?

J'imagine qu'il fait référence à l'appartement.

— Je te remercie ! répond Ana, visiblement vexée.

Quel connard !

— Hé, Ana, je plaisante. Tu n'es pas ce genre de fille, je sais.

Non. Pas du tout ! Pauvre con !

— Une omelette, ça te va ? lui demande-t-elle.

— Parfait.

J'entre en scène.

— Moi aussi ! Salut, José.

— Bonjour, Christian.

C'est ça, bonjour ! Je t'ai entendu, enfoiré ! Comment oses-tu insulter ma petite amie ?

Ana me regarde d'un drôle d'air. Elle a compris.

— J'allais t'apporter ton petit déjeuner au lit, annonce-t-elle.

Je m'approche d'elle d'un air détaché, tourne ostensiblement le dos à son copain l'artiste, lève le menton de ma chérie et lui fais un gros baiser, bien sonore.

— Bonjour, Anastasia…

— Bonjour, Christian. Joyeux anniversaire ! dit-elle avec un grand sourire.

— J'ai hâte d'avoir mon autre cadeau.

Elle rougit et regarde José d'un air gêné.

Que manigance-t-elle ? À voir la tête de José, on croirait qu'il a avalé un citron.

Vas-y, étrangle-toi !

— C'est quoi tes plans aujourd'hui, José ?

— Je vais voir mon père et Ray, le père d'Ana.

— Ils se connaissent ?

Mauvaise nouvelle !

— Oui, ils étaient ensemble à l'armée, explique-t-il. Ils se sont perdus de vue jusqu'à ce qu'Ana et moi nous retrouvions à la fac ensemble. C'est cool, en fait. Ils sont devenus les meilleurs potes du monde depuis. On va pêcher tous ensemble.

— Tu pêches ?

Il n'a pas le profil, ce petit con…

— On peut faire de belles prises sur la côte. Les truites peuvent être énormes.

— C'est vrai. Avec mon frère, on en a sorti une de quinze kilos une fois.

— Quinze kilos ? Pas mal, dit-il visiblement impressionné. Le père d'Ana détient le record. Dix-neuf kilos cinq.

— C'est vrai ? Il n'en a jamais parlé.

En même temps, Ray n'est pas du genre à se vanter. Tout comme sa fille.

— Bon anniversaire, au fait.

— Merci. Où pêches-tu, au juste ?

— Un peu partout sur la côte. Le spot favori de mon père, c'est Skagit.

— Ah oui ? C'est le spot préféré de mon père aussi.

Je suis franchement étonné.

— Il préfère la côte canadienne. Mais Ray ne jure que par le côté américain.

— Ça doit discuter ferme entre eux !

— Surtout après une bière ou deux, réplique José en souriant.

Je m'installe à côté de lui au comptoir de la cuisine. En fin de compte, ce n'est peut-être pas complètement un connard…

— Donc, ton père aime bien le comté de Skagit. Et toi ?

— Je préfère l'océan.

— Ah oui ?

— La pêche est plus ardue. Plus excitante. C'est davantage un défi. Et j'aime la mer.

— Je me souviens de tes paysages marins à ton expo. Ils étaient pas mal. D'ailleurs, merci d'avoir livré les portraits.

Il paraît gêné par le compliment.

— Aucun problème. Et toi, c'est quoi ton spot préféré ?

On discute pêche. Rivière, lac, mer… Il semble passionné.

Ana prépare le petit déjeuner en nous regardant. Elle est ravie de nous voir discuter.

Elle dépose une omelette fumante et du café sur le comptoir, et s'assoit à côté de nous pour manger ses céréales. Notre conversation passe naturellement de la pêche au baseball. J'espère qu'Ana ne s'ennuie pas trop. On parle des Mariners. José est fan. D'un coup, je m'aperçois que José et moi avons pas mal de choses en commun.

Dont être amoureux de la même femme.

La femme qui va devenir mon épouse. Je brûle d'envie de le lui dire.

Une fois le petit déjeuner terminé, je vais dans la chambre enfiler un jean et un tee-shirt. Quand je reviens, José débarrasse les assiettes dans la cuisine.

— Ana, c'était délicieux, lui dit-il.

— Merci.

Je la vois rougir.

— Je dois filer, prévient José. Je vais à Bandera retrouver mon père.

— Bandera ? dis-je.

— Oui. On taquine la truite du côté du mont Baker. Il y a un lac pas mal.

— Lequel ?

— Le Lower Tucohatchie.

— Je ne le connais pas. Bonne chance.

— Merci.

— Salue Ray de ma part, ajoute Ana.

— Promis.

Ana et moi raccompagnons José.

— Merci de m'avoir hébergé, me dit-il en me serrant la main.

— Quand tu veux, réponds-je.

À ma grande surprise, je suis sincère. Il paraît plutôt inoffensif, en fait. Comme un jeune chiot. Il serre Ana dans ses bras.

Surprise encore ! Je ne me précipite pas pour les séparer.

— Prends soin de toi, Ana.

— T'inquiète. C'était chouette de te voir. La prochaine fois, on sortira. Promis.

— Je te le rappellerai.

Il nous salue de la main et les portes de l'ascenseur se referment.

— Tu vois, il n'est pas méchant.

Possible.

— Il en veut toujours à ton cul, Ana. Mais je ne peux pas le lui reprocher.

— Christian, c'est faux !

— Tu ne vois rien, vraiment ? Il veut te sauter, Ana.

— Christian, c'est juste un ami. Un bon ami.

Je lève les mains pour couper court à la conversation.

— Je n'ai pas envie qu'on se dispute.

— Moi non plus.

— Tu ne lui as pas dit qu'on se mariait ?

— Non. J'ai pensé que je devais d'abord l'annoncer à ma mère et à Ray.

— Oui, tu as raison. Et moi… euh, je devrais demander ta main à ton père.

— Oh, Christian, on n'est plus au XVIIIe siècle.

— C'est la tradition.

Si j'avais imaginé qu'un jour je demanderais à un père la main de sa fille… Laisse-moi ce plaisir, Ana. S'il te plaît.

— On en parlera plus tard. Je veux te donner ton autre cadeau.

Mon autre cadeau.

Rien ne pourra surpasser le porte-clés.

— Et tu te mords encore la lèvre, dis-je devant son sourire malicieux.

Je lui tire doucement le menton. Elle me regarde d'un air penaud, mais reste plantée devant moi. Elle me prend la main et m'entraîne dans la chambre.

Elle sort deux boîtes de sous le lit.

— Deux ?

— J'ai acheté ça avant, euh… l'incident d'hier. Je ne suis pas certaine que ce soit une bonne idée, maintenant.

Elle me tend le premier paquet, guère assurée.

— Tu es sûre que tu veux que je l'ouvre ?

Elle hoche la tête. Je déchire l'emballage.

— C'est Charlie Tango, murmure-t-elle.

Dans la boîte, il y a un petit hélicoptère en bois. Je suis intrigué par son moteur.

— Il marche à l'énergie solaire ?

Quelle jolie attention. Et soudain, du passé remontent les souvenirs. Mon premier Noël. Mon premier vrai Noël, avec papa et maman.

Mon hélicoptère peut voler !
Mon hélicoptère est bleu.
Il vole autour de l'arbre de Noël.
Il vole au-dessus du piano et atterrit au milieu du blanc.
Il vole au-dessus de maman, il vole au-dessus de papa.
Il vole au-dessus d'Elliot qui joue avec ses Lego.

Sans attendre je m'installe pour l'assembler. Les pièces s'emboîtent facilement. Rapidement, j'ai un magnifique hélicoptère bleu dans la main.

Je l'adore.

Je m'approche de la baie vitrée. Sous les rayons du soleil, les rotors se mettent à tourner.

— C'est fou ce qu'on peut déjà faire avec cette technologie, fais-je remarquer à Ana.

Je lève la maquette et observe avec quelle facilité l'énergie solaire est transformée en énergie mécanique. Les deux hélices tournent de plus en plus vite.

Comme quand j'étais enfant.

On peut faire tant de choses avec cette énergie. Le vrai défi, c'est son stockage. Le graphène est une piste… mais serons-nous capables de construire des batteries suffisamment performantes ? Des batteries à charge rapide, qui tiennent longtemps ?

— Tu aimes ? me demande-t-elle, interrompant mes pensées.

— Ana, je l'adore. Merci.

Je l'attrape et l'embrasse tandis que les rotors tournent fièrement.

— Je vais le mettre avec le planeur dans mon bureau.

Avec ma main, je fais écran à la lumière et la rotation des pales faiblit, puis s'arrête.

On avance dans la lumière.

On ralentit dans la pénombre.

On s'arrête dans l'obscurité.

Tu te prends pour un philosophe, Grey ?

C'est le véritable cadeau d'Ana. Elle m'a conduit à la lumière. Et j'aime ça.

Je dépose « Charlie Tango Numéro Deux » sur la commode.

— Il me tiendra compagnie en attendant qu'on récupère son grand frère.

— Il est réparable ?

— Je ne sais pas. Je l'espère. Sinon, il va me manquer.

Ana me regarde d'un drôle d'air.

— Et l'autre paquet ? Qu'est-ce qu'il y a dedans ?

— Je ne sais pas si c'est pour toi ou pour moi.

— Vraiment ?

Elle me tend la boîte. C'est plus lourd. Et ça fait du bruit à l'intérieur quand on la secoue. Ana rejette ses cheveux en arrière et piaffe.

— Pourquoi es-tu si nerveuse ?

Elle paraît à la fois excitée et gênée.

— Votre réaction m'intrigue, mademoiselle Steele. Elle est de bon augure. Que m'avez-vous donc préparé ?

Je soulève le couvercle. Il y a sur le dessus une petite carte :

Pour ton anniversaire
Fais-moi des choses brutales
S'il te plaît
Ton Ana qui t'aime

Je la regarde fixement.

— Te faire des choses brutales ?

Elle acquiesce et déglutit. Elle est mal à l'aise. Et je sais de quoi il est question. La salle de jeux.

Tu es prêt à ça, Grey ?

Je déchire l'emballage. Il y a un bandeau. *D'accord.* Et des pinces à tétons. *Oh non. Pas celles-là.* Elles sont bien trop méchantes. Ce n'est pas pour une débutante. Sous les pinces, je trouve un plug anal. *Il est bien trop gros !* Elle a glissé mon iPod aussi. *Gentille attention.* Elle doit apprécier mes choix de musique. Et au fond, il y a ma cravate Brioni. La grise. *Elle veut donc être attachée.*

Le dernier objet est une clé. Sans doute celle de la salle de jeux.

Elle m'observe de ses grands yeux bleus.

— Tu veux jouer ? demandé-je dans un souffle.

— Oui.

— Pour mon anniversaire ?

— Oui, répond-elle faiblement.

Le veut-elle vraiment ? Ce qu'on fait ensemble ne lui suffit donc pas ? Et moi ? Est-ce que je le veux ? Est-ce que je suis prêt à tenter de nouveau l'expérience ?

— Tu es sûre ?

— Pas les fouets, ni les trucs de ce genre.

— Ça, j'ai compris.

— Oui, alors. Je suis sûre.

Elle me surprendra toujours. Tous les jours. Je contemple les objets. Parfois, elle est vraiment déroutante.

— Folle et insatiable de sexe.... Oui, on doit pouvoir faire quelque chose de tout ça.

Si c'est ce qu'elle veut. Ses paroles me reviennent à l'esprit. Elle me l'a dit souvent.

J'aime ta baise perverse.

Si je gagne, tu me ramènes dans la salle de jeux.

Chambre rouge, nous voici !

Oui, je veux une démonstration. J'aime être attachée.

Je range les objets dans la boîte. Entendu. On pourrait s'amuser un peu.

Une bouffée d'excitation me parcourt le ventre. Je n'avais pas ressenti ça depuis notre dernière séance. Je la regarde en plissant les yeux et lui tends la main.

— Maintenant ! dis-je.

Je veux voir à quel point elle est prête. Elle prend ma main sans hésitation.

On va donc le faire !

— Viens !

J'ai un million de choses à régler à cause de l'accident d'hier, mais ça attendra. C'est mon anniversaire et je veux prendre du bon temps avec ma fiancée.

Je m'arrête devant la porte de la salle de jeux et demande à nouveau :

— Tu es sûre ?

— Oui.

— Il y a des interdits ?

Son visage s'assombrit soudain.

— Pas de photos.

Pourquoi me dit-elle ça ? Pourquoi prendrais-je des photos d'elle ?

Grey ! Reconnais que tu prendrais volontiers des photos d'elle si elle le voulait.

— D'accord, réponds-je, encore surpris par cette question.

Elle est au courant ? Non. Impossible !

Je déverrouille la serrure. Avec une boule au ventre. D'appréhension et d'excitation mêlées. Comme la première fois que je l'avais fait venir ici. Elle entre et je referme la porte derrière elle.

Pour la première fois depuis qu'Ana m'a quitté, cette pièce me paraît accueillante.

Je peux le faire.

Je pose la boîte sur la commode, sors l'iPod, le place sur son socle et allume la chaîne. Eurythmics. Parfait. Le morceau date d'avant ma naissance. Le rythme est envoûtant. J'adore. Ana l'aimera aussi. Je mets la fonction « repeat » et la chanson commence. C'est un peu fort. Je baisse le son.

Quand je me retourne, elle se tient au milieu de la pièce, les yeux posés sur moi. Je vois de l'attente, du désir. Ses dents titillent sa lèvre inférieure. Ses hanches ondulent avec la musique.

Oh Ana, ma fée sensuelle.

Je me dirige vers elle, lui relève le menton pour qu'elle arrête de se mordiller les lèvres.

— Qu'est-ce que tu veux faire, Anastasia ?

Je plante un petit baiser au coin de sa bouche.

— C'est ton anniversaire, me répond-elle dans un souffle. Pas le mien.

Ses yeux s'agrandissent, se font plus profonds, pleins de promesses.

Elle parlerait à ma queue que cela me ferait le même effet !

Je passe mon pouce sur sa lèvre.

— C'est juste pour moi qu'on est là ?

— Non. Je le veux aussi.

Une sirène ! Une sirène irrésistible.

Revenons dans ce cas aux fondamentaux.

— Il y a tant de possibilités, mademoiselle Steele. Mais commençons par vous mettre nue.

Je dénoue la ceinture de son peignoir, révélant sa nuisette. Je recule d'un pas, m'assois sur l'accoudoir du Chesterfield.

— Enlève tes vêtements. Lentement.

Mlle Steele aime les défis.

Elle fait glisser le peignoir. On dirait un nuage qui tombe au sol. Elle ne me quitte pas des yeux. Aussitôt je bande. Des ondes de désir me transpercent. Je fais courir mon doigt sur ma bouche pour m'occuper les mains.

Elle retire les deux bretelles de soie de ses épaules, les tient un instant en suspension au-dessus de ses bras et les lâche en me regardant fixement. La nuisette effleure sa peau, ondule sur son corps et va rejoindre le peignoir. Une Ève devant moi, dans toute sa splendeur !

Et son regard qui ne me quitte pas. C'est irrésistible.

Je ne suis plus invisible. Et ça change tout.

J'ai une idée. Je vais chercher ma cravate dans la boîte sur la commode. Elle m'attend patiemment. Je reviens vers elle.

— Je crois que vous êtes trop peu vêtue, mademoiselle Steele.

Je la lui passe autour du cou et fais rapidement un nœud Windsor, en laissant volontairement le premier pan plus long. L'extrémité de la cravate lui effleure le pubis.

— Voilà. Comme ça, vous êtes très belle.

Je dépose un baiser sur ses lèvres.

— On fait quoi, maintenant ?

J'attrape la cravate et la tire d'un coup sec vers moi. Son corps nu contre moi est ardent comme la braise. J'ai les mains dans ses cheveux, ma bouche sur la sienne. Ma langue réclame son bien.

J'envahis. Je me déchaîne. Je suis impitoyable.

Et ton goût sucré, Anastasia Steele. Mon parfum favori.

De mon autre main, je prends ses fesses, caresse son cul divin.

Quand je la relâche, nous sommes tous les deux pantelants. Ses seins se soulèvent convulsivement.

Oh, bébé. Regarde dans quel état tu me mets.

Regarde ce que je vais te faire.

— Tourne-toi !

Elle s'exécute aussitôt. Je libère ses cheveux de la cravate et les tresse. Pas de cheveux libres dans la salle de jeux.

Je tire doucement sur la natte pour renverser sa tête en arrière.

— Tu as des cheveux superbes.

J'embrasse sa gorge. Elle se tortille.

— Tu n'as qu'à dire « stop ». Tu le sais, n'est-ce pas ?

Elle acquiesce, ferme les yeux. Putain, on dirait qu'elle est heureuse !

Je la fais pivoter et attrape le bout de la cravate.

— Viens.

Je la conduis vers la commode où se trouve son cadeau.

— Examinons le matériel…

Je soulève le plug anal.

— Celui-ci est bien trop gros. Tu es vierge de ce côté-là, mieux vaut commencer avec ça.

Je lui montre mon petit doigt.

Elle écarquille les yeux. J'aime bien la choquer. J'adore ça, même.

— Juste un doigt. Au singulier. Quant à ces pinces, elles sont bien trop agressives. On va plutôt prendre celles-ci. Je sors d'un tiroir une paire plus civilisée.

— Et la pression est réglable.

Elle les examine, fascinée. J'aime sa curiosité.

— C'est vu ?

— Oui. Tu vas me dire ce que tu as l'intention de me faire ?

— Non. J'improvise au fur et à mesure. Ce n'est pas une pièce de théâtre, Ana.

— Comment dois-je me comporter ?

Quelle question bizarre !

— Comme tu veux.

Voudrait-elle réveiller mon double du côté obscur ? Je ne peux m'empêcher de lui poser la question.

— En fait, il n'est pas si mauvais, me répond-elle.

— Maintenant, tu l'aimes bien ? (Je caresse du pouce sa lèvre inférieure.) Je suis ton amoureux, Anastasia, pas ton Dominant. J'aime t'entendre rire et pouffer comme une petite fille. J'aime que tu sois détendue et heureuse, comme tu l'es sur les photos de José. La fille qui s'est retrouvée à quatre pattes dans mon bureau. La fille dont je suis tombé amoureux. Cela étant dit, j'aime aussi être brutal avec vous, mademoiselle Steele, et mon double connaît un ou deux trucs. Alors faites ce qu'on vous dit et tournez-vous.

Elle obéit, les yeux brillant d'excitation.

Je t'aime, Ana.

C'est aussi simple que ça.

Je sors du tiroir les accessoires dont j'ai besoin et les dispose sur le dessus de la commode.

— Suis-moi !

Tirant sur la cravate, je l'entraîne vers la table.

— Je veux que tu t'agenouilles là-dessus.

Je l'installe doucement sur le plateau. Elle replie ses jambes sous elle et se met à genoux devant moi.

Nous sommes nez à nez. Elle m'observe intensément.

Je fais courir mes mains sur ses cuisses. Je lui écarte doucement les genoux pour avoir une meilleure vue.

— Les bras derrière le dos. Je vais te menotter.

Je lui montre les sangles de cuir et me penche pour les fixer à ses poignets, mais elle se retourne, passe ses lèvres sur ma mâchoire, sa langue titille ma barbe naissante. Je ferme les yeux, emporté par ce contact. Je pousse un gémissement.

— Stop ! (Je la tire en arrière.) Ou ça va aller trop vite. Plus vite qu'on ne le désire, toi comme moi.

— Tu es irrésistible.

— Ah oui ? En ce moment ?

Elle hoche la tête, avec impertinence.

— Ne détourne pas mon attention. Sinon je te bâillonne.

— J'aime détourner ton attention.

— Ou bien je te donne une fessée.

Elle me répond par un grand sourire.

— Tiens-toi bien !

Je m'écarte et fais claquer les menottes dans ma paume.

Cela pourrait être tes fesses, Ana !

Elle baisse les yeux.

— C'est mieux.

Cette fois je parviens à les lui enfiler. Je m'efforce d'ignorer le contact de son nez sur mon épaule. Heureusement qu'on a pris une douche il y a quelques heures seulement.

Les menottes la forcent à se cambrer. Ses seins pointent vers moi, quémandant ma caresse.

— Ça va ?

Elle acquiesce.

— Bien. (Je sors le bandeau de ma poche.) Tu en as assez vu.

Je fais glisser le masque sur ses yeux.

Sa respiration s'accélère.

Je recule pour la contempler. Elle est si belle.

Je retourne à la commode, récupère le reste du matériel et retire mon tee-shirt. Je garde mon jean, même si c'est inconfortable. Je ne veux pas que mon sexe impatient prenne les commandes.

Je me place à nouveau devant elle. J'ouvre le flacon contenant mon huile de massage favorite et l'approche de ses narines. Cèdre, argan et sauge. C'est bon pour la peau et cette odeur me rappelle celle des sous-bois après une averse.

— Je ne tiens pas à abîmer ma cravate préférée, l'avertis-je.

Je la retire de son cou. Elle frémit quand le tissu effleure son corps. Je replie soigneusement ma Brioni et la pose à côté d'elle. Son impatience est tangible. Son corps tremble, vibre. Comme c'est excitant !

Je verse un peu d'huile dans mes mains et les frotte pour réchauffer le liquide. Puis je commence à la masser : son cou, ses clavicules, ses épaules. Je sens ses muscles rouler sous mes doigts. Je décris de petits cercles sur sa poitrine, en évitant soigneusement ses seins. Elle bascule ses hanches.

Non, Ana ! Pas encore.

Je fais glisser mes paumes le long de ses flancs, la caressant au rythme de la musique. Elle gémit. Je ne sais si c'est de plaisir ou de frustration. Sans doute un peu des deux.

— Tu es si belle, Ana.

De mes lèvres, j'explore la ligne de sa mâchoire pendant que mes mains opèrent leur magie. Je les passe sous ses seins, sur son ventre, descends vers mon objectif. Je l'embrasse rapidement, respire son odeur, mêlée à celle de l'huile, effleure son cou, sa gorge.

— Tu seras bientôt ma femme.

Je l'entends haleter.

— Ma femme à aimer, à chérir.

Mes mains continuent leur ouvrage.

— Je t'adorerai de tout mon corps.

La tête en arrière, elle gémit quand mes doigts fouillent en elle et descendent vers son clitoris. Lentement, je referme ma paume sur son sexe, je la caresse, la tourmente. Je n'ai pas besoin de l'huile. Elle est déjà toute mouillée.

C'est enivrant.

Je me penche pour prendre un vibromasseur.

— Madame Grey.

Une plainte s'échappe de ses lèvres.

— Oui… (Je continue de la caresser.) Ouvre la bouche.

Elle est pantelante, mais elle obéit. Je glisse le cylindre dans sa bouche. Il est muni d'une chaîne. Cela ferait un joli pendentif au besoin.

— Suce. Je vais le mettre en toi.

Elle se raidit.

— Suce !

Je retire mes mains. Elle se cambre, pousse un grognement. Je souris, enduis à nouveau mes mains d'huile et m'occupe enfin de ses seins.

— N'arrête pas de sucer !

Je fais rouler ses tétons entre mes doigts. Ils durcissent encore.

— Tes seins sont si beaux, Ana.

Un nouveau gémissement. Je prends les pinces dans une main, fais courir ma bouche sur sa gorge, jusqu'à ses seins et m'arrête pour attacher avec précaution l'un des clamps sur son téton.

Son grognement est ma récompense. Avec ma bouche je tire sur son téton prisonnier pour le mettre au garde-à-vous. Elle se tortille. Je passe à l'autre sein et pince son autre téton. Elle gémit plus fort cette fois.

— Tu sens ça ?

Je m'écarte pour profiter de cette vue miraculeuse.

— Donne-le-moi, dis-je en récupérant le vibromasseur dans sa bouche.

Je descends ma main dans son dos, la glisse entre ses fesses. Elle se cabre.

— Du calme, lui dis-je pour la rassurer.

Je butine sa nuque pendant que mon doigt s'attarde entre ses fesses.

Je passe mon autre main devant et recommence à presser son clitoris. Puis j'introduis mes doigts en elle.

— Je vais le mettre en toi.

Je masse son anus avec de l'huile, en petits mouvements circulaires, pour le lubrifier.

— Pas ici. Mais là…, dis-je en faisant aller et venir mes doigts.

— Ah…

— Détends-toi.

Je glisse le vibromasseur en elle. Je prends son visage dans mes mains pour la scruter, l'embrasse, puis appuie sur la télécommande.

Quand l'appareil démarre, elle pousse un hoquet de stupeur et se redresse sur ses genoux.

— Tais-toi, maintenant, murmuré-je contre ses lèvres, l'empêchant de gémir.

Je tire une à une les pinces, doucement.

— Christian ! Je t'en prie !

— Chut, bébé. Tiens bon.

Tu peux y arriver, Ana.

Elle halète, emportée par un tourbillon de sensations. Ce doit être intense.

— C'est bien. Tu es une bonne petite.

— Christian…, bredouille-t-elle, au bord de la panique.

— Chut. Concentre-toi sur ce que ça te fait. N'aie pas peur.

Je referme mes mains sur sa taille, je la tiens. *Je suis là, bébé. On est tous les deux. Toi et moi.*

Je glisse mon petit doigt dans le flacon et lentement je descends ma main vers ses reins. Je guette sa réaction. Elle est d'accord ? Je masse son cul, son cul glorieux, puis glisse mes doigts entre ses fesses.

— Tu es si belle.

Doucement, j'introduis mon auriculaire dans son anus jusqu'à sentir la vibration derrière la paroi. Elle bascule et je bouge mon doigt lentement, l'entre et le sors, pendant que je lui mordille le menton.

— Si belle…

Elle grogne, se cambre encore. Elle est tout près. Ses lèvres se mettent à bouger. Je ne sais pas ce qu'elle dit. Aucun son ne sort de sa bouche. Et soudain elle pousse un cri. L'orgasme l'emporte. De ma main libre, je détache une pince, puis l'autre. Méthodiquement. Elle hurle de plus belle.

Je la soutiens, sans cesser mes va-et-vient dans son cul, pendant que les ondes de plaisir déferlent.

— Non ! implore-t-elle.

Cette fois, je sais qu'elle en a assez.

Je retire mon doigt et le vibromasseur tout en continuant à la tenir. Elle s'effondre, mais son corps est encore traversé de convulsions. Rapidement, je défais les menottes et elle s'écroule sur moi. Sa tête roule sur mon épaule pendant que le tsunami reflue enfin.

Elle doit avoir mal aux jambes. Elle pousse une plainte quand je la soulève pour l'emmener sur le lit. Je la dépose sur le ventre, sur les draps de satin. Avec la télécommande, j'arrête la musique et retire mon jean pour libérer mon sexe vibrant. J'entreprends de lui masser l'arrière des cuisses, le creux des genoux, les mollets, puis je passe aux épaules, aux clavicules. Je m'étends à ses côtés et lui retire son bandeau. Je cherche son regard. Elle a les paupières encore toutes crispées. Avec tendresse, je défais sa natte, libère ses cheveux. Je me penche vers elle pour l'embrasser.

— Mon Ana.

Elle ouvre un œil égaré.

— Salut, dit-elle avec un sourire.

— C'était assez brutal ?

Elle hoche la tête avec un sourire ensommeillé.

Mon Ana, tu dépasses chaque fois mes espérances.

— Tu veux me tuer, c'est ça ?

— Mourir d'orgasme. Il y a pire façon de mourir.

Comme se crasher avec Charlie Tango.

Elle lève le bras, caresse mon visage.

— Tu peux me tuer quand tu veux, alors.

Elle saisit ma main, embrasse mes doigts. Je suis tellement fier d'elle. Elle ne m'a jamais déçu. Elle prend mon visage entre ses mains et m'embrasse.

Je me recule.

— Voilà ce que moi, je veux…

Je récupère la télécommande sous l'oreiller et je change de morceau. J'appuie sur le bouton lecture, sachant qu'il sera joué en boucle. Puis j'allonge Ana sur le dos. C'est

« The First Time Ever I Saw Your Face ». Un classique de Roberta Flack.

— Je veux te faire l'amour.

Je cherche ses lèvres, les trouve. Mes doigts s'égarent dans ses cheveux.

— Je t'en prie…

Elle se juche sur moi, s'ouvre, m'accueille. Et nous faisons l'amour, doucement, tendrement.

Je la regarde au moment où elle retombe sur moi, m'emportant avec elle dans son nouvel orgasme. Je m'abandonne. J'explose. La tête renversée en arrière, je crie son nom.

Je vous aime, Ana Steele !

Je la serre contre moi. Je la veux avec moi. Pour toujours.

Ma joie est totale. Jamais je n'ai été aussi heureux.

Quand je reviens sur terre, j'écarte ses cheveux pour contempler le visage de la femme que j'aime.

Elle pleure.

— Hé…

Je lui ai fait mal ?

— Pourquoi ces larmes ?

— Parce que je t'aime tant, souffle-t-elle en baissant ses longs cils.

Ces mots me submergent.

— Et toi, Ana. Tu es mon tout. Sans toi, je ne suis rien.

Je l'embrasse encore une fois. La musique s'arrête. Je tire les draps sur nous. Elle est sublime. Ses cheveux sont en bataille, ses yeux sont lumineux malgré les larmes. Elle est la vie. La vie absolue.

— Qu'est-ce que tu veux faire aujourd'hui ? demande-t-elle.

— J'ai un programme chargé.

— Moi aussi.

J'aime la créature sauvage qui sommeille en elle. Elle n'est jamais très loin. Et j'ai des projets pour elle. J'espère qu'elle appréciera.

— Il faut que j'appelle mon attaché de presse. Mais j'ai très envie de rester dans ma petite bulle avec toi.

— Pour l'accident ?

— Je vais me faire porter pâle.

— C’est votre anniversaire, monsieur Grey. Tu as bien le droit. Et moi aussi, j’aime notre petite bulle.

Elle s’approche, me mordille la mâchoire. Elle a l’air heureuse, libre, quoiqu’un peu fatiguée.

— J’aime bien ta playlist. D’où vient-elle ?

— Je suis content que ça te plaise. Parfois quand je n’arrive pas à dormir, je joue au piano ou surfe sur iTunes.

— Je n’aime pas que tu aies des insomnies tout seul. C’est triste.

— Pour tout dire, je ne me suis jamais senti seul, sauf quand tu m’as quitté. Je ne savais pas, alors, à quel point ma vie était vide.

Elle me prend le visage.

— Je suis désolée.

— Ne t’excuse pas, Ana. C’est ma faute.

Elle pose un doigt en travers de mes lèvres.

— Chut. Je t’aime comme tu es.

— Ce n’est pas le titre d’une chanson, ça ?

Elle rit et change de sujet. Me demande des nouvelles de mes affaires.

— On revient de loin, murmure Ana, en me caressant les joues.

— C’est vrai.

Elle semble soudain nostalgique.

— À quoi tu penses, Ana ?

— À la séance photo avec José. À Kate. Comme elle était directive. Et toi, comme tu étais excitant.

— Excitant ?

— Oui. Et Kate qui n’arrêtait pas. Assieds-toi là. Fais ceci. Fais cela.

Son imitation de Kate est parfaite ! J’éclate de rire.

— Quand je pense que ça aurait pu être elle qui soit venue m’interviewer. Dieu merci, elle avait un rhume !

Je lui plante un baiser sur le nez.

— Je crois qu’elle avait la grippe !

Sans s’en rendre compte, ses doigts courent sur mon torse. Cela fait bizarre, mais les ténèbres se tiennent tranquilles. Je ne cille même pas.

— Toutes les cannes ont disparu, remarque-t-elle en jetant un regard circulaire dans la salle de jeux.

Je coince une mèche de ses cheveux derrière son oreille.

— Je pense que c'est trop pour toi. C'est hors limite.

— C'est vrai.

Puis elle regarde les fouets, les cravaches, les martinets accrochés au mur.

— Tu veux que je m'en débarrasse aussi ?

— Pas la cravache… pas la marron. Ni le martinet en daim.

— D'accord, la cravache et le martinet. Comment faites-vous, mademoiselle Steele, pour me surprendre autant ?

— Je vous retourne le compliment, monsieur Grey. C'est une des choses que j'aime chez vous.

Elle dépose un autre baiser au coin de ma bouche.

Soudain, j'ai besoin de l'entendre, un besoin impérieux :

— Qu'est-ce que tu aimes d'autre chez moi ?

Son regard se teinte d'affection.

— Ça.

Elle fait glisser son index sur mes lèvres.

— Je les aime. Ce qui en sort et ce que tu me fais avec. Tu es si intelligent, plein d'esprit, cultivé. Tu sais tant de choses. Mais surtout, j'aime ce qu'il y a là.

Elle pose sa main sur mon cœur.

— Tu es l'homme le plus gentil et attentionné que j'aie jamais rencontré. Ce que tu fais. Ta manière de travailler. Ça m'emplit d'admiration.

— D'admiration ?

Je répète ce mot. Je n'y crois pas vraiment, mais il est si doux à entendre. J'esquisse un sourire. Avant que j'aie eu le temps d'ajouter quelque chose, elle me grimpe dessus.

Ana somnole dans mes bras. Je regarde le plafond, savourant la douce pression de son corps sur le mien. Comment être plus heureux ? Impossible.

Elle s'éveille quand je lui embrasse le front.

— Tu as faim ?

— Je suis affamée !

— Moi aussi.

Elle pose ses bras sur mon torse et m'observe.

— C'est votre anniversaire, monsieur Grey. Je vais vous cuisiner quelque chose. Qu'est-ce qui vous ferait plaisir ?

— Surprends-moi.

Je passe ma main dans son dos.

— Il faut quand même que je consulte mon BlackBerry pour voir si j'ai manqué des messages hier.

Je me redresse avec un soupir. Je voudrais passer toutes mes journées ici avec elle.

— Allons nous doucher, dis-je.

Elle sourit et, enlacés, enveloppés dans le drap rouge, nous nous rendons dans la salle de bains.

Une fois habillée, Ana récupère nos vêtements abandonnés la veille et se dirige vers la porte. Elle est vêtue d'une minuscule robe bleue. On ne voit que ses jambes. Elle est bien trop courte à mon goût.

Au moins, nous sommes seuls.

Seuls avec Taylor !

J'interromps mon rasage.

— Laisse ça. Mme Jones s'en occupera.

Elle m'adresse un grand sourire et sort.

Plein d'entrain, je m'installe à mon bureau. Ana s'active dans la cuisine. J'ai une tonne de mails et de messages vocaux. La plupart sont de Sam. Il s'impatiente parce que je ne l'ai pas rappelé. Mais il y en a d'autres, plus émouvants… De ma mère, de Mia, de papa et d'Elliot. Tous me supplient de donner des nouvelles. Cela me fend le cœur de les entendre aussi inquiets.

Et un message d'Elena.

Merde.

Et un aussi d'Ana.

« Euh… ? c'est moi. Ana. Tu vas bien ? Rappelle-moi. » Son angoisse est palpable. Mon ventre se contracte. Je leur ai tous fait vivre un enfer. À elle et à ma famille.

Grey, tu es un idiot. Tu aurais dû appeler.

Je sauvegarde tous les messages, sauf celui d'Elena. Puis je reviens à mon objectif numéro 1. Celui du fleuriste de Bellevue. Je rappelle la boutique pour leur exposer ce que je souhaite. À mon grand soulagement, ils peuvent m'arranger ça, même si je les prends un peu de court.

Puis j'appelle mon joaillier favori. D'accord, c'est le seul que je connaisse ! Je lui ai déjà acheté les boucles d'oreilles pour Ana. Il va pouvoir m'aider pour la bague.

Si j'étais superstitieux, je dirais que c'est un bon présage.

Puis je téléphone à Sam.

— Monsieur Grey, où étiez-vous passé ? grommelle-t-il.

— J'étais occupé.

— La presse est hystérique avec cette histoire d'hélico. Plusieurs chaînes et journaux réclament une interview.

— Sam… on va faire un communiqué. Dites-leur que Ros et moi allons bien. Et envoyez-moi le texte avant de le diffuser. Aucune interview. Ni télévision ni presse écrite.

— Mais, Christian, c'est une super opportunité…

— C'est non. Envoyez-moi le communiqué.

Il reste silencieux un moment. C'est un pubard dans toute sa splendeur.

— Entendu, monsieur Grey, lâche-t-il d'un air pincé.

Plus ça va, plus je me dis que j'ai besoin de quelqu'un d'autre aux relations publiques. À l'évidence, il avait un peu trop gonflé son CV.

— Ce sera tout, Sam.

Et je raccroche.

J'appelle Taylor sur l'interphone.

— Bonjour, monsieur.

— Quelles nouvelles ?

Taylor m'explique que Charlie Tango a été retrouvé, qu'une équipe d'enquêteurs est en chemin avec des gens de la FAA, plus un représentant d'Airbus, le constructeur de Charlie Tango.

— J'espère qu'ils vont trouver des réponses.

— Ça ne fait aucun doute, répond Taylor. Je vous ai envoyé une liste de personnes que vous devriez contacter.

— Merci. Une chose encore. J'ai besoin que vous vous rendiez dans une bijouterie.

Je lui donne les détails de ce qui a été convenu avec le joaillier. Taylor me retourne un grand sourire.

— Avec joie, monsieur. Ce sera tout ?

— Oui. Pour l'instant. Et merci.

— C'est un plaisir. Et joyeux anniversaire.

Il me salue et prend congé.

Je décroche le téléphone pour passer les appels suggérés par Taylor.

Alors que je suis en ligne avec la FAA pour faire mon rapport de l'accident, un mail d'Ana arrive.

De : Anastasia Steele
Objet : Déjeuner
Date : 18 juin 2011 13:12
À : Christian Grey

Cher monsieur Grey,
Je vous envoie ce message pour vous informer que votre déjeuner est presque prêt.
Et que j'ai eu une baise perverse, à m'en faire exploser le cerveau, plus tôt ce matin.
La baise perverse d'anniversaire est à recommander.
Et autre chose : je vous aime.

A.
(Ta fiancée)

Je suis sûr que Mme Wilson de la FAA me sent sourire. De ma main libre, je tape ma réponse :

De : Christian Grey
Objet : Baise perverse
Date : 18 juin 2011 13:15
À : Anastasia Steele

Qu'est-ce qui était le plus propice à te faire exploser le cerveau ? Je prends des notes.

Christian Grey
P-DG Affamé et maigrissant à vue d'œil après les exercices de ce matin, Grey Enterprises Holdings, Inc.

P.-S. : J'adore ta signature.
P.-P.S. : Qu'est-il advenu de l'art de la conversation ?

Je termine mon échange avec Mme Wilson et sors du bureau pour retrouver Ana.

Elle est dans la cuisine, concentrée sur son téléphone. Je m'approche sur la pointe des pieds pendant qu'elle tape un message. Elle appuie sur envoi et sursaute en me voyant, un sourire béat aux lèvres. Je fais le tour de l'îlot central, la prends dans mes bras et l'embrasse.

— Ce sera tout pour l'instant, mademoiselle Steele, dis-je en la relâchant.

Satisfait, je repars dans mon bureau.

Son mail m'y attend :

De : Anastasia Steele
Objet : Affamé ?
Date : 18 juin 2011 13:18
À : Christian Grey

Cher monsieur Grey,
Dois-je attirer votre attention sur la première ligne de mon précédent message vous informant que votre déjeuner est en effet presque prêt ?... Alors cessez ces âneries à propos de votre faim et de votre amaigrissement. Quant à ce qui m'a fait exploser le cerveau pendant notre baise perverse... franchement, tout. Je serais intéressée par la lecture de vos notes. Et j'aime aussi ma signature entre parenthèses.

A.
(Ta fiancée)

P.-S. : Depuis quand êtes-vous si loquace ? Et tu es au téléphone !

J'appelle ma mère et lui parle de l'arrivée des fleurs.

— Mon chéri ! Comment vas-tu ? Tu as récupéré ? On ne parle que de ça dans la presse !

— Je sais, maman. Tout va bien. J'ai quelque chose à te dire.

— Quoi donc ?

— J'ai demandé Ana en mariage. Et elle a dit oui.

Ma mère reste silencieuse, saisie.

— Maman ?

— Pardon, Christian. C'est une merveilleuse nouvelle.

En même temps, je la sens hésitante.

— Je sais que c'est un peu soudain.

— Tu es sûr, mon chéri ? Ne te méprends pas. J'aime beaucoup Ana. Mais c'est si rapide. Et elle est la première fille que tu...

— Maman. Ce n'est pas la première. C'est la première que je vous présente.

— Oh...

— Voilà. Tu as tout compris.

— Alors je suis ravie. Félicitations !

— Il y a une chose, encore.

— Oui ?

— J'ai commandé des fleurs, pour le hangar à bateaux.

— Le hangar à bateaux ? Pourquoi donc ?

— La première fois que je lui ai fait ma demande, c'était assez pourri.

— Je vois.

— S'il te plaît… ne le dis à personne. Je veux que ce soit une surprise. Je compte l'annoncer officiellement ce soir.

— Comme tu voudras, mon chéri. C'est Mia qui organise la soirée. Je vais te la passer.

J'attends ce qui me paraît être une éternité. Allez, dépêche-toi, Mia !

— Hé, grand frère. Dieu merci, tu es encore de ce monde ! Quoi de neuf ?

— Maman me dit que tu joues à l'organisatrice d'événement ? Tu as vu grand ?

— Après ton expérience de mort imminente, on compte bien fêter ça !

Bordel…

— J'ai une livraison pour le hangar à bateaux.

— Oui ? Et alors ?

— Cela vient du fleuriste de Bellevue.

— D'accord. C'est pour quoi, ces fleurs ?

Ce qu'elle peut être agaçante ! Je lève les yeux et j'aperçois Ana qui se tient sur le seuil, avec sa robe si courte.

— Laisse-les entrer, et fiche-leur la paix. Tu as compris, Mia ?

Ana penche la tête, intriguée.

— C'est bon. Tu ne vas pas nous faire un caca nerveux. Je les enverrai au hangar, tes livreurs !

— Parfait.

Ana me fait signe que le repas est prêt.

— On se voit plus tard, dis-je à Mia avant de raccrocher. (Je me tourne vers Ana.) J'ai droit à un autre appel ?

— Bien sûr.

— Cette robe est très courte.

— Tu aimes ?

Elle tourne sur elle-même. Les pans se soulèvent, découvrant sa petite culotte.

— Tu es fantastique dedans, Ana. Mais je n'ai pas envie que d'autres profitent du spectacle.

— Oh ! Nous sommes à la maison, Christian. Il n'y a personne à part le personnel.

Je ne veux pas la priver de sa joie. Je parviens à acquiescer et elle repart toute enjouée en cuisine.

Allez, Grey, courage !

Mon dernier appel est pour le père d'Ana. Je ne sais pas comment je vais lui demander ça. C'est une première pour moi. Le numéro de Ray est dans le dossier d'Ana. José a dit qu'il était parti à la pêche. J'espère qu'il a quand même du réseau.

Non. Évidemment. Je tombe sur sa messagerie. « Ici Ray Steele. Laissez un message. »

Précis et concis.

— Bonjour, monsieur Steele. C'est Christian Grey. J'aimerais vous parler. C'est à propos de votre fille. Rappelez-moi, s'il vous plaît.

Je lui laisse mon numéro et raccroche.

Qu'est-ce que t'espérais ?

Il est dans les bois, au milieu d'un parc national.

Pendant que j'ai le dossier d'Ana sous les yeux, je décide de faire un dépôt sur son compte en banque. Elle aura besoin d'argent.

— *Vingt-quatre mille dollars !*

— *Vingt-quatre mille dollars, à la charmante dame en robe argentée, une fois, deux fois… ! Adjugé !*

Je réprime un petit sourire. Quelle audace ! Je me demande ce qu'elle va faire de cet argent, cette fois ? Cela présage encore une discussion enflammée. Sur mon ordinateur, je transfère cinquante mille dollars sur son compte. Il y sera dans une heure.

Mon estomac gargouille. Je suis affamé. Mais mon téléphone se met à sonner. C'est Ray.

— Monsieur Steele ! Merci de me rappeler.

— Annie a un problème ?

— Non. Elle va bien. Très bien, rassurez-vous. Elle est en pleine forme.

— Dieu soit loué. Vous m'avez fait peur. Qu'est-ce que je peux faire pour vous, Christian ?

— Je sais que vous êtes en train de pêcher.

— Faut le dire vite. Ça ne mord pas beaucoup.

— C'est dommage.

Merde ! c'est plus compliqué que je ne m'y attendais. J'ai les paumes toutes moites. Et Ray n'est guère loquace. Ça n'arrange pas mes affaires.

Et s'il disait non ?

— Monsieur Steele ?

— Je vous écoute. Qu'est-ce qui vous amène ?

— Oui. Bien sûr. Voilà... j'appelle parce que... je voudrais avoir votre permission pour épouser votre fille.

Ça sort comme ça. D'un coup. Comme si je n'avais jamais eu à gérer une négociation de ma vie. Quel amateur ! Le pire, c'est ce silence, après.

— Monsieur Steele ?

— Passez-moi ma fille.

Merde...

— Une minute, s'il vous plaît.

Je sors du bureau, vais trouver Ana et lui tends le téléphone.

— J'ai ton père en ligne.

Elle écarquille les yeux. Elle prend l'appareil et couvre le micro.

— Tu lui as dit !

Je hoche la tête, contrit. Elle pousse un long soupir.

— Salut, papa.

Elle écoute, calmement.

— Qu'est-ce que tu as répondu ?

Elle ne me quitte pas des yeux.

— Oui. C'est soudain... Attends, ne quitte pas.

Elle me lance un regard explicite et se rend sur le balcon pour poursuivre sa conversation.

Je la vois faire les cent pas, mais elle reste près de la porte-fenêtre.

Et je suis là, impuissant. À la regarder.

Sa gestuelle ne laisse rien transparaître. Soudain, elle s'immobilise, et son visage s'éclaire d'un sourire. Il pourrait illuminer tout Seattle. Soit il dit oui... ou non.

Bordel...

Grey ! Stop ! Arrête de voir tout en noir.

Elle dit autre chose. Elle paraît sur le point de pleurer.

Merde, c'est pas bon ça !

Elle revient à grands pas et me tend le téléphone. Son visage présente tous les degrés d'exaspération.

Guère rassuré, je colle l'écouteur à mon oreille.

— Monsieur Steele ?

Je sens le regard d'Ana dans mon dos. Je bats en retraite dans le bureau, redoutant qu'il s'agisse d'une mauvaise nouvelle.

— Christian. Il va falloir m'appeler Ray. Apparemment ma fille est folle de vous. Si c'est ce qu'elle veut…

Folle de moi ? Mon cœur tressaute.

— Euh… merci, monsieur.

— Mais si vous lui faites du mal, je vous tue.

— Cela va de soi, monsieur.

— Ah, la jeunesse ! marmonne-t-il. Prenez bien soin d'elle. Ana est la lumière de ma vie.

— Elle est aussi la mienne… Ray.

— Et bonne chance pour l'annoncer à sa mère, lance-t-il dans un rire. Maintenant, je retourne à mes truites !

— J'espère que vous en sortirez une autre de dix-neuf kilos cinq !

— Vous êtes au courant ?

— José m'a raconté.

— Il parle trop, celui-là. Bonne journée, Christian.

— Elle a bien commencé.

Je reviens dans la cuisine pour annoncer la bonne nouvelle.

— J'ai la bénédiction de ton père.

Elle secoue la tête en riant.

— Je crois qu'il flippe, dit-elle. Il faut que j'annonce ça à maman. Mais pas l'estomac vide.

Elle désigne le comptoir où le repas est servi. Saumon, pommes de terre, salade et une sauce plutôt intéressante. Elle a aussi choisi le vin. Un chablis.

— Ça fait envie !

J'ouvre la bouteille de vin et nous sers.

À la fin du repas, je lève mon verre.

— Tu es un vrai cordon-bleu !

Curieusement, sa joie s'évanouit. Cela me rappelle son brusque changement d'attitude ce matin, avant d'entrer dans la salle de jeux.

— Ana ? Pourquoi m'as-tu demandé de ne pas te photographier ?

Elle se fait plus grave encore. Cela m'inquiète.

— Ana ? Pourquoi cette question ?

Mon ton est plus sec que je ne le voudrais. Elle sursaute.

— J'ai trouvé tes photos, explique-t-elle comme si elle avouait un grand péché.

— Quelles photos ?

Mais je sais très bien de quoi elle parle. D'un coup, je me retrouve dans le bureau de mon père, attendant d'être sermonné pour une bêtise que j'ai commise.

— Tu as ouvert le coffre ?

Comment a-t-elle trouvé la combinaison ?

— Le coffre ? Non. Je ne savais même pas que tu avais un coffre.

— Je ne comprends pas.

— Dans ton dressing. La boîte. Je cherchais ta cravate et la boîte était sous ton jean. Celui que tu portes d'habitude dans la salle de jeux... Sauf aujourd'hui.

Bon sang ! Personne ne devait voir ces photographies. Surtout pas Ana. Qu'est-ce qu'elles faisaient là ?

Leila !

— Ce n'est pas ce que tu crois. Je les avais complètement oubliées. Ces photos devraient se trouver dans mon coffre.

— Qui les a déplacées ?

— Je ne vois qu'une personne qui ait pu faire ça.

— Ah oui ? Qui ? Et qu'est-ce que tu entends par « ce n'est pas ce que tu crois » ?

Vas-y, Grey. Crache le morceau !

Tu lui as déjà avoué la profondeur de ta dépravation.

« Monsieur Cinquante nuances », tu te souviens ?

— Ça va peut-être te paraître sordide mais c'est une sorte d'assurance.

— Une assurance ?

— Contre les révélations.

Elle comprend ce que cela signifie.

— Oh…

Elle ferme les yeux. Comme si elle essayait d'effacer mes paroles.

— Oui, tu as raison, reprend-elle tout bas. C'est un peu sordide.

Elle se lève et commence à débarrasser les assiettes. Pour éviter mon regard.

— Ana.

— Elles savent ? Les filles… les soumises ?

— Bien sûr qu'elles savent.

Avant qu'elle ne puisse atteindre le lave-vaisselle, je la rattrape et l'enlace.

— Ces photos sont censées se trouver dans mon coffre. Elles ne sont pas destinées à un usage récréatif.

Parfois, si, Grey. Autrefois.

— Peut-être l'étaient-elles au moment où elles ont été prises. Mais plus maintenant… Elles n'ont aucune importance.

— Qui les a mises dans le dressing ?

— Ça ne peut être que Leila.

— Elle connaît la combinaison de ton coffre ?

— Ça ne me surprendrait pas. C'est une combinaison très longue et je l'utilise très rarement. Je l'ai écrite quelque part et ne l'ai jamais changée. Je me demande ce qu'elle peut savoir encore, et si elle a pris autre chose dans le coffre.

Il faudra que je vérifie !

— Je vais détruire ces photos. Tout de suite, si tu veux.

— Elles sont à toi, Christian. Tu en fais ce que tu veux.

À l'évidence, elle est blessée.

Ana, c'était avant toi.

Je lui prends le menton pour l'obliger à me regarder.

— Ne réagis pas comme ça. Je ne veux pas de cette vie. Je veux la nôtre, celle que nous avons ensemble.

Elle pense encore ne pas être la femme qu'il me faut. Elle s'imagine que je veux faire ces choses avec elle.

Grey, sois honnête ! Bien sûr que ça te plairait de la photographier.

Mais je ne le ferai jamais sans son accord. Toutes les soumises avaient accepté.

Ana est si vulnérable. Je pensais qu'on avait dépassé ça. Je la veux comme elle est. Elle est tellement parfaite.

— Ana, je croyais que nous avions exorcisé tous ces fantômes ce matin. Du moins, c'est l'impression que j'ai eue. Pas toi ?

— Oui, répond-elle en esquissant un sourire. Oui, c'est aussi mon impression.

— Bien.

Je l'embrasse et l'enlace. Je la sens se détendre.

— Je vais aller les déchirer. Et ensuite je retourne travailler. J'ai une montagne de choses à régler cet après-midi.

— Pas de problème. Et moi je vais appeler ma mère, ajoute-t-elle avec une grimace. Puis j'irai faire des courses pour te préparer un gâteau.

— Un gâteau ?

Elle hoche la tête.

— Au chocolat ?

— Tu veux un gâteau au chocolat ?

J'ai un grand sourire idiot.

— Je vais voir ce que je peux faire, monsieur Grey.

Je l'embrasse encore une fois. Je ne la mérite pas. Un jour, j'espère que je serai à la hauteur.

Ana a raison. Les photos sont dans le dressing. Je vais demander à Flynn d'interroger Leila à ce sujet. Je reviens dans le salon. Ana n'y est pas. Elle doit appeler sa mère.

Je me sens tout bizarre d'être assis à mon bureau à feuilleter les photos de mon ancienne vie. Sur la première, c'est Susannah, avec un bandeau et un bâillon, à genoux. L'image n'est pas mauvaise. Je me demande ce que José ferait sur ce thème ? Cette pensée m'amuse, mais je passe le cliché dans la broyeuse à papier. Je retourne la pile pour ne pas voir les autres photographies. En quelques minutes, il n'en reste plus une.

Tu as toujours les négatifs, Grey !

Avec soulagement, je constate qu'il ne manque rien d'autre dans le coffre. Je retourne à l'ordinateur pour m'occuper de mon courrier. D'abord réécrire le communiqué de presse qu'a préparé Sam à propos du crash. Je le rends plus clair, moins pompeux, et le lui renvoie.

Puis je consulte mes SMS. Il y en a un d'Elena :

« Christian. Rappelle-moi s'il te plaît.
Dis-moi que tu vas bien. »

Ce texto a dû arriver quand je déjeunais. Les autres datent de la nuit dernière.

ROS
« J'ai les pieds en charpie.
Mais tout va bien
Pareil pour vous, j'espère. »

SAM
« Il faut que je vous parle. »

SAM
« Monsieur Grey. Appelez-moi.
C'est urgent »

SAM
« Monsieur Grey. Ravi d'apprendre que vous n'avez rien.
Appelez-moi au plus vite. »

ELENA
« Dieu merci tu es en vie !
Je viens de voir les infos.
Appelle-moi, s'il te plaît. »

ELLIOT
« Décroche, trouduc.
On s'inquiète ! »

GRACE
« Où es-tu ?
Téléphone-moi. Je suis inquiète.
Ton père aussi. »

MIA
« CHRISTIAN ! WTF !
PK TU RAPPELLES PAS ?! ☹ »

ANA
« On est au Bunker Club
Rejoins-nous s'il te plaît.
On n'a pas de nouvelles de
vous, monsieur Grey.
Tu me manques »

ELENA
« Tu me fais la tête ? »

Putain ! Fous-moi la paix, Elena !
Il y en a un dernier de Taylor :

« Fausse alerte pour ma fille.
Je rentre à Seattle.
Retour à 15 h »

J'efface tous les messages. Il faut vraiment que je règle le problème avec Elena. Mais là, ce n'est pas le moment. J'ouvre le tableau de Fred, concernant la prévision des coûts pour le contrat Kavanagh.

Une odeur de cuisine me chatouille les narines. Ça me met l'eau à la bouche et fait remonter l'un des rares souvenirs heureux de mon enfance. Une sensation aigre-douce. La pute camée. Préparant un gâteau.

Un mouvement détourne mon attention. C'est Ana. Elle se tient sur le seuil.

— Je sors juste acheter quelques ingrédients.

— D'accord.

Pas habillée comme ça, j'espère !

— Qu'est-ce qu'il y a ?

— Tu ne mets pas un jean ou autre chose ?

— Christian, ce ne sont que des jambes ! Et si nous étions à la plage ?

Je serre les dents.

— Nous ne sommes pas à la plage.

— Tu aurais des objections si nous étions à la plage ?

On serait sur une plage privée !

— Non. Aucune.

Elle me lance un sourire espiègle.

— Alors, imagine qu'on est à la plage ! À plus.

Sur ce elle tourne les talons et s'éloigne rapidement.

Quoi ?

Je bondis de mon siège et la pourchasse. J'aperçois un éclair turquoise dans le hall. Je m'élance, mais elle est déjà dans l'ascenseur. Avant que les portes ne se referment, elle me salue de la main. Ce qui finit par me faire rire.

Je ne lui aurais rien fait.

Je secoue la tête et retourne dans la cuisine. La dernière fois qu'elle est partie comme ça, elle n'est pas revenue. Un souvenir douloureux. J'ouvre le réfrigérateur. Me sers un verre d'eau et regarde mon gâteau qui refroidit sur le comptoir. Je me penche pour humer l'odeur. J'en salive. Je ferme les yeux. Des images remontent à ma mémoire.

Maman est à la maison.

Elle porte ses talons hauts et une jupe très courte. Rouge. Et brillante.

Elle a des marques pourpres sur les jambes. En haut. Près des fesses.

Elle sent bon. Comme un bonbon.

« Entre, mon grand, installe-toi. »

Elle est avec un homme. Un grand type avec une grosse barbe. Je ne l'ai jamais vu.

« Pas maintenant, Asticot. Maman a de la compagnie. Va jouer dans ta chambre avec tes voitures. Je te ferai un gâteau quand j'aurai fini. »

Elle referme la porte de sa chambre.

J'entends le ping ! de l'ascenseur. Je me retourne, plein d'espoir, mais je découvre Taylor avec deux hommes. Le premier a une mallette à la main, l'autre est une armoire à glace.

— Monsieur Grey.

Il me présente le gars à la mallette – celui qui semble le plus futé des deux.

— Voici Louis Astoria, le joaillier.

— Ah oui… entrez.

— Avec plaisir, monsieur Grey. J'ai de belles pièces à vous montrer.

— Parfait. Allons voir ça dans mon bureau. Si vous voulez bien me suivre.

Je repère aussitôt une bague en platine. C'est celle-là que je veux. Ce n'est pas la plus grosse, pas la plus petite non plus ; mais c'est la plus élégante, avec un diamant quatre carats sans défaut, grade D, d'une extrême pureté. Il est magnifique, taillé en ovale, serti d'une monture toute simple. Les autres bagues sont trop chargées ou trop vulgaires. Ce n'est pas le genre de ma fiancée.

— Excellent choix, monsieur Grey, déclare Astoria en empochant le chèque. Votre future épouse va l'adorer. Nous pourrons la rectifier au besoin.

— Merci encore de vous être déplacés. Taylor va vous raccompagner.

— C'est nous qui vous remercions, monsieur Grey.

Il me tend l'écrin et s'en va. Je contemple encore une fois la bague.

Oui, j'espère qu'elle lui plaira. Je range la boîte dans le tiroir et me rassois. Et si j'appelais Ana ? Non. Mauvaise idée. Je préfère écouter encore une fois son message.

« Euh… ? c'est moi. Ana. Tu vas bien ? Rappelle-moi. »

Entendre sa voix me suffit. Je me remets au travail.

Pendant que je suis en ligne avec l'ingénieur d'Airbus, je contemple le ciel par la fenêtre. Il est du même bleu que les yeux d'Ana.

— L'experte d'Eurocopter arrive lundi après-midi ?

— Elle prend un avion de Marignane à Paris, puis un long courrier pour Seattle. On ne peut pas faire plus vite. Heureusement que notre antenne pour le Nord-Ouest Pacifique est à Boeing Field.

— Très bien. Tenez-moi informé.

— On enverra une équipe sur place dès son arrivée.

— Dites-leur que j'aimerais recevoir un premier rapport dès lundi soir, ou mardi matin au plus tard.

— Entendu, monsieur Grey.

Je raccroche et pivote vers mon bureau.

Ana est sur le seuil. Elle me regarde, pensive. Un peu inquiète aussi.

— Salut.

Elle entre dans la pièce, contourne ma table de travail pour se planter devant moi.

Je brûle de lui demander pourquoi elle s'est enfuie, mais elle me devance :

— Je suis de retour. Tu m'en veux ?

Je lâche un soupir, et l'attire sur mes genoux

— Oui.

La dernière fois que tu as fait ça, tu n'es pas revenue.

— Je suis désolée. Je ne sais pas ce qui m'est passé par la tête.

Elle se blottit contre moi, cale sa joue et sa main contre mon torse. Son poids sur moi est délicieux.

— Moi non plus. Tu portes ce que tu veux.

Je pose ma main sur son genou pour la rassurer. Mais très vite j'en veux plus. Comme un courant électrique qui me transperce. Une secousse qui me ramène d'un coup à la vie. Ma main remonte toute seule vers le haut de sa cuisse.

— D'ailleurs, cette robe a quelques avantages.

Elle lève la tête vers moi, les yeux embrumés de désir. Je me penche pour l'embrasser.

Ma langue titille la sienne et aussitôt mon désir se réveille, telle une éruption solaire à l'intérieur de moi. Je le sens grandir aussi en elle. Je prends sa tête dans mes mains et l'embrasse plus profondément encore.

Je lâche un grognement de plaisir. J'ai envie d'elle. Maintenant. Je lui mords la lèvre, la gorge, l'oreille. Elle gémit, tire mes cheveux.

Ana.

Je défais ma braguette, libère mon érection et juche Ana à califourchon. J'écarte sa petite culotte pour m'enfoncer en elle. Elle s'accroche au dossier du fauteuil. Le cuir craque sous ses mains. Elle plante ses yeux dans les miens et nous commençons à aller et venir. De plus en plus vite. Elle est frénétique, impétueuse.

Il y a du désespoir aussi dans ses mouvements. Comme si elle voulait se faire pardonner.

Doucement, bébé. Doucement.

Je pose mes mains sur ses hanches pour la freiner.

J'emprisonne sa bouche et ses mouvements s'apaisent. Mais son baiser reste fougueux, elle me renverse la tête en arrière.

Oh, bébé…

Elle accélère de nouveau.

De plus en plus vite.

C'est ce qu'elle veut. Son plaisir monte. Je le sens. De plus en plus haut.

Ah…

Elle jouit dans mes bras et m'emporte avec elle.

— J'aime bien ta manière de t'excuser, lui murmuré-je.

— Et j'aime la tienne, répond-elle en se lovant contre mon torse. Tu as fini ?

— Bon sang, Ana, tu en veux encore ?

— Non, je parle de ton travail.

— J'en ai pour une demi-heure. J'ai écouté ton message sur ma boîte vocale.

— Celui d'hier ?

— Tu paraissais inquiète.

Elle me serre dans ses bras.

— Je l'étais. D'ordinaire, tu réponds.

Je l'embrasse encore une fois. Et nous nous taisons, savourant le simple fait d'être ensemble. J'aimerais l'avoir tout le temps comme ça, blottie entre mes bras. Dans un accord parfait.

Finalement, c'est elle qui bouge la première.

— Ton gâteau devrait être prêt d'ici une demi-heure, annonce-t-elle en se levant.

— J'ai hâte ! Ça sentait délicieusement bon tout à l'heure quand il était dans le four.

Je plante un petit baiser au coin de ses lèvres et la regarde quitter mon bureau pendant que je remonte ma braguette. Je me sens… tout léger. Je me tourne à nouveau vers la fenêtre. C'est la fin de l'après-midi. Le soleil descend lentement sur le détroit. Les ombres s'étirent dans les rues. En bas, c'est déjà le crépuscule, mais ici, en hauteur, la lumière est dorée. C'est peut-être pour cela que je vis ici. Pour profiter de la lumière. J'en ai tellement manqué quand j'étais petit. Et il a fallu que je rencontre une femme extraordinaire pour me faire comprendre ça. Ana est mon guide.

J'étais un enfant perdu. Mais elle m'a trouvé. Je ne suis plus seul.

Ana m'apporte un gâteau au chocolat piqué d'une bougie.

Elle me chante « joyeux anniversaire », de sa voix mélodieuse. Je réalise brusquement que je ne l'ai jamais entendue chanter.

C'est magique.

Je souffle la bougie, et ferme les yeux.

Faites qu'Ana m'aime toujours. Et ne me quitte jamais.

— Ça y est. J'ai fait mon vœu.

— Le glaçage est encore mou. J'espère que ça ne te dérangera pas.

— Pas question d'attendre !

Elle coupe une part et me tend une fourchette.

L'heure de vérité !

C'est divin. Le glaçage est parfait, la pâte moelleuse à souhait, et le fourrage… un délice.

— Voilà pourquoi je veux t'épouser.

Elle glousse – de soulagement, semble-t-il. Et me regarde dévorer mon gâteau.

Dans la voiture, Ana est silencieuse. Nous roulons en direction de Bellevue, chez mes parents. Elle regarde par la fenêtre mais me lance de temps à autre un coup d'œil. Elle est magnifique dans cette robe vert émeraude.

Il n'y a pas beaucoup de circulation. La R8 rugit sur le 520 Bridge. Au milieu du pont, elle se tourne vers moi.

— Il y a cinquante mille dollars de plus sur mon compte en banque. J'ai vu ça cet après-midi.

— Et ?

— Je ne veux pas que…

— Ana. Tu vas devenir ma femme. Ne nous disputons pas pour ça.

Elle prend une grande inspiration et retombe dans son mutisme pendant que nous traversons les eaux roses et brumeuses du lac Washington.

— Très bien, lâche-t-elle. Merci.

— Il n'y a pas de quoi.

Je pousse un soupir de soulagement.

Tu vois, ce n'est pas la mer à boire, Ana.

Dès lundi, nous irons solder ton prêt étudiant.

Je me gare dans l'allée de mes parents. Je coupe le moteur.

— Prête à affronter ma famille ?

— Oui. Tu vas le leur annoncer ?

— Bien sûr. J'ai hâte de voir leurs réactions.

Je sors de la voiture et lui ouvre la portière. Il fait un peu frais ce soir. Elle resserre son étole sur ses épaules. Je lui prends la main et l'entraîne vers la porte d'entrée. L'allée est encombrée de voitures, dont le pick-up d'Elliot. Il y a plus de monde que je ne l'avais prévu.

Carrick ouvre la porte avant même qu'on ait sonné.

— Bon anniversaire, mon fils !

Il m'attrape la main et me prend dans ses bras. Qu'est-ce qui lui arrive ?

— Euh… merci papa.

— Ana, je suis ravi de vous revoir !

Il l'étreint un court instant et nous fait entrer. J'entends des talons claquer sur les dalles. Je m'attends à voir débouler Mia, mais c'est Katherine Kavanagh. Elle a l'air folle de rage.

— Vous deux, il faut qu'on parle ! Maintenant.

Ana me lance un regard nerveux. Quelle mouche la pique ? On la suit dans la salle à manger déserte. Elle referme la porte et se tourne vers Ana.

— C'est quoi cette merde ? s'exclame-t-elle en agitant une feuille de papier sous son nez.

Ana la prend, la lit et pâlit aussitôt. Elle me regarde puis s'interpose entre moi et Katherine.

— Qu'est-ce que c'est ? demandé-je, sentant l'angoisse me gagner.

Ana m'ignore et se tourne vers sa copine.

— Kate, cela ne te regarde pas !

Katherine marque le coup.

— Ana, qu'est-ce qui se passe ?

— Christian, tu veux bien nous laisser un moment, s'il te plaît.

— Non. Montre-moi ça.

Je tends la main. À contrecœur, elle me donne le papier. C'est son mail en réponse au contrat.

Merde !

— Qu'est-ce qu'il t'a fait ? reprend Katherine sans m'accorder un regard.

— Cela ne te regarde pas, Kate, répète Ana, exaspérée.

— Comment as-tu eu ça ? demandé-je à Katherine.

— Peu importe, répond-elle en rougissant.

Mais je la fixe des yeux. Je veux une réponse.

— C'était dans la poche d'une veste. Je suppose que c'est la tienne. Elle était suspendue à la porte de la chambre d'Ana, précise-t-elle d'un œil mauvais.

— Tu en as parlé à quelqu'un ?

— Non. Bien sûr que non ! réplique-t-elle.

Bon. Je me dirige vers la cheminée. Prends un briquet sur le manteau de la cheminée, enflamme le papier et le fais brûler dans l'âtre. Les deux femmes m'observent en silence. Une fois le document réduit en cendres, je me tourne vers elles.

— Pas même à Elliot ? insiste Ana.

— À personne, je te dis ! s'offusque-t-elle. Je voulais juste m'assurer que tu allais bien, Ana.

Comme c'est touchant ! Je lève les yeux au ciel – discrètement.

— Je vais bien, Kate. Plus que bien même. Je t'assure, tout va très bien entre Christian et moi. C'est de l'histoire ancienne. Oublie ça, s'il te plaît.

— Oublier ? Comment oublier ça ? Qu'est-ce qu'il t'a fait ?

— Il ne m'a rien fait, Kate. Juré. Tout va bien.

— Vraiment ?

Bon, elles ont fini ?

Je passe mon bras autour des épaules d'Ana et regarde Katherine gentiment – enfin j'essaie.

— Ana a accepté de devenir ma femme, Katherine.

— Ta femme ?

— On va se marier. Et on annonce nos fiançailles ce soir.

— Oh !

Katherine n'en revient pas, elle se tourne vers Ana.

— Je te laisse quinze jours seule et voilà ce qui arrive ? C'est quand même très soudain. Alors hier, quand j'ai dit… Mais pourquoi ce mail alors ?

— Oublie ça, je t'en prie. Je l'aime et il m'aime. Ne gâche pas son anniversaire ni notre soirée.

Les yeux de Katherine s'embuent de larmes.

Ah non. Pas ça…

— Non. Bien sûr que non. Tu vas bien, c'est vrai ?

— Je n'ai jamais été aussi heureuse.

À ces mots, mon cœur se serre.

Katherine prend la main d'Ana, ignorant mon bras passé autour d'elle.

— C'est sûr ? insiste-t-elle.

— Oui.

Ana se soustrait à mon étreinte pour l'embrasser.

— Oh, Ana, bredouille sa copine. J'étais tellement inquiète quand j'ai lu ce mail. Je ne savais pas quoi penser. Tu m'expliqueras ?

— Un jour. Pas maintenant.

— Bien. Je n'en parlerai à personne. Je t'aime tellement, Ana, tu es comme ma sœur. J'ai cru que... que... (Elle secoue la tête.) Je ne sais pas ce que j'ai cru au juste, mais ça m'a terrifiée. Je suis désolée. Si tu es heureuse, alors je suis heureuse.

Elle se tourne vers moi.

— Pardon. Vraiment. Vous avez raison, ça ne me regarde pas.

Je hoche la tête. Peut-être au fond tient-elle vraiment à Ana. Je ne sais pas comment Elliot fait pour la supporter.

— Pardon, pardon, bredouille-t-elle.

On frappe à la porte. Maman apparaît sur le seuil.

— Tout va bien, mon chéri ?

— Tout va bien, madame Grey, répond Kate à ma place.

— Oui, maman, tout va bien.

— Alors cela ne dérangera personne que je prenne mon fils dans mes bras pour lui souhaiter un bon anniversaire.

Elle a un grand sourire. Je la serre contre moi.

— Joyeux anniversaire, mon chéri ! Je suis tellement heureuse que tu sois là avec nous.

— Maman, je vais bien.

Je regarde ses yeux noisette, brillant d'un amour maternel.

— Je suis tellement heureuse pour toi ! dit-elle en me caressant le visage.

Maman, je t'aime.

— Bon, les enfants, lance-t-elle en s'écartant. Si vous en avez fini avec votre tête-à-tête, il y a une foule d'invités qui t'attendent, Christian. Tout le monde veut te fêter et s'assurer que tu nous es revenu entier.

— J'arrive tout de suite.

Ravie, Grace regarde tour à tour Katherine et Ana. Elle lance un clin d'œil à Ana et ouvre grand la porte pour qu'on lui emboîte le pas. Ana me saisit la main.

— Christian, je tiens à m'excuser, vraiment, répète Kate.

Je la remercie d'un petit signe de tête – infime – et nous sortons de la pièce.

— Ta mère est au courant pour nous deux ? s'enquiert Ana.

— Oui.

Elle hausse les sourcils.

— Oh.... Dans ce cas, on peut dire que la soirée a débuté de manière intéressante.

— Comme toujours, mademoiselle Steele, vous avez un don pour l'euphémisme.

Je lui embrasse le bout des doigts et nous entrons dans le salon.

Nous sommes accueillis par un tonnerre d'applaudissements.

Bon sang ! Ils sont nombreux ! Pourquoi tout ce monde ? Ma famille au complet. Le frère de Katherine, Flynn et sa femme. Mac. Bastille. Lily, la copine de Mia avec sa mère. Ros et Gwen. Elena.

J'aperçois Elena qui me salue d'un geste, au lieu de se joindre aux autres. Au même moment, Gretchen apparaît et me présente un plateau chargé de coupes de champagne. Je serre la main d'Ana puis la lâche quand le silence revient.

— Merci à tous. Après ça, je crois que j'ai bien besoin d'un verre.

Je prends deux coupes et en offre une à Ana. Je lève mon verre. Tout le monde s'approche, impatient de me parler après l'accident d'hier. Elena arrive la première. Je reprends la main d'Ana.

— Christian, j'étais tellement inquiète.

Elle m'embrasse sur les deux joues avant que j'aie le temps de réagir. Ana veut partir, mais je la tiens fermement.

— Je vais bien, Elena.

— Pourquoi ne m'as-tu pas appelée ?

— J'ai été occupé.

— Tu n'as pas eu mes messages ?

Je lâche les doigts d'Ana et passe ostensiblement mon bras sur ses épaules.

Elena esquisse un sourire.

— Ana, ronronne-t-elle. Vous êtes ravissante, ma chère.

— Merci, Elena.

À son ton, je sens bien qu'elle a sorti les griffes.

C'est vraiment gênant.

Je surprends le regard de maman. Elle fronce les sourcils en nous voyant tous les trois.

— Excuse-moi, Elena, mais j'ai une annonce à faire.

— Bien sûr, susurre-t-elle en souriant.

Je me tourne vers l'assemblée.

— S'il vous plaît !

J'attends que les conversations cessent. Quand c'est le cas, je prends une grande inspiration.

— Je vous remercie d'être ici aujourd'hui. Je dois dire que je m'attendais à un petit dîner en famille et c'est vraiment une agréable surprise.

Je lance un regard à Ros et Gwen.

— Ros et moi avons évité le pire, hier… (Elle lève son verre dans ma direction.) C'est pourquoi je suis particulièrement heureux d'être avec vous ce soir pour vous annoncer une belle nouvelle. Cette femme merveilleuse… Mlle Anastasia Rose Steele, a accepté de devenir ma femme, et je voulais que vous soyez les premiers à l'apprendre.

Quelques hoquets de stupeur fusent dans la salle, rapidement suivis de hourras et d'applaudissements nourris.

Je me tourne vers Ana. Elle est rouge pivoine, sublime. Je soulève son menton et dépose un baiser sur ses lèvres.

— Tu seras bientôt à moi.

— Je le suis déjà, chuchote-t-elle.

— Légalement, j'entends.

Mes parents sont les premiers à me féliciter.

— Mon fils chéri ! s'extasie maman. Je ne t'ai jamais vu aussi heureux.

Elle m'embrasse, essuie une larme et étreint Ana.

Puis vient le tour de mon père.

— Fiston, je suis fier de toi.

— Merci, papa.

— Elle est tout à fait charmante.

— Je sais.

— La bague ! s'exclame Mia en étreignant Ana. Où est la bague ?

Ma promise me regarde, inquiète.

— On en choisira une ensemble, dis-je en foudroyant des yeux ma petite sœur.

Ce qu'elle peut être pénible, parfois.

— C'est bon, Christian, ne me regarde pas comme ça ! (Elle me serre dans ses bras.) Je suis ravie pour toi. C'est pour quand le mariage ? Vous avez fixé une date ?

— Aucune idée. Et non, nous n'avons encore rien décidé. Ana et moi devons discuter de tout ça.

— J'espère que vous allez faire les choses en grand, poursuit-elle. Et ici !

— Pas du tout. On file à Las Vegas, demain !

Elle va piquer une crise. Heureusement, nous sommes sauvés par Elliot qui vient me féliciter :

— Bravo, champion !

Il se tourne vers Ana. Puis Bastille vient lui aussi me taper dans le dos. Des tapes un peu trop appuyées à mon goût.

— Alors là, chapeau ! Je n'ai rien vu venir ! Félicitations, jeune homme !

Il me secoue la main comme un prunier.

— Merci, Claude.

— Quand commence-t-on les entraînements avec votre dulcinée ? J'ai hâte de la voir vous envoyer par terre les quatre fers en l'air !

Je ris de bon cœur.

— Je vous donnerai son emploi du temps. Elle sera ravie.

Ashley, la mère de Lily, me congratule également, mais elle est un peu froide. J'espère qu'elle et sa fille ne vont pas aller tourmenter ma fiancée.

Je profite de l'arrivée de Flynn et de sa femme pour arracher Ana des griffes de Mia.

— John. Rhian.

— Content que vous soyez encore parmi nous, Christian, déclare Flynn. Ma vie serait bien terne – et pauvre – sans vous.

— John ! s'exclame Rhian.

Je lui présente Ana.

— Je suis ravie de rencontrer la femme qui a enfin conquis le cœur de Christian, commente chaleureusement Rhian.

— Merci, répond Ana, embarrassée.

— Bravo, Christian, c'était une jolie petite balle à effet ! plaisante le Dr Flynn en secouant la tête.

Hein ?

— John, toi et tes métaphores de cricket ! le sermonne Rhian en levant les yeux au ciel. Félicitations à vous deux et joyeux anniversaire, Christian. Il n'y a pas plus beau cadeau, n'est-ce pas ?

Les deux femmes s'éloignent pour bavarder.

— Pour une annonce, c'était une annonce, quand on connaît votre auditoire, explique Flynn une fois seul avec moi.

Évidemment, il fait allusion à Elena.

— Elle ne s'attendait certainement pas à ça.

— On parlera de tout ça plus tard.

— Et Leila ? Comment va-t-elle ?

— Bien. Elle supporte le traitement. Encore deux semaines et nous pourrons envisager une hospitalisation de jour.

— Voilà une bonne nouvelle.

— Elle s'intéresse beaucoup à nos ateliers artistiques.

— Ah oui ? C'est vrai qu'elle aimait peindre.

— Oui. Elle m'a dit ça. Ces ateliers pourraient lui faire le plus grand bien.

— Tant mieux. Elle mange ?

— Oui. Côté appétit, ça va.

— Vous voulez bien lui transmettre un message ?

— Bien entendu.

— J'aimerais savoir si c'est elle qui a déplacé les photographies qu'il y avait dans mon coffre.

— Ah oui. Elle m'en a parlé.

— Ah bon ?

— Elle est très malicieuse, comme vous le savez. Elle avait l'intention de déstabiliser Ana.

— C'est gagné.

— De ça aussi, on reparlera plus tard.

Ros et Gwen nous rejoignent. Je fais une nouvelle fois les présentations.

— Je suis enchantée de faire enfin votre connaissance, Ana, lance Ros.

— Merci. Vous vous êtes remise de toutes ces aventures ?

Ros hoche la tête. Avec affection, Gwen passe son bras sur ses épaules.

— Christian a été notre sauveur, explique Ros. Un miracle qu'il ait pu poser l'hélicoptère. C'est un pilote hors pair.

— J'ai eu de la chance, voilà tout. Et j'avais hâte de retrouver ma petite chérie.

— Comme je vous comprends. Maintenant que je la connais, personne ne vous le reprochera, intervient Gwen en détaillant Ana de la tête aux pieds.

Grace vient annoncer que le repas est servi sous forme de buffet dans la cuisine.

Je prends la main d'Ana et la presse brièvement pour lui donner du courage – ce n'est pas facile pour elle de rencontrer tous ces gens. Alors que nous suivons le mouvement, Mia coince Ana dans le couloir, avec deux cocktails. Ça ne me dit rien qui vaille.

Ana me lance un regard inquiet mais je la lâche. Je les regarde entrer dans la salle à manger. Avec des airs de conspiratrice, Mia referme la porte derrière elles.

Dans la cuisine, se trouve Mac qui s'approche pour me féliciter.

— C'est bon, Mac. Appelez-moi Christian. Vous êtes à ma fête d'anniversaire !

— J'ai appris pour l'accident.

Il écoute mon récit avec attention.

Ma mère a préparé un repas à la marocaine. J'avale une assiette de tajine tout en parlant du *Grace* avec Mac.

Alors que je me sers une deuxième portion, je me demande ce que fabriquent Ana et Mia. Je décide d'aller délivrer ma belle. En arrivant près de la salle à manger, j'entends des éclats de voix :

— Comment osez-vous me menacer !

Qu'est-ce qui se passe ?

— Quand allez-vous enfin l'accepter ! Cela ne vous regarde pas !

C'est la voix d'Ana. Elle est furieuse.

J'essaie d'ouvrir la porte, en vain. Il semble que quelqu'un la bloque. Soudain, le battant s'ouvre d'un coup. Je découvre Ana, tremblante de colère. Elena lui fait face, trempée. Ana a dû lui jeter son verre à la figure.

— Qu'est-ce que tu fous, Elena ?

Je t'avais dit de la laisser tranquille.

Elle s'essuie le visage du revers de la main.

— Elle n'est pas faite pour toi, Christian.

— Quoi ?

Je crie malgré moi. Je hurle même. Je suis sûr que cela fait peur à Ana. Parce que même Elena a sursauté. Je suis hors de moi.

Je t'avais prévenue !

— Putain, comment sais-tu ce qui est bon pour moi ?

— Tu as des besoins, Christian, poursuit-elle d'une voix plus douce.

Je vois bien son petit manège. Elle tente de m'adoucir.

— Je te l'ai déjà dit ! Ça ne te regarde pas ! Merde !

Je suis surpris par ma propre véhémence.

— Qu'est-ce que tu imagines ? Que c'est toi ? Que tu es faite pour moi ?

Le visage d'Elena se durcit, ses yeux se plissent. Elle redresse les épaules, marche vers moi.

— J'ai été la meilleure chose qui te soit jamais arrivée. Regarde-toi, aujourd'hui. Tu es l'un des entrepreneurs les plus riches des États-Unis, tu maîtrises tout, tu ne connais que le succès, tu es déterminé. Tu n'as besoin de rien. Tu es le maître de l'univers.

Voilà donc où elle voulait en venir.

Putain !

Je recule. Écœuré.

— Tu aimais ça, Christian, ne te raconte pas d'histoires. Tu étais sur le chemin de l'autodestruction et je t'ai sauvé. Je t'ai sauvé d'une vie derrière les barreaux. Crois-moi, c'est là que tu aurais fini. Je t'ai appris tout ce que tu sais, tout ce dont tu as besoin.

Jamais je n'ai ressenti une telle fureur.

— Tu m'as appris à baiser, Elena. Mais tout cela est vide. Comme toi. Pas étonnant que Linc t'ait quittée.

Elle s'étrangle de stupeur.

— Tu ne m'as jamais pris une seule fois dans tes bras. Tu ne m'as jamais dit une seule fois que tu m'aimais.

Ses yeux ne sont plus qu'une fente.

— L'amour, c'est pour les imbéciles, Christian.

— Sors de chez moi !

Nous tressaillons tous les trois quand ma mère, tel un ange vengeur, apparaît sur le seuil. Elle foudroie Elena du regard. Pour un peu, je m'attends à la voir se consumer sur place, finir en petit tas de cendres.

Elena est livide. Grace marche vers Elena, qui semble paralysée par la fureur de ma mère. Grace lui assène une grande gifle. L'impact résonne dans toute la pièce.

— Ôte tes sales pattes de mon fils, espèce de pute ! Et sors de ma maison !

Bon sang, maman !

Elena serre les dents. Elle bat des paupières, les yeux rivés sur Grace, puis quitte la pièce, sans prendre la peine de fermer la porte.

Ma mère se tourne vers moi. Je perçois sa douleur.

Elle ne dit rien. Un silence étouffant tombe sur la salle à manger.

Finalement, ma mère trouve la force de parler :

— Ana, avant que je ne te le confie, m'accorderais-tu une minute ou deux en privé avec mon fils ?

Ce n'est pas une requête ! Un non serait irrecevable.

— Bien sûr, murmure Ana.

Je la regarde partir à son tour. Elle ferme la porte.

Maman me dévisage, comme si elle me découvrait pour la première fois.

Elle voit le monstre en moi.

Oh non !

J'ai de sérieux problèmes. Mes cheveux fourmillent. Je me sens pâlir.

— Combien de temps, Christian ? demande-t-elle d'une voix atone.

Le calme avant la tempête.

Qu'est-ce qu'elle a entendu au juste ?

— Quelques années.

Je ne veux pas trop lui en dire. Elle ne doit pas savoir. C'est mon secret. Depuis que j'ai quinze ans.

— Quel âge avais-tu ? insiste-t-elle.

Je déglutis. Mon cœur s'emballe comme un moteur de formule Un. Il faut que je fasse attention. Je ne veux pas qu'Elena ait des problèmes. J'observe ma mère, je m'efforce d'imaginer sa réaction. Que faire ? Lui mentir ? Bien sûr, lui mentir, comme chaque fois que j'ai vu Elena, quand je lui disais que j'allais faire mes devoirs chez un ami.

Son regard me transperce.

— Quel âge avais-tu quand tout cela a commencé ? répète-t-elle, les dents serrées.

Je ne lui ai jamais entendu cette voix. Je suis perdu ! Elle ne me lâchera pas tant qu'elle n'aura pas sa réponse.

— Seize, marmonné-je.

Elle plisse les yeux, incline la tête.

— Je n'ai rien entendu. Recommence.

Sa voix est d'une froideur terrifiante.

Comment sait-elle ?

— J'attends, Christian.

— Quinze ans.

Elle ferme les yeux. C'est comme si je l'avais poignardée. Ses mains se portent à sa bouche pour contenir un sanglot. Quand elle les retire, son visage est un masque de souffrance, baigné de larmes.

— Maman…

Que lui dire pour atténuer cette souffrance ? Je m'avance vers elle mais elle lève une main pour m'arrêter.

— Je suis trop en colère contre toi. Ne t'approche pas.

— Comment sais-tu ? Que j'ai menti ?

— Pour l'amour du ciel, je suis ta mère ! réplique-t-elle en chassant une larme qui roule sur sa joue.

Je rougis. Je me sens stupide et vexé à la fois. Il n'y a que ma mère pour me faire cet effet-là. Ma mère. Et Ana. Je pensais être meilleur menteur que ça.

— Oui, tu as raison d'avoir honte. Combien de temps ça a duré ? Combien de temps tu nous as menti comme ça ?

Je hausse les épaules. Je ne veux pas le lui avouer.

— Dis-moi !

— Quelques années.

— Quelques années ! crie-t-elle.

Grace élève rarement la voix. Je me recroqueville aussitôt dans ma coquille.

— Je n'arrive pas à le croire. Cette pute ! Cette salope ! Putain de merde !

Je frémis. Jamais ma mère n'a été aussi grossière devant moi.

Elle se détourne, marche vers la fenêtre. Je reste planté là. Paralysé.

— Et pendant tout ce temps, elle venait ici et…

Elle est incapable de finir sa phrase. Elle se prend la tête dans les mains. Je ne supporte pas de la voir dans cet état ! Je fais un pas vers elle et l'étreins. C'est si nouveau pour moi, tenir ma mère dans mes bras. Je la serre contre moi. Et elle se met à pleurer. Des larmes silencieuses.

— Hier, je t'ai cru mort. Et maintenant ça…

— Maman. Ce n'est pas ce que tu crois.

— Tais-toi. Je t'ai entendu. J'ai entendu ce que tu as dit. Elle t'a appris à baiser. Baiser avec cette salope !

Elle continue.

Cela ne lui ressemble pas. Les gros mots, jamais. Et c'est moi qui la rends comme ça ! Je lui ai fait du mal. Cette seule idée est une torture. Je n'ai jamais voulu ça. Elle m'a sauvé. Le remords me submerge.

— Je savais qu'il t'était arrivé quelque chose quand tu avais quinze ans. Alors, c'était elle… C'est pour ça que tu es devenu si calme d'un coup, si docile, si attentif. Oh mon Dieu, qu'est-ce qu'elle t'a fait !

Maman !

Pourquoi le prend-elle aussi mal ? C'est grâce à Elena que je suis parvenu à me maîtriser. Peu importe comment elle s'y est prise. C'est le résultat qui compte.

— Oui, c'est pour ça.

Elle pousse un gémissement.

— Je me suis soûlée avec cette femme, je lui ai raconté tous mes secrets, on se parlait toute la nuit. Et elle a…

— Mes relations avec elle n'ont rien à voir avec votre amitié.

— Ne me raconte pas de conneries, Christian ! Elle a abusé de ma confiance. Elle a abusé de mon fils !

Sa voix se brise à nouveau. Elle se cache le visage dans les mains.

— Maman… ce n'est pas aussi grave que ça.

Elle se redresse et me donne une tape sur le crâne. Par réflexe, je rentre la tête dans mes épaules.

— Je suis à court de mots ! Qu'est-ce que j'ai fait ? Qu'est-ce que j'ai raté ?

— Maman, ce n'est pas ta faute.

— Comment ? Comment ça a commencé ? (Elle lève les mains en l'air.) Non, je ne veux pas savoir ! Et ton père ? Tu imagines sa réaction ?

Merde !

Carrick va péter les plombs.

J'ai de nouveau quinze ans. À craindre de nouveau ses sermons interminables : être responsable, bien se comporter… Tout mais pas ça !

— Oui, il va être furieux, reprend ma mère lisant en moi comme à livre ouvert. On savait qu'il s'était passé quelque chose. Tu as changé du jour au lendemain. Et tout ça parce que tu as couché avec ma meilleure amie ?

Je cherche un trou de souris où me cacher.

— Maman… C'est du passé. Elle ne m'a pas fait de mal.

— Christian, je t'ai entendu. Et je l'ai entendue elle ! Et imaginer ce qu'elle a…

Elle porte une nouvelle fois ses mains à son visage. Et brusquement, elle vrille ses yeux dans les miens, avec une grimace d'horreur.

Quoi encore ?

— Non…, souffle-t-elle.

— Quoi ?

— Oh non… Ne me dis pas qu'elle a fait ça ! Parce que si c'est le cas, je vais chercher le vieux pistolet de ton père et je tue cette grosse pute !

Maman !

— De quoi tu parles ?

— Je sais qu'Elena a des goûts particuliers, Christian.

Pour la deuxième fois de la soirée, je suis pris de vertige. Non. Elle ne doit pas savoir. Tout, mais pas ça !

— Ce n'était que du sexe, maman.

Tenons-nous-en à cette version. Pas question d'infliger ça à ma mère.

Elle plisse les paupières.

— Épargne-moi les détails sordides ! Parce que oui, Christian, c'est sordide ! Malsain ! Ignoble ! Quelle femme ferait ça à un gamin de quinze ans ? C'est répugnant. Quand je pense à toutes les confidences que je lui ai faites. Elle ne remettra plus jamais les pieds ici, tu m'entends ? Et tu dois couper les ponts avec elle.

— Maman… Elena et moi, on est associés.

— Non. Plus de contacts. Un point c'est tout.

Je la regarde, sans voix. Comment peut-elle me dire ce que je dois faire ? J'ai vingt-huit ans, nom de Dieu !

— Maman…

— Christian, je suis sérieuse. Si tu la revois, j'appelle la police.

Je pâlis.

— Tu ne peux pas faire ça.

— Oh que si ! Et après, la machine sera lancée. Plus rien ne pourra l'arrêter. À toi de choisir.

— C'est la colère qui parle, maman. C'est normal. Mais tu dramatises…

— Je dramatise ? s'écrie-t-elle. Je ne veux plus que tu t'approches d'une personne capable d'abuser d'un enfant perturbé et sans défense. On devrait l'enfermer !

Elle me défie du regard. Je lève les mains en l'air.

— D'accord.

Visiblement, ça l'apaise un peu.

— Et Ana. Elle sait ?

— Oui. Elle sait.

— Parfait. On ne commence pas une vie de couple par des secrets.

Elle fronce les sourcils, comme si elle parlait d'expérience. Quels sont donc ses secrets, à elle ? Mais l'instant passe et elle reprend les commandes.

— Et qu'est-ce qu'Ana pense d'Elena ?

— En gros, comme toi.

— Voilà une fille sensée. Au moins tu es retombé sur tes pieds. Une charmante jeune femme. De ton âge. Quelqu'un avec qui tu pourras trouver le bonheur.

Je me sens m'adoucir.

Oui, elle peut me rendre heureux, plus que je ne l'aurais cru possible.

— Il faut couper les liens avec Elena. Tous les liens. Tu as compris ?

— Oui, maman. Ce sera mon cadeau pour Ana.

— Quoi ? Tu es fou ? Tu as intérêt à trouver autre chose à lui offrir ! Tu parles d'un romantisme !

— Pourtant, je pense que ça lui ferait plaisir.

— Ah, les hommes ! Parfois, vous n'avez aucune cervelle !

— Et qu'est-ce que je devrais lui offrir, selon toi ?

— Oh, Christian ! (Elle pousse un soupir et esquisse un pâle sourire.) Tu n'as donc rien compris ? Pas un mot ! Tu as saisi la raison de ma colère ?

— Bien sûr.

— Vas-y, je t'écoute.

C'est à mon tour de pousser un soupir.

— Je ne sais pas. Parce que tu n'étais pas au courant ? Parce que c'était ton amie ?

Elle lève le bras et caresse mes cheveux, comme quand j'étais petit. Le seul endroit qu'elle pouvait toucher, le seul endroit où j'acceptais son contact.

— Oui, pour ça, mais surtout parce qu'elle t'a menti, mon chéri. Tu mérites d'avoir de l'amour. Tu es si… aimable. Tu l'as toujours été.

Ça me picote derrière les yeux.

— Maman…

Elle passe son bras autour de moi. Elle est calmée, à présent. Elle me berce.

— Tu ferais bien d'aller retrouver ta chère et tendre. Je parlerai à ton père quand la fête sera finie. Il va forcément vouloir discuter avec toi.

— Maman, s'il te plaît. Tu n'es pas obligée de le lui raconter.

— Si, Christian. Et j'espère qu'il va te passer un sacré savon !

Merde…

— Je suis toujours furieuse contre toi. Mais davantage contre elle.

Son visage est si dur, si fermé. Je ne pensais pas qu'elle pouvait être aussi terrifiante.

— Je sais…

— Allez, va ! Va retrouver ta chérie.

Elle me relâche, recule, s'essuie les yeux pour effacer les traces de mascara. Elle est belle. Cette femme merveilleuse qui m'aime d'un amour sincère, comme moi je l'aime.

Je prends une grande inspiration.

— Je ne voulais pas te blesser, maman.

— Je sais. Va.

Je dépose un baiser sur son front. Ça la prend de court.

Je sors de la pièce pour retrouver Ana.

Putain. C'était chaud.

Ana n'est pas dans la cuisine.

— Hé, champion, une bière ? me lance Elliot.

— Tout à l'heure. Je cherche Ana.

— Elle a ouvert les yeux et s'est barrée, c'est ça ?

— Ta gueule, Lelliot. C'est pas le moment.

Elle n'est pas non plus dans le salon.

Elle n'est quand même pas partie ?

Dans ma chambre ? Je grimpe la première volée de marches, puis la seconde. Elle est sur le palier. Je m'arrête sur l'avant-dernière marche. On est à la même hauteur.

— Salut.

— Salut, répond-elle.

— Je m'inquiétais parce que…

— Je sais, m'interrompt-elle. Je suis désolée, je ne me sentais pas capable d'affronter les festivités. Il fallait que je m'isole un peu. Pour réfléchir.

Elle caresse mon visage. Je presse ma joue contre sa paume.

— Et, pour réfléchir, tu es allée dans ma chambre ?

— Oui.

Je grimpe la dernière marche pour l'enlacer. Elle sent si bon… une odeur si apaisante.

— Je suis désolé que tu aies dû supporter tout ça.

— Ce n'est pas ta faute, Christian. Qu'est-ce qu'elle faisait ici ?

— C'est une amie de la famille.

— Plus maintenant. Comment va ta mère ?

— Elle est très en colère contre moi. Je suis vraiment content que tu sois là et qu'on ait plein d'invités. Autrement, ma dernière heure avait sonné.

— À ce point ?

Elle a surréagi, je dirais…

— Mets-toi à sa place.

Je réfléchis un moment. Sa meilleure amie s'est tapé son fils.

— Oui. Ça se comprend.

— On peut s'asseoir ?

— Bien sûr. Ici ?

Ana acquiesce. On se retrouve tous les deux perchés en haut des escaliers.

— Et maintenant ? Comment tu te sens ? me demande-t-elle.

— Libéré.

C'est comme si j'avais un poids en moins. Je n'ai plus à me soucier d'Elena.

— Vraiment ?

— Notre relation d'affaires est terminée. Finie.

— Tu vas vendre ses salons de beauté ?

— Je ne suis pas aussi revanchard, Anastasia. Non, je vais lui en faire don. J'en parlerai à mon avocat lundi. Je lui dois bien ça.

Elle me regarde d'un drôle d'air.

— Plus de Mrs Robinson ?

— Envolée.

Elle sourit.

— Je suis désolée que tu aies perdu une amie.

— Ah oui ?

— Non, pas du tout.

— Viens ! (Je me lève, lui tends la main.) Rejoignons la fête donnée en notre honneur. Il se peut même que je me soûle.

— Ça t'est déjà arrivé d'être soûl ?

— Pas depuis mon adolescence.

Nous descendons l'escalier.

— Tu as mangé ?

— Non, répond-elle d'un air coupable.

— Eh bien, il le faut. À l'odeur qu'Elena dégageait, j'en déduis que tu lui as balancé à la figure un des cocktails dont mon père a le secret. Ses cocktails de la mort !

— Christian, je t'assure que…

— Ne discute pas, Anastasia. Si tu dois boire – et balancer de l'alcool à la figure de mes ex –, il faut que tu manges. C'est la règle numéro un. Je crois que nous avons déjà eu cette discussion après notre première nuit.

Je la revois dans la chambre du Heathman, totalement comateuse. Nous nous arrêtons dans le couloir, je caresse son visage, la ligne de son menton.

— Je suis resté éveillé des heures à te regarder dormir ce soir-là. Je devais déjà t'aimer…

Je me penche pour l'embrasser. Elle se colle à moi.

— Manger ! dis-je en l'entraînant vers la cuisine.

— D'accord.

Je referme la porte après avoir dit au revoir à Flynn et à sa femme.

Enfin seul ! Il ne reste plus que la famille. Grace est dans le salon et massacre « I Will Survive » sur l'appareil de karaoké, en compagnie de Mia et de Katherine. Elle a bien trop bu.

— Tu vas lui faire la morale, à elle aussi ? me demande Ana.

Je plisse les yeux.

— Est-ce le retour de l'insolente Mlle Steele ?

— Elle-même !

— La journée a été pleine de surprises.

— Christian, chaque jour passé avec toi n'est que surprises.

— Un point pour vous, mademoiselle Steele. Viens, je veux te montrer quelque chose.

Je l'emmène dans la cuisine.

Carrick, Elliot et Ethan parlent baseball et de la saison des Mariners.

— Alors, les tourtereaux, on va se balader ? nous taquine Elliot quand nous franchissons les portes-fenêtres.

Je lui tends un doigt et l'ignore.

Au-dehors, la nuit est douce. J'aide Ana à monter les quelques marches pour rejoindre la pelouse. Elle retire ses chaussures, s'arrête un instant pour admirer la vue. La lune qui brille sur la baie trace un chemin argenté sur l'eau. Les feux de Seattle scintillent au loin.

Nous marchons, main dans la main, vers le hangar à bateaux. Les lumières sont allumées à l'intérieur. Tel un phare dans la nuit.

— Christian, j'aimerais aller à l'église demain.

— Ah bon ?

Quand suis-je entré dans une église pour la dernière fois ? Et dans le dossier d'Ana, je ne me rappelle pas avoir vu la mention qu'elle soit pratiquante.

— J'ai prié pour que tu me reviennes en vie et c'est arrivé. C'est le moins que je puisse faire.

— D'accord.

Peut-être même irai-je avec elle.

— Où vas-tu accrocher les portraits de José ?

— On pourrait les mettre dans notre nouvelle maison.

— Tu l'as achetée ?

Je m'arrête, soudain inquiet.

— Je pensais que tu l'aimais.

— Bien sûr. Quand l'as-tu achetée ?

— Hier matin. Maintenant, on doit décider de ce qu'on va en faire.

— Ne la démolis pas. Je t'en prie. Elle est si belle, cette maison. Elle a juste besoin qu'on s'occupe d'elle.

— D'accord. J'en parlerai à Elliot. Il connaît une bonne architecte. Elle a fait des merveilles dans ma propriété à Aspen. Il pourra s'occuper de la restauration.

Ana laisse échapper un petit rire.

— Quoi ?

— Je me rappelle la dernière fois que tu m'as emmenée au hangar à bateaux.

Je me souviens moi aussi.

— Oui, c'était amusant…

D'un coup, je la soulève et la juche sur mon épaule. Elle crie.

— En fait, tu étais très en colère si je me rappelle bien !

— Anastasia, je suis toujours en colère.

— Ce n'est pas vrai.

Arrivé devant la porte du hangar, je lui donne une tape sur les fesses et la repose par terre. Je place mes mains de part et d'autre de ses joues.

— Non, plus maintenant. Je n'ai plus de colère.

Je l'embrasse, et ce baiser efface toute mon appréhension.

J'espère qu'elle va aimer. Que c'est bien ce qu'elle désire. Elle mérite qu'on lui décroche la lune. Elle me regarde, un peu intriguée, caresse mon visage. Ses doigts suivent mes pommettes, ma mâchoire, mon menton. Son index se pose sur mes lèvres.

C'est le moment, Grey !

— Je voudrais te montrer quelque chose, dis-je en ouvrant la porte. Viens.

Je lui prends la main et l'aide à gravir l'escalier. Au sommet des marches, j'ouvre la porte. Je jette un coup d'œil à l'intérieur. Tout paraît en ordre. Je m'écarte pour la laisser passer.

Elle a le souffle coupé.

Le fleuriste a bien fait son boulot. Il y a des fleurs partout, des roses, des blanches, des bleues, le tout savamment éclairé par des guirlandes et des lampions.

Oui. Ça va aller.

Ana est sous le choc. Elle tourne sur elle-même et me regarde bouche bée.

— Tu voulais des cœurs et des fleurs.

Je lui montre la pièce.

— Tu as mon cœur.

— Et voici les fleurs, murmure-t-elle. Christian, c'est magnifique.

Sa voix tremble. Elle est au bord des larmes.

Rassemblant tout mon courage, je m'avance dans la pièce. Et je m'agenouille. Ana retient son souffle, ses mains se portent à sa bouche. Je sors la bague de la poche de ma veste et la lui tends.

— Anastasia Steele, je t'aime. Je veux t'aimer, te chérir et te protéger pour le restant de mes jours. Sois à moi. Pour toujours. Partage ma vie. Épouse-moi.

Elle est l'amour de ma vie.

La seule. L'unique Ana.

Ses larmes commencent à couler, mais son sourire radieux éclipse la lune, les étoiles, le soleil et toutes les fleurs dans cette pièce.

— Oui.

Je prends sa main et glisse la bague à son doigt. Elle lui va parfaitement.

Elle s'émerveille devant la pierre.

— Oh, Christian…

Elle sanglote, chancelle sur ses jambes, et tombe dans mes bras. Elle m'embrasse. Elle me donne tout, ses lèvres, sa langue, sa compassion, son amour. Son corps est soudé au mien. Elle s'abandonne contre moi, comme à son habitude.

Ma douce, si douce Ana.

Je l'embrasse à mon tour. Je prends tout ce qu'elle m'offre, et lui offre tout autant. Elle m'a montré le chemin.

Cette femme m'a attiré vers la lumière. Cette femme m'a aimé malgré mon passé, malgré mes égarements. Cette femme accepte d'être mienne pour le restant de ses jours.

Mon trésor. Mon Ana. Mon amour.

Remerciements

Merci à :

Toute l'équipe de Vintage pour votre dévouement et votre professionnalisme. Je suis constamment inspirée par votre expertise, votre bonne humeur et votre amour de l'écriture.

Anne Messitte, pour votre foi en moi. Je vous serai éternellement redevable.

Tony Chirico, Russell Perreault, et Paul Bogaards pour votre précieux soutien.

La merveilleuse équipe de production, d'édition et de design qui a réalisé ce projet : Megan Wilson, Lydia Buechler, Kathy Hourigan, Andy Hughes, Chris Zucker et Amy Brosey.

Niall Leonard, pour ton amour, ton soutien et tes conseils, et d'avoir été moins grognon.

Valerie Hoskins, mon agent – merci pour tout, chaque jour.

Kathleen Blandino, pour sa pré-lecture, et pour tout ce qui concerne le Web.

Brian Brunetti, une fois de plus, pour vos précieuses informations à propos des accidents d'hélicoptère.

Laura Edmonston, d'avoir partagé vos connaissances du Nord-Ouest Pacifique.

Professeur Chris Collins, de m'avoir éclairée sur la science des sols.

Ruth, Debra, Helena et Liv pour vos encouragements et vos jeux de mots, et de m'avoir obligée à faire ce livre.

Dawn et Daisy, pour votre amitié et vos conseils.

Andrea, BG, Becca, Bee, Britt, Catherine, Jada, Jill, Kellie, Leis, Liz, Laura, Nora, Raizie, QT, Susi – combien d'années maintenant ? Et toujours fidèles au poste. Merci pour les américanismes.

Tous mes amis auteurs et du monde de l'édition – vous vous reconnaîtrez –, vous m'inspirez au quotidien.

En enfin, merci à mes enfants. Je vous aime inconditionnellement. Je serai toujours très fière des merveilleux jeunes hommes que vous êtes devenus. Vous me rendez si heureuse.

Restez fidèles à vous-mêmes. Tous les deux.

storaenso

Imprimé sur Classic 65g/m² main de 2
de la gamme papier de Stora Enso
http://printingandreading.storaenso.com

CET OUVRAGE A ÉTÉ COMPOSÉ
PAR NORD COMPO
ET ACHEVÉ D'IMPRIMER
PAR CPI – BRODARD ET TAUPIN
POUR LE COMPTE DES ÉDITIONS J.-C. LATTÈS
17, RUE JACOB – 75006 PARIS
EN NOVEMBRE 2017

PAPIER À BASE DE FIBRES CERTIFIÉES

JC Lattès s'engage pour l'environnement en réduisant l'empreinte carbone de ses livres. Celle de cet exemplaire est de :
820 g éq. CO_2
Rendez-vous sur www.jclattes-durable.fr

N° d'édition : 01. N° d'impression : 3025556
Dépôt légal : décembre 2017
Imprimé en France